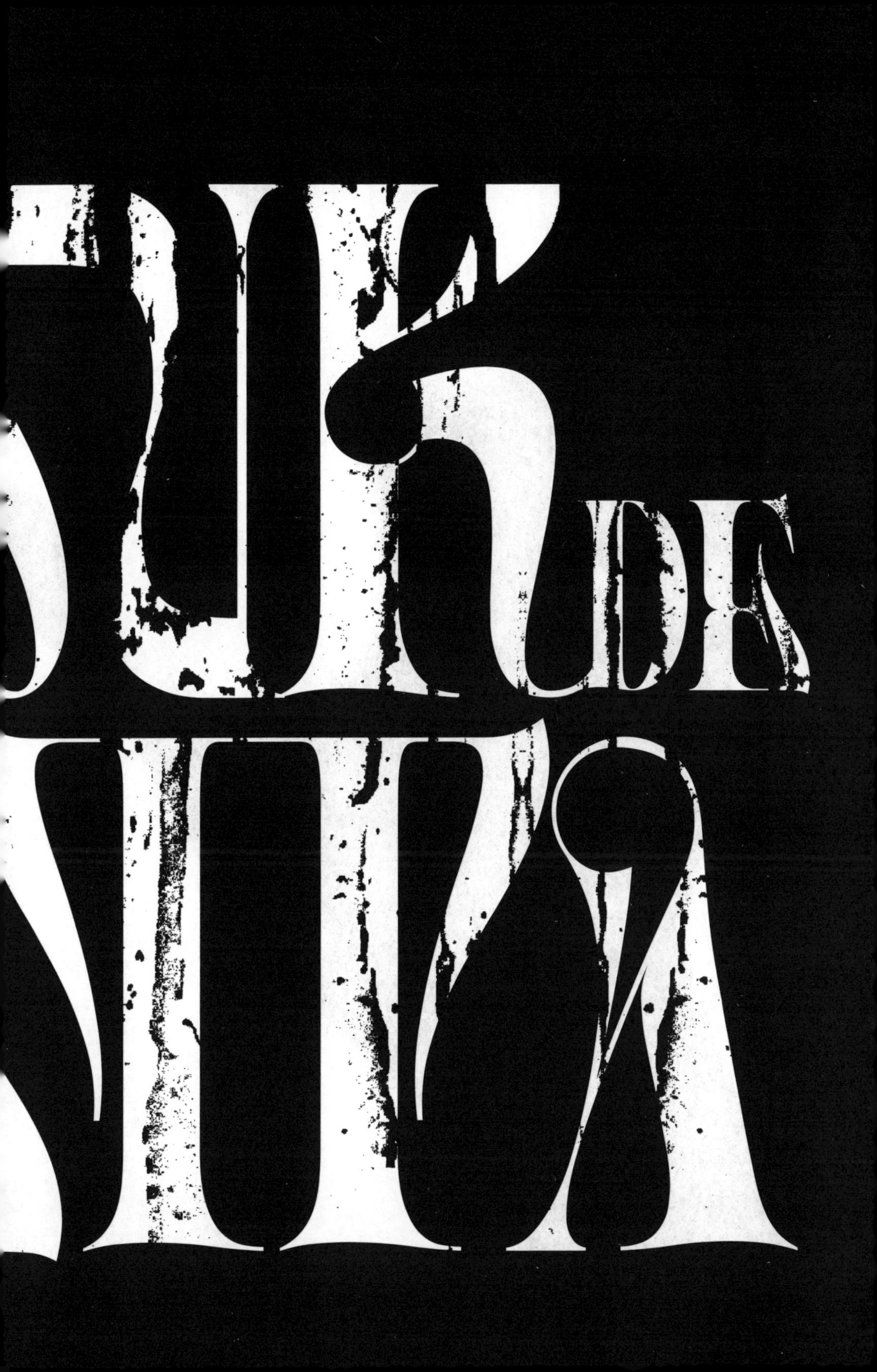
DE

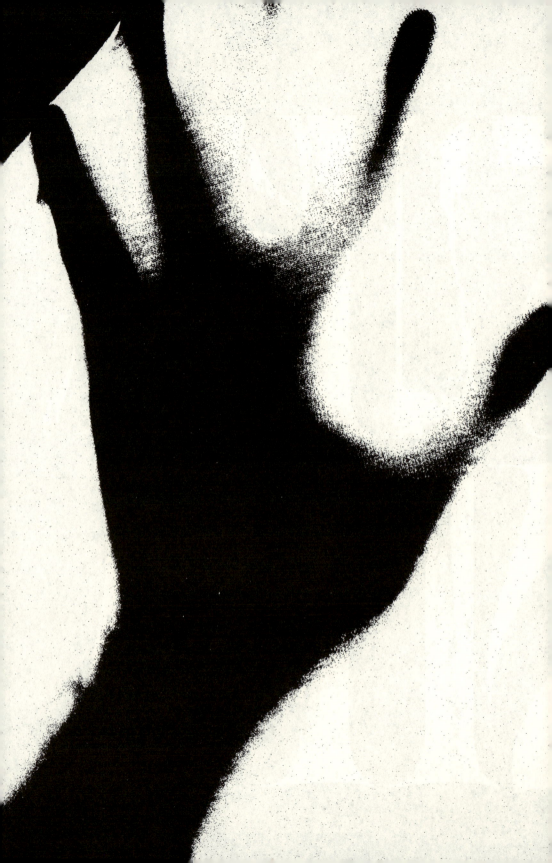

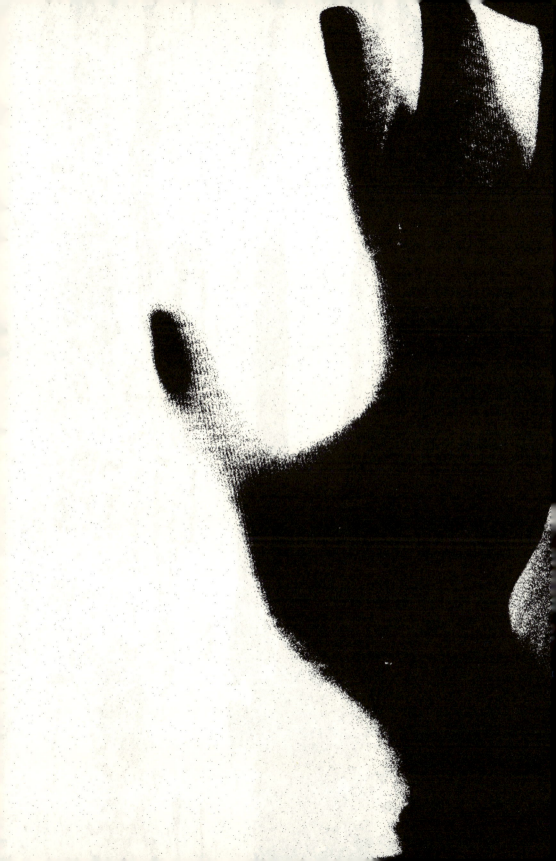

THE ENTITY
Copyright © 1978 by Frank De Felitta
Published by arrangement with Valancourt Books

Tradução para a língua portuguesa
© Laura Zúñiga, 2025

Diretor Editorial
Christiano Menezes

Diretor de Novos Negócios
Chico de Assis

Diretor de Planejamento
Marcel Souto Maior

Diretor Comercial
Gilberto Capelo

Diretora de Estratégia Editorial
Raquel Moritz

Gerente de Marca
Arthur Moraes

Gerente Editorial
Bruno Dorigatti

Editora
Marcia Heloisa

Capa e Projeto Gráfico
Retina 78

Coordenador de Diagramação
Sergio Chaves

Designer Assistente
Jefferson Cortinove

Preparação
Isadora Torres

Revisão
Laís Curvão
Lucio Medeiros

Finalização
Roberto Geronimo

Marketing Estratégico
Ag. Mandíbula

Impressão e Acabamento
Braspor

DADOS INTERNACIONAIS DE CATALOGAÇÃO NA PUBLICAÇÃO (CIP)
Jéssica de Oliveira Molinari CRB-8/9852

Felitta, Frank de
A entidade / Frank de Felitta ; tradução de Laura Zúñiga. — Rio de Janeiro : DarkSide Books, 2025.
432 p.

ISBN: 978-65-5598-531-3
Título original: The Entity

1. Ficção norte-americana 2. Horror
I. Título II. Zúñiga, Laura

24-5362   CDD 813

Índice para catálogo sistemático:
1. Ficção norte-americana

[2025]
Todos os direitos desta edição reservados à
DarkSide® *Entretenimento LTDA.*
Rua General Roca, 935/504 — Tijuca
20521-071 — Rio de Janeiro — RJ — Brasil
www.darksidebooks.com

FRANK DE FELITTA
A ENTIDADE

TRADUÇÃO
LAURA ZÚÑIGA

DARKSIDE

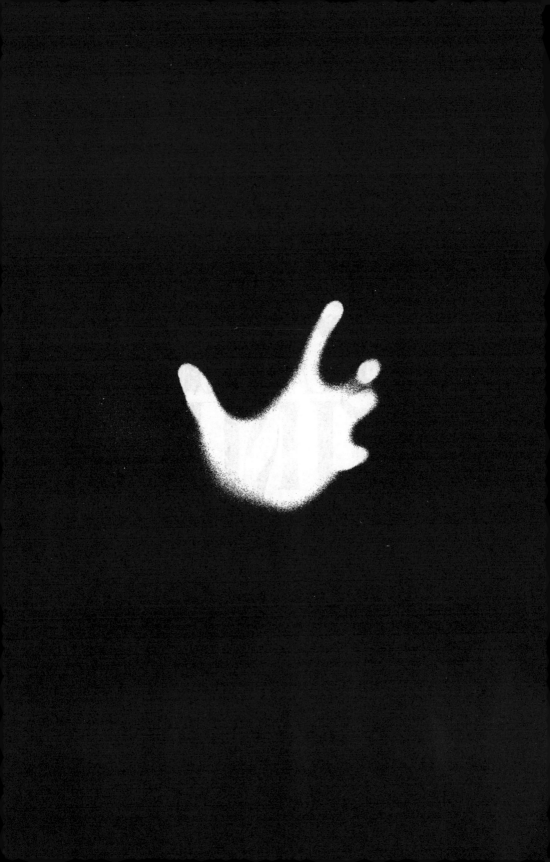

A ENTIDADE

INTRODUÇÃO*

Em 1974, uma mulher chamada Doris Bither mudou-se para uma casa em Culver City, Califórnia, onde aparentemente começou a ser submetida a uma série prolongada de ataques poltergeist de natureza sexual repetitiva e violenta — algo que os comentadores do caso chamariam algum tempo depois de "violação espectral", mas que imitava com exatidão a lenda medieval da obsessão e do assédio via íncubo. Parte do fascínio inerente ao sofrimento de Bither estava na ideia de que todo esse estranho drama parapsicológico tinha como cenário um bairro moderno, bem como o fato de envolver uma mulher complicada, cuja vida particular excessivamente reservada — sobre a qual ela se recusava a comentar, a ponto de sequer dizer aos investigadores sua idade correta — já havia enfrentado uma horda de desafios: era uma mãe solo de quatro filhos que trabalhava fora, e, apesar de ter sobrevivido a pelo menos uma relação abusiva, mantinha vida amorosa ativa e embora recebesse benefícios sociais, tentava progredir profissionalmente para um emprego mais bem remunerado, frequentando uma escola de secretariado à noite.

Em muitos aspectos, portanto, embora as palavras *feminismo* ou *conscientização* possam não ter feito parte de seu vocabulário cotidiano, Doris Bither — tão determinada a tomar as rédeas de seu futuro para conseguir sua própria independência, primeiro financeiramente, depois de todas as outras formas — representou um segmento significativo da imagem em transformação da mulher norte-americana na década de

---

* Nota do editor: visto que a introdução discute o final do romance, os leitores não familiarizados com a história podem desejar retornar a ela após a conclusão da leitura do livro.

1970. Então, para uma mulher como ela, ser repentinamente espancada por uma força maligna, invisível, porém indubitavelmente masculina, em seu dia a dia, era como vivenciar uma parábola do patriarcado em ação, com todo o horror somado de qualquer coisa impossível de quantificar fisicamente, afligindo-a. Seria sua própria mente se voltando contra si mesma, ou seria Deus ou o Diabo? Seria uma espécie de lei (sobre)natural buscando reequilibrar a equação de gênero? E, por extensão, o que a espetacularização do sofrimento de Doris Bither revela para todos à sua volta, mulheres ou homens?

Estas foram as perguntas que atraíram o autor Frank De Felitta — mais conhecido por seu romance *As Duas Vidas de Audrey Rose*, de 1975, um conto semelhante "baseado em uma história real" de reencarnação — para o caso de Bither, levando-o a reformulá-lo como o tema de *A Entidade*, publicado em 1978. Ex-piloto da Segunda Guerra Mundial que se tornou roteirista de rádio, De Felitta já tinha conquistado uma carreira como escritor de TV, produtor e diretor quando decidiu tentar a sorte escrevendo romances, como o thriller *Terror na Oktoberfest*, que financiou um ano sabático, permitindo ao autor que escrevesse *As Duas Vidas de Audrey Rose*. Depois disso, ele se estabeleceu em uma rotina confortável, escrevendo romances bem-sucedidos de forma intermitente e que muitas vezes rendiam lances de vendas para adaptações cinematográficas igualmente prósperas; como era previsível, De Felitta escreveria os roteiros para essas adaptações e muitas vezes também atuava como produtor.

Sem fugir à regra, *A Entidade* também se tornou um filme (no Brasil, *O Enigma do Mal*), dirigido por Sidney J. Furie, estrelado pela bela e brilhante Barbara Hershey como "Carlotta" Moran, a personagem que representa Bither na obra de De Felitta. Como de costume, Hershey tem uma atuação poderosa, ainda que, infelizmente, ofuscada pelo que a maioria dos críticos julgou ser o conteúdo inerentemente explorador da premissa do filme, assim como alguns efeitos especiais verdadeiramente inquietantes. Ao comparar o filme e o romance, no entanto, é interessante notar algumas mudanças estruturais na jornada das páginas para a tela — sobretudo por terem sido realizadas pelo próprio De Felitta, e por alterarem consideravelmente o tom e o clímax da história.

Como mencionei, ambas as versões de *A Entidade* podem ser facilmente lidas como parábolas sobre as muitas maneiras nas quais a energia patriarcal — de modo literal e metafórico — se combina para deformar a vida de uma mulher, privando-a de sua autonomia. Esse assunto é abordado menos por meio dos ataques físicos da entidade do título do que pelas bem-intencionadas, ainda que igualmente destrutivas, ações do psiquiatra dr. Sneidermann (interpretado no filme por um jovem Ron Silver), com quem Carlotta/Carla se conecta por meio da universidade local, que oferece aconselhamento gratuito a cidadãos beneficiados por programas sociais. Sneidermann logo forma ideias bem definidas sobre a origem dos problemas de Carlotta/Carla, que nada teriam a ver com um estuprador misterioso e interdimensional, e acabam exacerbadas pela crescente atração do doutor por sua paciente. Ele tem a certeza de que conhece essa mulher teimosa e sexy melhor do que ela própria e, para provar, está disposto a privá-la de sua liberdade.

No filme, consideravelmente mais otimista, a Carla de Hershey se recusa a permitir que tanto Sneidermann quanto a entidade ditem os rumos de sua vida. De Sneidermann, Carla pode simplesmente se afastar, e o faz, e embora o doutor nunca a deixe em paz, ela permite que esse homem a derrote: vitimizada, mas não vítima. A Carlotta do livro, por outro lado, cai sob a tutela do dr. Sneidermann — com o psiquiatra a tendo exatamente onde sempre quis, e sendo capaz de reconstruir toda a sua vida em torno de suas fantasias de príncipe encantado que "salva" uma mulher traumatizada que não entende sua própria mente. Pior ainda, diferentemente da versão de Ron Silver, o personagem de Sneidermann do livro não parece compreender suas próprias motivações; o médico tem a certeza de que é o herói, julga estar agindo corretamente, e supõe que se Carlotta se recusa a "cooperar" com o tratamento, é inteiramente dela a responsabilidade por seu fracasso.

Assim, será que De Felitta via a indústria da saúde mental como uma estrutura vitimizante também, uma estrutura que "cura" as pessoas ao despedaçá-las? No livro, o colapso de Carlotta parece sugerir que o dr. Sneidermann tinha mesmo razão, e que a mulher vinha fantasiando esse íncubo para renunciar à responsabilidade por sua própria sexualidade: que ansiava ser subjugada por uma presença masculina irresistível, que se ressentia de seus próprios filhos o suficiente para vê-los como cúmplices dos ataques (as criaturas invisíveis que lhe parecem atuar como ajudantes da entidade, "dois pequenos e um maior"), e que identificava seu filho mais velho, Billy, com o já falecido pai do menino — seu primeiro marido abusivo, porém sexualmente atraente — de tal forma que realmente desenvolveu sentimentos incestuosos pelo menino.

A Carla de Hershey, no entanto, rejeita todos esses aspectos do diagnóstico feito pelo dr. Sneidermann, e mesmo que não sobreponha a parapsicologia à psicologia — não há um final feliz aqui, ou a solução definitiva dos problemas de Carlotta; a entidade continua a ser um vetor em seu universo, e provavelmente não deixará de atormentá-la até o momento de sua morte —, o filme parece sustentar a posição da personagem. Assim como a entidade só está realmente preocupada com Carlotta, o argumento de De Felitta implica que apenas as opiniões dela sobre a entidade são válidas no contexto. A situação reduz tudo e todos à sua volta a nada mais que danos colaterais em potencial, o que provavelmente explica por que é que não ocorre a ninguém ter qualquer tipo de atuação prática sobre o assunto em questão.

Por um lado, é mais que um pouco deprimente perceber o quão facilmente *A Entidade* — qualquer versão — poderia ser transposta de 1978 para agora, visto que os aspectos sociopolíticos de sua narrativa são mais relevantes do que nunca, se não até mesmo mais firmemente tendenciosos e tóxicos.

Entretanto, por outro lado, pode ser por isso que o romance de De Felitta mantenha seu poder original de falso-documentário, ainda conseguindo chocar, consternar e criar uma atmosfera de pavor crescente, ao mesmo tempo em que cria um modelo a ser seguido muito diferente (e necessário). Carlotta Moran é uma mulher — uma pessoa — assediada por poderes indescritíveis e confrontada com probabilidades impossíveis, porém são as suas qualidades humanas inatas de força mascaradas de fragilidade, seu poder de adaptação e sua capacidade de lidar com a dor que fazem dela uma personagem cara para nós. Como qualquer santa ou mártir, essa mulher nos mostra o que só poderíamos desejar que fosse nossa atitude sob tal pressão quando em circunstâncias semelhantes.

Gemma Files
Toronto
26 de dezembro de 2013

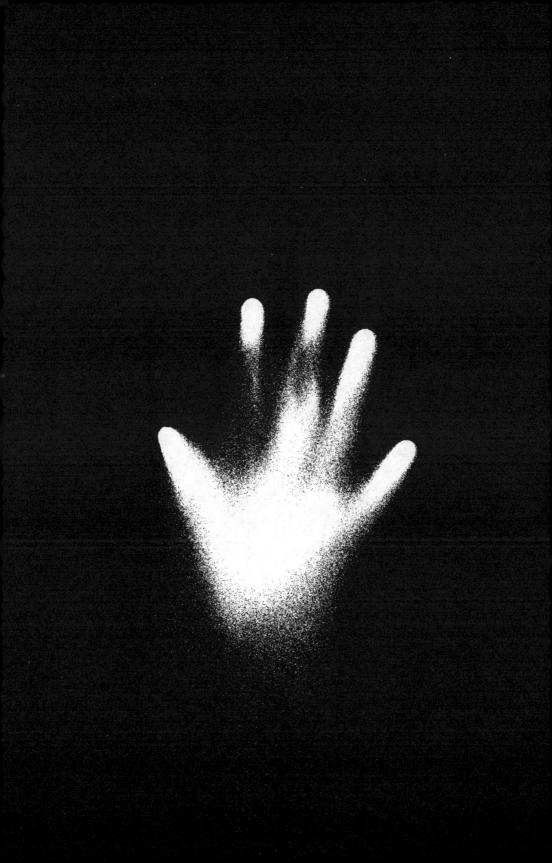

AGRADECIMENTOS

Algumas pessoas me ajudaram, de uma forma ou de outra, a escrever este livro. Essas pessoas são Steven Weiner, que trabalhou em todo ele; Barry Taff, Kerry Gaynor, e Doris D., cujas vidas inspiraram parte dele; o dr. Jean Ritvo e o dr. Edward Ritvo, que generosamente partilharam seu conhecimento e imaginação; o dr. Donald Schwartz, que contribuiu com informações muito úteis; Barbara Ryan, cujas percepções particulares e especiais ofereceram encorajamento; Ivy Jones, por sua habilidade de recriações dramáticas; Michael E. Marcus, Tim Seldes e Peter Saphier, por seu apoio contínuo e sua contribuição persuasiva; William Targ, meu editor, cuja crítica perspicaz ajudou a tornar este livro muito melhor do que era; e Dorothy, minha mulher, por sua fé constante, amor e boa índole.

Também gostaria de expressar a minha gratidão à dra. Thelma Moss, cujos escritos e seminários notáveis em parapsicologia gentilmente me guiaram através do espelho e fizeram de mim um crente contumaz na probabilidade do impossível.

Para o meu filho, Raymond.

ENTIDADE

en·ti·da·de

(lat.escl. *entĭtas,ātis* no sentido de 'o que existe na essência', der. de *ens,ēntis* no sentido de 'que existe, ente'; ver *s(er)-*)

substantivo feminino
1. aquilo que constitui a existência de algo real; essência
1.1. essa existência considerada à parte, independentemente dos atributos da coisa

Dicionário Houaiss

SUMÁRIO
A ENTIDADE

Declaração 24

Parte I: Carlotta Moran 27

Parte II: Gary Sneidermann 83

Parte III: Eugene Kraft &
               Joseph Mehan 239

Parte IV: A Entidade 363

Epílogo 425

Adendo 433

23 de março de 1977 — Declaração dada pelo suspeito, Jorge (Jerry) Rodriguez, acusado de lesão corporal dolosa, gravada na presença do agente John Flynn, #1730522.

R: Sim, olha, olha, acabou. Nós terminamos. Assim, foi demais, eu não fazia a menor ideia. Tinha algo... tinha alguma coisa acontecendo com a Carlotta. Algo acontecendo naquele quarto. Eu... o que eu posso dizer? Não vi bem o que foi. Mas vi o que estava fazendo com ela. E eu te digo, ela estava... estava na cama... Eu tinha acabado de chegar e estava... estava me arrumando para, você sabe, ir para a cama com ela. Então me virei e a vi... primeiro ouvi, é, ouvi a voz dela primeiro, e ela estava... sabe, gemendo... ela... estava dando uns gemidos de prazer, mas parecia assustada também, como se não gostasse do que estava sentindo, não parecia... e eu me viro pensando que Carlotta está brincando, sabe... encenando algo tipo: "Estou pronta para você, papi." Nós éramos muito, muito próximos, sempre tivemos muita intimidade. Então me viro e... olho e... vejo... como se algo a estivesse pressionando... sabe... entende o que estou querendo dizer, metendo na sua... ela estava nua, e dava pra ver seus seios, sendo... apalpados... agora, como é que eu explico, tipo, não eram as mãos dela, sabe, é de enlouquecer... Vi aquilo e pensei, Meu Deus do céu, o que é que essa mulher fez comigo? Estou ficando doido? Toda essa maluquice com os alunos da universidade, será que estou vendo coisa? Estou sonhando? Então balanço a cabeça, sabe, e me aproximo, pensei, isso tudo é mentira. Uma farsa. É claro que ela está inventando. Chamei: "Carlotta, Carlotta..." Mas não tive uma resposta, e os gemidos foram ficando cada vez mais altos, e ela parecia estar... sentindo dor... quando cheguei mais perto, vi... os seios sendo pressionados e espremidos por dedos... só que não consegui ver os dedos, os dedos iam apertando, os mamilos todos espremidos, vi o corpo... uh... sabe, chacoalhando, como se alguém estivesse metendo nela, com força. Oh, meu Deus, só consigo gritar, Jesus Cristo, o que está acontecendo aqui? Depois vi as pernas dela arreganhadas, como se estivessem sendo forçadas a ficarem abertas, e começam os gritos, mas durante todo o tempo parece que ela está segurando... alguém... ou algo. Seus braços estão envolvendo alguma coisa. Bem, a essa altura, digo, Jesus do céu, essa mulher está sendo atacada. Não consigo ver por quem, mas sei que está sendo atacada. Estou meio fora de mim. Não sei o que pensar. Sabe, acredite, eu não sabia o que estava fazendo... hm... a primeira coisa que consegui pegar, eu... de repente me vi ao seu lado, quase sobre ela... Com... com... Fui até lá com uma cadeira de madeira e quebrei a cadeira... Tinha que tirar aquilo dela, tinha de salvá-la. Você precisa entender que amo Carlotta, pelo menos... Eu a amava. Não queria machucá-la, no entanto era aquela coisa, aquela coisa que estava nela, que estava metendo nela, metendo, comendo ela. E a Carlotta fazendo todos aqueles sons, e eu... bati com a cadeira sobre eles. Quebrei a cadeira neles. (CHORA.) Juro por Deus, Deus é testemunha, foi o que aconteceu. Eu vi algo. Pelo menos vi que estava acontecendo algo que a perturbava. Algo em cima dela. Não conseguia ver com os meus olhos, mas havia algo lá, você... tem que acreditar em mim, havia algo lá. Estou dizendo, estou fora de mim. (CHORA.) Se eu conseguir sair desse caos, estou lhe dizendo, vou dar o fora daqui. Ela era uma ótima garota, a Carlotta... Eu gostava dela. Tivemos uma relação por um tempo. Mas... tem alguma coisa lá... tem algo com ela. Essa garota está com problemas... Está com sérios problemas. Alguma coisa... a afetou. Alguma coisa. Não sei o que é, mas... Carlotta está correndo perigo.

PARTE I

Carlotta Moran

...Venham, espíritos
Que instilam as ideias mortais, dessexuai-me,
Cumulem-me da cabeça aos pés
Com a mais horrível crueldade!

William Shakespeare

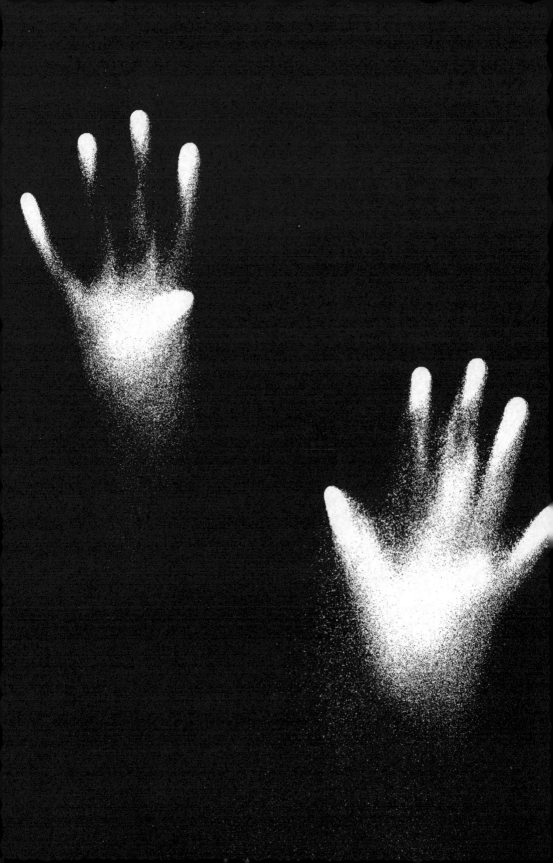

A ENTIDADE

1

13 de outubro de 1976, 22h04.

Não houve aviso. Ela não teve como prever. Nada mesmo. Tinha saído do carro. Doíam-lhe as costas. Lembrava-se de ter pensado: a assistência social é importante, mas você tem que fazer o que eles querem. Agora tinha que frequentar o curso de secretariado. Não que se importasse, mas era curioso. O motivo, não sabia dizer. Doeu para fechar a porta do carro.

Tinha de atravessar a rua para chegar em casa. Como sempre, voltava para casa da escola vindo do extremo norte da rua Kentner, pois não valia a pena dar a volta com o Buick pesado. A garagem era de Billy. Ele precisava do espaço para os motores, os carros, Deus sabe mais o quê. Então, atravessou a rua, com as costas doloridas. Tinha machucado as costas no ano anterior, ajudando o assistente de cozinha a levantar um tonel de louça suja. Uma burrice.

O vento estava árido, levantando pequenas folhas marrons e secas, rolando-as sobre a calçada. As folhas nunca se deterioravam em West Los Angeles. Apenas pareciam rolar a cada estação, montinhos de coisas mortas que curiosamente pareciam ter vida própria. Estava seco de fazer doer a garganta. Aquela secura desoladora que vem do alto deserto e deprime que só.

Carlotta olhou para a rua enquanto atravessava. O posto Shell a distância era um amálgama brilhante de luzes. Era como olhar pelo lado errado de um telescópio. Nenhuma presença humana, a perder de vista. Todas as casas estavam às escuras. Silenciosas. Casas todas iguais, bem comuns, com gramados minúsculos, cerquinhas para os cães. Àquela hora, até os cães estavam dormindo. Ou apenas quietos. Somente o ruído de carros na autoestrada, como um rio correndo distante, podia ser ouvido no bairro mergulhado em trevas.

A rua Kentner era um pátio, uma rua sem saída que terminava em uma saliência do asfalto onde você podia manobrar seu carro, e era ali que ela estava, bem ao final.

Ao entrar em casa, ouviu o filho, Billy, na garagem. No rádio, tocava baixinho uma canção. Carlotta fechou a porta e a trancou. Ela sempre trancava a porta. Havia uma entrada na lateral pela garagem que seu filho usava. Tirou o casaco de vinil bege e suspirou. Seus olhos vagaram pela sala de estar. Tudo exatamente como ela deixara. Cigarros na mesa junto ao sofá. Sapatos no chão, roupas e revistas, uma xícara de café. O velho exaustor de calefação, que tinha explodido quando o termostato ficou todo bagunçado — aquele cenário lhe era tão aconchegante quanto usar roupas gostosas para ficar em casa. Era confortável. Era relaxante. Não havia nenhuma interferência externa. O mundo ficava suspenso do lado de fora. A assistência social pagava o aluguel, mas a casa era dela. Sentia como se existissem milhares de casas em uma projeção idêntica por toda a cidade. Aquela era só mais uma caixa de sapato. Mas era a *dela*. O lugar onde Carlotta e as crianças existiam como uma família.

Ela entrou na cozinha e acendeu a luz. A lâmpada nua sobre sua cabeça deixava as paredes muito brancas. Nada de bebidas na geladeira. Uma cerveja cairia bem, mas não tinha nenhuma. Sentou-se por um momento na cozinha branca e desolada, depois foi para o fogão e se contentou com um café requentado.

Eram 22h. Talvez um pouco mais, porque tinha levado cerca de vinte minutos para voltar da escola. Certamente ainda não eram 22h30, pois, se fosse, Billy teria entrado e ido para a cama. Os dois eram muito rigorosos com os horários. Foi um acordo que fizeram. O filho ficaria com a garagem se mantivesse a promessa de voltar para casa às 22h30. Billy era muito pontual. Então foi entre 22h e 22h30. Quarta. 13 de outubro. Curso de secretariado outra vez no dia seguinte. Uma quinta-feira como todas as outras. Das nove às treze: digitar. Esteno: duas vezes por semana à noite.

Carlotta levantou-se da cadeira da cozinha, sem pensar em nada específico. Apagou a luz e caminhou pelo corredor estreito em direção ao seu quarto, fazendo uma pausa para ver as meninas.

Julie e Kim dormiam profundamente, com apenas a pequena luz noturna — um bicho de pelúcia com uma lâmpada dentro — iluminando seus rostos. Pareciam gêmeas, embora tivessem dois anos de diferença. O pai delas não era o pai de Billy. Lindas como anjinhos. Um dia, Meu Deus, Carlotta pensou, chega de assistência social. Nada disso aqui. Teremos algo melhor. Então fechou a porta das meninas adormecidas e foi para o seu quarto.

A cama estava desfeita. Aquela cama enorme e absurda que o último inquilino não teria conseguido tirar da casa sem arrebentar todos os batentes do lugar. Tinha quatro postes e entalhes esculpidos, e anjos na cabeceira e nos pés. Os encaixes eram colados, não havia como desmontá-la. Via-se que era um trabalho feito com esmero, construído sob medida no próprio quarto. O construtor deve ter sido um mestre artesão, um artista, um poeta. Deve ter lamentado ter que deixar o móvel para trás. Carlotta adorava aquela cama. Era única, uma fuga da monotonia. Jerry também. Jerry. Confuso e nervoso... perguntando-se em que diabos estava se metendo. Pobre Jerry... Carlotta perdeu o fluxo de ideias.

Ela tirou a roupa, vestiu um robe vermelho e foi para a janela. Depois trancou ambas as janelas do quarto. Em seguida verificou a trava giratória atrás dos pinos. Era por causa do vento lá fora. Se não trancasse as janelas, bateriam a noite toda.

Carlotta tirou alguns grampos do cabelo. As madeixas pretas caíram sobre seus ombros. Olhou-se no espelho. Sabia que era bonita. Cabelo escuro, pele clara, macia e delicada, mas seu melhor traço eram os olhos — ágeis e intensos. Jerry dizia que eram "faróis na escuridão". Carlotta penteou o cabelo. A luminosidade — agora atrás de si na imagem do espelho — incidia atrás da cabeça, de modo que uma aura de luz banhava seus ombros, iluminando as lapelas de seu robe escarlate.

Estava nua sob o roupão. Tinha o corpo pequeno e macio. Ossos leves. Havia uma suavidade natural em seu andar e em seus movimentos. Os homens nunca a trataram com brutalidade. Não havia nenhuma férrea resistência que os instassem a conquistar, mitigar. Apreciavam seu ar vulnerável, sua leveza e sua flexibilidade. Carlotta contemplou seus seios pequenos, os quadris estreitos, vendo a si própria do mesmo modo como sabia que os homens a viam. Estava a um mês de completar trinta e dois anos. As únicas rugas em seu rosto estavam em volta dos olhos e pareciam marcas de alegria, marcas de riso. Estava satisfeita com sua aparência.

A porta do closet estava aberta. Lá dentro, seus sapatos estavam bem-organizados — o senso de organização de Carlotta. Procurando os chinelos, ocorreu-lhe a ideia de tomar banho. Não havia esconderijo no closet; era como uma pequena caixa embutida na parede.

Na casa, pairava um silêncio mortal. Parecia-lhe que o mundo inteiro estava dormindo. Isso era o que se lembrava de ter pensado — *antes de acontecer.*

Em um momento, Carlotta estava escovando o cabelo. No seguinte, estava na cama, vendo estrelas. Uma pancada, como se tivesse sido atingida por um zagueiro a toda, arremessou Carlotta do outro lado do quarto para a cama. Ainda atordoada, percebeu que os travesseiros estavam, em um momento, ao redor de sua cabeça. No outro, sufocavam seu rosto.

Recobrando o fôlego, Carlotta entrou em pânico. O travesseiro estava sendo pressionado para baixo, cada vez mais forte. Sua boca estava muito seca, não conseguia respirar. A força do travesseiro era descomunal. Enfiava sua cabeça fundo no colchão. Na escuridão, pensou que iria morrer.

Foi seu instinto que fez seus braços agarrarem o travesseiro e darem socos no ar, torcendo a cabeça violentamente de um lado para o outro. Foi um instante que durou uma eternidade. Durou uma vida inteira, mas não o suficiente para conseguir pensar. Estava lutando por sua vida. Um calor amarelado brilhou em frente aos seus olhos. O travesseiro cobriu todo o seu rosto, olhos, boca, nariz; e os seus braços, mesmo se debatendo, não conseguiam impedir o ataque. Seu peito estava quase explodindo.

Seu corpo devia estar se debatendo sem que percebesse, pois foi agarrada e segurada com força.

Carlotta estava se afundando em uma morte impotente, o que não a impediu de sentir enormes mãos em seus joelhos, nas pernas, no interior das pernas, que foram arreganhadas, abertas e afastadas, muito abertas, e então uma percepção feriu como um disparo em sua consciência, e finalmente conseguiu entender o que era, e aquilo a encheu de energia. Aquilo a encheu de uma força selvagem. Ela resistiu e chutou o ar. Seus braços se retorceram e quando voltou para reagir, para matar, se fosse preciso, uma dor intensa rasgou sua lombar, deixando-a sem forças. Suas pernas estavam presas na cama, bem abertas, e, como um cacete, um cacete tosco, essa coisa entrou nela, inchou dentro dela, forçando seu caminho até não poder mais, apenas uma estocada de dor. Carlotta sentiu-se despedaçada por dentro. Dilacerada em repetidas estocadas. Era a arma mais nojenta, repugnante, dolorosa. E rastejava para dentro. Todo o seu corpo estava afundando no colchão, pressionado para baixo, empurrado por esse peso esmagador que a estava transformando em um pedaço de carne batida. Carlotta virou o rosto, o nariz sentiu ar, a boca ofegante sugando oxigênio do lado do travesseiro.

Houve um grito. Foi o grito de Carlotta. O travesseiro foi enfiado de volta sobre seu rosto. Dessa vez, pôde sentir o peso de uma mão enorme, com os dedos pressionando seus olhos, sobre seu nariz e boca.

Carlotta afundou-se na escuridão. Ela não tinha visto nada. Só a parede ao fundo — nem mesmo isso, apenas sua cor desbotada através das faíscas e espirais que dançavam diante de seus olhos, antes de o travesseiro ser empurrado de volta sobre o rosto. Então afundou, sua força se esvaindo. Carlotta estava morrendo. Estaria morta em breve. A escuridão aumentava e a dor era insuperável. Estaria morta?

A luz do teto foi acesa. A luz principal. Billy estava à porta. Seus olhos, pulando das órbitas. Carlotta se endireitou, suando, olhando para Billy com olhos vidrados.

"Mãe!"

Carlotta agarrou um lençol, cobrindo o corpo espancado. Estava choramingando, gemendo, ainda sem saber ao certo quem Billy era. Uma dor intensa encheu-lhe o peito. Círculos e estrelas ainda dançavam no ar diante de seus olhos, que pareciam ter sido arrancados.

"Mãe!"

Era a voz de Billy. O pavoroso e terno medo em sua voz despertou algum instinto em Carlotta, uma necessidade de lutar, de focar mentalmente, de agir.

"Ah, Bill!"

Billy correu para ela. Abraçaram-se. Carlotta chorou. Estava nauseada. Agora tinha consciência plena da dor que tomava suas partes íntimas e irradiava coxas acima, até o abdômen. Era como se tivesse sido destruída por dentro. Sentia uma ardência brutal tomando conta das suas entranhas.

"Billy, Billy, Billy...!"

"O que foi, mãe? O que aconteceu?"

Carlotta olhou à sua volta. Entendeu então o pior detalhe de todos: *não havia mais ninguém no quarto.*

Ela virou à sua volta. As janelas ainda estavam trancadas. Em pânico, olhou para o closet. Só sapatos e roupas. Demasiado pequeno para esconder qualquer pessoa.

"Você está vendo alguém?"

"Não, mãe. Ninguém."

"A porta da entrada está trancada?"

"Sim."

"Então ele está na casa!"

"Não tem ninguém aqui, mãe!"

"Billy, quero que você ligue para a polícia."

"Mãe. Não tem ninguém na casa."

A mente de Carlotta estava delirante. Billy parecia quase calmo. Só estava assustado por vê-la daquele jeito. Seu rosto sujo de graxa examinava o de sua mãe, com a delicada expressão de susto de uma criança, a carinhosa preocupação de um menininho.

"Você não viu ninguém?", perguntou Carlotta. "Não ouviu ninguém?"

"Só quando você gritou. Vim correndo da garagem."

Julie e Kim estavam à porta, aterrorizadas.

As duas olhavam para Billy.

"Foi só um sonho", disse Billy. "A mamãe teve um pesadelo."

"Um sonho?", repetiu Carlotta.

"Vocês já tiveram pesadelos também", disse o irmão, ainda falando com as meninas. "Agora foi a vez da mamãe ter um. Então, voltem para a cama." Porém, sem se mexerem, elas ficaram paralisadas na porta, olhando para Carlotta.

"Olhem no banheiro", disse Carlotta.

As meninas estavam congeladas como autômatos.

"Então?", Carlotta perguntou rispidamente.

"Não tem ninguém lá", disse Julie. O comportamento de Carlotta a assustava ao ponto de quase fazê-la chorar.

"Pronto, chega", disse Billy. "Vamos todos voltar para a cama. Vamos, agora."

Carlotta, incrédula, puxou o lençol mecanicamente à sua volta, aninhando as pontas sob seu corpo. Tentou controlar sua tremedeira. A mente estava confusa. Seu corpo fora espancado. No entanto, a casa estava calma.

"Pelo amor de Deus, Billy", disse por fim.

"Foi um pesadelo, mãe. Um pesadelo daqueles."

Sua consciência se assentou como se tivesse sido, apesar de tudo, um sonho. Uma espécie de despertar, uma fuga do inferno.

"Meu Deus", murmurou ela.

Carlotta olhou para o relógio. Eram 23h30. Quase. Talvez tenha tido tempo o suficiente para ter adormecido. Mas Billy ainda estava de jeans e camiseta. O que aconteceu? Ela tentou se sentar na beira da cama, mas estava muito dolorida.

"Leve as meninas para a cama, está bem, Bill?", disse ela.

Billy tocou as garotas para fora do quarto. Carlotta procurou por seu robe. Estava amassado e no chão, um amontoado vermelho. Longe da cadeira na qual sempre o deixava.

"Vamos sair daqui", disse ela.

Então vestiu o robe, sentada à beira da cama. Seu corpo estava drenado. Olhou para os braços. As lesões se espalhavam de forma padronizada acima dos cotovelos. O dedo mindinho estava torcido por causa da luta. Luta? *Com quem?*

Carlotta se levantou. Mal conseguia andar, e sentia-se como se tivesse sido estripada. Por um momento, teve a inquietante sensação de não ser capaz de dizer se estava sonhando ou acordada. Depois, passou. Tocou suas partes íntimas e sentiu uma leve umidade. Não era sangue. E nada — não havia sinal de... ela apertou lentamente o robe ao redor do corpo e saiu do quarto. Pela primeira vez, a cama parecia monstruosa, um instrumento de tortura. Então fechou a porta.

Não tinha dúvidas de que fora espancada e estuprada. Sentou-se em uma cadeira na cozinha. Julie e Kim bebiam leite e comiam biscoitos Oreo. Billy estava sentado, um pouco indeciso, perto da porta. Não deveriam ir para a cama?, devia estar pensando. Ou alguma coisa ainda estava errada?

Foi um pouco como ter uma morte na família, pensou Carlotta. Sabia que iria melhorar, que tudo voltaria ao normal, que se esqueceriam de tudo logo, no entanto, enquanto isso, era preciso sobreviver àquela sensação de estar sozinha em um buraco escuro. De estar perdida e assustada. E sem saber quanto tempo iria durar.

"Vamos pegar leve com os biscoitos", disse Carlotta. "Vocês vão passar mal."

Kim retorceu a boca suja de chocolate para ela. Julie bebeu seu leite com prazer, fazendo barulho. As duas pareciam tão vulneráveis aos olhos de Carlotta.

"Vamos ligar a televisão", disse a mãe.

Sentaram-se no sofá. Billy ligou o aparelho. Algumas estrelas de cinema, Carlotta não sabia bem quem eram, estavam sentadas formalmente no que parecia ser uma cobertura milionária em Nova York. Billy se sentou na poltrona ao lado do ventilador. Tudo parecia normal, mas algo estava errado. Era como olhar através de um vidro que de algum modo fazia tudo parecer estranho, distorcido.

Carlotta era realista. Sua visão fundamentava-se em necessidade e experiência própria. Nutria pouquíssimas ilusões sobre si ou seu futuro. Algumas pessoas viviam em uma espécie de faz de conta, tentando ser o que não eram, não muito certos sobre o sentido e o propósito de suas próprias vidas. No entanto, aqueles que experimentaram um pouco de pobreza, um pouco de azar e tempos difíceis, bem... esses acabam se conhecendo bastante. O que mais incomodava Carlotta agora, além da dor física, era sua incapacidade de descobrir o que era real e o que não era.

"Ah! É o Humphrey Bogart", disse Billy. "Já vi esse filme."

Carlotta sorriu. "Você não tinha nem sequer nascido quando isso foi filmado."

Billy olhou para a mãe na defensiva.

"Eu assisti. Na ACM. Repara só. Ele vai levar um tiro."

"Ele sempre é baleado nesses filmes."

Billy se afundou na poltrona.

"Sei tudo sobre este filme", murmurou o garoto.

Carlotta olhou para as meninas no sofá. Como duas bonequinhas, parcialmente embrulhadas em um cobertor que uma delas deve ter trazido do quarto, as garotinhas dormiam, alheias a tudo. Os polegares na boca, tão concentradas, tão intensas.

"Baixe um pouco o som, Bill", pediu ela.

Enquanto a noite passava, eles dormiram. Profundamente. Carlotta com os pés apoiados na mesa de café. Billy na poltrona, uma perna por cima do apoio do braço. Apenas o televisor cintilante, quase silencioso, dava um ar de vida à casa.

Carlotta despertou sobressaltada. Seu corpo acordou. Ela olhou para o brilhante retângulo de luz solar contra a parede ao lado do ventilador. Billy deve ter desligado a televisão durante a noite, pois o aparelho estava apagado e ele estava em sua cama. As meninas ainda dormiam no sofá; a perna de Julie apoiada na barriga de Kim. Carlotta olhou para o relógio na cozinha. Eram 7h35. Em meia hora teria que sair para a escola de secretariado. Só de pensar, ficava deprimida.

Sua cabeça estava pesada. Uma das piores noites que já tivera. Pôs-se a pensar na noite anterior. Terá sido só ontem à noite? A sensação ressurgiu, a repulsa, e com isso, as náuseas. Carlotta se esforçou para ficar de pé e foi para o banheiro, onde escovou os dentes por cinco minutos.

No corredor que levava ao quarto, havia uma cesta de roupas limpas, embora amassadas. Vestiu-se com o que encontrou, em vez de pegar algo no armário do quarto. Sutiã, calcinha, uma saia jeans. Todas as blusas estavam amassadas. Escolheu uma e jogou um suéter por cima, torcendo para que o dia não esquentasse.

O alarme tocou ao lado da cama. Ela o ouviu soar, observando as garotas se espreguiçando. Billy apareceu, meio acordado, e atravessou o corredor, de cuecas, e o desligou. Então, sem olhar para a mãe, se arrastou de volta para o seu próprio quarto e sentou-se na cama, bocejando, reunindo energia para se vestir.

"Obrigada, Bill", disse Carlotta.

O que faria? Todos os músculos do seu corpo estavam doloridos. Não havia tempo para café. A assistente social ficaria furiosa se ela perdesse um só dia de aula. Carlotta sentia-se péssima.

Na cozinha, pôs uma tigela de frutas e uma caixa de cereais na mesa para o café da manhã das crianças. Antes de partir, despertou as meninas para a escola. A casa estava abafada, claustrofóbica. Então caminhou em direção à claridade do dia, entrou no carro e dirigiu até a escola de secretariado.

A ENTIDADE

2

15 de outubro de 1976, 1h17.

Carlotta dormia em sua cama espaçosa. Acordou ao ouvir barulhos de rato na estrutura da casa. Arranhando e atravessando a parede. Então sentiu um cheiro terrível. Era o fedor de carne apodrecendo. Carlotta se endireitou rapidamente.

Foi atingida no lado esquerdo do rosto. O golpe a fez girar e quase a derrubou, o que a obrigou a estender o braço para se segurar. Então o braço foi puxado para baixo. Seu rosto foi forçado contra o cobertor. Sentiu uma forte pressão na parte de trás da cabeça, na nuca, empurrando-a por trás.

Ela deu um chute para trás, sem atingir nada. Um braço forte a agarrou pela cintura e puxou-a para cima, colocando-a de quatro. Seu robe foi levantado sobre suas costas e foi violada por trás. Aquela coisa intensa — sua dimensão gigantesca —, a dor por encontrar tão rapidamente o buraco e empurrar tão depressa para dentro dela, estocando como se ela fosse só aquilo, aquele buraco, e não um ser humano.

Desta vez, o cobertor sobre o qual seu rosto era sufocado não foi uma mordaça tão boa como na noite anterior, quando ela quase sufocou sob o travesseiro. Dessa vez foi possível gritar por trás de um emaranhado de lã. Por mais que a mão tentasse contê-la, não conseguiria silenciar o arquejo, o quase grito aterrorizado de uma mulher em agonia.

Então ouviu uma gargalhada. Um riso insano. Não parecia nem homem, nem mulher. Devasso, lascivo. Ela estava sendo vigiada.

"*Abre, sua puta*", a voz gargalhou.

Carlotta mordeu a mão. Ela identificou a textura da mão? Sim, os dentes entraram em uma substância flexível, mas a mão se afastou depressa. Um golpe na parte de trás da cabeça disparou faíscas em seus olhos. Por que ele não gozou? Toda a cama balançava.

A luz estava acesa. Tal como ontem à noite. Só que desta vez, no lugar de Billy com a mão no interruptor, viu o vizinho, Arnold Greenspan. A cena era patética. Um velho de joelhos ossudos, um sobretudo jogado sobre o pijama, uma barra de ferro na mão. O que faria com aquele ferro, um velho debilitado como aquele? O homem parecia apavorado.

"Sra. Moran!", gritava ele. "Sra. Moran! A senhora está bem?"

O vizinho parecia tão estranho, berrando a plenos pulmões quando estava a apenas um metro de distância. Por que é que gritava? Porque Carlotta gritava. Ela tentou parar, mas seu corpo tremia em espasmos e sobressaltos.

"Sra. Moran!", era tudo o que o homem conseguia dizer. Então o rosto aterrorizado de Billy apareceu na porta sob o cotovelo de Greenspan. Carlotta olhava inexpressivamente para os dois, tremendo e sacudindo. Greenspan olhava para os seios inchados e avermelhados de Carlotta, que pareciam disformes.

"Billy", disse Greenspan. "Vai chamar a polícia. Diga que..."

Carlotta tentou raciocinar depressa.

"Não", disse ela. "Não."

"Sra. Moran", disse Greenspan, "você foi..."

"Não quero a polícia."

Greenspan baixou a barra de ferro. Aproximou-se da cama. Seus olhos estavam marejados. Sua voz estava trêmula de preocupação.

"Não seria melhor falar com alguém?", disse ele. "Eles têm mulheres policiais."

Greenspan não tinha dúvidas do que acontecera. Não fora um pesadelo, até onde ele tinha entendido.

"Não quero passar por isso", disse Carlotta. "Me deixe sozinha."

Greenspan fitou Carlotta. A confusão aumentou em sua mente. Billy se aproximou da cama.

"Aconteceu o mesmo ontem à noite", contou Billy.

"Ontem à noite?", perguntou Greenspan.

Carlotta estava despertando do transe. Pouco a pouco, pensamentos racionais teciam seus caminhos através do escuro labirinto de medo em sua mente.

"Meu Deus!", gritou. "Deus do céu!"

Greenspan fitava Carlotta cuidadosamente.

"Lembro-me de ouvir algo ontem à noite", disse o vizinho. "Mas pensei — a minha mulher me disse — que era apenas um casal discutindo. Pensei que fosse outra coisa, mas eu..."

"Tudo bem", disse Carlotta.

Só então se deu conta de que estava nua na presença de seu vizinho idoso. Ela se cobriu com lençol, prendendo-o dos lados do corpo com os braços. Fez-se um silêncio constrangedor.

"Quer um café?", perguntou Greenspan. "Talvez um chocolate quente?"

Sua voz estava diferente. Tinha perdido o tom de emergência. Detectou uma certa gentileza. Por que isso incomodou Carlotta?

"Não", respondeu. "Obrigada."

"Tem certeza? Qualquer coisa? Por favor, sra. Moran. Você e as crianças. Venham à nossa casa. Temos espaço. Vocês dormem lá esta noite. Amanhã podemos conversar melhor. Você devia consultar alguém..."

"Não", disse Carlotta. Estava racional novamente. "Estou bem."

"Ontem à noite foi ainda pior", disse Billy.

De repente, Carlotta entendeu o que a incomodou. Por que Greenspan tinha baixado a barra de ferro? Por que o vizinho não achou que tinha alguém na casa? No armário? Por que não verificou as janelas? Ela virou o corpo. Claro que as janelas ainda estavam fechadas desde a noite anterior. Por que é que um velho como ele não sentia medo? Por que não tinha corrido banheiro adentro, golpeando algo desconhecido atrás da cortina do chuveiro com aquela arma estúpida e impotente?

"Você causou dano a si mesma, sra. Moran", disse Greenspan. "Devia buscar tratamento."

Era isso. Greenspan já não achava mais o que tinha imaginado ao chegar, quando, ao entrar na casa e acender a luz, aterrorizado, viu sua vizinha sendo obviamente estuprada e espancada. Agora estava muito solícito, e sua preocupação era um pouco atenciosa demais.

"A sra. Greenspan pode preparar algo gostoso para você. Pode ficar conosco, se você quiser."

O vizinho devia estar achando que estava bêbada. Dopada. Dava para ver em seus olhos. Estavam curiosos, observando os sintomas, por assim dizer, daquele mal, estranho e incomum. Ela o odiou por isso.

"Que horas são?", perguntou.

"Duas", disse Billy.

"Passou a noite sozinha?", perguntou Greenspan.

"Só com as crianças", disse Carlotta. "Olha. Estou bem. Foi um desses malditos pesadelos malucos. Me deu um susto dos diabos. Mas estou bem agora. De verdade."

Disse isso e vestiu o roupão, afastando-se discretamente de Greenspan, vestindo-se sob o lençol e depois deixando-o cair sobre a cama. Jesus, preciso dormir um pouco, pensou, enquanto atava a faixa da cintura.

"Vamos sair daqui", disse ela.

Passaram pelo corredor até a sala de estar.

"Pode voltar para casa, sr. Greenspan", disse Carlotta. "Está tudo bem."

"Bem? Olha, não tenho tanta certeza..."

"Eu juro. Estou bem. Cem por cento."

Greenspan olhou fixamente para ela.

"Sou muito mais velho do que você e sei muito sobre a vida. Assim como a sra. Greenspan. Sobre as coisas. Você precisa conversar com alguém. Precisa pesquisar o que aconteceu. Quero que se sinta à vontade para ir até a nossa casa e tomar um café conosco. E conversar. Sobre o assunto que quiser."

"Eu vou", disse ela. "Boa noite, sr. Greenspan."

Depois que o homem saiu, Carlotta fechou a porta e a trancou novamente. Billy olhou para ela. Ambos ficaram em silêncio por algum tempo. Carlotta não sabia o que fazer, o que dizer. Sua mente estava operando em marcha lenta, como um carrossel avariado.

"Não quis botar ele para fora", disse ela. "Só queria ficar sozinha."

"Entendo, mãe."

"Você acha que estou enlouquecendo?"

"Claro que não, mãe."

Carlotta o puxou para perto de si. O bom e velho Billy, pensou. Bons filhos eram raros, mas o seu era um deles.

"O que vou fazer?", ela se perguntou.

Não houve resposta.

Foi uma terrível repetição da noite anterior. As meninas estavam paradas na entrada da sala de estar. Desta vez, pareciam enjoadas. O pânico era visível.

Carlotta sentou-se no sofá. Parecia que seus seios tinham sido arrancados do peito. Billy deitou-se na poltrona, mas dessa vez ninguém ligou a televisão. Carlotta não dormiu. Aconteceu e não aconteceu. Foi e não foi. Estivera acordada e, no entanto, despertara do sonho. Seu corpo estava dolorido em todas as áreas sensíveis. Agora, sua mente repassava os acontecimentos das últimas duas noites, tentando extrair algum sentido de tudo aquilo.

O braço... ela sentira um braço. O pênis... era muito real. Ávido, mas não muito quente. Mais duro, impossível. O peso sobre ela. Bem, quanto a isso, não tinha tanta certeza. Parecia mais uma pressão do que um peso físico, mais como uma incrível tensão, uma gravidade esmagadora. Não havia nenhuma sensação real de algo como um corpo sobre ela, exceto as mãos e o pênis.

Carlotta acordou de um salto. Sabia que não conseguiria dormir naquela noite. Duas noites sem dormir. A cabeça parecia inflada de tanta pressão. Cada som, cada movimento das crianças, cada zumbido, rangido e arranhão na casa a despertavam.

Mas e a voz? A voz insana? Parecia vir de um corpo menor, parecia como... ela imaginava um velho sem pernas, apesar de não ter visto nada, em nenhuma das noites. Será que realmente ouviu a voz? Será que a imaginou? Havia alguma diferença?

A escuridão transformou-se em gris e, em seguida, um débil retângulo de luz se formou na parede. Luz do dia. O alarme disparou. Billy acordou na poltrona, mas estava cansado demais para se mexer. Carlotta não conseguia, não iria se levantar. O alarme continuou como um mosquito impertinente e irritado. Aos poucos, desistiu e silenciou.

Carlotta olhou para o relógio da cozinha. Eram quase oito horas. Precisava se apressar. A escola fazia chamada e denunciava as faltas. Seu pescoço doía. Ela puxou a faixa do robe com mais força, envolvendo a cintura. Pensou em Jerry. Por onde andaria? Mais seis semanas na estrada. Seis semanas antes de vê-lo. Precisava dele. Ele era estável. Sentia que precisava de alguém agora. Foi como uma premonição. A vida estava mudando e, de uma hora para outra, tinha se tornado assustadora. Por quê? Deitou-se pesadamente, dobrou os braços e adormeceu.

Quando despertou, Billy tinha saído de casa. Sua mente embaçada tentou reconstruir os acontecimentos. Sentou-se na beira do sofá, o corpo todo dolorido. Eram quase quatro horas da tarde. As meninas tinham voltado da escola e estavam brincando do lado de fora. Ela conseguia ouvi-las lá na calçada. Então se virou e as viu através da janela, escrevendo com giz no cimento. Foi à cozinha e requentou o café.

O clima parecia suspenso no ar. Conseguia ouvir o tique-taque do relógio na parede. Então, tudo pareceu estranhamente silencioso, como uma calmaria entre tornados. Tentou ser o mais racional possível: se isso acontecesse mais uma vez... Então o quê? Estacou, a xícara de café suspensa diante dos lábios. Então iria embora. Deixaria a casa. Tinha a sensação de que a fonte de tudo era a casa, de alguma forma era a casa. Sim, se voltasse a acontecer, eles iam embora. Para onde? Para a casa da Cindy? Cindy Nash iria recebê-los. Por um dia. Ou dois. Eu invento uma história. A casa está infestada de cupim e está sendo dedetizada. Dane-se. A Cindy é uma boa amiga. Não precisaria de justificativa. Poderiam ficar lá uma semana, se precisassem. Talvez Jerry voltasse mais cedo para casa. Ele fazia isso ocasionalmente. Dava uma passada, entre uma cidade e outra. Um rápido pernoite, às vezes um fim de semana. Carlotta sorriu vagamente. Droga. Por que não deixou um número? Ou pensou em ligar, saber dela? Bebeu o café. Já estava morno. E se Cindy não pudesse recebê-los? E se George se opusesse? E se...? Carlotta franziu a testa e não conseguiu pensar mais. Não havia resposta para essa pergunta. Só tenho de esperar e torcer para que nada...

Billy entrou pela porta, vindo da escola. O restante do mundo estava voltando do trabalho, e ela ainda acordando. Um sentimento crescente de obscuridade pairava em sua mente, como se algo, talvez toda a sua vida, estivesse prestes a deslizar por entre seus dedos para um abismo sem fim se ela não tivesse cuidado e desse passos certos, calculados.

"Oi, mãe", cumprimentou Billy.

"E essa felicidade toda?"

"Fui escolhido secretário do clube de Mecânica Automóvel na escola."

"Que demais. Sério mesmo. Nunca passei de animadora de torcida da segunda divisão."

Billy levantou um caderno cinzento, gasto, certamente reaproveitado ao longo de muitos semestres.

"O meu livro-razão, tá vendo?"

"Eles sabem que você não sabe soletrar?"

"Mãe."

"Estou brincando. Ei, não joga no sofá. Vou dormir aí esta noite."

O silêncio pairou no ar. Billy pôs o caderno na poltrona. Entrou no quarto para vestir seus jeans velhos e continuar a trabalhar com o bloco do motor na garagem.

Ela deu um gole de café. Estava frio. Esta noite tentaria dormir no sofá. Se isso não ajudasse...

Naquela noite, assistiram televisão. Billy foi à loja para comprar leite e biscoitos de queijo, que todos comeram. Carlotta vestiu a camisola nas meninas e as pôs para dormir.

Por volta das 23h30, deitou-se no sofá e se cobriu com o cobertor. Billy não disse nada, mas deixou a porta de seu quarto aberta. Carlotta ficou deitada em silêncio, pensando nas últimas duas noites. Com o passar do tempo, ficou cada vez mais preocupada. Com os barulhos na casa, com a visão estranha de faróis de automóveis distantes lançando jatos de luz distorcidos sobre o corredor, não conseguia dormir. Então percebeu que o sofá estava machucando suas costas. Qualquer posição em que se aconchegasse, ou acertava um botão ou uma protuberância; não havia superfície plana e dura. Seus músculos estavam tensionados, não importava como se deitasse. Finalmente tentou deitar-se do lado direito, voltada para a escuridão.

Por volta das 2h30 devia estar adormecida, porque acordou de sobressalto. Foi o ventilador. Um ruído sutil e isolado quando o termostato desligou. Escutou atentamente. Nada. Podia ouvir a respiração das crianças em seus quartos. Lá fora, nada.

Fechou os olhos, mas não conseguia dormir. Gradualmente, entrou em um estado de semiconsciência, uma percepção de imagens malformadas surgindo do caos retiniano. Então, dormiu.

No dia seguinte, um sábado, um ligeiro otimismo prevaleceu na casa. Nada de anormal acontecera. Exceto pela dor nas costas, Carlotta estava de bom humor. Levou as crianças para Griffith Park, onde há vários acres de colinas arborizadas que, em Los Angeles, são consideradas natureza selvagem. Com todas as famílias ao ar livre, Carlotta se sentiu mais uma vez parte da humanidade, fazendo o que todos faziam, sentindo-se como todos se sentiam. Até as crianças pareciam estar com um humor bem-disposto. Billy encontrou um jogo de softball para participar. Voltaram para casa exaustos no final da tarde.

O domingo transcorreu normalmente. Carlotta faxinou tudo, exceto seu quarto. Billy saiu com uns mecânicos, foram construir, desmontar, sabe-se lá exatamente o quê. As meninas viram televisão. Carlotta praticou sua estenografia. Era tedioso, porém necessário. Então as horas se passaram. Foi um dia normal. Até a noite foi tranquila.

No entanto, na segunda-feira, o clima mudou. O sr. Reisz, o incrivelmente magro e exigente instrutor de estenografia e datilografia, chamou a atenção para a pontuação de Carlotta. Sua precisão e velocidade vinham caindo. Ela nem tinha notado. Isso a incomodou, pois andara praticando bastante. E se não conseguisse se tornar uma secretária? E se aquele acabasse se tornando um caminho mais difícil do que imaginava? Será que estava ficando presa em algum tipo de armadilha, um sistema projetado para frustrá-la? Havia alguma limitação na sua própria constituição? Subitamente, a dificuldade com sua precisão e velocidade começou a perturbá-la. De repente, teve medo de não conseguir lidar com o fracasso.

Quando entrou em casa naquela noite, as crianças estavam em péssimo estado emocional. A tensão pairava sobre a casa, mas ninguém sabia dizer por quê. Julie e Kim brigavam no chão. Em retrospecto, pairava uma aura ameaçadora, mas naquele momento nada disso chamara a atenção de Carlotta.

"Julie me bateu com o cinzeiro!", gritou Kim.

"Eu não!"

"Bateu sim!"

"Não bati não!"

"Quietas!", disse Carlotta. "Deixa eu ver."

De fato. Uma marca vermelha subia ao longo da nuca de Kim.

"Tá vendo? Ela jogou na minha cabeça!"

Julie protestou, jurando inocência. Carlotta sabia, como uma mãe sabe, que Julie estava dizendo a verdade.

"Não olhe para *mim*", disse Billy. "Você acha o quê, que eu curto bater em crianças com cinzeiros?"

"Ok. Ok", disse Carlotta. "Não vamos gritar uns com os outros. Olha. Não estou com cabeça para lidar com este tipo de coisa, por isso o melhor é ficarmos quietos por enquanto. Está bem?"

Um silêncio mal-humorado prevaleceu no ar.

"Bem, eu não bati em *ninguém*", murmurou Billy.

Dois dias sem problemas à noite. Contudo se continuasse dormindo naquele sofá, suas costas ficariam gravemente avariadas. Carlotta tinha horror de médicos. Sempre significava sentir mais dor com eles. Além disso, uma boa noite de sono em seu próprio colchão melhoraria a dor naturalmente. Não seria a primeira vez. Carlotta abriu a porta do quarto e deu uma olhadela para dentro.

A visão da enorme cama com sua pesada madeira esculpida, os ridículos anjinhos europeus, agora assumiram um aspecto sinistro, uma espécie de ar de deboche, zombeteiro. As mantas e os lençóis ainda estavam no chão, desde a última vez que tinha dormido lá. Com um leve calafrio, entrou no quarto. Nenhum odor. Nada fora do lugar, além dos lençóis. Tirou a roupa de cama e colocou uma limpa.

Eram 23h10. Precisava descansar. Precisava melhorar sua nota na escola. Precisava impressionar o sr. Reisz. Tinha de mostrar que estava no caminho certo. Deslizou para baixo dos lençóis fresquinhos e fechou os olhos.

O tempo passou muito lentamente. Seu corpo parecia aconchegado pelo colchão firme; estava suspenso e tranquilo. No entanto, o sono foi irregular. Seus olhos abriam a toda hora. Deixara a porta do corredor aberta. E sabia que Billy também deixara a porta de seu quarto aberta. Por desencargo de consciência.

Deve ter sido por volta da meia-noite. A lâmpada atrás do relógio tinha apagado. Teria queimado? Carlotta tentou vislumbrá-lo, imerso na escuridão. Por que ela acordou? Ouviu o silêncio.

Nada. Olhou para a frente, podia discernir a forma difusa da cômoda, o espelho e o reflexo distante da cama mergulhada em trevas.

Respirou profundamente. Nada. Sem cheiro algum. Nada de errado. Afinal, por que tinha acordado? E então teve uma espécie de premonição. Sentiu que algo se aproximava. Vindo de muitos quilômetros de distância sobre um cenário fragmentado, chegaria em uma fração de segundo. Levantou depressa.

"Bill!"

Billy pulou da cama. Carlotta avançou para o corredor, embrulhando-se em um vestido, fechando os botões. Encontrou Billy na porta.

"Tem algo vindo aí", disse ele.

Houve um barulho atrás dela. Ela se virou. A luminária havia caído da mesa de cabeceira, que agora estava encostada na parede. A porta atrás dela bateu.

"Vamos sair daqui!", gritou.

Seu quarto inteiro estava caindo aos pedaços, com móveis sendo arremessados. Em seguida, o som do espelho se espatifando em cacos pequeninos.

"Mãe...", Billy olhava para ela, apavorado.

"Pega a Kim", gritou ela. "Eu pego a Julie!"

Eles correram para o quarto das meninas. Billy agarrou Kim, o cobertor dobrado sobre as pernas da menina.

"Devo levar o cobertor?!", gritou Billy.

Ele estava em pânico.

"Sim! Sim! Leva! Foge!"

Alguma coisa — sapatos, uma penteadeira cheia de cosméticos — bateu contra o interior da porta. Enquanto corriam para o corredor, Carlotta viu surgir uma protuberância na porta e uma rachadura na madeira barata.

"Santo Deus!", exclamou.

Ccorreram para a sala de estar. Parecia que o quarto estava sendo destruído, móvel a móvel, com assombrosa velocidade. Não como uma explosão, e sim como se alguém o estivesse sistematicamente demolindo, item a item, raivoso, descontando sua fúria nos objetos por não encontrar Carlotta lá. De repente, as cortinas — cortinas feitas de tecidos pesados — foram rasgadas como lenço de papel e o som reverberou pela casa.

"Droga! Droga!", gritou Carlotta.

Lágrimas de medo e raiva escorriam por seu rosto. Estava na porta da frente, mas, por estar com Julie nos braços, não conseguiu abri-la. Inclinou-se para a frente, encostando a menina na porta. Julie imediatamente choramingou de dor. Mas deu a Carlotta a oportunidade de destravar o trinco. Algo se chocou contra a porta do quarto fechado e partiu-se em pequenos pedaços.

"PIRANHA!", rugiu a voz.

Correram noite adentro e entraram no carro. Atrás deles, parecia que o quarto — ou o que restava dele — estava sendo destruído, como se um bando de pedreiros o quebrasse lá dentro com uma bola de demolição. Carlotta deu a ré, metendo o carro na cerca viva de um vizinho, engatou a primeira e saiu cantando pneu pela rua Kentner.

"Meu Deus, você *ouviu* isso, Billy?"

Billy ficou em silêncio. Petrificada, Carlotta se virou para ele.

"Você não *ouviu*?"

"Sim, mãe, ouvi."

Billy a olhava de modo estranho, ela pensou. Seus olhos brilhavam em lágrimas.

Carlotta avançou um sinal vermelho logo após um solitário cruzamento. Não havia ninguém por perto. Ela dirigiu sem pensar por um labirinto de ruas, passando por casas escuras e sombrias.

"Mais devagar, mãe", disse Billy. "Você está a oitenta."

Carlotta olhou para o velocímetro, e em seguida tirou um pouco o pé do acelerador. O pânico da fuga a fez ativar o modo automático. Estava agindo por reflexo, por instinto, como um animal assustado.

"Onde estamos?", perguntou.

"Estamos perto da avenida Colorado", disse Billy. "É ali, atrás da fábrica."

Instintivamente, dirigiu para a avenida Colorado. Desacelerou um pouco mais. O carro agora estava a uns 65 quilômetros por hora.

"Ouçam, crianças", disse ela, percebendo a histeria em sua voz. "Vamos ficar bem. Tá certo? Vocês estão bem?"

Ela virou-se e, por cima do ombro, viu Julie no banco de trás. A menina estava em silêncio. Com enjoo, assustada, em silêncio. No banco da frente, ainda embrulhada em seu cobertor, Kim estava ofegante, apavorada demais para chorar. Com um alívio cômico em meio ao pânico colossal, Carlotta viu que Billy estava de cuecas.

"É melhor se enrolar nesse cobertor, Bill", disse ela. "Estou indo para a casa da Cindy."

Disse isso e subiu a avenida, virou em direção ao norte e seguiu dirigindo, agora abaixo do limite de velocidade, em direção às luzes brilhantes dos cinemas e motéis que caracterizavam West Hollywood.

"Onde raios..."

"Vire à esquerda", disse Billy, enrolando-se no cobertor. É quase como dirigir até Hollywood."

Milagrosamente, como se estivesse em piloto automático, o carro encontrou seu caminho em direção a ruas familiares: escuras, com asfalto rachado, apinhadas de casinhas simples sendo substituídas por grandes conjuntos habitacionais.

"Ali está", disse Billy.

Carlotta estacionou em frente a um enorme edifício cor-de-rosa. Dizia *El Escobar* na fachada. Era a única coisa que o diferenciava dos outros conjuntos ao final da rua. E as bolas vermelhas e azuis, concebidas como a iluminação exótica de alguém, agora deixavam as palmeiras na fachada parecerem plantas medonhas, com aspecto doentio.

Subiram as escadas, Billy segurando o cobertor para não tropeçar.

"Escutem, crianças", disse Carlotta. "Deixem que eu falo. O que eu disser que aconteceu, aconteceu. Se alguém perguntar alguma coisa quando eu não estiver por perto, vocês confirmam." Carlotta olhou à sua volta. As meninas concordaram com a cabeça.

"Claro, mãe", disse Billy.

Carlotta tocou a campainha. Devemos estar ridículos, pensou. O som da campainha pareceu partir a noite ao meio. Nenhuma resposta. Ela tocou outra vez. E se não atenderem? Então, vislumbrou dedos afastando devagar as cortinas na janela. Logo em seguida, a porta se abriu.

"Carlotta." Disse Cindy. "Billy! O que..."

"Cindy!"

"Não chore, querida. Vamos, entrem. Entrem."

Cindy estava de roupão, o cabelo em rolos altos e enormes, mas, para Carlotta, sua amiga parecia linda. Especialmente agora. No apartamento minúsculo, o tapete dourado, desfeito nas bordas, as paredes, que racharam em apenas dois anos, as cadeiras combinando e a mesa na cozinha — o tipo de apartamento multiplicado aos milhares em toda a cidade. O mais desejável e abençoado refúgio para Carlotta.

"O que foi?", Cindy perguntou. "Um incêndio?"

"Não", disse Carlotta. "Nós... fomos expulsos de casa."

"Expulsos? Por quem?"

"Tivemos de sair..."

"Tiveram... Não entendo. O que houve?"

As meninas começaram a chorar.

"Ah, crianças. Olha", disse a Cindy. "Querem ficar aqui, é isso? Certo."

Cindy se levantou da cadeira, foi até o armário do corredor e voltou com uma pilha de cobertores e almofadas.

Pela porta aberta do quarto, Carlotta pôde ouvir George, o marido de Cindy, roncando alto. Milagrosamente, ele não acordou com a chegada deles.

"Obrigada, Cindy", disse Carlotta. "Não sei o que teria feito..."

"Para que servem os amigos?", disse Cindy.

Ela pôs as meninas sob dois cobertores no sofá. Billy se aninhou sobre enormes almofadas ali por perto. Cindy inclinou-se e sussurrou para Carlotta.

"Se aborreceu? É o Jerry, não é?"

"Não, não. Ele só volta de viagem daqui a seis semanas."

"Quer me contar a sós? Quando as crianças não estiverem por perto?"

"Sim. Melhor."

Cindy acomodou as meninas. Carlotta despiu o vestido e se deitou no chão.

"Vai dormir aí?", Cindy perguntou, preocupada.

"É melhor para as minhas costas."

"Está bem. Ouçam, pessoal. O banheiro é logo ali. Podem usar quando quiserem."

"Deus te abençoe, Cindy", disse Carlotta. "Lamento muito..."

"Imagina. Amanhã conversamos."

"Boa noite", disse Julie. Era tão absurdo. Como se tivesse ido acampar, sendo educada, não sabendo por que estava lá.

"Boa noite, amiga", disse Cindy. "Durmam bem."

"Boa noite, Cindy", disse Carlotta.

Através das paredes finas do quarto, Carlotta ouviu Cindy dizer algo para George. George resmungou um pouco, mas ela o fez ficar quieto depois de algum tempo. No silêncio do apartamento de Cindy, Billy já estava dormindo. Assim como as meninas. A adrenalina começou a ceder. Carlotta sentiu-se cada vez mais drenada de energia, a cada segundo que passava. Então, lágrimas começaram a se formar em seus olhos. Lágrimas de exaustão, frustração, medo. Chorou em silêncio. Depois cessou, cansada demais para sofrer ou pensar em qualquer coisa. Adormeceu. Todos dormiram. Uma noite sem sonhos.

A ENTIDADE

3

A luz do sol iluminou as margaridas na mesa da cozinha, deixando o piso reluzente. Cindy estava sentada, perplexa.

"Você viu mesmo essas coisas saírem da parede?"

"Eu não vi", disse Carlotta. "Mas senti. Senti a presença."

"Dessas criaturas?"

"Não sei o que eram."

"Então, o que fizeram?"

"Não muito", mentiu Carlotta. "Eles só... andaram pelo quarto, tentaram me tocar..."

"Jesus!"

"Arranharam a parede. Derrubaram coisas."

"Tem certeza de que estava acordada?"

"Cindy, eu juro. Estava tão acordada como estou agora. Você acha que já não reconstituí mil vezes tudo o que me aconteceu? Eu estava acordadíssima. Suando frio, com olhos vidrados, totalmente desperta."

Cindy balançou a cabeça e soltou um assobio.

"Há quanto tempo isso vem acontecendo?"

"Quase uma semana. Aconteceu duas vezes, depois voltou a acontecer de novo ontem à noite, e eu acabei surtando. Peguei as crianças e fugi. Não conseguia mais suportar aquela situação."

"Não culpo você por isso", disse Cindy.

Ela franziu a testa, pensativa.

"Bem", Cindy finalmente falou, "você não é louca. Eu te conheço muito bem. Se estava com medo, havia um motivo. Você é uma das pessoas mais equilibradas que conheço."

"Mas então, o que acha que é?", perguntou Carlotta. Cindy se deteve olhando para sua xícara de café, sem pronunciar uma palavra por muito tempo. Depois levantou os olhos para Carlotta.

"Jerry."

"O quê?"

"É o Jerry. Ele está por trás disso, e está tão claro para mim quanto a sua presença aqui, sentada na minha frente", disse Cindy.

Carlotta tragou o cigarro. Na televisão, o mestre de cerimônias sorriu para uma audiência de mulheres de meia-idade, mas o som estava baixo e era apenas uma imagem azul e cintilante, silenciosa. Uma presença absurda, errática e sem sentido.

"Você não concorda", disse Cindy.

"Não."

"Olha. Quando alguém desaba, é por causa de alguma questão crítica, internamente falando. As pessoas não decidem de uma hora para outra que quinta-feira é um bom dia para ter um colapso nervoso, não é mesmo?"

"Não sei."

"Claro que não. É sempre algo profundo, algo crucial em suas vidas, que as devora por dentro."

Carlotta apertou os olhos para enxergar melhor a tela de televisão. Depois virou-se para Cindy.

"O que está tentando me dizer, Cindy?"

Como se tivesse recebido o sinal verde para compartilhar a sua filosofia de vida mais íntima, Cindy inclinou-se para a frente e começou a falar ávida e vigorosamente.

"Você está sofrendo e não sabe. E vem evitando pensar a respeito. Tem fingido que está tudo ótimo, quando não está. E o Jerry está por trás de tudo."

"Não vejo a ligação..."

"Claro que não. Não é lógico, nem racional. Pense na minha tia, aquela que surtou. Que conexão havia entre falar com um agente do FBI imaginário na sala de estar e seu verdadeiro problema? Nenhuma. O seu verdadeiro problema era ser rejeitada por aquela filha detestável, a Jewel. Uma menina burra, que fugiu com um artista, vivia no lixão e só queria dinheiro dela. Ameaçou se matar se ela não desse. Uma coisa medonha. Ela enlouqueceu a minha tia. No entanto, sabe, não havia nenhuma ligação direta. É sempre algo indireto, como uma surpresa que a espera na esquina. É preciso enxergar o verdadeiro problema. Você tem que descobrir o que realmente está acontecendo."

"Como o que te contei pode estar ligado ao Jerry?"

"Ele quer casar contigo, não quer?"

"Não sei dizer, Cindy. A nossa relação nunca foi assim... bem definida. Nos divertimos juntos, só isso. Gostamos da companhia um do outro. Não sei se Jerry quer se casar. Estamos meio que metidos nisso juntos, talvez um pouco mais do que pensávamos no início."

"Sim, mas se divertir é uma coisa. Casar, é outra."

Carlotta suspirou.

"Você devia ser psiquiatra."

"Eu sei. Isso é porque leio muito", comentou Cindy, depois de abrir um enorme sorriso. "Olha. Não tenha medo. Essas decisões acabam sendo tomadas, mais cedo ou mais tarde. Se você for esperta, fará as melhores escolhas."

"Bem", disse Carlotta, "talvez seja melhor deixar tudo às claras. Sinceramente, nunca pensei nisso assim. Mas talvez você tenha razão."

Cindy apoiou a mão no braço de Carlotta. Para sua surpresa, o braço estava quente, quase transpirando. Uma onda de compaixão inundou o coração de Cindy.

"Pense a respeito. Não há nada que você não seja capaz de enfrentar. Seja honesta consigo mesma."

"Ok. Está muito subjetivo, mas vou pensar, sim."

"Vai dar tudo certo", disse Cindy.

Na televisão, um homem bem-vestido com terno estava atrás de um púlpito. Parecia tentar vender algo com seu sorriso impecável, e então pegou uma Bíblia enorme e a empurrou para a câmera. Para Carlotta, parecia que o homem estava oferecendo o livro para ela.

Carlotta acordou de noite. Os ossos doíam. A cabeça doía. Onde estava? George roncava suavemente no quarto ao lado. As luzes dos carros percorreram a parede da sala. Lá estava Billy, o cabelo caindo sobre os olhos, emoldurando seu rosto. As meninas dormiam nas sombras. Que paz. Nem uma brisa no ar. Apenas pensamentos vagos. Imprecisos. Como cheguei a este ponto, dormindo no chão da casa da Cindy? Sim, me lembro. Ainda estou dolorida. O que está acontecendo comigo? E fora de mim? O que sobrou de mim?

Pelo menos lá, estava segura. Era impossível que qualquer coisa pudesse acontecer naquele lugar. Havia muitas pessoas. Cindy viria ao seu resgate, enquanto George dormia. Todos, menos George, seriam testemunhas. Testemunhas da loucura de Carlotta. Ela se imaginou rodeada de médicos em um longo corredor, se debatendo, gritando. Era assim que seria? Quando se ultrapassa os limites, deixamos de ser quem somos? Lembramos o nosso nome? O que nos tornamos, afinal?

Então as imagens das últimas noites surgiram em sua mente: luzes piscantes, a boca seca, a avassaladora sensação de que... de que... Carlotta já nem sabia mais dizer. Não era nem sonho, nem realidade. E quem naquele apartamento, quem em toda a cidade de Los Angeles, podia dizer-lhe o que era?

O dia seguinte transcorreu sereno. Carlotta faltou à escola. Em vez disso, ela e Cindy foram às compras. Cindy comprou uma bolsa de couro na rua Olvera, onde o artesanato mexicano decorava a antiga rua de paralelepípedo de cima a baixo, enfeitada com pinhatas e cerâmicas coloridas. Elas foram para casa e jogaram gamão até que chegou a hora de Carlotta fazer a longa viagem a oeste de Los Angeles para buscar as crianças. Em suma, um dia agradável. Relaxante. O sol de outono fizera bem a Carlotta, praticamente uma cura. O ar quase limpo, fresco, os gritos das crianças e a festiva música mexicana — estava tudo alegre de novo. Apenas um pequeno detalhe no fundo de sua mente, sobre o qual as duas não conversaram.

Com o avançar da noite, Cindy observou uma mudança de personalidade diante de seus olhos. Carlotta ficou nervosa, assustada. Havia mais alguma coisa se passando em sua cabeça? Mais do que vultos no escuro?, Cindy se perguntou.

Então George chegou em casa. Sua camisa tinha manchas de suor sob os braços. Ele hesitou quando viu Carlotta. Então seguiu em silêncio para o banheiro. Houve um som de canos se movendo, e depois a água começou a jorrar do chuveiro. O som era furioso.

"Ele está zangado comigo?", Carlotta sussurrou.

"Não, o George é assim mesmo", disse Cindy.

"Olha. Se for inconveniente..."

"De forma alguma."

"Estou falando sério..."

"Adoro a sua companhia. Fique o tempo que quiser."

"Parecia que George..."

"Esquece o George. Aquele lá já nasceu carrancudo."

Cindy aproveitou o momento e gesticulou para a porta com um meneio quase imperceptível da cabeça. Carlotta estava intrigada.

"Preciso falar contigo", disse Cindy. "Vamos lá para fora."

Saíram pela porta e a fecharam em seguida.

Cindy olhou Carlotta nos olhos.

"Há algo que você não me contou", disse Cindy. "O que é?"

"Eu contei tudo."

Cindy captou o olhar evasivo no rosto de Carlotta. O que quer que estivesse escondendo da amiga a deixava travada. Mas até onde se pode pressionar os amigos?

"A única coisa que quero neste mundo, Carly", disse Cindy, "é te ver superar as dificuldades. Você acredita em mim?"

"Claro que sim."

"Se não quiser ajuda, não tenho como te ajudar."

"Juro por Deus, Cindy. Estou sendo sincera contigo."

Mas os olhos de Carlotta pareciam indicar que havia algo sufocado, e se Cindy quisesse saber o que era, teria de arrancar da amiga.

Cindy puxou Carlotta para longe da porta do apartamento. Lá embaixo, a bomba fazia a água borbulhar sobre as rochas da cascata havaiana artificial. Sobre os telhados do beco atrás do edifício, dois gatos corriam, grunhindo e rosnando sobre as telhas vermelhas. O sol estava se pondo, uma esfera ao longe, vista através da neblina. Carlotta estremeceu quando foram tocadas por uma rajada de vento estranha e repentina.

"Você está usando drogas?", perguntou Cindy, temerosa.

"Drogas? Eu? Por Deus, não!"

Cindy olhou nos olhos de Carlotta. Ela os examinou rapidamente.

"As pessoas usam drogas e veem coisas", disse Cindy. "Mesmo quando não querem, às vezes acontece."

"Por Deus, Cindy. Nunca usei nada."

"Franklin Moran era um viciado."

Carlotta rechaçou a ideia. A lembrança daquele rosto áspero e másculo, com o seu sorrisinho maroto, veio à mente. Isso e as noites doentias e estranhas, seguidas pelas manhãs doces e melancólicas...

"Mas *eu* nunca fui viciada", disse Carlotta suavemente. "Nunca usei nada dessas coisas. Isso foi um problemão para nós. O maior de todos, né", acrescentou com um toque de amargura.

Cindy hesitou.

"O que é, então?"

"Não é nada. Não quero falar sobre isso", disse Carlotta.

"Não quero te pressionar, Carlotta, mas não pode ficar guardando para você, isso vai acabar te destruindo."

Carlotta de repente levantou os olhos. Tentava acender o cigarro, mas a brisa fria apagava fósforo após fósforo. Quando ergueu os olhos, estavam marejados.

"Fui estuprada", disse Carlotta.

A mão de Cindy foi para a boca. Ela ficou atordoada.

"Estuprada!" Carlotta tentou repetir, o cigarro não aceso tremendo em sua boca, mas a palavra saiu quase inaudível.

"Meu Deus", sussurrou Cindy.

Carlotta virou de costas. Será que o sentimento de estar avariada nunca a abandonaria? Mais uma vez, sentiu-se imunda da cabeça aos pés, imersa naquela experiência traumática, e não havia como se limpar.

"Meu Deus...", era tudo o que Cindy conseguia dizer. Então as lágrimas surgiram em seus olhos também, e ela estendeu a mão e a apoiou no ombro de Carlotta. Então, as duas mulheres se abraçaram. "Me desculpa, eu não sabia, nem sequer fazia ideia... Ai, querida!"

"Ai, Cindy", desabafou Carlotta, chorando, "me sinto... destruída... totalmente destruída por dentro."

"Baby, baby... meu Deus! Como foi que isso aconteceu?"

"Eu estava sozinha no meu quarto e alguma coisa me agarrou, me sufocando... Quase desmaiei... ficou tudo escuro..."

Carlotta afastou-se de Cindy. Sentia que estava ficando gelada. A brisa da noite soprou-lhe o cabelo, levantou-o suavemente da testa, seus olhos escuros ficaram repentinamente frios e distantes.

"Você não entende, não é?", perguntou Carlotta.

"Claro, eu..."

"Não menti sobre o que rastejou pela parede."

Cindy só a encarou.

"De que raios está falando?", Cindy sussurrou.

"Você não percebe? Aconteceu e não aconteceu... fui estuprada e espancada, mas... não havia ninguém lá... Quase morri, e quando acenderam a luz, eu estava sozinha."

Cindy não conseguia compreender.

"Você ligou para a polícia?", sussurrou finalmente.

"Cindy, Cindy, a boa e velha Cindy de sempre! Eu estava *sozinha* na minha cama... quando acenderam as luzes. Este homem — quem quer que fosse, o *que* quer que fosse — desapareceu. Desapareceu do nada, como quando acordamos de um pesadelo."

A mão de Cindy permaneceu imóvel em sua própria garganta, na postura de alguém que não consegue entender os aspectos mais simples dos mais extraordinários fenômenos, mesmo ao ouvi-los.

"Não entendo", disse Cindy. "Você foi atacada, ou você não foi...?"

"Claro que fui. Ele me espancou. Quase me estrangulou. Então abusou pesadamente de mim. E quando a luz se acendeu, desapareceu como... se nunca tivesse estado lá."

Cindy inclinou-se contra o corrimão. Ela percebeu que Carlotta falava a verdade. Sentiu pela forma como a amiga evitou o seu olhar, seu belo rosto escondido por vergonha e humilhação, a memória do ataque ainda ardendo em sua mente, e agora um medo terrível começou a preencher seus olhos. Carlotta andou em volta de Cindy.

"Está vendo?", implorou. "Não há resposta, né? É verdade e não é. Aconteceu e não aconteceu. Foi desesperador! Foi desesperador, Cindy! Duas vezes!"

"Aconteceu de novo?"

"Na noite seguinte! Por que você acha que saí correndo de lá quando começou pela terceira vez?"

"Mas e agora, aqui comigo...?"

"Está tudo bem quando estou aqui. Só não sei quanto tempo vai durar. Tenho medo de voltar para casa. Tenho medo de ficar sozinha."

"Claro", disse Cindy, confusa com a história. "Não culpo você."

Durante muito tempo, ambas ficaram em silêncio. Apesar do frio, permaneceram no mesmo lugar, caladas. A noite azul agora estava iluminada por lâmpadas vermelhas e verdes nas palmeiras abaixo. Carlotta tremia de frio. Cindy, geralmente tão afiada e loquaz, estava perdida nos infinitos labirintos de seu próprio pensamento. Não havia como a decifrar. Não mesmo.

"Então fique aqui, Carlotta", disse Cindy. "Pelo tempo que precisar."

Carlotta balançou a cabeça. Ela olhou para o horizonte, tentando focar sua mente mais uma vez. Então assoou o nariz em um lencinho.

Ajeitou os cabelos arrepiados pelo vento frio.

"Mas ainda acho", falou Cinidy, "que você deveria consultar um psiquiatra."

"Não tenho grana para um psiquiatra."

"Você pode ir a uma clínica popular."

"Não para problemas mentais."

"Você está muito enganada. Tem a clínica da faculdade. O pagamento é opcional, e se você recebe benefícios do governo, não precisa pagar nada."

Carlotta concordou com a cabeça. Ela sorriu.

"Acha que estou ficando doida?", perguntou Carlotta.

"Não sei. Mas estou assustada."

"Que tal entrarmos?"

Cindy concordou. As duas mulheres deram as mãos quando se viraram e andaram até à porta do apartamento, deixando-as cair quando estavam para entrar.

"Não conta para o George", disse Cindy. "Ele é um pouco conservador em relação a determinados assuntos."

"Não teria contado a ninguém que não a você", sussurrou Carlotta de volta.

"Tá. Sorria. Lá vamos nós."

E Cindy abriu a porta. Lá dentro, Billy e as meninas olharam para as amigas. Desconfiados, Carlotta pensou. Procurando sinais escondidos em seus rostos. As crianças pareciam saber instintivamente quando a mãe estava envolvida naquele... horror quase como se conseguissem ler sua mente. E então, voltaram sua atenção para o jogo de palavras cruzadas espalhado na mesa da cozinha. George entrou na sala com um jornal dobrado, olhou brevemente para Carlotta e depois para Cindy.

"Comida, que é bom, nada, né", reclamou ele.

"Só um minuto, George", disse Cindy.

"Meu Deus", murmurou ele.

George mexeu no controle da televisão. Billy deixou cair várias letras de palavras cruzadas no chão. Carlotta procurou em sua bolsa por um livro, sentou-se e fingiu ler. Parecia que sempre que falava ou pensava a respeito do que lhe aconteceu, todo o sentimento voltava, dominando sua vida, todo o seu universo, como uma neblina ao seu redor. Malvada. Fétida. Cindy cantarolando na cozinha era o único som alegre na casa.

A quinta-feira transcorreu normalmente. Veio a sexta-feira. Um ligeiro cheiro de ozônio penetrou o ar da noite. Isso deprimiu Carlotta.

Julie e Kim dormiram no sofá. Billy dormiu contra a parede, ao lado da televisão. George resmungou quando tropeçou em Billy pela manhã. O jantar foi silencioso e mal-humorado. George empilhou ervilhas em seu garfo e as esmagou com uma faca.

Carlotta não foi ao psiquiatra. O problema estava se tornando mais distante. O mundo estava se tornando algo menos tenebroso, mais amigável. Sentia-se bem fisicamente. Dormir no chão era melhor para sua coluna e estar com Cindy era bom. Parecia lhe devolver um senso de plenitude.

Durante o dia, sentava-se ereta atrás de uma enorme máquina de escrever na Escola Carter de Artes Secretariais. O alto e magro sr. Reisz, cujo corte escovinha ficara consideravelmente mais ralo desde os longínquos dias perdidos de sua juventude, caminhava pelos corredores com um cronômetro na mão. A sala estava cheia com o tinir de quarenta máquinas de escrever em atividade insana.

"E... Parem!" O sr. Reisz anunciou. "Trinta palavras. Quem digitou trinta palavras por minuto? Trinta e cinco? Excelente. Quarenta? Alguém digitou quarenta palavras?"

Carlotta levantou a mão. O sr. Reisz veio e analisou seu desempenho.

"Atenção às maiúsculas", disse ele. "Tecle firme. Dê golpes fortes e firmes."

Do outro lado do corredor, outra menina respondeu pela amiga.

"Juanita", disse ela. "Juanita digitou quarenta palavras, senhor."

O sr. Reisz passou por trás da mesa. Ele não gostou.

"Diz a ela que seu dedo mindinho ainda está fraco", comentou. "Não vire o pulso. Dê golpes fortes e firmes."

O sr. Reisz voltou para a mesa na frente das fileiras. A escola estava sob subcontrato com o condado de Los Angeles. A maioria das meninas, um grupo animado e risonho, estava no programa de bem-estar social, várias grávidas outra vez.

Carlotta olhou pela janela. Alguns adolescentes magricelos arremessavam bolas na quadra de basquete vizinha. Seus rostos brilhavam de suor. O dia estava preguiçoso, quente, cheirava como o interior de um depósito de lixo, um leve aroma de mofo e uma poeira fina que se deslocava do nada para as mesas e janelas.

Como a vida é bela, pensou Carlotta. Quem imaginaria que a filha de um pastor de Pasadena ficaria feliz batendo teclas para o conselho de segurança social? No entanto, ela se sentia feliz. Gostava das meninas, do sr. Reisz, tão absurdamente formal, mas atencioso, e gostava de se aprimorar, dia após dia, com uma pontuação concreta para balizar o foco. Pensando a respeito, meditou Carlotta, são as coisas simples e comuns que fazem a vida boa. As coisas que Bob Garrett havia acreditado e lhe ensinado. Os pequenos detalhes possíveis de serem bordados em uma trama rica e complexa ao toque.

O pesadelo da semana anterior se transformou em uma névoa imperceptível, suspensa cada vez mais longe no horizonte mental, e com ela, qualquer ideia da ida a um psiquiatra também foi embora.

Carlotta tinha medo de psiquiatras. Pessoas que se consultavam com médicos assim nunca melhoravam. Ali, com Cindy, estava segura. Estava em uma fortaleza, com paredes de três metros de espessura. Tinha tempo para pensar nas coisas com calma, para reconstruir o passado. Deitou-se na banheira, e a luz suave filtrou por entre as plantas penduradas na janela, lançando raios frescos de sol sobre o banho de espuma cintilante.

Como estaria sua casa? Talvez fosse uma ruína carbonizada a essa altura, só com o vaso sanitário e a geladeira espetados nos escombros escurecidos. Ela conseguia vislumbrar o sr. Greenspan correndo de um lado a outro, só de cuecas, tentando direcionar os bombeiros. Curiosos bisbilhotando, vendo tijolos e canos voando pelos ares. Mas tais pensamentos pareciam incríveis demais para ela. Soavam como um caso psicológico que pode desencadear convulsões terríveis. O mundo não era assim. Carlotta sentia-se como um pássaro gigante, sobrevoando a terra, suavemente se aproximando outra vez. Agora tudo estava em foco novamente, de volta à realidade, e não havia mais fantasias.

Ela saiu da banheira e secou os ombros com uma enorme toalha amarela. Franziu a testa enquanto pensava: preciso descobrir o que aconteceu com a casa. Precisava voltar lá. Seria melhor esperar para buscar Billy na escola e irem juntos? Ou deveria ir agora mesmo, com o sol ainda brilhando no céu? Pôs calcinha e sutiã. No quarto, vestiu uma camisa e calças emprestadas da amiga. Ela não tinha roupa na casa de Cindy, nem dinheiro para comprar.

Carlotta penteou o cabelo. No espelho, seu rosto pareceu bonito novamente. A tranquilidade havia devolvido suavidade aos seus traços delicados. Sentiu-se confiante. Então saiu pela porta, com as chaves do carro na mão.

Carlotta estacionou o carro um pouco antes do beco sem saída da rua Kentner. O exterior da casa parecia completamente normal. Observou-a por um momento. Não havia nada fora do lugar. Então, saiu do carro.

Quando abriu a porta de casa, foi golpeada pelo calor seco que invadia o ambiente. Era opressivo, sufocante, de tirar o fôlego. Foi até o termostato. Deviam ter esbarrado nele durante a fuga, pois marcava 34 graus. Desligou. Estava tudo calmo lá dentro. Algumas moscas zumbiam em torno dos pratos não lavados na pia da cozinha.

As pantufas de Julie estavam no chão do corredor, onde deviam ter caído enquanto corriam. Carlotta espreitou o quarto das meninas. Só um ursinho, alguns livros, umas calcinhas na cadeira. Ela recolheu várias peças das filhas das gavetas. Parecia ainda mais silencioso lá. Nem mesmo o som dos carros podia ser ouvido. Foi então que andou até o corredor e olhou para a porta fechada de seu quarto.

Estudou a porta. Sem rachaduras. Sem marcas de queimaduras. Nada. Abriu-a com o pé. Lá dentro, os lençóis estavam caídos no chão. Uma luminária tombara, a cúpula pisada e amassada. Ela empurrou a porta um pouco mais. Um frasco de água-de-colônia jazia no chão de madeira. O quarto cheirava a violetas.

Entrou no aposento, pé ante pé. Estava um pouco mais fresco lá. As janelas estavam abertas. Teria ela deixado as janelas abertas durante a correria? Agora viu a mesa de cabeceira tombada contra a parede e um arranhão evidenciava onde raspara no gesso. Várias outras garrafas de loção estavam atrás da escrivaninha. Onde estava todo o gesso quebrado, as paredes laceradas, o teto em ruínas? Pareciam vestígios materiais de uma crise de pânico. Alguém surtou, pulou da cama, derrubou a mesa de cabeceira, trombou contra a escrivaninha e arrastou os lençóis até metade da porta. Era isso. Espantada, Carlotta deu uma volta lentamente pelo quarto.

Parecia bem normal. Como se não houvesse nada sobrenatural no lugar. Ela percebia nitidamente o que acontecera. Quase sentia pena da pessoa assustada que fora naquela noite, por ter reagido daquela forma. Fechou as janelas lentamente e as trancou.

Carlotta abriu a porta do closet. Estava escuro lá dentro. Não conseguia encontrar a correntinha de metal para acender a luz, então precisou se inclinar para a frente, espreitando o labirinto sombrio de saias, jeans e vestidos. Ela selecionou alguns e os pousou cuidadosamente sobre o braço.

Foi então que ouviu um rugido distante.

Imediatamente, Carlotta se endireitou. Prestou atenção. Nada. Ela se virou. Nada. Aguçou seus sentidos. Cheirou o quarto. Nada. Ficou à espera. Um pássaro cantou das cercas do lado de fora. Um rapaz passou de bicicleta. Ela se voltou cautelosamente para o closet. Havia um som distante, um ronco baixo e metálico que agitava o vidro da janela. Carlotta se virou e saiu do closet. O som se intensificou, era gutural. Parecia tentar articular, com dificuldade, algum tipo de som humano. Carlotta recuou para a porta, fechada. Tateando pelas costas, encontrou a maçaneta.

O rugido diminuiu. Carlotta abriu a porta e ouviu com atenção. Estava no corredor? Tinha medo de sair do quarto. Lentamente, fechou a porta, encostou-se nela, ouvindo com a sua orelha colada à superfície. Em seguida, começou novamente. Um som baixo, de arroto, de vômito, que ondulava e mudava de tom, mas que não fazia sentido.

Ela correu para a janela. Lá em cima, dois rastros brancos arqueados sobre os céus de Southland, os aviões invisíveis, e o seu rugido como um trovão duplo e demente que tremia a janela, aumentando de volume.

Carlotta olhou para o céu azul infinito. Parecia tão puro. Tão profundo. Como um sono inacabável. Os rastros de vapor desintegraram-se lentamente, deixando as nuvens emplumadas desbotando nas profundezas do pálido azul-celeste. O sol estava agradável em seu rosto.

Então eram aviões. Não havia voz. Nenhuma voz. Transformei aqueles sons em uma voz. Estarei sonhando? Ou terei despertado?

Afastou-se da janela e entrou no quarto de Billy. Recolheu várias camisetas, cuecas, jeans e algumas camisas quadriculadas. Levou o monte de roupas para o carro e o empilhou no banco traseiro. As árvores sinuosas ondulavam intensamente com a brisa fresca enquanto ela se afastava com o carro.

Quando Carlotta e as crianças entraram no apartamento, percebeu que havia algo preocupando sua amiga. Mas Cindy limitou-se a dizer:

"Nossa, você está ótima!"

"Estou", disse Carlotta. "Sinto-me bem."

"Ótimo! Isso é muito bom!"

Um silêncio constrangedor pairou no ar. Cindy sorriu de forma incerta para Carlotta, então virou-se para limpar as mãos em uma toalha pendurada em uma estante. Cindy começou a ralar queijo.

Mais tarde naquela noite, Billy disse: "Ei, mãe. Quando é que vamos para casa?"

Carlotta tentou ignorar a pergunta, mas o menino persistiu.

"Tenho coisas na garagem. Não posso deixar tudo lá para sempre."

"Não é para sempre."

"Então, quando voltamos?"

Carlotta suspirou.

"Em breve."

Naquela noite, Carlotta deitou-se de costas, olhando o teto. Um fino fio de poeira oscilou em uma corrente de ar cruzada, suspenso perto do lustre em vidro lapidado. Ela ouviu vozes abafadas do quarto. Virou a cabeça. Uma luz ainda estava acesa lá dentro, embora a porta estivesse fechada.

"Por que não falou com ela?", resmungou George.

"Ai, George", chorou Cindy. "Não consegui."

"Eu te avisei, Cindy."

"Ela não tem para onde ir, George."

Carlotta se apoiou nos cotovelos, esforçando-se para ouvir. Houve alguns murmúrios indistintos.

"Shhhhh!", disse Cindy.

"Não me importo se ela ouvir", disse George.

Cindy começou a fungar.

"Meu Deus", murmurou George.

"Desculpa, George", pediu Cindy.

"Jesus."

"Tá vendo? Não estou chorando."

Cindy fungou várias vezes. Ela assoou o nariz. O quarto ficou silencioso. Depois, a luz apagou-se. Carlotta sabia que a proteção do apartamento de Cindy começava a desaparecer como o orvalho da manhã.

"Você sabe o que tem que fazer, não sabe?", perguntou George.

"Sei."

"Quando?"

Cindy murmurou qualquer coisa.

"Quando?", repetiu George.

"Amanhã", disse a Cindy. "Pela manhã."

"Bem, não deixe de falar."

"Ai, George."

"Tenho que acordar às sete. Tem gente que trabalha nesta casa, sabia?"

Depois veio o silêncio. Carlotta ficou deitada de costas sobre o colchão de cobertores. Ela olhou para o teto e mordeu o lábio. Que diabos?, pensou. E agora?

O sol da manhã irradiava através do para-brisa imundo, fazendo com que Carlotta apertasse os olhos ao passar pelas conhecidas ruas do oeste de Los Angeles. Billy estava sentado silenciosamente à sua direita. No banco de trás, Julie e Kim faziam um escândalo.

"Ei, parem com isso", disse Carlotta por cima do ombro. "Nada de brigas."

Carlotta suspirou aliviada quando os deixou na esquina da escola. Alívio seguido de uma sensação de culpa por desorganizar suas vidas.

Ela se atrasaria para a sua própria aula, mas não podia fazer nada. Havia algo a ser resolvido primeiro na casa de Cindy.

Cindy estava passando roupas quando Carlotta voltou ao apartamento. Saudaram-se de forma forçada, artificial. Então Carlotta disse: "Eu preciso te agradecer, Cindy. Por tudo o que fez."

"É um prazer. Você sabe disso."

"Já se passou uma semana. Não imaginei que fosse levar tanto tempo. Juro."

"Carlotta, eu queria poder..."

"Estou me sentindo bem melhor agora. E não acredito que aqueles pesadelos voltem a me perturbar. Acho que está na hora de voltarmos. Sabe?"

"Sério? Não sei. Se você estiver se sentindo bem..."

"Eu estou. Estou mesmo. Estou ótima."

"Porque você é bem-vinda aqui, sabe..."

"Eu sei. Eu sei que sou. É que já passou tempo o suficiente. As crianças estão com saudade de casa. Não tenho intenção de me mudar para cá, pelo amor de Deus."

"O George, sabe, ele tem os problemas dele..."

"George foi muito gentil em nos deixar ficar. Por favor, diga isso a ele. Nós realmente agradecemos sua generosidade."

"Direi."

Pairou um silêncio no ar. Carlotta claramente não queria se levantar e guardar suas coisas. Cindy mexeu o café, que já devia estar frio àquela altura.

"Você vai para casa?", perguntou Cindy.

"Acho que é o melhor."

"Não sei. Andei pensando, Carly. Talvez você devesse se mudar."

"Não tem como."

"Por quê?"

"Estou no programa de financiamento social. Se não honrar meu contrato, a assistência social fica com a casa."

Cindy balançou a cabeça. "Então está presa à casa?", perguntou.

"De qualquer forma, acho que não é a casa. Acho que sou eu."

"Não sei, não. Não aconteceu nada aqui em uma semana. Ficou tudo bem."

"Por isso eu a agradeço, Cindy. Você me deu a oportunidade de conseguir pôr minha cabeça em ordem."

"Ainda assim, estou preocupada com você."

"Ficarei bem. Talvez vá passar uns dias com a minha mãe."

"Sua mãe? Carlotta..."

"Sim. Uns dias em Pasadena. Minha mãe tem uma casa grande. Há espaço para as crianças correrem para cima e para baixo. Julie e Kim nunca conheceram a minha mãe."

"Eu sei."

"Uns dias, só. Fartos cafés da manhã no quintal. Você sabe, convivência em família. É tudo o que preciso."

"Bem", disse Cindy, insegura. "Você que sabe."

Ficaram em silêncio outra vez. Mas agora Cindy estava relaxada. Sabia o que Pasadena significava para Carlotta. Assoou o nariz.

"Lamento, Carlotta. Só queria..."

"Esquece, Cindy. Gostei muito de estar contigo e com o George, mas agora é hora de ir. É só isso."

"Está bem, está bem", disse Cindy, olhando para o lado, apoiando o queixo sobre sua mão. "Está bem, está bem..."

Carlotta se levantou da mesa. Olhou para a confusão de pijamas emprestados por Cindy e George, parecendo improvavelmente grandes no sofá agora. A ideia de se mudar a encheu de medo.

"Não tinha uma bolsa para o saco de dormir?", Carlotta perguntou.

"Sim. Está no armário. Vou buscar."

Cindy foi ao armário. O relógio na parede soou uma triste hora cheia. Nenhuma delas disse nada. Carlotta se sentiu afundando.

A ENTIDADE

4

A quinze minutos de Pasadena, Carlotta começou a reconhecer os antigos conjuntos habitacionais, as colinas ressecadas com a sua estranha grama, seca e marrom, e os diques altos de concreto cobertos por hera. A noite aparentava condensar um nevoeiro peculiar, que fazia as casas desvanecerem. Com a autoestrada ficando para trás, ela tornou-se cada vez mais consciente da escuridão que se aproximava, como se a estrada e a noite formassem um túnel à sua frente.

Depois da quarta ladeira, lembrou-se, viria a estrada que se estendia sobre a ponte de cimento úmido, gotejando no nevoeiro. Seguiria por essa pista, escura e estreita, até Orange Grove Boulevard. Então a estrada alargou, e de ambos os lados surgiram as casas enormes, imponentes, com amplos gramados e imensas palmeiras. Lá havia também, estava certa — quase que dava para sentir seu cheiro no ar fresco —, as vidas amargas, os fantasmas pegajosos e incertos com seus sorrisos evasivos e ambíguos.

Podia sentir os cheiros enquanto sua memória vagueava pelos quartos escuros, cortinas pesadas, corredores que levavam do piano de cauda para o terraço, e depois, do outro lado, para o roseiral. À noite, as roseiras cheiravam a pó e spray químico. Sua mãe mexia no jardim à noite, com as mãos enluvadas, polvilhando veneno branco nas rosas. Carlotta se perguntava o motivo pelo qual sua mãe esperava a noite para cuidar das rosas. Ela só retornava ao quarto quando seu pai já roncava, um ronco suave e chiado. Jamais se deitava se o marido ainda estivesse acordado. Os dois também não se falavam. Suas vidas eram tão silenciosas como o luar que reluzia sobre os caracóis e os espinhos.

Era por gestos que se comunicavam. Gestos precisos, erráticos, nervosos. Pratos partidos, copos estilhaçados, comunicavam uma tensão misteriosa que fluía como um rio pela casa. E, de alguma forma, a culpa era de Carlotta. De alguma forma, as sombras inclinavam-se sobre ela, o silêncio dobrava-se sobre a filha, e a amargura gritava, ensurdecendo-a, que a culpa era sua.

Tão brilhante a porcelana branca sobre a mesa, as travessas de Limoges, os decantadores Waterford — símbolos e troféus da riqueza herdada por sua mãe. Tudo reluzindo ao sol! A manhã de domingo viva com pássaros cantando, pessoas conversando na grama. E ela — trajada como um girassol em seu vestido amarelo quadriculado — levava aperitivos em bandejas de estanho para as senhoras. Fazia reverência, sorria, um sorriso encantador, com covinhas, e ficavam todos encantados com seus movimentos. Uma boneca mecânica. Com a pele alva semelhante à rara porcelana movendo-se em perfeita coordenação à maneira formal e lenta, o riso delicado, suave como brisa de verão. E as vozes dos homens! Como um trovão gentil, sonoro e distante, como deuses nas nuvens. Aquele homem — parecia impossível que pudesse ser realmente seu pai —, abriu a Bíblia e leu: "... Ele será o sustentáculo de tua velhice, que te ama..." Uma voz musical, uma voz resmungona e profunda como metal retorcido batendo contra o vento. Tão distante que parecia de todos os outros, como uma sombra temente da luz do sol que os banhava a todos. Todos os domingos encontravam-se elegantes senhoras e senhores, alguns deles famosos, muitos deles ricos, para realizar um ritual de graça perfeita. Carlotta não acreditava naquilo. Tudo parecia tão falso. No entanto, não ousava dizer coisa alguma.

Uma vez, tarde da noite, foi despertada por vozes ressoando pela casa. Ficou apavorada. Nunca tais sons reverberaram através dos quartos imensos. Seu pai deu um pulo da escrivaninha e atirou o livro-razão contra a parede cinzenta. Ou teria sido contra sua mãe? Por que gritavam? O que era uma hipoteca? O que era uma lei de zoneamento? De alguma forma, seu pai fizera algo ruim. Tinha a ver com o livro-razão. Então seu pai a notou o observando. Não fora sua intenção. É que a filha fora acordada pelo barulho. O pai lhe deu um tapa. Sua mãe gritou. Dois meses depois, um advogado veio vê-los. O que era um divórcio? Por que é que sua mãe queria isso e seu pai não? Mas o advogado lhes disse para não seguir em frente. Por Carlotta.

A partir daí, nada mais fez sentido. Coisas que disseram e fizeram, sem propósito, só por causa da raiva que ninguém podia nem sequer mencionar. Porém o divórcio, que continuaram a debater em breves explosões de raiva debaixo dos para-sóis, sem saber que a filha os via e ouvia do jardim — aquele divórcio não se materializou. O casal permaneceu junto. Por Carlotta. Essa era a única coisa que tinham em comum. Nela, por meio dela, exorcizariam a sua hostilidade. E encontrariam uma razão para existir. Estavam todos acorrentados na mesma escuridão.

A cada ano que passava, maior a esterilidade. A mãe de Carlotta mudou sua cama para o quarto no final do corredor. Seu pai ficou magro e careca, sua pele explodiu em erupções e ele lutou por poder na igreja. Então o corpo de Carlotta começou a mudar. Não era algo que a menina quisesse, no entanto não havia nada que se pudesse fazer para impedir. Seu peito ficou macio, pelos começaram a crescer onde as pernas se uniam, e um dia, houve sangue. A menina enterrou as calcinhas na roseira, mas aconteceu de novo, e depois de novo.

Sozinha na cama, ouvindo o silêncio da casa vazia, estranhos sentimentos fluíam por seu corpo, como se uma pessoa estranha, porém amigável, tivesse entrado ali. E na suave noite de primavera, a luz da lua surgindo pela janela tocou tanto os móveis de carvalho europeu quanto as flores colhidas, que dançaram para ela, animais improváveis se divertindo com um brilho prateado.

Não foi em sua imaginação que Carlotta descobriu suas curvas e as suaves concavidades de seu íntimo. Suas sensações de repente se concentraram ali, quase dolorosamente e se sobrepuseram cada vez mais intensas, cada vez mais rápido, até que, exausta, a menina viu no horizonte de sua mente a lua e as estrelas transbordando em mil fragmentos derretidos. Lentamente, recuperou o fôlego, perguntando-se o que acontecera. Por onde andara? Seus pais a ouviram?

Então em uma noite a enxada de sua mãe encontrou suas calcinhas incrustadas de sujeira, manchadas de sangue seco e enferrujado. E, finalmente, Carlotta ouviu seus pais conversarem com um tom de voz baixo.

Despiram-na e tentaram banhá-la, mas Carlotta não tolerava a ideia de que seus pais pudessem tocá-la, então se afastou. "Carlotta... vire o teu rosto para mim...". À noite, em seu quarto, discutiram as mudanças em seu corpo e a filha ficou nauseada ao ouvi-los dizer aquelas coisas. O toque da mão de seu pai tornou-se uma coisa fria e repugnante para ela.

De repente, os dois a estavam observando. De alguma forma havia algo de obsceno no modo como a olhavam. O que estavam vendo?

Quando tinha 14 anos, sentia-se como uma mulher adulta moldada como uma criança. Seus pais a maltrataram, dando-lhe outra forma. Ela fugiu. Trouxeram-na de volta. Rezaram por sua filha. A ameaçaram. Falaram-lhe do grande mal que havia nela, do motivo pelo qual fugira.

Compraram-lhe coisas, coisas de crianças. Uma casa de bonecas com pessoas e mobiliário minúsculos, animais de pelúcia feitos de pano, um mundo de faz de conta. Queriam que permanecesse uma criança cujo charme e inteligência afastariam o desejo que viera a invadi-la. Ela jamais seria degradada, jamais seria atormentada, jamais seria forçada a viver uma existência infernal por causa desses sentimentos...

Os sentimentos que a excitaram no pôr do sol, com seus amigos, ouvindo a música suave do rádio, as luzes das ondas brilhantes na praia — esses sentimentos foram congelados, tornaram-se uma nuvem de vozes ressonantes, cada uma transformando-a em sua imagem. A menina queria viver, contudo permanecia confinada em seu closet. Quase era capaz de sentir o gosto da vida, de tudo a seu redor, tão perto e, no entanto, tão loucamente fora de alcance.

Seu instinto a levou a rapazes brutos e fortes, em geral mais velhos. Somente aqueles garotos teriam coragem de levá-la para longe da teia de aranha que seus pais formaram a sua volta. Adorava a emoção do vinho proibido com os rapazes mais velhos, com seus traquejos grosseiros. Àquela altura seu desejo era para que a casa de bonecas quebrasse, que os bonecos se desintegrarem e seres humanos de verdade surgissem em seus lugares.

Um dia, do lado de fora da escola, viu um rapaz mais velho chegar de moto. Ele era muito velho para estar na escola. Entretanto gostava das meninas de lá. Chamava-se Franklin Moran...

Franklin, Carlotta pensou, você é forte. Talvez consiga me levar para longe dos meus pais. Ela deitou-se na areia molhada na praia e sussurrou-lhe ao ouvido. O rapaz beijou os lábios da garota. Um fogo selvagem a consumiu por dentro. Ela queria muito viver. Seu corpo tomou conta da situação novamente. Estava agitada por aquela chama proibida, aquele êxtase delirante em seu corpo. Sentiu seu peito erguendo-se e recaindo contra o seu. O tempo, como uma nuvem carregada, a ameaçava. Não havia tempo. Franklin, sussurrou, Franklin, me possua, me possua agora...

Quando voltou para casa, o cabelo molhado e com areia e sal, Franklin esperou do lado de fora no carro, sem saber se deveria entrar. O rapaz ouviu gritos na cozinha. Carlotta chorava. Franklin gritou que os dois se casariam. Os pais dela gritaram de volta e o mandaram embora. Mas Carlotta foi com rapaz, ambos assustados, ambos perseguidos por maldições e ódio, ambos se perguntando o que o mundo lhes proporcionaria a partir de então. Contudo, na escuridão, Carlotta sabia, enquanto Franklin mudava a marcha e dirigia para longe, que o feitiço fora quebrado. Qualquer coisa que sofresse, o que quer que o universo lhe enviasse como retribuição, era o custo legítimo de sua independência.

Até onde sabia, seus pais, daquele dia em diante, estavam mortos para ela. Até onde sabia...

Enquanto Carlotta dirigia pelas grandes avenidas, perguntava-se se a morte haveria acalmado a alma de seu pai. Se a exterminação realmente teria tranquilizado uma alma confusa e autodepreciativa como aquela. Talvez seu pai sempre tenha desejado a aniquilação mais do que tudo. Certamente mais do que a vida com aquela mulher nervosa e hostil que acidentalmente deu-lhe uma filha.

As palmeiras flutuavam pela noite, como um sonho. Ninguém estava acordado. Não havia luzes acesas. Até Pasadena era um silêncio sobrenatural. Em uma daquelas casas enormes, cravadas em uma propriedade esculpida, estava sua mãe. Uma estranha agora, magra, embalsamada em sua própria negação e medo. Ela receberia Carlotta na entrada? Aceitaria seus filhos ilegítimos? Ou gritaria, como se estivesse sendo visitada por legiões demoníacas e bateria a porta em sua cara? Certamente a idade a teria amolecido, transformando-a em um coração caridoso...

No entanto, quanto mais perto Carlotta chegava, reconhecendo cada vez mais as avenidas, jardins e paisagem, mais as memórias se acumulavam na superfície. Dolorosas memórias de uma boneca mecânica pervertida lutando pela vida. Como poderia levar seus filhos para um ambiente assim? Como poderia sacrificar tudo o que se tornara, tudo que aprendera do jeito mais difícil? E o que restara de sua mãe? Uma mulher alquebrada e passiva? Uma velha amarga e atrofiada, de cabelos brancos e olhos desconfiados? Não seria melhor deixar o passado para trás? Como sua mãe ainda poderia lhe ser de algum auxílio? Com os olhos febris e marejados, Carlotta virou o carro e desacelerou, e depois viu a casa.

Grande e sombria, firmemente ancorada ao solo em pilares e enormes telhados, como a retinha em sua memória. Só que mais estranha, mais fantasmagórica. Uma luz estava acesa onde deveria ser a cozinha. O que fazia sua mãe lá sozinha? As estrelas sobre a casa pareciam cintilar perversamente. Era a causa de tudo, pensou Carlotta. Tudo em sua vida, todas as decisões que havia tomado, independentemente de onde estivesse, vieram dessa casa. Ali a moldaram, formaram, reformaram Carlotta mais uma vez, até que ficassem satisfeitos, que ela estivesse de acordo com um ideal. E agora estava de volta. Essa não seria a prova de que seus pais haviam vencido? Os mortos venceram. Os mortos-vivos venceram. Agora, perseguida por seu próprio pesadelo, Carlotta estava prestes a correr de volta para o mundo sombrio que tanto odiava. Ela desapareceria, seria destruída — não queria mais lutar contra isso.

Com um movimento desesperado ao volante, sem saber direito o que estava fazendo, Carlotta manobrou o Buick e deu meia-volta. A casa recuou. Desapareceu. As avenidas conhecidas recuaram. Sumiram. Carlotta percebeu que estava respirando melhor enquanto atravessavam o aterro da antiga autoestrada e deslocando-se para a faixa de alta velocidade, afastou-se de Pasadena pela última vez.

As mãos de Carlotta pressionaram o volante com mais força. Ela dirigiu em direção a Santa Monica, com saída para o oeste de Los Angeles, e saindo perto do distrito fabril de lá. A vida de marionete é pior que nenhuma vida, pensou consigo. As árvores e becos conhecidos que davam na rua Kentner se aproximaram. Ela dirigiu até a última quadra.

"Ei, mãe", disse Billy, esfregando os olhos de sono. "Pensei que íamos para Pasadena."

"Não desta vez."

"Quero ir a 'Dena", disse Kim.

"Shhhhh", avisou Billy. "Vai deixar a mamãe zangada."

"...'Dena", disse Kim.

"Shhhhh", repetiu Billy.

As meninas estavam ficando mal-humoradas. Dava para sentir no carro, como uma descarga elétrica gelada. Bill também estava irritado. Agora Carlotta via que a prefeitura cortara todas as árvores da rua Kentner ao meio. Restara apenas uma fileira de estranhos troncos de ponta branca, com os galhos amontoados em enormes pilhas na sarjeta, marcadas por bandeiras e cabos vermelhos.

"Deus do céu", exclamou Carlotta. "Olhem para aquilo! Eles massacraram a rua inteira."

"Por que é que cortaram todas as árvores?", Julie perguntou.

"Metade das árvores", corrigiu Billy. "A parte de cima. Provavelmente estavam doentes, ou algo assim. Ficou ridículo."

Carlotta estacionou. A casa estava à sua frente. Atrás do telhado, as palmeiras de sombra escurecida contra as ondas azuis, cinzentas e rosadas do céu da manhã, erguiam-se em uma série de tufos ameaçadores e solitários. Esta já não era mais a simpática casa de uma semana atrás. As sombras eram compridas, irradiando para fora na direção de Carlotta. A profundeza interior se perdia na escuridão.

"Quem sabe?", pensou Carlotta. "Quem sabe o que ainda está acontecendo aí?" Levaram seus pertences para dentro. A casa estava abafada, bastante silenciosa.

"Abre uma janela, Bill, por favor?"

Na bancada da cozinha as moscas rastejavam lentamente sobre um biscoito velho.

"Que bagunça!", exclamou Carlotta.

A madrugada estava gelada. As folhas craquelavam do lado de fora. Ventava levemente.

"Ah, não!", gritou Billy do quarto. "O meu rádio está quebrado, mãe!"

"O seu o quê?"

"Está destruído no chão!"

"Deve ter caído", respondeu Carlotta da cozinha. Se agachou para pegar detergente debaixo da pia. Droga, insetos! Ela alcançou o sabão e fechou a porta. Billy veio da sala, segurando partes de plástico, fios e algumas grades de metal.

"Puxa, mãe", choramingou. "Fui eu que fiz. Lembra? Na sétima série. Agora está quebrado."

"Você não consegue soldar de volta?"

"Não", respondeu o menino, desconsolado. Ele saiu da cozinha, os ombros caídos de desânimo. "Parece que partiram o rádio ao meio."

Carlotta abriu a torneira. A torneira deu uma golfada, interrompeu o fluxo e então saiu água. Marrom, no início. Depois aqueceu. O vapor subiu. As janelas começaram a ficar cobertas nos cantos com uma película fina e fantasmagórica de vapor sobre o vidro. Estava esfriando do lado de fora.

Do quarto vieram os sons de Kim e Julie brigando.

"Já chega! Cansei", Carlotta disse a si mesma.

Ela se virou. Esbarrou e derrubou um copo, que estilhaçou sobre seu braço, em uma chuva de cacos.

"Raios", disse Carlotta, meio em voz alta. De repente a casa ficou silenciosa. Seu coração estava disparado.

Billy estava à porta, uma chave-inglesa em sua mão.

"Foi um copo", disse Carlotta. "Caiu. O que pensou que fosse?"

Julie enfiou seu rostinho marcado por lágrimas na porta da cozinha. Depois Kim, com sua trança parcialmente desfeita.

"Volta para o quarto, Kim. Se arruma para dormir. Julie, preciso da sua ajuda na cozinha. Vamos. Mexam-se!"

Julie olhou perplexa para a mãe. Estava assustada.

"Vai, Kim!"

Carlotta deu um passo ameaçador em sua direção. A menina saiu correndo para o seu quarto. Ouviu sua filha bater nas gavetas petulantemente enquanto se vestia.

"E não bata as gavetas!"

A casa ficou silenciosa.

Julie secou os pratos que Carlotta lavou. Billy podia ser ouvido entre sons metálicos na garagem. Pedaços secos de casca de árvore caíam no telhado quando o vento soprava. Um vento seco, vazio.

A campainha tocou.

Carlotta e Julie trocaram olhares.

"Vai para o quarto, Julie."

A campainha tocou outra vez. Julie foi para o quarto, silenciosamente fechando a porta ao entrar. Carlotta foi para a porta da frente. Abriu a porta o suficiente para ver uma forma indefinida bloqueando a luminária da rua. Seu coração estava disparado.

"Cindy!"

"Doces ou travessura!"

Carlotta empacou com o trinco e a fechadura e por fim conseguiu abrir a porta.

"Caramba, desculpa", disse Carlotta. "Entra. Não sabia que era você! O que veio fazer aqui?"

"Tem problema eu ter vindo?"

"O quê? Você é um colírio para os meus olhos. Só não imaginei que a veria aqui."

"Sabia que não iria para Pasadena", disse Cindy.

"Não consigo enganar a velha Cindy."

As duas amigas ficaram paradas em pé na cozinha. Carlotta estava radiante.

"Café? Cerveja?", ofereceu. "Não tem mais nada. Hoje é noite de ficar na aba dos Moran. O que você traz aí?"

Na mão de Cindy estava uma pequena bolsa de viagem.

"Achei que fosse gostar de companhia. Estive pensando sobre como seria sua primeira noite de volta, e então eu..."

"E o George?"

"Até onde ele sabe, estou com minha irmã em Reseda", riu Cindy. "Não que ele se importe."

"Deus a abençoe, Cindy. Estava me sentindo um pouco estranha mesmo. Estou contente por você ter vindo."

"Posso dormir no seu sofá."

"Maravilha. Maravilha."

Então a noite transcorreu em paz. Cindy, Carlotta e Julie jogaram cartas: jogo do mico. Julie ganhou. Na hora de dormir, elas puseram as meninas na cama. Cindy viu Carlotta dar-lhes um beijo de boa-noite. Cindy mandou um beijo pela porta. Então desligaram as luzes, deixando as meninas na escuridão total.

"Bons sonhos", sussurrou Cindy.

Sentaram-se por um momento na sala de estar. Só havia uma lâmpada acesa, lançando um brilho suave contra o canto e a parede, onde Cindy se sentou no sofá e Carlotta deitou-se na poltrona. O restante da sala estava cheio de sombras compridas e escuras.

"Está frio para você?", Carlotta perguntou.

"Um pouco."

Carlotta foi ao termostato e aumentou a temperatura.

"Está com medo?", perguntou Cindy.

"Não de forma consciente. Não é como se ficasse pensando nisso, como se tudo fosse desmoronar do nada, ou algo assim. Só uma sensação no meu corpo. Uma espécie de premonição. Só isso. Me assusta um pouco. Quase consigo sentir quando está se aproximando."

Cindy observou o rosto de Carlotta, recortado em uma luz onírica. Era o rosto de alguém que havia lutado por sua vida antes e sabia estar mais uma vez em uma batalha, uma batalha daquelas. Os canos trincaram debaixo da casa. Na garagem, Billy esfregava a graxa das mãos, mergulhando-as em um balde de sabão branco. O menino limpou as mãos em uma toalha suja perto do interruptor. Entrou em casa, acenou com a cabeça para Carlotta e Cindy, e depois foi para o quarto.

"Ele está tão crescido", sussurrou Carlotta.

Cindy concordou.

"Isso me faz sentir tão velha", disse Carlotta. "Meu Deus, Cindy. Isso foi há dezesseis anos. Dezesseis anos! Sou uma velhota."

"Você ainda está muito bonita."

"Sim, mas preciso me esforçar bem mais. O tempo todo."

Cindy riu.

Depois de algum tempo, ouviram o som das molas sob o peso de Billy enquanto o garoto se deitava na cama. Em seguida, uma luz se apagou. Houve o som dos lençóis se movendo, então fez-se o silêncio.

"Acho", disse Carlotta, "que está na hora de dormir."

Ela não se mexeu.

"São 23h30", disse Cindy.

"Tão tarde?"

"Eu lavo os pratos. Vai para a cama."

Carlotta ainda estava imóvel na cadeira.

"Amanhã tenho aula outra vez. Isso nunca vai acabar."

Na cozinha, Cindy pôs os copos na pia. Então se virou, sua silhueta era uma forma imprecisa na escuridão.

"Vai dormir, Carly. Estarei aqui no sofá."

"Ok."

"Prefere dormir no sofá?"

"Não. Acaba com as minhas costas. Vou ficar bem."

"Deixa a porta aberta."

Carlotta se levantou relutantemente.

"Durma bem, Cindy. E mais uma vez, obrigada por tudo."

"Descanse um pouco."

"Sim. Boa noite."

"Boa noite, querida."

No quarto, o ar estava seco e não tão quente como na sala. Pode ter sido a forma como a casa foi construída. O quarto foi um acréscimo posterior, e deve ter sido feito com materiais diferentes. Mais gesso, menos madeira. Seja como for, estava sempre mais fresco. Carlotta ficou na frente do espelho e logo se despiu.

Nas sombras, seus seios definiam pequenos vultos. Apenas seus pequeninos mamilos emergiam para a luz pálida refletida de luzes distantes, do lado de fora. Sua barriga macia curvava em direção à escuridão, e seus pelos púbicos se misturavam perfeitamente às trevas da noite. Fez dela uma sombra, esculpida na substância da noite. Mesmo para si, parecia vulnerável.

Carlotta puxou os cobertores e se aconchegou nos lençóis frescos. Logo a cama aqueceu. Olhou para o teto. Não conseguiu pegar no sono. Sentiu Cindy sentada no sofá, abrindo um cobertor e então se deitando, aninhando-se um pouco, e depois fez-se silêncio. Billy roncou e depois parou. Lentamente, Carlotta foi ficando sonolenta. Os canos murmuravam sob as tábuas do chão, um trovão ruidoso e constante que reduziu após alguns estampidos. Ela abriu os olhos e olhou para o teto. Nada. Fechou os olhos, aninhou sua bochecha na macia fronha de algodão e vagou noite adentro. Dormiu profundamente.

25 de outubro de 1976, 7h22.

Carlotta sentiu o cheiro de algo. Carne. Não. Sim. Diferente. Bacon. Levantou-se depressa. A luz do sol entrou pela janela, lançando centelhas sobre os frascos de cosméticos ao pé do espelho.

"Cindy!", chamou. "O que você está fazendo?"

"Café da manhã", berrou da cozinha.

Carlotta enfiou um roupão e chinelos e cambaleou até a cozinha.

"Ei", disse para a amiga. "Você não precisa fazer isso! De onde saiu o bacon, aliás?"

"Eu comprei."

"Já? Que horas são?"

"Por volta de sete e meia."

"Você é maravilhosa."

Carlotta bocejou e esfregou o rosto. "Devo estar assustadora".

"Um pouco informal, admito", Cindy riu.

Julie entrou correndo, de camisola. Atrás dela estava Kim, vestindo só calcinha, meio sorridente, meio adormecida, esfregando os olhos. Ela arrastava um cão de pelúcia pelo chão.

"Vejam só quem acordou", disse Cindy. "Sentem-se, meninas. Tem cereal na mesa."

"Olha, Cindy", disse Carlotta. "Preciso me arrumar. Já volto."

Carlotta voltou para o quarto. Escolheu cuidadosamente um terno xadrez. Tinha lapelas largas. Sobre uma blusa branca, fazia-a parecer pequena e peituda. Adorou. Billy entrou na cozinhà, vestindo suas calças jeans.

"Bom dia, sra. Nash", cumprimentou.

"Bom dia, sr. Moran."

"O que temos para o café da manhã?"

"Sente-se, sr. Moran", Cindy riu. "Vou servi-lo pessoalmente."

Billy se sentou. Olhou pela janela, para o dia perfeito que fazia. Seus pés descalços encostavam no piso de linóleo. O sol derramava pelas janelas. Lá fora, as folhas, que exibiam um verde-limão, brilhante, se alongavam para fora da sombra da casa. E sobre os telhados havia um céu azul-celeste.

"Belo dia", disse Carlotta, voltando à cozinha.

"Está perfeito", Cindy concordou.

Cindy pegou os pratos e tigelas e levou-os para a pia.

"Ei!", Carlotta exclamou. "O que você acha que está fazendo?"

"Você vai para a escola. Ponho as crianças no transporte e limpo tudo aqui."

"Nada feito..."

"Você vai se atrasar."

"Cindy..."

"Estou falando sério. Olha que horas são. Já passa das oito."

"Meu Deus. Tem razão."

Cindy secou as mãos em um avental.

"Escuta", Cindy falou. "Sobre hoje à noite. Talvez eu precise voltar para casa."

"Claro. Com certeza", concordou Carlotta após uma pequena pausa. "E olha. Eu agradeço tanto."

"Me diverti muito. Agora, vai lá. E dirige com cuidado. Eu arrumo as crianças."

"Você é um verdadeiro anjo, Cindy."

Carlotta pegou o livro de estenografia e uma grande e desbotada pasta cinzenta de folhas soltas sobre a mesa da cozinha.

"Bem, tchau para todos."

Houve um coro de despedidas.

Carlotta ficou sob a luz do sol. A brisa soprou rapidamente, mexendo as folhas sobre as calçadas sombreadas. O carro ainda estava frio. Entrou no veículo, acenando para o sr. Greenspan bebendo seu café ao estilo europeu de uma xícara em sua pequena varanda. Ele a cumprimentou de volta, brandindo um pedaço de torrada meio comido, acenando e sorrindo. Então deu a marcha a ré, virou o carro e foi embora.

Ela mexeu no rádio. Desligou. Passou por um sinal verde. Parou em um sinal vermelho.

Há uma ínfima diferença entre Santa Monica e Los Angeles. Um turista não perceberia. Aqui as árvores são mais antigas, maiores, mais sombrias. Há mais idosos nas calçadas. Alguns dos edifícios datam de antes da Grande Depressão. Na luz do sol, quando se passeia em um Buick grande, é como uma avenida de cor cremosa e céu azul. Não há nada igual no mundo. O ar puro e fresco da manhã faz os gramados e as flores destacarem-se ao sol. E longe, muito longe — e é preciso saber para onde olhar para vê-la —, há uma linha azul imprecisa bem baixa no céu: é o Oceano Pacífico.

"*Bom dia, sua puta!*"

Carlotta congelou.

Carlotta olhou através do para-brisa empoeirado. A avenida quente e larga, que se estende por enormes árvores sombreadas e postos de gasolina em esquinas distantes. Tudo o que fez a seguir, fez devagar. Cautelosamente. Aguardando. Não pode ser. Não em plena luz do dia! Ela sentiu o botão do rádio. Estava desligado. Olhou para o lado.

Dois rostos masculinos e latinos a observavam de um caminhão velho na faixa adjacente. Seus rostos bronzeados, ambos escurecidos com pequenos bigodes, a examinavam. Seus olhos foram de seu pescoço aos ombros, seios e quadris. O carro atrás dela buzinou. Pisou no acelerador. O caminhão virou à esquerda. Ela o viu desaparecer pelo espelho retrovisor.

"*Bate nela! Cutuca ela!*"

O coração de Carlotta disparou. Ela girou à sua volta. A voz estava acima de sua cabeça. Atrás da cabeça. Ninguém no banco de trás. Endireitou-se ao volante, engarrafada no trânsito da manhã, e tocou o lábio, intrigada.

"*Bota ela no muro!*"

"*Joga ela do píer!*"

A cabeça de Carlotta girou. Seus olhos estavam arregalados e cheios de medo. Atenta. Procurando. Contudo não havia ninguém no carro. Abriu a janela. Seu pé pressionou o acelerador. Tentou tirar o pé. Uma força o empurrava firme no pedal.

"*Joga ela do penhasco! Joga do penhasco!*"

"*Quebra o volante! Fode ela com o eixo de transmissão!*"

Duas vozes dementes e rachadas que pareciam portas rangendo. Agora, o carro acelerava, descendo pela avenida Colorado, começando a ultrapassar carros.

"Para com isso! Para!", gritava Carlotta, segurando as mãos sobre os ouvidos.

"*Ha ha ha ha ha ha ha ha!*"

Risos múltiplos, raivosos, entrelaçados em seus ouvidos.

Então um gemido, uma voz profunda e distorcida, sussurrou-lhe ao ouvido.

"*Lembra de mim, filha da puta?*"

O volante escorregou-lhe das mãos. O carro virou à direita. Carlotta agarrou-se ao volante, mas mal conseguia movê-lo. O Buick derrapou para a artéria principal de Santa Monica, a caminho do mar. Pequenas mãozinhas puxavam seus cabelos.

"*Belisca ela! Belisca ela!*", gritou uma voz.

"*Cutuca ela!*", gritou outra voz, insana e sibilante.

Agora a roda estava presa como uma bigorna. Carlotta não conseguia tirar o pé do acelerador. Ou estava paralisado, ou estava sendo pressionado de cima. Em todo o caso, estava imóvel, um peso morto, descendo sobre o pedal.

"Meu Deus, meu Deus", chorou Carlotta, atrapalhada tentando prender o cinto de segurança na trava. Mas ele estava preso na fenda do banco da frente. "Ai, Deus, meu Deus."

A fechadura travou na porta com um clique afiado. A janela automática subiu fazendo um suave zumbido. Na faixa de pedestres, transeuntes hesitavam, depois recuavam, olhando-a enquanto o Buick acelerava por eles.

"Desculpa, meu Deus, desculpa por tudo o que fiz, por favor..."

"*Cala a boca!*"

"*Queima ela! Enfia o acendedor na virilha dela!*"

O acendedor clicou e começou a aquecer.

Carlotta gritou. Você sabe que o fim está chegando. Sua alma quer voar, mas está presa no corpo. Em frente, a estátua de Santa Monica, a pedra branca rústica brilhando ao sol. Atrás dela, as rosas. Depois, o céu azul. Sessenta metros abaixo, a autoestrada Pacific Coast, como uma fita de cimento, abraçava as pedras.

"*Com mais força!*"

Algo lhe esmagou o pé no acelerador. O carro quicou para a frente. Seu cérebro zumbiu, a borda azul do penhasco se aproximou.

"*Adeus, Carlotta!*"

Carlotta gritou.

De repente, girou o volante com tanta força que o carro guinchou em arco e zuniu rumo à última fila de edifícios antes do penhasco.

"*Volta pra lá, sua puta!*"

O volante rapidamente desfez. O pneu dianteiro esbarrou no meio-fio e o Buick inclinou na calçada. Dois homens desempregados, relaxando nas sombras do beco, pareciam voar para trás em câmera lenta à medida que o carro avançava. Em um segundo de abstração, no qual Carlotta ficou presa por uma eternidade, ela viu os clientes no segundo andar de um bar começarem a levantar os olhos das mesas.

"Por favor, não me deixa morrer", rezou Carlotta, sem esperança.

A janela partiu-se como uma onda. Atrás dos olhos fechados, sentiu os estilhaços se espalharem sobre os ombros e rosto como uma chuva suave e ardente. A fivela metálica e opaca da grade e dos para-lamas e as peças internas do motor, dilaceradas, foram arremessadas do capô rasgado. Atirada violentamente para a frente, seu estômago parecia rasgado pelo cinto de segurança, que lhe puxou de volta ao assento. A sensação de náusea tomou conta de tudo. Foi um longo e extenso flash ao som da explosão de vidros e de metal, e a aura de dor era tudo que havia. Notou, então, que tudo estava parado.

Um homem esmurrou a porta.

"É melhor tirá-la daí. Está saindo fumaça."

"Não toque nela."

"Está saindo fumaça!"

"Deixe-a em paz. Ela vai processar."

"Chama uma ambulância."

"Não entra em pânico."

Um rosto espreitou pela janela quebrada. Era amigável, com cicatrizes, duro.

"Não vou machucá-la, minha senhora. Mas está saindo fumaça do motor. Se você conseguir, deve sair do carro."

Carlotta queria lhe dizer que estava tudo muito bem, e que sim, sairia do carro, obrigada, se você, por favor, sair da frente, mas ela não conseguia abrir a boca. Todas as palavras morreram em um deserto incalculável e vazio no cérebro. Ela só olhou estupidamente para ele.

"Acho que está em choque."

"Ela está só atordoada."

"Abre a porta."

Juntos, os dois homens arrombaram a porta destruída e emperrada.

"Tira o cinto de segurança, Fred."

"Não posso. Está preso. Não. Isso. Consegui."

"Com calma."

Carlotta sentiu que estava sendo retirada do carro. Tentou lhes pedir que a deixassem no chão. Queria ir para casa. No entanto tudo o que conseguiu foi se agarrar ao pescoço do homem e chorar.

"Ela está bem. Só alguns arranhões."

"Milagre."

"Aquele Buick deu perda total."

Carlotta viu o mundo fluir em rostos incertos e curiosos.

"Eles estão tentando me matar", chorou ele, ao ser levada para dentro do bar. "Eles vão me matar."

PARTE II

Gary Sneidermann

Mas que martelo? Mas que corrente?
Em que fornalha estava o teu cérebro?
Que bigorna? que terrível compreensão
Ousa enfrentar seus terrores funestos?

William Blake

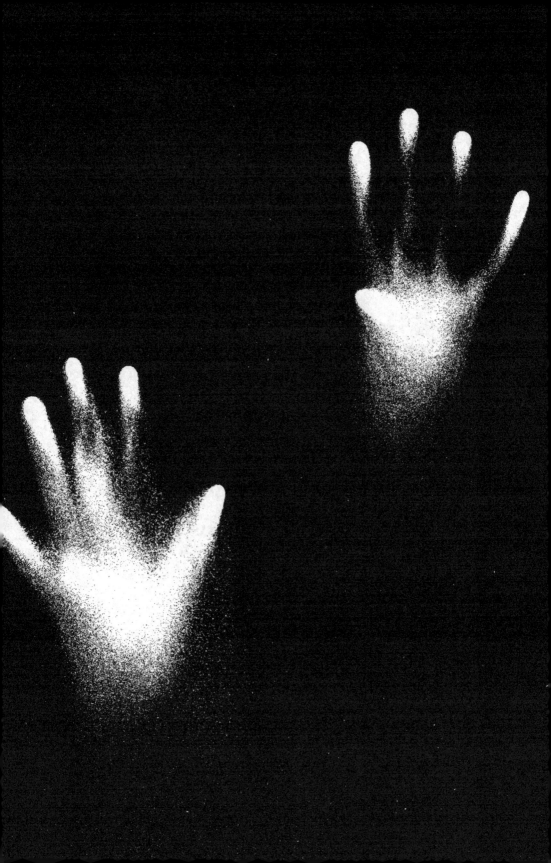

A ENTIDADE

5

As paredes estavam cobertas de um brilho alaranjado. Era o pôr do sol. Acima, luzes fluorescentes cintilavam, lançando uma luz verde e branca nas mãos de Carlotta. Em uma janela, o reflexo deformado de si mesma, vestindo um casaco e saia, cruzando e descruzando os braços.

Houve um burburinho. Uma porta se abriu. Carlotta virou-se. Um homem alto entrou, vestindo um jaleco branco. Seu cabelo era comprido, escuro, e se amontoava sobre a gola. Ele fechou a porta.

"Sou o dr. Sneidermann".

O homem sorriu. Um sorriso perfeito e cortês. Gesticulou indicando a cadeira em frente à mesa. Carlotta se acomodou devagar, enquanto ele foi para o outro lado, puxou elegantemente as calças pelos joelhos e se sentou. Inclinou-se para a frente. Um rosto bonito, olhos de menino, cinzentos.

"Sou um dos psiquiatras da clínica. Estou de plantão esta noite."

Sneidermann observou o rosto da paciente. Estava todo cortado em linhas finas. Um hematoma escurecia o queixo. Seus olhos eram escuros e o observavam como um animal assustado. A mulher parecia estar à beira do descontrole.

Carlotta apertou os olhos e o fitou, como se espreitasse por uma névoa. De vez em quando, movia a cabeça abruptamente. Havia mais alguém naquele escritório minúsculo? O que aconteceu às pessoas mexendo em papéis? Ela não se lembrava como tinha chegado à clínica.

"Acho que podemos nos dar muito bem", o médico falou.

Ela o olhou com desconfiança.

"Está com frio?", o doutor perguntou. "Às vezes há uma corrente de ar lá de fora."

Carlotta sacudiu a cabeça vagamente. Então virou-se. A porta ainda estava fechada. Não havia mais ninguém na sala. Voltou-se para Sneidermann, se perguntando onde estaria o médico. Em vez disso, havia aquele rapaz sorrindo, um sorriso calmo e artificial.

"Você já foi a um psiquiatra antes?"

"Não."

O fato de ela ter respondido o deixou mais tranquilo. O psiquiatra limpou a garganta. Não sabia exatamente como proceder. Tirou a cadeira de trás da mesa para ficar mais perto da paciente.

"Como prefere ser chamada?", perguntou.

"Car-Carlotta."

"Carlotta. Bom. Muito bom."

De repente, houve um tumulto do lado de fora. Ouviu vozes na entrada. Tinha alguém lá fora. Vozes de enfermeiras? Ela olhou para a porta.

"Carlotta", chamou.

Alguém pronunciou seu nome. Ela se virou. Quem era este rapaz de jaleco branco? Como ele a conhecia?

"O que temos de fazer, Carlotta, é falar. Você precisa me dizer o que está acontecendo aí dentro, do que você tem medo. É assim que descobrimos onde está o problema."

Carlotta o encarou de forma estranha. Mordeu o lábio, pensando em outra coisa. Então, algo a assustou, pois se virou e olhou para a janela.

"Onde você está agora, Carlotta?"

"Na clínica."

"Sim. Muito bom. Por que você veio aqui?"

Carlotta girou lentamente. Seu corpo estava pesado. Estava dolorido do acidente, tenso de medo, o rosto corado sob os machucados. Seus dedos estavam rígidos, brancos e frios.

"Porque estavam ao meu redor", respondeu, desesperada.

"Quem estava?"

"No carro."

Ele balançou a cabeça, mas ela não notou. Seus dedos retiveram seu interesse. Travaram em seu colo, cruzando e descruzando.

"Poderia me falar do acidente, Carlotta?"

Ela soltou os dedos e se endireitou na cadeira. Ali estava um jovem de jaleco branco, inclinado para a frente.

Estudou seu rosto. Quadrado, intenso, não alinhado. Mais novo do que ela.

"Carlotta?"

"O quê?"

"Você consegue me dizer o que aconteceu no carro?"

Lentamente, muito lentamente, como água sobre terra, seus olhos ficaram marejados. As narinas se dilataram. Se chorasse, relaxaria. No entanto, limitou-se a sacudir a cabeça.

"É difícil para você me contar o que aconteceu?"

Ela gesticulou afirmativamente com a cabeça.

"Tudo bem, Carlotta."

Ocorreu-lhe que agora estava em segurança. Por quê? Porque a porta estava fechada. Porque estava calmo e silencioso. Porque havia algo diferente naquele lugar. O médico a encarou, encorajador, amigável.

O dedo de Sneidermann deslizava por uma fenda na superfície da mesa, único indício de seu desconforto diante daquele impasse. Em seguida, conteve-se. O rosto, agora, era uma máscara fria e impenetrável. Mas, enquanto a observava, seus pensamentos vacilavam.

Carlotta baixou o olhar. Sua expressão era marcada pelo cansaço bruto de quem não dormia bem. Sentia-se encurralada. Não podia contar ao médico o que acontecera, mas tampouco ousava sair dali.

"Havia alguém com você no carro?"

"Não... não a princípio..."

"Mas e depois de um tempo?"

Carlotta assentiu com a cabeça. Quando o olhou nos olhos, ele sorriu. Um sorriso contido, ensaiado. Ela não confiava nele. Tinha imaginado alguém completamente diferente. Era como falar com Billy.

"Depois de algum tempo eles estavam no carro com você?", questionou o médico.

"Sim."

"Falaram com você?"

"Sim."

"Você consegue me dizer o que lhe disseram?"

Ela sacudiu a cabeça.

"Seria difícil me dizer o que lhe disseram?"

"Sim."

"Tudo bem, Carlotta."

Ela parecia relaxada. Pelo menos seu corpo já não estava mais tão tenso. Carlotta começou a notar que não era uma conversa normal. O médico não desistia do que desejava descobrir. Então a manipulou com palavras.

"Talvez as vozes viessem do rádio."

"Não. O rádio estava desligado. As vozes estavam à minha volta."

"Entendo."

Ela tirou um lenço amassado da bolsa. Sentia-se humilhada. Tinha medo de olhar para Sneidermann.

"Eles queriam me matar", sussurrou finalmente.

"Mas não conseguiram. E vamos garantir que não voltem."

"Sim."

"Muito bem."

Pela primeira vez, Carlotta sentiu algum elo com a figura de branco.

Por trás da máscara, da pose, algo se conectara com ela. Aquele homem parecia se importar. Então o analisou mais detidamente. Era verdade. Seus pequenos olhos cinzentos a olhavam com preocupação.

"É a primeira vez que isso acontece?"

"Não. A primeira vez foi diferente."

A veia em seu pescoço pulsou. Com o punho, ela amassou o lenço em uma bolinha. Sua respiração falhou.

Sneidermann observou o belo rosto da mulher. Os olhos escuros, amedrontados. Antes flamejando com fogo sombrio, medo e hostilidade, agora eram dois poços profundos, contendo sua desgraça mais íntima.

"Pode me contar o que aconteceu?"

"Não é algo do qual goste de falar."

"Acha difícil?"

"Sim."

"Estamos em um consultório médico. Não há segredos aqui."

Carlotta suspirou. *Eles* estão ouvindo, ela pensou. *Eles* vão tirar suas roupas e cutucar você. Agora estava completamente isolada. Devagar, se voltou para o médico.

"Fui estuprada", disse, de modo inaudível.

Seus olhos embaçaram e arderam. Então ela ergueu o rosto para Sneidermann.

Sua silhueta era uma forma branca e borrada.

"Fui estuprada", repetiu, sem saber se o médico tinha ouvido.

"Na sua casa?", perguntou ele gentilmente.

Surpresa por ele dizer apenas isso, a mulher assentiu. Ela o observou de perto. Por trás da máscara, parecia que não mudara. Mais uma vez, percebeu que aquela não era uma conversa convencional.

"Entendo", comentou o doutor. Ele a analisava agora.

Ela mordeu o lábio. Tentou não chorar. Não valia a pena. Franziu o rosto, uma distorção de remorso. Como uma inundação por águas escuras, saiu tudo: o terror, a repulsa, a humilhação. Tentou cobrir o rosto com as mãos. Preferiria que o médico não a estivesse observando, mas não conseguiu controlar.

"Foi tão nojento", falou, aos prantos. "Tão feio!"

Ela inalou em trêmulos suspiros. A sordidez a cercou. Podia senti-la, prová-la, tomando conta de tudo.

"Estou tão suja!"

O lenço encharcado e amarrotado tocou leve e inutilmente seus olhos. Estava afundada na cadeira, chorando. Uma pontada de piedade atingiu o coração de Sneidermann. Foi-se a elegante e delicada mulher que entrou na sala. Ela havia se transformado em uma menina sem compostura e entregue ao desespero.

O choro cessou. Progressivamente. O relógio soou na parede. Sneidermann esperou no canto da mesa, na mesma posição de antes. O silêncio crescente pairou ao redor de ambos, unindo-os.

"Só quero morrer", disse a paciente com suavidade.

Sneidermann abriu a boca, mas não disse nada. Decidiu esperar mais um pouco. Parabenizou-se por manter um perfeito estado de calma até o momento.

"Você ligou para a polícia?"

"Como poderia? Não tinha ninguém no quarto."

Sneidermann foi pego desprevenido. Por um instante, a máscara caiu. Encarou-a, julgando não ter entendido. Bateu com o dedo no lábio e inclinou-se ligeiramente para trás. Esforçando-se o melhor que pôde, adotou a máscara de médico mais uma vez.

"Pode me dizer o que aconteceu?"

"Fui estuprada. O que mais há para contar?"

Ele limpou a garganta, suavemente. As sobrancelhas estavam franzidas, em concentração. Milhares de possibilidades se assomaram a sua frente. Precisava agir com cautela.

"Estava sozinha no quarto?"

"Sim."

"Você foi estuprada por quem?"

"Eu... eu não sei." Uma longa pausa. "Não havia ninguém lá."

"Me diz, Carlotta, quando você diz 'estupro', o que quer dizer?"

"'Estupro' significa estupro."

"Pode ser mais precisa?"

"Como assim, precisa? Todos sabem o que é um estupro."

"Às vezes as pessoas usam de forma metafórica. Me senti estuprada com o olhar, ou algo assim."

"Bem, não é isso que quero dizer."

Ele não a confrontou dessa vez. Queria que Carlotta o visse como alguém que estava a seu lado.

"Você consegue me dizer o que aconteceu?", perguntou gentilmente. "Pode ser difícil, mas preciso saber."

Carlotta se afastou dele. Sua voz embargou, perdeu a flexibilidade. Ficou distante. Tornou-se impessoal sobre si mesma.

"Estava me penteando", disse ela, "em frente ao espelho. Na escuridão, acho eu...".

"Sim."

"E ele me agarrou."

"Quem te agarrou?"

"Não sei."

"Então o que aconteceu?"

"O que aconteceu?", disse ela amargamente. "O que acha que aconteceu? Pensei que fosse morrer. Ele estava me sufocando."

"Ele a estrangulou?"

"Não. O travesseiro. Pôs o travesseiro sobre o meu rosto. Eu não conseguia respirar."

"Tentou resistir?"

"Tentei. Mas ele era muito forte."

"E ele a penetrou."

"Eu já lhe disse. Sim."

"Completamente."

"Sim."

"Então, o que aconteceu?"

Carlotta dardejou um olhar furioso para ele.

"O que aconteceu?", repetiu ela. "O que aconteceu? Depois de ter me abusado — sexualmente —, ele desapareceu."

"Ele fugiu?"

"Não. Simplesmente sumiu."

"Pela porta?"

"Não. A porta estava fechada. Num minuto estava em cima de mim, e no outro tinha sumido. Depois meu filho entrou no quarto."

Sneidermann assentiu, vagamente. Pensou por um momento. Então se voltou para Carlotta, ouvindo-a mais do que a observando.

"O seu filho viu alguém?"

"Só a mim. Ele correu para o quarto. Eu estava gritando."

"Então o que aconteceu?"

"Nós — as meninas também — ficamos na sala. Eu estava com medo."

"Tinha medo de que ele ainda estivesse em casa?"

"Não. Ele desapareceu."

O médico a observou, agora em silêncio. Carlotta percebeu que ele não sabia o que pensar a respeito de tudo aquilo.

"Me diz, Carlotta", falou pausadamente. "O que a faz pensar que não foi um homem de verdade que a estuprou?"

"Ele simplesmente evaporou quando o Billy acendeu a luz."

"Talvez tenha pulado pela janela."

"Não. As janelas estavam trancadas. Ele apenas desapareceu."

"Mas você o sentiu dentro de você?"

"Com certeza."

"A sensação dele era a de um homem?"

"Um homem grande."

"Você sentiu dor?"

"Sim. É claro."

"Certo. O que aconteceu depois?"

"Naquela noite, nada. Mas na noite seguinte..."

"Aconteceu a mesma coisa?"

"Dessa vez por trás."

Sneidermann esfregou a testa. Agora parecia ser ainda mais novo do que quando entrou na sala. Carlotta pensou que ele devia ser muito inteligente, tão jovem e já médico.

"O que seu filho achou?"

"Ele veio com um vizinho. Pensaram que eu estava tendo uma alucinação."

"Por que acha que pensaram isso?"

"Porque eu estava gritando, e não tinha ninguém no quarto."

"Alguma vez usou drogas?"

"Nunca."

"Certo. O que você achou?"

"Não tinha certeza. Sabia que estava machucada. Me sentia destruída por dentro. É uma sensação inconfundível. Podia sentir o cheiro dele em mim..."

"Você sentiu o cheiro dele?"

"Sim. Era podre."

"Entendo."

"Não tenho a certeza se ele... se ele...".

"Ejaculou."

"Sim. Acho que sim. Mas quando a luz foi acesa, senti como se tivesse despertado. Como se tivesse saído da escuridão. E ninguém além de mim estava com medo. Não acreditavam que houvesse alguém lá."

Sneidermann compreendeu. Parecia ter encontrado seu equívoco. Agora a observava novamente: os sinais faciais, a linguagem corporal, seu tom de voz. Queria uma confirmação do que estava pensando.

"Você disse que aconteceu uma terceira vez."

"Não exatamente. Eu o ouvi chegando. Senti o cheiro de longe. Saí correndo do quarto."

"O que aconteceu?"

"Peguei as crianças e fugi, o mais depressa que pude. Fomos de carro até a casa de uma amiga."

"E depois?"

"Depois, nada", respondeu, dando de ombros. "Fiquei na Cindy durante uma semana e me senti melhor. Todos nós. Mas não dava para ficar lá para sempre. Então voltei ontem para casa com as crianças. Cindy dormiu lá em casa. Estava tudo bem. Acordei, tomamos café e então peguei o carro. Estava dirigindo para a escola de secretariado em West Los Angeles."

"Foi quando ouviu as vozes no carro."

Ela concordou com a cabeça. Parecia ter relaxado. Só seus olhos, como os de um coelho, alcançavam os dele por vezes, buscando algum tipo de reafirmação.

"Então, o que acha?", questionou. "Pode falar; seja honesto. Fala para mim."

Ela se tateou, buscando um cigarro. Ao acendê-lo, os dedos tremiam.

Sneidermann a esperou acabar. Precisava manter sua confiança. Sem mentir.

"Bem, Carlotta", disse. "Isso é muito sério."

"Acha que sou louca?"

"Louca? Isso significa coisas diferentes para pessoas diferentes."

Ele sorriu para ela. Carlotta notou que o médico não cedeu um milímetro. Ainda era profissional, escondendo os sentimentos. Jamais relaxava.

"Tem alguém que possa ficar com você?", perguntou.

"O meu filho, Billy."

"Que idade tem ele?"

"Quinze."

"E a sua amiga Cindy?"

"Esta noite não. Talvez daqui a uns dias."

"Gostaria que houvesse alguém para acompanhá-la, Carlotta. Sempre. Não quero que fique sozinha."

"Certo."

"Precisamos fazer alguns exames médicos. E psicológicos. Não vão doer."

"Agora?"

"Pode ser amanhã."

"Preciso ir para a escola de secretariado. Fazem chamada."

"Vamos falar com a enfermeira da recepção quando a gente sair. Normalmente, conseguimos chegar a um acordo com a assistência social."

Ela apagou um cigarro pela metade.

"Então não há nada que você possa fazer?"

"Não até saber exatamente onde está o problema. Tenho algumas ideias, mas preciso de outros exames para ter certeza."

"Antes disso, serei morta."

"Não. Não acredito nisso."

"Tentaram me matar hoje."

"Acho que se estiver acompanhada, vai ficar tudo bem."

Ela afastou o cabelo da testa. Ouviu ecos distantes de vozes do lado de fora da porta.

"Não sei o que fazer." Foi o que se limitou a dizer.

"Acho que fez uma coisa muito boa ao vir à clínica."

"Acha?"

"Com certeza. É o primeiro passo. E o mais difícil."

Fez-se um silêncio sinistro. Os dois aguardaram um momento. Carlotta simplesmente levantou-se, alisou a saia. Foram até a porta.

Quando a porta se abriu, um labirinto de corredores brilhou intensamente. Carlotta não se lembrava de tê-los visto antes. À esquerda estava a recepção. Sneidermann inclinou-se para a frente na mesa, falando com uma enfermeira. Carlotta também não se lembrava de ter visto a recepção.

Ele se aproximou dela outra vez, avançando no tapete laranja. De repente, o psiquiatra era o único rosto familiar em todo o mundo.

"Aqui está um cartão", disse o médico. "Tem o número da clínica. Poderá me encontrar, caso precise de mim. A qualquer hora do dia."

Ela guardou o cartão na bolsa. Seus modos eram os de uma jovem bem-educada. No entanto, recebia assistência social. Esse detalhe o intrigou.

"Obrigada, doutor", agradeceu com suavidade.

"Sneidermann", acrescentou. "Deixe-me escrever no cartão."

Então a viu sair, incerta, avançando pelos corredores com tiras de fita colorida ao longo do chão. Carlotta desapareceu.

Sneidermann suspirou. Estava exausto.

"Demorou, hein, Gary", disse a enfermeira.

"O quê? Ah! Me diz, tem certeza de que ela nunca se consultou com outro psiquiatra?"

"Foi o que ela escreveu."

"Nada de drogas."

"Se você acreditar nela."

"Que coisa."

Ele serviu-se de café preto em um copinho de isopor. Ainda estava absorto por Carlotta.

"Estarei na biblioteca", comentou. "Preciso anotar isso."

O psiquiatra caminhou rapidamente pelo corredor, engolindo o café. Levava sob o braço uma pasta de vinil preta, ainda sem anotações. Seus passos ecoaram pelos azulejos solitários do complexo médico.

Sneidermann acendeu um cigarro, exalou uma nuvem de fumaça e tirou sua jaqueta. Arregaçou as mangas, revelando antebraços musculosos. Sua memória era excelente. Lembrava-se de toda a conversa. Escreveu na pasta preta, na qual adicionara o nome de Carlotta.

Em outro canto do aposento, outro residente se debruçava sobre livros volumosos, alheio a Sneidermann como Sneidermann a ele.

Era uma biblioteca enorme e antiga, com piso frio no chão e gravuras de madeira nas portas e escadas até os andares superiores. Estava silencioso. Tarde da noite, o hospital ficava quase deserto nesta ala. Sneidermann levantou-se, pôs um pé na cadeira, inclinou-se para a frente e examinou o que tinha escrito.

Ela fizera os seus movimentos iniciais. Não era uma dona de casa com uma carreira frustrada. Não era uma secretária que sufocava a solidão em compulsão alimentar ou bulimia. Seus outros casos desapareceram de sua mente. Quase não conseguia acreditar no que tinha a sua frente. Queria mantê-la exclusivamente para si, queria resolver o caso antes que os outros descobrissem. Estava trêmulo de entusiasmo.

Tirou uma apostila do topo de uma prateleira e levou-a de volta para a mesa. Alucinações visuais, táteis, auditivas *e* olfativas eram muito raras. O mais provável é que fossem manifestações de psicose ou neurose histérica. Sneidermann sentiu-se satisfeito por tê-la acalmado, aliviado sua histeria até que ela lhe contasse o ocorrido. Fizera com que a paciente tivesse uma conversa racional, algo que duvidou ser possível quando a viu pela primeira vez, de pé, perdida e indefesa, no meio da sala.

Sabia que aquele trabalho era perfeito para ele, que teria que pesquisar na literatura clássica para acessar as descrições mais completas de tais alucinações múltiplas. Depois consultou suas anotações. Sua voz ficara monótona enquanto ela descrevia os ataques, como se tivessem acontecido a outra pessoa. Portanto, houve dissociação. Possivelmente, uma histeria clássica. Por outro lado, pensou, seu ego parecia intacto — um bom controle da realidade, visto que conseguira trazê-la de volta.

Outra hipótese era psicose. As alucinações foram tão extremas, a ilusão tão completa, que a mulher deve ter perdido o contato com a realidade. Porém quanto mais a paciente falava, mais se acalmava, mais racional ficava. Decidiu adiar o diagnóstico até conhecer melhor seu histórico. Psicose e esquizofrenia geralmente dão sinais aos vinte e poucos anos.

Sua curiosidade aumentou, deixando-o inquieto. A violência psíquica de parte contra o todo, tentando se reorganizar em uma nova constelação. Para quê? Por que agora, aos 32 anos? O caso à sua frente estava aberto, um continente inexplorado, e ele estava ansioso para começar a pesquisar.

Sozinho agora na biblioteca, ocorreu-lhe de repente que tinha uma situação ideal nas mãos. Estava ali para curar os feridos e os atormentados, em uma área que respeitava profundamente, sob as melhores condições. A imagem de seu pai lhe veio à mente: um homem franzino, derrotado, com cheiro de desinfetante nas mãos. 'Vivo, mas pela graça de Deus', pensou Sneidermann. Em uma cidade estranha, entre desconhecidos, Sneidermann mergulhava em seus casos para evitar esses pensamentos.

Esfregou os olhos, fechou os livros e jogou o copo de café vazio no lixo. Queria se concentrar no caso, mas o cansaço fez seus pensamentos evaporarem, esvaírem-se desordenadamente. Pegou o livro de casos clínicos e deixou a biblioteca.

A solidão dos psiquiatras residentes é segredo para qualquer um fora da profissão. O isolamento, os corredores vazios, formais, as salas de seminários cafonas e as relações puramente profissionais, além da competição que jamais abranda, nem por um minuto. Enquanto caminhava pelo pátio deserto com as fontes desligadas e as piscinas silenciosas, os sons da cidade ruíram assustadoramente noite afora. Ele retornou aos aposentos, concentrando-se em Carlotta Moran.

Billy inclinou-se sobre os ombros da mãe. Encostou uma toalha pequena, umedecida em desinfetante, em sua pele. Seu pescoço estava riscado em linhas suaves de cor-de-rosa, como se uma garra invisível a tivesse lanhado.

"É um milagre você estar viva", falou. "O Buick está em frangalhos."

"Acha que consegue consertá-lo?"

"Claro. Provavelmente. Com algumas partes a mais. Aquela ventoinha se desintegrou."

Carlotta fez uma careta quando o filho tocou nas lacerações debaixo da orelha. No espelho, estava evidente no rosto do garoto sua terna preocupação. Ela o olhou, e atrás dele, no espelho, através da janela aberta, os postes de luz preencheram o terreno vizinho com claridade. As ervas daninhas cresciam, fortes e amarelas, sussurrando na brisa da noite.

"Quanto vai custar?", perguntou ao filho.

"Uns duzentos."

"Que não temos", resmungou Carlotta.

As meninas estavam à porta. Os olhos arregalados de espanto.

"O médico te machucou?", Julie perguntou.

"Não, querida, não. De forma alguma. A mamãe só conversou com ele."

"Você vai voltar?", perguntou Billy.

"Amanhã. Depois da aula."

Ela fez um gesto a Billy para parar. E se levantou.

"Ouçam, crianças", falou, "há um cartão na mesa. Tem o telefone da clínica. Se acontecer alguma coisa, vocês ligam para lá. Está bem? O nome dele é", explicou e consultou o cartão, "Sneidermann." Kim riu da sonoridade do nome.

Em uma hora as crianças estavam na cama. Carlotta dormiu no sofá. Billy serrara uma madeira larga e a colocara sob as almofadas. Sobre elas, puseram o antigo colchão de Julie. Cobriu os botões e os buracos. Não perfeitamente, mas Carlotta conseguiu dormir. Mal, mas nada lhe aconteceu.

Passou a primeira noite naquele estranho reino dos enfermos, onde todas as regras se invertem. De alguma forma, o médico confirmara essa realidade. A ansiedade, como uma nuvem sombria, expandia-se ao seu redor até que ela já não conseguia lembrar como era viver sem ela.

"Billy", chamou o filho, falando baixinho.

Era de manhã. Billy sentou-se na cama, o sol brilhando sobre os lençóis amarrotados.

"O quê?"

"Se Jerry ligar, pelo amor de Deus, não conta nada para ele. Tá? Avise as meninas também. É só o que peço."

"Quer dizer que ele vai voltar?"

Billy se sentou ereto, totalmente acordado. A hostilidade, confusa mas inequívoca, verteu dele como um rio. Sentou-se apoiado na cabeceira, os braços vagamente pendurados a seu lado. Mas seu belo rosto era o de um homem, sério e resoluto, e os ombros largos estavam firmes, alinhados para trás.

Carlotta deu um passo em direção ao filho. Sua voz era gentil.

"Olha, Bill, sei como se sente, mas entenda uma coisa. Eu gosto do Jerry. E ele está tentando gostar de você. Você lhe deve isso em troca. Além disso, não importa o que pensa dele. Jerry é meu amigo. Sabe o que quero dizer? Formamos um bom casal, e talvez seja permanente. É melhor pensar nisso com carinho, pois pode ser permanente. E enquanto você viver aqui, terá que se habituar a isso. Concorda?"

"O erro é seu, mãe."

"Ficamos combinados assim, então. O erro é meu. E deixo você cometer os seus."

Billy apanhou uma camisa xadrez na cadeira. E sentou-se na beira da cama, vestindo a roupa. Evitou o olhar de sua mãe.

"Quer que vá contigo?", perguntou ele.

"Obrigada, Bill, mas só vou na escola."

"Tem certeza?"

"Claro. O que pode acontecer? Vou de ônibus."

"Tá."

Ele se levantou, pegou as calças da mesma cadeira e as vestiu. Apertou o cinto.

"Posso tentar arranjar um carro. O Jed dirige. Me liga se quiser carona para casa."

"Ok. Vamos ver como me sinto."

Billy a seguiu até a porta da frente. Ela levava o caderno sob o braço. "Tchau, mãe", disse o menino.

Ela o abraçou por um momento. Então saiu em direção à luz do sol.

No final da rua Kentner, o ônibus virou uma esquina preguiçosa e pesada.

Depois de pagar o bilhete, Carlotta viu Billy, ainda parado na sombra da porta. Em seguida, ele se virou, inconsolável, e entrou na casa, fechando a porta.

"Você dormiu bem?"

"Razoavelmente bem."

"No quarto?"

"No sofá. Na sala de estar."

Sneidermann assentiu. Ela parecia muito mais relaxada, mais entregue aos seus cuidados, o que lhe agradou profundamente. O que ele queria agora era avançar o mais rápido possível. Encontrara uma sutil brecha do dia anterior e agora tentaria ampliá-la.

"Sem pesadelos?", perguntou.

"Sim."

O médico sorriu. Sentia-se encorajado. Ela percebeu de imediato. Então decidiu deixá-lo fazer o que queria com ela.

"Foi uma boa ideia, Carlotta. Dormir no sofá."

De alguma forma, o médico parecia se lembrar de todos os detalhes do que haviam conversado no dia anterior.

"Você veio sozinha?", perguntou ele.

"Sim."

"Preferia que alguém viesse com você. Seu filho, por exemplo."

"Ele está na escola até o meio da tarde."

"Bem, poderíamos nos encontrar em um horário diferente. Que tal às quatro horas? É bom para vocês?"

"E você?"

"Mudo minha agenda. Posso fazer isso."

Carlotta concordou com a cabeça. Hesitava em confiar nele. A aparência jovem de seu rosto a perturbava. Ele tinha que ter uns vinte anos a mais.

"Então podemos nos encontrar às quatro horas", Sneidermann falou.

"Amanhã?"

"Todo dia."

"Isso é necessário?"

"Sim."

A perspectiva de um tratamento em tempo integral não estava em seus planos. O doutor mexeu em vários papéis sobre a mesa. Ela não demonstrava a tensão do dia anterior.

"Mencionei alguns exames ontem", comentou Sneidermann. "São de rotina. Você já deve ter feito a maioria antes. Sangue, urina, alguns psicológicos. Um psicólogo vai te mostrar algumas fotos. Você cria uma narrativa com elas. Coisas assim. Nada que vá causar dor. Sem surpresas. Pode fazê-los agora?"

"Acho que sim. Se você quiser."

"Que bom. Vamos."

Levantou-se rapidamente. Carlotta ficou um pouco receosa com a velocidade com que as coisas estavam acontecendo. Então levantou-se devagar, pegando a bolsa no chão.

"Vou acompanhá-la ao laboratório", disse o médico. "É grande lá embaixo e você pode se perder."

Juntos, saíram pela porta e caminharam pelo labirinto barulhento, Sneidermann acenando a médicos e enfermeiras. Os dois atravessaram várias recepções, vários laboratórios cheios de técnicos. Ele era alto, suas pernas longas avançavam depressa, era difícil de acompanhar. Viraram em um corredor, encontraram um lugar em frente às portas do elevador e esperaram com um grupo de pessoas.

"Você não é um médico de verdade, é?", perguntou Carlotta.

Sneidermann corou. E riu.

"Por que diz isso? Sou residente, o que quer dizer que sou médico. Mas, sim, tenho um supervisor."

"É que você aparenta ser muito jovem."

"Bem, não sou tão jovem assim."

O elevador abriu, doentes regurgitando e homens entregando insumos.

Os dois entraram. Ele apertou um botão. No térreo, a conduziu por uma série de corredores e portas giratórias. As paredes estavam enfileiradas por idosos tossindo em cadeiras de rodas.

"Esta é a sra. Moran", disse Sneidermann a uma enfermeira atrás de uma janela. "Do INP. Quero um exame físico completo. O formulário laranja, o verde e o amarelo."

A enfermeira riu.

"Temos outras cores também."

"Pode me dar o arco-íris inteiro."

A enfermeira verificou várias caixas no formulário datilografado à sua frente.

"Peça para ela se sentar. Já vamos atendê-la."

Sneidermann foi até Carlotta. Os cheiros estranhos dos produtos químicos a deixaram nervosa. Estava mais frio no térreo. Havia mostradores, tanques e tubos em prateleiras por todo o lado. De repente, o mal-estar cresceu em sua mente. Ele a ofuscava, o brilho metálico e vítreo dos quartos, os velhos doentes no corredor.

"Não se preocupe", o psiquiatra a acalmou. "Sei que o lugar não é bonito. Isso aqui parece uma garagem. Mas você já fez exame de sangue antes, certo? É o mais doloroso de todos. Não vou mentir. De modo geral, é só enfadonho. Demora duas horas. Tente não adormecer."

Ela sorriu nervosamente.

"Estarei lá em cima quando acabar. Se quiser me ver, peça para a levarem ao INP."

"INP?"

"Instituto Neuropsicológico. Eles sabem onde é."

"Certo."

Virou-se para ir. Depois voltou atrás. Ela ainda estava nervosa. Carlotta detestou vê-lo partir.

"Estarei lá e podemos conversar, se quiser. Depende de você. De como se sentir. Está bem?"

"Sim."

No consultório, embora fosse jovem, ele parecia ter autoridade. A enfermeira trouxera à tona um lado mais informal. Ver o modo como ele flertava enervou Carlotta.

"Sra. Moran", disse a enfermeira, "pode entrar, por favor."

Carlotta resignou-se. Entrou em uma sala cheia de tubos, cilindros, frascos de líquidos turvos e feios. Máquinas girando em contêineres de aço zumbiam. Os técnicos deslizavam tubos de ensaio com sangue nos balcões. Ela estremeceu. Estava desumanizada, sentia como se fosse uma peça da grande máquina médica. Até a luz era esverdeada e fria. Todos eram estranhos. A enfermeira abriu uma cortina. Carlotta entrou e se despiu.

A ENTIDADE

6

2 de novembro de 1976, 17h30.

Caía uma chuva fina à porta da casa da rua Kentner. Carlotta não tinha voltado da clínica. Pássaros noturnos cantavam uma melodia sem ânimo, repetidas vezes, nos vãos escondidos das árvores. A casa estava fria e passava uma sensação de vazio.

Billy ficou parado à pia, vagamente ciente de seu reflexo na janela escura. Desde que Carlotta tinha ficado doente — ou o que quer que fosse que tivesse lhe acontecido —, Billy passou a lavar a louça, vestir as meninas e fazer o próprio almoço. Sabia que cedo ou tarde poderia ser convocado para fazer mais. Mas, por ora, executava as tarefas que estavam ao seu alcance, pequenos gestos que poderiam aliviar o fardo da mãe.

Não havia nada de vergonhoso em estar mentalmente doente, pensou o menino. Parecia gripe ou uma dúzia de outras doenças. A questão é que não havia remédio para ela. Não era possível analisar em um microscópio e identificar as células ruins.

Seu rosto ficou tenso. Pensar em microscópios e células o fez se lembrar da escola, de biologia e todas as coisas que odiava. As salas de aula fedorentas, como celas de cadeia. Os professores excêntricos, que se divertiam ao constrangê-lo na frente da classe — idiotas mesquinhos com vidas insignificantes, sem esperanças de um dia conquistar algo melhor. Como Billy os odiava.

Apesar de não ir à escola há mais de uma semana, não estava incomodado. Não se importava com o que lhe diziam ou faziam. De qualquer forma, o que poderiam fazer? Ele estava quase completando dezesseis anos, e em breve poderia abandonar os estudos de vez.

Mesmo assim, Billy estava preocupado. O momento não era o ideal. Especialmente agora, com a mãe doente. Não queria agravar os problemas dela. Mas, afinal, o que sua mãe realmente sabia a seu respeito? Quais eram seus pensamentos? Seus sonhos? O que os pais de fato sabem? Tudo o que ela sabia era que Billy era louco por carros. Até fez piadas sobre isso com Cindy. Bem, era muito mais do que ferramentas e graxa que o entusiasmavam. Ele não iria acabar na sarjeta. Tinha um objetivo. Um grande objetivo. E carros eram apenas um pequeno passo para chegar lá.

Os olhos de Billy ficaram vidrados. Suas mãos estavam inertes na água ensaboada enquanto ponderava acerca de seu futuro — ainda maior e melhor do que o tio de Jed, Stu. Aquela sim era uma história de sucesso. Ainda não tinha 40 anos e era o único proprietário da maior concessionária de carros usados em Carson. Um lote de seis hectares com um baita faturamento. Às vezes, mais de cem carros em um único fim de semana. O tio Stu fez uma fortuna sentado atrás de sua mesa, comprando e vendendo. Sim, era para lá que Billy rumava — ter sua própria concessionária um dia. E não lá longe, em Carson. Em Brentwood, Westwood, talvez até Beverly Hills.

Billy olhou pela janela. Através da garoa que escorria pelo vidro, viu o ônibus azul virar a esquina. Ninguém desceu. Olhou para o relógio. Quase seis horas. O que a estava atrasando? Esperava que nada tivesse acontecido a ela no ônibus. Como uma de suas crises, vendo coisas. Que terrível ser doente daquela forma. Billy sabia, pelas histórias que ouvira, como as personalidades das pessoas mudavam. Pessoas doces e afetuosas tornavam-se figuras sombrias e silenciosas, perdidas nas sombras da casa, sem nunca sair, e até começavam a cheirar mal. Isso sim era o horror: não a doença em si, mas as mudanças que provocava. A pessoa se tornava outra, e você podia passar a odiá-la; podia querer se afastar da pessoa que antes amava.

Billy tirou essa ideia da cabeça depressa. Ele jamais a abandonaria, não importava o que acontecesse.

Seu rosto endureceu quando seus pensamentos se voltaram para Jerry. Maldito chicano. Todo cheio de pose, como se fosse muito importante. Batendo ponto país afora como um mandachuva de Las Vegas e depois passando apenas uma noite para sexo casual e usando a mãe como uma... É, como uma prostituta. Por que sua mãe permitia isso? Que raios ela via nele? Qual era a grande atração? Maldito seboso...

Um prato se espatifou no piso de linóleo.

"Que merda!"

O menino se inclinou para apanhar os pedaços. Estavam frios e afiados. Enfiou-os em um saco de papel e jogou na lata de lixo perto do fogão. Procurou por mais cacos no chão.

Um segundo prato caiu, quebrando-se.

"Jesus!"

O que diabos estava acontecendo? Apressadamente, juntou os restos em uma folha de jornal. Os cacos estavam gelados. Os fragmentos pareciam quicar no chão, quase sem peso. Jogou-os no lixo. Retiniram, quebraram e quicaram por um tempo. Ele tampou a lata.

"Billy!"

Ele se virou. Julie o observava das sombras da sala.

"O quê?"

"Olha para mim!"

Julie entrou pela porta que dava para a sala. Seus olhos estavam estranhos, como um duende. Seu cabelo estava em pé.

"Por que diabos fez isso?", perguntou Billy. "Vai pentear o cabelo."

"Não fui eu. Ele fez isso sozinho."

Billy olhou para a irmã, indignado.

"Claro que foi você", disse o menino. "Agora vai se pentear direito. Não estou no clima para brincadeiras, e a mamãe certamente não estará também quando voltar."

"Eu não..."

"Julie!"

A menina olhou para o irmão com uma expressão magoada. Depois seus olhos brilharam. Ela apontou para Billy.

"Está acontecendo com você também", riu Julie.

Billy tocou seu cabelo, que ondulava, distendia, ficava arrepiado em sua cabeça.

"Você tá parecendo um palhaço", declarou a menina, rindo.

"Maldita chuva", murmurou, penteando o cabelo.

"Ainda tá engraçado."

Agarrou Julie pelo braço, arrastou-a para a pia da cozinha e molhou o pente. Começou a pentear vigorosamente o cabelo da irmã.

"Ai, Billy!"

A porta da frente se abriu e Carlotta entrou. Ela parecia cansada. Seu corpo estava desmilinguido, e a água escorria de seu rosto e do casaco. As órbitas de seus olhos pareciam perdidas nas sombras das olheiras. Tentou sorrir, mas não conseguiu.

"Desculpem o atraso, crianças, o médico..."

"Não faz mal, mãe", disse Billy. "Comprei ravióli congelado. Também comprei leite."

Carlotta balançou a cabeça em um agradecimento exausto. Tirou o casaco e sentou-se pesadamente à mesa da cozinha.

"Como você está, bonequinha?", perguntou a Julie.

"Estou bem", respondeu a filha, observando o olhar de advertência de Billy. "Eu e a Kim estávamos só brincando."

"Que bom, que bom", disse Carlotta, distraidamente.

Em sua mente, uma série interminável de enfermeiras, médicos e técnicos andavam à sua volta enquanto ela aguardava deitada em uma maca de couro, fria, por razões que não compreendera. Estava feliz por estar em casa. Seus filhos a fortaleciam. Contudo, sentia-se extremamente cansada, mal conseguia focar na refeição à sua frente.

Carlotta mastigou devagar, pouco consciente da comida. A escuridão na janela parecia crescer. As meninas discutiam sobre o aipo crocante — um presente da horta da sra. Greenspan. Carlotta inclinou-se para a frente para acalmá-las, quando paralisou.

"Vocês ouviram isso?", sussurrou.

O garfo de Billy parou no meio do caminho até a boca. O menino apurou os ouvidos.

"Não. O que é?"

"Debaixo da casa. Debaixo do assoalho."

Julie e Kim a observaram. Se perguntavam se era uma brincadeira. Rapidamente, perceberam que não era.

"Não ouvi nada", disse Billy.

Havia um gemido baixo nas fundações.

"Bem, isso certamente não foi minha imaginação", disse Carlotta, de forma um pouco estridente.

Foram para o quintal. A água pingava dos beirais, das tábuas de revestimento, das janelas. Na escuridão, a água da chuva brilhava assustadoramente enquanto caía. Aquele líquido corria sob a casa, onde as fundações a erguiam do chão lamacento.

Debaixo da casa, mofo, papelão em decomposição e corda molhada balançavam das vigas encharcadas. Billy se esticou sob o espaço estreito para rastejar; sua lanterna fez um feixe de luz disparar através dos tubos e blocos de cimento, evidenciando pedaços de arame e insetos capturados pela luz.

"Não tem nada aqui, mãe!"

Enfiou papelão apodrecido nos lugares onde os canos se tocavam. Um pouco de serragem caiu sobre a cabeça. O suor escorria pelos antebraços. O menino fez uma careta, ao ver os insetos rastejando sobre a pele.

"Parecia que estava debaixo do quarto!", Carlotta gritou.

Billy adentrou a escuridão. Empurrou os tijolos, molas de metal e canos enferrujados para longe. Encostou-se em um apoio. Um gemido baixo e metálico abalou a casa.

"Billy! Você está bem?"

"Tô, mãe! É o suporte do quarto!"

Ele se inclinou, tentando encontrar onde os tubos de sustentação se curvavam juntos. Enfiou jornais velhos e pedaços de papelão nos vãos. Então se encostou em um apoio. Nada. Nenhum som. Estava mortalmente silencioso na escuridão.

Depois de meia hora, sua camisa estava encharcada. O rosto estava coberto com poeira e teias de aranha. Um mofo estranho agarrado às calças, um cheiro de algo desconhecido, como pó de metal. Billy se arrastou com dificuldade pela abertura que dava para o quintal e levantou-se sob o guarda-chuva que Carlotta segurava. A chuva caía em torno de ambos, envolvendo-os em seu baixo e constante tilintar.

"O que foi?", perguntou Carlotta.

"As tubulações sobre a sustentação. Me apoiei sobre elas, que fizeram esse barulho", respondeu o garoto.

"Então, o que se apoiou nela antes?"

Billy encolheu os ombros, tirando as teias de aranha do cabelo. O belo rosto de Carlotta foi suavizado pela luz distante da rua, incidindo de forma angulosa sobre sua testa. Ela tirou um pedaço de papelão molhado do ombro dele. Billy olhou de perto para seu rosto, os olhos, a expressão profunda dentro deles. E começou a perceber mais profundamente o que sua mãe estava passando.

"É uma casa velha, mãe", disse, por fim. "Provavelmente se deslocou."

"Parecia ter alguém mexendo", comentou Carlotta com certo nervosismo. Billy riu.

"Cheira mal lá embaixo", revelou o menino. "Tem um rato morto. Algo está apodrecendo."

Entraram em casa. Billy tomou banho, mudou de roupa. Tudo parecia diferente. A casa tinha mudado. Eles não estavam mais sozinhos. Carlotta deu um beijo de boa-noite nas meninas e viu Billy entrar para o quarto. Não conseguia superar a inconfundível impressão de que as coisas estavam diferentes. A atmosfera parecia mais espessa, de alguma forma, carregada.

Ela desligou quase todas as luzes, deixando apenas uma acesa. A saia e a blusa deslizaram de seu corpo. O médico avisou-a para dormir tanto quanto conseguisse. Agora não seria um problema. Sentindo-se pesada como chumbo, se arrastou sob os lençóis e fechou os olhos.

Lentamente, relaxou. Como uma droga, a fadiga fez com que seus membros ficassem mais pesados, seus pensamentos ainda mais lentos. As impressões da casa desvaneciam cada vez mais. Só o aquecedor emitia um som de tempos em tempos. Sombras vagavam rapidamente por seus pensamentos. Sombras peculiares, distorcidas e furiosas.

Carlotta mergulhou no âmago de si mesma. Pessoas que conhecera, coisas que fizera, pareciam pairar ao redor, silhuetas, retorcidas, à sua procura. Um forte torpor a envolveu. Sabia que estavam à sua procura. Descendo os corredores e quintais vazios, alguém estava à sua caça. Ela viu o seu rosto, delineado pelas luzes. Ele olhou para ela, veio em sua direção, sorrindo... chamou-a pelo nome...

"Carlotta!", disse Franklin Moran. "Bem, o que você acha? Não é muito, mas é nosso!"

Agora estavam legalmente casados. Carlotta olhou para o quarto minúsculo, uma cama grande encravada debaixo das janelas, uma pequena cozinha visivelmente inclinada para a cama.

"Vem aqui, amor!", chamou. "Vamos celebrar!"

"Meu Deus, Franklin! São duas e meia da tar..."

"Ha ha ha ha ha ha."

Franklin a jogou na cama. Carlotta tinha somente 16 anos. Às vezes suas mãos deslizavam de forma bruta sobre ela. O rosto áspero, com marcas de expressão, quadrado e duro, se tornava estranho. Quase a amedrontava.

"Gata", suspirou mais tarde. "Você é uma fod..."

"Shhhhhhh. Não fala assim."

Ele sorriu. O peito musculoso arfava de forma ritmada sob a luz dourada. Em momentos assim, ela o amava loucamente. Amava sua vitalidade, sua autoconfiança, a agilidade de seu corpo.

"Ok", sorriu ele outra vez, dando uma batidinha suave. "Mas é verdade. Você é."

Havia duas janelas, ambas rachadas. Era verão, por isso mantinham as persianas baixas. Ficava escuro lá dentro, mas isso não arrefecia o calor. Franklin gostava de andar de bermuda. Lá de fora vinham os sons de martelos, maçaricos e um rádio que não desligava nunca.

"Demais, né, gata?", perguntou. "Bem melhor que Pasadena, hein?"

"Hã hã."

"Então, por que essa cara de enterro?"

"Não estou com cara de enterro. Eu só..."

"O quê?"

"Nada. Dinheiro. De onde vamos tirar dinheiro?"

"Relaxa", riu ele. "Alguma vez eu te deixei na mão?"

"Não, mas..."

"Confia em mim", disse ele, os olhos brilhando.

Carlotta achou melhor não dizer nada. Quando ele estava eufórico assim, bastava muito pouco para perder a calma se alguém o contrariasse.

O banheiro ficava atrás de um depósito de cilindros de acetileno no andar de baixo. Para chegar lá, Carlotta tinha de passar por prateleiras e trapos pendurados e aguentar os olhares libidinosos dos dois mecânicos. Era preciso bater na parede antes de virar o corredor, pois muitas vezes os mecânicos usavam o banheiro sem fechar a porta.

Um tempo depois, Carlotta engravidou e ficou com um barrigão.

"Ei, filha do pastor", disse Lloyd, o mecânico com o gorro de lã. "Tem certeza de que nunca foi beijada?"

"Ela só tem 16 anos?", perguntou o mecânico mais baixo.

"O Franklin arranjou carne bem fresca." Ela ouviu os dois comentarem.

Ela subiu correndo. Passaram-se três meses desde que saíra de Pasadena. Na época, parecia uma aventura. Mas os dois mecânicos lá embaixo a assustavam, e pareciam arrastar Franklin para um lamaçal.

O trabalho de Franklin era dar um jeito de arranjar peças usadas, não importando como faria isso. Então, reconstruíam grandes peças de carros e as vendiam como novas. O negócio consistia em dimensionar o potencial cliente e descobrir quanto problema ele poderia causar.

À medida que a barriga crescia, Carlotta ficava cada vez mais dentro de casa. A gravidez a confinou à cama por períodos ainda mais longos. Franklin estava inquieto. Queria sua garota de volta. Ela não era mais divertida. E não transava de outra forma além daquela que seu corpo agora permitia.

"Ei", tentou convencê-la. "Vamos lá, gata."

"Não. Não dá."

"Por que não?"

"O médico falou."

"Dane-se o médico. Você não está assim tão grávida."

"Estou sim. Posso não parecer, mas estou."

"Que droga. Você não era assim."

"As coisas mudaram, Franklin..."

"Podes crer."

De alguma forma, era um alívio estar fora do alcance dele. No entanto, quando o rapaz tirava a roupa, com a luz dourada filtrada pelas cortinas fechadas, era impossível deixar de admirar seu corpo. Os ombros musculosos, o pescoço grosso, e a cabeça quadrada. Suas pernas eram longas em comparação ao torso, as mãos grandes e fortes, os genitais avantajados. Carlotta gostava de acariciar o peito dele. Gostava das reações que provocava em seu corpo.

A gravidez foi difícil para ela. O médico disse que deveria ter aguardado alguns anos. Sentiu-se invadida, inchada por dentro. Parecia estar se transformando em outra coisa. Havia momentos em que não suportava ser tocada.

Com o passar dos meses, o homem foi ficando cada vez mais irritadiço. Carlotta passou a quase ter medo dele. Ocorreu-lhe que ele conhecia outras meninas. No entanto, o que ela poderia fazer?

Uma noite Franklin chegou em casa cambaleando.

"Filha do pastor Dilworth", disse. "Deixa eu te mostrar uma coisa."

Ela percebeu na hora que ele estava bêbado. Ou pior.

"Você está bêbado", comentou, enojada.

Franklin se despiu. Estava orgulhoso de sua ereção.

"O que acha?", perguntou, balançando o corpo. "Hã?"

"Olha para você. Mal consegue falar."

"Qual é, gata. Quero que a gente..."

"Me deixa. Acha que vou aturar isso estando grávida de oito meses? É isso que você acha?"

"Meu Deus do céu", resmungou ele, tropeçando ao entrar no quarto, derrubando uma luminária. E riu do som de sua queda. "Me casei com uma frígida."

Carlotta encostou-se à parede. Pela primeira olhar para ele, sentado na cama, pronto para o amor, nu, a enojou. Era grotesco, repulsivo. De repente, quis voltar para casa. Mas não havia mais casa para ela.

"Vem cá, Carlotta", choramingou.

"Não, não dá. Me deixa."

"Meu Deus", disse ele, deitando-se de repente no chão.

Ele puxou o cobertor da cama para o chão, enrolando seu corpo.

"Frígida", murmurou. "Ela é frígida, Franklin. Pobre Franklin."

Gradualmente, o homem caiu em um sono profundo. Carlotta sentiu a vida que carregava se mexendo em seu ventre. Também pareceu repentinamente grotesco. Sentiu-se encurralada. Em um estalo, toda sua vida havia se resumido a não ter futuro algum.

Em frente à loja de máquinas, havia uma estrada poeirenta e, logo à frente, uma vala de concreto com vinte metros de largura. As margens também estavam lajeadas. A única água que passava estava em um sulco verde viscoso no centro. Foi ali que Franklin ganhou o dinheiro deles. Aos sábados, faziam corridas de moto por um prêmio de 50 dólares, e Franklin não raroganhava. A única preocupação era a polícia.

Um dia, dois policiais vieram ver Lloyd. Ele era suspeito de traficar anfetaminas. Havia um mandado de busca. Lloyd se apoiou contra o torno, girando a manivela, enquanto a polícia revistava suas gavetas. Havia um número infinito de gavetinhas, armários, arquivos. Isso sem mencionar os pregos, parafusos, peças de máquinas e trapos em latas à prova de fogo. Carlotta ouviu suas vozes enquanto estava deitada na cama.

"Vamos dar uma olhada lá em cima", disse um policial.

"Negativo", disse Franklin. "Você só tem mandado para a loja."

"Tenho um mandado para este endereço, garoto."

Franklin correu na frente deles.

"Na minha casa vocês não entram, seus putos!"

Ela ouviu um policial dizer ao outro: "Não tô nem aí para esse comentário; e você?"

"Nem eu. Escuta aqui, seu delinquente. Você vai abrir a porta ou terei que usar a sua cabeça para abrir?"

Lá dentro estava úmido, escuro e cheirava a cerveja velha. Roupas e garrafas, cinzeiros virados, restos de comida congelada cobriam o chão. Da cama, Carlotta podia ver os policiais tentando ajustar a visão à escuridão.

"Quem é?"

"É a minha mulher."

O policial abriu a porta com o seu cassetete.

Na cama, ensopada de suor, tremendo, Carlotta se ajeitou e se sentou, encostando na cabeceira.

"Ela é só uma criança."

"O que devo fazer?"

"Também a viciou em mescalina?"

"Ela está grávida."

O segundo policial entrou no quarto, ajustando seu olhar na escuridão. E sorriu para Carlotta, que tentou em vão sorrir de volta.

"Franklin?", perguntou ela. "Qual é o problema? Por que a polícia está aqui?"

"Nada, minha senhora", disse um policial. "Temos um mandado de busca. Não vamos atrapalhar."

"Acho que devíamos levá-la a um hospital, Roy", disse o outro.

O segundo policial se aproximou da cama. Examinou o rosto de Carlotta. Suas pupilas estavam dilatadas, e seu rosto se contraiu em um espasmo de dor.

"Chama uma ambulância", disse ele.

"É a minha mulher! Ela vai parir aqui!"

"Cala a boca, moleque."

"Está tudo bem, Franklin", disse ela, sem forças. "Não briga com eles."

Notou Franklin enfurecido entre os dois. Percebeu estar sendo levada para algum lugar. Pensou tê-lo visto em uma ambulância. Mas não tinha certeza de nada. Ouviu o berro das sirenes à sua volta.

Franklin segurou a criança acima da cabeça. O quarto fedia a fraldas e vômito.

"Meu Deus", espantou-se ele. "Fui eu que fiz isto?"

"Bem, não fez sozinho", disse Carlotta.

"Eu fiz a parte importante."

Ele farejou a nuca dela.

"Brincadeira", comentou.

"Ei! O que está fazendo? Estou amamentando o bebê!"

"Bem, ele só pode usar um seio de cada vez, não é?"

"Franklin, você não vai crescer nunca?"

De repente, seu sorriso ficou petrificado. Percebeu que os três quilos de carne contorcida e indefesa no peito da mulher estavam entre os dois. Para sempre. Ela que era tão ágil, tão animada, a mulher que ele escolhera há um ano como alguém especial. Agora, estava coberta de golfada de bebê. O quarto inteiro estava empestado com o cheiro. O pesadelo de ficar preso ali foi demais para ele.

"Aonde você vai?", perguntou Carlotta.

"Aonde não haja merda de bebê", respondeu, já próximo da porta. "Sem filhas de pastor, sem policiais, sem nada."

E bateu a porta ao sair. Ela sabia aonde Franklin iria. Anfetamina. Era o que lhe dava um gás. Odiava vê-lo dessa forma, com os olhos brilhando, os gestos frenéticos, irregulares, o riso trincado.

Ele ficava grosseiro quando Carlotta não conseguia acompanhá-lo. Depois, gentil. Queria que sua mulher se entregasse. Queria aquela menina que dormia com ele nas praias. Que costumava andar pelas ruas de Pasadena em sua companhia, chocando a todos, deixando os velhos carecas com os olhos saltando das órbitas devido a um desejo irrefreável. Mas ela havia se afastado. Algo estava permanentemente diferente. Ele podia tentar o que fosse, estava tudo terminado. E para Carlotta cabia apenas assistir silenciosamente ao fim de sua relação.

Franklin ficou viciado em drogas. Seu sistema nervoso estava sendo destruído. Em apenas alguns meses, perdeu dez quilos. De certa forma, Carlotta lhe mostrava seu reflexo em um espelho no qual vira a superficialidade de sua alma, e isso o enojava.

O dinheiro ficou curto. Franklin ganhava cada vez menos corridas, assim, se arriscou mais e começou a traficar drogas. Afastou-se cada vez mais de sua mulher, ficando fora de casa até tarde nos bares, bebendo cerveja e brincando com as meninas de lá, as olheiras se aprofundando cada vez mais em seu rosto. Com a chegada do outono, o tempo fresco e empoeirado ficou seco e rascante, Carlotta começou a desejar desesperadamente poder escapar.

"Você vai acabar preso!", gritou. "Que raio vamos fazer então?"

"Não vou ser preso."

"Cresce, Franklin! Você não mora sozinho!"

Ele foi à geladeira. Pegou uma lata de cerveja.

"Você mistura estimulantes e cerveja, e eles vão te encontrar..."

"Um maldito buraco!", gritou ele repentinamente, lágrimas em seus olhos. "É tudo o que você sempre foi!"

Carlotta o fitou, o ódio enchendo seus olhos, fazendo-a tremer dos pés à cabeça. De repente, quis que o marido morresse. Franklin a olhou fixamente, desamparado em seu próprio desespero.

"O que aconteceu com você, hã?", gritou mais alto. "Você era uma garota bacana, uma..."

"Acabou, Franklin! Não consegue meter isso na cabeça? Acabou a diversão! Billy..."

"Foda-se essa criança, quem me dera que ele nunca tivesse nascido..."

"Quem me dera que *você* nunca tivesse nascido! Quem me dera que..."

De repente, o quarto ficou silencioso. Carlotta segurava Billy nos braços. Franklin, parado, o sol delineando seus braços finos, a cabeça quadrada, com um contorno dourado. Era uma silhueta, um adolescente aos 25 anos. Ele tinha se destruído, tentando ficar jovem, e nada viera de dentro para o preencher. Até onde Carlotta sabia, seu marido já estava morto.

"Maldito buraco fedorento!", gritou.

De repente, ficou furioso. Atirou a cerveja contra a parede, jogando o líquido sobre ambos. Arrancou as cortinas do varal. Chutou uma cadeira pela sala, mais de uma vez, até fazê-la se partir contra a porta.

"Merda de vida", praguejou.

Franklin se virou lentamente, seus músculos retesaram. Apontando para sua mulher, fitando seus olhos assustados e escuros.

"Você vai pagar por isto", disse, baixinho. "Você vai saber o que fez comigo."

Então foi até a porta. Parou e olhou para Carlotta outra vez. Parecia que iria chorar novamente.

"Vou te mostrar, Carlotta", falou. "Vou te mostrar."

Desajeitado, saiu batendo a porta.

Carlotta sentou-se na beira da cama, chorando. Nessa idade, ela não sabia o que uma mulher deveria dar a um homem, para enchê-lo de autoconfiança, com o amor da vida. Muito mais tarde ela saberia. Mas naquele momento, segurando Billy em seu colo, a única coisa de que se sentia capaz de fazer era odiar Franklin, desejando que o marido estivesse longe dela. A única coisa pela qual rezava era poder começar de novo.

Ele não voltou naquela noite. Nem na noite seguinte. No terceiro dia, perguntou aos mecânicos sobre seu marido. Lloyd olhou para ela, examinando seu corpo debaixo da blusa. O Franklin tinha ido correr. Queria mostrar alguma coisa para todos. Não, o Franklin não estava sóbrio. Carlotta voltou para casa e trancou a porta da rua.

Na quarta noite, Franklin ainda não tinha voltado. Carlotta gritou da janela à meia-noite para Richard, que olhou do torno para cima. Não, Franklin não tinha ligado.

Carlotta passou a noite sozinha, tremendo. Teve uma premonição inconfundível de que algo horrível acontecera. Não conseguia tirar essa ideia da cabeça. Acordou transpirando, mas ninguém a havia chamado ou telefonado. Nenhuma notícia.

No quinto dia, no final da tarde, sentia que algo estava errado. Richard e Lloyd estavam na estrada empoeirada, seus rostos brancos-a-cinzentados. De vez em quando, olhavam para o apartamento. Depois, Richard subiu as frágeis escadas. Bateu suavemente. Ela hesitou muito tempo. Então, caminhando pela bagunça, abriu a porta.

"O Franklin morreu", disse ele, de forma atrapalhada.

"O quê?"

"Ele está morto..."

"Você é um idiota, Richard. Que tipo de piada é essa?"

"É verdade. Ele quebrou a coluna..."

A dormência tomou conta de seus membros. Por pior que fosse, sua vida despencou em um abismo ainda mais profundo. Estava vendo Richard ao final de um túnel escuro, com dificuldade de compreender o que aquele homem lhe dizia.

"Franklin se arriscou demais... ele não era assim. Ele estava... estava enlouquecendo..."

"Richard..."

Ele a segurou. Ela percebeu que desmaiara. Richard a carregou para a cadeira, e Carlotta balançou a cabeça, tentando se livrar do pesadelo. No entanto, quando abriu os olhos, Richard ajoelhou-se diante dela, o cabelo selvagem e embaraçado.

"Ele passou do ponto!", gritou. "Ele perdeu os limites!"

Sentiu repentinamente que seu corpo estava pesado, como se cheio de pedras, e ela, demasiado nova para saber o que fazer, sentiu-se atirada nas águas escuras. O quarto afundava nas trevas, suspenso no vácuo.

"Meu Deus, Richard, não chore. O que vou fazer?"

Ela ficou incerta, olhando para a sala, a bagunça que sua vida tinha se tornado. Não suportava nem pensar em Franklin sendo enterrado. Significaria o enterro de tudo em que, um dia, ela acreditara. Jogou algumas roupas em uma bolsa. Pegou Billy nos braços e olhou uma última vez para o apartamento minúsculo e úmido. Sentiu aquele cheiro poeirento de outono, uma espécie de bolor por todo o canto. Deu um passo para trás na varanda de madeira. Fechou a porta. Fechou a porta para Franklin. O quarto tinha cheiro ruim, de anfetamina, mescalina e haxixe. Rachaduras nas paredes e debaixo do carpete manchado. Atrás da porta, agora ficaram as discussões aos berros, o ódio, as acusações ciumentas. Estava tudo lá, trancado atrás dela. De repente, havia a oportunidade de ser livre.

"Richard", disse ela, "me leva para Pasadena."

O homem olhou para ela.

"Tem certeza?"

"Tenho. Me ajude a preparar o carro."

Então Carlotta mudou-se de volta para o bairro rico de Orange Grove Boulevard. Agora com uma criança. A família sentava-se ao redor da mesa de jantar, como antes. Tinham brunches de domingo, como antes. Mas ela não falava com eles. E seus pais detestavam o bebê. Queriam que o neto fosse colocado para adoção. O quanto antes. Mas em seus sonhos, Carlotta ainda se lembrava de Franklin. Ele atravessou o bulevar para bater à sua porta, tão infantil, tão tosco. Queria falar com ela. Mas estava morto. Em algum lugar, ela viu a moto, dando cambalhotas sobre os tambores de óleo na beira da pista. Franklin rolou e rolou na poeira, preso nas ferragens, girando sem parar. Durante quase um ano esses sonhos foram recorrentes. Depois, ela passou a sonhar apenas com o apartamento malcheiroso, com um tipo de violência que ocorreu em um quarto escuro, muito distante. Então, Franklin desapareceu de sua memória, um vazio estranho, até que finalmente deixou de existir por completo.

O chão tremeu.

Carlotta, profundamente adormecida, sentiu, em vez de ouvir, um estrondo estranho, metálico. Sabia que não era nenhum terremoto. Abriu os olhos cautelosamente.

A parede parecia brilhar. Um apito de trem solitário ecoou da escuridão. Levantou-se lentamente do sofá. Um brilho projetado contra a parede se moveu, e depois deslizou ao longo da superfície em direção à janela. O trem apitava agudo, como uma besta em agonia.

"Bill!", sussurrou.

Não houve resposta.

Olhou para o corredor. Estava escuro. Billy estava dormindo ou ainda na garagem. Ela se levantou e recuou para a parede ao fundo, para longe da luz.

"Bill!"

A área da luz tremeu e distendeu. Chegara à janela. A luminária na mesa brilhava. Atrás dela, o retângulo de luz ficou suspenso por cerca de três pés acima do chão. "Meu Deus!", espantou-se.

A luminária explodiu, encobrindo o quarto na escuridão. Um brilho azul começou a formar-se até pairar sobre a estrutura de arame quebrada da luminária destruída. Era como se buscasse uma forma, como uma esfera gelatinosa na sala escura.

Carlotta gritou.

As duas luzes se fundiram. Formaram uma espécie de fluido verde entre a parede e a mesa. A sala foi preenchida com aquela luz sinistra. Carlotta viu suas mãos iluminadas pela luz fria.

Depois, as luzes se dissiparam lentamente. Enfraqueceram. Ficaram transparentes. Até desaparecerem. Ficou completamente escuro.

A porta de Billy bateu contra a parede.

"O que foi, mãe?"

Carlotta viu-se pressionada contra a parede ao fundo, incapaz de falar. Sua testa estava coberta de suor gelado.

"Onde você está, mãe? Não consigo te ver!"

Carlotta virou-se, tremendo, e olhou para o corredor. Em algum lugar, havia a forma parcialmente definida de seu filho.

A luz do teto se acendeu. Billy estava parado, piscando intensamente.

"O que foi, mãe? Aconteceu outra vez?"

"Não aconteceu nada."

"Ouvi um estrondo."

"Foi a lâmpada."

Carlotta despertou de seu estado de choque e viu Billy alcançando os cacos da luminária quebrada no chão.

"Não toca nisso!"

Ele recolheu os cacos.

"Estão frios", explicou o menino.

Carlotta sentiu um arrepio. Estremeceu.

"Me passa um cobertor, Bill?"

O filho colocou o cobertor sobre os ombros dela.

"Quer que ligue para a clínica?"

"Não. Estou bem agora."

Billy parecia duvidar, um pouco vexado.

"Tem certeza?"

"Sim. Estou bem. Agora vai para a cama."

"Tem certeza?"

O menino percorreu o corredor até seu quarto. Deixou a porta aberta. Carlotta tentou dormir sentada em uma cadeira, enrolada em um cobertor, de olho na luminária estilhaçada no chão.

Sneidermann acendeu o cigarro de Carlotta para ela, colocando o isqueiro de volta em seu bolso. A paciente parecia mais calma agora do que na primeira vez. Era uma mulher inteligente. O doutor sabia agora que seu QI era 125. Seus olhos escuros seguiram todos os movimentos do médico, sem saber no que acreditar. Ele conversava em um tom muito relaxado, de fato. Era uma técnica para reduzir sua ansiedade.

"Todos se encontram, em algum momento da vida, em uma situação a que chamamos de pânico", começou a explicar. "Quando o seu carro bateu, por exemplo. Você me disse que tudo parecia estar suspenso no ar antes de bater. É uma forma típica de vivenciar pânico."

"Sim. Eu me lembro."

"Agora, quando você acordou no meio da noite, estava num estado de pânico. Bem, é a mesma coisa. Sua mente funcionava incrivelmente depressa. Muito afiada. Parece que tudo estava se movendo em câmera lenta."

Carlotta suspirou. Os olhos dela tinham o brilho de quem não acredita no que está ouvindo. Porém, por trás da mise-en-scène de médico, Sneidermann podia vê-la sedenta por qualquer sinal de confiança.

"Você se lembra do que disse?", perguntou. "Que houve um som."

"Não. Eu gritei, acho."

"Antes disso."

"Não me lembro."

"Pensa. Você me contou quando chegou hoje. Um som quando as luzes se apagaram."

"Era como um animal. Ao longe."

"Não. Você o descreveu como outra coisa."

"Disse ser um som solitário, como um trem."

"Exatamente."

"Ora, dr. Sneidermann! Nem você acredita nisso."

"Considere como uma possibilidade. Não se esqueça do seu estado de espírito."

Carlotta deu de ombros. "Está bem", concordou.

"Você acordou com esse estranho barulho. Um estrondo debaixo do chão. Sua mente está a mil. Seus pensamentos estão disparados, na velocidade da luz."

"E depois?"

"Foi assim que o descreveu. Foram essas as palavras que usou quando chegou aqui hoje."

"Está bem, continue. Estou ouvindo."

"Os trens são comuns a oeste de Los Angeles?"

"Não. São raros. Muito raros."

"Tá vendo? Muito raramente. Somente os ouvimos quando eles saem das fábricas, eu acho."

Sneidermann observou o rosto de sua paciente. Confiança e incredulidade lutando pela posse de sua mente.

"E as luzes dos trens refletem lá", concluiu. "Este retângulo bizarro de luz na parede. Claro que é um retângulo; está vindo pela janela."

"Mas mudou de forma."

"Curva nos trilhos."

"E a luz azul?"

"A lâmpada estava na beira da mesa. O trem estremeceu o chão. Caiu, quebrou, fez um clarão azul e se apagou. Agora, no seu estado de percepção, estava tudo em um outro ritmo. Mais lento. Parecia pairar no ar por muito tempo. É claro que, na verdade, foi só uma fração de segundo."

"Você é muito convincente."

"Se lembra o quão lentamente o vidro pareceu quebrar quando você bateu no poste telefônico? Aquilo aconteceu num centésimo de segundo. Foi a sua mente que fez com que parecesse diferente."

"Estou inventando uma trama de ficção científica?", perguntou, sorrindo. "Não."

"Eu não estava lá contigo. Mas o que acabei de sugerir... não seria essa uma possível explicação?"

"Suponho que sim."

"Agora, ser invadido pelo espaço sideral — essa é uma segunda explicação. O que parece mais razoável?"

Carlotta suspirou. Ela estava convencida. Não havia necessidade de responder.

"Claro que agora tudo faz sentido", Carlotta comentou. "Agora consigo pensar claramente. Aqui, contigo. Mas quando algo acontece lá, é totalmente diferente."

"Entendo, Carlotta. Mas você não quer viver num mundo irreal."

"Não, claro que não. Mas o que acontece se eu não *agir* racionalmente? Entende o que estou falando? E se eu atirar algo nas crianças, por exemplo? Supondo serem outra coisa."

Sneidermann acenou.

"Sei aonde quer chegar", afirmou o psiquiatra. "Claro. Mas dá para saber que não acredito que isso acontecerá."

"Por que não?"

"Há uma explicação médica. Posso definir da seguinte forma: seu caso não é do tipo que a faria confundir algo tão precioso para você como seus filhos com algo assim."

Carlotta se endireitou na cadeira, alisando a saia. Era um gesto que fazia quando prestava atenção. Já estava acostumada a perder-se em seus próprios pensamentos enquanto Sneidermann aguardava. Tinha se habituado às regras básicas das sessões.

"Se a minha mente tem esse poder", comentou, finalmente, "para me fazer *ver* coisas e *sentir* coisas, coisas que *não* estão lá, ou apenas parcialmente estão... acho assustador. Tenho a sensação de que algum demônio me tem na palma da mão, rindo de mim."

A psicose era o pior caminho para desbravar, pensou Sneidermann. Era longo, árduo e infernal até o fim. Essas alucinações apontavam diretamente para episódios psicóticos. Mas agora, recostado na cadeira de seu apartamento, discerniu várias indicações mais otimistas.

Em primeiro lugar, o histórico médico de Carlotta Moran estava agora disponível para ele. Não houvera tratamentos anteriores para qualquer perturbação psicológica. Não é impossível que a esquizofrenia de repente floresça aos 32 anos. Contudo as probabilidades são mínimas. Normalmente, há algum sinal aos vinte e poucos anos.

Repensar a última sessão também deu esperança a Sneidermann. A distorção perceptiva da luz do trem surgira a partir da sobrecarga de uma situação emocional. Isso era um sinal de histeria, não de psicose.

Era verdade que ela demonstrava um sentimento de irrealidade acerca de si mesma. Distanciamento da realidade é uma indicação de psicose. No entanto, uma vez tranquila, a paciente parecia responder às suas indagações com um senso pleno do self. Não ficara verdadeiramente preocupada com os seus filhos no final da sessão? O que isso significava era que esses sentimentos de irrealidade eram atributos dos ataques e não uma dissociação permanente.

Quanto mais Sneidermann revisava os textos empilhados em sua mesa, quanto mais verificava as próprias anotações relacionadas às sessões com a paciente, quanto mais buscava um padrão geral, experimental, melhor a situação aparentava. Carlotta não se queixara de sentimentos peculiares durante os ataques? Isso também era um sintoma de histeria, não de psicose.

A porta se abriu. Jim entrou. O colega de quarto de Sneidermann sorriu de modo amigável, então começou a encher uma bolsa de viagem.

Sneidermann o observou. Único judeu em um dormitório de homens altamente competitivos, a maioria dos quais estavam em cirurgia, clínica geral ou odontologia, mantinha-se educado e amigável, ainda que retraído. De todos os residentes do primeiro ano, apenas alguns são convidados a entrar para a equipe — um objetivo que ele buscava. Então Sneidermann se abstinha da estratégia social do sul da Califórnia e se concentrava em chegar ao primeiro lugar da turma. Os caminhos livres e fáceis sob o sol permaneciam sendo nada mais do que uma agradável vista da janela.

"Jim, você não está programado para fazer o turno da tarde do próximo semestre?"

"Daqui a três semanas. Por quê?"

"Trocaria comigo?"

"Tá falando sério? Claro. Qual o motivo?"

"Nada. Gosto dos pacientes lá."

"A vida é sua. Combinado."

"Agradeço."

Jim acenou com um largo sorriso e saiu. Ao fundo do corredor estavam meninas com raquetes de tênis, rindo com os namorados. Sneidermann fechou a porta suavemente.

Quanto mais Sneidermann pensava em Carlotta Moran, mais ficava intrigado. Não conseguia tirá-la da cabeça. Sentou-se. Depois, inquieto, levantou-se e caminhou pelo quarto.

Medos? Sim, havia. Mas não apresentava fobias. Seus medos eram centrados em algo bem específico. Obsessão, compulsão? Nenhuma. Sneidermann folheou as anotações, fazendo observações. Também não está deprimida. A paciente pode vir a desenvolver uma depressão no futuro, entretanto, no momento, não há nenhum sinal disso. Ansiedades? Certamente. O doutor anotou as palavras "neurose histérica" bem fraco no rodapé da página de observações. Diminuiu o ritmo, ponderando cuidadosamente.

Neurose, pois era controlada inconscientemente, e a paciente odiava isso. Histérica, porque os sinais e sintomas começavam e terminavam em períodos de emoções intensas e sexualmente tingidas. Depois acalmava. Assim que Carlotta se tranquilizava, seus processos de pensamento pareciam normais. Sneidermann esfregou os olhos. Seus pensamentos se desdobravam quase por si mesmos.

De alguma forma, aquela mulher era como aqueles edifícios das partes pobres de Los Angeles. Sempre tinham algo errado na construção — eles aguentam dez, vinte anos sem problemas. Depois vem um tremor. Todos os outros edifícios se mantêm firmes. O dela cai em uma nuvem de escombros, deixando vigas nuas no que fora uma personalidade estável.

O que era? E por que agora?

Ele tentou concentrar-se nos outros casos. Tentou escrever uma carta para a família. Mas não conseguia. Finalmente jogou um par de tênis e um moletom em uma bolsa, foi ao ginásio, e por uma hora jogou sozinho handebol contra a parede.

11 de novembro de 1976, 20h16.

Uma súbita escuridão se instalou ao redor da habitação social na rua Kentner. Engoliu a todos como uma névoa escura, durante o dia e a noite. Parecia que nada iria atravessar aquele nevoeiro. Alijou-os da realidade. Qualquer vida lá fora — um carteiro, uma criança de skate — parecia estar muito distante, fora da caverna onde estavam, irremediavelmente distante e ilusório.

Quer a televisão estivesse ligada, quer Billy estivesse em casa, o que quer que Carlotta fizesse, não faria diferença. Eles não estavam mais sozinhos.

Na noite de 11 de novembro, Carlotta se sentou no sofá, costurando remendos em camisas e calças. As meninas estavam deitadas no chão, desenhando. Billy vasculhou um cesto de meias limpas.

"Droga", disse Carlotta.

Billy olhou para ela.

"Olha", sussurrou.

O menino virou para ver. Havia uma rachadura no teto. Gesso caía em ritmo constante no tapete abaixo.

Todos a viram, perplexos. A rachadura só aumentava. Cada vez mais. Cresceu em forma de cobra; em seguida, parou. O teto estava coberto de um desenho preto, incompleto, e o gesso saía como farinha peneirada.

"Jesus", sussurrou Billy entre os dentes.

Carlotta finalmente tirou os olhos do teto. A casa parecia tão frágil. Agora a noite era toda poderosa.

"Isso significa alguma coisa, Bill?", perguntou baixinho.

"Não, são só rachaduras. Marcas."

"Deus", ela continuou, "parece tão..."

O pensamento quedou incompleto em seu cérebro. As meninas estavam presas no labirinto do medo.

"Mamãe", sussurrou Julie, "tem alguém na janela."

Carlotta se virou.

"Onde?"

A mais sombria das noites refletia sua própria imagem, a mão na garganta, pronta para fugir.

"Não sei", respondeu Julie, incerta.

"Como assim, *não sabe*?", sibilou Carlotta. Então olhou fixamente para as duas janelas da parede ao fundo.

"Eu..."

Billy foi à janela. Inclinou-se nela. Pôs as mãos ao redor dos olhos para ver melhor. Então, de repente, gritou e empurrou as janelas abertas, gesticulando. Silêncio absoluto. O menino se inclinou para fora.

Só os grilos emitiam sons.

"A Julie está assustada", disse ele, virando-se para a irmãzinha.

"Olha, Julie", Billy a repreendeu. "Isso não é uma brincadeira. Você está entendendo? A mamãe não quer ouvir nada que não seja real. Está bem? Isso é muito importante."

"Eu não estava brincando", disse Julie.

Carlotta estremeceu. Foi ao termostato.

"Agora, Julie", ordenou Billy. "Você viu mesmo alguma coisa, ou não? Estava brincando, não estava? Não era faz de conta?"

"Eu... Eu... não sei."

"Billy", interrompeu, Carlotta.

O termostato estava se mexendo loucamente. O mostrador girava visivelmente no contêiner metálico, para a frente e para trás, curvando-se no interior. Billy estava parado atrás dela, olhando por cima de seu ombro. O menino estendeu a mão para a frente.

"Não!", advertiu Carlotta.

Ele parou, recolheu a mão.

"Não sei", esclareceu ele. "Não sei muito sobre medidores de temperatura. Não é o aquecedor. Ele está estável. Talvez a cinta metálica interna tenha empenado ou apodrecido."

"Metal não apodrece."

"Corroído. Entendeu? O que aquele metal faria ali dentro?"

"Como assim, 'faria'?"

"Alguma coisa o deixa frouxo e então ele quebra. Foi o que quis dizer."

"Bem", disse Carlotta, "está estável agora. Tá vendo?"

O mostrador estabilizou a 22 graus, diminuiu ligeiramente, depois aumentou.

"Acho que está funcionando agora. É normal, não é? Vinte e dois?"

"Fecha as janelas, Bill", pediu ela, afastando-se.

"Sim. Tá vendo? Uma corrente de ar frio."

O garoto fechou as janelas. Carlotta se sentou na poltrona, mordendo o lábio.

"E abaixe as persianas, por favor? Até o final."

Ele abaixou. Agora estava silencioso. Seus ouvidos tilintaram no silêncio.

"Vou engessar o teto", informou Billy. "Amanhã. Posso arranjar gesso à tarde."

"Ótimo."

Mas Carlotta estava desligada deles. Seu rosto estava tenso e seu coração palpitava.

"Ei, Julie", disse Billy. "Vamos jogar um jogo de copas."

As crianças surgiram com um baralho de cartas e distribuíram as mãos. "Você sabe as regras", disse ele. "Precisa se desfazer das copas."

Carlotta os observava, ouvia suas vozes a milhares de quilômetros de distância.

"A rainha de espadas é a bruxa", falou Billy. "Se livra dela."

"Meu Deus", Carlotta respirou.

"Ok. Você tem o dois de paus. Baixa ele."

Jesus Cristo, Jesus Cristo.

Carlotta afundou na cadeira. Seu rosto estava imerso na sombra. Ela mal os ouvia jogar. Aguardando.

A ENTIDADE

7

Um peixe iridescente, longo e avermelhado deslizou como uma enguia pelas algas verdes. O oceano era vasto, translúcido e quente. Ao mesmo tempo, os peixes deram meia-volta e entraram em um cânion de rochas de coral azul, cintilando sobre o piso arenoso. Estavam à procura de algo... Na boca das cavernas havia pedras coloridas, pérolas brilhando na água azul...

O telefone tocou.

De um salto, Carlotta se levantou, segurando a cabeça. O sol transbordava pelas janelas. Billy estava sentado na poltrona, comendo cereal e vendo corridas de automóveis na televisão.

"O que foi...?"

O telefone tocou outra vez.

"Estava sonhando", murmurou ela, sacudindo a cabeça.

Ela se levantou do sofá. Tentou se lembrar do sonho. Aonde iam os peixes? Por que era tudo tão lindo? O telefone tocou pela terceira vez. O sonho desapareceu.

"Jerry!"

Ela pressionou o aparelho o mais firme que pôde ao ouvido.

"Onde você está? Saint Louis? Você devia estar em Seattle! O quê?... Auditoria de fim de ano? Bem, não vai botar ninguém na cadeia..."

Carlotta enrolou o fio no dedo. Para Billy, sua mãe parecia uma colegial entusiasmada com um encontro. A visão o enojava de uma forma vaga e indefinida. O menino virou o rosto.

"Ah, Jerry!", exclamou, sorrindo, e em seguida sua voz ficou tensa. "Isso é na semana que vem! Dia 19! O quê?... Ah, entendo... É claro... Vou te buscar no aeroporto."

Agora ela estava completamente acordada. Animada; no entanto, tensa. Sentiu que aguentaria alguns dias, no máximo. Nervosa, apontou para a televisão, um gesto para Billy baixar o volume.

Mas o barulho da multidão e dos pilotos permaneceu alto.

"É tão bom ouvir sua voz!... O quê?... Ah, sim. Eu também!... Não posso falar... Não estou sozinha."

Ela riu. Billy desligou a TV e saiu da sala.

"A Julie quer dar um oi."

Julie pegou o telefone com as mãos. Seus olhos brilhavam de emoção.

"O quê?", sussurrou Julie. "Não consigo ouvir você!... Brincando de pular corda... Pular corda!... com a Kim... Sim... Saudades!... Aí vem um beijo. Pronto?"

Ela mandou um beijo para o receptor e escutou atentamente.

"Ele quer falar com a Kim", disse Julie.

Carlotta segurou o telefone no ouvido de Kim.

"Diga 'Olá, Jerry'", sussurrou Carlotta.

"Ooooi, Jerry."

O riso de Jerry foi ouvido pelo telefone.

"Pergunta 'Como você está?'", orientou Carlotta.

"Como você está?", Kim repetiu com uma voz trêmula.

Carlotta pegou o telefone.

"Tem certeza?", perguntou. "Ele está aqui. Só um minuto."

Ela se virou. Billy não estava mais lá. Ela tapou o bocal com a mão. "Bill!"

"Ele foi para a garagem", disse Julie.

Carlotta ficou apreensiva. Destapou o bocal e sorriu outra vez.

"Ele não está aqui, Jerry. O quê?... Não. Estava enganada. Ele nem sequer estava... em casa... Ah, sim. Sinto tantas saudades suas... Eu tenho, eu tenho... Ah, Jerry... Por favor, tenha cuidado. Estarei a sua espera... Não... Detesto me despedir... Até semana que vem." Sua voz afundou em um sussurro. "Eu te amo... Tchau!"

Carlotta segurou o telefone na mão. Lentamente, ela o pôs no gancho. Suspirou.

"Boboca!" Julie deu uma risadinha.

"Sim", Carlotta riu.

Sua mente divagou com detalhes. Comprar uma blusa nova. Uma saia. Algo com bordados. Mas com que dinheiro? Uma blusa, então. Algo alegre. Em sua imaginação, ela via Jerry saindo do avião lhe acenando de maneira jovial, descendo e a abraçando. Os dois partiriam de carro para algum lugar. Outras imagens com Jerry vieram à mente... Ela sorriu.

Carlotta cruzou as pernas. Estava muito bonita. Um bronzeado havia colorido sua testa e suas bochechas, além dos braços e pernas, e seus olhos pareciam ainda mais escuros. Ela encarou Sneidermann.

"Muito bem, dr. Sneidermann", disse ela. "Você está com os resultados. O que está acontecendo comigo?"

Sneidermann rodou na cadeira. Era um gesto que seu supervisor tinha o costume de repetir. Em vez de deixar Sneidermann à vontade, no entanto, apenas o fazia se sentir estranho. Ele deu umas batidinhas nas pastas e abriu a primeira delas.

"Não tenho todas as respostas, Carlotta. Mas agora sabemos que não há nada de errado com você, médica e fisiologicamente. Até onde percebemos, o seu intelecto parece funcionar tão bem, ou até melhor, do que o normal."

"E?"

"O que nos deixa apenas com uma área."

"E qual seria?"

"Desenvolvimento psicológico. Desenvolvimento emocional. Aqui, os resultados dos exames que fez, e o que me contou, começam a fazer sentido."

Carlotta sorriu. Sneidermann observou que algo acontecera.

Havia uma vitalidade nela. Seu gestual irradiava uma sensação de confiança. Pela primeira vez a paciente demonstrava algum senso de humor com ela mesma. O médico perguntou-se qual seria a causa daquela nova determinação e daquele otimismo.

"Desculpe dizer, dr. Sneidermann, mas isso tudo soa extremamente vago para mim."

Ele riu de si mesmo, a contragosto.

"Eu entendo. A teoria geral é que certas fases de nossas vidas nunca morrem de fato. Elas continuam a existir em nós. Por determinados motivos, elas voltam. E, ao voltar, causam delírios, ansiedades, até alucinações."

"Simples assim."

"De forma alguma. É como se nós mesmos, ou melhor, a parte que anda por aí, vida afora, estivesse cheia de buracos. Alvejado de balas. A inteligência consciente não tem problema. Pede hambúrgueres, lê o jornal, grita com as crianças. Mas uma experiência mais profunda, algum tipo de estrutura, surge do nada como um mágico saindo de um alçapão e assume o controle em momentos específicos. Por razões muito particulares. Por motivos que ainda não conhecemos."

Carlotta sorriu, e suas mãos caíram nervosamente no colo.

"O que pretende fazer?", perguntou. "Vai me dar eletrochoques?"

De repente, a compaixão atingiu Sneidermann em cheio.

"Não, não, Carlotta", respondeu. "Nada disso. Pense da seguinte forma. Vamos remendar um canal interno. Mas é a sua mente consciente que tem de descobrir onde está o buraco."

Os olhos de Carlotta marejaram. A ideia de doença a invadiu e a encheu de vergonha. Sneidermann percebeu que não havia nada que pudesse dizer para expurgar essa ideia de sua mente. A paciente se levantou. O médico a acompanhou à porta.

"Tchau, Carlotta. Até amanhã. Amanhã nós começamos."

"Tchau, dr. Sneidermann."

Ela sorriu vagamente, mas saiu pela porta com rapidez e foi-se embora antes que o médico pudesse dizer mais alguma coisa.

Sneidermann passou a hora seguinte no escritório, atualizando suas anotações. Apesar de estar quase na hora do jantar, estava sem fome. Uma conferência de grupo com cinco casos de pacientes — um deles, o de um menino autista de sete anos — estava em andamento no final do corredor. Sneidermann decidiu entrar, pelo menos por um tempinho.

Ao sair do escritório, passou pelo lobby principal para pegar café e um chocolate das máquinas de venda. Ao abrir a porta para a antessala exterior, viu Carlotta de pé perto das portas de vidro, que estavam escuras devido ao avançar da noite. Seu reflexo estava quase em tamanho natural, tão perto estava do vidro. Carlotta parecia receosa de sair.

"Carlotta", disse Sneidermann, surpreso, "está tudo bem?"

Ela virou-se, assustada. "Oh, sim... Claro... a minha carona... Não sei onde está minha amiga. Ela é pontual, a não ser que tenha tido um problema com o carro..."

Sneidermann pensou por um momento. Ele ficaria de plantão durante toda a noite. Caso contrário, poderia lhe dar uma carona.

"Quer ligar para ela?"

"Sim. Obrigada."

Carlotta voltou com Sneidermann para a mesa. Discou o número de Cindy e aguardou. Sem resposta. Depois, desligou. Olhou impotente para Sneidermann. Ele ponderou. Podia sugerir um táxi, no entanto nenhum dos dois podia pagar. Verificou o relógio. "Você mora a oeste de Los Angeles?"

"Sim, bem longe, perto da autoestrada."

Sneidermann se inclinou sobre a mesa.

"Diga ao Boltin que ficarei fora por meia hora", disse o médico à enfermeira. "Fico devendo uma para ele."

Sneidermann andou rapidamente pela recepção com Carlotta. Segurou a porta para ela sair.

"Sinto muito por isso", ela desculpou-se.

"Imagina."

Carlotta sentou-se no banco rasgado do minúsculo MG. Sneidermann entrou, fechou a porta e ligou a ignição. O MG saiu do estacionamento cantando pneu tirando fino de carros parados.

"É neste momento em que descubro o quanto os meus pacientes confiam em mim", disse ele, sorrindo. "Eu gosto de acelerar."

Carlotta permaneceu em silêncio. O médico se sentiu constrangido por tentar ser engraçadinho. Dirigiram-se para o oeste de Los Angeles em silêncio, o MG cortando os carros como passos de uma bailarina. O tráfego engarrafou perto de Wilshire Boulevard, onde os arranha-céus subiam a cada mês, como se a cidade não crescesse rápido o suficiente para dar conta de sua população.

"Você é daqui?", perguntou Sneidermann.

"Ahn?"

"Perguntei se é originalmente de Los Angeles."

"Perto. Pasadena."

"Sabe", disse Sneidermann, procurando por cigarros, sem encontrar nenhum. "Você é a primeira pessoa que conheço que pode dizer isso. Esta cidade é lar de milhões de pessoas, mas ninguém é daqui."

Carlotta retirou um maço de cigarros da bolsa e lhe ofereceu um. Ambos acenderam os cigarros. Com o teto conversível abaixado, a suave brisa brincava com seus cabelos. Sneidermann olhou de relance para Carlotta. Ela estava muito linda no carona do seu carro.

"Bem", disse sua paciente. "Morei por um tempo em Nevada."

"Las Vegas?"

"Não. No deserto."

"Sério? O que você fazia lá?"

"Vivia."

Carlotta tragou profundamente seu cigarro enquanto relaxava encostada no assento, a cabeça repousando no apoio de vinil.

Eles passaram voando por Los Angeles. Sneidermann pegou um caminho errado, tentando desviar dos estaleiros. Xingou baixinho, pois precisou refazer a rota para a avenida Colorado.

"Pasadena, hein?", disse Sneidermann. "É famosa por ser uma área bem rica."

"Algumas partes são ricas. Outras, muito ricas."

"E a parte de onde você vem?"

"Muito rica."

Carlotta falou discretamente. Fora da clínica, ela ficava mais relaxada. Sneidermann de repente percebeu haver um ritmo totalmente novo nela, algo que nunca surgira no cenário artificial do consultório. Será que acessava a verdadeira Carlotta lá? Ou apenas uma versão neutra? Uma Carlotta assustada por sons e cenas estranhas de hospital.

"Queria te perguntar uma coisa", falou ele. "Só por curiosidade."

"Diga."

"Você vive da assistência social", comentou o médico educadamente. "Foi o que escreveu na sua ficha."

"Sim."

"Isso é necessário?"

Carlotta olhou para ele de forma estranha.

"Fiquei sem dinheiro."

Sneidermann riu, um pouco envergonhado com o rumo da conversa.

"Eu me refiro aos seus pais. Não podia lhes pedir ajuda?"

Carlotta refletiu por um momento, então deu de ombros e olhou para o lado, fitando o trânsito que se aproximava.

"Não quis."

"Uma questão de princípio?"

"Não. Só não queria a ajuda deles."

Pairou um longo silêncio no ar. Sneidermann sentiu que ela não falaria mais nada. Estranho perceber como Carlotta era diferente fora do hospital. Não era nervosa; no fundo, talvez, mas não nos gestos superficiais que evidenciavam ansiedade. Por um momento, sentiu-se desconfortável. Quase preferia conhecer as pessoas — sobretudo as mulheres — nos limites institucionais. Carlotta suspirou.

"Quando morei em Nevada", comentou, "tive a oportunidade de viver com uma pessoa maravilhosa. O pai da Julie. E da Kim. E aprendi que era melhor ser independente da maioria das pessoas." Carlotta olhou para ele. "A assistência social é temporária, dr. Sneidermann. Em breve, vou me formar na escola. Arranjarei um bom emprego."

Sneidermann sorriu. "Estou impressionado."

"Com o quê?"

"Com tudo. Sua independência. Saber quem é e o que quer." Ele olhou para ela. "Por manter sua família unida, e do jeito mais difícil."

Carlotta baixou os olhos, quase modestamente, percebeu ele. Então ela sorriu. "Fico feliz que me aprove", disse, com a voz baixa.

Sneidermann não disse nada, mas por dentro, despertava um turbilhão. Estava revisando suas impressões sobre a paciente. Detectou uma necessidade de saber mais sobre ela. Não como terapeuta, mas como homem. Naqueles poucos momentos, naquele breve passeio durante o entardecer pelos atalhos do oeste de Los Angeles, descobriu outras dimensões de Carlotta, dimensões apenas vislumbradas até então. Se fizesse mil perguntas em uma situação formal, receberia apenas uma fração do que poderia descobrir de alguém. Há mudanças no modo como se fala. No modo como se relaciona. Todo o artifício desaparece.

"Dr. Sneidermann."

"Sim?"

"Este é um tratamento a longo prazo, não é?"

Sneidermann refletiu por um instante. No consultório, teria dado uma resposta rápida. Lá, acreditava que a honestidade era a regra. Informe o pior ao paciente, sem rodeios. Porém, naquela noite, buscava um fiapo de esperança, uma forma de ser direto sem a amedrontar.

"Talvez", disse ele.

"Meses?"

"Talvez mais, Carlotta."

Ela mordeu o dedo e desviou o olhar. "Não tenho meses", disse, sussurrando.

"Por que não?"

"O Jerry vai voltar."

"Quem?"

"Jerry. O meu noivo. Ele volta na semana que vem. Por uma noite. Mas em breve será permanente."

"Não acha que ele entenderia?"

Ela sacudiu a cabeça. "Jerry tem pânico de gente doida. A mãe dele se suicidou."

Dirigiram em silêncio pela rua Kentner. Carlotta apontou para a casa no final da rua. Uma casa bem comum, pensou Sneidermann. O cenário de todos os seus terrores. Agora estava escuro lá dentro. Perguntou-se onde estariam os filhos dela. Para sua surpresa, mesmo depois de parar o carro, Carlotta continuou sentada, sem se mexer.

Ele desligou a ignição.

"Dr. Sneidermann..."

"Sim, Carlotta?"

"Não entendo o que está acontecendo comigo."

Uma frase tão simples. Que profundidades horríveis revelava. Sneidermann foi tomado de pena por ela.

"Devo estar completamente louca", disse ela, baixinho. "Para ver e sentir essas coisas..."

Ela olhou para ele, quase tímida, vulnerável, à espera de uma resposta, testando-o.

"Há muitos pacientes, Carlotta, que viram coisas. Sentiram coisas. Coisas inimagináveis."

"É difícil de acreditar."

"Você vai descobrir que eu nunca minto. Ouça, Carlotta. Naquela clínica onde nos encontramos, há uma mulher de 53 anos que fala com um bebê invisível, ela o amamenta — estou falando sério —, troca suas fraldas, e o bebê não existe. Há um rapaz de 17 anos que sobe degraus invisíveis, que anda por aí batendo em portas inexistentes, que arranha janelas que também não existem. Há um homem de 70 anos que tem medo de um príncipe renascentista que o persegue, até mesmo em seu dormitório. Entende o que quero dizer, Carlotta? Acontece. É muito mais comum do que você imagina. E cada paciente jura que o que ele vê, cheira e sente não é alucinação."

Carlotta ficou em silêncio.

"Então não sou diferente deles", disse ela.

"Há uma diferença, sim."

"E qual seria?"

"Eles estão internados. Você, não."

Ela virou-se para o médico.

"Você não acha que vou acabar sendo internada também? Um dia? Como eles?"

"Não necessariamente. Por que deveria? Você já assumiu o compromisso de melhorar. Por enquanto ainda está saudável."

Carlotta estremeceu. Então sorriu com gratidão.

"Obrigada, dr. Sneidermann. De alguma forma, você faz parecer menos pior."

"Fico contente, Carlotta."

Ele se inclinou para abrir a porta, mas ela já estava abrindo e saindo. Uma mulher independente, pensou Sneidermann.

"Boa noite, Carlotta."

"Boa noite, dr. Sneidermann. Obrigada."

Ele acenou para ela, ligou a ignição e foi-se embora. Por um centésimo de segundo, viu sua imagem no retrovisor; em seguida, virou a esquina e sua paciente desapareceu. Sneidermann se sentia bem como não se sentia há muito tempo.

A lua crescente pairava como um adesivo vermelho-alaranjado sobre o oeste de Los Angeles. Longas faixas de nuvens cortavam o céu.

Entre o céu violeta e as ruas escuras, Carlotta caminhava com Julie e Kim. As luzes verdes dos postes estavam acesas, luzes químicas que deixavam sua pele branca e seus lábios pretos.

No entanto, o céu era violeta profundo, furta-cor. Havia a sensação de que tudo estava fora do normal. As longas sombras das palmeiras, a escuridão das reentrâncias das casas habitacionais, tudo foi ficando cada vez mais escuro. A folhagem brilhante parecia doente. As calçadas floresciam com o vermelho do bico-de-papagaio balançando silenciosamente com a brisa, e cercas vivas cintilantes, frias e molhadas, ao seu lado.

"Cadê o Billy?", murmurou Carlotta.

Enquanto caminhavam, seus passos ecoavam na noite. Elas estavam perto da esquina da rua Kentner. Carlotta temia entrar na casa escura.

Depois do dr. Sneidermann tê-la deixado, subiu os degraus da varanda e descobriu Julie e Kim amontoadas em uma boia esfarrapada, no escuro. As duas estavam com medo de entrar em casa sem Billy. Disseram a Carlotta que o irmão saíra logo depois de voltar da escola. As meninas não sabiam para onde Billy tinha ido.

"Ele disse que voltaria", disse Julie, segurando a mão de Carlotta.

"Estou com medo, mamãe", disse Kim.

Carlotta virou-se e deu uns passos na outra direção.

"Claro que vai voltar", falou a mãe às crianças. "Mas ele sabe que deveria estar em casa agora."

"Por quê?", perguntou Kim.

"Porque a mamãe não deve ficar sozinha. Por isso."

Carlotta agora via sua casa no fim do quarteirão. E, embora o dr. Sneidermann a tivesse convencido de que o seu demônio não estava dentro de casa, mas, sim, dentro de si mesma, a casa lhe provocava pavor — desde um retângulo preto contra a terra ao fundo do beco, até uma minúscula estrutura de madeira inclinada do beco atrás dela — era indescritível. Caso, por alguma razão, seu filho não voltasse, ela andaria pelas ruas a noite toda. Em hipótese alguma Carlotta voltaria sem Billy àquela casa.

"Sr. Greenspan", chamou suavemente, batendo na porta com a aldraba pesada de estilo europeu. "Sr. Greenspan!"

Não houve resposta.

"Acho que saíram", pensou.

Ela voltou, distraidamente, para a calçada.

"Ali está ele!", disse Julie, apontando.

"Onde?"

"Ali, na rua."

Sob os olmos escurecidos, agora turvos com a noite, Billy caminhava, seu andar familiar mal o destacando das sombras. O menino desacelerou, olhando sinistramente para o trio que o esperava em silêncio. Seu rosto estava descolorido pela luz intensa da rua. Seus lábios escuros torcidos em um sorriso nervoso.

"Onde você estava, Bill?", perguntou Carlotta.

"No ferro-velho. Procurando peças de carro. Para o seu Buick."

"Você sabe que não deve me deixar sozinha! Eu já lhe disse isso! São ordens médicas!"

"Desculpa..."

"*Desculpa*? O que espera que as crianças façam se algo acontecer?"

"Nada."

"Exatamente, Bill. Nada. Agora presta atenção. Você é o homem da casa. Comece a agir como tal. Você não é mais uma criança."

"Caramba, mãe. Eu estava mexendo no seu Buick! Não fui eu que enfiei o carro num poste telefônico!"

Carlotta pegou as mãos das meninas.

"Vamos entrar", disse ela. "Está frio aqui fora."

Entraram. As luzes não dissipavam a sensação de escuridão. Carlotta ainda estava zangada e com medo. Até as meninas perceberam.

"Precisamos de mais luz aqui", comentou.

A sala de estar, onde ficaram parados, estava entulhada com as roupas de Carlotta. Havia revistas e frascos de cosméticos sobre a mesa. Ela não entrava mais no quarto. Se precisasse de algo, Bill pegava. Ou Julie. A bagunça era um sinal de que sua vida diária, devido aos pesadelos, estava ficando caótica.

"Não fica aí parada me olhando, Julie", falou. "Você não tem nada melhor para fazer?"

Julie olhou para a mãe, perplexa. Ambas as meninas esperaram. Por alguma coisa. Um sinal, talvez, de que agora estava tudo bem. Agora que Billy estava em casa. Apesar disso o sinal não veio.

"E aí?", perguntou Carlotta.

Julie foi para o quarto, sentindo que fizera algo terrível. Sabia que a mamãe não era a culpada. Sabia que Kim não era a culpada. Então quem seria?

Carlotta se sentou na cadeira, pôs os pés no banco e acendeu um cigarro. Billy ficou de pé à toa no centro da sala. Kim vagou pelo corredor e acabou no quarto. Com Julie, encontraria algum consolo.

"Meu Deus", sussurrou Carlotta. "Virei uma pessoa muito simpática, não é mesmo?"

"Pois é", disse Billy.

O garoto se sentou na borda do sofá na sala mal iluminada, uma perna sobre a outra.

"Não estava pedindo uma resposta", disse ela.

Carlotta tragou o cigarro. A casa estava silenciosa. Billy manteve-se imóvel, preparado para um golpe, em atenta vigilância.

"Tudo isso tem te feito mal, não é?", perguntou ela. "É por isso que fica fora até tarde?"

Billy não disse nada, brincando com um cinzeiro.

"Admita", cutucou. "Sua mãe é louca, e você está com vergonha."

"Não é vergonha."

"O quê? Não ouvi."

"Disse que tenho pena de você."

O menino estava em silêncio, carrancudo. A mãe não conseguia decifrar o que estava em sua mente sombria. Os músculos dos seus antebraços se movimentaram enquanto ele rodava o cinzeiro. As sombras lhe devoraram os olhos, as órbitas oculares perdidas no nada.

"Você voltou tarde ontem à noite também", disse ela.

"Estava na garagem."

"Não, não estava. Cindy teve de ficar até as seis."

"Estava na garagem do Jed."

Carlotta se afastou, tragou o cigarro, e depois o apagou. Involuntariamente, seus olhos foram fisgados pelo brilho vermelho das cinzas.

"Bill", disse suavemente. "Preciso de você. Mesmo sendo intragável. Como acha que me sinto? Não estou me divertindo. Entende?"

"Entendo."

"Você vai ter de ser forte, Bill. Não me abandone. Sabe, esta é a primeira vez na vida, que tenho de pedir, pedir para valer, para cuidar de mim. Não tenho quase ninguém a quem recorrer."

"Eu sei, mãe. Já pedi desculpa."

"Jerry, Cindy e você. Talvez o dr. Sneidermann. E só. Não posso contar com os Greenspan."

"Falei sério quando pedi desculpa."

"Ok. Não estou zangada. Você só precisa me dizer sua programação e seguir à risca. Não significa que esteja necessariamente preso aqui. Nós vamos dar um jeito nisso juntos."

Carlotta sorriu para ele. De alguma forma, seu filho passou no teste. Ele aceitou sua responsabilidade como homem. Billy estava sentado, com as pernas cruzadas, atencioso e sincero.

"Está chateado comigo?", perguntou ela.

"Não. É só porque eu estava mexendo no seu Buick. É por isso que me atrasei."

"Só precisava de você, Bill. Fiquei um pouco tensa. Desculpa."

Billy ficou sentado por um tempo e viu televisão, depois a desligou e se levantou, pesado. Olhou vagamente para a bagunça no quarto por um tempo, então para Carlotta.

"Boa noite, mãe", disse e depois a beijou.

"Boa noite."

Quando Billy já estava na cama, ela foi até à porta do quarto das meninas. Julie despira Kim. Agora ambas estavam de calcinha deitadas em suas camas. Triste, Carlotta olhou para as filhas. Pelo que estariam passando? As crianças sempre se sentem responsáveis por tudo.

Tudo isso se tornara uma grande onda que engolira a todos. Carlotta as aconchegou debaixo dos cobertores e as beijou ternamente na testa. Julie sorriu enquanto dormia.

"Deixa a porta do seu quarto aberta", disse, na direção do quarto escuro de Billy. "Seu sono é muito pesado."

"Está bem, mãe", disse a voz do quarto escuro.

Carlotta apagou todas as luzes, menos a luminária, a que caíra.

Agora a cúpula fora consertada com fita adesiva, o fio remodelado, uma nova lâmpada colocada no bocal. A luz amarela suave deixava a sala menos sombria. A casa estava silenciosa. Deixou a saia e a blusa escorregarem do corpo, vestiu uma camisola e se enrolou em um robe. Esperou a sonolência chegar.

Pensou que esta era a sua prisão. Incapaz de ir a qualquer lugar sozinha. Impossível dormir à noite. Vultos escuros. Isolamento. Uma viagem de ônibus para a escola, depois à clínica, depois para casa. Depois mais isolamento. Ocorreu-lhe que, sem Jerry, não teria alívio. Seus pensamentos foram ficando menos amargos, mais difusos, e finalmente ela sentiu seus braços e pernas ficarem pesados.

Ela tirou o robe e se deitou nos lençóis do sofá. Usava a camisola de nylon azul, aquela que Jerry amava, aquela que sempre usava quando ele voltava para casa. Contra sua pele, parecia uma lembrança morna da proteção dele. Sentiu-se à deriva, procurando o canal que levava às profundezas do sono. Ideias indistintas flutuavam em sua cabeça. Viu Sneidermann em um pequenino consultório branco. Viu o ônibus se dirigindo para a escola de secretariado. Outras silhuetas iam e vinham. Imagens reluzentes surgiram e sumiam atrás de seus olhos. Ela ficou à deriva.

O odor veio primeiro. Do corredor, uma lava invisível, fria e fedorenta. Rolou pela escuridão da sala de estar e a envolveu. Fundiu-se em torno dela, solidificada. Paralisou seus membros com o frio. Luzes brilhantes piscavam atrás de seus olhos fechados.

Ele soltou uma risada. Estava se aproximando dela, levantando a camisola. Os membros de Carlotta pareciam de chumbo, incapazes de se levantar. Agora *ele* segurava a camisola sobre seu rosto. *Ele* a segurou, prendendo-lhe os braços em volta de sua cabeça. Um peso, um peso diferente, segurou a camisola para baixo. *Ele* desceu, uma nuvem de calor, sobre os seus seios.

"*Louca*", sussurrou um vento distorcido. "*Louca, louca...*"

Carlotta tentou chutar. No entanto suas pernas estavam pesadas, como se estivesse no fundo do mar. *Ele* soltou uma risada. A forma de uma mão, invisível para Carlotta, pressionou sua barriga.

Ofegou espasmodicamente. Tentou gritar. O corpo sobre seu rosto enfiou a camisola dentro de sua boca. Saiu muco de suas narinas. Ela se virou de um lado para o outro, incapaz de ver qualquer coisa.

"*Calma, calma*", sussurrou a voz distante. "*Com calma e bem gostoso...*"

Algo nela lhe causava uma sensação de dor, mas perturbadora, da barriga até os seios, subindo para os mamilos doloridos.

"*Seja boazinha... Uma boa menina... Bem suave...*"

Uma lambida. Carlotta se levantou depressa e foi brutalmente golpeada para baixo novamente. O tecido de nylon pressionava seu rosto com força. Pensou ter visto luzes coloridas do outro lado. Se formando. Desfigurando. Reformando. Luzes cintilantes giraram em seu cérebro. O vômito começou a subir-lhe na garganta. Quente, sufocante, com um sabor de ácido amargo.

"*Vamos* lá, sua puta... *coopere!*", gritou a voz senil.

De repente, ele entrou, forçando o pau frio, uma estaca larga e áspera, e ela desmaiou. Os sons tornaram-se cada vez mais indistintos, cada vez mais distantes, deixando-a com uma sensação de dor. Uma dor interminável, intensa.

"*Ahhhhh!*"

Houve uma convulsão, e depois ele fez uma pausa. Ela sentiu. Pegajoso, frio e fedorento. Uma onda de náuseas a acompanhou até o abismo. Ela ouviu um sussurro sensual, grave e vigoroso na orelha.

"*Boa menina... boa menina... Diga ao médico que você é uma graça de piranha...* "

Desapareceu. O peso sumiu do corpo. A camisola caiu do seu rosto. Carlotta levou os braços para baixo, lentamente. Seu rosto estava ensopado de suor, sua pele coberta de protuberâncias, fria e úmida. Puxou a camisola, tremendo, sobre seu corpo machucado. Não sabia dizer se perdera a consciência. Ou por quanto tempo. Tentou gritar. Não tinha forças. Sentiu-se como tomada pela morte.

"Bill!", sussurrou, com voz rouca.

Não houve resposta. A escuridão na sala era total. Percebeu ser quase inaudível. Perguntou-se se a luminária estava desligada. Ela havia desligado? Billy saberia. Deu um passo em direção ao corredor. Desmaiou, pensando em Bill. Foi assim que seu filho a encontrou pela manhã.

Sneidermann olhou consternado para os hematomas ao redor dos olhos. Pior, viu o pânico em seus olhos. Carlotta não se acalmava. Era uma emergência.

Foi-se a sagacidade que captava ideias no ar. Agora, sua mente estava caótica, cegamente buscando qualquer resposta. Ele imediatamente percebeu algo errado quando Cindy a acompanhou ao lobby. Agora tudo o que podia fazer era tentar acalmá-la, fazê-la conversar a respeito, tentar entender o que tinha acontecido.

Carlotta desmoronou, procurando, em vão, pelas palavras.

"A coisa veio como uma onda", começou ela. "É só o que me lembro."

"Por que acha que não foi um sonho?"

"Não foi! Ele subiu em mim, e eu acordei! Então, não pode ter sido um sonho!"

"Calma, Carlotta. Então o que aconteceu?"

"Ele me segurou com força."

"*Ele*? Carlotta, antes você disse 'a coisa'."

"Hã?"

Sneidermann se inclinou para a frente e falou de modo suave.

"Você disse que a 'coisa veio como uma onda'. Agora, você disse que *ele* a segurou com força."

Carlotta fitou o médico, os olhos plenos de horror. Ela agarrou a extremidade da cadeira.

"Ele, a coisa, que diferença faz? Não conseguia respirar! Estava me sufocando!"

O doutor lhe deu um copo d'água. A mão de Carlotta tremia tanto que ele precisou ajudá-la a beber. O toque do médico na mão de sua paciente pareceu trazê-la de volta à realidade.

"Obrigada."

"Ele falou com você desta vez?"

"Ele me chamou por um nome."

"Que nome?"

"Puta."

"Você mencionou algo te sufocando. Se lembra o que era?"

"Um anão."

"Um anão? Por que diz isso? Você o viu?"

"Não. Mas fiquei com a impressão de que era um anão."

Sneidermann detestou ver tal regressão. O estado de ansiedade dela era agora pior do que no dia em que a atendera pela primeira vez.

Carlotta o observou a analisando. Às vezes, seu olhar parecia atravessá-lo. Perdera toda a confiança em si mesma, nele, no trabalho dos dois juntos.

"Ele me mandou cooperar", disse, sem rodeios.

"O que ele quis dizer com isso?"

"Você sabe."

"Sexualmente."

"Sim."

Sua voz estava amarga. A repugnância transbordava. No entanto, Sneidermann sentiu que ela estava de volta à sessão. Não tinha certeza, mas parecia que Carlotta conseguiria manter um diálogo com ele.

"E você?", perguntou.

"*Se eu cooperei?* O que pensa que sou? Eu queria matá-lo!"

"Bateu nele?"

"Já disse que não consegui. Estava presa."

"Mas resistiu...?"

"Tentei chutar."

"E não funcionou?"

"Ele me deu uma canseira."

"Entendo."

"Desisti."

Sneidermann sentiu um calafrio. Foram as palavras mais sinistras que ouviu.

"Como assim", perguntou suavemente, "desistiu?"

"Já não valia a pena lutar. Era inútil, totalmente inútil. *Ninguém* iria me ajudar."

"Você não se sentiu assim nas primeiras vezes?"

"Não. Agora sabia que não valia a pena. Eu não podia fazer nada! Ele era muito forte para mim."

Ela havia entrado em uma espécie de exaustão. Era óbvio que estava precisando de uma noite de sono. O médico se perguntou por que ela esperara até o horário normal da consulta para vir à clínica. Havia um tom de apatia em sua voz. Seus olhos recuperavam o brilho intenso, mas pairavam inertes em um corpo ferido e derrotado.

"Você está muito machucada?", perguntou.

Carlotta não respondeu. Mecanicamente, desabotoou a blusa. Inclinou a cabeça, expondo a nuca. Hematomas vermelhos bem recentes, do pescoço ao ombro. Vários beliscões. Pequenas marcas de perfuração.

Sem que ele pedisse, ela removeu o sutiã, expondo seios brancos como leite, as linhas azuis de veias minúsculas levando aos mamilos. Ao redor dos mamilos, havia áreas irritadas, vermelhas e marrons, e minúsculas marcas de dentes. Sneidermann corou. Sabia que deveria tê-la levado para a sala de exames, onde seria vestida com uma camisola hospitalar, e a examinado na presença de uma enfermeira. Mas ela fora mais rápida do que ele.

"Mais para baixo, também", disse, baixando a saia e as calcinhas. Quando o exame acabou, ela se vestiu. Olhou para o médico. Sneidermann se sentou na cadeira atrás da mesa. Tentou não demonstrar o quanto estava preocupado.

"É real, não é?", ela perguntou.

"Os hematomas? Sim. Bem reais."

"Não estão num lugar onde eu consiga me morder, não é?"

"Não."

"Então são *reais*."

"Já disse que sim, Carlotta. Os hematomas, as mordidas, são reais. Seus sentimentos são reais. Sobre o restante, preciso de mais informações antes de conseguir lhe explicar. Até que eu tenha essas informações, há algumas coisas que *precisa* fazer."

Carlotta o fitou, desconfiada. Ele pensou ter visto um sorriso sarcástico nos lábios de sua paciente.

"Em primeiro lugar", começou a falar, "não quero que durma sozinha. Não sem pelo menos mais uma pessoa no quarto. Porque esses ataques não irão se repetir se tiver alguém por perto."

"Foi o que você disse sobre dormir no sofá."

"Eu disse que achava boa ideia. Não disse que os ataques *não* aconteceriam lá."

"Admita, dr. Sneidermann. *Você não imaginou que fosse ocorrer lá!*"

"Certo. Admito. Pensei que seria melhor para você."

"Isso o faz parecer um pouco burro, não?"

"Ouça, Carlotta. E o Billy? Há alguma maneira de ele dormir na sala de estar? Talvez levar a cama para lá? Uma cama portátil, talvez?"

"Podemos tentar."

"Toma", disse ele, entregando um pequeno frasco de comprimidos. "Quero que leve esses calmantes. Não irão derrubá-la, mas reduzem a ansiedade, que pode ser tão ruim quanto o delírio em si. Tome dois antes de dormir."

"Se acha que isso vai ajudar, dr. Sneidermann."

Ele percebeu o sarcasmo em sua voz.

"Mas o mais importante, Carlotta", continuou. "É que na quinta-feira haverá uma conferência de casos. Quero que você venha."

"Uma conferência de casos?"

"Vários psiquiatras da equipe, que farão algumas perguntas. É uma forma de obter um consenso sobre o seu diagnóstico."

"Você está com medo, não é?"

"De modo algum. É perfeitamente rotineiro."

"Não é não. Está com medo de perder sua paciente."

"Carlotta, posso lhe mostrar as regras da clínica. Diz aqui, com todas as letras, que tem de haver uma conferência de diagnóstico para cada paciente. É o regulamento."

A paciente se endireitou na cadeira. O médico observou, apesar de ficar consternado, que ela estava com raiva dele, e que essa raiva concentrara as energias mentais de Carlotta. Resumindo, ela estava no controle de seus pensamentos e de seu discurso outra vez.

"Bem", disse ela. "Talvez *eles* possam descobrir!"

"Sem dúvida. É igual em todas as áreas do hospital. Você chama outros médicos para consulta."

Carlotta ficou em silêncio. Então, de comum acordo, ambos se levantaram. Sneidermann viu como sua paciente ainda estava assustada. Seus olhos procuravam os dele, com medo de descobrir o que estava certa de que encontraria: um julgamento negativo a seu respeito.

"Aqui, Carlotta. Este é o meu cartão."

"Como assim? Tenho o seu cartão."

"Não. Este é meu número particular, para me ligar a qualquer hora."

Ela conferiu o cartão. Olhou para o médico, sorriu. Guardou o cartão na bolsa. Carlotta pareceu relaxar naquele momento.

"Obrigada, dr. Sneidermann. É muito gentil da sua parte."

"Tudo bem", respondeu. "Peça à Cindy que a leve para casa. Tome um banho demorado e quente. Relaxe. Ponha as crianças para dormir cedo. E lembre-se, mantenha o Billy por perto. Quero que você durma. Está bem?"

"Sim. Tchau, dr. Sneidermann."

"Tchau."

Sneidermann estava exausto. Por que lhe dera o seu número de telefone pessoal? Sabia que aquilo era errado. Por que aquela paciente o desestabilizara? Por que precisou quebrar as regras para restaurar a confiança dela? Será que lidou, desta forma sutil, como uma mulher em vez de uma paciente?

Ele se martirizou por esta pequena falha de... O quê? Ética? Claro que não. De disciplina. Entrara um pouco em pânico. Seu instinto falou mais alto. Foi isso que o incomodou. Sneidermann estava em estado de confusão. Precisava reorganizar em sua cabeça o que fizera e por que, e garantir que isso nunca se repetisse.

A ENTIDADE

8

Moran, Carlotta Alicia Dilworth. Nascida em 12 de abril de 1944. Pasadena, Califórnia. Presbiteriana, não praticante. Doenças infantis: catapora, caxumba, sarampo. Problemas com autoridades escolares: nenhum. Problemas com autoridades jurídicas: nenhum. Endereço atual: rua Kentner, n. 212, Oeste de Los Angeles, Califórnia.

Ocupação atual: beneficiária do Programa de Assistência Social do Condado de Los Angeles. Pensão de alimentos, ACD, Departamento de Bem-Estar do Condado de Los Angeles. Escola de treinamento para secretariado, mensalidade também paga pelo Departamento de Bem-Estar do Condado de Los Angeles.

Casamento: 1960, com Franklin Moran, vendedor de peças de automóveis usados e piloto de motos profissional. Personalidade instável. Álcool, drogas, temperamento explosivo. Abusivo. Falecido em dezembro de 1962, em decorrência de lesões causadas por acidente em pista de corrida. Um filho, William Franklin.

União estável com Robert C. Garrett, Two Rivers, Nevada, 1964. Rancheiro. Falecido em 6 de abril de 1974, insuficiência cardíaca. Duas filhas, Julia Alice (1969) e Kimberly Anne (1971). Doença psiquiátrica prévia: nenhuma.

Alucinógenos: nenhum. Alcoolismo: descartado. EEG: sem distúrbios. Histórico de epilepsia etc.: nenhum.

Processos de pensamento: sem bloqueio. Teste de realidade: intacto. Memória: excelente. Sem afrouxamento de associações. Ligeiro achatamento de efeitos ao discutir sintomas. Teste de QI: 125. (WAIS)

Início dos sintomas: outubro de 1976

Sintomas: alucinações auditivas e olfativas; alucinações somáticas (abuso sexual, penetração); possíveis impulsos suicidas; hematomas múltiplos, arranhões, pequenas lesões nos seios, coxas, parte inferior das costas; ansiedade, reações de pânico; hostilidade generalizada; para além dos ataques individuais, não há distanciamento da realidade.

Diagnóstico preliminar: reação psiconeurótica, tipo histérico.

Gary Sneidermann se sentou nervosamente no escritório apertado do supervisor. O dr. Henry Weber olhou mais uma vez para a folha de papel, não disse nada e deixou o papel cair na mesa. Acendeu o cachimbo com a chama monstruosa de um isqueiro translúcido, fumando vigorosamente.

"Está bem, Gary", disse o dr. Weber. "Por que isto não podia esperar até quinta-feira?"

"Queria resolver este caso antes de ir para a reunião. Algumas coisas não estão claras."

"Justo."

Sneidermann limpou a garganta. O rosto curtido do dr. Weber, enrugado ao redor dos olhos e da papada, o observava com simpatia. Os momentos com o psiquiatra sênior eram valiosos, mas o colocavam na berlinda. O dr. Weber exigia precisão. Era extenuante, mas esse foi o motivo de ele ter ido para a West Coast University.

"Esses hematomas", disse Sneidermann. "Eles são bastante severos, e me pergunto se não são resultado de autoabuso psicótico."

"Pode ser histeria. A histeria pode provocar feridas, causar cegueira, perda de cabelo. Já vi feridas abertas e perda de sensibilidade nos dedos das mãos e dos pés. Tudo induzido por autossugestão."

"Mas hematomas diretos? Marcas de dentadas, perfurações?"

"Certamente."

"Ficaria aliviado se isso fosse verdade, senhor. A ideia de que ela pegaria uma faca para machucar a si mesma..."

"Ela expressa em seu corpo o que não consegue expressar de outra maneira. Está fervendo por dentro."

Sneidermann se sentiu imensamente aliviado. Pegou as suas anotações e as folheou. Encontrou o que procurava.

"Aconteceu algo estranho", disse. "Na vida pessoal dela. Espero que o senhor possa me ajudar a esclarecer. Encontrar algum padrão."

"Diga lá."

"Aconteceu depois da morte do Franklin. A paciente voltou para Pasadena com a criança. Fugiu outra vez em menos de um ano. Dessa vez, para uma cidade em Nevada."

O dr. Weber ouviu com atenção. Observou a fumaça do cachimbo subir preguiçosamente e espalhar-se pelo teto. Sneidermann tentou examinar os fatos do caso pelos olhos do supervisor.

"Trabalhou como garçonete em um café. Conheceu um rancheiro aposentado lá, um tal Robert Garrett. Muito mais velho. Sessenta e quatro anos. Moraram juntos."

"Que idade a moça tinha na época?"

"Dezenove."

"E era o que, cuidadora dele?"

"Não, eram amantes. Teve duas filhas com ele."

"O que aconteceu depois?"

"Ele morreu", disse Sneidermann. "Uma morte natural. Foi durante as enchentes da primavera. O segundo homem a morrer com ela. Porém, desta vez, estava enclausurada em uma cabana minúscula. Fazia frio do lado de fora. Impossível sair. Água cobrindo as estradas. Isolamento. Três crianças, duas delas ainda bebês. E ele lá, morto."

"Não entendo aonde quer chegar", disse Weber, franzindo a testa.

"Veja: os ataques são precedidos pelo cheiro de carne podre."

O dr. Weber olhou diretamente para Sneidermann e balançou a cabeça. Ele não estava convencido.

"É uma ligação tão direta", insistiu Sneidermann

"Mais um motivo. No inconsciente, raramente há conexões diretas. Vez ou outra, pode surgir algo em um sonho simbólico. No entanto, esse tipo de associação quase nunca funciona."

"Mas, veja, uma relação idealizada como essa. Ela reprimiu os aspectos negativos, que na certa existiam. E agora..."

"Eu deixaria isso de lado, Gary. Talvez haja alguma ligação. Mas você precisa estar atento ao comportamento como um todo."

"Sim, senhor."

Sneidermann suspirou.

"Olha, Gary", disse o dr. Weber. "Na maioria das vezes, isso já vem de muito tempo. Algo lá trás, até neurose infantil. Algo estrutural. Apesar de se manifestar de formas diferentes, pode estar presente em todas as relações que ela já teve."

"Como assim, em todas as relações?"

"Veja o que acabou de descrever. Esse adolescente por quem a paciente se apaixonou. Uma típica criança crescida. Eles brincam de sexo. Depois o velho. Isso é sexo seguro, Gary. Ela evitou o ato verdadeiro."

"Eles lhe deram três filhos."

O dr. Weber rejeitou a objeção. "Não é preciso de sexo para fazer bebês. Não sexo de verdade. Quer uma conjectura? Aí vai. Ela está se masturbando. Só isso. Todo esse circo que ela inventou... é para encobrir o que todas as meninas fazem."

"Por que chegaria a tais extremos para..."

"É isso que você precisa descobrir."

O dr. Weber sorriu. Sneidermann começou a ver Carlotta sob uma perspectiva diferente. O que via agora era uma personalidade complexa, atormentada, uma menina no corpo de uma mulher.

"Como disse", acrescentou o dr. Weber, "é uma conjectura. Posso estar errado. É isso que impede a psiquiatria de ser tediosa."

Sneidermann se perguntava como o dr. Weber conseguia ver humor em tais situações. Perguntou-se se chegaria ao momento em que também seria tão impassível, forçado a desenvolver uma carcaça resistente.

"Talvez, senhor", disse Sneidermann. "De todo modo, ela voltou para Los Angeles com as crianças."

"Para Pasadena?"

"Não. Comunicação zero com a mãe. O pai já falecido. Derrame. Se mudou para um lugar no oeste de Los Angeles."

"Isso nos traz ao momento atual", disse o dr. Weber.

"Sim, senhor. Trabalhou em vários clubes noturnos. Alguns namorados. Nada sério."

"Prostituição?"

"Não, senhor."

"Tem certeza? Já conheceu uma prostituta?"

"Eu?"

"Não tem mais ninguém aqui."

"Acho que não."

"Por que está tão envergonhado? Ou conheceu ou não conheceu."

"Nunca conheci uma prostituta, senhor."

"Então não pode afirmar que ela não tenha feito sexo por dinheiro."

"Ela ainda é, no fundo, uma menina de Pasadena. Em muitos aspectos, continua sendo uma moça da elite. Ainda que de modo involuntário. Não acredito que fosse fazer sexo por dinheiro.

"Certo. Talvez você tenha razão."

"No ano passado, a paciente conheceu Jerry Rodriguez. Muito estável e ambicioso. Autodidata. Trabalha em uma empresa em rápida expansão. Bancos e imobiliárias."

"É uma relação séria?"

Sneidermann tossiu levemente. Sentiu-se sob o olhar direto de seu superior mais uma vez.

"Parece haver algumas complicações", observou. "A mais grave é entre Jerry Rodriguez e o filho de Carlotta, que agora está com quinze anos. Houve discussões, até mesmo uma ou duas brigas."

"Uma dinâmica triangular", disse o dr. Weber.

"Exatamente. O problema é que, quando o homem vem para a cidade, fica na casa de Carlotta."

"Dorme com ela?"

"Sim."

"Situação bem conveniente para ele."

"Ele e o filho dela brigaram da última vez. O homem quase rompeu a relação."

O dr. Weber se moveu lentamente na cadeira. Parecia esperar que Sneidermann detectasse algo, mas o psiquiatra residente se sentia inseguro, à espera de uma luz.

"Isto ocorreu antes de os sintomas começarem?", sorriu o dr. Webeer.

"Sim, senhor. Depois, o namorado saiu da cidade. Ele ficou de refletir sobre o futuro da relação."

"Está vendo? Este é um momento crucial para Carlotta. Esse é precisamente o tipo de situação que pode culminar em um colapso."

Sneidermann olhava o dr. Weber. O homem mais velho parecia orgulhoso de sua descoberta.

"Esse Rodriguez", disse o dr. Weber. "Homem maduro. Ele quer um relacionamento para valer. Chega de brincadeiras para Carlotta. Chega de contracenar com crianças e velhos. Confrontada com a perspectiva de um relacionamento de verdade, ela fraqueja. Regressa para sua realidade infantil."

O caso estava se tornando mais compreensível para Sneidermann. O dr. Weber estava lançando luz sobre trevas.

"O meu único conselho", concluiu o dr. Weber, "é ser flexível. Não a force a nada. Por motivo algum."

"Sim, senhor."

Sneidermann de repente percebeu que a sala estava insuportavelmente quente. Sua camisa estava encharcada. Sentia-se fraco. Para completar, a fumaça do cachimbo tomara conta do pequeno consultório e ele sentiu um desejo de sair, de correr para a praia, de abrir os pulmões e esquecer a tensão das últimas duas semanas.

Sneidermann se levantou e recolheu suas anotações. Teve a impressão de que o dr. Weber queria dizer algo, mas estava se abstendo.

"Isso é tudo, dr. Weber?"

"Não exagere, Gary."

"Como assim?"

"Ouvi dizer que estava tentando transferir um dos seus casos para outro residente. Isso é possível no programa em que está inscrito, mas não é uma boa ideia. Você precisa do aproveitamento cruzado de diferentes casos. Tipos diferentes de problemas."

"Sim, senhor. Vou pensar nisso."

15 de novembro, 20h40.

Carlotta estava sentada nos degraus de cimento em frente à sua casa. A noite estava calma, sufocante, ainda cheirava à poluição que empestara o dia. Folhas escuras farfalhavam ao lado da luminária da varanda, lançando sombras sobre seus pés. De longe vinha o som de crianças correndo, depois o silêncio.

Sua própria infância se assemelhava a um sonho, tão distante que parecia não ter existido. Uma menina pálida, assustada com as sombras impressas pelo sol sobre o extenso mar de grama. Correndo pelo roseiral, colorido e brilhante, afiado de espinhos. Nem o homem alto lá dentro e nem a mulher nervosa no jardim falavam com ela. Ambos eram vultos retorcidos e imateriais. Carlotta sentiu uma pontada de medo, depois de todos esses anos.

Foi a pobreza que a afetara e a tornara uma mulher mais objetiva e resistente. Coisas irreais já não a assustavam. Homens, trabalho e solidão. A vida era o que era. Então, por que o antigo medo retornava agora?

Porque agora, em sua vida, havia distorção novamente. Algo sem concretude, porém mais poderoso do que ela. Carlotta enfiou o dedo ao longo das fendas no cimento. Essa era a semelhança, pensou.

"Mamãe!"

Julie correu porta afora, parando ao lado de Carlotta.

"Ele está machucando a Kim!"

As duas entraram às pressas. No corredor, Kim rastejava pelo chão. Seus lábios sangravam. "Eu caí", choramingou Kim.

"Ela não caiu, não!", disse Julie. "Ele empurrou a Kim! Ela estava no banheiro, e ele..."

Carlotta pegou Kim, aninhando-a em um abraço.

"O dente dela está lascado", disse Carlotta.

Kim tossiu, engasgou-se, e Carlotta limpou o sangue de seu queixo. Embalou a menininha em seus braços.

"Está tudo bem, Julie", disse Carlotta. "Onde está o Billy?"

"Não foi ele!"

"Então quem foi?"

"Foi *ele*!"

Carlotta olhou para Julie e reconheceu o mesmo olhar assustado que dominara seu próprio rosto no espelho. Estaria Julie adoecendo, também? Estaria ela infectando seus próprios filhos de alguma forma estranha?

"Venha aqui sentar com a mamãe e a Kim", disse. Carlotta limpou o restante de sangue dos lábios de Kim. A menina parecia esgotada. Logo caiu em um sono agitado e exausto.

"Por que você diz..."

Foi então que Carlotta sentiu a presença dele na sala, de forma inequívoca. Uma pressão no ar. Um odor vago. E ela estava bem desperta.

"Você está sentindo esse cheiro, Julie?"

"Ele voltou, mamãe!"

"Meu Deus!"

Houve um clique. Carlotta se virou. A janela estava trancada. Ela teria se trancado sozinha?

"Onde está o Billy?", sibilou, agarrada ao braço de Julie.

"Você está me machucando, mamãe!"

Carlotta sentiu o arrepio crescente na coluna, penetrando no cérebro. Ouviu o som de madeiras rangendo, um lamento metálico. Ficou de pé, segurando Kim contra o peito.

"Billy!"

Sentiu a grande pressão do ar. Sua pele formigou. O pelo em seu braço estava todo arrepiado. Ela recuou lentamente em direção à porta da cozinha.

"Billy!"

A porta da garagem sacudiu violentamente.

"Ei, mãe! Abre! Sou eu!"

Carlotta agarrou Julie. Ela não se lembrava de ter trancado a porta da garagem. Aquela porta nunca ficava trancada. De repente, as sombras ondularam à sua volta.

"*Ha ha ha ha ha ha.*"

"Mãe!"

No sofá, o cobertor e o lençol foram puxados para trás. Carlotta agarrou a maçaneta da porta da cozinha. Porém, como em um pesadelo, essa também estava trancada. Atrapalhou-se com o ferrolho. De repente, houve o som de vidro quebrando. Estilhaços rebentaram sobre o chão, chegando até o ponto em que estava, como uma onda viva de vidro. Havia a presença de um corpo. Agarrou-lhe o braço.

"Mamãe!", gritou Julie.

Carlotta foi arrastada à força para o sofá. Ela se contorceu, teve seu braço dobrado contra as costas. Se debateu. Foi atirada para o sofá.

"Billy! Meu Deus, ele me pegou!"

O menino chegou correndo pelo corredor. Seu antebraço estava cortado em muitos lugares. Ele assistiu a sua mãe se contorcendo no sofá, chutando um agressor invisível. Saltou, agarrou-a pelos ombros, tentou puxá-la. De repente, Carlotta estava incrivelmente forte. Billy não reconhecia sua mãe por causa da expressão distorcida no rosto.

Firmou os pés no chão, em pânico.

"Oh Deus! Ele me pegou, Billy... eu vou *morrer*..."

Billy tentou agarrá-la com os dois braços. Ela se esquivou de seu alcance. Lutou violentamente. As meninas gritavam. De repente, a sala esfriou. O menino já não via mais nada.

"Me salva... Bill! Me salva..."

Ele deu um salto para a frente, lágrimas correndo dos olhos. Golpeou o ar à frente dela. Nada! Gritou com toda a força de seus pulmões. Mas Carlotta não parou. Seu rosto estava retorcido de dor.

"Olha, mãe! Estou afastando ele! Tá vendo? Vou mandar ele sair!"

Billy bateu com os punhos no ar. Ele fez um barulho terrível. Carlotta afundou-se contra a parede, o corpo tremendo, fundindo-se com as sombras.

"Bill, está pior do que nunca! Ele é tão forte..."

"Grita!", gritou Billy para Julie. "Vamos afastá-lo! Você também, Kim!"

As meninas gritavam, agitavam os braços, sem saber o que mais fazer.

"Mais alto!"

As crianças saltaram, criaram uma confusão, dando vazão a todos seus medos e histeria, lançando sombras incríveis pelo tapete na direção de Carlotta, que se inclinou contra a parede, com os olhos vidrados e pretos.

"Bill!", murmurou. "Tenho medo! Ele vai te matar! Ele é muito forte para você!"

Billy foi sugado para o centro da sala, girado e revolvido como um pedaço de papelão ao vento.

"Bill!"

"*Mãe!*"

Algo parecia estar batendo nele. Ele cobriu os olhos com as mãos. Agachou-se, ajoelhou-se no chão, tentando se proteger.

"Bill!"

Os socos pareciam acertá-lo, sacudindo sua lateral, puxando-o mais para baixo a cada golpe.

"O castiçal!"

Billy olhou para cima. Por um breve instante, todos, incluindo as meninas, ficaram paralisados, em silêncio. O castiçal ficou suspenso no ar, mais ou menos a um metro e meio do chão. Não subiu nem desceu: pairou no ar. Então, com uma velocidade assassina, caiu sobre Billy. O menino cobriu o rosto com a mão. O castiçal atingiu o pulso esquerdo, produzindo um som de algo quebrando.

"Billy!"

O garoto se levantou, piscando em delírio, o cabelo arrepiado e selvagem. Seu corpo se movia estranhamente, aos arrancos, com raiva. A mão ferida pendurada ao seu lado. Seu rosto estava retorcido de dor. Ele pegou a lâmpada da mesa, balançou-a de um lado para o outro à sua frente. As sombras rugiam sobre as paredes, formando silhuetas longas e distorcidas, escuras, que balançavam sobre todos eles. Carlotta viu as feições atormentadas de seu rosto iluminadas por baixo, as sombras não naturais serpenteando por suas narinas.

"Não tenho medo de você!", gritou o garoto para a sala. "Vai embora! Seu valentão! Deixa a gente em paz!"

"Bill... não! Ele vai matar a todos nós..."

"Vai embora!", continuou a gritar. "Não queremos você aqui!"

"Não faça isso, Bill!"

"Tá vendo?", virou-se para Carlotta, o rosto corado e os olhos vívidos. "Ele se foi! Ele está assustado!"

Carlotta aproximou-se dele, insegura. Seu corpo tremia dos pés à cabeça. Ela teve de ajudá-lo a se sentar em uma cadeira.

"Mãe, temos de lutar com ele! Aqui e agora!"

Sua voz estava áspera, quase um gemido. Carlotta temeu que seu filho já não fosse mais o mesmo.

"Shhhhhh..."

"Não tenho medo, mãe! Ele não pode me matar!"

"Shhhhhh..."

"O valentão!"

"Bill..."

"O malvado!", gritou Billy para a escuridão. "Filho da puta!"

Lentamente, percebeu que as meninas o observavam como já haviam feito com Carlotta.

"Está tudo bem, Billy", gritou Julie. "Ele se foi!"

O menino, colocou uma mão no rosto, retirou-a, moveu-se na cadeira, inclinou a cabeça para trás, depois gemeu novamente.

"Mãe!", gritou, aos prantos. "Temos que ficar juntos!"

Carlotta limpou as lágrimas de ambos os rostos. Pôs um dedo sobre seus lábios e acariciou seu cabelo. Lentamente, ele pareceu se acalmar. Seus olhos se encontraram, sem ter certeza do que acontecera.

"A sua mão", disse Carlotta suavemente.

"Está bem."

"Não. Está quebrada."

"Foi o castiçal que quebrou. Tá vendo? Consigo mexer os dedos." Sentindo dor, moveu os dedos para que ela visse.

"O que aconteceu, Billy?"

"Não sei, mãe", respondeu baixinho.

Soou na casa um silêncio infinito. Nenhum dos quatro sabia o que estava acontecendo. Agora Carlotta viu sua doença espalhar-se como um contágio fétido para todos os membros de sua família. Sentiu-se culpada por todos. Ela os tragara para o mesmo abismo. Respiravam a atmosfera infectada em conjunto.

Mergulhou a mão de Billy em água gelada e enfaixou seu pulso firmemente. Iriam ao médico pela manhã. Ela não ousou falar sobre o que aconteceu. Não se atreveu a perguntar a Billy. E se o menino já não soubesse o que era real e o que não era?

Eles se recolheram na sala de estar. Billy se embrulhou em uma manta verde. As meninas se amontoaram com Carlotta no sofá. Ninguém dormiu.

Era impossível distinguir percepção de alucinação. As paredes desabaram em torno de Carlotta, com medo da loucura. O que estariam todos pensando, cada um com medo de dizer em voz alta?

"O filho dela também está experimentando os mesmos sintomas", disse Sneidermann.

O dr. Weber acenou, inclinou-se para a frente em direção ao urinol, e pensou. A porcelana branca refletia seu rosto, os canos de metal brilhavam sobre ele.

"*Folie à deux*", disse o dr. Weber. "Loucura a dois."

Sneidermann se sentiu constrangido por ter incomodado o dr. Weber. Porém tais conversas, de forma grosseira e masculina, eram normais e se adequavam ao senso de humor do dr. Weber. Ele se divertia ao ver os residentes tímidos.

"Acha que eu deveria trazer o menino?", perguntou Sneidermann. "Descobrir o que se passa na cabeça dele?"

O dr. Weber balançou a cabeça.

"Ele lhe dirá exatamente o que sua mãe lhe disser. O que espera que o garoto diga? Interne minha mãe, ela é louca?"

"Não, mas..."

"Só confirmaria a realidade dessas ilusões para a paciente. Ela perceberia que tem uma testemunha comprobatória. Isso tornará tudo mais difícil para você."

"Sim, mas... independentemente dela, isso reforça a prova de que algo está acontecendo. Ontem à noite, o inferno começou com o filho interpretando um papel de liderança. Até as meninas entraram no delírio."

"*Folie à* trois, *folie à* quatre", disse o dr. Weber, um sorriso peculiar tocando os cantos dos lábios. "Os filhos estão protegendo a mãe. Estão dando apoio. Irrestrito. Os laços familiares são mais fortes do que qualquer coisa na terra. Muito comovente o que as crianças fazem para proteger seus pais."

Sneidermann pensou por um momento.

"Não é perigoso? Para as crianças? Passarem por algo assim? O filho dela machucou o pulso durante o episódio de ontem."

O dr. Weber balançou a cabeça.

"Se entendo o caso corretamente, a resposta é não. Porque se há causas reais para a ilusão entre as crianças, essas se voltam para problemas muito mais antigos do que a histeria da mãe. Nesse caso, devem ser tratados de acordo. Mas isso parece ser uma resposta direta a Carlotta. A mãe está exigindo que os filhos a apoiem. Precisa deles para sustentar o ego. Está profundamente assustada com o isolamento que a insanidade representa para ela. Assim, de certa forma, o apoio das crianças, por mais bizarro que pareça, é muito melhor do que um completo desligamento."

Sneidermann suspirou.

"Está bem", disse. "Estou aliviado."

"Será um manicômio na rua Kentner por um tempo. Mas penso que, à medida que a mãe for melhorando, as crianças voltarão muito rapidamente para uma relação normal com ela. Sabe como é... A mãe está doente. As crianças estão muito assustadas. É algo terrível quando se é muito novo."

"Mas", continuou o dr. Weber, enquanto alisava o cabelo para baixo, examinando-o no espelho, "a questão é a seguinte: você precisa apurar com certeza se não há outra razão para a relação alterada."

"Acho que não entendi o que quer dizer, dr. Weber."

"Não é nada específico. Apenas suponha que Billy tivesse algum interesse em apoiar essa ilusão? Pode ser que a relação não seja tão inocente como você supôs."

"É um pensamento interessante."

O dr. Weber virou-se.

"Billy é o único homem na casa, e provavelmente sexualmente ativo. É uma situação que não existia há poucos anos."

"Sim. O filho tem quinze anos."

"Talvez, para o filho, esta seja uma oportunidade de atuar seus próprios sentimentos. Este Rodriguez é um rival sexualmente mais poderoso, e está ameaçando entrar em casa. Talvez seja uma forma de dizer: 'Vê, mãe? Eu mesmo posso cuidar de você. Estou contigo nisto. O outro cara... ele não sabe nada sobre isto aqui.' Não é nada que vai atrasar seriamente o seu caso, entretanto é uma complicação que terá que considerar."

"Sim, senhor. Eu vou. Ótima sugestão."

"Por outro lado", acrescentou o dr. Weber, em tom cuidadoso, "pode ser que Carlotta não seja quem você pensa que é."

16 de novembro, 23h05

As luzes dos postes ao longo da rua Kentner brilhavam, mortiças. No nevoeiro, irradiavam uma pérfida luz azul. A umidade se transformara em névoa visível. Correntes de gotículas ganharam densidade, e através delas, vinha a maresia fria do mar distante.

"Não faz sentido dormir aqui", disse Carlotta. "Não mais."

Ela gesticulou para o sofá.

"Não", disse Billy. "Acho que não."

"Afinal, se ele quiser voltar, vai voltar. Não é?"

"Acho que sim."

Carlotta precisava desesperadamente perguntar a Billy o que ele tinha visto. O que sentira na noite anterior. No entanto, ficava horrorizada só de pensar a respeito.

"O médico disse para eu dormir no sofá. Com alguém por perto."

"Mas você também passou mal aí."

Passar mal, pensou Carlotta. Billy achava ser um tipo de doença. Olhou para o filho, que evitou seu olhar. Estava disfarçando algo. Ou então, não sabia o que pensar.

"Sabe, melhor dormir na cama. Onde me sinto confortável. Já que vou passar mal de qualquer forma."

"Verdade", concordou o menino.

"Qual é o problema, Bill?"

"Não sei o que está acontecendo, mãe."

A verdade nua e crua tocou o coração de Carlotta. Eles estavam na mesma ambiguidade medonha. Nenhum dos dois sabia o que era real e o que não era.

"E o médico? Ele não tem ideias?"

Ela sacudiu a cabeça.

"Todo o tipo de ideias", disse. "Nenhuma serve."

"Então mais vale você dormir na sua cama, mãe. Não vejo a diferença de dormir no sofá."

Carlotta sentiu um aperto no peito. Sneidermann estava errado quanto à segurança do sofá, e agora parecia que não havia escolha a não ser suportar o melhor possível o que o futuro reservava. E tentar sobreviver.

"Então voltei ao ponto de partida", concluiu.

Ela recolheu os cobertores do sofá. Billy a observou cruzar a sala para seu quarto. Sem dizer uma palavra, pegou os travesseiros e a seguiu. Ela abriu a porta com o pé. Estava frio lá dentro.

"Tudo parece igual", murmurou, quase para si mesma.

"Está frio aqui."

"Billy, se eu lhe perguntar uma coisa, promete me dizer a verdade?"

"Claro."

Carlotta deitou os cobertores na cama desfeita, fingindo ser o mais casual possível. Acendeu o abajur, o brilho iluminando seu rosto. Olhou para Billy, os olhos perdidos na escuridão. Olhou para o filho com tristeza, sentindo-se confusa, ansiando por uma resposta.

"Você sentiu algum cheiro ontem à noite?"

"Na sala de estar? Não, mãe. Não me lembro de nada."

"Você me diria a verdade? Por pior que fosse?"

"Sim."

"Certo. Preciso resolver umas coisas na minha cabeça."

Carlotta, confusa, sentou-se na beira da cama. Billy entregou-lhe um cinzeiro. Ela bateu um cigarro no pulso, mas não acendeu.

"Mas agora é capaz de sentir um odor, não é?"

"Eu... eu não sei, mãe."

"Como pode não saber?"

"Estou confuso, mãe. Sei o que *você* sente. Às vezes penso que sinto, também. Mas pode ser só porque você me contou."

"Então não sabe? Agora?"

"Acho que sim. Eu..."

"Como é o cheiro?"

"Você sabe."

"O quê?"

"Um cheiro humano. Um cheiro de carne. Suja."

Carlotta devolveu o cigarro para o maço, seus dedos tremiam.

Billy achou que era um cheiro humano. Isso nunca ocorrera a ela.

As janelas estavam completamente escuras. Pequenos filetes de neblina escorreram pelo lado exterior do vidro. Carlotta assistiu ao movimento da luz sobre a água. Depois virou-se lentamente para Billy.

"Talvez devêssemos voltar para a casa da Cindy", sugeriu ela.

"Eles não querem a gente lá, mãe. O George iria detestar."

"É. Talvez tenha razão. Já não sei mais o que fazer."

Billy ficou parado, sem jeito, o corpo delineado na estranha luz da janela, acima dela. Carlotta nunca se sentira tão sozinha.

"Quer que fique aqui com você?", perguntou, baixinho.

Carlotta sorriu. Só que não havia alegria no sorriso. Apenas um triste sorriso sem esperança que partiu o coração de Billy.

"Da última vez o assustamos."

"Você é a coisa mais preciosa para mim em todo o mundo, Bill. Não quero que você se machuque."

O menino não tinha certeza do que sua mãe queria dizer. Estava tudo muito confuso.

Sentia medo até de lhe dar um beijo de boa-noite. Foi embora, seus passos sumindo até o quarto.

O nevoeiro se condensou em uma chuva leve, depois se dissipou e cessou. Carlotta se despiu, o corpo lançando sombras compridas contra a parede. Billy abriu a porta do quarto. Notou que a mãe mantivera sua porta aberta. Viu as sombras dela, ondulando contra a parede.

Não havia resposta. Nem do médico, nem de Billy. Nenhuma explicação racional. Suspensa entre duas alternativas igualmente sinistras, sua mente começou a divagar em pensamentos aleatórios e desconexos. Era ou não era real?

Dormiu com o abajur de mesa aceso ao seu lado. Ficou espantada ao acordar no meio da noite e a luz estar apagada.

"Bill?"

"*Shhhhhhhhhhhhh.*"

Antes que ela pudesse emitir um som, uma mão fria apertou sua boca. Chutou, sentiu sua perna presa, os braços travados atrás de si.

"*Shhhhhhhhhhhhh.*"

Ela foi esmagada para baixo. Um peso pressionava na borda da cama. Seus olhos se arregalaram em horror. Não viu nada. Uma sensação de frio sobre a coxa. Uma carícia gelada. Carlotta lutou desesperadamente.

"*Shhhhhhhhhhhhh.*"

A ponta de um dedo traçou o contorno de seu seio. Carlotta torceu a cabeça violentamente, amordaçada. Uma mão segurou-lhe o cabelo com força. Um aviso. Ela sabia que não devia fazer barulho.

Por um instante, não aconteceu nada. Estava imersa no escuro e não via nada, nem mesmo a parede ao lado.

"Quem é você?", perguntou.

Ela sentiu dedos ao longo da barriga, descendo.

"De onde você vem?", insistiu.

"*Shhhhhhhhhhhh.*"

Suas pernas foram separadas. Delicadamente. Algo lhe segurou os pés. Algo diferente da carícia do lado da coxa. A atmosfera parecia mais amena. Como se o ar à sua volta aquecesse. Sentiu os pelos no braço eriçados, a pele toda arrepiada.

"Quem é você?"

Respirava com dificuldade, buscando fôlego.

No quarto escuro, pensou ter se visto no espelho.

Então percebeu que o ar à sua frente estava se aglomerando em uma imagem transparente. Ele brilhava. Um vapor começou a subir sobre o chão na frente dela.

"Meu Deus!", murmurou.

Coagulada, uma substância semelhante à fumaça, porém mais densa. Uma luz verde fria e úmida se espalhou, cadavérica.

"*Shhhhhhhhhh.*"

Uma musculatura... um antebraço... como um sopro de ar, torcido e áspero, expandiu-se e depois reluziu. Seu corpo foi iluminado pela luz verde, suas coxas perdidas nas sombras criadas.

"*Shhhhhhhhh.*"

Um pescoço... ombros poderosos.... as veias... sobressaltadas... orelhas... Carlotta recuou contra a cabeceira, tentando se perder nas sombras.

"*Shhhhhhhhhh.*"

O rosto que a fitou, do alto, sorriu lascivo.

As paredes à volta deles brilhavam. Pareciam expandir-se, até Carlotta perder a noção de espaço, de profundidade, apenas a luz crescente, ondulada que era mais que luz à sua frente. Estava delirante. Febril. Exausta. Vazia. Ela arquejou para respirar.

A sombra das narinas... infladas... sentindo prazer em abusar dela... lábios cruéis... os olhos... os olhos... os olhos eram puxados... amendoados... a coisa a penetrou porque a conhecia carnalmente... sabia tudo sobre Carlotta...

O dedo comprido estava sobre seu lábio. Ele estava completo.

"*Shhhhhhhhhhhhh.*"

Ela rastejou, tremendo, pela cama, sem saber onde estava nem para onde ia. Depois seus membros falharam, pareciam borracha, e ela tentou gritar, mas não havia voz. Seu corpo estava aquecido e vermelho.

Uma mão em sua cintura. Virou-a suavemente, como a uma flor. Parecia que galáxias estavam girando em seu cérebro. Por todo o lado, havia um calor esverdeado. Pressionou-a para cima, dissolveu-se para cima com inimaginável força, até deixar de existir.

"Ooooooooooooooohhhhh."

"*Shhhhhhhhhhhhhhhhhhhhh.*"

Um estremecimento de repulsa ascendeu por sua coluna vertebral. Carlotta perdeu a consciência.

De manhã, estava deitada, nua, atravessada na cama. A porta ainda estava aberta. Não tinha forças para se levantar.

Gradualmente, os sons e a luz do dia lá fora ocuparam o cômodo. Ela ouviu Billy se movimentar no quarto atrás da parede. Abriu os olhos, sentou-se lentamente na beira da cama. As janelas estavam secas, com linhas de sujeira da noite anterior.

Entrou no banheiro, fechou a porta e tomou banho. Carlotta se banhou por quase uma hora.

Na quarta-feira, 17 de novembro, Sneidermann estava um pouco ansioso. Ele transferira um dos seus casos para outro residente. Com tempo extra para explorar o caso Moran, reunira um interessante material histórico. Soldados haviam alucinado regimentos inteiros. Idosos haviam falado com cavalos, a caminho de funerais. Pessoas haviam experimentado diversas formas de delírio sob períodos de estresse emocional. No entanto sempre recuperavam o poder de raciocínio. Violações de percepções sensoriais não comprometeram permanentemente o ego. Então, quando Carlotta não apareceu naquela tarde, e quando Sneidermann ligou para a escola de secretariado e descobriu que sua paciente não comparecia às aulas há uma semana, foi acometido por uma premonição.

Ligou para a casa de Carlotta.

"Ah, dr. Sneidermann", disse Carlotta ao telefone. "Acho que faltei à nossa consulta. Não sei o que está acontecendo..."

Sua voz tinha o tom incômodo e impreciso de alguém distanciado do que diz. Houve uma pausa.

"Dormi na cama ontem à noite. Não fazia sentido dormir no sofá... depois do que aconteceu com o Billy... e, quando acordei, ele estava em cima de mim."

"Você está bem?"

"Sim... Eu... só não sei o que fazer..."

"Onde está o Billy?"

"Está aqui. Não foi à escola..."

"Certo. Quer vir à clínica?"

"Não. Para quê? De que adianta?"

Sneidermann tentou imaginá-la, agarrando o fio do telefone, tentando lembrar-se de quem ele era, Billy observando-a de algum lugar distante da sala.

"Carlotta... Pode me dizer o que aconteceu?"

"Sim, já disse ao Billy, por isso acho... mas é tão..."

"Não é motivo de vergonha. É como me contar um sonho."

"Sim... mas eu... Ele... Eu o vi."

"Você o viu?"

"Meu Deus! Sim..."

"Visivelmente? Você... o quê... pode descrever o que você viu?"

"É sério, dr. Sneidermann. Foi inacreditável."

Sneidermann tentou suprimir sua impaciência. Agora sua paciente dera uma forma visível a essa ilusão. Tornando muito mais difícil de não acreditar nela. Sneidermann não pôde deixar de perceber a tenacidade com que ela construiu tudo aquilo e se agarrou a isso.

"Como ele era, Carlotta?"

"Alto... Um metro e oitenta..."

"Como você sabe?"

"A cabeça dele ultrapassava a porta... o que o deixa mais alto... mais de dois metros... e..."

Ela fez uma pausa.

"Sim?"

"Ele era chinês..."

"Chinês?"

"Sim. Ele tinha os olhos puxados, maçãs do rosto salientes, bem característico. Me passou pela cabeça que devia ser chinês."

"Por que não coreano ou japonês?"

"Não sei o que era, dr. Sneidermann. Só estou contando o que vi."

"Claro. Claro. Que mais?"

"Seus olhos eram azuis-esverdeados. Era muito musculoso... veias saltadas no pescoço... como um atleta..."

"O que vestia?"

"Nada."

"Nu?"

"Totalmente..."

"Estava sexualmente excitado?"

"Estava... não exatamente... meio que mais ou menos..."

"Sim. Entendo."

"Ele... você sabe... era muito grande. Foi isso que mais me assustou."

"Sim. É claro."

"Ele disse, 'Shhhhhhh.' Assim. Sussurrando. Com o dedo sobre os lábios. Como se estivesse me mostrando um segredo."

"Que era ele?"

"Sim. Exatamente. Estava me mostrando ele mesmo."

"Por que pensa que ele fez isso?"

"Porque eu lhe pedi."

Sneidermann parou. Ele se concentrou ferozmente, tentando obter uma pista sobre o que a paciente lhe dizia nas entrelinhas. Às vezes, a sentia como uma personalidade dinâmica, dando a cara a tapa e brigando por controle, e às vezes se afastava dele, deixando apenas as palavras ditas.

"Bem", a mulher continuou. "Não perguntei. Eu meio que gritei, 'quem é você? O que você quer?' Algo do gênero..."

"Claro. É o que qualquer um faria."

Houve uma longa pausa. Sneidermann umedeceu os lábios. Era claro que havia mais a contar. Mas ela queria que a informação lhe fosse tirada.

"E depois o que aconteceu?"

"Depois me seguiu até a cama... e..."

"E teve relações com você lá?"

"Sim. Se teve. Então eu... Eu desmaiei. Foi demais. Quero dizer, estava me dissolvendo nessa luz... essa luz que era ele, na verdade... uma luz verde, fria. Acho que apaguei..."

"E como você se sente agora?"

"Esgotada. Me sinto suja... na mente e no corpo... maculada..."

"Sim, Carlotta. Compreensível. Claro. É uma experiência muito difícil. Quer vir à clínica?"

"Não, não quero ver ninguém. Preciso arejar a cabeça..."

"Posso mandar um carro. Posso eu mesmo ir buscá-la."

"Não... não quero ver você... Ainda não..."

"Mas virá amanhã?"

"Amanhã?"

"Sim. Amanhã é a conferência de casos."

"O quê?"

"Lembra que lhe disse que haveria uma conferência de casos na quinta-feira. É importante que eu consulte opiniões. E para você também."

"Sim, está bem."

"Posso mandar um carro buscá-la. Só precisa ligar para a clínica. Fazemos isso periodicamente."

"Não precisa. Ficarei bem."

"Está bem, Carlotta. Agora, presta atenção: isso é importante. Expliquei para você que os ataques não ocorreriam se houvesse mais alguém no quarto com você. Lembra de como foi na noite em que o Billy a ajudou na sala?"

"Mas..."

"Sugiro *fortemente* que leve o Billy para o seu quarto. Numa cama dobrável ou algo assim. Sei que é uma perturbação na sua rotina. Mas você não quer enfrentar isso outra vez."

"Farei o que está sugerindo, doutor."

"Ótimo. E, olha, a escola de secretariado ligou para cá. Pediram para eu confirmar as suas sessões aqui. Seu instrutor me disse que há uma semana você não aparece nas aulas."

"E?"

"Não a estou controlando, Carlotta. Apenas me pergunto se há um motivo."

"A razão é que não vale a pena ir."

"Como assim?"

"Não estou em condições de me concentrar. E o que a assistência social vai fazer? Me prender?"

"Não, claro que não, mas..."

"Está tudo tão distante..."

"Gostaria que voltasse a participar das aulas."

"Estou muito atrasada."

"Eles vão levar isso em consideração. Você vai se atualizar o melhor que puder."

"Não faz sentido para mim."

O tom monótono e apático, a qualidade indiferente da voz de Carlotta, parecia saído diretamente do manual de psiquiatria. *La belle indiférence* era o termo psiquiátrico. Estava dissociada de si mesma. Já não se importava consigo. Já não resistia. O doutor tentou contatá-la através do nevoeiro de sua indiferença.

"A razão é a seguinte: essas habilidades que você está aprendendo a ajudam a se disciplinar. E também a tornam confiante em suas aptidões. Quando se formar na escola, estará em uma posição melhor."

Carlotta não disse nada durante algum tempo. Quando respondeu, sua voz estava contida.

"Se o deixa feliz", falou por fim.

"Muito bem, Carlotta. Você vai se agradecer em breve. Nos vemos amanhã. Venha ao meu consultório e vamos à sala de conferência."

"Ok. Até amanhã."

Ela desligou o telefone. Sneidermann permaneceu sentado à mesa, rabiscou várias anotações finais, inseriu-as no caderno de casos, olhou para o relógio na parede. A sala ainda era dele por mais uma hora. Decidiu então se concentrar na alucinação que sua paciente acabara de relatar. Saiu para buscar café na máquina da recepção.

Sua mente estava transmitindo imagens fortes e explícitas. Por quê? O que isso significava para ela? Como seu inconsciente conseguiu criar uma criatura elaborada e exótica? E quanto tempo levaria para que conhecesse sua paciente bem o suficiente para começar a adivinhar?

A personalidade de Carlotta — como qualquer outra — fora construída sobre uma série de camadas, cada uma sedimentada sobre a que estava abaixo. Contudo, assim como as camadas geológicas na terra, no fundo, estava o núcleo. E o núcleo da personalidade de Carlotta estava em Pasadena, no calvário do drama psicológico dos pais. Havia camadas superiores: o relacionamento com Jerry, com Billy, com Bob Garrett e com Franklin, todos ocupando a estrutura da sua psique. E isso se formou há muitos anos, em Pasadena. E *lá* estava a chave. Até o momento, escondida na consciência da própria Carlotta.

Ele pegou um cigarro da enfermeira da recepção. Então voltou para o escritório. Lacunas, lacunas, lacunas na estrutura, refletiu, enquanto folheava o livro de casos. Quando seriam preenchidas? Ficou sentado à mesa por uma hora. Para cada pensamento que lhe vinha com clareza, havia cem que obscureciam e embaralhavam sua compreensão. Seus pensamentos se infiltravam em áreas ainda desconhecidas. Tentou mapear o caso, descobrir para onde mais precisaria ir.

Aguardava o dia seguinte. Talvez os psiquiatras do quadro de funcionários conseguissem preencher algumas dessas lacunas.

A ENTIDADE

9

Sneidermann e Carlotta estavam sentados em cadeiras de vinil vermelhas em uma sala pequena. Fazia frio. Surgiu dos elevadores um grupo de enfermeiras e pacientes homens.

"Um dos médicos é bem famoso", informou o jovem doutor. "Vem da Johns Hopkins. Tipo um Einstein da psiquiatria."

Carlotta sorriu, desinteressada. Acendeu um cigarro, apagou o fósforo e cruzou as pernas. Olhou para o relógio na parede. As salas de conferência ficavam ao lado dos escritórios da administração. Lá, não cheirava a produtos químicos, não tinha barulho do esgoto, nem a confusão do público indo e vindo dos lobbies. Era tudo muito calmo. As paredes brancas absorviam os sons.

"Nunca soube que tantas coisas horrendas podem acontecer com um ser humano", ela comentou.

"A mente é incrivelmente complicada. Mas vou lhe dizer uma coisa, Carlotta. Apesar de não saber disso quando entrou aqui, esta é a melhor clínica psiquiátrica da costa oeste. Então, não se preocupe."

Carlotta sorriu. Sneidermann notou que os sorrisos de sua paciente haviam se tornado vazios e mecânicos. Estava mais desconectada de suas emoções do que no dia em que entrou na clínica.

A porta marrom à frente deles se abriu. Uma enfermeira idosa com óculos de tartaruga apareceu.

"Dr. Sneidermann?", perguntou, simpática. "Está pronto?"

"Prontíssimo."

A enfermeira abriu a porta. O médico se curvou e falou baixinho com Carlotta.

"Olha só", disse ele. "Preciso entrar e fazer um relatório. Dura cerca de vinte, vinte e cinco minutos. Ela virá buscá-la logo em seguida. Está bem?"

"Ok."

Levantou-se, alisou o cabelo, certificou-se de que sua caneta estava com o lado certo para cima, e não vazando tinta no bolso do casaco. Endireitou a gravata.

"Dr. Sneidermann."

Ele se virou.

"O quê?"

"Boa sorte."

Ele deu um sorriso.

"Bem, obrigado, Carlotta. Agradeço."

O doutor entrou na sala de conferência. Carlotta esticou o pescoço. Havia vários homens e uma mulher lá dentro, um deles bastante velho, com um longo cabelo branco. Houve um murmúrio de saudações. Então, a porta se fechou suavemente.

Carlotta estava sem cigarros. As máquinas de venda automática ficavam do lado de fora da pequena sala de espera no corredor. Catou uns trocados na bolsa e comprou um maço vermelho. A enfermeira sentada à mesa no hall a observava, e Carlotta sabia. Acendeu o cigarro e caminhou devagar para a sala de espera.

Vários sons abafados vieram do fundo do corredor. Ela se virou, olhando pela porta aberta, porém não conseguia ver nada. Soara como uma luta física.

Há lugares em Nevada, pensou, agora mesmo, onde as pessoas passam por tempos difíceis, adoecem e até morrem, no entanto encaram esses fatos como tão inevitáveis quanto as sombras que ondulam sobre os cânions. Sem tubos nas narinas. Sem agulhas hipodérmicas. Sem monitores de televisão apontados para suas cabeças.

Olhou desdenhosamente para o final do corredor. De uma sala de conferência, surgiram vários administradores elegantes e enérgicos. Atrás deles estavam três enfermeiras idosas e uma secretária. Nenhum vestígio de espontaneidade, pensou. Nem um pingo de humor verdadeiro. Ninguém lá está em contato consigo mesmo. Podiam até ter uma inteligência acima da média, pensou, mas estavam desligados da realidade. Como Sneidermann. E agora *eles* tratavam dela.

Vá para um lugar como o meio do deserto, por exemplo. Lá, as ervas daninhas se rompem e se prendem em tufos no arame farpado. Lá, o nascer do sol preenche os cânions como longos dedos vermelhos sobre rochas. Lá, o gado estronda pelo riacho no início da primavera, lançando um jato prateado de água gelada e delicados cristais de gelo.

Não há dúvida de que em um lugar assim se pode sofrer. Que provavelmente você terá que lutar contra a terra. E que tudo pode dar errado. Mas ao menos lá é possível manter-se íntegro. Pois você é parte integrante daquele lugar. E aquela vastidão é parte de você. Não há especialistas. Nem corredores estreitos que não levam a lugar algum. Nem falsas expectativas. Não havia desesperança.

Carlotta deixou o cigarro cair na areia de um cinzeiro.

Talvez o momento de voltar um dia chegue. E ela voltaria. Quem sabe um dia isso poderia acontecer. É claro que Jerry não iria com ela. Ele é um cara urbano. Talvez pudessem fazer um acordo. Ele é razoável. Até então, ela pensou, até então... O quê? Sentiu um aperto no peito. O que estava fazendo ali? Por que não fugiu? Deu o fora?

O cigarro acendeu um papel de bala. Assustada, ela cobriu a pequena chama com areia. Pegou várias revistas da mesa. Revistas femininas. Histórias de amor velhas e esfarrapadas para mulheres maduras. Devolveu-as.

Sabia muito bem por que não podia ir embora. Ou, caso fosse, o motivo de jamais poder voltar a Nevada.

Com seus últimos centavos, Carlotta comprou uma passagem de ônibus para Carson City. Era o próximo ônibus a partir. Ela e o bebê Billy viram a paisagem local dar lugar a uma sequência mais escarpada de vales e planaltos. Antes de chegar a Carson City, passaram por uma pequena cidade chamada Two Rivers. Era tão pacífica que quando o ônibus parou para almoçarem, decidiu ficar.

A cidade ficava em uma estrada sobre um longo vale inclinado. Ocasionalmente, os rancheiros apareciam para o cinema de um filme só, para uma refeição na lanchonete, para o jogo de bilhar e cerveja nas tavernas. Ela trabalhava no Two Rivers Cafe. Vivia em um quarto nos fundos com outra garçonete, que se ressentia de Billy. O quarto ficou muito bagunçado. Os rancheiros a pediam em casamento o tempo todo. No final do outono, os céus se enevoaram, os ventos sopraram poeira pela cidade e o vale tornou-se mais sombrio e desolado.

Um dia, um rancheiro mais velho entrou no café. Seu cabelo era branco, usava uma jaqueta jeans forrada com lã e tinha o rosto profundamente marcado e bronzeado de sol. Seu porte era esbelto, e ele se movia com a elegância de alguém em contato com seu eu mais íntimo. Ela imaginou que o homem tivesse uns 60 anos.

"Sim", respondeu, quando ela lhe perguntou. "Conheço uns lugares. Umas cabanas perto de Rush Springs."

"Posso me mudar para lá?"

"Por um bom preço, inclusive. Conheço o dono. Diga-lhe que foi Bob Garrett que a indicou."

A cabana era pequena e totalmente isolada. O proprietário olhou desconfiado para ela. O que essa menina da cidade sabia sobre morar no deserto? No entanto, a palavra de Bob Garrett foi o suficiente para convencê-lo. Carlotta se mudou, comprou um Chevy'54 sem as calotas e os para-choques, e dirigia cerca de 20 quilômetros para o trabalho, todos os dias. A cabana não tinha um bom isolamento térmico. Durante as tempestades, a eletricidade ficava errática. Carlotta queria que a terra árida, as pessoas temperamentais e pouco comunicativas, fizessem dela uma nova pessoa.

Bloqueou todos os pensamentos relacionados a Franklin Moran e Pasadena.

"Como está sua nova casa?"

"Ah, sr. Garrett. Bem. Obrigada. Um pouco fria. O vento sopra direto."

Garrett riu. Uma turquesa navajo brilhou em uma pulseira de prata. As mãos dele eram sulcadas, como as de um idoso, mas seus antebraços eram musculosos, e as veias se erguiam dos braços como rios em uma paisagem marrom.

"Prega um tapete na parede", recomendou. "Pode não ser muito sofisticado, mas vai te manter quente."

"Farei isso. Obrigada, mais uma vez."

"O dono tem um tapete no barracão. Pede para ele te dar."

Carlotta o observou levantar-se e ir até a caixa registadora. Ele parecia estar sempre pensando em algo distante, seus olhos reluzindo de uma forma estranha, como se achasse algo vagamente engraçado nas pessoas à sua volta.

"Ah, sr. Garrett", disse, hesitante. "O senhor entende de carros?"

"Já montei alguns motores. Por quê? Qual é o problema?"

"Bem, é o meu Chevy. Desde que o tempo esfriou, ele está morrendo. Logo quando estou no meio da estrada." Garrett olhou para a bela garçonete. Seus olhos eram tão francos e confiantes, e, no entanto, podia ver por trás deles uma profunda desconfiança das pessoas e dos lugares. Era vulnerável e desconfiada ao mesmo tempo. Muito determinada a ser independente e, contudo, não sabia nada sobre carros, sobre o deserto, ou sobre os homens e mulheres que lá viviam.

"Isso não é muito grave", falou. "Leva no John. Ele é o mecânico que fica na encruzilhada."

Carlotta hesitou, viu que Garrett estava prestes a partir. Ela se inclinou sobre o balcão, falando baixinho.

"Sr. Garrett", falou. "Não gosto dele."

"O John? Por quê? Ele..."

"Ele me olha de um jeito estranho."

"Não me surpreende. Ele gosta de mulheres bonitas."

"É tão escuro naquela oficina... Ele me assustou."

Garrett parecia perplexo. Detectou medo nos olhos de Carlotta. Ficou sem saber o que dizer por um tempo. Tinha o hábito de não falar muito. Mas a moça estava indefesa e confiava nele.

"Sabe", disse, "não precisa ter medo das pessoas daqui. Ninguém quer te fazer mal."

"Tenho minhas dúvidas."

Garret não disse nada e pôs o chapéu, amassando o cabelo branco. Seu rosto pareceu preocupado por um instante. Este tipo de desconfiança nas pessoas o incomodava. Não precisava ser assim.

"Vou te dizer uma coisa", falou à garçonete. "Há um jeito de ninguém te fazer mal."

Garrett ficou em silêncio. Parecia estar à procura da frase certa, e ponderou como dizer da melhor forma. Mais tarde, Carlotta descobriu que ele podia ficar em silêncio um dia inteiro caso não encontrasse as palavras certas para o que tinha em mente.

"Uma pessoa que sabe quem é", falou o homem, "não tem medo de outras pessoas."

"Talvez. Pode ser que esteja certo. Mesmo assim, não vou lá no John, não."

Garrett suspirou. Achou a teimosia dela divertida e problemática. "O seu Chevy está aqui? Traz para a entrada da frente. Me deixa dar uma olhada nele."

"Santo Deus, sr. Garrett... não quis que..."

"Sem problemas. Volto daqui a pouco."

"Eu... Obrigada... Sim, vou buscá-lo agora."

O outono congelou com as várias nevascas, uma após a outra. Carlotta e Billy, confinados à cabana à noite, se viram incapazes de suportar o isolamento das longas noites sombrias. Ela começou a se perguntar cada vez mais se haveria outros lugares para fugir.

Então o vale tornou-se um campo branco. O horizonte desapareceu em nuvens de alva tempestade. De repente, Carlotta percebeu que era bobagem fugir de Two Rivers. Nunca vivenciara um inverno daqueles. Suas roupas não eram quentes o bastante. Sentiu o vento gelado chegando. Quando comprou novos casacos, seu dinheiro quase acabou.

E então o café fechou. Era ano-novo. A tempestade continuou. A autoestrada ficou cheia de neve. O Chevy sumiu debaixo da neve.

A perspectiva de morrer de fome em uma cabana no meio do nada parecia ridícula. Sua vida inteira estava à beira de se tornar uma aventura estúpida e mal aproveitada. A neve caía suavemente, amontoando-se bem alto na parte externa das janelas. O suprimento de lenha diminuiu muito. O dono da cabana ficou em Two Rivers. O estoque de comida era insuficiente. Seu filho já não conseguia sugar leite de seus seios. Carlotta temia o inverno gélido. Primeiro, a bomba congelou, e estava difícil descongelar com água quente. Em seguida, o encanamento da pia congelou, e ela não o encontrou debaixo da casa. Gemidos metálicos se misturaram aos ventos cortantes lá fora. Dia e noite, ela e Billy esperaram que o clima cedesse.

Pela manhã, sentiu a fome na boca do estômago. Temia que Billy, com a resistência reduzida pelo frio e pouca comida, adoecesse. Mas o pior de tudo era a consciência de que estava presa, perigosamente perto da inanição, a cerca de 16 quilômetros da cidade mais próxima. A neve cobriu a estrada até que não havia maneira de saber onde estava. Tudo parecia confirmar a desesperança de sua tentativa de independência, sua incapacidade de simplesmente existir. Franklin Moran tinha razão. Ela só servia para uma coisa. Isso e nada mais. Seus pais estavam certos. Era uma menina perversa, sem direito de exigir nada do mundo. Agora, essas vozes ecoavam em seus pensamentos tarde da noite. Todas as manhãs, nuvens rolavam sobre os campos brancos, acumulando ainda mais neve.

Ela ouviu um motor. Passado algum tempo, aproximou-se. Olhou pela janela e viu o dono da cabana em um trenó motorizado. O homem lhe acenou da entrada do jardim. Ela acenou de volta, sem forças.

"Encontrei Bob Garrett no cruzamento", disse. "Ele imaginou que você pudesse ter sido pega de surpresa, sendo nova aqui."

"Deus o abençoe, me sinto tão idiota... Sim, fui pega de surpresa."

"Não faz mal, sra. Moran. Acontece."

Ele descarregou várias caixas de comida para dentro da casa. De alguma forma, a presença de um homem em sua pequena cabana a deixou nervosa. Estava ansiosa para que ele fosse embora. Mas o senhorio trouxe mais lenha de sua própria cabana sem uso, verificou a bomba e os canos, e depois saiu. Aliviada, Carlotta o observou partir. Para ela, todos os homens, exceto o velho rancheiro, Garrett, eram animalescos, e tinha medo de ficar sozinha com eles.

Durante a primavera, a lama correu como água pelas ruas lúgubres de Two Rivers.

Garrett entrou no café reaberto. Usava sua jaqueta xadrez de caça e botas pontiagudas. Ela lhe sorriu.

"Muito obrigado, sr. Garrett", agradeceu. "O senhor salvou minha vida."

"Sabia que você não era do tipo prático", ele respondeu.

"Foi tão assustador..."

"Você tem que se cuidar, Carlotta."

Do lado de fora, a neve derretida corria para a lama. A lama cobriu todos os carros, as calçadas, e se agarrou aos pés de todos na rua. No entanto, ouvir Garrett chamando-a pelo nome a fez se sentir melhor. De algum modo, criou um elo com aquela terra, com uma parte que não era hostil, e esse contato veio por meio do rancheiro de cabelos brancos sentado junto às cortinas quadriculadas.

"Nunca foi o meu forte", confessou. "E este lugar é tão hostil... É tão ruim quanto Los Angeles."

Garrett fitou-a com uma expressão sofrida. Não disse nada por um tempo. Ela pensou que ele não a ouvira. Então, depois do café, ele se virou na cadeira. Eram as únicas pessoas no lugar.

"Vou mostrar meu rancho a um potencial comprador. Gostaria de vê-lo?"

Carlotta olhou para ele de forma estranha. De repente, se perguntou quais seriam as intenções do rancheiro. Não havia nada sugestivo em sua voz. Mesmo assim, escondeu-se sob um véu de indiferença.

"Do alto da cidade", disse, "dá para ver o vale inteiro."

"Ah, sr. Garrett. Eu..."

"Basta subir a estrada da montanha. Aposto que isso vai melhorar a sua opinião sobre este lugar."

"É que estou com o bebê nos fundos..."

"Serão só cerca de vinte minutos."

Após o café fechar, Carlotta se sentou com um casal de meia-idade na boleia da poderosa caminhonete de Garrett. Segurava Billy no colo. Ao subirem cada vez mais, o coração dela começou a encher-se de encanto. Nunca vira a cidade tão de cima, jamais vira a paisagem da forma como estava vendo. Os vales se descortinavam para ela, as sombras das nuvens primaveris pareciam sopros distantes de fumaça, e dava para ver as bifurcações de um rio fluindo atrás de um cacto lá embaixo.

"É tão bonito aqui em cima!", exclamou.

"Não é Los Angeles, né?", disse Garrett.

Ela riu, e levantou Billy à janela.

"Olha, Billy! Uma águia! Você nunca viu uma águia antes!"

"E continua sem ver", riu Garrett. "É um falcão."

Quando saíram da caminhonete, Garrett apontou alguns locais para o casal. Longe, tão longe que parecia uma miragem, aninhado em planaltos vermelhos, estava um pequeno rancho, quase amarelo sob a luz do sol. Um riacho corria ao seu lado, e mais distante, a estrada subia sobre os morros ressecados.

O ar fresco enrolou seu cabelo. Seu coração estava disparado; não pela altitude, mas por uma estranha emoção. Algo que jamais vira antes.

"Quem me dera poder construir uma cabana aqui em cima!", exclamou. "Moraria aqui para sempre!"

Garrett sorriu.

"Eu disse que você não era prática. Não há água aqui em cima, e você congelaria no inverno."

Ela riu.

Quando desceu da caminhonete no café, agradeceu Garrett. Entrou no Chevy e voltou para a cabana, nadando em um mar de lama, e em sua mente estava a visão do rancho amarelo muito distante.

No início do verão, a poeira e o pólen estavam densos no ar. Billy começou a chiar e tossir. Ela cobriu o rosto do filho com um lenço molhado, mas não funcionou. O menino começou a ter febre, seu rosto ficou alternadamente pálido e corado, e os olhos tinham um quê de delirante. Nem o proprietário da cabana, nem ninguém no café sabia o que havia de errado. O único médico da cidade estava fora, viajando de jipe por North Fork.

Billy estava com uma infecção. Sua respiração ia e vinha, soava como uma lima raspando em uma superfície. Muco escorria dos olhinhos e do nariz. Ele lutava para respirar, se contorcia na cama, chorando. Carlotta voltou ao consultório médico. Um bilhete dizia que o médico não voltaria de North Fork em menos de duas semanas.

A poeira uivou por entre as árvores. Folhas mortas do outono foram achatadas contra as paredes da cabana.

Ela foi com o Chevy até North Fork, dirigindo o carro o melhor possível sobre as estradas acidentadas. Ao lado dela, Billy respirava com dificuldade, embrulhado em três cobertores rasgados. Estava encostado no assento, com tosse e cuspindo. Ao longe, reconheceu o rancho que uma vez vira do alto da cidade.

Foi até o portão, parou o carro e saiu com Billy no colo. Um casal de idosos lhe disse que o médico fora ao outro lado de South Fork, ao redor do cânion, e não havia telefones lá.

O casal a acomodou em um sofá estofado dentro de casa. O homem foi até um telefone e girou a manivela.

"Bob? Aqui é o Jamison. Escuta, tem uma mulher aqui com uma criança doente... Não, eu não. Alguém da cidade. Você consegue chegar aqui?... O que... Ótimo, ótimo. Estamos aguardando."

Carlotta tremia no sofá. Evidentemente não vinha se alimentando bem. Estava pálida, suava frio. O casal achou que ela também precisava de um médico.

"Agora escuta", disse o homem, "não se preocupe. Vem aí alguém que sabe muito sobre medicina. Ele aprendeu com os indígenas. Espera ele chegar."

Depois de uma hora, ouviu-se uma caminhonete chacoalhando montanha acima. Carlotta ficou de pé, percebeu que estava com febre: suas pernas pareciam de chumbo, pesadas. Garrett saiu da caminhonete com uma pequena bolsa.

"Sr. Garrett", disse com uma voz fraca, sorrindo, esticando a mão, "não o vejo há séculos."

"Carlotta! Eu não sabia... então é o Billy?"

Sem mais uma palavra, ele entrou no quarto escuro. Ferveram água, misturaram várias ervas, e Garrett passou a noite em uma cadeira, cuidando da criança. Carlotta se sentou no quarto, obrigou-se a comer alguma coisa e depois sentou-se outra vez. Billy dormia profundamente, gemendo febril, com o rosto banhado em suor e os olhos vidrados. Então, aos poucos, foi caindo em um sono profundo. Carlotta se inclinou para olhá-lo. Garrett se mexeu, acordando.

"Ele está dormindo", disse.

"Parece arder de febre."

"Agora é o pior momento. Pela manhã, seu filho estará melhor."

Ao nascer do sol, Carlotta adormeceu. Garrett a cobriu com uma manta indígena que estava por perto. O casal dormiu no sofá, no quarto da frente. Acordaram e prepararam o café da manhã. Billy dormiu durante todo esse tempo, alheio a qualquer barulho.

"Está vendo?", Garrett disse. "A testa está mais fresca."

Garrett preparou várias ervas, banhou o menino e o auscultou. Depois de algumas horas, notou que Carlotta sofria de uma fadiga terrível.

Por volta do meio da tarde, Billy estava visivelmente melhor. Seu rosto perdeu a aparência febril e, na hora do jantar, abriu os olhos. Garrett levou Carlotta e Billy de volta para a cabana, o homem e a mulher levando o Chevy e dirigindo de volta em seu próprio carro. Garrett deu uma olhada na pequena e suja cabana, sacudindo a cabeça.

"Isto não é bom", disse, baixinho. Inclinou-se sobre o fogão, abriu a tampa e espreitou. Então vasculhou o tubo de ar.

"Você não tem ventilação aqui", observou. "Não é de se admirar que fique doente. E o telhado está em mau estado. A água da chuva vai entrar direto no outono. O que vai fazer quando começar a nevar?"

Carlotta estava no canto, vendo-o inspecionar a cabana.

"Isto não é nada bom", repetiu ele a si mesmo. "Nunca pensei que tivesse se deteriorado assim."

"Tive medo de perguntar ao dono", confessou.

"Você tem algum outro lugar para ir?"

Carlotta hesitou.

"Não."

"Você vai congelar como um picolé em cinco meses."

"Não... não sei o que fazer."

Garrett chutou a pequena pilha de lenha. A madeira apodrecida se desfez em pedaços porosos. Percebeu que a mulher contava com ele.

"Bem", falou, olhando para cima, "posso colocar umas vigas novas."

"Imagina, sr. Garrett. Não precisa..."

"Deveria ter me contado sobre isso há muito tempo", disse, quase zangado. Não zangado com ela, mas, sim, consigo mesmo. Notara que a jovem estava vulnerável, sem um homem.

"Eu não sabia..."

"Você precisa confiar nas pessoas, Carlotta", falou. "Aqui, contamos uns com os outros."

Passaram manteiga em pães e os cobriram com grossos pedaços de presunto. Carlotta parecia à espera de alguma decisão de Garrett. A fadiga e o isolamento tinham corroído sua autoconfiança. Agora, não tinha a quem recorrer, exceto a esse homem de cabelos brancos, que parecia perdido em pensamentos.

"Não há mal algum em fugir", comentou, suavemente. "Desde que saiba para onde está fugindo."

Ela não respondeu. Não havia artifício no que ele disse. Não estava tentando fingir ser alguém que não era. Isso a fez sentir a necessidade de ser honesta, direta, pela primeira vez na vida.

"Tinha medo de ficar onde estava", revelou. "Qualquer coisa era melhor."

Garrett ferveu água e fez chá. A torneira não fechou direito, e ele sacudiu a cabeça. "A vida segue em frente", falou. "Não para trás."

"Você é religioso?", perguntou.

Ele deu uma risada simpática, os dentes brancos alinhados.

"Não. De forma alguma. Pelo menos, não no típico sentido tradicional. Adoro a terra. A própria vida. É o meu Deus."

"Meu pai era pastor", contou, desgostosa. "Não acredito que eu soubesse quem realmente era o seu Deus."

Agora o sol tinha se posto. Garrett chutou uma caixa de madeira e se sentou nela. Beberam o chá, adoçado com mel e limão. Lentamente, as horas se passaram. Carlotta lhe contou sobre seu pai, o homem introvertido, esforçado, tão amargamente decepcionado com a vida.

"Uma vida apartada de si mesmo é difícil, Carlotta", observou Garrett. "Você precisa de alguém que a ensine a ficar bem sozinha."

As palavras dele lhe trouxeram alívio. Era como se tivessem removido um tumor de sua alma. Carlotta viu-se confidenciando coisas íntimas sobre si. Descobriu que um ser humano em quem podia confiar era o maior tesouro da terra. Nele, viu um diferente padrão de valores, algo mais próximo do humano. Modesto e autoconfiante. Independente. A partir daquele ponto de vista pacífico, avaliou o quão arruinada fora a sua vida. Ela condenou tudo, dessa vez com a certeza de que seria derrotada. Sentiu que poderia encontrar uma nova vida. Naquele lugar. Onde a luta pela sobrevivência a moldava em outra pessoa.

"O sol está nascendo", disse Garrett, suavemente.

"Está. Que lindo! Parece tão límpido..."

"No alto verão, ele nascerá sobre Twin Peaks. Vê como muda durante o ano? Tudo se move em um longo ciclo. Tudo se renova."

Ela o olhou. E se tocou que o encarava. Já não era uma menina. Já não precisava ser. Entre duas pessoas pode haver uma relação natural.

Garrett também estava olhando para Carlotta. Francamente. Penetrando o olhar dela com o seu. O não dito pairou no ar. Ela foi para a cama e afagou Billy.

"A respiração dele está normal", disse ela.

O seu próprio coração começara a bater mais rapidamente. Algo semelhante a desejo. Porém, mais refinado. Um sentimento mais delicado, tão sutil que ela temeu que se dissipasse, deixando apenas a mesma Carlotta que escapara, fugindo de si mesma. Virou-se e o encontrou parado atrás dela, sem medo. Ele estendeu a mão na direção dela, os dedos ajeitando levemente os cachos ao lado do rosto. E sorriu um sorriso triste, inteligente, escondido nos lamentos da solidão. Era um rosto estranho, ela pensou. Profundamente enrugado, duro e, no entanto, os olhos estavam sempre em busca de alegria. Agora sentia, pela primeira vez, que um ser humano, um homem, a conhecia como um ser humano, e a desejava da mesma forma que ela o desejava.

"Você terá que se cuidar, Carlotta", falou ele. "Do contrário, não viverá como deveria."

Ela sorriu, insegura no início. Não sabia o que fazer. Nem sabia ao certo o que ele queria dizer. Tão longe da cidade, de outras pessoas, só podia confiar em si mesma. Não havia códigos de conduta, nem regras, nem pensamentos falsos. Só havia duas pessoas na sala. O sol transbordava pela janela, tracejando as paredes de madeira.

"São apenas 30 quilômetros acima do cânion", falou, com seus olhos seguindo Carlotta. "Pelo rio."

Carlotta sentiu milhares de pensamentos passarem pela mente.

"Sim", respondeu, delicada. "Tudo bem. Vou buscar minhas coisas."

Da boleia da caminhonete, deu uma última olhada para a cabana, tão mal construída, e para o Chevy atolado na lama, brilhando. Mais acima na estrada, com exceção de alguns postes telefônicos distantes, estava Two Rivers. Girou o corpo segurando Billy no colo. À sua frente estava uma nova paisagem, uma série mais deserta e acidentada de vales e desfiladeiros. Jamais vira uma terra tão selvagem. Não olhou para trás.

O rancho de Garrett ficava em um pequeno planalto. Abaixo estavam dois riachos, alimentados por nascentes nos cânions. Para além de um pequeno pasto, havia enormes mesas rochosas vermelhas. Elas lançavam suas sombras protetoras sobre o rancho durante o dia, e no inverno mantinham os ventos afastados.

Carlotta decorou o interior dos quartos com tecidos comprados no centro da cidade. Aprendeu a cozinhar refeições simples de milho, pimentões e frutas. Alimentou as galinhas, os poucos porcos que tinham, e ordenhou as vacas. Seu rosto ficou bronzeado, seus movimentos naturais e sem hesitação. Esqueceu o que era sentir medo.

Garrett acreditava na natureza. Se um homem se desconectasse dela, estaria perdido. Perderia seu espírito, a alegria, a sensação de estar vivo. Em cada coisa que mostrava a Carlotta, havia uma lição. Os peixinhos nas algas das piscinas naturais. As flores silvestres e as samambaias. Os lagartos disparando pelas fendas. Pois o homem era tão selvagem e transitório como eles, embora dotado de consciência.

Escrevia poemas que narravam o fim do inverno. O gelo que deslizava pela face das paredes rochosas. As marcas que apareceriam na lama macia. As flores amarelas surgindo do gelo derretido. E em cada poema ele trabalhou indefinidamente, até se tornar compacto e perfeito, preciso e simples, como os seixos no fundo de um córrego.

Um dia, cavalgaram até a borda do cânion. Bem abaixo, a fumaça subia dos assentamentos indígenas nos vales.

"Mas precisa saber, Carlotta", disse, "que há algo que só você poderia ter me dado. Algo que não posso explicar. Como se um rio de repente tivesse uma segunda nascente."

"Ah, Bob", disse, sorrindo. "Você me deu a vida."

"Você sempre teve esse dom. Só estava com pessoas que não perceberam. Que o negaram a você."

"Elas já não existem. Não para mim."

Garrett viu a fumaça vindo de baixo fazer a curva na brisa e desaparecer. Eles caminharam pela areia vermelha, os rostos quentes do pôr do sol.

"Essas pessoas", disse Carlotta, "mesmo para si mesmas, nunca existiram de verdade. Agora sei disso."

"Perdoe-os. Estavam presos. Não controlavam suas vidas."

"Eu perdoo. Mesmo assim, nunca mais quero ver essa gente."

Garrett olhou para ela. Não gostava de testemunhar raiva. No entanto, sabia que as cicatrizes eram profundas. Então não disse nada, presumindo que o tempo e o deserto curariam suas feridas.

Carlotta engravidou. Ele encontrou uma renovada vivacidade em tudo que fazia. Trouxe espigas coloridas de milho e flores silvestres e as colocou em portas e portões. Ele mesmo fez o parto do bebê. Durante três dias, Carlotta ficou deitada na cama, amamentando a menina. Então se levantou e foi trabalhar, com Julie nas costas, ao estilo indígena.

De vez em quando, visitava as mulheres indígenas que viviam perto. Aprendeu a tingir tecido, a curar com ervas as erupções cutâneas da menina, a decorar camisas, embora seus dedos permanecessem desajeitados, comparados aos dos indígenas. Nunca mais pensou na vida antes de Bob Garrett. Não havia vida antes dele. Agora, só havia o sol, as mesas, as crianças e o rancho. Garrett a viu mudar.

"Vejo em você", disse ele uma vez, "algo parecido com os rios e o vento lá fora. Talvez seja a alma. Não tenho palavras para isso. Mas se move dentro de você agora, e não tem mais medo... da vida."

Ela sorriu misteriosamente.

"O que é tão engraçado?", perguntou.

"Algo está se movendo dentro de mim."

"O que você está..."

"Pegue um pouco de milho, Bob."

"Tem certeza?"

"Sim, claro."

"Ah, Carlotta! É a coisa mais maravilhosa..."

"Será um menino", disse ela. "Um outro Bob. É o que mais desejo."

Era tarde da noite. Do lado de fora, o coiote uivou. Garrett riu, seu rosto animado pela notícia.

"Você o ouve?", perguntou. "Ele está tão sozinho. Não tem ninguém."

Ela tocou o rosto dele, pousando a mão em sua face.

"Mas nós temos", disse ela. "Sempre teremos."

Ele beijou-lhe os dedos gentilmente.

"Sempre", repetiu, encontrando dificuldade para falar.

E assim nasceu a segunda criança — uma menina — parida nas mãos de Bob. E as estações se passaram. Não havia outra vida. Carlotta não conhecia nada além daquela vida. Não havia outra Carlotta além da que Garrett fizera dela. Ela se entregara a ele, e ele a transformara em algo bom e delicado.

No início da primavera de 1974, Garrett estava apoiado em uma cerca. Ainda havia neve no chão, em bocados, e o arame farpado pendia de suas mãos enluvadas. Os filetes de água derretendo flutuavam frente a seus olhos.

Ele entrou no rancho. Carlotta nunca o vira com um ar cansado.

"Bob!", exclamou preocupada, quando ele se deitou na cama, pálido.

"Está tudo bem..."

"Vou chamar um médico!"

"Shhhhhh. Só me deixa descansar um pouco."

Ele dormiu o dia todo. À noite, começou a chover. Sua respiração se tornou cada vez mais profunda, mais e mais lenta.

"Eu te amo, Carlotta", disse, sem forças. "Jamais se esqueça disso."

"Ah, Bob... não. Vou agora... O doutor em Two Rivers..."

"Não, não. Fica comigo. Um pouco mais."

Caiu em um sono delirante. Ele a chamou, como se estivesse à sua procura. Abria os olhos ocasionalmente, mas parecia que não a via ao seu lado. De manhã cedo, as crianças estavam sentadas em cadeiras perto da cama. Aguardando.

"Carlotta", sussurrou.

Ela se inclinou para a frente.

Bob tentou dizer algo. As palavras vibravam como abelhas aturdidas em seus ouvidos. Não faziam sentido. Pareciam raivosas, selvagens e desconectadas — um estertor da morte, como se estivesse sufocando em sua própria saliva.

"Carlotta... eu... não consigo... respirar. Não... me... abandona. Não... me... deixe..."

O peito já não se mexia. Ele desapareceu nas trevas. Restou apenas o corpo, um corpo curiosamente denso, pálido, subitamente desconhecido. Agora que a alma fora embora, parecia estranho, até assustador.

"Oh, Bob!", gemeu.

O peito do morto parecia pesado e vazio para ela. Havia algo repugnante, pérfido. Sentiu-se culpada por seus pensamentos. No entanto, era verdade. O quarto assumira um aspecto sinistro. Algo vagamente familiar.

Foi à cozinha lavar o rosto. As crianças a observavam, sem saber o que fazer, sentindo apenas que uma grande mudança se instalara em suas vidas. Lentamente, enquanto via a chuva marcar o chão do quintal, transformando-o em uma planície lamacenta, Garrett começou a se distanciar dela. Tudo o que ele a havia ensinado começou a evaporar. Pela primeira vez, em quase dez anos, não sabia o que fazer.

À noite, pensou em banhar e vestir o corpo. Ela despiu a camisa e fechou a porta. A lua brilhava assustadoramente através das janelas molhadas, cintilando. O rosto do velho agora parecia definhado, gasto. Apenas buracos nos olhos. Pegou um balde de água e uma esponja macia, limpou o corpo do velho, os quadris magros, as pernas compridas e os braços musculosos. Era como lavar madeira morta. Onde estava a alma que animou a sua própria vida?

Ela vestiu o corpo com as melhores roupas de Garrett. Um terno preto que ele havia usado apenas uma vez. No dia em que os dois celebraram o casamento junto ao riacho. Agora era um remanescente cruel do início daquela vida. Ela só estava consciente da chuva batendo no telhado. Podia ouvir a água escorrendo pelas fundações da casa. Carlotta fechou a porta ao sair. Não dormiu naquela noite.

Ao amanhecer, descobriu que estavam em meio a uma tempestade. A chuva não parara por um instante. Não cessaria por uma semana ou mais. A caminhonete estava afundando na lama. Tinha comida e lenha para ficarem o tempo que fosse necessário na casa. Mas não tinha coragem de ficar lá. Não com o cadáver no quarto.

No início, era apenas uma relutância. Depois, tornou-se ansiedade. Ela foi até o quarto e abriu a porta. Para provar para si mesma que era uma nova Carlotta, a mulher que não tinha medo. No interior, a luz caía vividamente, uma luz doentia e prateada, sobre os cabelos brancos, os olhos estranhamente vesgos, quase puxados. Ela se inclinou, baixou as pálpebras.

De repente, ocorreu-lhe que se ficasse na cabana por mais uma semana, ele começaria a se deteriorar. Um calafrio subiu por sua espinha, como uma onda nauseabunda. E se a chuva nunca parasse? Sentiu que estava começando a desmoronar por dentro.

Naquela noite, dormiu um sono agitado. As crianças se embrulharam em mantas indígenas no chão da sala. Aonde poderia ir? Queria correr até o quarto, sacudir Garrett e acordá-lo, lhe implorar para que a tirasse mais uma vez do buraco onde caíra. Mas dessa vez não havia ninguém que a socorresse. A Carlotta que Garrett construíra começou a se soltar, como a pele de uma cobra. Em seu lugar, restou a velha Carlotta, a que precisava fugir. E que teve muito sucesso na empreitada. Ela já não sabia quem era, nem porque estava lá.

Quando o dia raiou na terceira manhã e o quintal transbordava com cinco polegadas de água, ela constatou que estava presa. A natureza ia se vingar por todos os bons anos. Ia matá-la. Entretanto, primeiro exigiria o pagamento. Nunca experimentara tal indiferença, um desinteresse monstruoso e desconectado, nas forças da natureza.

Agora sabia estar em perigo. Não era a comida, a lenha, a água potável. Não era a chuva, nem a lama. Era sua mente. Estava colapsando. Precisava agir, e depressa. Mas como? Já tinha medo de entrar no quarto, não conseguia se forçar a entrar naquele quarto. As crianças sentiram sua mudança. Os sons do vento e da chuva a enchiam de terror.

Tarde da noite, sentiu o cheiro. Rebentou do quarto como uma onda. Empertigou-se inteira, segurando a cabeça. Acaso estaria sonhando? A noite nunca parecera tão escura, uma escuridão estranha e impenetrável. Mas era real. E estava no ar. Ou apenas em sua mente? Um sutil, mas inconfundível, fedor de carne podre. Somente três dias, pensou. Mas os quartos estavam quentes. Reuniu as crianças, alguns pertences, e encheu a caminhonete.

Queria abrir a porta do quarto. Beijar Garrett uma última vez. Mas ele não estava mais lá. Apenas um substituto hediondo, que em sua imaginação parecia se mexer. Perguntou-se se poderia confiar em suas próprias percepções. Precisou confiar em Billy para lhe orientar na estrada à noite. O menino ficou contente por ser considerado um homem, mas estava igualmente tomado de medo. Juntos, manobraram o caminhão para a autoestrada. Era um desfecho monstruoso e obsceno para toda a pureza daqueles dez anos. Tudo lhe parecia agora cruel e horrivelmente transformado em um lembrete grotesco do horror que era a vida.

As crianças olharam para a cena desoladora. Carlotta contemplou o cânion. A terra toda estava debaixo de água. O único ponto de cruzamento tinha um redemoinho de águas escuras e raivosas. Deu ré na caminhonete. Os faróis iluminaram um animal morto, com o carro desviando dele no caminho rio abaixo. Ela pisou no acelerador e depois soltou a embreagem.

As rodas dianteiras aderiram ao asfalto quebrado sob o fluxo d'água estrondoso. Um galho vindo do rio acima colidiu contra a porta da caminhonete. O motor reclamou, engasgou e as rodas deslizaram para o lado sob o impacto da enchente. Os faróis mostravam apenas respingos de água, preta, com resquícios de espuma branca sobre o capô.

Carlotta tinha medo de voltar, medo de parar. O motor rugiu. Era tarde demais, pensou. Na escuridão, não enxergava nada. Em seguida, o caminhão subiu, levantou-se na água, e flutuou, trêmulo, na elevação além da parte inundada da rodovia. Lá embaixo estava o rancho. Apenas um clarão vinha da cozinha, um brilho vermelho onde o fogão ainda fornecia calor a um ambiente vazio. O quarto estava escuro. Ela não conseguia ver nem as janelas do quarto. Garrett estava lá. Em sua mente, tentou imaginá-lo como era antes — a jaqueta de caça, as botas, o peito bronzeado —, mas viu apenas a escuridão.

"Sra. Moran?"

"O quê?"

"Sra. Moran, os médicos gostariam de vê-la agora."

A enfermeira idosa estava de pé à porta, sorrindo de modo artificial. Subitamente, Carlotta lembrou-se de onde estava. Estava entre pessoas planas, em um mundo plano e branco.

"Sim", respondeu. "Claro."

Ela entrou na sala de conferência. Primeiro, viu Sneidermann sentado ao longe, contra a parede. Mais próximos dela, havia quatro especialistas, porém apenas um deles era uma mulher.

"Sente-se, por favor", disse o dr. Weber. Ele começou se apresentando, depois apresentou os outros. A mulher era a dra. Chevalier. Um velho de cabelo branco, a quem todos demonstravam reverência, era o dr. Wilkes. O último era o dr. Walcott, um homem corpulento e nervoso. Carlotta se sentou em uma cadeira dura. Cruzou as pernas.

"Talvez possamos aproximar mais as nossas cadeiras", disse o dr. Weber. "Não quero que a sra. Moran se sinta interrogada."

Houve um pequeno tumulto enquanto os médicos moviam as cadeiras. Carlotta achou que todos estavam pálidos, até anêmicos. Com rostos cansados, pareciam um tanto infelizes, atormentados e solitários.

"Você comeu algo?", perguntou a dra. Chevalier. "Quer um café?"

"Não. Obrigada."

Era como estar no consultório com Sneidermann. Você fala, eles ouvem. Mas não era uma conversa normal. Era aquele tipo estranho de interlocução que funcionava de acordo com regras que só eles entendiam.

"Diga-me, Carlotta", disse o dr. Weber, "o que acha de estar aqui?"

"Acho estranho, para ser sincera."

"Não é como um churrasco no quintal, onde todos se conhecem, não é mesmo?"

"Exatamente", disse Carlotta. "Todos parecem um pouco estranhos."

"Pouco familiares, você diz?"

"Não. É diferente..."

"Diga."

Carlotta fez uma pausa. Ela os observou a analisando. Era uma sensação bastante desconfortável. Ficou na defensiva.

"A forma como estão vestidos, por exemplo", disse. "Gravata-borboleta já saiu de moda há anos."

Um riso generalizado se espalhou pela sala. Carlotta não queria ser engraçada, mas ficou feliz por ter quebrado o gelo.

"Sabe como é, Carlotta", disse o dr. Wilkes, apontando o dedo para a gravata-borboleta vermelha. "Nós, especialistas, acabamos envolvidos demais com o nosso trabalho. Ficamos por fora."

Ele tirou a gravata e colocou-a no bolso.

"Devia abrir o botão de cima", disse ela.

Os homens riram enquanto o dr. Wilkes desabotoava o botão de cima da camisa. Ele sorriu simpático para Carlotta. Ela começou a vê-los como homens, em vez de médicos. Aos poucos, foi perdendo o medo deles. A sala ficou mais uma vez silenciosa.

"Ainda nos acha estranhos?", perguntou o dr. Weber.

Agora o silêncio era absoluto. A seriedade pairava novamente no ar.

"Carlotta", perguntou a dra. Chevalier suavemente, erguendo o rosto. "Você nos acha irreais, talvez?"

"Irreais? Sim. É uma boa palavra. Tudo isso aqui parece irreal."

"Como se estivéssemos apenas fingindo que estamos aqui?"

"Exatamente. Tenho a impressão de que, se esticar a mão para tocá-la, posso atravessar a pele, sabe?"

"Como se eu não fosse palpável?"

"Sei, obviamente, que é. Só estou lhe dizendo qual é a sensação."

"E os outros médicos?"

"A mesma coisa."

"E o dr. Sneidermann?"

"Não. Ele para mim é palpável."

"E você?"

"Eu... Eu..."

Carlotta ponderou por um minuto, ignorando os médicos que a observavam atentamente. Então levantou os olhos e negou com a cabeça.

"Não", disse ela. "Comigo é a mesma coisa. Parece que não estou realmente aqui."

"Onde você está?", perguntou o dr. Walcott, com uma voz cuidadosamente modulada.

"Em lugar nenhum."

"Então você não existe."

"A minha mente, sim. O meu corpo também. Mas eu não."

"Então a verdadeira você... onde está?"

Carlotta se mexeu na cadeira. Não esperava tais perguntas específicas. Era como um teste. Os médicos eram educados, esperando atentamente. Porém era difícil explicar como se sentia em seu íntimo.

"É como se me lembrasse do meu verdadeiro eu", disse. "A Carlotta de verdade. Gostava dela, mas ela já não existe. Tenho apenas uma recordação de como ela era. Como a de alguém que conheci há muito tempo."

"A verdadeira Carlotta Moran", perguntou a dra. Chevalier, usando palavras adequadas, "está morta?"

"Não. Ela foi embora."

"Quando?"

"Não sei."

"Quando você adoeceu?"

"Talvez até antes."

O dr. Weber estudou a jovem diante dele. Ponderou se a paciente estava de algum modo sendo sugestionada por Sneidermann. Os médicos residentes, até mesmo os melhores, tinham uma tendência a sugerir diagnósticos a seus pacientes. De repente, torceu para que Carlotta não embarcasse em uma ideia transmitida acidentalmente por seu médico. Ela parecia muito receptiva a todos os médicos, e sua mente estava a mil, tentando compreender seus pensamentos, como e por que ocorriam.

"Você acha que a Carlotta vai voltar?", sorriu o dr. Weber.

"Às vezes acho que não."

"O que a traria de volta?"

"Talvez se fosse curada."

"Isso traria a verdadeira Carlotta de volta para você?"

"Acho que sim. Só então ela seria uma pessoa completa novamente. E os ataques terminariam. Aí voltaríamos a ser uma só pessoa."

"Muito perspicaz, Carlotta", disse a dra. Chevalier.

O dr. Weber estava convicto de que a paciente repetia o que Sneidermann, mesmo sem ter consciência disso, havia lhe sugerido. Era algo com que deveria tomar cuidado.

Mais uma vez, houve um silêncio na sala. Com as janelas fechadas, o ambiente ficou abafado. Pareciam esperar que a paciente dissesse alguma coisa, mas não havia nada a dizer. Por fim, o dr. Walcott retomou a palavra. Tinha uma voz tão controlada para soar agradável que Carlotta se sentiu parte de uma encenação e ficou desconfiada.

"Quem é a criatura asiática, Carlotta?", perguntou. "Por que ela vem incomodá-la?"

"Não sei, dr. Walcott."

"É sempre a mesma criatura?"

"Não é uma criatura. É um homem. E tem ajudantes."

"Entendo. Mesmo tendo aparecido para você, acha que ele é real? É real do mesmo modo como eu sou real? Ou é diferente?"

Carlotta corou. Sentiu-se confusa. Obviamente, o dr. Walcott estava perguntando se ela era louca ou não. Era humilhante. No entanto, decidiu contar a verdade.

"Quando ele me atacou pela primeira vez, pensei ser real. Depois, me convenci de que era uma espécie de sonho. Quando me atacou no carro, pensei ser irreal, até ele tomar o volante. E então, quando o vi de verdade, tive a certeza de ser bem real."

"O que você acha agora? Nesta sala, conosco?"

Carlotta hesitou por um momento. "O dr. Sneidermann explicou que era como um sonho vívido."

"Acredita nele?"

"Até tento. Mas não consigo."

"Por que não?"

Sentiu como se estivesse sendo dissecada em uma maca de autópsia. Não previra um escrutínio tão minucioso.

"Por causa dos hematomas em meu corpo", disse, indicando na voz uma perda de controle quase inabalável. "Estão em lugares onde não teria como produzir em mim mesma. Nem se fosse um sonho. Não tenho como me morder."

"Mais alguma coisa?"

"A própria casa... as cortinas rasgadas, as rachaduras no teto, tudo isso é visível. Não fui eu. Nem Billy. Ninguém fez essas coisas. As crianças sabem que ele está lá. Elas conseguem ouvi-lo. Sentem o cheiro. E Billy..."

"Sim?"

"Ele machucou o Billy."

O dr. Walcott assentiu com a cabeça. "Sim, sabemos. Mas você não se descreveu como se despertasse, de alguma forma, desses ataques?"

"Bem, sim... disse ao dr. Sneidermann... As coisas meio que ficam imprecisas, irreais, e então acontece. Depois, se dissipam, e fico com a impressão que talvez tenha sido apenas uma fantasia ou algo assim. Mas há hematomas por todo o pescoço e braços, cortinas estão rasgadas e as crianças veem ou ouvem. Então penso, mesmo depois de acontecer, que seja real."

"Entendo."

Carlotta recuperou a compostura. Todo o problema de saber se era ou não real parecia confuso para ela. A dúvida a deixava zonza, pois não sabia dizer com certeza. Só de pensar a respeito, ficava arrepiada.

"Não acha estranho que ele fale com você em inglês, Carlotta?", perguntou a dra. Chevalier. "Quero dizer, sendo asiático..."

"Para ser franca, dra. Chevalier, acho *tudo* isto estranho."

O dr. Weber conteve um sorriso.

"Ele a chama de nomes obscenos", prosseguiu a dra. Chevalier. "Por quê?"

"Posso lhe dizer. Talvez uma médica como a senhora, tão sofisticada, não saiba, mas..."

"Prossiga."

"Bem. Alguns homens... quando estão... sabe, com uma mulher..."

"Sim?"

"Eles usam esse tipo de palavreado. Palavras bem pesadas mesmo. Não para ofender. É uma forma de, sabe, de eles mesmos se..."

"Se excitarem?"

"Isso. É isso."

"Então por que ele tentou machucá-la no carro? Por que ele machucou o Billy?"

"Ele estava me dando um alerta."

"De que?"

"De que devo cooperar."

Sob o pretexto de dar um gole no café, a dra. Chevalier analisou Carlotta cuidadosamente.

"Por que é que ele *a* ataca, Carlotta? Por que não outra pessoa?"

"Acho que ele me escolheu."

"Não acha que ele tem outras mulheres?"

"Nunca pensei nisso."

"Nunca?"

"Não."

"Mas por que *você*, Carlotta? Por que é que ele a escolheu?"

"Não sei", disse. "Talvez me ache atraente."

Carlotta estava corando.

A dra. Chevalier esperou um momento, e perguntou: "Acha que a desabonaria, como mulher, se ele fosse embora? Se você se curasse?"

Carlotta sentiu que, de alguma forma, fora encurralada pela mulher com a saia de tweed. Ela pensou depressa.

"Claro que não", disse Carlotta. "Odeio tudo isso. É como um pesadelo do qual não consigo acordar. Não me interessa o que ele pensa... só quero me livrar dele..."

O dr. Weber tomou a palavra. Percebeu que Carlotta estava zangada com eles.

"Claro, você tem razão, Carlotta. Estamos fazendo o possível. Mas não é algo que se possa colocar uma tala ou fazer um curativo. Demora algum tempo para descobrir exatamente onde está o problema."

Carlotta tirou um fiapo invisível da saia.

"Não estou zangada", disse. "Mas sinceramente não sei que bem esta conversa pode me fazer."

"Sim, claro. Eu entendo..."

"Falar sobre o assunto não parece ajudar. Não tem ajudado com o dr. Sneidermann."

"Por favor, acredite em mim, Carlotta. Estamos fazendo tudo o que é possível nesta fase."

Ela concordou balançando a cabeça. No entanto parecia distraída, distante. Estava visivelmente perdendo a confiança neles. Após mais alguns comentários, os psiquiatras se levantaram, apertaram sua mão, e a enfermeira escoltou-a para fora da sala.

Os médicos permaneceram lá dentro, meio desconcertados pela súbita demonstração de hostilidade e dúvida.

O dr. Wilkes ficou de pé, tocou o cabelo branco, e os outros médicos olharam para ele. Não parecia em nada acanhado por capitanear a reunião.

"Dr. Sneidermann", disse, "pode se juntar a nós, por favor?"

Sneidermann veio do fundo da sala. Sentou-se desconfortavelmente ao lado da dra. Chevalier. O dr. Wilkes apertou os olhos para o livro de casos aberto em uma pequena mesa perto da porta, folheando as páginas, uma a uma. Depois virou-se para Sneidermann.

"O que você acha do diagnóstico original?", perguntou o dr. Wilkes.

"Neurose histérica? Ainda me atenho a ele. Com dificuldade."

O dr. Wilkes balançou a cabeça.

"As coisas mudaram, dr. Sneidermann."

Fez-se um silêncio sinistro. Sneidermann engoliu em seco e ficou em silêncio. "Quando ela te procurou, havia dissociação apenas quando descrevia os ataques. Lembra? Agora, está alienada do mundo real. Ela nos vê como figuras fantasmagóricas. Essa é a primeira mudança."

"Sim, senhor."

"No início, só ouvia palavrões quando era atacada. Agora, tece conjecturas. Ele quer fazer amor com ela. É uma relação incipiente. Não gosto disso. É a segunda mudança."

"Sim, senhor. Entendo o que você diz. No entanto..."

"Na verdade, a paciente parece bastante vaidosa com a atenção que recebe dessa criatura", disse a dra. Chevalier. "Como se fosse uma prova de como ela é atraente. E isso é diferente, Gary."

"Essas mudanças são muito importantes", disse o dr. Wilkes. "Não se trata de uma adolescente com crise de identidade. É uma mulher em situação altamente instável, sem equilíbrio algum."

Sneidermann se perguntou se não teria subestimado o perigo que Carlotta corria. Caso tivesse, por que o dr. Weber não lhe havia contado? Por que é que ele também não adivinhou? Ou essa era a sua maneira de deixar um residente aprender... à custa de um paciente? Nenhuma delas parecia ser uma possibilidade. Sneidermann começou a se sentir nauseado. Os médicos estavam tateando no escuro, exatamente como ele. Até aquele momento, presumira que uma equipe médica sênior teria respostas conclusivas e precisas, como na sala de aula. Mas via todos perdidos em suas hipóteses particulares, e a cura final de Carlotta parecia cada vez mais distante.

"Há outra mudança, também", disse o dr. Weber.

"Qual?", perguntou Sneidermann.

"No início, esses ataques eram repentinos. Como estupros. Na verdade, a paciente acreditou ter sido violada, não foi?"

"Foi."

"Agora, descreveu os ataques como uma espécie de *imprecisão* em torno do verdadeiro ataque. Foram as palavras dela. Percebe? A área de ilusão se expandiu de ambos os lados."

"Eu percebi", concordou a dra. Chevalier. "Não tinha certeza se isso era algo novo."

"É", admitiu Sneidermann.

"E não apenas em uma direção neutra", acrescentou o dr. Wilkes.

Chevalier suspirou. Ela olhou pela janela por um momento, como se a luz do sol no pátio pudesse animar a sombria sala de conferência em que estavam.

"Jovem bonita", disse o dr. Walcott, vagamente. "Me entristece vê-la assim."

"Sim", concordou o dr. Weber.

Sneidermann se perguntava qual era o pensamento que pairava nas mentes dos médicos, do qual fora excluído.

"Você tem uma reação psicótica — um surto psicótico em mãos, dr. Sneidermann", concluiu a dra. Chevalier, olhando pela janela.

"Sem dúvida", disse o dr. Weber.

"Concordo", disse Wilkes. "Dr. Walcott. Qual a sua opinião?"

"Ainda não me decidi."

Sneidermann os observou. Um pensamento, como um jato frio, en-regelou seu cérebro: e se o caso fosse complexo demais para ele? Tentou se ater à conversa, sem conjecturas.

"Vamos discutir o tratamento", disse Walcott. "Uma transferência positiva obviamente aconteceu."

"Sim", disse o Wilkes. "Isso é claro."

"Sim", sorriu vagamente a dra. Chevalier. "A paciente está se apaixo-nando por você, Gary."

"Por isso, tenha cuidado", disse o dr. Walcott.

"É verdade", disse o dr. Wilkes. "A transferência irrealista não deixa de apresentar certo perigo para o psiquiatra. Um colega meu, o dr. Nor-thshield da NYU, foi baleado por um paciente. Estas emoções reprimidas são violentas."

Novamente, caiu uma cortina de silêncio. Sneidermann outra vez teve a desagradável sensação de que as respostas precisas, a confiança inabalável dos profissionais, era apenas uma fachada. Via-se diante de conjecturas, meias certezas, estimativas e frustração.

"Então para onde vamos a partir daqui?", perguntou o dr. Walcott, a ninguém em particular.

"Um antipsicótico, para começar", disse o dr. Weber. "Vocês sabem minha opinião sobre medicamentos, mas não gosto desses ataques. Eles dificultam a reconexão dela com a realidade. O ideal seria que a paciente pudesse dormir todas as noites, livre desses terríveis episódios."

"E suicídio?", perguntou Sneidermann.

"Ela não vai cometer suicídio", interrompeu o dr. Wilkes.

"Por que não?"

"Não é autodestrutiva. E poderia ter feito isso há muito tempo."

"Mas e o acidente de carro?"

"Apenas mostrou que estava perturbada a ponto de ir para o hospital. Não estava tentando se suicidar."

"Mas e se a paciente piorar? Decidir ter uma overdose?"

"Se ela quiser se matar, não há nada que se possa fazer. Não me olhe assim. Sei que parece insensibilidade, mas é verdade. Não se pode impedir essa jovem de tirar a própria vida, caso ela realmente queira fazer isso."

Sneidermann pareceu desconsolado. Ele afundou na cadeira. De alguma forma, a reunião tomara um rumo desanimador. Não só ele estava errado em seu diagnóstico, como sua paciente estava muito pior do que pensava há mais de um mês.

"Este tipo de surto psicótico não é a pior coisa do mundo", disse o dr. Weber calmamente. "Esquizofrenia é muito pior."

"Talvez essas marcas no corpo dela sejam sintomas histéricos, afinal", sugeriu o dr. Walcott, esperançoso.

"Talvez", disse o dr. Wilkes. "Já vi erupções de pele inacreditáveis em pacientes histéricos. Mas acredito que a paciente esteja fisicamente se cortando e se espetando com garrafas ou cabides em casa."

"Isso seria um comportamento abertamente psicótico", disse Sneidermann.

"Claro."

Os médicos pareciam ter chegado a um consenso. Sneidermann, de repente, sentiu-se muito só. Chegou a se perguntar se era de fato capaz de tirar Carlotta daquela selva em que ela vinha caminhando há meses. Perguntou-se se alguém seria.

O dr. Wilkes passou a mão no cabelo outra vez, a pele sardenta parecendo estranhamente improvável no rosto enrugado. Ele gesticulou para o livro de casos na mesa. "Seus comentários aqui, dr. Sneidermann, sobre o histórico da paciente, suas especulações sobre a sexualidade infantil... classicamente correto. Não tenho mais comentários."

O dr. Walcott endireitou a gravata e se levantou. Os outros o seguiram.

"Então temos um consenso sobre o diagnóstico preliminar?"

"Acho que sim", disse o dr. Wilkes.

"Mas precisamos torná-lo mais específico. O quanto antes", falou o dr. Weber. "Ela está no escuro. E, de certa forma, nós também."

O dr. Wilkes estendeu a mão para Sneidermann.

"Boa sorte, dr. Sneidermann. Você tem uma melhor compreensão do caso do que imagina."

"O quê? Ah, obrigado, dr. Wilkes."

"Não tenha medo de cometer erros. Só os meus erros já dariam um belo livro. Seja confiante."

"Serei, senhor", disse Sneidermann, incerto sobre a veracidade da fala do médico. Apertaram as mãos, e o grupo se dispersou da sala. Sneidermann estava confuso. Então o quadro era mais sério do que pensava. Estavam prestes a receitar sedativos muito fortes a Carlotta. E tudo o que lhe disseram para fazer era aprofundar-se no passado dela.

"Dra. Chevalier", disse o dr. Weber, "quer almoçar comigo? Gostaria de discutir alguns aspectos do caso."

"Claro."

Sneidermann perguntou-se o que estava acontecendo. Chevalier era a diretora de admissões. Eles iam hospitalizar Carlotta? O hospital dele só mantinha pacientes durante os períodos de observação. Então, se a recomendação se justificasse, os enviava às instituições estatais.

"Adeus, dr. Sneidermann", disse o dr. Walcott. "Se anime."

"O quê? Ah, adeus, dr. Walcott."

Sneidermann caminhou pelos corredores cheios e barulhentos sentindo-se desconsolado.

As instituições estatais eram, para Sneidermann, um show de horrores. Muitos pacientes, poucos médicos. Desconfiava que na maior parte do tempo usavam drogas para manter os pacientes sob controle. Foi tomado pela ansiedade. E mesmo que, por algum milagre, Carlotta sobrevivesse, o que seria dela? Poucos pacientes melhoravam naqueles complexos lotados. Muitas vezes, vegetavam no nível de psicose no qual entraram. Estacionados no mesmo quadro. Ano após ano. A imagem de Carlotta Moran surgiu em sua mente. O que aconteceria com ela?

A ENTIDADE

10

O dia estava brilhante, frio e cinzento.

O coração de Carlotta pulsava agitado. O avião era tão pequeno à primeira vista. Um pequeno grão, um pontinho preto contra o céu indiferente. Em seguida, se inclinou, as asas piscaram uma vez na luz desfocada, e aumentou de tamanho, finalmente aterrissando na pista. Os motores desligaram. Jerry apareceu na porta do avião, com o vento emaranhando seu cabelo. Ele foi o primeiro a sair.

"Jerry!"

Ele vestia uma jaqueta xadrez e calças escuras. Acenou com a mão e sorriu. Um sorriso de menino, que escondia sua timidez. Por trás dessa timidez, ela conhecia a determinação de alguém que crescera sem ninguém.

"Jerry!"

Jerry ficou de pé, quase como um sonho, até que a aeromoça tirou algo das escadas de aterrissagem, e então ele desceu.

"Carlotta!"

Ele a apertou contra o peito. Carlotta se entregou ao abraço, sentindo-se leve como não se sentia há mais de um mês. Seus lábios se encontraram, trêmulos, as emoções os deixando constrangidos. Jerry parecia inseguro, como se tivesse medo de perdê-la.

"Com licença, senhor", disse uma aeromoça. "Pode abrir espaço?"

Atrás deles estava uma aeromoça e uma fila de passageiros irritados.

"Claro. Claro", disse Jerry, corando.

Carlotta sorriu.

Caminharam pela pista por um tempo, depois se viraram e se abraçaram de novo.

"Senti tanto a sua falta", disse Jerry, a voz rouca.

"Sim, eu sei. Olha só. Estou tremendo."

Carlotta encostou em seu peito, fechando os olhos. Ela ouviu seu coração disparado.

"Me deixa te ver direito", disse ela. "Está tão bonito. Parece um executivo com esse paletó."

"Bem, agora eu sou. Fui promovido."

Disse e a abraçou novamente. O suave perfume da colônia dela e o calor de seu pescoço envolviam seus sentidos em um êxtase delirante.

"Vamos", ele falou.

Avançaram juntos, de braços dados, em direção à esteira onde as malas eram despejadas das entranhas das máquinas do aeroporto. Jerry pegou sua bagagem e os dois saíram.

"Você está divina", ele disse. "Onde comprou?"

"A blusa? É mexicana. Comprei no centro."

Jerry chamou um táxi. Ao longe, avistaram o Holiday Inn e, mais além, a boate onde se conheceram. Tudo parecia tão distante. Quando entraram no táxi, de repente percebeu que não sabia para onde ir.

"Vamos para um lugar legal", disse ela suavemente. "Para onde fomos na primeira vez."

Havia uma estranha urgência em sua voz. Fez Jerry titubear.

"Está bem", respondeu. "Um lugar legal, então."

O táxi saiu do estacionamento, cruzou em direção à rodovia Pacific Coast, depois subiu novamente até as colinas onde a estrada desembocava em uma área com vista para o mar. O sol estava mergulhando como uma esfera pálida no horizonte cinzento. Sea View Motel, piscava na placa, e, abaixo, Temos Vagas.

Jerry abriu a porta do quarto do motel.

"Meio vulgar, não?", comentou ele. "Não é como me lembrava."

"Está ótimo."

"Tem certeza?"

Carlotta riu. "Tenho", confirmou.

O cordão da blusa mexicana balançava suavemente pelo tecido branco.

"Quer alguma coisa?", perguntou ele. "Para beber?"

"Agora não."

A saia escura, com a bainha bordada como uma cobra verde, foi colocada na cadeira. Jerry observou o corpo macio de Carlotta, o modo como as sombras e a silhueta ondulavam na luz tênue. Envergonhado por um segundo, então, tirou a roupa depressa.

"Você é tão linda."

"Você perdeu peso", comentou ela.

"Sim, nas viagens. Esqueço de comer."

Ele a abraçou pela cintura. Sentiu-a respirando profundamente em seus braços. O corpo dele se transformava na presença dela.

"Talvez as coisas possam ser mais estáveis", disse, com voz rouca.

Ela murmurou algo inaudível em seu ombro.

"Acho que posso ser transferido para o sudoeste. Em caráter permanente."

"Sério?"

"San Diego. Acho que é destino."

"Então você poderia estar aqui... praticamente..."

"Para sempre. Chega de viajar."

Ela ouviu o coração dele. Sorriu. Os lábios dela pareciam particularmente vermelhos sob o brilho do oeste, o violento clarão sobre o Pacífico. A estrada abaixo, sinuosa pelos penhascos, parecia um sonho distante.

"Seria tudo diferente."

"Sim. Muito diferente."

Sentaram-se à beira da cama. A mão de Jerry acariciou seu quadril.

"Tem certeza de que não quer nada?", perguntou. "Você está tremendo."

"Porque estou contigo", respondeu ela.

Com o dedo, ele tracejou a linha do corpo dela, a barriga macia, larga, os suaves contornos nas laterais.

Na claridade diáfana do quarto, as paredes ganharam um tom cremoso de baunilha. O sol estava agora abaixo do horizonte, mas as nuvens ao longe tinham se tornado mais alaranjadas, uma espécie de fogo furioso em jatos lançados sobre a água. Pela cortina, o brilho aqueceu seus rostos, seus corpos, os braços e as pernas de Carlotta.

"Ai, Jerry!"

Jerry estava no controle, tão confiante, tão atencioso. Ela relaxou, já não sabia quem era, ou onde estava, apenas que estava diferente, mais intensa do que nunca. Foi levada para bem longe, em uma série de ondas de calor.

"Jerry!"

Jerry a pressionou com tanto ardor que sentiu ter sido esmagada. Ela queria ser esmagada. Queria todos os seus ossos desintegrados, todo o seu ser quebrado em braços ternos para então ser refeita, transformada mais uma vez em uma nova pessoa. Alguém com o seu frescor, mas com uma nova alma, uma alma limpa.

"Jerry!"

Ela estava inconsciente. As sensações a engoliam, espalharam-se, deixaram-na em uma costa distante de areias escuras. Quando acordou, seu rosto estava banhado em suor. Jerry a admirava. Seus seios arfavam no brilho escurecido do crepúsculo.

Ela beijou-lhe o braço suavemente.

"Acho que fiz muito barulho", disse ela, corando.

"Não me importo."

"Aposto que o motel inteiro ouviu."

Jerry riu.

"Não se preocupe com isso."

"Foi maravilhoso."

Jerry sorriu. Acariciou o rosto de Carlotta. Os olhos dele agora pareciam mais maduros, o olhar de menino do qual ela se lembrava se fora. Seu rosto estava mais anguloso, com um ar de responsabilidade. Talvez fossem os novos encargos da promoção. Talvez estivesse cansado de viajar. Talvez agora, depois de tudo, nessa estranha e calma luz azul, uma luz que suavizava seus contornos, parecesse mais ele mesmo, alguém estável e sério. Suas mãos brincaram ao longo dos seios de Carlotta, os dedos entrelaçados.

"Você está diferente", disse ele.

"Como?"

"O seu rosto. Está mais sério."

"O seu também. Estamos envelhecendo. Estou ficando com rugas."

"Você não tem rugas. São seus olhos."

"Saudades de você."

"Foi um inferno sem você, Carlotta, um inferno mesmo."

"Não devíamos ficar separados, então."

O silêncio pairou no ar. Nenhum dos dois queria falar a respeito. No entanto, não era necessário? Não precisavam encarar de uma vez?

Jerry perguntou casualmente: "Alguma novidade na rua Kentner?,- Jerry perguntou casualmente

"Ah, estão escavando o asfalto. Estão derrubando as árvores."

"Por que diabos?"

"Progresso."

Jerry se esgueirou nu sobre a mesa de cabeceira. Serviu-se uma dose de uísque sobre cubos de gelo em dois pequenos copos. Carlotta o observou, sorrindo.

"A você", disse.

"A nós."

A bebida cálida parecia ouro líquido no corpo de Carlotta. O quarto agora estava escuro. Mantiveram as luzes apagadas. O corpo nu de Jerry brilhou em tons de vermelho e roxo, as luzes exteriores do motel. Ele tinha uma estrutura corporal compacta, revelando-se muito mais musculoso do que suas roupas deixavam transparecer. Agora, a observava. Seus olhos escuros sempre pareciam sorrir, independentemente de seus pensamentos.

"Você *mudou*", insistiu ele, suavemente. "O que houve?"

"Passou muito tempo. Muito."

"Aconteceu alguma coisa? É o Billy? Sou eu?"

"Não. Nada. Só tenho medo. Quando não está aqui, tenho medo de te perder."

"Você não vai me perder."

"Fico louca só de pensar nisso."

"Não fique louca", riu.

"E se eu ficasse? E se eu ficasse louca?"

"Não seria muito bom, não é?"

"Você me deixaria?"

"Ainda seria a Carlotta." Então acrescentou: "Não seria?"

Houve um estranho silêncio. Jerry examinou seu rosto, o rosto que parecia ter mudado em decorrência de algo sobre o qual ele nada sabia. Talvez tenha sido a separação. Para ele, também fora terrível ficar longe dela.

O uísque bateu forte em Carlotta. Não estava acostumada a destilados, apesar de gostar de beber com Jerry. Agora, como um enxame de abelhas douradas, a bebida zumbia em seu cérebro.

"Mais um pouco?", perguntou.

Ela fez que sim.

Houve um tilintar de cubos de gelo, o som do álcool gorgolejante. Ela observou a poderosa silhueta masculina se mover com graça natural na escuridão.

"Ai... sua mão", sussurrou. "Está tão fria."

"Esqueci", riu ele. "Foi o gelo."

"Não, deixa ela aí."

Jerry se agachou, olhando para as profundezas dos olhos dela. Seu hálito tinha um aroma agradável de uísque de qualidade e bom tabaco. Um cheiro masculino. Era quase tão vertiginoso quanto a própria bebida.

Sua mão agora estava quente. Ela se acomodou mais para cima, contra os travesseiros, para facilitar para ele. Seus mamilos estavam tesos debaixo do lençol. Ela mexeu as pernas. Ele se aconchegou suavemente em seu pescoço.

"Você está tão perfumada", sussurrou.

Carlotta sorriu com doçura.

Ela ficou em silêncio. Ouviram a respiração um do outro. Um oceano distante de quietude, um som insistente, regular e profundo, cada vez mais cálido. O quarto estava mais quente agora. Totalmente escuro. Ela não conseguia ver seus pés. Um zumbido distante, vindo da rodovia, e a arrebentação abaixo deles. O ventre dela se moveu, na direção dele.

"Sim", murmurou.

Alguém ligou um rádio em um quarto distante, uma canção popular, sentimental. Em seguida, desligou. Uma porta bateu e alguém saiu com um carro.

"Mmmmmmmmmm, sim."

Eles se espremeram tanto que o mundo, e tudo nele, desapareceu à sua volta. Só restaram os dois.

"Sim", ela respirou, "sim, sim, sim..."

Inconsciente dos sons que emitia, ela o buscava, o queria, o deixava querê-la, tê-la, e o tinha. Era como se estivessem em um mundo subaquático onde ela lutava com ele, se agarrava a ele, e o calor fluido se espalhasse nela como um incêndio. Deixou sua pele macia e reluzente, os olhos marejados, sua respiração pesada se transformando em gemidos sussurrados.

"Jerry!", sussurrou.

Ela gozou de uma grande paz. Sentiu Jerry à deriva com ela, indo para bem longe. Sonolentos e exaustos, os dois corpos quentes não conseguiam se mexer. Sorriu para Jerry. Estava muito escuro para ver o rosto dele, mas conseguiu sentir que estava quase pegando no sono. A tranquilidade era total e absoluta.

Jerry ficou um pouco mais alerta, se aproximou dela, encostando todo o seu corpo. Fitaram o teto sem dizer nada, sem precisar dizer nada. Depois de muito tempo, ele a ouviu procurando por um cigarro. Acendeu o cigarro dela, depois o dele. O brilho do isqueiro fez o corpo de Carlotta cintilar.

"Ei, Carlotta", disse, olhando para os seus seios, "o que houve? Você se cortou."

"O quê?"

"Ali. Ali embaixo. Mais abaixo, também."

Ela soprou o isqueiro para apagá-lo. Ele o acendeu outra vez. Sob seu brilho amarelo, o corpo de Carlotta diminuiu. As sombras e as curvas de seu corpo nu ondularam sob a luz tremeluzente.

"Não se esconda de mim", disse ele baixinho.

"Não gosto da luz acesa."

"Eu apago."

Mas ele deslizou os dedos por cima das pequenas cicatrizes e hematomas em seus seios, em suas costas estreitas, nas coxas.

"Não fui eu", disse ele. "Parecem mais antigos."

"Houve um acidente."

"O que você fez, nadou em cacos de vidro?"

"Bati o Buick contra um poste telefônico."

"Meu Deus. Por que não me contou?"

"Não queria que se preocupasse. Não foi nada sério."

"Nem aqui embaixo? Olha. Deve ter doído."

"Fiquei dolorida durante uns dias. Só isso."

Jerry acreditou nela. Ele se afundou nas almofadas e na cabeceira. Sorriu.

"Sabe o que parece?", perguntou, acendendo o isqueiro. "Que alguém bateu em você. É isso que esses hematomas parecem."

"Apaga a luz."

Jerry apagou o isqueiro.

"Sabe, de onde venho, cicatrizes provam que você é durão. Que você aguenta. Era isso que significavam onde eu cresci."

"Não quero falar sobre isso, Jerry."

Jerry pousou a mão em sua coxa. De repente, ela parecia distante, a quilômetros de distância. Ele a sentiu se sobressaltar ao seu toque.

"Vamos dar uma volta na praia?", perguntou suavemente.

Ela não respondeu.

"Que tal, meu bem? Há uma escada para descer o penhasco."

Mesmo assim, Carlotta não disse nada. Levantou-se e entrou no minúsculo banheiro. Jerry se perguntou o que estava acontecendo. Ele se sentou na cama por um momento, então se vestiu.

Ao longo da praia, a lua estava enorme. Quase cheia. As ondas rolavam sob uma noite azul-esverdeada, como se surgissem do nada. Rebentavam em espuma fazendo um barulho estrondoso. Ao longo da costa, ardiam fogueiras. Caminhavam, de mãos dadas, lentamente ao longo da areia úmida e rija na beira d'água. Ao longe, ouvia-se a música de rádio de adolescentes em carros estacionados nas encostas.

"Acho que precisamos conversar, Carlotta."

Ela não disse nada, mas se apoiou no braço dele.

"Entendeu o que quis dizer."

"Sim", respondeu suavemente.

"Não pude deixar de pensar em nós, Carlotta. No Billy. O tempo todo em que estive fora."

"Ele lamenta o que aconteceu. É jovem. Não consegue ainda controlar seus sentimentos. Quando você vem..."

"Eu sei. Eu sei."

Ele abraçou sua cintura. Um farol nas falésias disparou sua luz, um eixo branco na escuridão. Os dois ficaram imóveis enquanto a água fria e espumosa circulava pelos tornozelos e se retirava outra vez.

"De certa forma, não o culpo", disse Jerry finalmente. "Gostaria de resolver tudo entre nós... você sabe o que quero dizer, Carlotta?"

Ela ficou em silêncio. Acontecia, enfim, e tão rápido. Em poucas palavras. Jerry esperou. Ela ergueu sua mão e beijou-lhe os dedos. Ele emudeceu. Tentou, mas nada disse. Nunca se sentira tão constrangido, tão sem palavras. Não saía como esperava, como ensaiara.

"Carlotta, juro, em alguns meses estarei em San Diego. É uma cidade muito bonita. Seremos felizes lá. Todos nós."

Ele se sentiu incapaz de dizer qualquer coisa a mais. Só a pressionou contra seu peito.

"Seremos felizes, Jerry."

Algumas luzes flutuavam sobre o oceano escuro, um rebocador ou um pequeno cargueiro rumando para o porto atrás das montanhas.

"Detesto ter que deixá-la. Antes mesmo de ter uma chance... de realmente estar contigo."

"Mas você vai voltar em breve. Em definitivo. E estarei melhor."

Jerry sorriu para ela. Segurou o rosto dela entre as mãos e o ergueu.

"Como assim, melhor?"

"Aquelas cicatrizes. Elas vão sarar."

Jerry beijou-lhe a nuca.

"Quando você voltar", sussurrou. "Estarei completamente curada. Tenho certeza."

Espasmos fortes tremeram como ondas por todo o seu corpo. Uma agonia ou um êxtase que não cessava. Batia, onda após onda, como um calor subindo por seu corpo, e ela delirava. Ela gritou. Seu peito arfava espasmodicamente. Ela resistiu. Era como um fogo, um choque em câmera lenta com o epicentro em suas partes íntimas. Se retorceu e ofegou por ar. Era incessante. Suas coxas se moveram para frente, inconscientemente. Aos poucos, os choques se dissiparam, voltaram mais devagar, se espalharam, voltaram suaves e a deixaram. Um oceano de prazer a encharcou. Um ar calmo a envolveu. Ela se dissolveu no calor do ar. Sentiu dificuldade para abrir os olhos. No quarto, seus seios e mamilos rijos, ondulavam na escuridão. Suor umedeceu seu cabelo, logo banhando todo o rosto. Respirou profunda e asperamente. Estava exausta. Nunca estivera tão completamente exausta.

"*Ha ha ha ha ha ha ha ha.*" Um riso: suave, melífluo, confiante.

Ele se fora.

Carlotta virou a cabeça. No ar perfumado, avistou, aos pés da cama, dois anões. Tinham olhos afundados em órbitas impenetráveis e longos braços deformados pendiam ao lado do corpo. Permaneceram imóveis, encarando-a em silêncio. Carlotta sentia-se febril e enjoada; sua barriga doía e seus membros, exaustos, pareciam desossados. Com olhos vidrados, acompanhou os anões soltando pétalas de rosa, uma a uma, sobre suas pernas exaustas. As pétalas, exalando um doce perfume, lentamente se tornaram mais leves e transparentes, até desaparecerem.

Na manhã de 18 de dezembro, Carlotta, sentindo um peso nos seios, viu-se letárgica e propensa a ficar na cama.

Estava tonta. Foi até a sala de estar, mas precisou se sentar na beira do sofá. Ao fechar os olhos, piorou. Sentiu uma vertigem. Estava com frio.

Vestiu um suéter. Seus seios estavam sensíveis. Uma doença estranha parecia adensar as dores do corpo. Saiu da casa para molhar o jardim.

Ela se sentou em um balanço pendurado em um carvalho perto do beco. Seu rosto e pescoço pingavam de suor. A cerca branca ao longo do jardim dos Greenspan subia e descia em um movimento sinistro, semelhante ao de uma cobra.

A sra. Greenspan, tal como combinado, tentava ficar de olho em Carlotta. Não gostava de se meter, mas a vizinha parecia pálida. A mulher idosa hesitantemente largou o tricô e caminhou pela cerca branca de madeira, fechando a porta sem barulho ao passar.

"Bom dia, Carlotta", disse baixinho. "Como você está?"

"Bem. Só apreciando o sol da manhã."

"Está pálida."

"Desde que fiquei doente, tenho ficado muito tempo em casa."

"Bem, pegue um pouco de sol. É a cura de Deus."

A sra. Greenspan caminhou até o limite do jardim e começou a retirar folhas amareladas dos caules. Carlotta contraiu o rosto com uma expressão de dor.

"Meu Deus", gemeu. "Estou sendo desmembrada."

A sra. Greenspan, sem ouvir, arrancou ervas daninhas dos amores-perfeitos. Borboletas piscavam suas asas douradas. Depois, virou-se sorrindo, porém seus olhos vividos observaram Carlotta com preocupação. Carlotta acenou, tentou sorrir, e se levantou cambaleante do balanço.

Os insetos estavam barulhentos, zumbindo em um coro ruidoso. Pareciam preencher o jardim, o quintal, todas as sombras da vizinhança. Faziam um zumbido em seu cérebro. Pensou ter ouvido vozes neles.

"Acredita em fantasmas, sra. Greenspan?"

"Claro que não", riu a vizinha.

"Não vultos transparentes que flutuam no ar. Me refiro a coisas do passado."

"Bem, você sabe que os mortos vivem em nós. Em nossos corações."

"Mas eles não nos causam mal, não é?"

"Não sei, Carlotta. Na minha idade, só a experiência conta. Eu diria que o melhor é confiar no médico."

"Mas ele me diz coisas opostas às que vejo com meus olhos."

"A melhor coisa", disse a sra. Greenspan, "é confiar no médico. Eles sabem o que é melhor para nós."

Carlotta voltou para a porta da frente, sob o louco zumbido dos insetos. Esses não eram os sons solitários dos grilos perto de Two Rivers. Eram furiosos, demoníacos. Mais como em Santa Ana. A lembrança daquele apartamento quente e sufocante, e de Franklin seguindo Carlotta para dentro, ela não conseguia esquecer.

Em meados de janeiro, ficou claro que o corpo de Carlotta estava arredondado. Sneidermann supôs que fosse retenção de líquido. Diagnosticou como um sintoma histérico secundário, e como tal, pouco significativo. No entanto, poderia ser uma reação aos remédios. Solicitou um exame de sangue. Não encontrou sinais de patologia física.

Não obstante, Carlotta experimentava mudanças bruscas de humor. Mesmo na clínica, foi ríspida com Sneidermann e pediu desculpa depois. Ela tomava banho duas, três vezes por dia. A água aliviava a terrível sensação de peso que parecia puxá-la para baixo.

"Qual o problema, mamãe?"

"Nada, Julie. Nada."

"Você está tão pálida."

"A mamãe só está cansada. vou me deitar agora. Vá lá fora brincar com o Billy."

Julie viu a mãe se deitar no sofá, pondo um suéter sobre os ombros. A visão de Carlotta tão fraca fisicamente assustava a menina.

"Vai lá, meu amor", murmurou Carlotta sem forças. "A mamãe só está cansada."

Carlotta sentiu uma imensa prostração. Algo parecia drená-la, extraindo a força de seus ossos, transformando-os em ar. Tentou se erguer, fazer o jantar, lutar, mas o corpo permanecia deitado, drenado.

"Oh, Deus", suspirou.

Tentou mais uma vez se erguer, apoiando-se à parede. Então, a sala começou a girar. Cada vez mais rápido. Julie, de pé à porta, a viu cair, fazendo sons estranhos.

Julie correu para o lado de fora. Ela viu Billy empurrando um cortador de grama, suando sob o sol do meio-dia.

"Billy", disse Julie. "A mamãe está passando mal."

Billy parou o cortador. De repente, o sol ao redor da casa adquiriu um tom doentio.

"Como assim? Ela mandou você me buscar?"

"Ela está vomitando."

Billy entrou em casa. Lá, encontrou Carlotta no banheiro, vomitando na pia.

"Você está bem, mãe?"

Carlotta não conseguia falar. Inclinou-se mais sobre a pia.

"Quer que eu chame o médico?"

Ela balançou a cabeça. Um violento puxão a sacudiu e a fez inclinar-se para frente. Billy desviou o olhar, sem saber o que fazer.

"Está tudo bem, estou bem", murmurou.

Carlotta lavou o rosto, espalhou água pela pia, gargarejou com enxaguante bucal. Seu rosto estava pálido, frio e pegajoso, as narinas dilatadas.

"É melhor você se deitar", falou Billy.

Mas sua mãe continuou parada, em pleno horror, fitando seu rosto no espelho.

"O que está acontecendo, mãe?", perguntou, aflito. "Não quer se deitar um pouco?"

Billy e Julie observaram Carlotta tocando o próprio rosto, olhando para o espelho. "Não... Não... Não...", ela repetia suavemente

O silêncio na casa foi ensurdecedor.

Sneidermann ficou paralisado, surpreso.

"Tem certeza?", perguntou.

"Absoluta. Conheço os sintomas."

"Já contou ao Jerry?"

"Não. Por que deveria?

"Bem. Ele vai acabar sabendo, cedo ou tarde."

"O bebê não é do Jerry."

Sneidermann observava atentamente os olhos dela. Buscava pistas não verbais, sinais faciais, via o corpo enquanto gesticulava.

"O que lhe dá tanta certeza disso?"

"Jerry não pode ter filhos. Teve malária quando estava no exército. É difícil para ele falar a respeito."

"Talvez tenha se enganado."

"Dr. Sneidermann, se fosse possível com o Jerry, eu já teria engravidado há muito tempo."

"Há alguém..."

"Não saio transando com outras pessoas, dr. Sneidermann. Nunca fiz isso."

"Então o que está tentando dizer, Carlotta?"

"Não é óbvio?"

"Não. Me diz."

"Estou grávida *dele*."

"De quem?"

"Não seja tão estúpido."

Como um castelo de cartas, Sneidermann viu toda a sua construção, que lhe custou três meses de intenso trabalho, desmoronar. Sob aquele filtro de cooperação, ela nutria as mais sérias dúvidas sobre a realidade de tudo. Agora, usando o disfarce de uma gravidez histérica, tentava embasar seus sintomas. O doutor escondeu sua preocupação, certo de que Carlotta não percebeu o que passava por sua cabeça.

"Por que acha que é o filho *dele*, Carlotta?"

"Talvez seja só uma lenda, mas..."

"O que é apenas lenda?"

"O Bob Garrett me contou. Em Nevada. Dizem que uma mulher não concebe a menos que tenha um orgasmo. Esse é o sinal."

Sneidermann sentiu-se ainda mais deprimido com a bomba que estourou em seu colo.

"Então você teve um orgasmo?"

"Sim", disse ela, baixinho.

"Com...?"

"Sim."

"Quando?"

"Pouco depois de o Jerry viajar. Foi a primeira vez."

"A *primeira* vez?"

Carlotta assentiu com a cabeça, corada. "Acontece sempre, agora. Tive medo de te contar."

"Por que medo?"

"Porque é... nojento... esses sentimentos que *ele* me causa. Tento não deixar acontecer, mas não consigo evitar."

Sneidermann esforçou-se para abstrair sua angústia, forçou a mente para áreas mais corriqueiras. Calculou o período. Quase dois meses. De fato, tempo suficiente para desenvolver os sintomas. Era como voltar à estaca zero. Quase sentiu vontade de chorar. Carlotta parecia tão bonita, tão segura, tão normal, até perceber o que ela dizia.

"Preciso fazer um aborto, dr. Sneidermann."

Sneidermann ficou atordoado. Era como se bombas inesperadas estivessem explodindo na sua frente, uma após a outra. Então entendeu. Claro que ela queria um aborto. Isso eliminaria o "feto". Não haveria bebê, e sua paciente poderia continuar a acreditar nessa criatura fantástica. De repente, captou um vislumbre da inteligência com a qual uma psicose operava. Ficou pasmo. O doutor a questionaria com delicadeza agora, para descobrir o quanto essa ilusão significava.

"Você fez um exame médico?"

"Não. Nem preciso fazer."

"Por que não?"

"Já fui mãe três vezes. Conheço os sintomas."

"Não acredito que esteja grávida, Carlotta."

"Acredite no que quiser."

"Poderia me provar? Faria um teste?"

Carlotta se mexeu na cadeira.

"É uma perda de tempo."

"Só leva alguns minutos. É indolor. Teremos os resultados amanhã."

"Estou toda inchada, dr. Sneidermann. Fico enjoada de manhã. Estou retendo líquido. O que mais você quer?"

"Suponha que o teste mostre que não está grávida?"

"É o segundo mês que não fico menstruada, dr. Sneidermann."

"Mas e se os testes derem negativos?"

"Então eu realmente ficaria com medo."

"Por quê?"

Carlotta não disse nada, procurava palavras. Uma sutil expressão, quase um beicinho desafiador, apareceu em seus lábios.

"Se não estou grávida, então o que está acontecendo com meu corpo?"

"Pode ser uma gravidez histérica, Carlotta. Você sabe disso..."

"Ah! Claro, está tudo na minha cabeça, não é? Tudo."

Ela mordeu o lábio. Parecia desesperada.

"Você pode descer comigo?", perguntou, o mais gentilmente que pôde. "O pessoal do laboratório me conhece. Estaremos de volta aqui em cima em meia hora."

"Mas e se der negativo?"

"Então desistiria dessa ideia, em que nem mesmo você acredita."

Carlotta, encurralada, tateou em busca da bolsa no chão. Caçou seus cigarros, mas como não encontrou nenhum, escovou o cabelo. Sneidermann se perguntou se deveria pressioná-la daquele jeito. Ainda assim, queria cortar o mal pela raiz e voltar ao tratamento.

"Meu Deus", sussurrou.

"O que é?"

"Tive um pensamento horrível."

"O quê?"

"E se o teste der positivo?"

"Não dará."

"Mas, e se der? Meu Deus, estragaria tudo. Isso significaria que é real, não é?"

Sneidermann percebeu, com consternação, que ela já não sabia se queria que o teste desse positivo ou negativo. Carlotta teria que desistir, ou do sintoma ou da realidade que tanto a assustava.

"Muito bem, Carlotta. Estou pronto para descer agora. Você está?"

"Sim", sussurrou por fim, ainda que estivesse insegura.

Ele atravessou a parede. Furiosamente. Onde ela estava? Carlotta sentiu a investida e recuou, como um caranguejo, sobre os lençóis.

"Me deixa em paz", murmurou.

Ela recuou, se esquivando da presença cintilante no ar. Correu para a parede oposta, com o braço estendido na frente do corpo.

"Não! Não! Você vai me machucar!"

Ele se aproximou.

Ela se viu no chão, presa entre a cama e a parede. Tentou segurar a luminária à sua frente, mas ele a agarrou e atirou para o outro lado do quarto.

"Não! Não! Por favor..."

Ele a alcançou. Uma dor lancinante e intensa percorreu-a por inteiro. Suas pernas estavam bem presas. *Ele* a penetrou com violência. A dor inflamou seu abdômen.

"Meu Deus! Não!"

Sentia-se queimando por dentro. Gritou silenciosamente, os dedos arranhando o ar. Seu enorme peso a pressionou para baixo, achatando-a contra a parede, enquanto metia nela.

"Oh, Deus, vou morrer..." pensou, em vertigem.

Um fluido quente e pegajoso escorreu por suas coxas. Sentiu a camisola ensopada. Havia cheiro de sangue pelo quarto. Onde é que ele estava? Carlotta estava em choque, incapaz de se mexer. Tentou enfiar um travesseiro entre as pernas. A fronha ficou rapidamente encharcada por ondas quentes e pegajosas.

Puxou o fio do telefone, cambaleando na escuridão.

"Emergência... Oh, Deus... emergência", sussurrou com voz rouca.

Balançou o telefone, sentindo a tontura aumentar. Estava prestes a desmaiar.

"Qual é número, por favor?"

"Emergência", gritou, caindo. "Vou morrer de tanto sangrar!"

Então desmaiou, tentando se controlar. A ambulância chegou em quinze minutos. Billy, com o rosto pálido e trêmulo, conduziu-os pela casa, acompanhados por um policial. Encontraram Carlotta, a camisola pesada de sangue, a poça no chão, o pulso extremamente fraco.

Sneidermann adentrou o gabinete do dr. Weber, viu a placa na porta onde se lia ENTRE e avançou sem sequer olhar para a secretária.

O dr. Weber ergueu os olhos, vendo a expressão no rosto de Sneidermann, e pousou lentamente a pasta em suas mãos.

"Sim, Gary?"

"Dr. Weber, estava falando com a dra. Chevalier?"

"Sobre internação. Sim. Queria organizar para a sra. Moran."

"É melhor nos apressarmos."

"Qual o problema?"

"Acabei de receber notícias do Jenkins no quarto andar. Ela tentou romper o útero com um instrumento afiado."

O dr. Weber se levantou de trás da mesa, colocou a mão no ombro de Sneidermann, e se certificou de que a porta estava fechada. Ele falou rápido, ainda que baixinho.

"Ela está na emergência, recebendo plasma agora?", perguntou o dr. Weber.

"Sim. Perdeu muito sangue."

"Tudo bem. Acontece. Controle-se, Gary. Vamos vê-la."

O dr. Weber voltou para a mesa, pegou o telefone e disse à secretária que estaria na emergência por meia hora. Em seguida, desligou o telefone e atravessou a sala.

"Meu Deus, me sinto péssimo", disse Sneidermann. "Nunca imaginei que ela..."

"Talvez não tenha acertado o útero. Ainda não sabemos."

"Eu sei, senhor, mas nunca pensei que ela precisasse tanto deste sintoma a ponto de..."

"Agora você sabe, Gary. Lição número um da vida real."

O dr. Weber olhou para Sneidermann, que fez uma expressão evasiva, e então saíram para o corredor. A secretária percebeu a palidez no rosto de Sneidermann.

Caminharam depressa pelos corredores, passando por médicos de ambos os lados.

"E se ela não concordar, senhor?"

"Com quê?"

"Com a internação."

Eles pararam, engarrafados na multidão aglomerada nos elevadores. O dr. Weber olhou para Sneidermann, que ansiava por uma resposta, e então desviou o olhar. "Se ela voltar à realidade, só podemos interná-la por um ou dois dias, Gary."

Entraram no amplo elevador. Ao lado deles, havia um senhor idoso, respirando por tubos no nariz, deitado em lençóis brancos em uma maca. Duas enfermeiras o acompanhavam, os rostos tensos. Atrás deles havia dois administradores, bem bronzeados e brincando um com o outro.

"Mas a paciente está se machucando!", Sneidermann insistiu, tentando não levantar a voz. "Temos que protegê-la! De si mesma!"

"Os aspectos legais são complicados, Gary."

"Quer dizer que ela pode se cortar em picadinho e não podemos legalmente forçá-la a se internar num ambiente com estrutura para seu tratamento?"

"A lei privilegia o paciente. Sobretudo depois das últimas decisões da Suprema Corte. Ela tem essa vantagem ao seu lado."

A porta do elevador se abriu. Os dois médicos seguiram a maca até o hall e, em seguida, caminharam muito rapidamente por uma longa rampa que conduzia ao quarto andar.

A cabeça de Sneidermann estava fervilhando de pensamentos. Parecia inacreditável para ele que um paciente tivesse o direito legal de se mutilar. Suicídio, sabia, era outra história. Se um paciente tentasse suicídio, podia interná-lo por um tempo limitado.

"E se a paciente estiver machucando as crianças, dr. Weber? Lembra que o pulso do menino quase foi quebrado pelo castiçal? Isso não é motivo para hospitalizá-la?"

O dr. Weber balançou a cabeça.

"Isso seria motivo para tirar a guarda das crianças."

Ele olhou para Sneidermann, que vasculhava mentalmente seu parco conhecimento da lei.

"E isso é quase impossível de fazer", disse o dr. Weber. "*Tentar* conseguir que um tribunal separe uma mãe de seus filhos. Nem pensar."

Na impossibilidade de forçar Carlotta a se internar em um hospital psiquiátrico, Sneidermann aceitou sua responsabilidade. Teria de fazê-la ver o caso como era. Explicar que estava correndo perigo. De alguma forma, teria que convencer Carlotta a confrontar a parte adoecida de si mesma e se render ao tratamento. Esperava que ela tivesse recuperado algum controle racional. Mas estava pessimista em relação a isso.

"Deixe-me ver a dra. Chevalier", disse o dr. Weber.

O dr. Weber entrou em um pequeno escritório, foi direto para a sala interna e abriu a porta sem bater. Sneidermann ficou no corredor. Um residente que passava lhe cumprimentou, ele levantou a cabeça e sorriu, distraído. De repente, percebeu que ou Billy ou Cindy estariam em algum lugar no hospital, em uma sala de espera ou em outro canto. Decidiu que conversaria com eles primeiro. Talvez pudessem ajudá-lo a convencer Carlotta.

Carlotta, pensou, com tristeza. Por que fez isso consigo mesma?

Ela era tão audaz, tão bonita, tão cheia de vida... e agora, isso. O que aconteceu para que ficasse tão desorientada, criando fantasias mais reais do que a própria realidade? Como poderia ajudá-la agora? Descobriu que o delírio era mais do que um simples erro de julgamento. Era um poder, uma força que, como uma árvore lentamente partindo uma rocha, demandava a luta de uma vida inteira para ser arrancado.

"Estou com os documentos", disse o dr. Weber, saindo do escritório, segurando diversos formulários de admissão. "Você vai ficar feliz em saber que ela está fisicamente bem. Não há perfuração. Apenas fraqueza generalizada pela perda de sangue, mas estável o suficiente para receber alta à noite."

Eles caminharam depressa para as alas, e depois diminuíram o passo, instintivamente, para evitar qualquer sinal de emergência. Os pacientes estavam sentados em cadeiras, embrulhados em roupões, sem nada para fazer. Sneidermann passou por cima de uma criança que brincava com giz de cera no chão.

"Você não disse se há alternativa", Sneidermann pontuou.

O dr. Weber parou à porta. Pelo vidro, viram Billy, que estava pálido. Ele se esforçava para sorrir, aos pés da paciente, cuja cabeça estava escondida pela porta. Havia mais quatro pacientes acamados. Dois inconscientes, recebendo transfusão. Os outros dois também recebendo plasma enquanto espiavam as televisões penduradas no teto.

"Claro que há uma alternativa", disse o dr. Weber suavemente. "Se ela não assinar, você vai continuar a vê-la como antes. Ela provavelmente virá, como se nada tivesse acontecido."

Sneidermann balançou a cabeça, cansado.

"Acho que nos viram", disse Sneidermann. "É o filho dela."

"Tudo bem. Vou deixá-lo lidar com isso."

"Eu..."

"Você terá que fazer muito disso na sua carreira. Agora, presta atenção: deve ser amigável, mas persuasivo. Não a deixe em pânico, ou ela se bloqueará contra você."

"Certo."

"Estarei na minha sala. Venha me ver quando acabar."

"Certo."

O dr. Weber pôs uma mão forte no ombro de Sneidermann para encorajá-lo, depois virou-se e caminhou pelo corredor cheio.

Os alto-falantes chamavam os médicos de maneira mecânica. Sneidermann engoliu em seco, ajeitou o cabelo e entrou na enfermaria.

Billy estava sentado em uma cadeira ao lado da mãe, junto à cabeceira. Sneidermann viu a semelhança com Carlotta apenas nos olhos escuros. O corpo atarracado do jovem era inconsistente com a constituição delicada da mãe. Ele deu uma boa olhada em Billy, que parecia permanecer no centro do conflito de sua mãe. Sneidermann olhou para a enferma, seu cabelo preto espalhado levemente sobre o travesseiro. Depois encarou o jovem.

"Billy", começou a falar, oferecendo sua mão, "Sou o dr. Sneidermann."

O aperto de mão do menino era firme e forte.

"Dr. Sneidermann", murmurou ele.

"Se importa se eu falar com sua mãe a sós?"

"Não. Tudo bem."

Billy saiu do quarto. Sneidermann virou-se. Ele percebeu que o garoto o observava do corredor. Sneidermann sentou-se ao lado da cabeceira de Carlotta, longe da vista do rapaz.

A mulher o fitou com os olhos ligeiramente estrábicos. Depois, focou o olhar.

Nunca a vi tão bonita, pensou. O rosto estava pálido, um branco quase marfim. A fadiga suavizara todos os traços de seu rosto, deixando os olhos escuros e sonhadores. A pele delicada, os traços finos banhados de um brilho suave, como uma criança que acaba de acordar.

"Ah, dr. Sneidermann", disse. "Pensei que estivesse sonhando." A voz dela tinha um tom letárgico, distante, extremamente pacífico.

"Como você está se sentindo?", perguntou o médico com tom emotivo que não conseguia disfarçar.

"Me sinto tão cansada", respondeu ela, sorrindo vagamente. "Completamente exausta."

"Lamento muito em saber que se machucou."

Seus lábios se moviam enquanto lutava por palavras ou frases, ideias que se formulavam de modo incompleto apenas em sua mente. Ela desviou o olhar, como querendo encontrar a resposta em algum lugar entre os frascos que pingavam fluidos em seu braço.

"Não sei", finalmente falou. "Não sei o que aconteceu."

"O exame deu negativo."

Ela virou o rosto e sorriu. Durante algum tempo, sua mente ficou em branco.

"Que exame?"

"O exame de gravidez."

"Parece que foi há tanto tempo, há uns cem anos..."

"O exame deu negativo."

"É tarde demais, dr. Sneidermann. O bebê se foi."

"Não havia bebê, Carlotta."

"Não mais. Claro que não."

O ataque ainda permanecia em sua memória. Sneidermann viu seu rosto branco tornar-se ainda mais pálido. Ela tentou dizer algo, mas desistiu. Havia horror em seus olhos.

"Você disse que acreditaria no que o teste mostrasse, Carlotta. Vai voltar atrás na sua palavra?"

"*Ele* não queria que eu tivesse o filho *dele*. Como qualquer homem. Primeiro me possui, e depois não quer que eu tenha *seu* filho."

"Foi isso que aconteceu, Carlotta?", perguntou suavemente.

"Ah, sim, *ele* gozou e mudou de ideia. Meu Deus, e se *ele* não o tivesse feito? O que teria sido de mim?"

"Teria sido o fim de uma gravidez histérica. Você sabe disso."

Lágrimas encheram-lhe os olhos. Ela deu as costas para o doutor. Sneidermann esperou um momento, inclinou-se ligeiramente para frente, baixando a voz.

"Carlotta", continuou a conversar com ela. "Se eu fosse para casa com você, se procurasse em sua casa, talvez no seu quarto, eu encontraria algo com sangue. Algum objeto comprido e afiado. Estou certo? Encontraria algo assim, não é, Carlotta?"

"Não sei do que está falando", disse com a voz quase falhando.

"Sim, você sabe", retrucou ele.

"Eu estava tendo uma hemorragia. Não fui eu que fiz isso."

"Você está se afastando de mim, Carlotta. Está fantasiando."

"Não. Não estou. Não estou inventando nada."

Sneidermann suspirou. Ele aproximou a cadeira dela. Esforçou-se para sorrir e aguardou. Durante muito tempo, ambos ficaram em silêncio. O doutor sentiu que se parasse de pressioná-la, ela relaxaria. Era importante fazê-la relaxar antes de continuar interrogando-a.

"Carlotta."

Ela virou lentamente o rosto na direção do doutor.

"Carlotta, nos conhecemos há três meses. Você sabe que a única razão pela qual estou aqui é para ajudá-la a ficar bem."

"Sei disso", disse ela, com fraqueza.

"Se eu não souber a resposta para alguma coisa, eu lhe direi. Se achar que sei o que fazer, contarei também."

"Do que está falando?"

"Quero que se lembre de todas as coisas que descobrimos juntos, as coisas escondidas — sobre seus pais, sobre Franklin —, coisas que você reprimiu, enterrou no canto mais escuro da sua mente, porque era terrível demais trazer à consciência e ter de refletir a respeito. Quero que se lembre o quanto se sentiu melhor quando fizemos aquelas descobertas."

"E?"

"Prescrevi tranquilizantes, que a ajudaram a dormir sem medo. Disse para ter algum adulto por perto, e quando você teve companhia, não houve nenhum ataque. Agora tenho outra orientação. É uma que quero que aceite."

"Você está me assustando."

"Não é assustador, Carlotta. Não dói. Quero que se interne no hospital. Para um período de observação. Duas, três semanas. Quero que os outros médicos acompanhem seu caso. Quero que esteja a salvo de outro ataque como este."

Carlotta se afastou dele bruscamente, encolhendo-se na cama.

"Não quero ficar presa."

"Não vai ficar presa. É só por um curto período. Só para cuidar melhor de você."

O coração dela disparou. Observou a enfermaria, consternada.

"Não conseguiria viver assim", disse. "Como um animal numa jaula."

"Não ficaria numa ala assim. Seria muito mais confortável. Como um alojamento."

"E meus filhos? Quem cuidaria deles?"

"Se eles não puderem ficar com amigos ou vizinhos, então nós podemos organizar um lar adotivo por três semanas. É um procedimento relativamente comum."

"Então chegamos a esse ponto, não é?", suspirou Carlotta

Seus olhos ficaram marejados novamente. De repente, Carlotta viu--se dissolvendo, desaparecendo em fragmentos em um corredor branco. Todos os ensinamentos de Bob Garrett deixando de existir, enquanto lutava para manter um décimo de seu antigo eu de pé.

"Não poderia continuar tratando de mim por mais tempo?"

"Acho que é mais sério do que isso. E acho que você concorda."

"E se eu disser que não?"

"Eu lhe perguntaria por que não."

"Porque desapareceria. Nunca mais seria vista. Enlouqueceria de vez."

"Você não vai enlouquecer de vez, Carlotta."

Carlotta procurou uma caixa de lenços de papel ao seu lado. Assoou o nariz. Evitava o olhar de Sneidermann. Ele não iria embora. Como um calor doloroso no peito, sabia que teria de tomar uma decisão. Não queria abdicar de sua vida.

"Posso responder isso amanhã?"

"O que há para pensar?"

"Preciso conversar com meus filhos."

"Tudo bem. Eles vão levá-la para casa hoje?"

"A Cindy vem me buscar. Mais tarde."

"Ok. Vou falar com a Cindy. Se ela não puder trazê-la à clínica amanhã, irei buscá-la."

"Obrigada."

"Sei que é difícil, Carlotta. Mas é por pouco tempo, e é o melhor que pode fazer no momento."

Era um momento muito delicado. Ela queria chorar. Sneidermann achou melhor se retirar. Ela devia estar querendo ficar sozinha.

Sneidermann saiu para o corredor. Billy olhou para cima. Ele era grande para um rapaz de quinze anos, Sneidermann pensou. Forte como um touro. No entanto, os olhos estavam assustados, como os de um menino.

"Ela vai ficar bem, dr. Sneidermann?", Billy perguntou.

"Acho que sim."

"Você vai interná-la, não é?"

Sneidermann andou até Billy. Sentou-se no mesmo banco. Os dois ficaram em silêncio por um momento. Sneidermann respirou profundamente, fatigado, sem energia emocional. Ele podia sentir a tensão no rapaz ao seu lado.

"Não quero interná-la, Billy", disse baixinho.

"Mas foi sobre isso que conversaram, não foi?"

"Não. Estávamos falando de um período de observação. Isso é muito diferente."

Billy cruzou os braços. O menino não tinha certeza se devia confiar em Sneidermann. O médico olhou para ele. O garoto não se parecia em nada com Carlotta. Provavelmente, puxara a Franklin. Um olhar mal-humorado, determinado, teimoso, em um jovem sensível. Billy era do tipo que se concentrava em uma coisa de cada vez, obsessivamente. Uma pessoa ponderada. Ocupava um lugar crucial no substrato da personalidade de Carlotta. Sneidermann umedeceu os lábios.

"Preciso lhe perguntar uma coisa séria", disse o doutor.

Billy mal olhou para ele.

"O que você pensa de tudo isso, Billy?"

Billy encolheu os ombros, olhou para baixo. Seu pé traçou as linhas no azulejo do chão.

"Gostaria que isso acabasse", murmurou.

Sneidermann o observou. Billy era muito sério para sua idade.

"A sua mãe me disse que você o viu."

"Não, eu senti *ele*."

"Sério?"

Billy corou. Ele desviou o olhar.

"Você sabe. Pessoas doentes. A mamãe gritava. As meninas gritavam. Estávamos todos exaltados."

"Será que você estava tentando ajudar sua mãe? Fingindo?"

"Não sei. Talvez."

Sneidermann acenou. Foi como o dr. Weber disse. *Folie à deux*.

Só que agora Billy estava ciente disso.

"O que você acha agora?"

"Agora? Não sei. Não sei se era real ou se imaginei. A noite toda foi estranha."

Ele pigarreou. Inclinou-se para a frente, cotovelos nos joelhos, esfregando as sobrancelhas com os punhos cerrados. Depois soprou nos punhos, se concentrando.

"Você vai me ajudar, Billy?"

Billy olhou para Sneidermann. Pelo que podia ver, o médico era honesto. Porém, mesmo que Sneidermann estivesse tentando manipulá-lo, era para o bem de sua mãe.

"Como?"

Os olhos de Sneidermann fixaram-se nos de Billy. Ele sorriu gentilmente.

"Não finja na próxima vez."

Billy pendeu para trás.

"Não é assim tão fácil", falou. "As coisas mudam. Elas ficam..."

"Claro. Sei disso, Billy. Mas você e suas irmãs têm que recuperar a saúde da sua mãe. Você entende?"

"Sim. Acho que sim."

"Quando ela pensa que vê ou ouve alguma coisa, quer que você corrobore. E quando você corrobora, fica muito mais difícil para ela se convencer de que está tudo na cabeça dela, que é uma ilusão."

Billy ficou em silêncio.

"O seu amor vai trazê-la de volta", disse Sneidermann suavemente. "Se você não ceder. Você entende?"

Billy acenou.

"Promete?"

"Prometo."

Sneidermann suspirou e se levantou. Ele olhou para Carlotta, visível pela porta aberta. Os olhos dela estavam fechados, mas Sneidermann sabia que não estava dormindo. Ele se virou para Billy.

"Por que não entra? Sua mãe quer falar com você."

Billy se levantou devagar, depois caminhou para o quarto da mãe. Sneidermann ouviu suas vozes suaves, depois o choro delicado de Carlotta. Ele desviou o olhar, lutando contra suas próprias emoções.

A ENTIDADE

11

O sol do final da tarde se misturou com as folhas, balançando em uma lufada sobre o conjunto habitacional. O som das crianças vinha de longe. Havia o som do rádio de Billy vindo da garagem. Agora, Cindy tinha voltado para o seu apartamento. Carlotta olhou pela janela para os longos raios dourados do sol penetrando através das copas das árvores. O gramado parecia tão verde, tão fresco. Os Greenspan estavam fora de vista, bebendo café em sua pequena sala de estar. Julie e Kim rabiscavam com giz na calçada. A normalidade era uma visão de amor, uma bela tarde aproveitada com seus filhos. E agora ela estava do outro lado, uma estranha para essa sensação, e talvez para sempre.

Carlotta se sentou no sofá. Durante três meses sua vida fora um verdadeiro inferno. Os motivos não lhe ocorriam mais. Não fazia mais sentido perguntar o porquê. Sneidermann tinha razão. É claro, ela deveria ser trancafiada. Sua casa parecia tão confortável, como uma velha amiga. Essa casa ordinária, deteriorada, como as outras. Toda a sua vida fora assim. Como tirar uma licença de algo bom e permanente.

Como seria em um hospital? Carlotta não tinha dúvidas de que depois de duas ou três semanas, pediriam que ficasse mais uma semana. Depois outra. Ela não tinha ilusões a respeito disso. E as crianças? Quando se enlouquece, seus filhos não são retirados de você? Um pensamento horripilante lhe ocorreu: será que seriam enviados à mãe dela? Não, não pode ser. Na certa ela teria alguns direitos. Sneidermann não tinha mencionado algo relacionado a pais adotivos? Iria questioná-lo a esse respeito quando o visse da próxima vez. E benefício social? Eles cuidariam das crianças também. Pelo menos tinha isso. Até que completassem dezoito anos.

Era como se preparar para morrer. Ela via à sua frente apenas os infinitos corredores de uma ala esquecida, esquecida até para ela mesma. Então a vida triunfara sobre ela. Apesar de tudo o que Bob Garrett a tinha ensinado. Era possível ser derrotada, mesmo antes de morrer.

Carlotta sentiu uma estranha apatia. Entregara-se ao destino, depositara sua confiança em Sneidermann, embora não tivesse nenhuma em si mesma. Se viu como o elo final em uma longa fila de pessoas derrotadas pela vida. Franklin Moran, apenas uma casca vazia aos vinte e cinco anos. E o pastor Dilworth, aquele homem prematuramente ancião, que se alimentava de si mesmo, que nunca vivera de verdade. Deixe-o morto, pensou Carlotta. Que os mortos continuem mortos. Até mesmo Jerry, à sua própria maneira, muito gentil, lutando tanto para ser alguém. E se ele soubesse, se ao menos suspeitasse, que o alicerce de sua vida tinha se pulverizado?

O dia agonizante lançou um brilho alaranjado contra a parede oposta. Uma sensação de paz cresceu à sua volta. Quando você desiste de tudo, quando deixa de lutar, a dor também desaparece. Como um Deus, estranho e implacável, o futuro faria dela o que quisesse. Sem motivos.

Ela se deitou no sofá, enxugando os olhos. Sentiu pena das crianças. Se tivesse sonhado que isto aconteceria, que seus filhos ficariam abandonados sem ela, mesmo por um momento, nunca teria... Tentou não pensar. Melhor dormir. Dormir uma última vez nesta casa barata e acolhedora, onde tudo havia explodido na sua cara. Depois, se levantaria de manhã e...

Tudo acabado. Uma morte em vida começaria. É assim que funciona. Foi assim que aconteceu. Não havia nada que pudesse fazer a respeito agora. Jerry? Jerry nunca mais a veria. Ele jamais iria a um manicômio à procura de Carlotta. Não era como terminar o relacionamento? Ela também não o culpava. Havia toda uma vida pela frente o esperando. De repente, uma onda de desprezo repulsivo a abateu. Como chegara àquele ponto! Uma derrota tão vil e repugnante!

Lentamente, escureceu. As crianças entraram, viram Carlotta dormindo e não fizeram barulho. Jantaram em silêncio, sopa enlatada e pão, e depois saíram outra vez. Estavam de luto. De certa forma, sua mãe estava morrendo. Continuaria viva, mas morreria. Ninguém queria conversar a respeito. As crianças saíram de casa, e do lado de fora o crepúsculo estava mais abafado e carregado do que dentro. Billy foi para a garagem. As sombras pareciam desoladas, vazias, e ele tentou não chorar.

Carlotta caiu em um sono profundo. Seus pensamentos eram trevas misturadas a correntes de escuridão ainda mais profundas. Ela não sabia de nada. Não sabia sequer se existia. Até que começou a se levantar, preguiçosamente no início, como um peixe do fundo do oceano, tornando-se mais e mais consciente de que algo estava errado.

Sua cabeça latejava. Estava repleta de dor. Os vasos sanguíneos pulsavam, e a cada pulsação a dor aumentava. Tentou se sentar, entretanto só conseguiu rolar para o lado, segurando a cabeça. Ficou nauseada. Uma náusea peculiar. Parecia oscilar como uma onda sombria na boca do estômago, tentando enfraquecê-la, arrastá-la para o sono outra vez.

Onde estariam as meninas? Estava ficando tarde. Tentou ouvir, localizar suas vozes. Mas os sons do lado de fora da janela estavam fragmentados, desarticulados, e não faziam sentido. Ela estava vagamente ciente das folhas farfalhando do lado de fora. A janela — ela viu — estava fechada e trancada. Por quê?

Então virou a cabeça. A outra janela também estava trancada. Nada fazia sentido. Estava escuro. Pontos minúsculos giraram em sua visão. Um torno insano apertava sua cabeça, martelando sem parar.

Ela se sentou. Segurou a cabeça. Sabia que iria vomitar. Depois viu a porta da cozinha. A porta também estava fechada. Mais uma coisa que não fazia sentido. Tentou se levantar, mas não conseguiu. Seu corpo parecia pesado, incrivelmente pesado. A porta que dava para o corredor parecia estar a quilômetros de distância. A porta para o corredor também estava fechada. Parecia trancada. Um tapete sufocava a fresta até o chão.

O que está acontecendo? Onde estou? Olhou de novo para a outra porta. Também tinha um tapete embaixo. Estava presa na sala de estar. Onde estão todos? Que som é esse? Estou ficando surda?

Um chiado soou desagradavelmente em seus ouvidos. Ela os tapou com as mãos. Não parava. Ainda conseguia ouvir o aquecedor fazendo barulho ao fundo. Então não estava surda. Olhou e viu que a luz azul cintilante na base do aquecedor não estava acesa. Estava escura como um buraco profundo. Só o chiado do gás se espalhava pela sala.

Uma percepção chocante a consumiu. *Alguém estava tentando matá-la.*

Carlotta rastejou no chão em direção ao aquecedor. Seus olhos estavam embaçados. A náusea ameaçou tomar conta dela outra vez. Tentou não inalar o gás, até seus pulmões quase explodirem. Pensou ter visto o aquecedor desaparecer diante de seus olhos. Então percebeu ser apenas seu próprio campo de visão, vacilando e ficando descontrolado.

Ela olhou para o buraco escuro do aquecedor. Isso a paralisou, enquanto caía no chão. Todo o seu desespero parecia sair daquele orifício preto, que, como uma boca do inferno, a condenava à morte.

"*Adeus... Carlotta... adeus...*"

Então *ele* estava zangado com ela. Por se entregar ao médico, não a ele. Com uma súbita visão de sua mente distorcida, contemplou as profundezas ilimitadas da verdadeira malignidade.

"Não", sussurrou. "Não, não... nunca..."

"*Shhhhhhhhhh... Carlotta. Agora dorme...*"

Ela se levantou, lutou contra si mesma, sentiu que estava lutando como Jacó com o anjo de Deus, porque nunca havia sentido nada tão poderoso quanto sua própria lassidão. Todo o seu corpo queria se render, se entregar àquela fadiga que dissolvia seus ossos, descia uma cortina sobre seus olhos e sussurrava cruelmente em sua mente.

"Nunca", sussurrou com a voz rouca. "Nunca..."

Ela se virou, rastejou em direção à janela. Parecia estar nas alturas, descendo o duto de um longo túnel.

"*Carlotta... Carlotta...*"

Era um som tão sibilante, tão misturado com o chiado do gás, que não tinha certeza se ela não passava de imaginação.

Com um gemido alto, atirou uma luminária de mesa através do vidro. O fio balançou com a base e a cúpula, a vidraça da janela quebrou, caindo em lâminas e se espatifando no chão do lado de fora.

Desmaiou. Carlotta não viu o vidro ceder. Não ouviu cair. Não viu braços estendidos em sua direção, os rostos das crianças, horrorizados, iluminados desoladamente, olhando para a mãe delas caída.

Ela dormiu a noite no sofá, para onde Billy a levou, e as crianças a cobriram com uma manta. Ela falou um pouco com a voz fraca, depois caiu no sono. O cheiro de gás evaporou lentamente. As meninas sentaram-se na poltrona, observando-a. Billy estava junto à mesa. Sozinhos, sem confiar em ninguém, mantiveram a vigília de sua mãe. Eram silhuetas sobre ela. A noite estava silenciosa. Pela manhã, Carlotta iria para o hospital. Talvez por um longo período. Até lá, era como uma vigília de morte.

Quando Carlotta entrou no corredor hospitalar, acompanhada por Billy e as meninas, não carregava uma mala de viagem.

"O que foi, Carlotta?", perguntou Sneidermann. "Qual é o problema?"

"Podemos entrar e conversar?"

"Sim. Claro que podemos."

Foram para a sala branca. Billy e as meninas esticaram os pescoços. Então esta era a sala. A sala para onde sua mãe vinha diariamente. Não parecia nem um pouco assustadora como imaginavam.

"Carlotta, você se lembra do meu supervisor, o dr. Weber."

"Como está, Carlotta?"

Carlotta não parecia nem um pouco perturbada com a presença de seus filhos ou do dr. Weber. Uma determinação peculiar era evidente em sua face, em todos os seus gestos.

"Eu decidi", informou ao médico, "que não posso me internar."

"Carlotta", disse o dr. Weber rápida e suavemente, visto que Sneidermann foi pego de surpresa. "Acho que o dr. Sneidermann lhe explicou que não será internada. É um período de observação de duas semanas, apenas."

"Isso é um detalhe técnico, dr. Weber", retrucou ela. "Dá no mesmo."

O dr. Weber olhou para as crianças, que aparentavam medo, tentando compreender o que estava acontecendo. A presença delas o perturbou, mas ao mesmo tempo o deixou feliz pela oportunidade de vê-los interagir com a mãe. Teve a certeza de que apoiavam os seus delírios de alguma forma, desconhecidos até para si mesmos.

"Por que não quer ficar sob observação, Carlotta?", perguntou o dr. Weber.

"É bastante simples", respondeu.

"Sim?"

"Temo pela minha vida."

"Mas, Carlotta, não há perigos aqui..."

"Não. Não é isso. É mais simples."

"Tudo bem. Você vai nos contar?"

Carlotta olhou os dois médicos nos olhos. Por alguma razão, se sentia mais forte que ambos. Sentiu seu poder diante deles. Talvez fossem seus filhos sentados atrás de si.

"Houve um atentado contra a minha vida ontem à noite", disse.

"Houve?", perguntou Sneidermann, horrorizado.

O dr. Weber levantou a mão para acalmar o médico.

"O que aconteceu?", perguntou o dr. Weber.

"O gás foi ligado na minha sala. Enquanto eu dormia. As janelas e as portas estavam trancadas e vedadas com tapetes."

O dr. Weber examinou os rostos das crianças. Ele não encontrou nenhuma evidência do contrário. Então se voltou para Carlotta.

"Carlotta", disse, "podemos insistir que fique conosco para evitar tentativas de suicídio."

"Não foi uma tentativa de suicídio, dr. Weber", falou rapidamente. "Nunca desejei viver tanto quanto agora."

"Vamos, Carlotta. Você sabe muito bem que sua mente tem lhe causado delírios. É claro que foi uma tentativa de suicídio."

"De modo algum", insistiu. "Foi uma tentativa de homicídio. Diga o que quiser, *ele* vai me matar antes de me deixar vir até aqui."

"Foi uma tentativa de suicídio, Carlotta, e posso interná-la até o fim do dia."

"Não houve testemunhas e eu não direi nada."

"Você é muito esperta, Carlotta."

"Foi uma decisão que tive de tomar sozinha, dr. Weber."

"De ficar doente?"

"De ficar viva. Não importam as suas teorias. *Ele* é mais forte do que você e vai me matar se for preciso."

"Para impedir que melhore?"

"Pode chamar do que quiser. Mas é isso, sim."

O dr. Weber se inclinou e sussurrou para Sneidermann. Ele se levantou e pediu às crianças que o seguissem até lá fora. O dr. Weber se dirigiu a Carlotta.

"Carlotta", falou, "quero você no hospital."

"Essa seria a minha morte."

"Há enfermeiras em todos os andares. Se quiser, podemos lhe dar uma enfermeira plantonista especial."

"Nunca é suficiente. Você não sabe como *ele* é forte! Como é traiçoeiro. Ele virá atrás de mim. É assim que *ele* é."

"Não acha que eu posso lhe internar agora? Com tudo o que me contou?"

"Não. Não, desde que eu não machuque ninguém."

"Quem lhe disse isso?"

"Uma amiga."

"Carlotta, presta atenção. Nós podemos ajudá-la, se continuar se consultando com o dr. Sneidermann. Mas isso demora muito tempo. E, enquanto isso, está arriscando prejudicar seus filhos."

"Eles não serão prejudicados."

"O Billy não torceu o pulso? E isso foi há dois meses. Você já passou por muita coisa desde então."

"Isso porque o Billy estava tentando nos separar. Agora ele aprendeu."

"Então você está prejudicando seus filhos psicologicamente."

Isso a atingiu. Carlotta se mexeu ligeiramente. Os olhos dela estavam fixos nos do dr. Weber.

"Como assim?"

"As crianças são muito sugestivas a doenças. Especialmente quando se trata da mãe."

"Não há nada de errado com os meus filhos."

"Esse não é o tipo de ambiente ideal para crescerem saudáveis. Você sabe disso."

Agora ela estava estranhamente silenciosa. Olhou de forma altiva para o médico, mas tinha ficado sem respostas.

"Quero que me prometa, Carlotta", disse, "por você e seus filhos. Só queremos que a sua vida volte ao normal o mais depressa possível. E é exatamente isso que você quer também."

Ela se sentiu encurralada. Não gostava do dr. Weber. Ele era duro, insistente, e muito mais ágil do que ela. Sneidermann cedia um pouco.

"Acho que não entende o perigo, dr. Weber", disse, tentando argumentar. "Estou preparada para ser internada. Mas não para ser morta." Olhou para o médico de forma penetrante. Um brilho selvagem refletiu em seus olhos. "Acha que sou psicótica, não é? Mas não importa quem está certo. Pois vou morrer se der entrada no hospital. Não é evidente? Se for eu ou qualquer outra a causa, não é relevante no momento."

O dr. Weber olhou diretamente nos olhos de Carlotta. Queria confrontá-la com seu próprio plano.

"Então, o que quer fazer, Carlotta? Ficar em casa e ser atacada? É isso o que está me dizendo?"

Carlotta se encolheu na cadeira. Não gostava mesmo daquele homem combativo.

"Sim", disse. "Ficarei em casa. Virei consultar com o dr. Sneidermann. Vou voltar para a escola de secretariado. Quando me formar, quero procurar trabalho. A única coisa que não farei é dar entrada no hospital."

"Vai ser espancada, assustada, e..."

"Não. Não serei."

"Por que não?"

"Porque vou cooperar."

O dr. Weber fez uma pausa, os olhos ficaram menos afiados, talvez até calmos.

"Vai ver o dr. Sneidermann esta tarde?"

"Eu... Sim... acho que sim. Tudo bem."

O dr. Weber olhou para a bela mulher. Esse era o típico muro que ele havia encontrado em trinta anos de prática. Existem alguns pacientes que farão qualquer coisa por você, exceto melhorar. Essa mulher era uma das mais teimosas.

Ele duvidava agora que Carlotta pudesse ser forçada a ir para o hospital. Até que machucasse as crianças, pensou ele. Talvez a dra. Chevalier conseguisse descobrir algum jeito.

"Pode almoçar no refeitório", disse. "A minha secretária vai dar a você e aos seus filhos alguns tíquetes de convidados."

"Está bem. Obrigada, dr. Weber."

O dr. Weber abriu a porta e viu Sneidermann com as crianças.

Carlotta levou os meninos pelo corredor em direção à cafeteria. O dr. Weber gesticulou para Sneidermann se aproximar.

"Que tal um café, Gary?"

"Sim. Seria ótimo."

"Não essa porcaria", disse o dr. Weber, gesticulando para o café instantâneo em um copo de vidro. "Venha ao meu escritório."

Sneidermann fechou a porta. No escritório silencioso, o dr. Weber preparou um café filtrado. Serviu duas canecas e eles beberam em silêncio. Sneidermann observou o seu supervisor de perto.

"O que acha, dr. Weber?"

"Perturbador, Gary."

"Sim. Por que diabos ela trouxe os filhos?"

"Para demonstrar seu papel como mãe, para ter apoio."

O dr. Weber olhou pela janela, observando um avião distante.

O céu estava enevoado, sem nuvem nem fumaça, mas um amálgama pesado de ambos. As torres distantes do centro da cidade eram visíveis apenas como formas cinzentas fantasmagóricas na névoa.

"O que achou das crianças?", perguntou Sneidermann.

"A Julie é esperta. A outra menina é mediana. O Billy é o estranho."

"Em que sentido?"

"Muito tenso. Muito temperamental. Não me surpreenderia se aparecesse aqui um dia", disse o dr. Weber, bebendo seu café.

Contudo a grande questão não foi respondida. O que iriam fazer com a paciente dali em diante? Legalmente, o que poderiam fazer? O dr. Weber e Sneidermann, cada um lutando contra debates internos, estavam perdidos em seus próprios pensamentos.

"Caso interessante", ponderou o dr. Weber.

Sneidermann ergueu os olhos bruscamente. Ele odiava quando o dr. Weber falava sobre pacientes como se fossem jogos a serem vencidos.

Seria isso alguma insensibilidade grosseira? Ou era algo que se adquiria depois de trinta anos atendendo mentes histéricas e doentes?

"Acha que ela vai tentar de novo, senhor?"

O dr. Weber franziu o rosto, pensativo.

"Você sabe", disse ele, "o único perigo real de suicídio é tirar o sintoma dela cedo demais. Quando o paciente é privado do sintoma, antes de reestruturar novas defesas ou lidar com o problema subjacente... é aí que a raiva e o ódio se viram para si mesmo... é quando podem se matar. Se vir sinais disso, cuidado."

"Sim, senhor. Quem me dera fosse essa a questão. Do jeito que está, nada vai tirar esta alucinação dela."

"A paciente se agarrou a alucinação, não é?", perguntou o dr. Weber.

Por um momento, ficaram em silêncio. Os barulhos feitos pela secretária do lado de fora, de alguma forma, irritavam Sneidermann. Ele percebeu que a falta de sono o afetava. Todo o caso o tinha deixado nervoso. Agora, tentava controlar sua impaciência. Perguntou-se se o dr. Weber, em algum momento, chegaria a uma solução concreta e definitiva.

"Como ficamos, então?", perguntou enfim Sneidermann.

"Estagnados. Ela virá para as consultas diárias, se você quiser, mas nada além disso."

Sneidermann se sentou, preocupado, em uma cadeira. Ele mexeu seu café sem olhar.

"Nem melhora, nem piora", suspirou.

"Você viu o que aconteceu quando a pressionamos. Suicídio. Antes disso, aborto. Santo Deus. Todas essas encenações."

"Por que ela precisa dessa ilusão tão desesperadamente?", Sneidermann perguntou. "Não entendo essa tenacidade feroz."

O dr. Weber girou o corpo. Viu que Sneidermann tinha o mesmo olhar distante que pairava por vezes em seu próprio rosto.

"Carlotta corre o risco de regredir completamente", disse o dr. Weber. "Ela usa essa fantasia como um método extremo de tapar o sol com a peneira."

"Sim", disse Sneidermann, um pensamento começando a se formular, uma ideia que verbalizou devagar, à medida que se cristalizava.

"O desejo pode ser uma sensação muito assustadora e poderosa."

"Por que isso lhe ocorreu?"

"Ah, não sei. Me pergunto quem estará escondido atrás daquela máscara oriental."

O dr. Weber se inclinou para a frente.

"Calma, meu caro. Vai com calma. Não vá sugerir motivos para ela. Não caia nessa armadilha, Gary."

Sneidermann assentiu vagamente com a cabeça, apesar da mente agitada, e saiu. Subiu as escadas para as salas de máquinas de venda automática para um almoço rápido. Queria evitar os residentes na cantina principal, queria ficar sozinho. Tinha muito em que pensar, e não dispunha de muito tempo.

Esses jogos, essas ambiguidades alternadas, pensou Sneidermann, quase amargamente. O dr. Weber podia acreditar em vinte teorias diferentes ao mesmo tempo, como se fosse um jogo de xadrez da vida real. Psiquiatria costumava ser uma disciplina concreta. Como cirurgia. Você localizava a enfermidade, fazia a incisão e a extirpava. Porém agora parecia um labirinto, composto pelos fios retorcidos de milhares de memórias incertas e dez mil variáveis desconhecidas. Investigar Carlotta Moran era como entrar em um banco de computadores com um milhão de fios não identificados, e só um deles, com uma falha microscópica, pode ser a causa de toda a enfermidade.

À sua frente, Sneidermann viu uma de duas possibilidades. Ou ela seria internada em caráter permanente, contra a vontade, assim que fizesse algo terrível. Nesse caso, vegetaria no corredor esquecido de algum hospital barulhento com uma equipe escassa. Ou então encontraria uma maneira de continuar com as sessões de acompanhamento. Com ele, e depois com o residente seguinte, e então com o seguinte. Até que desistisse, ou algo pior acontecesse. Sneidermann temia os longos e prolongados anos de sessões regulares. Não botava muita fé nesse processo. O que acontecia era que o paciente e o médico acabavam formando um pacto, uma troca de trivialidades sem sentido, e o paciente ficava para sempre fechado a qualquer investigação significativa. Ele sabia de um caso em que um homem frequentou um psiquiatra durante quinze anos sem dizer nada. Buscava somente a segurança de ver o médico. Sneidermann previu o futuro de Carlotta, uma personalidade fraturada, incapaz de funcionar no mundo real, com a ilusão de que, de alguma forma, o médico a estava ajudando a melhorar só por ouvi-la.

Será que havia algum modo de chegar até ela agora? Antes que se fechasse para o mundo exterior? Antes que as sessões se solidificassem em não comunicação? No momento ela estava em um estado volátil. Ouvia e mudava, conforme o que se dissesse. Agora era o momento, se há um momento oportuno, para o embate. Em quatro meses, sua residência terminaria. Ele iria embora, de volta para a costa leste. Então, seria tarde demais para ajudá-la.

Sneidermann bebeu o café como remédio, jogou o copo fora, e entrou resolutamente no seu escritório.

E se fosse contra as regras?, pensou.

Vendo Carlotta entrar no consultório, com medo de si mesma, capturada naquele pesadelo peculiar que aprisionou sua vida de forma tão violenta, ele soube que não tinha escolha.

"Boa tarde, Carlotta."

"Boa tarde", respondeu ela, bastante fria.

"Está se sentindo bem agora? Deve ter sido uma experiência aterradora ontem à noite."

"Estou bem agora, obrigada."

"Quero que saiba, Carlotta, que não vamos hospitalizá-la contra a sua vontade. Até poderíamos, mas seria inútil para todos nós. Não tentaremos controlar sua vida."

Ela pareceu relaxar visivelmente. No entanto, ainda olhava com certa desconfiança para o doutor.

"Então você pode continuar a vir aqui, como uma paciente ambulatorial", disse ele. "Talvez possamos ajudá-la de alguma forma. É o nosso único interesse."

"Tudo bem. Acredito em você."

"Você é uma mulher muito inteligente, Carlotta. E sei que sempre ouve a razão."

"Só posso fazer o que faz sentido para mim, dr. Sneidermann."

"Então agora quero conversar de verdade com você. Sem mais perguntas e respostas."

"Como quiser, doutor."

"Você perguntou à sra. Greenspan, segundo me disse, se ela acreditava em fantasmas. Ela riu, porque, claro, ninguém acredita. Mas houve um tempo em que as pessoas acreditavam em fantasmas. Acreditavam em bruxas, demônios, duendes, em..."

"O que você está tentando me dizer?"

"Essas bruxas e fantasmas eram apenas ideias, Carlotta, no entanto as pessoas as *viam*. Gostaria de ver fotos deles?"

Ele se virou, estendeu a mão para a prateleira e pegou um pesado volume. Abriu as páginas à frente dela. Ela olhou, com aversão, porém fascinada.

Gravuras em aço de demônios com asas de morcego, velhas horríveis com orelhas pontudas e cachorros com rostos de crianças surgiam na frente de Carlotta. Ela desviou o olhar, então se pegou olhando novamente. Havia homens pendurados na forca, enquanto corvos bicavam seus olhos, cobras com asas pairavam no ar, e uma mulher dançava com um touro na floresta.

"Esses demônios", disse o doutor, "eram muito fortes. Eles abusavam sexualmente das pessoas. Às vezes diziam que engravidavam mulheres. Você vê como essas fantasias eram contundentes?"

"Não sou burra, doutor."

"Então por que eles viam essas coisas? Porque era uma forma de expressar algo que os assustou."

Carlotta olhou para Sneidermann com uma expressão perplexa e zombeteira.

Esperou que o médico continuasse, mas como não houve continuação, ficou confusa.

"Isto não significa nada para mim, dr. Sneidermann."

"Bem, digamos que um homem — um homem que queria ser correto — sentia desejo pela esposa de um vizinho. Vai piorando com o tempo. Ele finalmente inventa essa criatura que tem um nariz adunco, verrugas e um temperamento maléfico. Claro, é uma imagem do seu próprio desejo, horrível para si mesmo. Entende o que digo, Carlotta?"

"Não."

"Tudo bem. Vamos voltar ao presente. Uma vez, meu supervisor cuidou de um caso em que uma mulher desenvolveu ódio por cheiro de tinta. Ficou tão doente que tinha de ficar deitada na cama, imobilizada. Por quê? Porque ela descobrira um caso de incesto. Na sua própria casa. Seu marido teve relações sexuais com a filha deles. Você entende, Carlotta? Aconteceu enquanto a casa estava sendo reformada. Agora estava tudo bloqueado, exceto a memória da tinta. A tinta se tornou o símbolo do que ela tinha bloqueado."

Carlotta riu nervosamente.

"Você vê como o subconsciente funciona de forma engenhosa?"

Carlotta uniu e apartou suas mãos no colo. Fora isso, permanecia a pessoa calma que havia entrado na clínica naquela manhã.

"Estou falando sobre o seu motivo agora, Carlotta. Você vê como esses delírios encobrem as coisas, mas voltam sempre para as raízes profundas, os segredos das nossas vidas que queremos esconder?"

"Sim, no entanto não preciso inventar monstros, dr. Sneidermann! Não há nada tão terrível na minha vida que precise inventar algo do gênero!" Sua voz aumentara de intensidade, o rosto parecia enrubescido.

"Tudo bem, Carlotta. Se acalme. Só quero que você..."

"Um oriental! Como é que inventaria uma coisa dessas? Você sabe que isso não significa nada para mim! Já falamos sobre isso centenas de vezes!"

Sneidermann tossiu levemente, se mexeu na cadeira, fez outras coisas para deixar passar o tempo. Carlotta estava ficando muito chateada. Ele sentiu que tinha atingido um ponto sensível. A paciente estava a um passo de perceber como estava doente. Quando percebesse, poderia dar entrada no hospital.

"Está bem", respondeu. "Vamos analisar a fantasia com o sujeito oriental."

"Eu..."

"Vamos dar uma boa olhada *nele*. O que sabemos sobre *ele*?"

"Sério, dr. Sneidermann..."

"*Ele* é grande. Muito grande. Musculoso. É intimidante o tamanho dos músculos dele. *Ele* mostra coisas que antes você não conhecia. Poderosíssimo. E quem o ajuda? Me diz, quem é que *ele* tem ao seu lado? Dois pequeninos. Não é verdade? Dois pequenos e um grande."

Carlotta olhou para o relógio. Parecia prestes a fugir da sala. De alguma forma, ele sabia que atingira um ponto. Ela estava indecisa: queria, ao mesmo tempo, ficar e ir embora. Precisava falar o quanto antes, pensou o médico, antes que ela se fechasse novamente.

"Vamos voltar para Pasadena. Foi aí que você começou a fantasiar."

"Não estou com disposição para isso, dr. Sneidermann. Estou muito cansada hoje."

"Tenha paciência, Carlotta. Só estou lhe mostrando uma coisa. Nada mais."

"Tudo bem. Mas preciso ir daqui a pouco."

"Você se lembra de como eram esses tempos. Na Califórnia. Quando você era mais influenciável. A guerra com os japoneses tinha recém-terminado, e a guerra com os coreanos estava apenas começando."

"Claro, sei disso."

"Muitos japoneses foram enviados para campos de detenção. Bombas atômicas caíram sobre eles. Os chineses atravessavam o Yalu. Baixas terríveis. Sabe, os orientais eram o inimigo."

"Eu era uma criança..."

"Exatamente. O que uma criança sabe sobre a guerra? Só que é algo terrível. Algo intrinsicamente ruim. A ser temido. Você absorveu isso, sem querer, de seus pais."

"Acho que me lembro."

"O que mais é mau?"

Carlotta riu, mas seu riso estava nervoso. Saiu como um som quebrado. Ela parou abruptamente, depois se virou e olhou para o relógio na parede.

"O que mais é mau?"

"Muitas coisas podem ser más."

"Conhecemos a sua família o suficiente para saber o que era mau para eles. Porque você tinha que continuar fugindo. Porque teve que enterrar sua calcinha com vestígios da sua primeira menstruação para impedir que enfrentassem seus próprios medos, suas próprias inadequações, seus próprios desejos frustrados. Mesmo quando criança, você sabia o que era mau para eles, Carlotta."

"Sexo. Eles tinham medo de sexo."

"Então, Carlotta. Não percebe agora? É como um sonho. As coisas ficam misturadas. É uma espécie de símbolo."

Carlotta olhou para o médico com uma força repentina e estranha, que o pegou de surpresa.

"De quê, dr. Sneidermann? Um símbolo de quê?"

Agora, o psiquiatra é que ficou nervoso. Teria se excedido? Não tinha certeza se a paciente estava sob controle. Ele falava suavemente, escolhia as palavras com cuidado.

"Pode ser uma série de coisas, Carlotta. Uma pessoa específica. O medo de uma pessoa específica. Tudo o que estou tentando fazer é para que você entenda que..."

"Não há ninguém por trás da máscara! Ninguém. Não estou me escondendo de ninguém nem de nada!"

"Mas, Carlotta, você sabe pela sua experiência que a mente pode enganá-la. Pode colocar essas máscaras, como você mesma chamou..."

"Não acredito em você."

"Mas, veja... você está ficando com raiva. Então acredita em mim."

"É obsceno, dr. Sneidermann... o que está sugerindo!"

"Não sugeri nada, Carlotta. Eu só disse..."

Carlotta se levantou de modo abrupto. Sua cabeça girava rapidamente em um eixo que Sneidermann havia fragilizado. Estava confusa. Sentia que o odiava, o detestava. Ela precisava que ele a trouxesse à luz do dia novamente, porém agora vê-lo era algo que a repugnava.

"Obsceno, dr. Sneidermann!"

"Carlotta! Se acalme."

Ela se afastou quando o médico se levantou atrás da mesa.

"Vou me acalmar! Mas não aqui! Não serei degradada pela sua mente doentia!"

"Certo. Talvez tenha me expressado mal. Pode se sentar, por favor?"

Ela o olhou com suspeita. Receava que a achasse tola. De repente, o raciocínio lhe parecia razoável. De onde tirara a ideia de sugestões obscenas? Teve medo. Sentiu-se perigosamente perto de flutuar para o espaço. Precisava se agarrar a algo.

"Vou embora, dr. Sneidermann", disse ela.

"Está bem. Sem problemas. Se quiser, pode ir."

"Sim, eu vou..."

Ela parecia vergar enquanto permanecia plantada no consultório. As sombras se aproximaram cada vez mais, como morcegos, invadindo sua mente, cada um proferindo um nome abjeto.

"Quer algo antes de ir?"

"Não... não..."

Ele pegou no braço dela e a escoltou até a porta.

"Até amanhã, Carlotta", disse o doutor.

Ela não disse nada, mas caminhou depressa — quase correndo — pelos corredores até o lobby, onde as crianças a esperavam.

Sneidermann sentiu uma certa emoção. Contatara o demônio. Carlotta havia fugido dele, uma vez levantado o véu, porém dependia dele. Não havia dúvida quanto a isso. Ela não iria muito longe. E ele cravara uma farpa em sua fantasia. Ao trazer para o nível consciente, iria difundi-la; poderiam enfim falar dos problemas reais. Por mais doloroso que fosse, ela não estaria mais se escondendo atrás de uma ilusão.

"Está pálido, Gary", disse uma enfermeira na recepção. "O que aconteceu?"

"O quê? Ah... nada. Foi por pouco. Aquela senhora estava muito nervosa."

"Ela saiu com pressa."

"Sim. Talvez tenha pressionado um pouco demais."

Sneidermann se sentiu muito cansado. Apesar de seu contato bem-sucedido com Carlotta, estava ansioso. Presumiu que Carlotta era forte o bastante para se adaptar à revelação. Ainda assim, a dúvida permanecia: será que teria a pressionado demais?

A ENTIDADE

12

Um rosto distorcido, os olhos borrados em uma espécie de esguelha, refletidos no farol cromado. Billy estava debruçado sobre o Buick, trabalhando no bloco de motor. Seus traços estavam monstruosamente distorcidos, compridos e curvos sobre o cromado.

"O que houve, mãe?"

"Nada", disse Carlotta, inaudível.

Ela o observou trabalhar, os músculos salientes no antebraço enquanto lutava para encaixar a chave na boca.

Uma lâmpada solitária balançou sobre seu ombro, uma segunda lâmpada em um protetor de fio no motor. Lá fora estava escuro. Fazia frio. As sombras se fundiam com os reflexos em uma sugestão mais hedionda do que o rosto deformado de seu filho.

"Não é verdade", murmurou ela.

Carlotta olhou ao redor da garagem, nervosa. De repente sua família, que sempre fora seu único e exclusivo apoio durante a enfermidade, também tinha se afastado dela. Agora estava sozinha. O isolamento a aterrorizava. Sentia-se completamente indefesa. Parecia estar vivendo em um sonho no qual não sabia as regras ou o desfecho.

"Onde estão as meninas, Billy?"

"Estão brincando lá dentro."

Carlotta observou o louco e retorcido reflexo rastejar ao longo do cromado do Buick até não aguentar mais. Precisava escapar da visão de Billy. O pior pensamento do mundo rondou sua mente. Experimentou um calafrio intenso, que a fez sentir um gosto amargo como a própria morte. Seria porque seus temores eram verdadeiros? Ela estremeceu.

Carlotta entrou em casa, fechou a porta e viu as meninas no chão da sala de estar. Pareciam tão calminhas, brincando com fantoches, fazendo vozes estranhas e assustando uma à outra.

"Não faça isso, Julie..."

"Só estamos brincando", protestou.

"Agora não..."

"Mamãe!"

"É melhor ir para o quarto, Julie. Você também, Kim... agora!"

Perplexas, as meninas levaram seus brinquedos para o quarto.

A sala ficou silenciosa. Mas um silêncio vibrando com mil possibilidades, cada uma pior que a anterior. Não havia fim para tudo isso? Carlotta estava afundando em uma areia movediça de lodo, e desta vez, ela sabia, não havia escapatória.

Ela se levantou depressa. Precisava fazer algo, qualquer coisa, ou iria se desintegrar. Jerry estava a milhares de quilômetros de distância. Sua família havia se desmoronado e se tornado tão perigosa quanto um ninho de víboras.

Carlotta foi ao telefone.

"Cindy", sussurrou. "Eu... Sim, sou... Oh, Deus, sim, você poderia? Pode vir aqui, por favor?... Sim, quero. Deus te abençoe, Cindy."

Ela desligou o telefone.

"Billy!", chamou.

O menino botou a cabeça para fora da garagem.

"Vou passar a noite com a Cindy, Bill", disse, sem olhar para o filho. "Está tudo bem. Só achei que seria bom nos recompormos. Depois de tudo o que aconteceu."

"Claro, mãe."

"Agora, quando os Greenspan chegarem em casa, quero que leve as meninas para lá. Eles vão entender, disseram que podíamos fazer isso a qualquer hora."

"Está bem, mãe. Fica tranquila. Está tudo sob controle."

Sua voz, que ainda estava mudando, se alterou ligeiramente. Agora parecia horrível, como uma porta antiga se movendo sobre dobradiças enferrujadas. Carlotta tinha de sair dali. Rápido.

Lá fora, Carlotta viu as meninas entrarem na garagem enquanto Billy, entre elas, se inclinava sobre o capô do carro. Dois pequeninos e um grande. Era demais para Carlotta. Ela foi esperar na calçada.

Depois de um período infinito de escuridão, em que suas vozes se misturavam com o som dos grilos e das folhas ao vento, as crianças ficaram silenciosas. O carro de Cindy virou na rua Kentner. Carlotta entrou.

"Cindy! Eu sou um monstro?"

"Não, claro que não. Você só..."

"Se você tivesse ouvido o que ele me disse! Foi obsceno!"

Cindy girou o volante. Estavam na avenida Colorado, a caminho do centro.

Cindy nunca vira Carlotta tão alterada.

"Se acalma, Carlotta. Não quero que o George a veja assim. Já vai ser difícil por si só."

Cindy estacionou na garagem subterrânea. Subiram as escadas de ferro pretas e saíram na frente da porta do apartamento.

"Está bem?", perguntou Cindy. "Recomposta?"

"Sim, acho que sim..."

Cindy abriu a porta. A luz no interior do apartamento parecia doentia, amarelada. Um cheiro de vegetais cozidos pairava no ar. George ergueu os olhos das páginas de esporte.

"Bem, Jesus..." dissee então viu Carlotta. "Olha quem está aqui."

"Olá, George", disse Carlotta, humilde.

"Veio visitar, né?", perguntou, ambíguo.

Carlotta seguiu Cindy para dentro de casa, fechando a porta ao entrar. Ela se sentiu muito estranha, ali parada sem nada para fazer.

"Sabe", disse George, "vamos às compras esta noite. Cindy e eu."

"Que bom, que bom", disse Carlotta, aliviada. A ideia de passar horas em uma atmosfera tão tensa era demais para suportar.

Carlotta foi para a cozinha. Ao que tudo indicava, Cindy estava com medo de uma cena. Era evidente que ainda não dissera a George que Carlotta passaria a noite lá.

"Posso ligar para as crianças?", Carlotta sussurrou.

"Claro, mas usa o telefone do quarto."

Carlotta foi até o quarto, sentou-se na borda da enorme cama king size, e pegou o telefone azul-claro. Ninguém atendeu. Tentou outra vez. Nada. Então discou para um número diferente.

"Olá", disse ela o mais alegre que pôde. "Sr. Greenspan... Sim, estou bem. Só precisava descansar na casa de uma amiga por uma noite... Não, não, nada mesmo... Agradeço muito... Não, sério... Eu poderia? Sim, obrigada."

Ela mordeu o lábio. Por um momento segurou o fone longe de sua orelha. Então ela o aproximou novamente.

"Olá, Billy?", disse com uma voz estranha. "Como você está? Está cuidando bem das coisas?... Não se esqueça de mandar as meninas para cama às oito. Também não faça muito barulho. Os Greenspan... O quê?... O dr. Sneidermann? Você disse onde eu estava?... Ótimo. Não, não quero falar com ele agora... Sim, tenho o número dele. Algo mais?... Está bem, escute. Estarei em casa amanhã."

Desligou, sentindo-se vazia por dentro. De alguma forma, ela não gostou da ideia de Sneidermann ter ligado para sua casa. Tornava tudo inevitável. O médico tinha tentáculos longos, agora alcançando-a mesmo longe da clínica. Não havia mais um lugar seguro.

Carlotta saiu do quarto. Atravessou a sala timidamente, sentou-se em frente à televisão, e tentou ler uma revista. Cindy entrou, evitou os olhares de George e se sentou. Por um momento, ficaram em silêncio, exceto pelo som da televisão.

"Às vezes, temos de confiar no médico", disse Cindy quando ficaram sozinhas por um momento.

"Sim. Eu sei."

"Não importa se é doloroso. Você precisa voltar."

"Meu Deus. É como ser operada sem anestesia."

"Bem, você dorme aqui hoje. Não vai te acontecer nada aqui."

George entrou na sala. Enquanto Carlotta estava perturbada na cadeira, ele procurou pelos sapatos.

"Voltamos em uma hora", disse Cindy. "Vou fingir uma dor de cabeça."

"O quê? Não se preocupa, Cindy. Estou bem."

"Você está com o número da clínica?"

"Aqui."

"Está bem, então. Boa noite."

"Boa noite, Cindy."

George se encostou no corrimão, o brilho do extremo oeste envolvendo sua cabeça com uma aura azul-escura. Ele acenou com o que parecia um gesto amigável para Carlotta, e em seguida, retomou a máscara rabugenta que era seu rosto. Ele e Cindy desapareceram escada abaixo.

Carlotta fechou a porta. Ela se perguntou se devia trancá-la, mas decidiu não arriscar ficar presa lá dentro. O relógio de lareira bateu a hora cheia, um som pesado e metálico. Ela se virou. Oito horas.

Então viu a cortina voar para longe da parede, como se desfazendo com eletricidade estática. Ela estremeceu. Estava esfriando. Verificou o termostato. Parecia normal, mas ela aumentou a temperatura.

Ocorreu-lhe sair do apartamento. E então imaginou-se em uma rua, uma calçada, um bairro estranho. Correndo no escuro. Carlotta se sentou em uma cadeira de costas para a parede. Dali, podia ver toda a sala.

Era o fim da linha. Já não havia espaço. Já não havia para onde escapar. Sneidermann a colocara contra parede. Estava disposto a virá-la do avesso, se fosse preciso. Seus olhos se moveram, atacados por formas obscenas, surgindo da paisagem ao luar de um mundo estranho.

"Meu Deus", pensou ela. "Estou com medo de mim mesma!"

Ela limpou o suor do rosto. Queria estar na sala de Sneidermann, precisava estar com ele. Naquela sala branca e segura onde o doutor teria todas as respostas.

Bastaria fazer uma ligação. O telefone do outro lado da sala a atraía, porém foi só quando o relógio bateu nove horas que seus nervos desgastados a impeliram a discar o número.

"Dr. Sneidermann?... Não está? Entendo. Obrigada." Desligou e encontrou o número pessoal dele na bolsa. Estava começando a discar quando o fone voou da sua mão. Rolou até o final do fio, tapete abaixo. Longe, do outro lado da sala, ela ouviu a porta da frente se trancar.

"Não... Deus... não... por favor..."

As luzes se apagaram. Ao mesmo tempo, uma prateleira repleta de bibelôs se soltou da parede. Animais de porcelana se estilhaçaram no chão.

"Meu Deus! Não..."

Ela foi arremessada para o corredor. Um golpe, repentino e maléfico, lançou-a nas sombras mais tenebrosas. Sentiu algo agarrar sua blusa.

"Não..."

Um puxão no cabelo fez com que a cabeça recebesse um tranco doloroso para trás. Luzes flutuaram frenéticas em sua visão. Sua cabeça foi agarrada e golpeada contra a parede.

"*Cala a boca, puta!*"

Ela sentiu mãos tateando seu corpo, levantando seus seios, pressionando-a contra a parede. Rangeu os dentes. Tentou reagir quando seu cabelo foi agarrado.

Gritou com dentes cerrados. Lutou com *ele* na entrada para o quarto. *Ele* arrancou a saia da cintura, ela chutou, com lágrimas caindo pelo rosto. Outro golpe a lançou contra a parede de novo. Roubou-lhe o fôlego.

"Filha da puta idiota!"

Faíscas azuis voavam da parede. Seu reflexo era iluminado pelas janelas ao fundo na sala de estar. Ela parecia estar lutando com as próprias sombras. Houve um rugido baixo e metálico, e objetos se espatifaram no corredor. Roupas, um espelho, um rack de revistas, todos se desintegraram em estilhaços e farrapos, rodopiando pelos cômodos com a iluminação intermitente de uma tempestade.

"Fique longe do médico!"

Ela se atirou para a sala de estar. Ele agarrou-lhe o pé, arrastou-a para trás outra vez.

"Não, por favor, não..."

Em meio a tempestade de botões, cabides e quinquilharias, ouviu o barulho de armários quebrando. Bateram na porta. O ferrolho trancou violentamente a maçaneta.

"Cindy!"

"Traga os seus amigos!", sibilou ele. *"Traga-os para dentro!"*

Carlotta gritou outra vez, se contorceu o suficiente para bater na parte aberta do corredor. Ela conseguia ver o ferrolho sendo esmurrado, partido, cedendo.

"Fique longe!", gritou.

Carlotta viu a mão de George se debatendo na borda destruída da porta, procurando o trinco. Então seu rosto foi empurrado entre os joelhos. Ela foi lançada na escuridão.

"Meu Deus!", gritou George.

Ele observou a tempestade de artigos domésticos que se dissipava e discerniu o caos dos elementos que compunham sua vida — seus móveis, os quadros nas paredes, os pratos e as roupas — movendo-se como uma pilha viva no chão. Com trêmulo espanto, reparou nas rachaduras ao longo da parede e no carpete rasgado, reduzido a trapos. Cacos de vidro e cerâmica estavam espalhados pelo tapete como sinistros flocos de neve.

"Meu Deus!", gritou. "Porra, ela destruiu a casa toda!"

George não conseguia acreditar no que via. Caminhando pela escuridão, descobriu que a luz do teto não estava funcionando. Acendeu a luz da cozinha. A sala de estar estava completamente destruída. Objetos rolaram para os seus lugares finais de descanso e colapsaram. Em algum lugar no corredor, Carlotta chorava desconsolada.

"Cindy!", choramingou ela.

Cindy caminhou pesarosa pelo que fora a sua sala de estar. Encontrou Carlotta sentada no chão, com as roupas rasgadas ao seu lado.

"Oh, querida!", disse Cindy, ela mesma aos prantos.

George permaneceu de pé no marco da porta entre a sala de estar e o corredor, estupefato. Então, como em transe, pegou uma toalha molhada, voltou e a ofereceu para Cindy. Ela passou a toalha no rosto de Carlotta, tocando suavemente os hematomas e os cortes, secando as lágrimas.

"Ai, Cindy!", Carlotta gritou. "*Ele* queria me matar! E *ele* vai! Na próxima vez!"

"Não, querida... tente se acalmar...!"

"Vai sim! Tenho que sair daqui! *Ele* vai matar você também!"

"Não, não... querida..."

"Ele vai matar todo mundo!"

Carlotta chorou no ombro da amiga. Por um momento, George engoliu em seco, em seguida, enxugou os olhos.

"Ela não deveria estar em um hospital?", sussurrou ele. "Cindy? O que você acha? Não era melhor ela estar em um hospital?"

Mas Cindy não respondeu. Carlotta percebeu aos poucos como era estranho o silêncio de Cindy. Ela olhou para a amiga.

"Você também viu", sussurrou Carlotta. "Não foi?"

Ela virou o rosto.

"Me responde, Cindy."

"Foi uma visão terrível, Carly. Não sabia o que pensar."

George se inclinou para frente. Seu rosto estava vermelho.

"Vamos levá-la para um hospital!", sussurrou roucamente.

"Sai daqui, George!" Cindy o atacou. "Não vê que ela está nua?"

George olhou para a mulher, os olhos esbugalhados. Então, virou-se de costas para a parede.

Carlotta tremia violentamente. Súbito, seus lábios tremularam, como se fosse chorar. Mas não vieram lágrimas. Estava com um olhar atordoado, mas seus olhos estavam arregalados e cheios de... esperança?

"Nunca a devia ter mandado a um médico", disse Cindy. "O que foi que eu fiz? Quase matei minha melhor amiga!"

Carlotta olhou para Cindy, suplicante, com olhos que pareciam os de um cervo ferido e assustado.

"Que história é essa?", rosnou George. Ele se virou violentamente. "Isso não é da sua conta. Este é um assunto para médicos e enfermeiras e..."

"Este é um assunto para um *paranormal*!", gritou Cindy.

"Paranormal uma ova!"

"É sim! É sim! Você viu! Eu sei que viu!"

"Eu não!"

"Mentiroso! Se você a mandar para o hospital, você a matará!"

George ficou chocado. Seus lábios tremiam, seu rosto contorcido na sombra.

Carlotta se rendeu a um choro suave e sem esperança, um espasmo que fez tremer seus ombros.

"Eles viram!", choramingou ela. "Eles viram!"

Cindy ficou de pé, com os dedos nos lábios. Tentou controlar o pânico.

"Me deixa pensar", disse ela. "Preciso pensar."

"Graças a Deus, Cindy..."

"Não chore, Carly."

"Você viu..."

"Sim, eu vi! E vamos buscar ajuda. Nós..." Ela se virou decidida para George. "George, vamos tentar descansar agora, a Carly e eu. Você dorme na sala. Não faça barulho. Amanhã, vamos enfrentar o problema. Do jeito que deveria ter sido enfrentado há três meses."

George ficou de pé com as mãos na cintura, imóvel como um espantalho, vendo Cindy levar Carlotta para o quarto. Esperou a esposa colocar Carlotta na cama, a cobrindo com um cobertor.

"O que vai acontecer amanhã?", perguntou ele.

"Vamos buscar ajuda — ajuda de verdade", disse ela. Ela estendeu a mão ao rosto de Carlotta e o tocou gentilmente. "Ajuda espiritual!"

PARTE III

Eugene Kraft & Joseph Mehan

Quando ainda era garoto, procurava por fantasmas,
Por muitas câmaras de escuta, cavernas e ruínas,
E madeira estelar, com passos temerosos em busca de
Esperanças de conversas elevadas com os falecidos.

Shelley

A ENTIDADE

13

À medida que a noite avançava, as lembranças e as cenas das últimas duas semanas fluíam como um rio gélido pelo cérebro de Carlotta. Estivera tão mergulhada no abismo do horror que somente agora conseguia pensar direito. O pânico a envolvia por completo. Carlotta percebeu que o universo tinha girado em torno de seu próprio eixo e a irrealidade agora dominava sua vida. Forças e medos desconhecidos haviam se revelado, expandindo sua compreensão da existência. O mundo era infinito, impiedoso e perigoso, e de alguma forma, atravessara para um nível diferente de realidade.

Nas duas semanas desde que Cindy e George haviam testemunhado a destruição do apartamento, Carlotta visitou curandeiros e médiuns. George as levara a uma vidente em Sunset Boulevard. Era uma mulher do leste europeu com uma postura imponente, que atendia em uma sala luxuosa em frente à discoteca Whiskey-a-Go-Go. Ela se interessou pela história de Carlotta. Por trinta dólares, a vidente a instruiu sobre as constelações e o impacto que exercem em uma vida amorosa saudável. Carlotta saiu de lá enojada. Os três ficaram parados na tarde quente e poeirenta, sem saber para onde ir. Carlotta caiu no choro.

Cindy sugeriu que algum guia espiritual fizesse uma avaliação da mente de Carlotta. No dia seguinte, rumaram para Topanga Canyon, um passeio árido e quente atrás dos Montes Brown, ao norte de Los Angeles. No centro de astrologia local, Carlotta conseguiu o nome e o endereço de um bombeiro aposentado que morava em um trailer de alumínio. Ao baterem à sua porta, foram calorosamente recebidos. O homem, magro e frágil, tinha sobrancelhas brancas espessas e dedos nervosos que batucavam em uma mesa de azulejos. Depois de ouvir atentamente a história deles, contemplou-os com um sorriso e devolveu-lhes o dinheiro. Sugeriu que Carlotta considerasse mudar-se, preferencialmente para fora da região sudoeste, em busca de um ambiente mais estável. Além disso, recusou-se a se envolver em aparições externas.

Naquela noite, Carlotta acordou em um sobressalto. Ouviu uma risada. Olhou ao seu redor na escuridão. Sentiu a presença *dele* no quarto. Mãos frias afagaram o rosto dela, advertindo-a para que ficasse calada. Foi empurrada de volta para o colchão. *Ele* pressionou as mãos abaixo do ventre dela, para afastar suas pernas. Ela não resistiu. *Ele* não a agrediu, apenas se segurou, usufruindo dela por muito tempo antes de consumar seu intento libidinoso. Mais da metade da noite se passou antes que *ele* saísse dela, ficasse transparente, se dispersasse na parede e desaparecesse. Os dentes de Carlotta bateram, e ela estremeceu em um miasma de repulsa por si mesma.

Cindy encontrou um grupo mediúnico em Santa Monica. O grupo se reunia em uma igreja abandonada na praia. Pinturas sagradas, em vermelho intenso e azul, decoravam as janelas, com símbolos de uma religião que Carlotta jamais vira antes. A congregação cantava. Homens barbudos com pontinhos vermelhos na testa e meninas magras em camisas imundas. Carlotta nunca mais voltou.

Naquela noite, *ele* a acordou. *Ele* foi bastante meigo. Delicado como uma borboleta. *Ele* a atormentou com sonhos estranhos e vívidos que se desenrolavam como um filme distante, ao mesmo tempo terrível e fascinante. Contrariando seu amor-próprio e sua sanidade, Carlotta sentiu o corpo aquecer, a respiração ofegar, espasmódica.

As estranhas imagens se desfizeram na calidez multicor de um arco-íris. Ela gemeu suavemente, contra vontade. Então *ele* descansou. Ficou silencioso. Carlotta sentiu como se flutuasse na brisa de uma longa noite de verão, sem peso e iridescente, recuperando aos poucos o fôlego. Então, suavemente, controlado e magistral, *ele* recomeçou.

Durante o dia *ele* fazia outras brincadeiras — maldosas, travessas, mortais. Sem aviso algum, um copo voava de repente de uma prateleira e batia contra uma parede, por pouco não atingindo uma das crianças. A torradeira flutuava da mesa do café, suspensa no ar, desafiando a gravidade, antes de, com a leveza de uma pena, regressar à mesa outra vez. Julie e Kim gritavam de medo, enquanto Billy vociferava obscenidades para *ele*. A descarga do banheiro acionava sozinha, às vezes por horas a fio. Em uma ocasião — um final de tarde, as meninas estavam assistindo televisão —, o aparelho de repente começou a brilhar, depois pulsar e finalmente explodiu em grãos de cristais pulverizados; por sorte, Julie e Kim fugiram da sala a tempo.

Era evidente que as crianças corriam perigo. As meninas foram enviadas para a casa dos Greenspan, onde passavam a maior parte dos dias e todas as noites. Billy passava cada vez mais tempo com Jed. Mas, para Carlotta, não havia fuga. Não fazia diferença se dormisse no apartamento de Cindy ou na própria casa. *Ele* vinha de noite para vê-la.

Acordados pelos gritos dolentes de Carlotta, George e Cindy fingiam dormir, depois de uma noite em que George foi à porta do quarto para averiguar e acabou sendo arremessado para o corredor por uma força incrível, e nada natural. Agora, quando ouviam os gemidos angustiados e o colchão sacudindo ritmicamente, George e Cindy ficavam quietinhos, tremendo de medo na própria cama, com medo de que *ele* viesse através da parede para assustá-los.

Incapaz de dormir, George próprio parecia um espectro. Toda aquela provação fez com que Cindy passasse a sofrer de tremores no rosto e nas mãos. Após uma semana e meia, agarravam-se um ao outro como sobreviventes de um naufrágio.

Então Cindy, incapaz de suportar a pressão, tentou convencer a si mesma de que não vira nada. George, já confuso, se perguntou se deveria pensar o mesmo.

"Como assim, não viu nada?", sibilou Carlotta, de olhos arregalados.

"Bem", gaguejou Cindy, "estava escuro... tudo voando..."

"Você acha que eu fiz aquilo?"

"Não, mas..."

"Cindy", implorou Carlotta. "Me diz o que você viu..."

"Estava escuro. Não sei. Você estava gritando. Talvez tenha sido isso o que me fez pensar que vi..."

Carlotta olhou nos olhos da amiga. Sabia que Cindy estava com medo. Medo de lidar com o desconhecido. Sua amiga estava tentando se proteger para preservar o próprio equilíbrio mental.

"Talvez eu deva voltar ao médico", disse Carlotta suavemente.

Cindy não falou nada, quase culpada. Mas George lançou um olhar penetrante para Carlotta.

"Bem", disse o George, "talvez tenha razão. Quem sabe o médico não possa ajudá-la com isso."

Carlotta permaneceu em silêncio. A ideia de voltar para aquela sala branca e minúscula, a bateria de perguntas, a ansiedade, parecia intolerável para ela. No entanto, Sneidermann era um especialista, à sua maneira, e sabia muito a seu respeito — e sobre como precisava de estabilidade.

A manhã seguinte estava quente e desagradável, uma neblina amarela que obstruía os pulmões e obscurecia as colinas próximas ao campus. Carlotta saltou do ônibus na clínica universitária. A conhecida fachada de pedra cor-de-rosa parecia gigantesca e sinistra e, com ela, toda aquela ansiedade monstruosa que o médico instilara em sua vida, no âmago de seu ser.

Carlotta foi até a porta várias vezes, depois recuou para um banco em frente ao chafariz. Residentes, pacientes e médicos entravam na clínica. Começou a suar. As colunas enormes, lotadas de laboratórios e clínicas, consultórios e corredores, debruçavam-se sobre ela, ameaçando esmagá-la. De repente, viu a figura de um homem de jaleco branco subindo as escadas. Pensando que fosse Sneidermann, rapidamente se virou, levantou do banco e desceu os degraus.

Foi só após ter percorrido todo o complexo, e parado em frente a um café e à livraria médica, que ela se atreveu a olhar para atrás. Não era Sneidermann. Tremendo, entrou no estabelecimento.

Bebeu um café. A ansiedade desapareceu, mas em seu lugar ficou um tipo peculiar de náusea. Receava passar mal. Tentou organizar seus pensamentos. Como contaria a Sneidermann que aconteceu um ataque também quando estava com pessoas fora da sua família, e que seus amigos também o tinham visto? Forçou-se a comer um pedaço de torta de cereja. Mas o enjoo permaneceu.

Ela adentrou a realidade quente e ofuscante da cidade. Fez uma pausa. Ainda não estava pronta para ir ao consultório do dr. Sneidermann. Ela procurou um parque, um banco, onde poderia se sentar à sombra. Não havia nenhum. Então se virou, viu a livraria da universidade, seu ambiente confortável, com tranquilos e estudiosos professores folheando livros distintos. Entrou hesitante na loja.

Estava fresco, levemente climatizado. Sentiu-se constrangida. Os homens e mulheres que estavam de pé na frente das estantes ou que bebiam chá verde nas mesas cobertas com revistas científicas — todos pareciam tão intelectuais, tão bem-vestidos. Carlotta deu uma rápida olhada para a sua vestimenta simples, saia e blusa. Teve medo de que um funcionário lhe perguntasse o que ela queria, então avançou rapidamente pelos corredores. Gradualmente, o carpete agradável e as conversas calmas e amigáveis ao seu redor tiveram um efeito calmante. Aos poucos, começou a relaxar.

Em uma prateleira alta estavam ricamente ilustrados livros em que esqueletos humanos figuravam frente a paisagens improváveis, cada osso ou músculo finamente delineado. Em outro, o cérebro humano era exibido em fotografias, fatiado, sobre um fundo reluzente. Carlotta estremeceu e passou para outra sala. Estava na seção de psiquiatria. Hesitante, alcançou alguns livros. Eles estavam cheios de gráficos e diagramas. Imagens de crianças com olhos vesgos e línguas salientes. Então, viu um livro que reconheceu. Era o mesmo que Sneidermann a mostrara. As páginas exibiam gravuras de morcegos. Cães velhos com presas pingando. Fogo-fátuo sobre pântanos úmidos. De repente ocorreu à Carlotta que em algum lugar, em alguma prateleira naquela biblioteca, havia um livro, talvez uma seção inteira, que teria fotos do que ela viu, ou teria parágrafos, capítulos, que explicassem tudo.

Mas os poucos livros de fotos que encontrou não divergiam muito do que Sneidermann mostrara. Decepcionada, Carlotta colocou de volta o livro. Em sua mente, se via subindo as escadas para o corredor, envergonhadamente encarando Sneidermann depois de todos esses dias.

Ela estava prestes a sair quando ouviu uma conversa atrás da estante, em um cantinho, onde vários cadernos estavam dispostos sobre uma mesa de centro redonda. Hesitante, espreitou por um espaço entre os livros e viu dois jovens, ambos bem-vestidos, discutindo em voz baixa sobre um experimento.

"A relação entre o estado emocional da paciente e a frequência dos eventos não foi estabelecida", disse o mais baixo. "Pelo menos, não de forma satisfatória para mim."

"Por outro lado", disse o outro, "as análises de probabilidade são irrepreensíveis. Também houve relatos de pontos frios."

"Duvido que haja ligação."

"Mas e o odor? O cheiro de carne podre? Isso está muito bem documentado aqui."

"Ainda não concordo com o caso até agora", falou o mais baixo. "Eles quase nunca ocorrem enquanto os objetos se movem aleatoriamente."

Carlotta os observou, alterados no debate, folheando as páginas de uma agenda lustrosa, passando os dedos pelos gráficos de probabilidade reproduzidos lá. Ela deu a volta na estante de livros e os confrontou.

"Com licença", disse ela, quase sussurrando.

Ambos se viraram e imediatamente viram que não a conheciam.

"Com licença", disse ela novamente, tremendo. "Eu... isso que vocês estão falando... Está acontecendo comigo."

O centro de nossa investigação, a sra. Carlotta Moran, nos conheceu por acidente, na livraria da universidade na esquina de La Grange. Meu colega, Joe Mehan, e eu estávamos estudando algumas críticas recentes à experiência Rogers-MacGibbon, quando a sra. Moran aparentemente nos ouviu. Ela parecia um pouco nervosa, até mesmo assustada, e começou a nos fazer perguntas. De modo geral, referiam-se a elementos bastante básicos de atividade poltergeist.

Ela confessou que sua própria casa era o local de tais acontecimentos. Visto que recebemos centenas dessas alegações a cada mês, e a maioria delas é espúria, continuamos céticos. Tornou-se evidente, no entanto, que ela estava assustada, então concordamos em visitá-la naquela tarde.

A referida casa é parte de um conjunto habitacional. Não há nada que a distinga visivelmente das demais construídas a partir do mesmo modelo, exceto que, dentro, o teto, paredes e portas estão marcados por uma variedade de marcas de objetos atirados contra eles. Para cada marca, a sra. Moran conseguiu se lembrar da data, do objeto causador e como foi ocasionada. Geralmente, objetos domésticos pesavam entre um e quatro quilos, como a torradeira, um castiçal, um rádio, e assim por diante. As trajetórias pareciam erráticas e imprevisíveis, e nenhum canto da casa estava livre de sinais de colisão.

Ela parecia particularmente nervosa ao nos mostrar seu quarto. Mas acabou nos mostrando, e vimos que as paredes estavam livres de marcas de arremessos. Os móveis e cortinas estavam marcados, no entanto em diferentes padrões. A atmosfera parecia carregada, retesando nosso cabelo.

Conversamos com a sra. Moran durante vários minutos. Note-se que ela consultara um psiquiatra por medo desses eventos. Nós a tranquilizamos como pudemos, e ela parecia bastante ansiosa para que investigássemos a casa.

Pegamos sensores térmicos portáteis de alta sensibilidade em nosso carro e medimos as áreas adjacentes à porta do armário e à parede do fundo do quarto de trás. Detectei vários pontos frios enquanto caminhava pela sala e quis verificá-los com precisão. De acordo com as nossas medidas, havia quatro áreas semicirculares, a maior das quais era de um metro e dez centímetros de raio e a menor delas era de quarenta e cinco centímetros de raio. A variação da temperatura, proporcional ao comprimento dos raios, variou de 8,24 a 12,36 graus centígrados abaixo da temperatura ambiente.

A sra. Moran acreditava que os pontos frios cresciam em força e definição no mesmo ritmo em que a atividade psicocinética tornava-se mais frequente, e ela acreditava que ambos eram mais propensos a ocorrer durante noites secas e com muito vento. Discutimos com a sra. Moran a possibilidade de conduzir uma investigação de sua casa. Ela pareceu disposta a fazê-lo, e imediatamente assinou um formulário de consentimento.

Definimos provisoriamente o ambiente como um local de atividade poltergeist ativa. Os pontos frios e áreas energeticamente carregadas, variáveis que raramente acompanham atividades psicocinéticas recorrentes espontâneas, ajudaram a construir uma investigação séria e bem-embasada. Pendente da aprovação do departamento, apresentamos o acima exposto como um projeto de estudo independente para o primeiro semestre de 1977. Detalhes da requisição do equipamento e o orçamento estão incluídos nos apêndices I-IV.

Eugene Kraft
Joseph Mehan

A divisão de Parapsicologia da West Coast University era um anexo provisório do Departamento de Psicologia. Havia um membro do corpo docente, a dra. Elizabeth Cooley, e trinta alunos. Os dois assistentes de pesquisa da dra. Cooley, Gene Kraft e Joseph Mehan, estavam completando os semestres finais para o primeiro mestrado concedido pelo Departamento de Psicologia em parapsicologia.

Tendo distribuído e lido o relatório, a dupla estava de pé diante da turma, pronta para responder perguntas. Kraft era preciso, loquaz e dinâmico. Mehan, quinze centímetros mais alto, era taciturno, com olhos escuros e rosto ossudo. O sol quente da tarde inundou as janelas, envolvendo a todos e lançando a sala de aula em um clarão abafado. A dra. Cooley foi até as persianas e as fechou. Imediatamente, o cômodo ficou mais escuro e frio.

"Perguntas?", disse ela.

Um doutorando em religiões orientais, interessado no relacionamento entre estados de consciência alterada e os escritos dos sacerdotes hindus nos Vedas, levantou a mão.

"Parece um local propício", disse ele. "Mas como iniciar o projeto?"

"Cada evento", respondeu Kraft, "deve ser traduzido em dados quantificáveis precisos. Isso significa temperatura, deslocamentos de massa, velocidades, concentrações de íons e radiação ou campos eletromagnéticos secundários, todos correlacionados a uma referência de tempo."

"A estrutura da nossa abordagem experimental", acrescentou Mehan, "é fornecer alguns dados físicos, gravando todos os fenômenos de encontro por meios eletrônicos."

"Há teorias que relacionem atividade psicocinética a zonas frias?", perguntou o doutorando.

"Até o momento, não", respondeu Kraft.

"Estamos na fase de coleta de dados do projeto", disse Mehan. "Questões específicas podem influenciar essa fase, e é melhor evitarmos perguntas tendenciosas."

Uma candidata ao doutorado em psicologia clínica, que estudava os efeitos da meditação na memória de curto prazo, levantou a mão.

"Quais considerações técnicas estão envolvidas no controle das influências ambientais?", ela perguntou.

"Tal controle é o maior problema em qualquer ambiente de campo experimental", explicou Kraft. "Podemos ter dificuldades em avaliar as influências do ruído de sessenta ciclos e das interferências de radiofrequências. Caso contrário, o equipamento à nossa disposição é suficiente para medir quase todas as variáveis físicas em consideração aqui."

"Estamos considerando desenvolver um sistema fotográfico para auxiliar na coleta de dados", disse Mehan.

Um aluno que havia recebido uma bolsa naquele semestre por seu trabalho na informatização de estudos de probabilidade de PES levantou a mão.

"E entrevistar a paciente?", indagou.

"Isso seria uma boa ideia", admitiu Kraft. "Na verdade, devemos entrevistar a família toda."

A dra. Cooley se encostou ao parapeito da janela, dobrou os braços e se dirigiu à turma.

"Em geral, atividade de poltergeist está relacionada a certos estados emocionais. Tensão, histeria, hostilidades veladas, rivalidade entre irmãos, por exemplo", explicou. "Eu tentaria descobrir por que ela estava consultando um psiquiatra."

"Por causa dos fenômenos", disse Kraft.

"Ainda assim", insistiu a dra. Cooley, "deve haver um diagnóstico para essa mulher."

"Isso não será difícil", disse Mehan. "Ela era paciente daqui."

A dra. Cooley estacou. De repente, a turma ficou em silêncio.

"Da clínica universitária?"

"Sim", disse Mehan.

"Mais um motivo para termos cuidado", disse ela.

A dra. Cooley caminhou lentamente pela sala de aula, pensando. Kraft e Mehan a observavam quando ela se virou e olhou para eles.

"Ela ainda é paciente?", perguntou.

"Não", respondeu Kraft. "Ela interrompeu a terapia."

"Teve alta?"

"Não tenho certeza."

A dra. Cooley ficou em silêncio, decidindo o que dizer a Kraft e Mehan.

"Descubra qual é a situação dela", disse Cooley.

A turma estava cautelosa, mas intrigada com o projeto. A maioria dos alunos estava restrita a estudos laboratoriais, dado que os problemas de controle eram muito complicados. Kraft, no entanto, era um engenheiro elétrico, e conseguiria medir dados externos e tais variáveis em qualquer ambiente. Houve um entendimento tácito de que ele, Mehan e a dra. Cooley operavam em um nível superior de especialização.

"Sem mais perguntas?", interrogou a dra. Cooley.

Não havia nenhuma.

"Está bem", disse ela. "Acredito que o projeto possa avançar. Informe o orçamento e design do experimento ainda hoje. Eu também gostaria que vocês providenciassem uma série de entrevistas. Seria bom executar o teste Solvene-Daccurso."

"Certo", disse Kraft.

A turma foi dispensada. Os alunos saíram porta afora, alguns para os corredores e para outras aulas, e outros para os laboratórios minúsculos adjacentes à sala de aula.

A dra. Cooley foi atrás das persianas para trancar as janelas. Lá embaixo estava o pátio do complexo médico, as esculturas brancas modernas nos chafarizes. Residentes, médicos e pacientes caminhavam a passos largos. A dra. Cooley se transferira para a parapsicologia há trinta anos. Desde então, fora progressivamente isolada, como uma bactéria inoportuna, em laboratórios cada vez menores, cada vez mais distantes dos principais corredores do edifício de ciências da medicina. Apenas os professores que a conheciam antes de ela se tornar parapsicóloga ainda falavam com ela. Assim, seus alunos eram próximos, protetores uns dos outros, e dela. Sua existência como uma divisão dentro do Departamento de Psicologia era frágil, e eles sabiam disso.

A ENTIDADE

14

A brisa da noite revirou os galhos mortos das cercas. Carlotta sentiu a atmosfera carregada, o ar denso, e então ouviu um som na varanda.

Pelo olho mágico, avistou duas figuras cuja presença jamais esperava ver.

"Olá", disse ela. "Entrem."

Ela abriu a porta. Kraft e Mehan entraram na cozinha. Mehan trazia mais sensores térmicos. Mal pisaram na sala de estar, estacaram como paralisados.

O ar estava denso, quase palpável. Uma sensação seca e pungente invadia as narinas. Eles se entreolharam.

"Devíamos ter trazido um detector de íons", disse Kraft.

"Traremos na próxima vez", disse Mehan.

Carlotta permaneceu na sala, sem saber o que fariam em seguida. Os pesquisadores continuaram parados, olhando ao redor da cozinha, bem-vestidos e educados, cochichando entre si.

"Podemos ir ao quarto?", perguntou Kraft.

"Claro."

Ela acendeu a luz do corredor. A lâmpada balançou sobre as cabeças deles. Suas sombras ondularam, lentamente. Ela abriu a porta.

"Jesus Cristo", disse Mehan.

"Meu Deus!", soltou Kraft.

O fedor agora se espalhava pelo corredor onde ela estava, quase tangível ao redor deles, invadindo narinas e pulmões. Tinha o odor adocicado e nauseante de carne em decomposição. Kraft retornou ao corredor.

"Se tivéssemos um farejador eletrônico, saberíamos que cheiro é este."

"Piora à noite", comentou Carlotta.

"Não admira que estivesse com pressa de nos ver", comentou Kraft, pensando alto.

Mehan observou a sala, respirando pela boca.

"Frio constante", disse ele. "Bem uniforme."

"Há quanto tempo isso acontece?", perguntou Kraft a Carlotta.

"Três meses."

"O mesmo período das outras ocorrências?"

"Sim."

Mais cedo naquele dia, em uma conversa com Cindy, as duas amigas concordaram que Carlotta deveria relatar apenas o essencial de suas experiências aos dois cientistas — os cheiros, os pontos frios, os objetos que se moviam sozinhos. Sob nenhuma circunstância mencionaria seu visitante noturno ou os ataques sexuais.

"Há muitos impostores ultimamente", dissera Cindy. "Se esses dois forem sérios, descobrirão por conta própria. Se não forem, começamos de novo, mas sem que o mundo todo saiba."

Carlotta ainda se perguntava se tomara a decisão certa. Kraft e Mehan pareciam bem-informados. Eles sentiram o cheiro. E, com eles, ela experimentou algo que começava a parecer real outra vez. Talvez, juntos, conseguissem encontrar uma forma de combater aquele pesadelo.

Kraft voltou para o quarto com um lenço cobrindo o nariz. Os dois cientistas sussurravam, trocando jargões que ela não entendia. Mehan colocou os medidores na mesa de cabeceira, ligou os interruptores e esperou as leituras. Depois, ele e Kraft saíram para o corredor, fechando a porta atrás de si.

"O que vocês acham que é?", perguntou ela, a voz trêmula.

"Vamos para a sala?", sugeriu Kraft. "Gostaríamos de conversar um pouco com você."

Carlotta sentou-se no sofá, tentando se preparar para o pior. Kraft escolhia as palavras com cuidado, claramente tentando não alarmá-la. Mehan permaneceu sentado atrás dele, com os olhos fixos nela.

"Essas marcas no teto", começou Kraft, pausadamente, "são conhecidas como atividade poltergeist."

"Poltergeist...?", repetiu Carlotta, confusa.

"A tradução literal da palavra alemã é 'espírito brincalhão'," explicou ele. "O termo é usado para descrever travessuras maliciosas, como as de uma criança."

"Como objetos voando pela sala", acrescentou Mehan, "luzes acendendo e apagando, coisas assim."

"Certo", murmurou Carlotta, sem compreender bem.

"Mas os pontos frios e o odor", continuou Kraft. "A ocorrência simultânea é extremamente rara."

"O que está tentando dizer?", perguntou ela.

"Que pode haver um segundo tipo de fenômeno aqui", respondeu Kraft.

Mehan observava Carlotta com atenção. "Deixe-me perguntar, sra. Moran: a senhora já foi tocada, empurrada ou agarrada por algo que não conseguiu explicar? Já viu algo fora do comum?"

"Eu... eu... as coisas estão confusas...".

"Claro", disse Kraft com suavidade. "Entendemos."

"É um pouco mais complicado do que pensávamos", concluiu Mehan.

O coração de Carlotta disparou. Cada nervo, cada fibra, queria gritar, explodir, contar a verdade. Mas se segurou, aguardando que eles próprios descobrissem.

"É mais complicado", disse Kraft.

Por um momento, ficaram em silêncio. O ar parecia pinicar sua pele e seu couro cabeludo. Os dois pesquisadores compreenderam como devia ser difícil viver naquela casa. Olhavam para ela, jovens e atentos, como se aguardassem que dissesse algo. Ao redor deles, a casa permanecia escura e silenciosa.

"Vocês vão investigar?", perguntou Carlotta, hesitante.

"Se não for um problema para você", respondeu Mehan.

"Problema algum. Por favor, investiguem."

Kraft esboçou um sorriso. "Vou lá fora um instante."

Carlotta assentiu. Ele foi até o carro, pegou uma lanterna e iluminou as fundações da casa com seu feixe de luz. Enquanto isso, Mehan retornou ao quarto, fez uma nova leitura nos medidores e anotou os números em um caderno preto. Carlotta o observava pela porta.

"E do que se trata esse fenômeno, afinal?", perguntou.

"Escassas teorias", respondeu Mehan, sem levantar os olhos. "Mas já foi relatado muitas vezes."

Carlotta o viu aproximar o medidor do armário. Os números começaram a oscilar onde o ponto frio estivera.

Ele passou pela área diversas vezes, registrando as leituras.

"Às vezes há coisas associadas ao cheiro", disse Mehan.

"Que tipo de coisas?"

"A literatura é contraditória. A maior parte não é confiável."

"Que tipo de coisas?"

Mehan levantou os olhos. O tom de voz dela mudara. Estava amedrontada.

"Há o relato de uma senhora idosa em Londres", respondeu ele. "Ela manteve o melhor registro documentado do cheiro."

"O que aconteceu?"

"Ela viveu com o cheiro por dezesseis anos."

"Dezesseis anos...", sussurrou Carlotta.

Ele entrou no closet, onde o odor era forte. Tateou a parede com as mãos, batendo em pregos e levantando e abaixando o medidor.

"Na verdade, ela começou a enlouquecer com isso", disse ele. "Mas claro, era uma mulher muito idosa."

"Enlouquecer?"

"Ela relatou que algo aparecia. Um ser que a perseguia."

Mehan saiu do closet. Carlotta estava pálida.

"Você está bem?"

"Sim, estou."

"Não a assustei, né? O seu caso é completamente diferente."

"Sim", respondeu ela, confusa. "Diferente...".

Lá fora, Kraft se esgueirou debaixo do piso de madeira. Observou que as fundações eram mal construídas, as tábuas e o gesso acima instalados sem muito cuidado. A parte superior da casa tinha sido reconstruída. Ele também notou uma quantidade extraordinária de fios de metal e tubos lá embaixo. Pela entrada para as fundações da casa, olhou para o pátio, e do outro lado, para o beco. Enormes transformadores repousavam em estruturas de aço, e os fios estavam densamente amontoados. Qualquer vazamento de corrente, Kraft pensou, e a casa viraria um transmissor. Bateu nos canos. Um rosnado grotesco e ruidoso preencheu o ambiente.

Carlotta deu um salto.

"É o Gene", disse Mehan.

Ele sentiu pena de Carlotta. A pobre mulher estava no seu limite. Sabia que o melhor era continuar o trabalho, de modo calmo e metódico. Era isso o que normalmente trazia os pacientes de volta à realidade.

Kraft voltou para dentro da casa.

"Posso beber um copo de água?", perguntou.

"Claro."

Ele foi até a pia da cozinha e encheu um copo d'água. Encostou-se na borda da pia, pensando na construção da casa. Então julgou detectar algo em sua visão periférica.

A gaveta do armário abriu com um solavanco, uma panela rodopiou no ar, girou, girou, e esmagou-se contra a parede oposta. Fragmentos dispararam na escuridão.

"Gene!", chamou Mehan. "Você está bem?"

Kraft pousou lentamente o copo na pia.

"Estou bem", disse ele.

Kraft caminhou para a parede, onde a panela ainda estava girando, cada vez mais devagar. Encostou com o sapato. A panela girou mais devagar, e então ficou imóvel.

"Voou do armário", disse Kraft, com um tom de surpresa na voz.

Mehan tinha entrado na cozinha. Ele olhou para a panela, e então estendeu a mão para pegá-la.

"Sinta isso aqui", disse ele.

Kraft tocou a panela.

"Gelada."

Carlotta chegou na cozinha. Eles olhavam para a anfitriã agora, seu rosto pálido como marfim, delineado pela luz da sala de estar.

"Viram?", disse ela, frágil. "Não estava mentindo."

"Sei que não estava mentindo", disse Kraft. Virou rápido para Mehan e disse: "Traz as câmaras."

Mehan correu até o carro. Enquanto isso, Kraft se dirigiu a Carlotta. Ela parecia etérea, a luz atravessando seu cabelo como uma aura.

"Isto acontece com frequência?", perguntou gentilmente.

"O tempo todo."

Kraft não disse nada. Olhou ao redor da cozinha. Os utensílios, eletrodomésticos, o relógio de parede, reluziam para ele das sombras. Mehan entrou carregando uma grande câmera em um tripé e um suporte de metal. Kraft montou a câmara voltada para a cozinha. Colocou uma placa fotográfica e removeu a capa do filme.

"Vamos manter o obturador aberto", disse Kraft, "então fique longe da cozinha."

Mehan se inclinou para a frente e apertou uma pequena mola de prata. Carlotta ouviu um clique. Causou-lhe um sentimento estranho perceber que a câmara estava absorvendo a luz, como um olho alienígena, silencioso e mecânico. Kraft e Mehan voltaram para a sala com ela.

"Você consegue fotografar o quê?", ela perguntou.

"Está tudo estático", disse Mehan. "Mas qualquer movimento, é capturado como um borrão. Às vezes, o olho perde movimentos sutis."

Sentaram-se no sofá e conversaram até meia-noite. Carlotta contou sobre o psiquiatra. Concordaram com ela a respeito da interrupção da terapia. Estavam curiosos sobre Billy e as meninas. Kraft queria entrevistar as crianças enquanto conversavam com Carlotta, mas ela explicou que tinha mandado os filhos para a casa de um amigo.

Carlotta se sentiu estranhamente segura naquela noite, apesar da atmosfera seca e delicada, carregada com uma aura de violência. Deitada na cama, completamente vestida, conseguia ouvir os murmúrios suaves de Kraft e Mehan no quarto ao lado. Os pesquisadores haviam trazido uma câmera menor, com um motor acoplado, e realizavam testes esporádicos. Kraft testou disparos automáticos de seis a dez quadros em diferentes velocidades. O som do clique teve um efeito suave e metronômico em Carlotta, embora não tenha acontecido nada de surpreendente.

Por volta das 2h30 da manhã, Carlotta percebeu que caíra no sono. Estava acordando, mas sem sequer se lembrar de ter dormido. Dois homens sussurravam ao seu lado. Haviam trazido as câmeras para o quarto.

"Por cima da porta", sussurrou Mehan.

Ouviram vários cliques quando a câmara de 35 mm disparou.

"Está acordada, sra. Moran?", sussurrou Kraft.

Ela viu as figuras turvas deles perto da porta.

"Você viu aquilo?", murmurou Mehan.

Ela ergueu-se lentamente da cama. As cortinas haviam sido fechadas, mergulhando o ambiente em escuridão total. Uma premonição imprecisa e inquietante atravessou sua mente: *ele* estava vindo, emergindo de algum buraco distante e imundo. Mehan lutava com a câmera maior, ajustando o tripé em um suporte mecânico perto da janela. As lentes estavam apontadas para as extremidades superiores da parede, em direção à porta e ao canto do closet.

"Você está sentindo algum cheiro, sra. Moran?", sibilou Kraft.

"Está ficando mais forte", disse ela, com medo.

A casa estava em silêncio absoluto. Carlotta aproximou-se de Kraft. Um ruído suave, metálico, quebrou a quietude quando o sistema de ventilação se expandiu. O aquecedor ligara, ainda que a noite estivesse quente.

Foi então que, sobre a porta, na penumbra opaca, um círculo azul começou a se formar. Ele pairou no ar, lançando um brilho tênue sobre a porta do armário, antes de se tornar translúcido e desaparecer. Aconteceu rápido demais, sem som, antes que pudessem registrar.

"Já tinha visto isso antes, sra. Moran?", sussurrou Kraft.

"Não tenho certeza..."

Mehan substituiu a placa fotográfica por uma nova. Carlotta recuou cada vez mais para um canto, olhando, esperando. Ela *o* sentia, movendo-se hesitante, no outro lado da parede.

"Estou quase sem filme", sussurrou Kraft.

Mehan procurou em seu bolso e jogou um rolo de filme para Kraft. Ele se agachou na borda da cama, recarregando a máquina.

"Você disse que já viu isso antes?", sussurrou Mehan a Carlotta.

"Talvez... não tenho certeza..."

Kraft olhou para ela. Seu rosto pálido tremulou na noite; seus olhos escuros oscilavam de Kraft para Mehan. Ela estava aterrorizada.

"Gene!", sibilou Mehan.

Kraft virou. Na parede oposta, sobre a porta do armário, um lampejo de azul arqueou e dissipou na escuridão. Depois ficou em silêncio.

"Você pegou aquilo?"

"Não. Foi muito rápido."

Carlotta observou Mehan substituindo o filme. E viu Kraft tirar uma série de fotos com a câmera apontada para a parede.

Ela *o* sentiu do outro lado, indo de um lado ao outro, vigilante.

"Gene!"

De repente, uma nuvem se formou, estourou, e correntes de um azul gasoso seguiram até a porta. Eles sentiram uma explosão de fedor gélido.

"Conseguiu pegar?"

"Acho que sim."

Por um instante, ficou silencioso. Carlotta sentiu a pele ficar úmida. *Ele* estava agitado, em um ritmo crescente, querendo que eles fossem embora.

Um raio de eletricidade estática saiu da parede e se alojou na parede sobre a cabeça de Kraft.

"Gene! Você está bem?"

"Estou sim, não me acertou."

Um rugido metálico soou abaixo do chão.

Kraft colocou a câmera contra o joelho e aumentou a exposição. Mehan sentiu Carlotta roçar nele enquanto se pressionava contra a parede. Durante vários minutos ficaram a postos, mas nada aconteceu. Seus olhos se habituaram mais à escuridão. O quarto parecia repleto de sombras pálidas prestes a se mover.

Uma espécie de centelha surgiu lentamente da parede, pontos brilhantes de areia furta-cor que emitiam luz e ficavam invisíveis à medida que se aproximavam deles. De repente, foram engolidos pelo ar frio.

"Meu Deus, que fedor", murmurou Mehan.

"Qual é a sensação da sua pele?", perguntou Kraft.

"Como se estivesse pegando fogo."

"Deve estar carregada."

Diversos filetes de fagulhas azuis dispararam para dentro do quarto, cortando o ar. Elas chiaram e estalaram, esvoaçando ao redor do abajur e da mesinha de cabeceira antes de se apagarem ao tocar o chão. A câmera de Kraft começou a disparar em um estouro contínuo. Mehan jogou-lhe o último rolo, e ele o recarregou.

"A câmera está emperrada", disse ele.

Kraft arrancou o motor, ajustou rapidamente o equipamento e começou a tirar fotos individuais.

Carlotta sentia a presença, vagando pelo vazio do outro lado. *Ele* estava irritado.

Por um longo tempo, faixas da nuvem azul giraram e se contorceram, arrastando-se ao longo da parte superior da parede e pelo teto. Delas caíam pequenas esferas brilhantes em azul, que giravam, queimavam e se extinguiam ao tocar o chão. Kraft estendeu a mão, e pontos de frio intenso deslizaram por entre seus dedos.

"Consegui", disse ele, baixando a câmera.

Mehan ajustava a última placa fotográfica na câmera grande. Depois disso, nada mais aconteceu por quase uma hora.

Aos poucos, uma luz azul-acinzentada começou a surgir entre as árvores do lado de fora. Kraft ergueu a cortina. O frescor do amanhecer e o silêncio tomaram conta do ambiente. Mehan, exausto, lutava contra o sono; sua cabeça balançava, mas teimava em ficar desperto.

Carlotta voltou o olhar para a casa dos Greenspan, onde os filhos dormiam profundamente. Pela primeira vez, parecia que aquela vida normal estava ao alcance. Kraft lançou um sorriso vago para ela.

"Uau, foi um grande espetáculo", disse ele gentilmente.

"Olha", acrescentou Mehan, "nunca vi nada assim."

Carlotta olhou para ambos como se fossem salvadores de um planeta distante.

"Nunca viram isso?", perguntou.

Mehan balançou a cabeça.

Carlotta se perguntou se deveria contar a verdade. Mas a verdade era outra: *ele* tinha medo de entrar. De algum modo, aquela dupla representava uma ameaça para ele.

"Consigo entender por que você estava amedrontada", comentou Mehan, exausto.

Kraft, por outro lado, sentia-se estranhamente animado. A privação de sono e o que presenciara naquela noite agitavam seus pensamentos. Sua mente, num átimo, projetava o equipamento que gostaria de trazer para aquela casa.

Carlotta sentou-se, se acomodando na beira da cama.

"Não creio que *ele* vá voltar", disse, lançando um olhar hesitante para os dois.

"Nunca se sabe", respondeu Kraft. "Essas coisas são muito aleatórias. Talvez nunca mais o vejamos."

"O que quer dizer com 'ele'?", indagou Mehan, em alerta.

Carlotta ergueu os olhos de forma brusca, a tensão estampada em seu rosto. Seus lábios quase formaram palavras, mas ela não ousou pronunciá-las. Conceitos e imagens se embaralhavam em sua mente, mas ela não ousava tentar expressá-los.

"Essas coisas", disse por fim, em um tom que parecia findar o assunto.

Mehan reconheceu o padrão. Muitos pacientes atribuíam nomes ou até personalidades a fenômenos que não compreendiam. Era uma reação comum. Ainda assim, perguntou-se se Carlotta escondia algo.

A luz foi ficando mais clara sobre os telhados e as árvores.

"Tenho que revelar o filme", informou Kraft, desculpando-se.

"Se incomoda se formos agora?", perguntou Mehan.

"De forma alguma. Ele... A coisa... não vai voltar. Eu sei."

"Tudo bem", disse Mehan, desenroscando o suporte de metal do tripé. "Voltaremos esta noite, se não for um problema."

"Não há problema algum. E muito obrigada."

"Nós é que temos de lhe agradecer", disse Mehan, carregando o tripé, o suporte e a câmera para a sala de estar. "Esta é uma grande oportunidade para nós."

A clara luz do sol entrou na sala de estar, lustrando o cabelo de Kraft com um clarão dourado. O pesquisador sorriu para Carlotta quando esta saiu do corredor com Mehan.

"Está uma manhã tão bonita", comentou ela.

Seus olhos absorveram o brilho dourado do sol nascente, o caminho iluminado sobre o tapete e o frescor do ar matinal, como se testemunhasse a primeira manhã do mundo. Os três sentiam-se renovados, cada um por razões distintas. Haviam compartilhado uma noite extraordinária, e agora, no momento da despedida, uma estranha proximidade pairava entre eles.

O Volkswagen vermelho, com pintura fosca, afastou-se do meio-fio. Carlotta o acompanhou com o olhar até que desaparecesse ao fim da rua Kentner. Mehan acenou, e ela retribuiu o gesto. Ao se virar, viu a casa envolta no brilho ardente do amanhecer. Uma sensação de euforia a envolveu, como se fosse mais leve que o ar. Tinha ânsia de viver novamente, encontrar alegria. Era como um renascimento.

Na casa dos Greenspan, uma cortina se levantou. Logo as crianças estariam na mesa, prontas para o café da manhã. Inspirada, decidiu preparar para elas uma enorme pilha de panquecas de mirtilo.

A ENTIDADE

15

O laboratório estava mergulhado em penumbra. Grades eletrônicas, chapas fotográficas e equipamentos complexos lançavam brilhos suaves na área de trabalho. As prateleiras estavam abarrotadas de textos em russo e fólios repletos de gráficos intrincados. A dra. Cooley permanecia entre Kraft e Mehan, concentrada na análise de uma série de fotografias recém-reveladas.

No primeiro retângulo preto, a dra. Cooley distinguiu uma onda azul-esverdeada, semelhante a uma cortina de névoa, curvando-se em meio ao vazio. Na imagem seguinte, uma nuvem em cachos emergia, de onde se projetavam longos feixes que disparavam para longe, deixando rastros de cores iridescentes. Outras fotografias exibiam auras luminescentes envolvendo uma superfície pedregosa, que, segundo lhe disseram, era a parede do quarto de Moran. Em seguida, vinham fotografias menores, em preto e branco. Mostravam Carlotta sentada em seu quarto, ora mergulhado em escuridão, ora banhado por uma luz suave e delicada. Parecia envolta em um véu de gaze, em algo menos denso que a névoa, que suavizava seus traços. As imagens capturavam suas pupilas, grandes e escuras como lagos profundos.

"Essas são as imagens infravermelhas", explicou Kraft. "Tiramos na terceira noite. Sempre que a sra. Moran entrava e saía dos pontos frios, Joe a fotografava de forma constante. Quando Carlotta está fora do ponto frio, a imagem sai normal, sendo muito difícil de obter qualquer tipo de exposição. Quando ela se movimenta, há infravermelho o suficiente no ar para nos dar exposição."

A dra. Cooley pegou a fotografia. Parecia sinistra, como se duas pessoas diferentes tivessem sido fotografadas. Uma parecia nervosa, assustada, quase devorada pela escuridão que a rodeava. A outra era luminosa, a pele macia e brilhante, sensual, com contornos de corpo que as diferenciavam.

"Ela parece tão diferente", murmurou.

"Não consigo entender", disse Kraft.

Seus olhos se habituaram mais à escuridão. A lâmpada vermelha brilhava sobre as bandejas de produtos químicos líquidos e água, enviando ondas de luz em série sobre a parede, as torneiras e as pias de metal.

"Bem, é certamente energia eletrostática", disse ela.

"Ele se manteve firme. Estava condensado", disse Kraft defensivamente.

"Mas deixava caudas", discordou ela.

"Mais como faíscas."

"Não sei", disse ela, finalmente. "Leva muito tempo para conseguir algo confiável. É preciso descartar mil alternativas antes de obter resultados válidos."

Observaram-na lavar as fotografias em água destilada.

"Por exemplo", disse Cooley, "eu investigaria a casa. Talvez haja um vazamento em algum lugar."

"Você acha que é só isso?", perguntou Kraft.

"Só estou dizendo que você precisa confirmar."

"E o cheiro?", perguntou Mehan. "Todos nós sentimos o fedor."

"Como um bicho morto", disse Kraft.

"Pode ser isso mesmo."

"Impossível", disse Mehan. "Fica mais forte à noite e mais fraco de dia."

"Deve estar perto da casa. A brisa muda de direção à noite", comentou Cooley. "Sopra do oceano, do oeste para o leste."

A dra. Cooley era cética quanto a qualquer coisa que não pudesse ser medida ou registrada. Para ela, o método científico fundamentava--se na precisão, nos números e na replicabilidade. Mesmo que, em seu íntimo, desejasse acreditar em fenômenos sem comprovação, descartava-os metodicamente de seu trabalho. Exigia de si mesma — e de seus alunos — uma análise rigorosa dos dados, fosse qual fosse a experiência ou o projeto.

"Você terá muito mais sucesso", disse, "se começar no mundo tradicional e só depois explorar o que existe para além dele. Caso contrário, será crucificado — cientificamente falando."

Kraft franziu o cenho, confuso.

"Não acho que tenhamos nos precipitado em nenhuma conclusão", disse ele, hesitante.

"Talvez não. Mas vocês não consideraram, tampouco descartaram, causas naturais."

"Isso dependerá das leituras que obtivermos nos próximos eventos", interveio Mehan, num tom firme.

"Está bem", disse a doutora. "Mas lembrem-se do que eu disse."

Kraft permaneceu confuso. Seu método parecia correto. Ele percebeu que a dra. Cooley tinha um calcanhar de Aquiles: a necessidade de respeitabilidade. Sua carreira dependia disso. Ao longo dos anos, testemunhara colegas sendo preteridos em contratações, dispensados de universidades ou excluídos de bolsas de pesquisa. Por esse motivo, Cooley se mantinha em estudos laboratoriais seguros, precisos e incontestáveis, que não representavam ameaça à comunidade científica. Foi também por isso que ela promoveu os estudos de probabilidade em PES, área pela qual seus alunos conquistavam notoriedade. Experimentos seguros, controlados, que raramente desafiavam as leis científicas. No fundo, Kraft acreditava que ela desejava, mais que tudo, ser readmitida na comunidade acadêmica.

Para ele porém, a adesão à tradição não tinha importância. Havia trabalhado com engenheiros e assistentes de laboratório por anos e os via como meros executores, carentes de imaginação. Um dia, pensou, a dra. Cooley teria de confrontar essa dicotomia: escolher entre a parapsicologia e o futuro, ou a mentalidade laboratorial que abandonara três décadas antes.

Ainda assim, as palavras dela ficaram em sua mente, ressoando como um eco incômodo: "Começar no mundo tradicional e sair dele."

Kraft entrou apressado no escritório do urbanista da cidade. Lançou um olhar avaliador à secretária antes de ser instruído a sentar-se. Ela era muito atraente, pensou. Como muitas mulheres, parecia achar graça em seus modos ágeis e inquietos. Decidiu adotar o papel de jovem estudante.

"Eugene Kraft", respondeu quando ela perguntou seu nome, "da Universidade de West Coast."

A secretária notificou o urbanista assistente pelo interfone.

"Ele o receberá em breve", disse ela. "Por favor, sente-se."

Kraft acomodou-se em uma cadeira que parecia projetada para ser deliberadamente desconfortável. Por um instante, seus olhos pousaram nas pernas longas e delicadas da secretária, que se afinavam nos tornozelos. Logo em seguida, fechou os olhos.

Pensamentos dispersos cruzaram sua mente como nuvens passageiras. Fragmentos de sua vida emergiram, ainda carregados de uma dor que só recentemente começara a dissipar. Quando criança, lembrava-se de uma vida repleta de ação e curiosidade. Sempre soubera que era diferente de seus irmãos. Havia algo em seu íntimo que o fazia sentir-se único, apartado de todas as pessoas ao seu redor. Nem intelectual nem atlético, ele preferia a solidão de seu pequeno quarto e as viagens delirantes para os confins mais remotos de sua imaginação. Nessas jornadas, morava por horas em mundos que ele mesmo criava. Seus amigos e colegas o consideravam estranho. Faziam troça de seu comportamento e lhe davam apelidos como "esquisito", o que preocupava seus pais.

Mas Harry e Sadie Kraft tinham uma certeza: ao contrário dos outros filhos, Eugene possuía uma mente prodigiosa — um instrumento delicado, bem-afinado, que, aplicado a algo prático, poderia lhe proporcionar uma vida estável e livre de preocupações.

Com as bênçãos dos pais, ingressou na universidade e escolheu engenharia elétrica. A lógica metódica e os sistemas previsíveis da disciplina, no entanto, logo se tornaram insuficientes para sua mente investigativa e inquieta.

Após dois anos, Kraft percebeu que cometera um erro terrível. Seu interesse não era prático, mas teórico. Decidiu, então, voltar à universidade para estudar filosofia. Contudo, rapidamente descobriu que era abstrato demais para ele. Precisava de algo que também envolvesse o mundo real. Certa noite, foi convidado a ajudar na preparação dos circuitos para uma grande experiência no departamento de psicologia. Depois de trabalhar quase a noite inteira ajustando o intrincado sistema de interruptores desenvolvido pela dra. Cooley, ficou para assistir ao experimento. O que viu o deixou fascinado.

A dra. Cooley havia criado um sistema de sensores sensíveis ao calor animal e aos ritmos do sistema nervoso. Depois do experimento, eles conversaram até depois da meia-noite. Durante a conversa, a dra. Cooley o convidou a integrar sua equipe como assistente de pesquisa. Desde então, Kraft soubera que encontrara seu caminho. Sua carreira progrediu rapidamente a partir daquele momento.

"Sr. Kraft." A voz interrompeu seus pensamentos. Ele ergueu os olhos e viu um homem careca e rechonchudo sorrindo enquanto dava a mão.

Quando Kraft se sentou à frente da mesa, começou a avaliar o interlocutor. Era, claramente, alguém nos degraus inferiores da escalada profissional. O homem parecia levemente intimidado, talvez na defensiva, embora disfarçasse bem. Pequenos detalhes — cinzeiros abarrotados, manchas no tapete, pilhas desordenadas de livros — indicavam a ausência de organização exemplar. Decidindo que a humildade não seria a melhor abordagem, Kraft abandonou o papel de aluno e assumiu a persona de um profissional bem-sucedido.

"Trabalho no Departamento de Psicologia da West Coast University", declarou com naturalidade. "Estamos conduzindo pesquisas que relacionam mudanças emocionais a alterações climáticas. Nosso foco inclui concentrações iônicas, interferência eletrônica, padrões de micro-ondas e fenômenos correlatos."

"Parece mais física do que psicologia."

"Sou engenheiro elétrico."

O urbanista ergueu a sobrancelha. Estava evidentemente impressionado com o jovem brilhante à sua frente. Ele imaginara um estudante confuso com roupas desleixadas.

"E o que quer de mim, sr. Kraft?"

"Podemos conseguir duplicatas de seus mapas para um determinado setor da cidade? Precisamos conhecer as fontes de tais padrões — torres de controle de aeroportos, transmissores de rádio e assim por diante — para que possamos estudar um caso específico localizado no centro da atividade."

"Entendo", concordou o homem.

"Nossas informações devem ser precisas em todos os detalhes, e seus mapas são os mais confiáveis e atuais."

O arquiteto assentiu, novamente capturado pelo magnetismo de Kraft. Havia algo nele — uma energia franca, direta, quase irresistível. Era uma lufada de ar fresco em um dia rotineiro e monótono.

"Gosto de colaborar com a universidade", disse o arquiteto, com um leve sorriso.

"Muito obrigado", respondeu Kraft, com naturalidade, mas firme.

Sem hesitar, o arquiteto ligou para o departamento de registros. Uma hora depois, Kraft deixava o prédio com doze mapas cuidadosamente enrolados em tubos sob os braços e um convite para voltar sempre que precisasse.

Enquanto Kraft estava na sala do urbanista, Mehan encontrava-se no porão da biblioteca do tribunal. Sentado à frente de uma longa mesa empoeirada desgastada pelo tempo, abria enormes livros-razão.

Um bibliotecário, um homem idoso de sobrancelhas brancas espessas e olhar naturalmente desconfiado, observava cada um de seus movimentos.

Mehan permaneceu na biblioteca por quatro horas. Quando finalmente deixou o local, carregava informações sobre todas as pessoas que haviam possuído ou alugado a propriedade na rua Kentner.

Ele seguiu, dirigindo lentamente até o apartamento de Kraft em seu velho Volkswagen, cujo motor implorava por uma revisão. Mas o dinheiro, como sempre, parece esvair em seus bolsos. Mehan jamais dera importância a isso. Só queria o necessário para se sustentar. Enquanto a corrente de motoristas ao seu redor apressava-se para retornar às suas rotinas, Mehan estava alheio ao ritmo das vidas normais e aos problemas do trânsito. Seus pensamentos se concentravam nas vidas que sofreram, dormiram e morreram na rua Kentner.

No sinal vermelho, tirou o caderno do bolso da camisa e releu uma anotação. Depois, guardou o caderno e passou a marcha. O Volkswagen avançou devagar, quase hesitante.

Mehan foi criado como cientista cristão, aprendendo desde cedo que os poderes da mente superavam os do corpo. Ainda menino, costumava se testar. Privava-se de comida e água, submetia-se à dor intensa. Descobriu que, por meio de concentração absoluta, conseguia suprimir sensações até eliminá-las por completo de sua consciência. Aos treze anos, já exercia um controle notável sobre as sensações que desejava aceitar e aquelas que decidira rejeitar. Desenvolveu o hábito de observar as pessoas ao seu redor, buscando aplicar sua concentração para controlar a ansiedade que surgia ao lidar com estranhos ou mesmo com sua própria família. Em poucos meses, descobriu que podia decifrar quase qualquer interação humana com uma precisão que beirava o inquietante. Essa habilidade trouxe mudanças perceptíveis. Tornou-se conhecido por seus maneirismos estranhos, suas respostas exageradamente lentas, seus olhares penetrantes que pareciam examinar olhos, mãos e rostos. Observando gestos, logo compreendia o que as pessoas realmente pensavam. Com aqueles que conhecia bem, era capaz de responder a pensamentos não expressos em palavras. Foi nessa época que percebeu algo perturbador: a comunicação humana era infinitamente mais complexa do que mover boca, dentes e língua.

Ficou assustado — percebia a diferença entre o que as pessoas diziam e o que realmente queriam expressar. As hipocrisias ocultas dos outros o assombravam. Para evitar a agonia de relacionar-se com as pessoas, Mehan passava longas horas no isolamento de seu quarto.

Então, conheceu Eugene Kraft. Kraft era professor de filosofia da ciência, e Mehan logo se destacou como seu melhor aluno. Kraft, por sua vez, percebeu algo incomum no rapaz: havia uma determinação em Mehan que transcendia a simples preparação para um doutorado. Após as provas finais, Kraft convidou Mehan para visitar seu apartamento. Mehan compreendeu que o professor tentava sondá-lo, mas reprimiu qualquer pensamento que pudesse traí-lo. Ele já vivera tempo demais carregando um segredo.

"Os resultados não te interessam muito", observou Kraft.

"Acho que não."

"Passo dos limites se perguntar qual é o seu real interesse?"

"Não, só que é difícil dizer."

Kraft estudou Mehan. Parecia assustado. Com o mundo, consigo mesmo.

"Parece insatisfeito com a ciência."

"Não. Mas ratos correndo por uma grade eletrificada não é a ciência que eu tinha em mente."

Kraft percebeu que Mehan queria sair de sua concha. Mas, para fazer isso, precisava de um incentivo, e o professor arriscou.

"Conhece a dra. Elizabeth Cooley?", perguntou Kraft.

"Já ouvi falar."

"No próximo semestre serei assistente dela. Gostaria de conhecê-la?"

Mehan olhou cuidadosamente nos olhos de Kraft.

"Sim", disse ele finalmente de modo suave. "Muito."

Depois de mais dois semestres, Mehan mudou seu curso para parapsicologia. Estava interessado em projetos de transferência de pensamentos.

No outro semestre tornou-se assistente de pesquisa. Seus pais sentiram que desperdiçara sua carreira. Deram-lhe um ultimato. Ou continuaria a estudar para conseguir um diploma que lhe permitisse lecionar, se juntaria aó pai na fábrica de tintas, ou sairia de casa.

Mehan passou duas semanas dormindo na ACM antes de Kraft descobrir o que acontecera e convidá-lo para dividir seu apartamento.

Foi quando conheceu a dra. Cooley e Kraft que Joe Mehan finalmente se sentiu em terra firme. Essas eram pessoas que possuíam uma experiência de vida diferente, que, como ele, eram anormalmente sensíveis a pensamentos. Nessa atmosfera positiva, Mehan conseguiu expandir suas habilidades, de modo que no final do ano ficou conhecido como o mais confiável transmissor e receptor de imagens de pensamento na costa oeste. A dra. Cooley o aconselhou, no entanto, a manter esse fato em segredo, exceto para o trabalho estritamente profissional.

Os pais de Mehan ficaram consternados ao descobrir que o filho se tornara especialista em parapsicologia. Quando souberam que ele se juntaria a Kraft na escola de pós-graduação, no mesmo departamento, tomaram uma decisão drástica: excluíram-no do testamento. Mehan tentou encarar a situação com uma abordagem filosófica. Entendia os temores da família, o desejo intenso de que ele seguisse um caminho convencional, uma carreira sólida no mundo tradicional. Ainda assim, escolheu trilhar outra estrada. Para onde essa decisão o levaria, ele não sabia. Tudo o que sabia, com certeza, era que, sem Kraft, já teria se perdido há muito tempo, afogado no mar cruel de isolamento e zombaria social.

"Certo", disse Kraft. "Me conta o que você descobriu."

"Três proprietários, cinco ocupantes antes da família Moran", Mehan disse. "Construída em 1923 pela Imobiliária e Corporação de Desenvolvimento Owens. Primeiro proprietário, um trabalhador da estrada de ferro. Italiano. Trabalhou na linha Hollywood-Santa Monica. Morreu em 1930. O dono seguinte, um lojista de tintas e ferragens. Vendeu a casa em 1935. Depois, um agricultor deficiente de Oklahoma. Uma família numerosa. Saiu em 1944. A casa ficou vazia por um ano."

Kraft levantou uma sobrancelha.

"Qualquer um pode ter se mudado para lá", disse ele.

"Moradores de rua, transeuntes... pensei nisso. Não sei o que pode significar para nós."

"Continue."

"Então veio uma viúva japonesa. Viveu lá até 1957. Morreu na casa. Próximo residente, dono de mercearia aposentado. De Ohio. Saiu em 1973."

"Isso deixa vários anos vagos antes de a sra. Moran se mudar."

Mehan assentiu com a cabeça. Recolocou o caderno no bolso.

Kraft esfregou os olhos, preocupado. "Muitas pessoas idosas", murmurou. "Diferentes padrões paranormais. Várias mortes. O que isso quer dizer, Joe?"

Mehan deu de ombros. "Não sei. *Alguma coisa* saiu naquelas fotos."

Houve um longo silêncio enquanto Kraft tirava um disco de Vivaldi da capa e o colocava para tocar. Logo, os suaves e espirituais sons do Renascimento tomaram conta do apartamento.

"Certo", disse Kraft. "O que sabemos da literatura?"

"Algum tipo de atividade eletrostática parece ser a resposta mais razoável", disse Mehan. "Talvez devêssemos consultar o departamento de meteorologia. As camadas de ionização mudam com as estações. Afetam pessoas."

"Tudo bem. Vou trabalhar em padrões mais completos de ondas eletromagnéticas na casa", disse Kraft.

Mehan assentiu, mas logo sua expressão mudou. Um desânimo visível tomou conta dele.

"Caramba. Isso vai exigir dinheiro."

Kraft sentou-se, suspirando profundamente. "Talvez devêssemos começar a pensar em solicitar subsídios."

"Com o quê? Tudo o que temos é..."

"Temos algumas fotografias", interrompeu Kraft. "Não são perfeitas, mas já servem para mostrar o que estamos tentando fazer."

"Tudo bem. Talvez. Vamos sondar", concordou Mehan, depois de hesitar um instante.

O silêncio foi preenchido pelas harmonias de Vivaldi, que flutuavam pelo ambiente. Kraft parecia mais otimista agora, considerando a ideia dos subsídios. Ele sabia que precisariam de um orçamento detalhado para o equipamento adicional que almejavam.

"Bem, sejamos otimistas", disse ele, com um leve sorriso. "E quanto ao aspecto paranormal?"

"Pode ser psicocinese dirigida. Causada inconscientemente por qualquer uma das pessoas da casa", respondeu Mehan.

"Até os eventos visíveis?"

"Acho que sim."

"Tudo bem. Que mais?"

"Poderia ser uma projeção", continuou Mehan, o tom cauteloso.

"Sim", Kraft concordou, pensativo.

"Nesse caso, pode ser uma pessoa viva na casa ou..." hesitou Mehan.

Kraft ergueu os olhos.

"Ou morta."

Kraft inclinou-se na cadeira. As notas refinadas dos violoncelos de Vivaldi o relaxavam, tornando seus pensamentos mais claros.

"Uma terceira possibilidade", sugeriu, "é uma espécie de informação armazenada no ambiente, reconstruída pela presença de certos indivíduos."

"Está dizendo que nós somos os catalisadores? Que funcionamos como cabeças de um gravador de vídeo ou como a agulha de um fonógrafo, permitindo que a informação se reproduza?"

"Mas, nesse caso, nossa consciência estaria causando os fenômenos."

"Bem", ponderou Mehan, "que tipo de energia poderia explicar esse display audiovisual?"

"Isso, meu caro, é o que precisamos descobrir."

Por um momento, ambos ficaram em silêncio.

"Bem, vamos, homem!", exclamou Mehan, mais animado. "Tudo o que podemos fazer é continuar procurando. Cedo ou tarde vamos conseguir afunilar para o que realmente é."

Kraft recostou-se no sofá, pensativo.

"Seja o que for", disse, quase para si mesmo, "espero que volte."

Seus pensamentos começaram a vagar, elevados pela música, fixando-se na pequena casa da rua Kentner.

Kraft e Mehan voltaram naquela noite. A primeira coisa que Kraft fez foi investigar sob a casa, procurando por vazamentos de gás. Houve uma leve indicação de eletromagnetismo. Ele pegou vários revestimentos de arame do carro e aterrou a casa nos pontos-chave. Depois, entrevistou Billy e as meninas, enquanto Mehan conversava com Carlotta na cozinha. Kraft estava convencido de que Julie possuía inteligência acima da média. Mas Billy era enigmático. O adolescente olhou para Kraft.

"Quando você sentiu", perguntou Kraft, "foi como uma rajada de vento?"

"Não", disse Billy. "Quero dizer, foi. Como vento."

"Você sentiu uma pressão?"

"*Ele* bateu no Billy", contou Julie.

Billy lançou um olhar para que Julie se calasse, o que o Kraft percebeu. Kraft tinha certeza de que o menino estava escondendo algo. Ele se expressava com cautela, medindo as palavras.

"Bem, você sabe", falou o garoto, "é assim que parece."

"Alguma vez você viu alguma coisa? Além dos objetos voando?"

"Não."

"A mamãe vê", interpôs Kim.

"Cala a boca, Kim", disse Billy.

"Sua mãe vê alguma coisa?", perguntou Kraft. "Você está falando das faíscas?"

"Sim", disse Billy. "*Só* isso."

"Quantas vezes ela viu essas coisas?"

"Pergunta pra ela", respondeu, dando de ombros.

"Estou perguntando a você."

"Cinco, seis vezes. Talvez mais."

"É sempre a mesma coisa?"

"Mais ou menos."

"Mas quando você sentiu, não viu nada."

"Isso. Não vi nada."

"Sua mãe viu algo dessa vez?"

"Nunca perguntei a ela."

Kraft perguntou às meninas se alguma vez viram alguma coisa. Ambas sacudiram a cabeça. Kraft se perguntou por que Billy estava sendo hostil. Provavelmente uma reação de proteção da mãe, pensou.

"Alguma vez você ouviu barulhos?", perguntou Kraft a Julie.

"Às vezes."

"Como é o som?"

"Como um avião partindo."

"São só os canos debaixo da casa", afirmou Billy.

"*Ele* chamou a mamãe de..."

"Cala a boca, Julie", avisou o menino. "O sujeito está tentando ajudar a mamãe e você está inventando histórias."

Kraft coçou a cabeça. Esperava que Mehan estivesse tendo mais sorte com Carlotta. O pesquisador tinha a sensação de que os fenômenos eram muito mais variáveis, mas Billy, como a maioria dos leigos, tinha medo de falar sobre o assunto.

"Ok", disse Kraft, sorrindo. "Quem sabe conversamos depois."

"Claro", disse Billy. "Quando quiser."

Na cozinha, Carlotta respondia às perguntas que Mehan lia meticulosamente a partir de uma longa série de folhas impressas. Kraft se juntou a eles. A presença das crianças na casa havia mudado o clima. A atmosfera agora parecia calma, quase monótona, em contraste com a tensão carregada da noite anterior.

Às dez horas, Billy e as meninas saíram para passar a noite com os Greenspan. Carlotta sentia vergonha de Kraft e Mehan testemunharem a desintegração de sua rotina. Mas não queria arriscar.

Enquanto isso, Mehan posicionava uma série de medidores pelo corredor e no quarto. Fez anotações sobre os níveis de concentração de íons, que estavam elevados, mas dentro da normalidade. Ao abrir a porta do quarto, foi recebido apenas por um leve odor. Já passava das dez horas da noite. Sabiam que teriam mais uma longa noite pela frente.

Kraft e Mehan se sentaram em cadeiras duras de cozinha para evitar o conforto. As câmeras estavam presas em tripés, prontas para ação. As janelas, luzes elétricas e espelhos foram selados com papel preto e fita isolante preta para possibilitar as longas exposições.

Por volta das 3h, Kraft acordou. Mehan tinha caído sobre seu ombro. Kraft o sacudiu.

"Está ficando frio", sussurrou Kraft.

"É só a brisa da manhã."

Carlotta dormia no quarto. Kraft e Mehan esperaram mais duas horas e depois se levantaram pesadamente quando o amanhecer invadiu o quarto.

Carlotta acordou para se despedir deles e levá-los até a porta. Enquanto guardavam suas câmeras e as levavam para fora, ela vestiu o robe e foi ainda descalça falar com os pesquisadores.

"Lamento que não tenha acontecido nada", disse ela.

"Tudo bem", disse Kraft.

Guardaram o equipamento no carro. Kraft percebeu que teria de arranjar uma forma de automatizar os medidores. Não seria possível fazer isso noite após noite.

"A minha saúde não vai aguentar", disse Kraft, meio sério.

Carlotta acenou-lhes enquanto iam embora. Quatro noites haviam se passado. Quatro noites de uma paz abençoada. Quatro noites agradáveis e sem sonhos. Quando ela despertou e viu Kraft levar a pequena câmara porta afora, foi como se emergisse de um vácuo sereno e escuro. Agora se sentia calma e descansada. Cindy concordou em não aparecer enquanto Kraft e Mehan investigavam. Mas agora Carlotta queria telefonar para a amiga, contar-lhe as boas-novas. Olhou para o relógio. Eram 6h30. Em breve teria Billy e as meninas para o café da manhã. Apertou o roupão vermelho ao redor da cintura e sentiu o orvalho frio sob os pés enquanto caminhava pela grama, admirando as gotas d'água penduradas nos caules e nas folhas das rosas e lírios. Esta manhã, decidiu repetir as panquecas de mirtilo para o café. As crianças adoraram.

Carlotta entrou em casa.

No armário, encontrou a mistura de panquecas, o xarope, o açúcar de confeiteiro, mas haviam acabado os mirtilos. Os substituiria por morangos, para experimentar. Billy adorava morangos com chantili. Ela cheirou o chantili. Fresco como uma manhã no campo.

Houve um estrondo. Veio do quarto.

Ela cortou a manteiga e pôs na tigela. Adicionou farinha.

Um segundo estrondo, mais alto que o primeiro. Algo lançado contra a parede.

Ela pousou a tigela. Tudo estava em silêncio, fresco e perfeito. Cheirava a lilases. Um forte perfume de lilases. Reparou que estava vindo do quarto. Entrou na sala. A casa inteira estava perfumada de lilases.

Estilhaços de vidro giravam e tilintavam alegremente no quarto, como sinos musicais.

Carlotta entrou cautelosamente no corredor e olhou pela porta parcialmente aberta do quarto.

A tampa de vidro da garrafa de colônia quicava delicadamente no rodapé da parede, perto da mesinha de cabeceira.

Ela abriu a porta.

Um frasco de cosmético se ergueu da penteadeira, girando preguiçosamente, e se desfez no ar. O pó de arroz e a esponjinha cor-de-rosa explodiram, enviando uma chuva rosa e perfumada sobre o quarto.

"Isso vai tirar o fedor!", disse ela, rindo.

Entrou no quarto. A luz do sol foi capturada por um raio sobre a nuvem de pó facial. Parecia quase furta-cor, parcialmente suspenso, caindo lentamente no chão.

Uma borboleta de vidro levantou voo da penteadeira, desintegrou-se, enviando pelo ar uma chuva de asas coloridas como o arco-íris.

"Mais!", gritou de repente, batendo palmas, rindo.

O despertador pairou no ar. Enquanto ficou suspenso sobre a cama, o alarme soou suavemente, explodiu em câmera lenta, os pedaços de metal voando como penas flutuantes no ar.

Carlotta bateu com os pés. De repente, deu uma risada. Tinha sofrido tanto que aquele espetáculo insignificante era uma admissão de sua impotência e de sua derrota iminente. Ela não conseguia parar de rir.

"Vamos lá, você pode caprichar mais!", gritou, batendo palmas.

A cortina balançou, destacou-se e se soltou da vara. O material colorido flutuava sobre ela como enormes borboletas.

"É só isso que você sabe fazer?", berrou, secando as lágrimas dos olhos. "As minhas filhas fazem melhor do que isso!"

Todas as peças no chão, metal e vidro, líquido e pó, ondularam em uma pocinha lenta, flutuando para cima e para baixo.

Carlotta enfiou o pé em um frasco de perfume. Explodiu em estilhaços. Ela riu.

Ela pisou nas cortinas, recuperando o equilíbrio. As cortinas voaram para o chão e ficaram imóveis.

"Você está morto! Está morto!"

Fragmentos de vidro e bricabraques fluíam ao seu redor como correnteza. Ela pisava neles, rindo, dançando, chorando.

"Morto!", gritou. "Morto! Morto!"

A ENTIDADE

16

Carlotta experimentou uma onda de euforia. Às vezes parecia ser um sonho. Mas estava evidente no rosto das meninas, no comportamento de Billy, na forma como o menino assobiava músicas e brincava com a mãe. Mal podia acreditar. No entanto, era verdade. Uma semana inteira e não havia ocorrido nenhum ataque.

Às vezes ficava frio. O odor flutuava, desaparecia e voltava. Às vezes as formações visíveis a assustavam, a parede tremendo a aterrorizava, mas a presença das câmeras e seus disparadores automáticos, os aparelhos de gravação no corredor, e os próprios Kraft e Mehan, tudo aquilo *o* repelira, o assustara, e *ele* nunca mais chegou mais perto do que a poucos metros de distância sem se dissolver em faíscas, nuvens e ondas frias. Parecia zangado, furioso, porém frustrado. O que quer que estivessem fazendo *o* continha. Pela primeira vez desde outubro, Carlotta começou a gostar de acordar pela manhã, ver a luz do sol brilhar em seu quarto.

E o melhor de tudo é que já não se sentia culpada por não ter lhes contado toda a verdade. De que adiantaria dizer mais do que eles tinham visto e fotografado? Acabou, ficou em um pesadelo do passado. Exposição significaria publicidade, ridicularização, ou coisa pior. A assistência social ficaria sabendo. Carlotta seria sujeitada a uma bateria de exames para determinar se estaria em condições de cuidar dos próprios filhos. Ela os perderia. E, assim, Carlotta racionalizou seu silêncio. Ela, as crianças, Cindy e George formaram uma unidade fechada, tácita, para manter o segredo do insensível e perigoso escrutínio de um mundo cético.

Só uma coisa a perturbava. E se Jerry voltasse antes das investigações terminarem? Como explicaria todo o equipamento em casa? As câmeras, os medidores, os fios montados nas janelas e portas? Ela nem podia dizer que estava consultado um psiquiatra. Como explicaria isso?

Porém havia o lado positivo, e Carlotta se agarrou a ele. Os ataques haviam parado. Seu poder fora cortado, e em breve — por favor, querido Deus, antes de o Jerry voltar — haveria a retomada de uma vida normal. Uma vida normal!, pensou. Como uma rajada de sol, essa ideia iluminou seus pensamentos e sentimentos. San Diego! Jerry! Em sua mente, conseguia vê-los brincando entre as dunas junto ao oceano. Andando a cavalo. Havia ranchos ao norte da cidade, e longas praias de areia branca onde não havia urbanização. O fresco e cortante ar salgado... ela podia saboreá-lo, senti-lo. Carlotta queria aquilo mais do que tudo no mundo. Estava tão perto e, ao mesmo tempo, dolorosamente longe.

Nem Kraft nem Mehan tiveram de examinar seus dados para descobrir o óbvio: os acontecimentos diminuíram em intensidade e frequência desde o dia em que conheceram Carlotta. Tudo o que colhiam agora eram movimentos erráticos de pratos e panelas na cozinha, e correntes frias sobre a porta do corredor para o quarto dela.

Desanimados, anotaram e revisaram seus dados, e Kraft apresentou-os à classe. A palestra durou pouco menos de cinco minutos; havia tão pouco para contar.

Kraft sentou-se enquanto o próximo relatório do projeto era apresentado. Estava insatisfeito. Embora soubesse que a turma demonstrava interesse, estava longe de ser o fascínio quase hipnótico de outras vezes. Para Kraft e Mehan, o projeto ainda representava a descoberta mais empolgante em três anos de estudos árduos. Então, o que havia de errado? Apenas a diminuição nos acontecimentos? De repente, a realidade o atingiu. Naquele ritmo, não teriam dados suficientes para alcançar a confiabilidade estatística necessária. Do outro lado da fileira de cadeiras, seus olhos cruzaram com os de Mehan. O olhar de seu colega confirmava que sentia o mesmo. Pela primeira vez, Kraft percebeu o peso da pressão sobre eles para entregar resultados. E o projeto que escolheram parecia estar fenecendo diante de seus olhos.

Lá fora, três andares abaixo, Gary Sneidermann descia o caminho de asfalto fresco para o jardim botânico. Sobre a pequena colina, a folhagem era espessa com palmeiras da Austrália, flores vermelhas em vinhas do Havaí, e plantas azuis espinhosas da Nova Zelândia. Ele se sentou em um banco, escutou a água fria escorrendo em torno de si, e ouviu o silêncio do parque.

Do outro lado da passagem, uma colega caminhava com livros sob o braço, o cabelo loiro, bem cortado na altura dos ombros. Mais à frente, uma ponte de madeira pitoresca arqueava-se sobre um pequeno lago, cercado por lírios. As flores brancas, delicadas, pareciam almofadas flutuantes na superfície calma da água. Sneidermann começou a se dar conta de que havia coisas que escapavam à sua capacidade. A distância de sua casa, o isolamento e a competição acadêmica o encheram de tristeza.

Carlotta havia entrado em sua vida pessoal com a mesma intensidade com que ocupava sua esfera profissional. Tudo o que fizera parecia girar ao redor dela, tão rapidamente e com tamanha força, que ele foi lançado em uma grande confusão — até mesmo em desespero — quando sua paciente deixou de aparecer. Sneidermann compreendeu que se precipitara. Agora, lutava para encontrar um caminho de volta, para recuperar o equilíbrio que julgava ter possuído um dia. Qual era, afinal, a natureza desse envolvimento? Na mente dele, Carlotta adquirira um tipo de aura. Tudo o que ela fazia ou dizia parecia gravado com uma nitidez desconcertante, como se ele estivesse inevitavelmente tateando no escuro em busca de imagens dela. Seria natural?, perguntou-se. Psiquiatras se viam com frequência envolvidos assim com pacientes intensos? Ou seria fruto de sua própria inexperiência? Por que seus sentimentos estavam entrelaçados sempre que tentava analisar a situação e decidir o próximo passo? Seu orgulho estava ferido? Seria o ego masculino? De repente, suas motivações passaram a parecer suspeitas até para si mesmo. Não havia saída aparente para aquela confusão.

Sneidermann compreendeu que se lançara muito à frente. Agora tentava descobrir como se trazer de volta, para encontrar o equilíbrio que possuíra certa vez.

Talvez o problema fosse mais profundo, pensou ele. Estava enraizado na própria natureza da psiquiatria. Era tudo tão frágil, tão abstrato. Aos seres humanos que se afogavam em horror e culpa, eram oferecidas boias salva-vidas feitas de palavras inteligentes. Mas Carlotta precisava de um ser humano que acreditasse nela, que a amasse, que pudesse restaurar sua confiança. Ela não era uma máquina a ser consertada. Era algo infinitamente mais complexo — composta de fragmentos efêmeros, insubstanciais e, acima de tudo, mortais.

A psiquiatria parecia cada vez mais distante da vida. Pacientes passavam anos, às vezes décadas, em ambientes controlados. Mentes abaladas e personalidades distorcidas nunca eram realmente curadas. Era tudo fachada — a fala mansa dos médicos, suas teorias brilhantes, as construções teóricas perspicazes. A prática flutuava acima da vida, como borboletas pálidas. Enquanto isso, pacientes como Carlotta viviam no inferno.

Entre as árvores de ginkgo, Sneidermann avistou uma figura conhecida descendo do pátio do complexo médico. A pessoa fez uma pausa ao lado dos lírios e, ao notá-lo, foi em sua direção.

"Gary", disse o dr. Weber baixinho, quase tristemente, Sneidermann pensou, "se importa se me juntar a você?"

"Claro que não."

O dr. Weber se sentou ao lado de Sneidermann. O parque estava quase vazio, a sombra escura e fria atrás deles, onde os salgueiros arrastavam suas folhas compridas para os lagos.

"Brisa agradável", observou o dr. Weber.

"Muito agradável", concordou Sneidermann.

Houve um longo silêncio no qual os dois homens pareciam absortos no frescor do local. Sobre eles, passarinhos voavam sobre as árvores.

"Você costuma vir aqui?", o dr. Weber perguntou.

"De vez em quando."

"Gosto daqui para ficar sozinho. Essas flores são encantadoras."

"Sim. É muito agradável."

Pairou outro longo silêncio no ar. Duas crianças correram pela grama, rindo. Depois desapareceram.

"Você perdeu alguns seminários", disse o dr. Weber gentilmente.

"Não tenho me sentido bem."

"Pegou as anotações?"

"Sim."

"Talvez devesse tirar férias."

Sneidermann pôs as mãos nos bolsos e se inclinou para trás. Estava confortável ao lado do dr. Weber, sem dizer nada.

"Imagino que queira me dar alguns conselhos", disse Sneidermann.

"De forma alguma. Cabe a você elaborar."

"Mas se tivesse um conselho, qual seria?"

O dr. Weber sorriu. Soltou a gravata no colarinho e abriu o botão de cima para receber a brisa da primavera. As sombras batiam-lhe nos antebraços.

"Tirar férias."

"Não entendo por que Carlotta não voltou, dr. Weber. Só queria entender isso."

"Você entrou em contato com um conteúdo de alta ansiedade. Tentou contatá-la?"

"Três vezes. Uma vez ela não estava em casa, e as outras duas vezes não atendeu. O filho disse que estava bem. Que nunca se sentira tão bem, e que não voltaria."

"Então a perdemos."

Sneidermann mergulhou em um silêncio carrancudo. Nas últimas semanas andava cada vez menos comunicativo, como se ponderasse pensamentos difíceis de dizer até ao dr. Weber.

"Tenho pensado muito, dr. Weber. Por que estou na psiquiatria? Para ficar rico? Famoso?"

"Não é vergonha ter ambição."

"Mas não é só isso. Relações humanas. Não consigo entendê-las. Quero dizer, quando estou envolvido."

O dr. Weber assentiu.

"Quando a medicina fica em segundo plano", disse o Dr. Weber, "estamos sujeitos às mesmas regras que todos os demais."

"Acha que foi isso que aconteceu?", Sneidermann disse, de modo gentil, mas sincero.

"Você perdeu sua perspectiva, Gary. Acontece."

Sneidermann sentiu emoções subirem pela garganta, as emoções que sabia que o dr. Weber poderia analisar. Mas não queria análise agora. Precisava partilhar seus sentimentos.

"Nunca estive apaixonado", disse Sneidermann. "Quero dizer, os meus sentimentos por mulheres têm sido... eu... eu me pergunto, foi isso que aconteceu? Não sei."

O dr. Weber pensou durante muito tempo antes de dizer qualquer coisa.

"Você é mais do que um estudante para mim, Gary", disse o dr. Weber. "Sempre o considerei um colega. Se me permite, um amigo."

Sneidermann ficou comovido, incapaz de dizer algo.

"E falo como amigo, não como supervisor. Sugiro que tire um tempo para si mesmo. Tempo para refletir sobre o que está passando. Está na hora de se distanciar das suas emoções."

Sneidermann se mexeu no banco. Estava corado.

"Há áreas da sua personalidade que não conhece", disse o dr. Weber. "Está na hora de as descobrir, de as conhecer."

"Certo."

"Quanto à Carlotta, prevejo que ela ficará na sua memória como um caso tempestuoso, mas que será esquecido."

Sneidermann franziu o cenho, ainda confuso.

"Ficou ofendido?", o dr. Weber perguntou.

"Não, claro que não. Só que é difícil deixá-la."

"Há muitos pacientes que não completam a terapia."

"Eu sei. Mas ela é especial para mim."

O dr. Weber olhou para Sneidermann.

"Deixe-a ir", disse o dr. Weber, gentil e sinceramente. "Você não tem escolha. Profissionalmente e, se me permite, pessoalmente."

Sneidermann permaneceu em silêncio. Dr. Weber desejava que suas palavras tivessem sido absorvidas pelo colega.

Sneidermann dirigiu para o oeste de Los Angeles em seu MG branco surrado. Encontrou a rua Kentner sem muita dificuldade e estacionou no final sem saída. À luz do dia, a casa de Carlotta parecia menor do que se lembrava, porém muito mais limpa, mais clara, e tinha um jardim de rosas em plena floração ao lado. Ele ficou parado por um momento, perguntando-se se deveria ir à porta. Foi então que reparou em vários outros carros estacionados em frente à casa.

Caminhou até a porta e bateu levemente. Ouviu vozes lá dentro. Billy abriu a porta. Sneidermann sorriu simpático, apesar de estar nervoso. Ele viu o rosto do menino mudar, transformar-se em um sorriso, e depois em preocupação. Tudo em uma fração de segundo.

"Olá, Billy", disse o doutor. "Posso falar com sua mãe?"

"Acho que ela..."

Do interior da casa a forma de Carlotta apareceu entre a mobília.

"Quem é, Billy?"

Billy se virou, impotente.

"Posso entrar?", perguntou Sneidermann.

"Pode", disse Billy.

Sneidermann entrou na casa. Do outro lado da sala de estar, Carlotta o avistou. Atrás dela, dois jovens estavam concentrados, mexendo em aparelhos eletrônicos com pequenos alicates e chaves de fenda. Ao perceber sua presença, Carlotta pareceu se aprumar. Por um instante, seu rosto escureceu, como se fosse tomado por uma memória distante. A expressão, inicialmente vaga, deu lugar a algo sombrio, antes de se transformar em algo indecifrável. Ela caminhou até a porta com passos leves e graciosos. Seu rosto recuperara grande parte da vitalidade que, por vezes, parecia perdida.

"Olá, dr. Sneidermann", disse suave e simplesmente.

Ela estendeu a mão, e ele se sentiu aliviado. O doutor esboçou o melhor sorriso que conseguiu. Para Carlotta, vê-lo fora do consultório era desconcertante, como se ele não tivesse vida além do hospital. Lá, ele parecia apenas um espectro, vagando de sala em sala.

"Olá, Carlotta", ele disse gentilmente. "Você está muito bem."

Ela não sabia o que dizer. Estava nervosa. Sneidermann notou certa euforia em seus olhos. Uma alegria que nunca vira durante as consultas. De alguma forma, ela parecia mais feminina, mais confiante, mais segura de si mesma em sua própria casa.

"Estava preocupado com você", disse ele.

"É muito gentil da sua parte. Como vê, estou bem."

"Sim, mas você parou as consultas. Eu pensei..."

"Nunca me senti melhor, dr. Sneidermann."

Sentia-se claramente indesejado. Podia ver em seus olhos o quão distante Carlotta estava dele. Billy olhou para ambos, imaginando o que estava acontecendo sob a simplicidade enganosa de suas palavras.

"Se incomodou com a minha vinda até aqui?"

"Não", disse ela, hesitante. "Por que me incomodaria? Entre."

Ela o levou para dentro de casa. O ambiente estava muito limpo, as janelas abertas, e o sol iluminava o tapete. Uma brisa fresca soprou do jardim, trazendo com ela o cheiro de grama aquecida pelo sol e de folhas verdes. Ainda aparentava estar envergonhada por tê-lo em casa, confusa por vê-lo com roupas despojadas em vez de em um jaleco branco.

"Gostaria que conhecesse alguns colegas seus", disse ela, "o sr. Kraft e o sr. Mehan. São da sua universidade."

Sneidermann apertou a mão quente e firme de Kraft e depois a mão molenga de Mehan. Sentiu um pouco de ciúme, mas se conteve. Ao menos ela não estava sozinha, pensou com alívio.

"Acho que não nos conhecemos", disse Sneidermann.

"Somos do Departamento de Psicologia", disse Kraft.

"Psicologia Clínica? Dr. Morris?"

"Não. Outra divisão de psicologia."

Sneidermann estranhou o fato de não terem mencionado com quem trabalhavam. Uma apreensão vaga, mas incômoda, tomou conta dele. Pensou que, assim como ele não deveria estar ali, talvez aqueles dois também estivessem infringindo alguma regra. Algo não parecia certo. E aqueles medidores e tripés espalhados pela casa?

"Vocês estão tirando fotos?", perguntou Sneidermann.

"Sim", disse Kraft. "Temos fotografado quarto e corredor à noite."

"Para quê?"

"Para obter uma imagem, claro."

"É um filme infravermelho", acrescentou Mehan, aumentando a confusão de Sneidermann. Carlotta riu. Era evidente que estava se dando muito bem com os dois psicólogos.

"Eles têm feito tudo quanto é teste", falou ela, com entusiasmo.

"Quer ver?"

"Sim", disse Sneidermann. "Sim, gostaria. Muito."

Sneidermann se condicionou a não sentir ciúme profissional. Se os dois trabalhavam para ajudar a paciente, julgou ser seu dever não interferir.

Ele seguiu Kraft até o quarto, pisando cuidadosamente sobre a fiação. O cômodo era um labirinto de caixas e tubos.

"Gene construiu todo o console", disse Mehan.

"Na verdade, apenas juntei a partir do equipamento disponível", Kraft disse modestamente.

"É impressionante", disse Sneidermann, reconhecendo a habilidade necessária para montar um arranjo tão complexo de aparatos eletrônicos. "Para que serve?"

"Bem", Kraft disse, "basicamente, é uma tentativa de integrar uma série de leituras eletromagnéticas ou de luz com mudanças na atmosfera. Há um gravador FM que armazena dados no nosso computador, atrás daquela linha de interruptores. Dessa forma, esperamos encontrar mudanças físicas cronometradas que coincidam com eventos paranormais."

Sneidermann sentiu um arrepio. De repente, os dispositivos eletrônicos pareceram perder toda a relevância. Ele voltou sua atenção para o jovem à sua frente: impecavelmente vestido, os olhos brilhando com o entusiasmo ingênuo de um escoteiro de primeiro ano.

"Paranormal? Quer dizer, médium?", perguntou com cautela.

"Sim, claro. O que achou que tudo isto era..."

"Este é o *dr.* Sneidermann", Carlotta se intrometeu. "Eu devia ter contado a vocês. Eu costumava me consultar com ele."

Kraft olhou incerto para Sneidermann.

"Não entendo", disse Kraft.

"Sou residente no Departamento de Psiquiatria", disse o médico.

Sentiu uma hostilidade imediata vir até ele de Kraft e Mehan. Em um instante, os dois se fecharam.

"E você?", perguntou Sneidermann.

"Eu lhe disse. Estamos no Departamento de Psicologia", disse Kraft, deliberadamente.

"Estudando o quê?"

"Que diferença faz?"

"É uma pergunta amigável."

"Estudamos com a dra. Cooley. Conhece?"

"Não. Mas vou pesquisar assim que voltar."

Fez-se um silêncio sinistro. Carlotta sentiu o súbito mal-estar que surgira entre eles. De alguma forma, Sneidermann sempre despertava hostilidade nas pessoas.

"Quer café, dr. Sneidermann?"

Ele se virou para encará-la. Era nítido que Carlotta estava do lado deles. Sabia que deveria ser o mais educado possível. Mas internamente, estava furioso.

"Sim", disse ele. "Obrigado."

Ela o conduziu até a cozinha e serviu café em duas canecas; em seguida o levou aos degraus da varanda da frente. Mehan e Kraft regressaram silenciosamente ao trabalho.

Sneidermann bebericou o café. Carlotta se apoiou no corrimão de madeira, ao lado dele, mas sem fazer contato visual. Nunca estivera tão perto e tão longe dele. Ele não imaginara que a conexão com essa paciente, ao mesmo tempo esquiva e exasperante, seria tão frágil.

"Por que não volta, Carlotta? Por que não fala comigo ao telefone?"

Ela evitava olhar para Sneidermann, fitando as abelhas sobre o jardim. O sol iluminou sua testa, deixando seus olhos brilhantes, de um tom quase prateado. Estranho o quanto a cor de seus olhos mudava, ele pensou. Aqueles olhos por vezes ficavam escuros como carvão.

"Você precisa entender uma coisa, dr. Sneidermann," ela disse depois de algum tempo. "Sinto-me muito bem agora. Não há mais ataques. Por isso não tenho motivos para ir me consultar."

A conversa com o psiquiatra a desagradava, evidentemente. Estava sendo educada por necessidade, mas desejava que ele fosse embora.

"Graças a esses dois cientistas, dr. Sneidermann, consegui encontrar alguma paz. Eles foram capazes de provar..."

"Provar?"

"Sim. Eles têm fotografias. Eles viram", disse ela, girando o corpo em sua direção, com olhos acesos, quase rindo, debochando dele, ele pensou. "Não acredita em mim? Eles o viram! O infeliz!"

Carlotta olhou para Sneidermann de forma estranha. Como se estivesse gostando de seu desconforto. Talvez fosse uma forma de vingança, uma pequena retaliação pelo que sofrera em seu consultório.

"Carlotta", ele disse, "Você tem alguma ideia de quem eles são? Quais são as qualificações deles?"

"São cientistas", disse ela teimosamente.

Sneidermann a olhou com sarcasmo.

"Você me faz sentir como no consultório outra vez", disse ela. "Estamos só tentando tomar um café, e você me põe na berlinda novamente."

"Se lembra do livro que lhe mostrei? Morcegos e dragões? É o que estes dois procuram. Fantasias. Foi isso que escolheu para ajudá-la?"

Carlotta se deteve, tomou um gole de café. Desviou o olhar, enquanto a brisa levantava suavemente seu cabelo. Ele nunca vira Carlotta tão suave, tão adorável.

"Isso é problema meu, dr. Sneidermann", disse ela, finalmente.

"E o Jerry?"

"Ele não vai descobrir."

"Tem certeza?"

"Absoluta. Eles quase se livraram da coisa."

Sneidermann sentiu raiva. Kraft e o Mehan podiam ser vistos trabalhando pela janela da sala. Ele teve um impulso repentino de correr para dentro da casa e rasgar seus mapas e gráficos.

"E o Billy?"

Ela olhou Sneidermann de forma suspeita.

"O que tem ele?"

"O que ele pensa de tudo isso?"

"Está totalmente do lado deles. Ele viu o que os dois fizeram."

Pelo menos isso foi consistente, pensou Sneidermann. Todos estavam alimentando uma ilusão. De repente, percebeu que as coisas estavam piores do que tinha previsto.

O médico virou-se para encará-la, mas ela olhava para porta telada, onde Kraft estava chamando-a.

"Carlotta", disse Sneidermann. "Carlotta, vamos fazer um acordo. Você pode ir me ver e deixar também que eles ajudem."

Ela virou-se, distraída.

"Para quê?"

"Às vezes, dois tipos diferentes de médicos... sabe, como um especialista em ossos e outro em sangue trabalham juntos."

"Não, prefiro não fazer isso."

"Não tem nada a perder, Carlotta."

Sneidermann insistiu. Ele claramente queria entrar. Carlotta virou uma última vez para o médico.

"Eu acreditei em você", disse ela. "Sabe que sim. Realmente queria acreditar em você. Mas as coisas só pioraram. Cada vez que você descobria algo novo sobre mim, algo pior acontecia. Quanto tempo isso duraria?"

"Carlotta..."

"Cansei de ouvir que tudo iria passar quando chegássemos ao problema principal. Como se o problema estivesse em mim!"

Sneidermann ficou de pé. Queria agarrá-la, sacudi-la, fazê-la ouvir. Estava muito incerto de si mesmo. Seu contato com a paciente era frágil como uma teia de aranha.

De dentro da casa, Kraft se aproximou da porta telada. Ele parou quando viu que Sneidermann ainda estava ali.

"Sra. Moran", disse Kraft, "precisamos da sua ajuda."

Carlotta pôs a mão na porta telada. Depois, virou-se, sorriu friamente, e estendeu a mão a Sneidermann.

"Acho melhor você ir", disse ela suavemente.

Ele sorriu, inseguro, apertou sua mão e a observou entrar. Kraft e Mehan estavam debruçados sobre pilhas de plantas e gráficos, alguns dos quais Billy estudava, apoiado sobre os cotovelos. Sneidermann desceu a calçada, entrou em seu MG, e soltou a embreagem. O MG desceu a rua Kentner em direção à clínica.

O dr. Weber foi parado entre a porta de seu escritório e a mesa da secretária, antes de ter a oportunidade de falar.

"Quer saber por que a paciente não vai voltar?", disparou Sneidermann, furioso. "Porque caiu nas mãos de charlatões que estão alimentando os delírios dela! Eles estão estudando os ataques, dr. Weber! Transformaram a casa em um laboratório para poltergeists e corpos reencarnados. E, pelo amor de Deus, ela acreditou! Agora se recusa a me ver!"

O dr. Weber ficou atordoado por um momento.

"Que charlatões, Gary? Do que você está falando?"

"Dizem que são da universidade! *Desta* universidade! Cientistas! Mas isso não é ciência. Nem sequer parece ciência, não para mim."

"Estão vendendo alguma cura para ela?"

"Acho que sim. Há câmeras e fios por todo canto. A casa parece um laboratório!"

O Dr. Weber conduziu Sneidermann até o escritório, fechando a porta atrás de si com um suspiro pesado. Sacudiu a cabeça, visivelmente entristecido. Doentes vulneráveis sempre atraem homens confiantes, como o mel atrai moscas.

"Da *nossa* universidade?", o dr. Weber perguntou.

"Psicologia, disseram eles. A dra. Cooley."

O Dr. Weber esboçou um sorriso.

"Elizabeth Cooley", disse ele, deixando o sorriso crescer. "Coitada. Então é ela quem está por trás disso. Gary, isso não é psicologia. É *para*psicologia."

"Bem, seja lá o que for, eles por certo intimidaram a sra. Moran."

O dr. Weber se acomodou na cadeira, o olhar perdido entre memórias distantes e familiares.

"Conheço Elizabeth há trinta anos. Era um nome ilustre no Departamento de Psicologia."

Sneidermann, inquieto, mal registrava as palavras. Sua mente estava presa à imagem de sua paciente cercada por fios, mapas absurdos e conversas sobre poltergeists.

"E...? O que aconteceu com ela?"

O dr. Weber tocou a testa com um dedo, repetidamente, de maneira lenta e melancólica.

"Ela começou a ver fantasmas."

Sneidermann encostou-se ao parapeito da janela, cruzando os braços.

"Como nos livramos desses palhaços?", perguntou ele.

O devaneio do dr. Weber dissipou-se. Ele girou na cadeira de couro preto, encarando o rosto sério de Sneidermann.

"Eles não são vendedores ambulantes, Gary. São acadêmicos, nossos colegas."

"Estão alimentando as ilusões dela. Eles têm que sair de cena."

"E vão. Vão perder o interesse, largar isso dentro de algumas semanas. Vá por mim. Nunca conseguem o que querem, por um motivo ou outro. Então passam para a próxima pessoa."

Sneidermann desviou o olhar, fixando-se na janela com a mandíbula tensa.

"Já era complicado com o Billy corroborando tudo", murmurou. "Agora ainda temos que aturar Buck Rogers e seu fiel escudeiro."

O dr. Weber acendeu um charuto. A abordagem direta de Sneidermann o deixara desconcertado, mas agora sentia-se novamente no controle da situação.

"Falou com Carlotta?"

"Está ótima. Enérgica. Olhos brilhantes. Sem ataques."

"Histeria completa."

"Totalmente."

"Quando eles forem embora, ela voltará para você."

"Você acha mesmo?"

"Acho. Ela só precisa de tempo para se reajustar. Até lá, vai manter os sintomas sob controle. Talvez não seja tão ruim assim para ela."

Sneidermann balançou a cabeça, exausto.

"Não. É ainda pior. Agora ela está obcecada com isso. Aqueles dois precisam sair."

O dr. Weber suspirou, balançando a cabeça.

"Não há nada que você possa fazer. Nem legalmente, nem clinicamente. É a vida dela, a casa dela, a ilusão dela. Enquanto ela não ultrapassar essa linha de sanidade legal, ninguém pode interferir. Eu não arriscaria, a menos que fosse absolutamente necessário. Você se lembra do que aconteceu da última vez?"

Sneidermann assentiu, mas descontou a frustração dando um discreto chute no tapete.

"Essa dra. Cooley é confiável?"

"Segundo a universidade, sim. Eu não mexeria com ela."

Sneidermann desviou o olhar, desgostoso. O dr. Weber começava a temer que ele, pela segunda vez, ignorasse seus conselhos. Sneidermann estava cada vez mais teimoso, e seus instintos já não eram tão precisos como antes.

"Não quero que você tente nenhuma jogada ousada, Gary."

Sneidermann permaneceu em silêncio, o desconforto crescendo em seu peito. Estava consumido pela raiva — contra si mesmo, contra os dois oportunistas que encontrara naquela manhã, contra o dr. Weber. Então, percebeu algo inquietante: pela primeira vez, estava em completo desacordo com seu supervisor.

"Você está ultrapassando os limites", disse o dr. Weber, firme.

"Eu sou o responsável."

"Sua responsabilidade é tratá-la de acordo com as regras da universidade. Está entendido?"

"Perfeitamente."

Sneidermann evitou o olhar do dr. Weber e saiu da sala. O dr. Weber teve a impressão de que estava perdendo seu melhor residente.

17

Carlotta organizou uma festa. Um churrasco. Cindy e George foram convidados. Ela não precisou explicar o motivo — eles sabiam. Já fazia quase um mês sem nenhum ataque. Parecia que tudo havia terminado. A nuvem finalmente se dissipara. Com o restante dos vales da assistência social, Carlotta comprou alimentos e preparou ponche de frutas. Também convidou Gene Kraft e Joe Mehan. Eles, no entanto, recusaram o convite. Em vez de comemorar, estavam ocupados instalando painéis de cortiça pretos nas paredes e no teto do quarto.

Tinham chegado cedo naquela manhã carregando pilhas de tábuas e enormes rolos de fita branca.

"Para que isso?", perguntou.

"Lembra das fotografias que tiramos?", explicou Kraft. "Temos as imagens, mas não havia como determinar onde estavam no espaço ou a que velocidade se moviam. No escuro, falta referência. Então, com essas marcas cruzadas ao fundo, podemos medir a velocidade e a forma de qualquer coisa que se mova em uma foto de longa exposição."

Carlotta suspirou, balançando a cabeça devagar. Sentia pena deles. Pena pelas dificuldades que enfrentavam, e agora, pela inutilidade que pareciam carregar.

"Você se importa se pregarmos essas tábuas nas paredes e no teto?", perguntou Kraft.

"De forma alguma."

"Pode ser difícil tirá-las depois", avisou ele. "Precisam ficar firmes e estáveis."

Carlotta puxou uma das tábuas, sorrindo. "Espero que consiga tirá-las depois."

Enquanto passava um prato de frango entre os convidados, Carlotta lançou um olhar furtivo para a janela do quarto. As paredes já estavam parcialmente cobertas por um padrão peculiar de cruzes brancas fluorescentes sobre a cortiça escura. Lá dentro, Kraft e Mehan, equilibrados em escadas, trabalhavam com concentração, determinados a concluir o serviço.

Cindy pegou uma asa crocante.

"Então você nunca contou?", sussurrou ela.

"Não há motivo para contar."

"Eles nunca viram *ele*?"

"Viram de relance", disse Carlotta. "Quando ele saiu."

"Você nunca vai contar?"

"Talvez. Um dia", disse Carlotta, sorrindo.

George pegou uma terceira espiga de milho.

"Tudo o que posso dizer", disse ele, passando manteiga no milho, "é que *foi* uma experiência e tanto."

No quarto, Mehan podia vê-los no banco de piquenique e ouvir seu riso suave. Ocasionalmente, Carlotta lançava um olhar na direção deles.

"Acha que chegamos tarde demais?", murmurou Kraft.

"Não sei", respondeu Mehan.

Do lado de fora da janela, um cachorrinho do bairro perseguia Kim debaixo da mesa de piquenique.

Mehan sorriu. "Bom, pelo menos os deixamos satisfeitos." Sua expressão logo ficou séria. "Acha que estão sendo francos conosco?"

"Não. Provavelmente há mais coisas do que as que vimos."

"O que estão escondendo?"

"Não sei", respondeu Kraft.

"George é mais suscetível. Pegue-o sozinho, e ele vai abrir o jogo."

Kraft olhou pela janela. Do lado de fora, George remexia uma tigela de barro à procura de uma ameixa.

"Falamos com ele esta noite", disse Kraft.

No gramado, Billy começou a jogar croqué com as meninas. Usavam marretas antigas e bolas de madeira desgastadas. O jogo parecia curiosamente artificial, como se a ideia de brincar fosse algo esquecido, uma lembrança distante.

Quando Kraft e Mehan descobriram que Cindy e o marido tinham testemunhado a destruição de seu apartamento, ficaram sem chão.

Era tarde da noite no apartamento de Kraft. Mehan estava imerso em um silêncio pesado, incapaz de organizar os próprios pensamentos. Por um instante, tudo que haviam feito — os desenhos meticulosos, os fios e tubos cuidadosamente montados — parecia perder o sentido. Sua teoria, outrora robusta, agora parecia uma pilha insignificante de detalhes científicos sem propósito. "Pode ser RSPK em ambos os lugares", disse Kraft.

"George comentou algo sobre flashes intermitentes."

Kraft permaneceu em silêncio. Não havia como conciliar dois ambientes tão distintos e ainda esperar por uma explicação baseada nos padrões de interferência das ondas.

"Antes de jogarmos nosso trabalho no triturador de papel", disse Kraft, "há alguma chance de salvá-lo?"

Mas não havia. Alguma outra explicação precisava ser encontrada para a congruência de fenômenos visíveis a mais de dez milhas de distância, manifestados por duas personalidades tão diferentes.

Mehan observou Kraft. Conhecia o amigo como poucos. A mente dele era focada, metódica. Ele resolvia um problema de cada vez antes de seguir para o próximo. A mente de Mehan, por outro lado, funcionava como um caleidoscópio: pensamentos flutuavam sob a luz da consciência, cada um se desenvolvendo por um instante antes de dar lugar ao seguinte. Essa fluidez lhe permitia sintetizar detalhes que Kraft precisaria anotar para não perder. No entanto, era justamente essa diferença que os tornava complementares. Uma simbiose perfeita. Mehan e Kraft se entendiam de forma quase telepática, comunicando-se por meias frases, fragmentos. Mehan podia captar as nuances mais sutis nos humores de Kraft e, frequentemente, sabia o que ele diria antes mesmo que o amigo abrisse a boca.

"A menos que", disse Kraft enfim, "a sra. Moran seja o agente poltergeist em ambos os casos."

Mehan tentou refrescar a cabeça. Pela primeira vez em muito tempo, sentiu que precisava de uma bebida. Kraft manteve a calma, sentado na beira do sofá, os olhos fixos na paisagem noturna vibrante além da janela de vidro.

"Vamos deixar isso para amanhã, Joe."

Kraft entrou no banheiro e encheu a banheira. Deitou-se na água quente, observando o vapor subir suavemente de seu corpo e da superfície da água, desaparecendo no ar. Lembrou-se de um estudo colombiano recente, uma análise intercultural de rituais e experiências relacionadas à morte. Entre quarenta e duas culturas estudadas, incluindo as ilhas britânicas e os Estados Unidos, testemunhas relataram ter visto algo intangível, quase etéreo, deixar o corpo no momento da morte. Kraft refletiu sobre como algumas culturas haviam construído religiões inteiras em torno dessa experiência, enquanto outras a reprimiram, subordinando-a a sistemas religiosos estabelecidos e organizados.

O universo era feito de experiências para as quais não existiam nomes ou conceitos, além das explicações rudimentares fornecidas pela ciência. Mas quando essas explicações eram confrontadas por alguma realidade sobrenatural, uma pessoa se via mergulhada em um isolamento terrível, sufocada pelo medo.

Enquanto Kraft relaxava na água quente, seus pensamentos se voltaram para a sra. Moran e para a prisão aterrorizante que sua realidade havia se tornado.

Ele se levantou da banheira, enxugando-se com uma toalha grande e já desgastada. Secou o cabelo e foi para a cama. Contudo, ao acordar na manhã seguinte, parecia não ter pregado o olho. Sentia como se uma mão invisível, mas gentil, tivesse retirado seu descanso e o deixado na cama, confortavelmente acomodado. Ao entrar na sala, notou que Mehan já saíra, e ouviu o telefone tocar. Kraft o atendeu.

"Olha só", disse ele. "Estou aqui na casa do George e da Cindy. Billy também está aqui. Estávamos falando de carros." Ele baixou a voz. "Gene, aconteceu também no carro dela."

Kraft se sentou.

"RSPK?", perguntou.

"Não. Vozes. Ela ouviu vozes."

"Que tipo de vozes?"

"Billy não sabe dizer ao certo. Acho bom falarmos com a sra. Moran."

"Tudo bem. Só me deixa refrescar a mente. Meu Deus... está bem. Tenho um seminário esta tarde. Me deixa falar com a dra. Cooley antes de ir para aí."

"Está bem", disse Mehan. "Estarei aqui a maior parte da tarde."

Kraft desligou. Agora, havia três ambientes distintos, todos envolvendo manifestações auditivas. Não conseguia entender por que os Moran estavam sendo tão reservados. Mehan tinha o mérito de ter conseguido arrancar essa informação de Billy. Três classes de eventos se delineavam: RSPK, formas visíveis e sons. Kraft se esforçava para encontrar um jeito de unificá-los em um único constructo teórico, mas as peças simplesmente não se encaixavam. Andou até o estacionamento, entrou no carro, e partiu depressa para a universidade.

A dra. Cooley arqueou uma sobrancelha. Parecia quase tentada a aceitar a tese, apesar de seu ceticismo ferrenho.

"Dois ambientes separados", refletiu. "Amigas próximas. Uma rara coincidência. Muito rara."

"E o mesmo tipo de marcas no teto. Nós as vimos."

A dra. Cooley se sentou, batendo o dedo levemente no lábio.

"Tem mais", continuou Kraft, os olhos brilhando.

"O quê?"

"Aconteceu no carro dela também."

A sra. Cooley olhou para cima, perturbada e intrigada.

"RSPK?", perguntou.

"Não sei bem o quê é. Ela ouviu vozes." Kraft fez uma pausa. "Dra. Cooley", disse ele hesitante.

"O quê?"

"Joe e eu discutimos a possibilidade de pedir que a senhora converse com a sra. Moran."

Cooley franziu a testa.

"Não gosto de interferir em projetos estudantis, Gene."

"Mas não temos experiência como psicólogos, dra. Cooley. Se puder falar com ela, sondá-la, tirar suas próprias conclusões..."

"Não sei..."

"Além disso, poderia ver a nossa montagem. Seria uma oportunidade de se certificar de que fizemos direito."

Cooley sorriu, mas Kraft a conhecia o suficiente para saber que estava muito preocupada.

"Está bem", disse ela. "Hoje à noite."

"Ótimo", disse Kraft. "Depois conversamos sobre a sra. Moran."

Jerry Rodriguez se mexeu em sua cadeira, desconfortavelmente inquieto no avião. Seu rosto, outrora bronzeado pelo sol do sul da Califórnia, estava agora pálido. O inverno no Centro Oeste fora um dos piores. Os carros deslizavam no gelo, os hotéis estavam congelantes. Esfregou os olhos. A insônia dos últimos dois meses estava cobrando seu preço. Voltando para Carlotta, deixou a exaustão fluir pelo corpo.

A vida sem ela era uma sucessão de espaços vazios — salas, ruas, bares e restaurantes envoltos por um isolamento sombrio. Carlotta emanava uma energia única, uma vivacidade que o tornava um homem inteiro, alguém capaz de amar a vida. Agora, ele sentia a presença dela em tudo, onde quer que fosse, qualquer coisa que fizesse.

Antes de conhecê-la — há quase um ano, em uma segunda-feira —, sua existência era feita de encontros superficiais, colegas de trabalho com risos mecânicos e uma luz do dia cruel que brilhava sobre sua vida com uma indiferença vazia em todas as suas ações e palavras.

Lembrou-se da noite em que se conheceram, uma noite que jamais esqueceria.

Atravessara o bulevar que levava ao Holiday Inn e entrara em uma boate. Turistas iam e vinham, como em uma eterna sala de espera. Do lado de fora, além do estacionamento, o aeroporto internacional se erguia monumental, uma série de formas fantásticas na noite. Deprimido, ele entrou no salão.

Plantas exóticas despontavam de vasos enormes e ornamentados. Um riff de jazz pairava no ar. Imerso no ambiente artificial, Jerry se sentou à mesa, observando as garçonetes seminuas. A luz desenhava seus corpos com suavidade, seus sorrisos quase reais. Havia algo aveludado e flexível nelas, mas, ao mesmo tempo, indesejável. Um gosto amargo, de cinza, tomou conta de sua boca, algo que apenas o uísque poderia dissipar. Viajar, outrora uma ideia cheia de promessas, havia perdido o encanto. Via à sua frente uma vida longa, de cidade em cidade, sempre vazio por dentro, perseguindo algo que sabia não querer. Estava com 38 anos. E queria outra coisa. Pediu um uísque duplo. Aos poucos, o jazz começou a soar melhor. As garçonetes, mais atraentes. Ele se permitiu imaginar estar com uma, depois com outra. Mas sabia que era apenas uma fantasia passageira. Conhecia muito bem o gosto amargo que o dia seguinte traria — aquele momento em que a luz da manhã revela dois estranhos em um feio quarto de hotel.

Ele pediu cigarros e observou enquanto a garçonete se aproximava. Seus seios balançavam sob a blusa transparente, mas o rosto rígido traía sua vulnerabilidade. Jerry pensou que ela provavelmente estaria procurando outro trabalho em breve. Era preciso sorrir para agradar aos clientes. Os homens não gostavam de se sentir exploradores.

Dar entrada de parágrafo. jantou frugalmente. Depois, bebeu mais um uísque. Reparou na garota dos cigarros, que agora esperava junto ao bar. Não parecia maliciosa, mas tampouco aparentava ter medo de homens. Intrigado, ele a acompanhou com o olhar enquanto circulava pela longa fila de mesas. Os comentários e olhares dos homens na mesa ao lado começaram a irritá-lo.

Mais tarde, como de costume, atravessou o vasto bulevar para passar a noite no Holiday Inn. O rugido do aeroporto soava do lado de fora, e luzes vermelhas piscavam no alto, sentinelas de uma civilização monumental da qual ele já não sentia fazer parte. Então, uma onda de medo o atingiu. Uma vida inteira se desenrolou diante de seus olhos, feita de noites iguais, sem significado, até que ele envelhecesse, se deteriorasse e desaparecesse. Sem propósito algum.

Precisava ligar para Vancouver. Esperou na boate enquanto o operador conectava a chamada. O dia inteiro fora consumido por negociações frustrantes, só para descobrir, duas horas antes do voo, que talvez fosse para Sacramento, e não para seu destino original. Xingando, encostou-se ao bar, sem nada a fazer além de esperar pela ligação.

Girou o corpo para observar o ambiente. As garçonetes caminhavam em direção ao lobby. Atrás delas, sozinha, vinha a garota do cigarro. Ela passou por Jerry sem notar sua presença.

Duas semanas depois, durante uma escala, Jerry e dois vendedores foram até a mesma boate. Mas matar tempo não era uma arte. Manter-se são enquanto o fazia, sim. Como todos os clubes noturnos próximos de aeroportos, este estava cheio dos mesmos rostos apáticos e transitórios. Jerry sabia que, para outro viajante, ele próprio era parte dessa visão deprimente da vida.

A música de jazz tocando ao fundo parecia familiar. Lembrou-se da garota do cigarro. Olhou ao redor, tentando encontrá-la. Então, ouviu vozes alteradas atrás do bar. Um barman discutia estridente com uma das garçonetes. Jerry reconheceu a garota.

Ela saiu, sem olhar para trás quando o barman a chamou de volta.

"O que aconteceu?", perguntou Jerry.

"Ah, nada. As meninas ficam assim de vez em quando."

"É difícil para elas, andando por aí seminuas."

"Que nada, elas gostam."

"Qual é o nome dela?"

"Carlotta. Mas esquece."

Jerry riu.

"Por quê?"

"Os homens não existem para ela."

Jerry riu de novo. Gostou do desconforto do barman. Era óbvio que a garota tinha dado um fora nele.

Ele pediu cigarros, mas quem veio foi outra garçonete. Isso o fez perguntar pela morena baixinha. Momentos depois, apareceu Carlotta. Jerry pagou os cigarros enquanto a observava. Ela era jovem, talvez por volta dos trinta. Franzina, com olhos escuros que contrastavam com o rosto pequeno e arredondado. Carlotta manteve o olhar fixo em algum ponto vago acima do ombro dele, evitando encontrá-lo diretamente. Depois, sorriu e foi-se embora.

"Tá vendo?", disse o barman. "É praticamente uma freira."

Jerry pagou pela bebida. Tinha perdido os vendedores de vista. De repente, sentiu-se muito deprimido. Ele sorriu de maneira mecânica, acenou sem ânimo para o barman e saiu para o frio do crepúsculo.

Mais tarde naquela semana, partindo de Vancouver, decidiu ir ao aeroporto internacional de Los Angeles em vez de Burbank. A garota do cigarro não saía de sua mente. Ele se sentia um tolo por isso, mas lá estava ele. O que faria, ainda não tinha certeza. Mesmo assim, logo que desembarcou em Los Angeles, foi procurá-la.

"Carlotta."

Assustada, ela virou-se para Jerry. Ela estava no lobby, com a pele macia sob a luz fraca. Examinou o rosto dele, para ver se o conhecia.

"Eu adivinhei", disse ele.

O rosto dela logo retomou o véu de indiferença que parecia protegê-la. Ao perceber que ele não pretendia comprar nada, virou-se e foi embora. Ele a viu entrar no salão principal. Perguntou-se quantos outros homens haviam feito o mesmo. Não era de se admirar que ela precisasse se proteger.

Jerry escolheu uma mesa para sentar-se. O grupo musical da noite estava fazendo um intervalo. Olhou para o relógio. Deixara recado no Holiday Inn para transferir as ligações para a boate. A conversa sem sentido ao seu redor era muito melhor que o quarto de hotel.

"Sr. Rodriguez", chamou Carlotta, analisando os rostos no bar.

Com um bilhete na mão, Carlotta caminhou até ele. Parecia um pouco assustada ao reconhecer quem era. Entregou-lhe o recado.

"Ligação interurbana, de Seattle", disse ela.

"Obrigado."

Jerry se levantou e foi até uma salinha para atender o telefone. Ele falou ao telefone por meia hora, tomando notas, sem discutir, mas furioso por dentro. Então bateu o telefone no gancho e voltou para sua mesa. Carlotta estava por perto, recolhendo troco em uma bandeja.

"Porra!", murmurou Jerry. "Me mandam de Seattle para Vancouver, depois para Portland, Sacramento, San Francisco... como se eu fosse uma bola de futebol. Dá um tempo!"

Ele terminou a bebida, já se levantando. Carlotta não tinha certeza se ele falava com ela. Apenas sorriu vagamente, por via das dúvidas.

"Vê, Carlotta? É o mesmo com você. Veja o que nos obrigam a fazer!"

Assustada, ela não sabia como responder.

"Vejo você em duas semanas", disse ele, resignado, sorrindo.

"Sim. Adeus, sr. Rodriguez."

Jerry riu de si mesmo, deixou uma gorjeta sobre a mesa e saiu. Já na porta de vidro que dava para a rua, olhou para trás. Ela se lembrava de seu nome. Sentiu como uma descarga elétrica percorrer o seu corpo. Tentou localizá-la na multidão. Será que ela estava olhando para ele? "Carlotta", murmurou para si mesmo, sorrindo. Que nome lindo. Mas quem era ela?

Jerry resolveu tudo rapidamente em Seattle, fechou negócios, e se viu o arauto de boas notícias para a firma em Los Angeles. No entanto, a imagem de Carlotta pairava sobre seus pensamentos. Rezou mentalmente para que, ao encontrá-la novamente, algo acontecesse entre eles. O que era que aquela garota tinha? Algo especial. Algo sério. E Jerry estava decidido a descobrir.

"Carlotta", disse ele, "você não tem charutos fortes."

"Só vendo o que põem na minha bandeja, senhor."

"Nem sequer se lembra do meu nome."

Ela o olhou, pensativa. Então se lembrou, vagamente.

"Sr. Gonzalez", disse ela.

"Rodriguez", ele riu. "Tudo bem. Já me chamaram de muito pior."

"Sr. Rodriguez, me desculpa. Gostaria de um tabaco mais forte? Posso buscar no balcão."

"O quê? Sim, obrigado. Por favor."

De repente, a visão dos seios dela, insinuando-se sob o tecido transparente, o enfureceu. Eles deveriam estar cobertos. O corpo de uma mulher era algo privado, delicado, não destinado a esse espetáculo grotesco de... Jerry olhou ao seu redor. Os empresários riam, bebiam, carregavam valises de um lado para o outro nos saguões. O que estava pensando? Que ideia absurda lhe passara pela cabeça?

"Sr. Rodriguez."

"Sim? Ah, os charutos. Aqui, por favor, fique com o troco."

Ela sorriu, e Jerry sentiu como se Carlotta zombasse dele. Sentiu-se um completo idiota. De repente, ficou nervoso. Quando ela parou perto dele, com aqueles seios rijos, ele lutou para manter o olhar fixo em seu rosto, concentrando-se apenas nos olhos. Mas captou o calor que emanava dela, uma presença quase palpável. Era algo que o desconcertava, quase intoxicante.

"Está tudo bem", murmurou. "Não, pode ficar."

Constrangido, deixou o lobby e saiu para a rua. Táxis buzinavam ao redor. Porteiros o apressavam para sair da frente. Casais de meia-idade discutiam sobre bagagens diante das portas automáticas. Acima, o som dos aviões.

Jerry virou de repente e voltou para o salão. Esperou horas, até que o dia começou a clarear, o bar fechou e ela saiu do vestiário. Carlotta foi a última a aparecer.

"Bem", disse ela. "Sr. Rodriguez. Estamos fechados."

"Sim, eu sei. Carlotta, está chovendo lá fora. Uma tempestade terrível. Você vai precisar de um guarda-chuva. Tenho um..."

"Não está chovendo", disse ela, rindo.

Ela o encarava com uma zombaria vivaz no olhar. Jerry sentiu que todos no salão o assistiam fazer papel de bobo. Mesmo assim, permaneceu obstinado ao lado da porta. O sorriso artificial de Carlotta desmoronou, dando lugar a um genuíno. "Ela tem refinamento", pensou. "Tão delicada. De onde tirou essas boas maneiras?" De repente, sentiu-se elevado, como arrancado da fachada espalhafatosa que mascarava sua essência. Levantou as mãos para o céu.

"Não", disse ele, "tem razão. Não está. Também não trouxe um guarda-chuva."

Ela riu, encantadora. Cobriu com a mão dentes pequenos, impecavelmente brancos. Vestia agora uma saia preta curta e uma blusa vermelha e estava muito mais atraente do que lá dentro. Havia charme em seus movimentos. Ele não tinha mais medo de ser feito de tolo.

"Mas poderia", disse ele. "Pode chover a qualquer momento. O clima é assim."

"Não nesta parte do mundo."

O barman estava trancando as portas do salão. Do lado de fora, a luz ficara cinzenta. Era cedo para ver se o sol nasceria claro ou difuso, por trás de um aglomerado de nuvens. Ela também estava em um impasse. Ele não sabia o que fazer. Por um instante, eram como um casal. O pensamento o fez quase delirar. Sentiu que tinha de dizer alguma coisa, mostrar-lhe que sabia o que estava fazendo. E, no entanto, ela também estava no comando.

Lá fora, os dois ficaram desajeitados, sem saber exatamente quem o outro era. Jerry não sabia o que pensar dela. Carlotta parecia hesitante, mas ao mesmo tempo carregava uma necessidade de se conectar. Assim como ele. De certa forma, a vida parecia tê-la moldado de maneira semelhante à dele. Amolecida por dentro, mas endurecida por fora, protegida por uma casca resistente. Como acontecera com ele.

O táxi chegou. O motorista abriu a porta ao lado do passageiro e ele esperou, sem saber quem seria o primeiro.

"Não", disse Jerry. "Pega você. Eu fico com o próximo."

"Eles vêm a cada dez minutos."

"Não. Pode pegar."

"Tudo bem. Obrigada."

Ela se acomodou no carro. O motorista girou a chave. Antes que a porta se fechasse, Jerry se sentou ao lado dela e o táxi saiu.

Seu coração estava disparado. A sorte estava lançada. Ele percebeu que sempre que ela ficava em silêncio, estava se sentindo ameaçada. Aos poucos, ela relaxou. Jerry olhava para ela de vez em quando. Ela olhava para baixo, ou pela janela, corando ligeiramente.

"Por aqui, por favor", disse Jerry.

O motorista os deixou em um motel ao estilo hacienda mexicana, nas colinas incrustadas em um bosque de palmeiras. Pouco antes de fechar a porta do táxi, ela colocou a mão em seu braço por um momento e olhou diretamente nos olhos dele. Sua voz era suave e hesitante.

"Nunca fiz isso", sussurrou ela.

"Eu sei", disse Jerry, acreditando nela, sabendo que desta vez seria diferente das outras vezes. Sim. Desta vez, seria.

No avião, Jerry sorria. E ela fora tão aberta, tão honesta, pensou. Não havia dificuldades. Pela primeira vez em sua vida, sua armadura também cedeu. Teve medo de que fosse uma ilusão. Essa menina, que ele não conhecia, que parecia tão distante, mas tão direta ao mesmo tempo. No entanto, ela era real. E o fazia se sentir real.

Jerry tossiu e pegou uma revista. Não queria começar a pensar em Carlotta deitada sobre a cama. Esse tipo de pensamento o enlouquecera nos hotéis solitários em que esteve nas últimas oito semanas. Distante dela, sentia-se privado da vida em si.

Uma vez, ela o levou para sua casa. Dormiram juntos naquela extravagante cama europeia, deixada por um inquilino desconhecido de anos atrás. Quando o sol se levantou e ouviram as vozes das crianças, sentiu subitamente como se aquela fosse sua casa, sua mulher, seus filhos. Era uma fantasia inebriante.

Carlotta sentiu o mesmo. Depois de seis meses, ambos sabiam. Era uma coisa estranha. Agora nenhum dos dois podia viver sem o outro. Ambos haviam desejado serem independentes, mas isso, Jerry refletiu, já estava fora de questão.

A tensão crescia dentro dele. Casamento eram outros quinhentos. Sobretudo com Billy incluído no pacote. Dois anjos... e Billy. Jerry se recostou na cadeira, tentando não pensar no menino. Mas a imagem persistia: o corpo jovem, atarracado, transbordando teimosia. Durante quatro meses, desde a primeira vez que dormira na casa, o garoto o perseguiu, o ridicularizou, o provocou.

Jerry queria se mudar para outro lugar, montar seu próprio apartamento, talvez em um bom hotel. Mas acordar com Carlotta — o sol sobre seu ombro macio, as meninas rindo no outro quarto, os pássaros cantando no jardim — foi o que o fez encher-se por dentro com uma paz que nunca havia experimentado. Tudo o que queria, que desejara em segredo, estava lá. Seria um bom pai, um excelente marido — o que ela quisesse, ele podia fazer —, mas havia Billy.

Billy invadia o quarto se eles dormissem até mais tarde, fazia barulho de propósito, soltava comentários sarcásticos durante o café da manhã, até as meninas ficavam constrangidas. Nada que Jerry fazia escapava às provocações do garoto.

Até que um dia Jerry não se conteve. Apontou o dedo para o menino do outro lado da mesa.

"Cala a boca, garoto", disse ele, a voz firme. "Não fiz nada para merecer esse tipo de tratamento, e você sabe disso."

Billy, aturdido, olhou para a mãe. Mas, pela primeira vez, ela não o apoiou. Carlotta desviou o olhar, sem dizer nada. Com os olhos marejados, o garoto se levantou de repente, derrubando uma tigela.

"Aponta esse dedo para você mesmo, seu canalha!"

Sentindo-se tolo e infantil, Billy percebeu que não podia suportar a raiva silenciosa de Carlotta. Billy saiu de casa.

"Desculpa, querido, ele só..."

"Eu sei", disse Jerry pela centésima vez. "Ele é só uma criança."

Certa noite, Jerry saiu do banheiro enrolado no roupão. No corredor, Billy estava de pé, bloqueando o caminho para o quarto da mãe.

"Sabe, você tem muita coragem de aparecer aqui, agindo como se fosse dono da casa."

"A sua mãe me convidou."

"Você fez ela te convidar."

"A ideia foi dela, garoto."

"Não me chama de garoto!", falou Billy. "Sabe, você nunca nos perguntou. Nunca quis saber se queríamos você aqui ou não!" Os dois ficaram se olhando, se avaliando.

"A escolha não é sua."

"É a *nossa* casa, e você não é bem-vindo."

"Tudo bem", respondeu. "Lamento que você se sinta assim. Agora, se me der licença, vou para onde sou bem-vindo."

"Ela também não te quer."

A voz de Carlotta surgiu detrás da porta, sonolenta.

"O que houve, Jerry? O que está acontecendo?"

"Não é nada, querida. Eu..."

"E ela não é a sua querida!", Billy disse de repente, empurrando Jerry contra a parede.

Jerry se sentiu humilhado, perdendo o equilíbrio. Seu rosto ficou vermelho. "Seu idiota!"

Jerry se inclinou para a frente, agarrando Billy pelo colarinho, e deu-lhe uma bofetada. O tapa ressoou pela casa. Carlotta gritou. Ela estava parada à porta do quarto, de camisola, os olhos arregalados. Tinha visto tudo.

"Seu desgraçado!", gritou Billy. "Filho da puta!"

Billy se lançou contra Jerry, os punhos golpeando sem direção. Jerry, envergonhado por ter perdido a calma, não revidou.

"Billy!", gritou Carlotta, tentando separar os dois, sem sucesso. "Que droga, Billy! Para com isso!"

Finalmente, chorando, Billy soltou Jerry e recuou, olhando para ambos e gritando:

"Vocês dois! Vão para o inferno! Não me importo!"

Ele se virou e correu pelo corredor, derrubando cadeiras na sala antes de sair de casa, batendo a porta com força.

"Meu Deus, querida", disse Jerry. "Desculpe... Desculpe! Não sei o que aconteceu! Eu... perdi a cabeça."

"Está tudo bem, Jerry. Está tudo bem..."

"Eu deveria cortar a minha mão fora agora mesmo!"

"Está tudo bem, está tudo bem."

Naquela noite, dormiram na cama grande do quarto de Carlotta. Os sonhos de Jerry foram perturbados e violentos. Ela tentou acalmá-lo. Mas ambos sabiam que a pressão estava aumentando, que o momento havia chegado e deveriam tomar uma decisão.

E agora, finalmente, a decisão fora tomada. Foi, na verdade, bastante simples. A vida sem Carlotta seria morrer por dentro, viver pela metade, existir como uma casca vazia.

O piloto ligou o aviso proibindo cigarros. "Por favor, apertem os cintos", disse a comissária de bordo.

Jerry olhou para Los Angeles acelerando cada vez mais, abaixo dele: as intermináveis estradas retas; as milhões de casas de telhados planos espalhadas como uma manta grande e indiferente; as casas dos ricos nas colinas; os bairros no centro, cinza, regular e maçante; e o oceano como um céu azul, com humanos minúsculos de sentinela na borda da areia... e Carlotta. Sua Carlotta. Que, em breve, seria sua esposa.

A ENTIDADE

18

A dra. Cooley hesitou antes de bater à porta. Os carros estacionados na rua Kentner a deixaram inquieta, evocando lembranças de reuniões que já havia presenciado — aquelas conferências onde todo tipo de pessoa, de lugares distantes, se reunia para testemunhar ou examinar algo incomum. Tinha encontrado muitos excêntricos ao longo dos anos, bem como os ingênuos, os assustados e os sugestionáveis. Kraft e Mehan pareciam perigosamente fascinados pelos relatos quase fantásticos nos livros de parapsicologia. Ela percebeu que o projeto precisava de controle científico. Talvez, fosse melhor encerrá-lo.

Billy abriu a porta e ficou ali parado, piscando os olhos.

"Olá", disse a dra. Cooley, muito gentil. "Eu sou a dra. Cooley. Da Universidade..."

"Quem é?", perguntou Carlotta.

"Uma mulher", respondeu Billy.

Carlotta veio à porta. Ela era mais nova do que a dra. Cooley imaginara, muito mais bonita, pequena e de cabelo preto. Carlotta sorriu graciosamente e lhe estendeu a mão.

"Dra. Cooley", disse Carlotta. "Entre."

"Obrigada", disse Cooley, entrando.

Vários estudantes da divisão de parapsicologia ergueram os olhos, surpresos, mas sorridentes. Diante deles, espalhados sobre a mesa da cozinha, estavam grandes mapas detalhando os planos da casa nos quais foram traçadas trajetórias dos eventos psicocinéticos.

"Boa noite, dra. Cooley", disse um dos estudantes.

"Não estou vigiando vocês", disse ela. "Só queria falar com Gene e Joe."

"Eles estão no quarto", disse Carlotta.

A dra. Cooley seguiu Carlotta pela sala, observando seus movimentos. Havia nela uma elegância natural, como a de alguém acostumado a boas maneiras e ambientes distintos. Era uma graça que parecia destoar completamente do minúsculo apartamento subvencionado que a cercava.

No quarto, Kraft e Mehan olharam para ela. Havia fios em suas mãos, e eles cortavam o isolamento nas pontas.

"Boa noite, dra. Cooley", disse Kraft. "Já falou com a sra. Moran?"

"Brevemente", disse Cooley. "Gostaria de conversar com vocês antes."

Carlotta entendeu que tinham coisas científicas para discutir. Ela sorriu, permaneceu constrangida à porta por um momento, e depois pediu licença para responder a algumas perguntas que os estudantes queriam lhe fazer, lá na cozinha.

"Pensei bastante", disse a dra. Cooley em voz baixa. "Sobre as aparições e tudo mais. Algo me parece estranho nessa história."

"Não inventamos nada", disse Kraft.

"Precisamos ter muita cautela. A longo prazo, ninguém aqui pode se dar ao luxo de se envolver com casos bizarros."

"Dra. Cooley", disse Mehan, "há algo mais na sua mente."

"Só isto, Joe", disse ela. "Se for preciso, cancelo o projeto. Quero que entendam isso."

Kraft e Mehan se entreolharam.

"É para o bem do departamento, e para o seu próprio bem, também", explicou.

"Mas..."

"Não estou dizendo que vou fazer isso, só que pode acontecer. Quero ser sincera com vocês. Depende do que acontecer com a sra. Moran."

"Se ela for histérica, você diz?"

"Exatamente. Não quero que esta casa vire uma dessas sessões espíritas que tive que frequentar quando comecei na parapsicologia. Com um entra e sai de gente..."

"Tudo aqui é controlado", disse Kraft.

"Estou vendo, mas quero conversar com a sra. Moran. Falo com vocês depois."

A dra. Cooley entrou na sala. Carlotta estava corrigindo datas em vários gráficos que estudantes de graduação lhe mostravam. A dra. Cooley indicou, por um gesto quase imperceptível, que queria falar a sós com Carlotta. Depois que os alunos foram para a cozinha, a dra. Cooley sentou-se na poltrona, de frente para a anfitriã, que estava sentada no sofá. Ela estudou os olhos, as mãos e a maneira de falar de Carlotta, com o comportamento objetivo de um psicólogo treinado.

"O sr. Kraft ou o sr. Mehan disseram-lhe que sou psicóloga de formação?", perguntou a dra. Cooley.

"Não."

"Há ocasiões em que as duas disciplinas se conectam."

"Entendo", disse Carlotta, incerta sobre onde a ilustre mulher queria chegar.

"O que tenho de lhe perguntar, sra. Moran, é se os acontecimentos que tem experimentado são do tipo que vê ou sente, ou se parecem mais como um sonho."

Carlotta riu.

"Foi o que o psiquiatra me perguntou."

"Bem, é uma pergunta muito importante."

Carlotta ficou apreensiva.

"Posso lhe garantir", disse Carlotta, "que os objetos voando, o cheiro, o frio... é tudo real. O seu pessoal também os sentiu e viu."

"Sei disso. Mas seu filho disse que outras coisas aconteceram."

"Como assim?", disse Carlotta, evasiva.

"Por exemplo, no seu carro."

Carlotta riu. A dra. Cooley notou a mudança em seus olhos escuros; algo misterioso os embaçara.

"Bati num poste telefônico."

"Billy disse o porquê."

Carlotta ficou em silêncio. Pegou um cigarro. Sentiu a primeira pontada de nervosismo desde suas consultas com Sneidermann. Não seria uma psicóloga a mesma coisa que uma psiquiatra?, ela se perguntou. Então examinou a bela mulher vestindo um tailleur de tweed.

"Tudo bem", disse Carlotta. "Ouvi vozes."

"Em casa também?"

"Às vezes. Não tenho certeza."

"Mais alguém ouviu?"

"O Billy."

"E as meninas?"

"Não. Acho que não."

A dra. Cooley viu como Carlotta fumava nervosamente. Sabia que a mudança abrupta de comportamento era significativa.

"Posso perguntar, sra. Moran, por que seus filhos dormem na casa do vizinho?"

"É muito perigoso aqui."

"Por causa da atividade poltergeist?"

"Exatamente."

"Não há outra razão?"

"Não."

Carlotta sorriu, um sorriso discreto e nervoso. A dra. Cooley reconheceu os maneirismos de ansiedade.

"E os seus amigos?", questionou a dra. Cooley.

"O que tem?"

"O sr. Mehan falou com seus amigos lá no apartamento deles."

Carlotta não disse nada. Com gestos deliberados, quase teatrais, começou a procurar um cinzeiro.

"O que aconteceu no apartamento deles, sra. Moran?"

Carlotta deu de ombros.

"Não sei", disse ela. "Não consigo explicar o que aconteceu."

"Mas todos viram alguma coisa?"

"Foi terrível. O lugar simplesmente desmoronou. Estávamos morrendo de medo."

A dra. Cooley sabia que Carlotta estava escondendo algo. O que era, não conseguia entender. Ela insistiu, a voz ficando mais séria.

"O que viram, sra. Moran?"

"Ver?"

"Você e os seus amigos."

Carlotta procurava palavras.

"Estava tão escuro..."

"Sim?"

"Então ele veio... sem aviso..."

"Quem?"

Carlotta olhou para cima, assustada. Billy a chamava.

"Quem?", repetiu a sra. Cooley.

"Mãe!", gritou Billy. "Tem alguém aqui!"

"Deixe entrar."

"Não. Vem aqui!"

Perplexa, Carlotta se levantou do sofá. Ela olhou para fora da janela. Uma figura conhecida saiu de um táxi.

Jerry ficou imóvel em frente à porta. Observou Billy com atenção. O adolescente não sabia como agir. Mordiscou os lábios, lançou um olhar inquieto para dentro da casa, onde um grupo indistinto se movia nas sombras. Jerry passou por ele e entrou.

Carlotta estava na entrada da sala de estar. Sua mão subiu involuntariamente até a boca. No cômodo, homens e mulheres estavam espalhados — sentados no sofá, nas cadeiras, inclinados sobre o chão. Balbuciavam examinando fotografias e mapas espalhados pelo chão.

"Jerry!" Ela tentou dizer. Mas as palavras não saíam. Só os lábios se moviam.

Jerry sorriu e lhe estendeu as mãos. Imediatamente percebeu que algo estava terrivelmente errado.

"Querida!", disse Jerry, sentindo Carlotta desfazer-se em seus braços. Ele riu nervosamente, levantando o rosto dela pelo queixo com delicadeza para olhá-la nos olhos.

"Por que não ligou?", murmurou ela, a voz fraca.

"Eu liguei. Mas toda vez, uma voz diferente atendia. O que está acontecendo aqui?"

Carlotta o encarou com olhos selvagens, como os de um animal encurralado.

"Ai, Jerry!"

"O que foi? Não está contente em me ver?"

"Sim, mas eu..."

Um jovem baixinho enfiou a cabeça do corredor.

"Sra. Moran", disse ele, animado. "Ah, me perdoe!"

Jerry se perguntou quem seria o garoto. Agora, o balbuciar das vozes tornava-se cada vez mais distinto. Ele olhou para Carlotta com uma expressão confusa.

"São médicos", disse ela.

"Médicos?"

Kraft avançou, seu suéter enorme e volumoso, a mão estendida.

"Boa tarde", disse ele. "Sou Gene Kraft. Departamento de Parapsicologia. Você é da Sonoma State?"

"Não. Não sou."

"Desculpa. Por favor, sinta-se em casa."

Jerry sussurrou ao ouvido de Carlotta.

"Quem era aquele?"

Carlotta começou a empalidecer, como se estivesse prestes a desmaiar. Era como despertar abruptamente de um estado de histeria que a havia mantido de pé por quase um mês. Sentiu-se à beira do abismo. Tentou se segurar, manter-se suspensa sobre o vazio que se abria sob seus pés. Mas Jerry flagrara tudo. Os médicos, os estudantes, os dispositivos, os aparatos fotográficos. Seu último suporte havia sido arrancado, deixando-a completamente exposta. Só lhe restava assistir, impotente, ao mundo desmoronar.

"Sou a dra. Cooley", disse uma mulher alta e formalmente vestida. "Diretora da Divisão de Parapsicologia da West Coast University. Espero que isto não seja uma intromissão para você. Estamos aqui a convite da sra. Moran."

Jerry apertou a mão estendida.

"De forma alguma. Fique à vontade, dra. Cooley."

Mantendo um sorriso artificial, virou-se para Carlotta e sussurrou:

"Pega um casaco, Carlotta. Vamos fugir desse circo."

"Jerry, não posso..."

"Agora!"

Carlotta foi ao closet, falou vários minutos com Kraft, que discordou sobre algo que lhe foi dito e pareceu ficar muito chateado. Mas ela avistou Jerry furioso na porta, então pegou um casaco e seguiu para o carro.

O rugido do Buick recém-consertado de Carlotta partindo diminuiu o balbuciar de vozes na casa.

O Buick os levou para o mar. Jerry não disse nada. Não conseguia encontrar nada para dizer, nem sabia como dizê-lo. Não sabia ao certo se estava zangado ou assustado. Olhava para Carlotta de tempos em tempos. Às vezes ela parecia bem. Às vezes, exibia um olhar doente e pálido que o incomodava.

Ela tentou que os olhos deles se encontrassem. Manteve a cabeça virada, olhando para as casas passando.

Jerry manobrou o Buick até os penhascos com vista para o cais e desceu do carro. Foram a um restaurante de frutos do mar. Mesmo assim, não falaram um com o outro.

Lá dentro, redes marítimas pendiam das paredes, as velas lançavam um brilho alaranjado e suave sobre as mesas, e havia estrelas-do-mar espalhadas em caixas de vidro pelo balcão. Jerry fez o pedido para ambos, acendeu um cigarro, olhou à volta, como se receasse ter sido seguido pelo grupo pavoroso que lotava a casa, e depois se inclinou para a frente.

"O que foi aquilo?", disse baixinho.

Lágrimas vieram-lhe aos olhos.

"Vamos. Vamos", disse ele.

"Estão tentando ajudar", disse ela.

"Ajudar? Ajudar a quem?"

"A mim."

Ele olhou em volta, mal acreditando em seus ouvidos.

"Não entendo", disse ele.

Carlotta o observou. Teve a impressão de que estava se distanciando dela. De alguma forma, sabia que isso aconteceria. Não imaginara que seria em um restaurante de frutos do mar, mas era inevitável. Ela lhe contaria a verdade, ele explodiria, e fim de caso.

"Ando doente, Jerry."

"Doente? Que tipo de doença?"

"Não consigo dormir. Tenho ido ao médico."

"E o que mais?"

"Tenho sido visitada por coisas estranhas. De noite."

Jerry empalideceu. O linguajar o deixou enjoado.

"Pesadelos, você quer dizer?"

"É como se fosse."

"E você consultou um psiquiatra?"

Carlotta sabia que já não valia a pena fugir.

"Sim. Um psiquiatra."

"E?"

"Não estou me consultando mais."

Ele levantou uma sobrancelha. Pareceu aliviado.

"Isso é bom. Mas o que tem a ver com todas aquelas pessoas na sua casa?"

O garçom trouxe lagosta e saladas, pousou-as na mesa, e afastou-se novamente. O crepúsculo lançava um brilho turquesa através da enorme janela de vidro laminado que abria para o Pacífico.

"Me responde."

"O psiquiatra não conseguiu resolver. Então essas pessoas estão tentando me ajudar."

Jerry estava tentando compreender. Parecia lutar contra diversos pensamentos. De repente, com voracidade, enfiou um garfo na salada e começou a comer.

"Hmmmm", murmurou, mastigando. "Lembro que aquela senhora disse que era psicóloga ou algo assim."

"Não está zangado?"

Ele demorou um pouco para responder.

"E por que eu deveria estar? Se você não consegue dormir à noite, tem mais é que resolver o problema."

Carlotta ficou espantada. Esperava que Jerry caísse fora. Mesmo assim, se perguntava o que ele estava realmente pensando.

"É algo recente. Desde que você viajou."

Jerry riu.

"Sei porque não consegue dormir", disse ele, piscando o olho.

Carlotta não sentia fome, mas levou a taça de vinho aos lábios e deu um gole.

Estar com Jerry a levava de volta para a antiga dinâmica entre eles. Sentia-se confortável, até atraente. Queria ir a algum lugar com ele.

"A propósito", disse ele, "o que era aquele equipamento todo ali? Eles tinham fios suficientes para montar um computador."

"Estavam medindo."

Jerry a fitou. Seus olhos brilhavam. Carlotta não sabia se era gracejo ou raiva.

"Medindo o que?"

"A casa."

"Sabe, Carlotta, eu lhe faço uma pergunta e você não diz coisa com coisa. Desde que voltei. Você me quer em casa ou não?"

"Claro que quero você em casa", respondeu ela, inclinando-se para frente e colocando a mão no braço dele.

O toque os despertou.

"Então me diga o que estão medindo", disse ele.

"Eles têm uma teoria", disse ela, "de que algo na casa me impede de dormir."

Jerry bebeu mais um copo de vinho e a serviu de mais um pouco.

"Parece razoável, suponho."

Jerry mastigou e engoliu. Durante muito tempo, ficaram em silêncio. Ela sentiu seu apetite retornar. Sentiu-se novamente parte do mundo, assim como as demais pessoas no restaurante. Ali estava ela, uma mulher jantando com seu parceiro, ouvindo uma música agradável enquanto o sol se escondia no horizonte. Não era mais uma aberração. O circo ficara para trás. Tentou nem pensar na própria casa.

"Um reencontro bizarro, hein?", disse ele, sorrindo.

"Devia ter lhe contado, Jerry. Por favor, me perdoe."

Jerry acabou seu jantar. Gesticulou para que ela terminasse de jantar também. Lentamente, o apetite dela despertou. Sentiu que recuperava o gosto pela própria vida. Jerry estendeu a mão, acariciando a pele do antebraço dela, balançando a pulseira sobre a toalha branca.

"Sempre achei", disse Jerry, "que só existe uma cura quando a gente não se sente bem. Quer dizer, quando não se sente bem aqui." Ele tocou o peito, indicando o coração. "É se preocupar com alguém e essa pessoa se preocupar com você. Com isso, dá para enfrentar qualquer coisa que aparecer. Sem essa conexão, você pode ser milionário e ainda assim ser miserável." Ele corou. "Entende o que quero dizer? Não acredito nesse tipo de médico, não me leve a mal. Se não consegue dormir à noite e quer ir vê-los, tudo bem. Mas, para mim, o que acontece entre duas pessoas... isso é o que realmente importa."

Carlotta sorriu e pôs a mão dele em seu rosto.

"Vamos para casa", disse ele, gentil.

Ela ficou visivelmente tensa.

"Qual é o problema?"

"Está tão cheio de gente..."

"Já devem ter ido embora."

"Às vezes deixam as coisas na casa."

"Que diferença faz?"

"Não é muito romântico. Por que não voltamos para o motel? Com vista para o mar?"

"Porque quero acordar contigo na nossa cama."

Ela sorriu de forma incerta.

"Tem algo errado", disse ele.

"Não. Vou telefonar para casa e checar se foram embora."

Os dois se levantaram para sair. Carlotta telefonou para casa e Jerry foi ficando novamente contrariado. Mas não sabia ao certo a quem culpar. Pensou nos jovens espalhados pela casa. Por que a presença deles o deixava tão alarmado? Por que sentia, mesmo agora, que Carlotta estava escondendo algo? E esse telefonema repentino... o que significava? Sua relação parecia repleta de tensões e segredos. "Que recepção calorosa", pensou, amargamente, terminando o vinho em um só gole.

A ENTIDADE

19

Carlotta segurou o braço de Jerry com força. A casa estava estranhamente vazia agora que todos haviam partido. Onde estava seu exército agora? A noite estava escura, sem o brilho da lua. Da garagem, ouviu o som do rádio de Billy. As meninas estavam na casa do vizinho, se preparando para dormir. Tudo ao redor era familiar, mas igualmente terrível.

"Seria muito melhor", disse ela, "longe disso."

Jerry beijou sua nuca, beijou-a suavemente nos lábios.

"Trouxe um presente para você", sussurrou ele.

Carlotta parecia quase distraída, sua mente vagava em outro lugar. Jerry não conseguia saber onde, mas ela sequer reagia aos seus afagos.

"O que é?", perguntou.

"Você vai ver", disse ele, sorrindo.

Dentro de casa, Jerry acendeu as luzes. A sala estava toda bagunçada; pedaços de papel e de blocos de notas, extremidades de fios e parafusos soltos pelo chão. Ele abriu a janela e ficou grato pela brisa da noite que levantou as cortinas e soprou em seu rosto. Lá fora, a vizinhança parecia tranquila. As luzes amarelas das janelas formavam retângulos suaves espalhados pelo véu de arbustos escurecidos. Continuava sem entender por que as meninas iriam passar a noite com os Greenspan. Um cão latia ao longe. De repente, as luzes da rua começaram a piscar de forma incomum, diminuindo a intensidade, e em seguida se intensificando outra vez. Ele perguntou o que estava acontecendo.

"Jerry!", sussurrou. "Que linda!"

Carlotta segurou à sua frente uma camisola de seda. Havia fitas pretas entrelaçadas na frente e finas rendas brancas nas laterais.

"Bem,tomara que eu tenha acertado o tamanho."

Carlotta sorriu para ele e tocou seus lábios com um beijo. Mas seus olhos, distantes, pareciam procurar por algo — algo que não era ele. Uma nuvem sombria de ciúme começou a crescer dentro de Jerry. Ele a observou enquanto ela pressionava a seda da camisola contra o rosto, sentindo a maciez do tecido. Parecia uma marionete vazia, desprovida de sentimentos. "Quem está controlando os fios?", pensou.

"Talvez seja muito cheia de frescura", disse ele.

"Não", respondeu ela, rindo. "Vou adorar usar isso."

"Pode devolver se for do tamanho errado. Eles têm filiais..."

"É perfeita, querido", disse ela.

Jerry sentou-se no sofá ao lado dela, olhando em seus olhos. Seja lá o que fosse, aquela presença nebulosa, que parecia pairar há meses, havia crescido. Agora a dominava por completo. Algo a estava controlando. Uma estranheza que às vezes se instala entre dois amantes depois de uma separação — mas essa, ele sabia, não desapareceria. Jerry começou a se sentir zangado, humilhado, e a solidão cresceu à sua volta, espessa e interminável como a noite que caíra sobre a terra.

"Carlotta", sussurrou, inclinado para a frente.

Seus lábios encontraram os dela, macios, mas ainda não quentes, e os pressionaram contra os seus. Só quando tocou a mão em sua nuca, mais e mais firme, que ela recuperou a respiração, e o abraçou com força.

"É tão bom te ter de volta", sussurrou ela.

Sentiu-a trêmula em seus braços.

"É a última vez", disse ele. "Recebi uma oferta concreta."

Carlotta não disse nada. De onde estava, Jerry não conseguia ver o rosto dela. Ele se perguntou o que estaria passando pela mente dela naquele momento. Sentiu-se constrangido. Não havia imaginado que, ao voltar, se sentiria novamente inseguro.

"Queria encontrar um lugar para nós em San Diego", disse ele, "mas não tive tempo."

Carlotta murmurou algo inaudível, beijando-lhe o pescoço várias vezes. Jerry sentiu os olhos se encherem de lágrimas. Estivera só por muito tempo. Mal podia acreditar que, depois de tudo, sua amada estava em seus braços novamente.

"Podemos escolher um lugar juntos", disse ele. "É até melhor."

Carlotta falou com voz trêmula, porém suave. "Eu quero, Jerry. Sim. Assim que pudermos."

De repente, como um calor inesperado envolvendo os dois, a estranheza entre eles desapareceu. Jerry sentiu a quentura do corpo de Carlotta irradiar em sua direção. Por um instante, ficou tonto.

"Jerry, Jerry", repetiu ela, baixinho.

Ao longe, um homem chamava seu cão, e o som distante do tráfego ecoava na rua Kentner. Ele fechou os olhos. Só havia Carlotta. O perfume suave de sua pele o envolvia, e as mãos delicadas dela repousavam nas dele. Ele ansiava por ela.

"Eu tenho vinho", ofereceu ela, sorrindo.

Jerry segurou o rosto de Carlotta entre as mãos. O medo que antes habitava os olhos dela havia desaparecido. Ali, diante dele, estava apenas a mulher que ele amava. No quarto escuro, suas pupilas pareciam grandes e profundas. O rosto dela estava corado, enquanto uma mecha de cabelo caía suavemente sobre sua testa e têmporas. Ela respirou fundo, as narinas se dilatando levemente, enquanto um sorriso surgia em seus lábios.

"Não preciso de vinho."

"Não. Vamos", disse ela brincalhona. "É para você. Para celebrar sua chegada."

Ela se levantou e foi até a geladeira. Jerry a observou da porta da cozinha, seus movimentos ágeis e adoráveis. Nenhum dos dois acendeu as luzes. Carlotta lutou com a rolha da garrafa.

"Essa foi uma bela festa de boas-vindas", falou ele, com leveza.

O rosto dela exibiu um traço de constrangimento antes de um riso forçado escapar. Ela lhe entregou uma taça brilhante, preenchida com um líquido transparente. Brindaram e beberam.

Jerry nunca a vira tão bonita. Havia um traço novo: ela parecia precisar de proteção. De algo que ele não conseguia identificar. Essa percepção o fez enxergá-la de forma distinta, mas também o fez enxergá-la de uma maneira diferente. Carlotta parecia mais suave, quase menor, mais sombria. Talvez fossem as sombras, o vinho. Ele a queria ali, agora, e viu que ela sentia o mesmo.

"Mais um pouco", sussurrou ela.

Uma pequena pulseira balançou em seu pulso enquanto servia. Jerry levantou sua taça. Seus lábios voltaram a encontrar os dela, frios e molhados do líquido. Sentiu um arrepio pelo corpo. A escuridão se tornou irresistivelmente sedutora, uma presença suave envolvendo-os em seus segredos infinitos.

Ela o agarrou pelo braço. Atravessaram a sala de estar, com os medidores de temperatura enfiados no armário de lençóis. Carlotta parou, pôs os dedos nos lábios e virou-se para Jerry.

"Deixa-me experimentar", disse ela, segurando a camisola no peito. "Depois você entra."

"Está bem", respondeu.

Abriu a porta do quarto. Um momento depois, a mão dela saiu, segurando seu roupão.

"De quem será?", disse ele, sorrindo.

Carlotta piscou e desapareceu no quarto.

Jerry estava no banheiro quando ouviu uma voz lá fora, misturando-se com o rádio. Era Billy, encostado no banco, repetindo as letras de uma canção. Dava para ver a sombra do menino quando se debruçava sobre o torno. Franzindo a testa, Jerry fechou a janela. Não queria que nada desse errado esta noite. A voz de Billy abafou e desapareceu.

Carlotta deixou escapar um gemido suave, prolongado, quase infantil, como uma criança brincando. Jerry vestiu seu roupão e riu.

Ela gemeu mais uma vez.

"Carlotta, Carlotta", repreendeu-a de forma gentil.

Passou a mão pelo cabelo, examinou o rosto no espelho e escovou os dentes. Quando saiu do banheiro, desligou a luz e apertou o roupão contra os ombros para afastar o frio que se instalara na casa.

Mais um gemido.

Jerry respondeu com um rosnado brincalhão, imitando um tigre, enquanto ria e tropeçava no corredor. Esbarrando no armário de lençóis, acabou enfiando a mão em uma confusão de fios emaranhados e achou graça.

Quando chegou à porta do quarto, um novo gemido cortou o ar. Dessa vez, não parecia brincadeira. Não havia nada de engraçado.

"Carlotta?", sussurrou ele.

A porta não cedeu quando ele tentou abri-la. Estava emperrada. Ele empurrou a madeira, tentando forçar a entrada. Do outro lado, ouviu um gemido longo e desesperado.

"Carlotta!"

Jerry arrombou a porta. Ela bateu contra a parede e ricocheteou de volta, acertando seu braço. Na penumbra, avistou Carlotta. Seu corpo estava arqueado. O brilho pálido dos lençóis deslizou pelas costas dela, revelando a pele macia que se erguia em ondas com cada gemido.

"Meu bem, o que houve?", perguntou Jerry. "Está passando mal?"

De repente, ela se debateu, ficou rígida e, em seguida, seus quadris lentamente ondularam, girando, as coxas nuas separadas.

"Aaaaaaaaahhhhhh!"

Agora, na escuridão, Jerry começou a distinguir o contorno do corpo de Carlotta. Seus seios pareciam achatados, pressionados para baixo, espalhando-se até se distenderem ao longo da parede torácica.

"Carlotta!", exclamou ele. "Meu Deus!"

Com um movimento pélvico abrupto, ela gemeu. Mas não havia nada ali. O cérebro de Jerry disparava, faíscas selvagens de pensamentos desordenados colidindo sem levar a lugar algum. Então, algo chamou sua atenção. Ele pensou ter visto nuvens começarem a se formar sobre o armário. Pareciam um reflexo vindo da janela. Sua mente estava pregando peças nele. Sabia, com uma sensação repugnante, que precisava tirá-la dali. Carlotta estava doente. Não importava o que fosse necessário, ele tinha que salvá-la. Tropeçando em meio à escuridão, ele estendeu a mão e segurou o braço dela. Mas Carlotta afastou-se violentamente dele.

"Ah! Ah! Ah!", gritou ela de repente.

Jerry recuou, esfregando os olhos. Ela estava tendo uma convulsão! Era isso! Mas ele nunca havia presenciado algo assim antes. O movimento circular do abdômen dela o deixou enjoado. As coxas se contraíam como se estivessem puxando algo para a frente, alargando-se. Será que ela sequer conseguia vê-lo? Carlotta arfava e lutava, empurrando algo invisível. Em um movimento brusco, ela rolou para o lado, e a cama afundou sob seu peso — não, sob um peso maior que o dela. As molas guinchavam.

"Ah, meu Deus!", gemeu ela. "Meu Deus! Ah!"

A cabeça de Jerry parecia prestes a explodir. O homem percebeu que estava em pânico, paralisado nas sombras.

Então, ele viu a pele dela cintilar. A luz da janela se aglutinava ao longo do corpo e do abdômen de Carlotta, crescendo em uma chama brilhante, verde-azulada.

"Para!", gritou ele, uma súplica inútil e desesperada.

Lutou contra os membros dela, tentando segurar pernas e braços que se debatiam descontroladamente. Mas então viu um clarão vermelho e amarelo e foi jogado para trás com um golpe brutal. Sentiu o sangue escorrer pelo rosto. O olho direito latejava, arranhado pelos ataques das unhas de Carlotta.

"Para!", gritou.

Agora, o brilho verde-azulado começou a se mover, girando suavemente ao redor de Carlotta. A luz se aprofundava, ganhando tonalidade, até que o corpo dela parecia envolto por uma luminosidade macabra. Com seu olho bom, Jerry pensou ver as nádegas dela se movendo de maneira antinatural — contraindo, empurrando, distendendo.

Tateando cegamente no escuro, encontrou uma cadeira de madeira e a ergueu acima da cabeça. Lançou-a com toda a força sobre a nuvem que parecia segurar Carlotta, comprimindo sua cabeça contra o travesseiro, separando suas pernas e invadindo-a, enquanto a cama balançava violentamente.

A cadeira se despedaçou com um estrondo. Carlotta gritou.

Então ele viu. Sangue. O sangue escorria como uma explosão da cabeça dela, tingindo os lençóis de um vermelho vivo. Por que estava cego? Nada mais fazia sentido. Suas mãos ainda seguravam os restos da cadeira. Então percebeu que a luz do quarto estava acesa.

"Seu desgraçado!"

Ao se virar, Jerry viu Billy parado à porta. Os olhos do menino eram fendas de ira. Por um instante, Billy ficou paralisado, o olhar fixo na visão aterrorizante de sua mãe gemendo de dor, ensopada nos lençóis manchados de sangue. Então, olhou para Jerry. Ali estava ele, imóvel, coberto com manchas de sangue nas roupas. Em sua mão, restos da cadeira quebrada.

"Seu maldito desgraçado!", gritou em um lamento estridente, e se jogou sobre Jerry.

"Espera", Jerry murmurou, atordoado. "Eu não..."

O peso de Billy o atingiu no peito, e Jerry sentiu o ar escapar de seus pulmões. Sua visão se tornou turva, e por um instante, tudo o que percebeu foi a sensação abafada de lençóis quentes caindo em cascata ao redor de sua cabeça. Os sons ao longe eram os punhos de Billy, acertando seu peito, rosto e virilha. Enquanto isso, Carlotta rolava desajeitadamente, seu corpo escorregando devagar pela beira da cama. Seus gemidos cessaram. Ela se sentou no chão, segurando a cabeça e vagando lentamente para mais perto do chão, ficando cada vez mais silenciosa.

"Pelo amor de Deus... Billy!"

O rosto de Jerry estava devastado, o nariz jorrando sangue e manchando o roupão. Cego pela dor e pela fúria, ele lançou seu punho pesado em direção a Billy. Um som seco ecoou quando algo se partiu no rosto do menino, que foi jogado de costas contra a mesa de cabeceira. O cinzeiro e o relógio foram lançados ao ar, espatifando-se com estilhaços contra a parede. Jerry se virou, rastejando para a frente, sentindo as lágrimas descendo pelo rosto. Carlotta estava afundando em seu próprio sangue.

"Assassino!", Billy gritou e arremessou a luminária com toda a força que pôde. Não acertou a cabeça do namorado de sua mãe, mas atingiu seu ombro esquerdo. Jerry cobriu a cabeça, queria se levantar, fugir, trazer Carlotta de volta à vida. Queria estar morto, queria acordar daquele pesadelo. Mas seus pés estavam presos nos lençóis. E a luminária bateu outra vez no ombro, a base rachou e pedaços voaram pela cama.

De repente, houve uma forte bofetada.

"Meu Deus!", gritou Jerry, lágrimas e sangue escorrendo pelo rosto. A cadeira quebrada caíra, de alguma forma, atrás da mesa de cabeceira. Billy estava tentando proteger o rosto de um golpe. Um policial estava à porta. Quem estava gritando? Jerry lutou para não desmaiar. As meninas... suas filhas... de pijama... e uma senhora idosa...

"Carlotta!", Jerry gritou.

Um policial sentia o pulso dela. Alguém agarrou seu braço. Ele sentiu a dor quando foi pressionado para cima, imobilizando-o.

"Não, não", gaguejou. "Me deixa em paz! Você não entende..."

Sentiu algemas nos pulsos. Forçaram-no a se sentar na beira da cama. Ele viu Billy sendo levado por um policial. As palavras "assassinato" e "matar" ecoaram em seus ouvidos. Tentou se levantar, mas um golpe seco de cassetete atingiu suas costelas. O impacto o derrubou.

"Você vai se levantar quando eu disser para se levantar."

A voz áspera deixou Jerry sóbrio. Onde estava Carlotta? Ela havia desaparecido. Apenas o sangue permanecia.

"Onde ela está?"

"Ela está a caminho do hospital. Boa tentativa, amigo."

"Eu não fiz..."

"Alguém fez. Agora cala a boca. Para o seu próprio bem."

O segundo policial leu uma declaração de seus direitos. Lhe perguntaram se entendia o que disseram. Ele apenas disse: "Onde está a Carlotta? Ela está bem?"

Por fim, o puseram de pé. Eles o empurraram e o escoltaram pela sala de estar. Jerry conseguia ver a porta da frente destruída. Luzes vermelhas girando lá fora, uma multidão... um velho enrugado de calções e roupão apontava para ele.

"Esse mesmo! É o namorado dela!"

Um policial o acalmou com uma mão estendida.

"Está bem, está bem, nós vamos ligar para o senhor. Agora volta para casa e vai se deitar."

Ao ser empurrado para dentro do carro da polícia, Jerry tropeçou. A confusão mental era como um enxame de fumaça atrás de seus olhos. Distingiu uma imagem turva: olhos fixos nele através do vidro da janela, observando-o como uma criatura exótica, uma cobra rara. Depois desmaiou. Ele pensou ter ouvido alguém dizer que Carlotta estava morta.

O dr. Weber acordou de seus pensamentos. Deslizou para a porta em suas pantufas. Ao conferir pelo olho mágico, viu um rosto na escuridão, delineado estranhamente na luz amarela da noite. Os grilos gritavam, um som triste e estranho que deixava a noite ainda mais sinistra. Sem dizer nada, abriu a porta.

"Desculpa", disse Gary Sneidermann, "mas..."

O dr. Weber pôs um dedo nos lábios, gesticulando que alguém estava dormindo na casa. Eles caminharam rapidamente para o escritório. O dr. Weber fechou as enormes portas de madeira atrás deles. Sneidermann parecia confuso, zangado, intenso. O cabelo dele estava despenteado, o suor pingava da testa, e seus olhos tinham um olhar selvagem e direto. Agora, estava tudo calmo, exceto pelo chiado e o crepitar da lareira. O rosto de Sneidermann brilhava entre o amarelo e o laranja.

"O que foi, Gary?"

"É a Moran."

O dr. Weber gesticulou para uma grande poltrona de couro. Sneidermann sentou-se desajeitadamente. O dr. Weber sentou-se de frente para ele, sentindo-se deprimido. Pensava ter perdido seu melhor residente. Era simples assim.

"O que tem a Moran?"

"Ela está na ala de emergência. Inconsciente."

O dr. Weber levantou uma sobrancelha.

"O que aconteceu?"

Sneidermann olhou para cima com uma expressão terrível e angustiada. Seus olhos estavam vermelhos, insones e marejados. "O namorado dela voltou. Quebrou uma cadeira na cabeça dela. Ele está preso. Tentativa de homicídio."

O dr. Weber se fortificou com uma dose de brandy.

"Não parece o Jerry que conhecemos."

Sneidermann engoliu. "Ele deu um depoimento à polícia. Alega que o viu."

"Vi o quê?"

Ele desviou o olhar. A luz do fogo refletiu em seus olhos assustados.

"Não sei, viu a mesma coisa que a Carlotta sempre vê. Tentou pará-lo e, em vez disso, bateu nela."

Sneidermann olhou para o dr. Weber.

"Como isso pôde acontecer, dr. Weber? Jerry é uma pessoa estável."

O dr. Weber abanou a cabeça com tristeza.

"Ele é sugestionável, Gary. Como o Billy e as meninas. Ele pegou da Carlotta."

Sneidermann afundou na cadeira, mal-humorado. Ele apoiou a cabeça no encosto da poltrona.

"Eu não sei se ela está viva ou morta", disse Sneidermann, cansado.

O dr. Weber pegou o telefone e discou um número. "Emergência? Aqui é o dr. Weber... Certo... Fred, aqui é o Henry. Quando você tiver um diagnóstico de Carlotta Moran, M-O-R-A-N, me liga, tudo bem? É uma amiga. Eu agradeceria."

Pôs o telefone no gancho. Sneidermann acenou em agradecimento, murmurou algo inaudível. Não sabia o que dizer agora.

"Ele era o único contato que Carlotta tinha com a realidade", disse Sneidermann, suave e lentamente.

O dr. Weber procurou um charuto, não encontrou nenhum e serviu-se de outro brandy. Sneidermann lutava com algo internamente. E estava perdendo.

"Era o seu único futuro", disse Sneidermann, alheio ao dr. Weber.

Sneidermann se sentou abruptamente, olhando para a lareira. Por um instante, o único som vinha dos troncos cuspindo e assobiando no ferro de suporte.

"A primeira coisa a fazer, dr. Weber, é castrar aqueles dois."

"Eu lhe disse para não se envolver."

"É vida e morte agora. Se não for tarde demais."

"Fique longe."

Sneidermann virou-se lentamente. De repente, a mente fria e objetiva de seu supervisor parecia detestável, desumana. Como era possível ser um médico sem sentimentos?

"Não vou ficar fora disto, dr. Weber. Quero aqueles dois homens fora da vida dela."

O dr. Weber fez uma pausa, seu brandy a meio caminho dos lábios. Analisou Sneidermann. Depois virou o copo rapidamente.

"Não vejo o que podemos fazer."

"Vamos ao reitor", disse Sneidermann, vigorosamente.

O dr. Weber pousou o copo na mesa de carvalho ao seu lado.

"Meu Deus, Gary, o que você sugere é um mês inteiro de debate. Não faz ideia de como isso pode ficar complicado."

Sneidermann inclinou-se para frente e afundou o dedo com cada palavra à mesa, sacudindo o brandy dentro do decantador.

"Você precisa falar com o Departamento de Psicologia. Faça-os removerem aqueles patifes de lá."

O dr. Weber ficou aborrecido com Sneidermann. Ele não gostava de ser pressionado. Muito menos por um residente. "Tudo pela Moran?"

"Alguém tem de cuidar dela."

"Não precisa ser você."

"Bem, sou eu."

O dr. Weber finalmente encontrou um charuto e o acendeu com uma mão trêmula. Fechou o isqueiro e o guardou no bolso. Sneidermann olhava fixamente para ele. "Está bem", disse o dr. Weber. "Vou levá-lo ao reitor. Ele me deve um favor."

Sneidermann inclinou-se de novo na poltrona. Sentiu uma onda de vitória atravessá-lo. No acolhedor e escritório, no entanto, começou a perceber o quanto a relação deles tinha se deteriorado. Ele olhou para o dr. Weber. Havia um impasse. Ambos estavam cheios de emoção. Cada um estranhamente incapaz de dizer o que sentia.

"Lamento que tenha chegado a este ponto, dr. Weber."

O dr. Weber fez um gesto vago.

"Vamos beber um brandy, Gary. Não devemos ser inimigos."

O dr. Weber se serviu do decantador. O brandy brilhou quando desceu, suavizando as coisas. Nenhum deles falou. O silêncio foi completo, apenas o grande relógio marcando os segundos que passavam.

Então Sneidermann foi fisgado, o dr. Weber pensou. Tão humano, tão completamente humano. Ele não era uma máquina. Estudou o rosto bonito de seu residente. A vida estava apenas começando para o jovem médico e ele já havia sido fisgado.

Imagens fluíram à mente do dr. Weber, imagens do passado. Uma lareira, mas não como esta, e uma sala cheia de estranhos. Era o lobby de um hotel internacional em Chicago. Ilustres acadêmicos e psiquiatras atravessaram o carpete luxuoso, respondendo a convocações de carregadores, e convidados da Áustria chegavam pela porta, batendo a neve dos ombros. E ele, ainda sem ser médico, mas um estudante graduado, sentado em silêncio, com seu conselheiro, o dr. Bascom.

O dr. Bascom era um idoso, diretor do Departamento Psiquiátrico na Universidade de Chicago. Weber foi o único aluno autorizado a assistir à conferência. Porém não foi convidado para discutir as últimas notícias e casos do mundo psiquiátrico. Bascom tinha outros planos para ele.

O dr. Weber olhou para além de Sneidermann, lembrando-se daquele doloroso dia, meio esquecido. O dr. Bascom falou durante alguns minutos antes de Weber perceber. Então, entendendo, ficou confuso. E então, ofendido. E então, envergonhado. O dr. Bascom o aconselhava a deixar a escola. Tirar férias. Ir para a Europa, se necessário. E Weber olhara para o fogo, como Sneidermann estava preocupado agora, o brilho das chamas refletindo em seu rosto.

Ao lembrar daquilo, os olhos do dr. Weber ficaram marejados. Blumberg. Bloomfeld. Não. Apenas Bloom. Uma menina judia. Maçãs do rosto altas, como alabastro, como uma delicada escultura de mármore branco. As longas tardes com a menina de pele translúcida, olhos escuros e profundos, a mente brilhante tão perto da esquizofrenia. O dr. Weber engoliu em seco, levou seu brandy aos lábios.

O dr. Bascom estava certo. Henry Weber estava envolvido. Mais estranho que a ficção. Não o amor, não o sentimentalismo que você lê a respeito em romances. Era uma fixação, uma consciência de existência em que ela ardia como uma estrela e ele, indefeso, tornou-se um planeta giratório, circulando sem parar à volta dela. No entanto, nunca a tocara. Por quase um ano sua carreira deslizou para o círculo brilhante da ansiedade e do terror. Com os olhos escuros e profundos, implorando-lhe ajuda, cada vez mais perto, como uma mariposa atraída por uma chama, até que o velho descobriu o que tinha acontecido.

O dr. Weber assoou o nariz gentilmente no lenço. Uma garota tão bonita que ele nunca vira igual, nem antes, nem depois. Poderia ter passado, com prazer, o restante da vida com aquela garota. Um paciente psiquiátrico, ele meditou, é um ser humano, porém de uma ordem diferente. O dr. Bascom delineou uma escolha clara. Ou uma carreira em psiquiatria, ou uma vida inteira com a paciente. É claro, não havia escolha. Duas semanas depois, o dr. Weber partiu para a Europa. Ficou seis meses, e quando voltou, descobriu que a paciente fora internada em um manicômio em Wingdale, Nova York. Muitos anos mais tarde, estava tentado a ir vê-la, mas...

"Rachel", o sussurrou o dr. Weber. "Era o nome dela."

"Desculpe, senhor?", disse Sneidermann.

"Perdão? Ah, nada. Um caso me fez lembrar da Carlotta."

O telefone tocou.

"Sim?... Certo... Ah, entendo... Não, confio em você. Tenho certeza de que tem razão. Claro. Obrigado, Fred. Muito gentil da sua parte."

Ele desligou o telefone.

"Uma pequena fratura no crânio. Algumas lascas da madeira ficaram presas no crânio. Concussão. Sem danos cerebrais, sem coágulos. Condição estável."

Sneidermann viu-se incapaz de falar. Seus olhos ficaram inesperadamente marejados. Talvez fosse o tardar da hora, o brandy, a fadiga de esperar por alguma notícia, ou apenas a turbulência da noite.

"Bem," disse Sneidermann repentinamente, "ela tem sorte."

O dr. Weber terminou seu brandy. Ofereceu a Sneidermann mais uma dose, que recusou balançando a cabeça.

"Muito obrigado, dr. Weber. De verdade."

"Mas não vai seguir o meu conselho?"

"Não."

O dr. Weber viu o fogo nos olhos de Sneidermann. Muito humano, pensou com tristeza. Preso pelo coração em vez da cabeça. Sentiu uma onda de compaixão por Sneidermann.

"Bem, quem sabe", disse o dr. Weber, levantando-se. "Pode ser interessante. Eu era um radical há trinta anos. Vai ser como nos velhos tempos, infernizando os reitores."

A ENTIDADE

20

No hospital, Carlotta abriu os olhos. O teto branco sobre sua cabeça ondulou. Vozes flutuaram pelo ar. Luzes estranhas acendiam e apagavam. Pensou ter visto Joe Mehan se inclinando para a frente.

"Sra. Moran", ele sussurrou.

Ela moveu os lábios, mas nenhuma palavra saiu. Mehan se aproximou, e, hesitante, puxou uma cadeira e se sentou.

"Eles só vão me deixar ficar cinco minutos", disse baixinho.

Carlotta olhou-o cuidadosamente. Mehan parou de oscilar à sua frente. Vestia-se com bom gosto, tão minimalista, tão sofisticado. Ela tentou falar, porém sua língua estava inchada, mole.

"Jerry", sussurrou ela.

Mehan engoliu.

"Ele está na delegacia", respondeu.

"Jerry", disse ela novamente.

Imagens turvas, memórias despedaçadas, ficaram mais nítidas. Jerry flutuou por uma névoa verde, levantando a cadeira.

"Onde está Jerry?"

"Ele foi fichado", falou Mehan. "Tentativa de homicídio."

Carlotta se afundou outra vez no travesseiro. Mehan olhou profundamente em seus olhos. Nunca tinha visto os olhos dela tão pretos, arregalados de terror diante de algo que só podia imaginar.

"Sra. Moran", ele sussurrou. "O que aconteceu?"

Carlotta se virou, olhou-o com seus olhos pretos turvos.

"Preciso saber o que aconteceu", insistiu ele suavemente. "Se isso tem alguma relação com..."

Carlotta se virou, caindo no sono.

"Sra. Moran?"

Mehan se aproximou. O rosto de Carlotta parecia mais branco que os lençóis, mais branco que as luzes que piscavam dos monitores.

"Jerry...", resmungou algo incompreensível.

"O que?"

"Tira *ele*! Me ajude, Jerry! Me ajude!"

Ela estava afundando, afundando no sono, em imagens desconectadas, flashes e gritos de susto imaginários.

"Tira *ele*, Jerry", chorou em um soluço abafado. "*Ele* vai me matar."

Mehan se inclinou para a frente até que pudesse sentir o calor de seu rosto, ver o suor transpirar em seus lábios. Seus olhos possuíam um olhar vago e distante, indicativos de que a mente voava para longe.

"Quem?", sussurrou Mehan, assustado. "Tirar quem?"

"*Ele* vai me matar. *Ele* vai me... me..."

Ela estava fora de si. Seus olhos continuavam abertos, encarando uma imagem fixa de terror. Então, Mehan viu suas pálpebras abaixarem, suas pupilas vagarem ao centro, juntas, até que ela adormeceu. Ele a encarou, com receio de tocá-la, querendo acordá-la.

Mehan virou. Uma enfermeira estava parada à porta.

"Ela está dormindo, sr. Mehan", disse a enfermeira. "Acho que devemos deixá-la descansar."

"O que? Ah, sim. Claro."

Mehan estava na entrada do pronto-socorro. Ela dormiu tão profundamente, tão imóvel, que sua face parecia macia como cera, uma delicada escultura branca.

"Tem um telefone neste andar?", ele perguntou.

"No final do corredor."

Adiante no corredor, Mehan reconheceu uma figura alta que se movia ligeiramente com um jaleco branco de médico. Era Sneidermann.

"Aí está ele", disse Sneidermann, para ninguém em particular.

Mehan não gostou da forma como Sneidermann o abordou. Tão rapidamente, com uma expressão estranha no rosto. Mehan mexeu nos bolsos, procurando algumas moedas, e apressou-se para um nicho perto dos elevadores.

"Só um segundo, meu amigo", pediu Sneidermann.

Mehan sentiu seu braço ser agarrado. Ele foi torcido até encarar dois olhos raivosos.

"Que diabos você está fazendo por aqui?", perguntou o médico.

"Estou aqui para ver minha amiga."

Sneidermann torceu o colarinho de Mehan até o limite. Não havia mais ninguém no cubículo.

"Veio aqui finalizar o seu trabalho?", indagou Sneidermann. "É isso mesmo?"

"Você é louco", sussurrou Mehan o melhor que pode. "Quer que eu chame ajuda?"

Sneidermann lentamente relaxou seu aperto, olhando nos olhos de Mehan.

"Você sabe que quase a matou?", Sneidermann disse roucamente. "Você e suas caixas mágicas, suas alavancas e fios. Você confirmou uma ilusão psicótica!"

"Eu não fiz nada disso", protestou Mehan, tentando se soltar.

"Escuta, seu idiota!", disse Sneidermann com raiva. "Quando uma paciente é sugestionável, não se pode dizer qualquer coisa para ela! Ela vai acreditar em você! E vai fazer todo mundo a sua volta acreditar nisso também. Ela fez o namorado acreditar nisso. Vocês com suas malditas aparições, estupradores espectrais..."

"Espectrais o quê?", disse Mehan, boquiaberto.

"A vida é real, seu irresponsável!", gritou Sneidermann, chegando tão próximo que Mehan sentiu o calor de sua respiração. "Eu não vou te deixar..."

"Espectrais *o quê*?", falou Mehan novamente, soltando-se e dando um passo para trás. Ele percebeu que não adiantava falar com o residente. O homem estava histérico. Mehan tinha que chegar ao telefone.

Vários médicos saíram do elevador, e ele aproveitou a oportunidade para caminhar no meio do grupo em direção ao corredor principal. Sneidermann, frustrado, seguiu seus passos.

"Vou levá-lo ao tribunal por causa disso", disse Sneidermann.

"Pode levar."

"Seu parceiro também."

"Vai em frente."

"E aquela sua amiga bruxa."

Duas enfermeiras andavam entre eles. Sneidermann teve que dar uma corrida para alcançar Mehan novamente.

"O que quer que eu tenha que fazer para mantê-lo longe da vida dela, farei", Sneidermann gritou.

Desacostumado a confrontações raivosas, Mehan tremeu ligeiramente e se apressou em direção à cabine telefônica ao final do corredor. Ele sentiu uma leve euforia, como se estivesse à beira de alguma nova descoberta.

Sneidermann fez uma pausa enquanto Mehan entrava na cabine e fechava a porta. Mehan se inclinou sobre o telefone, de modo que seu rosto ficasse escondido de Sneidermann, que ficou sem jeito, olhando furiosamente para ele da entrada do corredor.

"Gene", falou Mehan. "Estou no hospital. Ela está bem, mas escuta..."

Mehan se virou e viu Sneidermann caminhando, impaciente, pelo corredor. Então, sem fôlego, ele soltou para Kraft:

"Você acreditaria em um estuprador espectral?"

Kraft caminhou rapidamente pelos corredores do prédio dos tribunais criminais. Os sons ecoavam de forma estranha à medida que ele avançava no gigantesco edifício. Viu uma enorme escada de madeira e subiu rapidamente os degraus. Chegou a um andar onde vários homens atarracados de terno o encararam, desconfiados, quando surgiu no patamar. Era bem quieto ali, escuro, uma sinistra sensação de perigo, de tensão, suspensa palpavelmente ao longo das paredes rachadas e do teto encardido.

Ele havia sido encaminhado pelo sargento da recepção para a sala 135 e bateu à porta, hesitantemente.

"Entre", disse uma voz rouca e cansada.

Kraft de repente percebeu que teria que se preparar para esse contato. Ele se viu surpreendentemente fatigado, nervoso. Ignorou a ansiedade e leu o nome na porta enquanto a empurrava — Matthew Hampton, Defensor Público — e analisava o homem sentado atrás da mesa.

Hampton estava acendendo um charuto amassado. Era prematuramente calvo, um pouco barrigudo, e seu rosto, achatado e curiosamente simpático, carregava uma expressão de disciplina rígida e cinismo. Observou Kraft com frieza.

"Sim?", disse de modo suave, quase irônico.

Kraft percebeu que estava parado na porta, estranhamente, com a mão na maçaneta. Fechou a porta ao passar.

"Meu nome é Eugene Kraft", disse ele, "e eu..."

"Sente-se, sr. Kraft. O que posso fazer por você?"

Hampton falou no tom desapegado e solidário de um homem que vira miséria e violência por grande parte de sua vida profissional. Kraft decidiu confiar nele, abordar Hampton com rapidez e precisão, como uma mente jurídica deve funcionar.

"Você está encarregado de um caso de certo indivíduo", disse Kraft. "Gostaria de visitá-lo hoje à noite."

"Podemos conseguir uma visita", disse Hampton. "Quem é?"

"Rodriguez."

"A agressão?"

"Sim, senhor"

"Ele foi preso por tentativa de homicídio, sr. Kraft. Ninguém, exceto sua família, pode vê-lo. Você é da família?"

Kraft cruzou as pernas, sentiu-se enérgico, determinado a vencer a oposição à sua frente.

"Não, mas é muito importante que eu fale com ele", disse Kraft.

Hampton arqueou levemente uma sobrancelha, com certa ironia.

"Tenho a informação de que ele precisa", Kraft tentou novamente. "Ele tem a informação de que preciso."

Hampton alcançou seu isqueiro pela segunda vez. No clarão da chama, seu rosto parecia velho, pesado, embora Hampton não devesse ter mais que 50 anos. Kraft se questionou se o homem já sonhara alguma vez com suítes de escritório em Wilshire, cadeiras com capa de couro.

"Tudo tem que passar por mim", disse Hampton, soprando uma nuvem de fumaça densa no escuro ar ao redor de sua luminária. "Se você tem uma mensagem, eu a entrego ao réu."

Desconcertado, Kraft achou difícil expor seu propósito se fosse até a delegacia.

"Deixe-me me apresentar formalmente", disse Kraft, abrindo sua carteira. "Sou assistente de pesquisa na West Coast University."

Hampton deu uma olhada em um cartão de visitas que Kraft o entregou.

"Psicologia", ele leu.

"Estou investigando a casa onde aconteceu o ataque", explicou.

"Investigando?" perguntou Hampton sombriamente.

"Não no sentido policial", disse Kraft logo. "Outros eventos têm acontecido por lá."

"Tipo o quê?"

"Você já ouviu falar de poltergeist?"

"Não. O que é isso, uma doença?"

Kraft se inclinou. Percebeu que Hampton estava esperando que ele fosse direto ao ponto, pois tinha uma dúzia de casos, e vinha trabalhando por longas horas noite adentro por um salário mínimo.

"Objetos têm se movido dentro da casa", disse Kraft, "sem um agente humano. E também cheira mal. E certas nuvens foram descobertas, quase sempre à noite, que se dissolvem e emitem rastros de luz."

"É mesmo?", Hampton disse, estudando Kraft mais de perto.

"Certas indicações nos têm levado à teoria de que há algo além disso. Com base em vários relatos de testemunhas oculares, fomos conduzidos a acreditar que a sra. Moran estava sendo aterrorizada por outra coisa."

Hampton se inclinou para trás. A escuridão cobriu a parte superior de seu rosto, de modo que seus olhos brilharam como dois pontos claros de luz. Estava analisando Kraft com cuidado, como se estivesse avaliando sua sanidade.

"Aterrorizada pelo quê?"

"É sobre isso que preciso falar com o sr. Rodriguez."

Hampton sacudiu sua cabeça, ainda observando Kraft.

"Não será possível."

"Eu preciso verificar..."

"O que precisa ou deixa de precisar não faz diferença. Não aqui."

Kraft recostou-se na cadeira. Ele tentou traçar uma estratégia, porém se viu em um beco sem saída.

"Estou tentando *ajudar* o sr. Rodriguez", implorou Kraft.

Hampton apontou para uma pasta no canto de sua mesa. Na borda superior, o nome Rodriguez estava escrito em tinta preta grossa.

"Não se preocupe com Rodriguez. Nenhum júri no mundo colocaria um homem como ele atrás das grades", disse Hampton. "Não quando sua declaração for lida no registro do tribunal."

Kraft de repente sentiu sua boca secar e o calor subir ao rosto.

"É isso o que essa pasta é?", perguntou, olhando para o objeto em cima da mesa.

Hampton a pegou, abriu-a e a trouxe para a luz. Kraft viu de relance páginas datilografadas, uma xerox com pontos finais marcados e números ao longo da lateral da página. Hampton percorria o texto com os olhos.

"É um claro caso de insanidade, sr. Kraft", resmungou Hampton, jogando as páginas pela mesa.

Os olhos de Kraft percorreram o documento, e por um instante ele foi tomado de ansiedade. A declaração de Rodriguez foi lida como uma divagação confusa de qualquer homem flagrado com sangue nas mãos e na camisa às três horas da manhã. Então Kraft avistou os trechos que fizeram seu sorriso abrir e sua confiança retornar.

... e vejo... que seus seios estão sendo pressionados e espremidos por dedos... só que não consigo ver os dedos,
... Depois vejo as pernas dela, arreganhadas, como se estivessem sendo forçadas a ficarem abertas, e ela começa a gritar, mas durante todo o tempo parece que ela está segurando... alguém... ou algo.
... de repente me vi ao seu lado, quase sobre ela... Com... com... Fui até lá com uma cadeira de madeira e eu quebrei a cadeira... Tinha que tirar aquilo dela, tinha de salvá-la. Não queria machucar a Carlotta, mas era aquela coisa, aquela coisa que estava nela, que estava metendo nela, metendo, comendo ela.
Eu vi algo.
Pelo menos vi algo que ela estava sentindo. Algo em cima dela. Não conseguia ver com os meus olhos, mas havia algo lá, você... tem que acreditar em mim, havia algo lá.

A cabeça de Kraft estava a mil.

"Posso pedir uma cópia desta declaração?"

Hampton pegou as folhas e balançou a cabeça lentamente. "Isto é material confidencial até o julgamento."

"E depois?"

"Torna-se público."

"Obrigado, sr. Hampton", disse Kraft, levantando-se. "Estou muito feliz que o caso do meu amigo esteja em suas mãos."

"Farei o melhor que puder, sr. Kraft", disse Hampton, apertando a mão de Kraft com ensaiada naturalidade.

Kraft foi até a porta. Gotículas de suor brilhavam em sua testa. Ele acenou com a cabeça, um pouco sem jeito, e saiu. Hampton olhou para a porta se fechando. Algo no jovem rapaz o perturbou. Provavelmente era tão louco quanto Rodriguez.

Enxugando a testa, Kraft foi caminhando pelo longo corredor. O advogado havia confirmado o que Mehan aventara, assustado, ao telefone. Do nada, as dimensões do projeto se expandiram, como paredes desmoronando, em uma infinidade de conceitos perigosos. Pior que isso, vidas humanas estavam em jogo.

"Estupro espectral", sussurrou Kraft.

O cinza-azulado da noite havia se fragmentado em longas listras cor de magenta. A dra. Cooley serviu café em canecas de cerâmica. Kraft olhou pela janela do pequeno apartamento da dra. Cooley, como se na mudança da atmosfera pudesse encontrar algum tipo de pista que lhe indicasse para onde ir em seguida.

"Cinco pessoas diferentes relataram isso, dra. Cooley", disse Mehan, pegando um docinho em um prato. "Estaríamos fechando os olhos e fingindo que nada acontece se apenas ficássemos parados tentando obter leituras instrumentadas de atividade RSPK."

Kraft e Mehan esperaram pela dra. Cooley. Até para os seus padrões, o silêncio era longo. Ela parecia irritada, talvez por ter sido colocada em xeque. Perguntaram-se se havia considerações externas sobre as quais estava ponderando. Mexendo o creme em seu café, ela olhou através de Kraft para a janela.

"Já tive casos", disse Cooley, "em que mulheres foram importunadas por toques invasivos. Mas não assim. Ah, existem casos na literatura a respeito, tanto mulheres quanto homens, sendo estuprados por espíritos. Os termos íncubos e *súcubos* datam de muito tempo. Porém nada como isso, infelizmente, foi documentado."

Os olhos de Kraft brilharam de novo. Ele modulou sua voz. A dra. Cooley preferia dignidade, cálculo e ceticismo à empolgação desenfreada. No entanto, sua voz tinha uma característica, um quê de pura euforia.

"Estupro espectral", ele repetiu.

Houve um silêncio sepulcral. A dra. Cooley suspirou. O quanto deveria restringir a imaginação de seus alunos? De quanto eles precisavam para descobrir as coisas livremente? Era um dilema do qual nenhum professor escapava. Especialmente em uma ciência nova, onde os parâmetros se desfazem por todos os lados e a fronteira se estende como uma paisagem infinita.

"Algum de vocês dois entende seriamente no que está se metendo?", perguntou.

Kraft e Mehan se entreolharam. Era uma questão que não haviam considerado.

"Vocês não precisam de fantasmas", disse ela, quase distraidamente. "Suas carreiras funcionarão muito bem sem eles."

"Não estamos pensando em nossas carreiras," Mehan contestou.

Outro longo silêncio os envolveu. Kraft observou a pequena, mas bem equipada sala de estar da dra. Cooley. Era a primeira vez que fora convidado para ir até lá. Para sua surpresa, viu livros de teatro e artes plásticas.

"Mas haverá repercussões", disse ela, "antes que isso acabe."

Mehan deu de ombros.

"Não acho que isso seja o mais importante agora. Estamos diante de algo monumental... capaz de abalar todas as estruturas..."

"Não seja romântico", aconselhou a dra. Cooley. "Você está em uma posição vulnerável, como todos os outros."

"Estamos muito determinados em relação a isso, dra. Cooley", disse Kraft. "Portanto, acredito que o importante agora seja decidirmos como prosseguir para a próxima etapa."

Mas a dra. Cooley já pensava em outra coisa. Se o projeto se expandisse para áreas consideradas escandalosas pelas esferas de influência financeira e política da universidade, seu próprio departamento atrairia ataques como um para-raios atrai raios.

"Nós poderíamos fazer isso fora do departamento", disse Mehan suavemente, antecipando seus pensamentos.

"Talvez", ponderou a dra. Cooley. "Talvez possamos resolver de alguma forma. Um estudo de pós-graduação independente. Alguma brecha técnica para manter isso fora da universidade, se for necessário."

Kraft observou o céu da manhã ficar laranja. Havia algo novo sobre aquilo tudo, algo incrível, até perigoso, como se ele tivesse acordado para assistir à primeira manhã primitiva em um planeta estranho nem sequer nomeado.

"Uma inteligência externa", disse a dra. Cooley com moderação, firmemente deixando de lado seu ceticismo e encarando o problema de frente. "Uma entidade desencarnada."

Durante as quatro horas seguintes, a conversa se concentrou no fenômeno que abusava de Carlotta e que exibia uma personalidade rudimentar. Parecia existir como uma mesa ou cadeira existia, porém de uma forma diferente, da forma que um pensamento existia, incorpóreo. O que tornava esse ser paranormal único, além de sua vivacidade, era a extraordinária energia que o acompanhava. De acordo com a declaração de Jerry Rodriguez, sua realidade era impregnada com a força de um furioso tornado.

Sua origem poderia estar em duas regiões possíveis. Pode estar nas áreas intensas e reprimidas do inconsciente humano. Esse inconsciente, distorcido e escurecido pelas pressões emocionais da vida, pode se tornar um violento gerador de sonhos, alucinações, delírios, e também projetar entidades psíquicas. A dra. Cooley lutou com o pensamento de que, de alguma forma, Carlotta, possivelmente em conspiração psíquica de outrem, projetou inconsciente o ser autodestrutivo e violento que a humilhava contra sua vontade consciente.

Tarde da noite, após inúmeras xícaras de café, depois de revisar cartas e boletins dos centros parapsicológicos dos Estados Unidos, Canadá e Europa, ela se afastou cada vez mais dessa teoria.

"Minha crença sempre foi", disse ela a Kraft e Mehan algumas horas antes do amanhecer, "de que existe um plano de existência, talvez vários planos, distintos e separados, e apenas um dos quais nós, como seres humanos, habitamos."

"A entidade, então, é independente da sra. Moran", disse Kraft.

"É possível."

"Então de onde ele vem?"

"De onde vêm as estrelas? De onde vem a vida? Mais cedo ou mais tarde, o problema da origem termina em mistério."

Mehan esfregou os olhos injetados de sangue. Ele sorriu cansado, e suspirou.

"Eles foram chamados de muitas coisas... demônios, fantasmas, aparições..."

A dra. Cooley sorriu.

"Devemos concordar com um termo correto?", perguntou ela.

"Entidade desencarnada. Acredito que sua definição seja a mais adequada. Uma existência... sem um corpo..."

O sol começou a clarear o céu do lado de fora das janelas.

"Entidade desencarnada", repetiu Kraft suavemente.

Era quase como se estivesse falando com o ser, implorando que se mostrasse, que se envolvesse uma última vez na dura luz da realidade científica.

"Como chegamos a ele?", disse a dra. Cooley baixinho.

Um silêncio sinistro pairava sobre eles. A dra. Cooley acendeu a chama para esquentar mais café. Kraft esfregou os olhos, confuso.

"Atraindo ele, de alguma forma", especulou. "Precisamos encontrar uma forma de trazê-lo a uma situação controlada. E então estudá-lo."

"Você precisará de mais medidores do que na casa dos Moran", contestou a dra. Cooley. "Precisará controlar o ambiente — todas as variáveis físicas conhecidas."

Kraft tamborilou com os dedos na mesa.

"Acontece que", disse Cooley, sentando-se, "não há nada na literatura que os prepare. Ninguém tentou isso antes."

Mehan fechou os olhos. Ele parecia adormecido. Então falou.

"Gene, o que temos que fazer é projetar uma maneira de controlar o ambiente da casa dos Moran, em torno da sra. Moran, de forma que nós possamos atrair a entidade."

"Você percebe quanto dinheiro estaria envolvido?", questionou a dra. Cooley suavemente.

Pensando em como reunir os tipos necessários de equipamentos, a despesa de tal operação os levou simultaneamente para o mesmo beco sem saída.

"Bem", disse a dra. Cooley, hesitante, "existe a fundação Roger Banham. Vamos requisitar uma bolsa."

Kraft e Mehan olharam para a professora. Ela colocaria a própria cabeça a prêmio por eles. O respeito que nutriam por ela brilhou em seus olhos.

Kraft, Mehan e a dra. Cooley encontraram-se pela segunda vez naquela manhã. Reuniram-se no escritório dela duas horas antes de se encontrarem com o reitor Osborne, da pós-graduação. O memorando dizia apenas que uma reunião de emergência com a escola de medicina fora convocada para resolver um problema administrativo. Porém a dra. Cooley sabia bem que nenhuma reunião era agendada para o mesmo dia da emissão de um memorando, a menos que uma questão crucial estivesse em jogo.

"Eles vão pegar pesado conosco", disse a dra. Cooley.

"É aquele maldito residente", reclamou Mehan. "Ele está por trás disto."

"O que vamos fazer?", perguntou Kraft.

"Faremos o mínimo de concessão necessário. Porém, depende deles."

"Como assim?"

"Eles farão uma investigação para determinar se agimos de alguma forma não profissional. Pelo menos, é o que devem fazer se forem justos. No pior dos casos, vão simplesmente cancelar o projeto."

"Eles não podem cancelar um projeto", disse Kraft. "Essa é a sua jurisdição."

"Haveria uma ameaça implícita", disse a dra. Cooley. "Ou você cancela o projeto ou nós cancelamos todo o financiamento."

Um sino tocou ao longe. Eles olharam para o relógio. Eram 10h30. Tinham quinze minutos antes da reunião com o reitor.

A ENTIDADE

21

Kraft e Mehan, ambos nervosos, trouxeram com eles suas fotografias, cartas e seus manuscritos de artigos que esperavam publicar em revistas científicas. Tentaram refinar seus argumentos, para serem capazes de explicar ao reitor e à Escola de Medicina a natureza de seu projeto e, principalmente, o significado de uma entidade desencarnada. Em vez de virem na defensiva, perceberam que sua melhor chance estaria se já chegassem atacando.

Em uma mesa redonda estava Morris Halpern, M.D., diretor da Universidade de Medicina, o dr. Henry Weber, e Gary Sneidermann, batendo nervosamente os dedos dele em uma pilha de pastas à sua frente. De repente, Kraft percebeu que Sneidermann também tinha preparado seu caso. Mehan também notou. Não seria uma simples apresentação de caso. A dra. Cooley os havia aconselhado a ficarem calmos, tranquilos e não serem agressivos. Ela não confiava no setor da pós-graduação, que normalmente deveria estar do seu lado.

O reitor Osborne era um homem ligeiramente obeso que odiava conflitos. Ele preferiria estar em outro lugar. Além disso, conhecia bem Halpern. O colega era um forte concorrente, sem nada da delicadeza que alguém poderia esperar das Humanas. Perto de Osborne, Halpern era um figurão. A carreira de Osborne era baseada em sua capacidade de agradar. As palmas de suas mãos já estavam suando.

"Lamento que o chefe do Departamento de Psicologia não possa estar aqui hoje", começou Osborne. "O dr. Gordon deixou uma mensagem no meu gabinete informando que ficou enrolado com uma conferência em outro campus e enviou seu pedido de desculpas."

O dr. Weber achou que o verdadeiro motivo era evitar se ver preso em uma batalha interna como esta — o que deixou Cooley sozinha, sem o seu bote salva-vidas. Porém ele sabia que o reitor Osborne era um pacifista profissional, um conciliador que precisava ser vigiado.

"Temos um pequeno problema para resolver hoje", disse Osborne. "Envolve uma sobreposição entre dois departamentos, representados por um lado pelo dr. Weber, e pela dra. Cooley por outro. Suponho que nós devamos ir direto ao ponto."

Ele virou-se na direção do dr. Weber, que falou em um tom de voz subjugado.

"Há um caso sob a nossa jurisdição de uma mulher que está sofrendo de alucinações e ansiedade grave. Nós a diagnosticamos como neurótica histérica até observarmos uma rápida deterioração de suas defesas, e agora estamos de acordo que o diagnóstico de esquizofrenia está indicado. Ela sofre não só de delírios visuais e auditivos, como seu corpo está marcado por lacerações e hematomas que resultaram de um comportamento psicótico grave. Foi a nossa mais forte recomendação para que ela fosse hospitalizada, até que a paciente interrompeu abruptamente a terapia."

O dr. Weber fez uma pausa. Percebeu que os dois alunos sentados à sua frente, para os quais não havia olhado direito até agora, estavam se contorcendo em seus assentos.

"O residente responsável pelo caso a visitou em sua casa, e lá descobriu que os dois alunos, indicados no seu relatório, reitor Osborne, se instalaram no local com uma grande variedade de dispositivos e gráficos, cujo objetivo era obter medições físicas das alucinações."

Halpern desviou o olhar, tentando esconder o sorriso.

"Agora, reitor Osborne", disse o dr. Weber firme, "entenda precisamente o que estamos dizendo. A validade da sua experiência, seu direito de estudar sob a supervisão do seu departamento... isso não está sendo questionado. Porém o que aconteceu, e este é um ponto em que a universidade deve tomar a sua decisão rapidamente, é que corroborando o delírio da paciente, eles têm reforçado suas convicções de modo prejudicial para ela."

"Pior do que isso", disse Sneidermann.

"Só um minuto, Gary", disse o dr. Weber.

O dr. Weber inclinou-se para a frente, falando da autoridade de sua experiência médica, olhando Osborne nos olhos. O reitor hesitou.

"Por causa destes dois experimentadores", disse o dr. Weber, "a crença em coisas que não são reais tornou-se tão fixa na mente da sra. Moran, que atingiu o seu namorado. Na sexta-feira passada, ele quebrou uma cadeira na cabeça dela, pensando que estava acertando essa alucinação."

Osborne engoliu em seco.

"A universidade não é responsável por isso", disse Osborne.

"A questão não é essa, reitor Osborne", disse o dr. Weber. "Ela quase foi morta. Não quero meus pacientes vítimas de brutalidade!"

O dr. Weber inclinou-se de novo, falando diretamente com Osborne.

"Fantasias têm sido incentivadas", afirmou, "por dois estudantes com nenhuma especialidade em psiquiatria ou mesmo psicologia clínica. Isso me obriga a exigir que lhes sejam impostas restrições."

Osborne percebeu que o dr. Weber tinha concluído. Ele se mexeu desconfortavelmente.

"Diretor Halpern", disse ele, "algo mais?"

"Quando um profissional tem responsabilidade médica por um paciente, Frank, é dever dele agir como outros médicos com formação semelhante. Caso contrário, ele é responsável por negligência médica. Agora, se a pesquisa está sendo feita em um paciente, deve haver restrições rigorosas. O paciente tem de ser avisado, tem de haver um termo de consentimento, uma hipótese muito específica, um comitê crítico — em outras palavras, esses dois não são cientistas médicos conduzindo uma experiência autorizada."

"Entendo", disse Osborne.

"Não há intenção maldosa aqui,, tenho certeza", acrescentou Halpern, para o benefício da dra. Cooley, apesar do leve sarcasmo na voz..

"Bem", disse Osborne, voltando-se para a dra. Cooley, "é bastante sério, Elizabeth. Não vejo uma alternativa, você vê?"

A dra. Cooley sentiu-se totalmente encurralada. O anonimato fora seu escudo ao longo de trinta anos de pesquisa psíquica. Por outro lado, seus alunos seriam expulsos caso ela não se posicionasse. A mensagem subliminar durante toda a reunião era que seu pequeno departamento era antiterapêutico, nocivo, e agora ela precisava defendê-lo. Aceitaria as restrições a Kraft e Mehan, porém precisava se certificar de que nada mais aconteceria à embrionária divisão de parapsicologia.

"É uma posição delicada, certamente, Frank", disse ela em voz moderada. "Mas temos de compreender as coisas um pouco melhor. Em primeiro lugar, temos um termo de consentimento. Sempre obtemos autorização por escrito dos nossos pacientes. Em segundo lugar, a paciente desligou-se da terapia antes do contato dela conosco. Nós, de maneira alguma, invadimos uma relação médico-paciente em curso."

"A paciente assinou o seu termo porque estava doente", contestou Sneidermann. "E só porque ela não tinha vindo à clínica por alguns dias não significa..."

"Com licença", disse a dra. Cooley. "A paciente nos disse que havia encerrado o tratamento com o médico. Ela nem sequer atendia o telefone quando você ligava. Não é verdade?"

Sneidermann corou.

"É direito legal e médico de a paciente falar com qualquer um, convidar qualquer pessoa para sua casa. Era a nossa única posição. Nós não oferecemos aconselhamento ou tratamento médico. O termo que ela assinou cuidadosamente define o que investigávamos. No que nos diz respeito, isso não deveria ter qualquer impacto sobre qualquer tratamento psiquiátrico pelo qual ela estivesse passando."

"Mas a presença do seu pessoal, Elizabeth", disse Osborne, "parece ter confirmado as alucinações das quais a paciente sofre."

A dra. Cooley hesitou. Queria evitar tentar defender a sua disciplina. Esse foi sempre o buraco onde tentaram enterrá-la. Ela falou com muito cuidado, escolhendo as palavras para contornar a situação.

"A presença dos nossos estudantes a confortou", disse ela. "Ela ficou grata por estarmos interessados em seu problema. Vale ressaltar que as piores crises, que agora entendemos serem pesadelos sexuais terríveis, cessaram durante o período em que começamos a instalar alguns de nossos equipamentos e redes de investigação. Por isso, não acredito que seja correto afirmar que agravamos o caso. Ela certamente parecia mais autônoma, mais animada, até mesmo confiante em sua eventual cura."

Osborne virou-se para Halpern e o dr. Weber, ambos olhando para a dra. Cooley com respeito, porém com desgosto.

"Será que poderia responder a isso, dr. Weber?", pediu Osborne.

"Certamente", disse o dr. Weber. "A fase mais crucial para qualquer paciente é quando ele é confrontado com a perda de seus sintomas. É uma fase muito perigosa. Muito vulnerável. É quando fica sem defesas. Assim que a paciente atingiu esse ponto, estes dois apareceram e alegaram provar que todas as ilusões dela eram reais. Claro que a paciente ficou feliz. Ela está histérica. E não teve que enfrentar os problemas básicos. Nesse ritmo, provavelmente nunca irá."

Osborne voltou para a dra. Cooley. Os ânimos começavam a se alterar. Osborne odiava a perspectiva de confrontos violentos. Era inconveniente. Desagradável. Odiava o despertar da emoção. Odiava controvérsia. Ele queria tentar se manter fora disso.

"Não estamos deixando o verdadeiro problema de lado?", interveio Kraft de repente. "Não seria uma questão se há ou não mais de um ponto de vista válido?"

"O que exatamente você quer dizer?", falou Osborne, nervoso.

"O que ele quer dizer", interrompeu a dra. Cooly rapidamente, "é que se ela estiver se desintegrando do ponto de vista psiquiátrico, então está se encaminhando para um possível suicídio ou colapso psicótico permanente. Desse ponto de referência, é melhor para ela ter seus sintomas afirmados. Até que possa recuperar suas forças. Portanto, estamos ajudando-a no sentido psiquiátrico."

Muito inteligente, pensou Sneidermann. A dra. Cooley estava bem familiarizada com a psiquiatria. Quem era ela? Por que uma mulher inteligente como ela estava apoiando esses idiotas?

"Frank", disse o diretor Halpern, "as regras da universidade são muito claras. Se você não é um médico ou residente supervisionado, não pode brincar com pacientes. Sou a favor das experimentações. Contudo essas experimentações precisam ser controladas. E a responsabilidade da universidade está muito bem definida."

"Entendo", disse Osborne.

"Ao lado do bem-estar médico do paciente", acrescentou o dr. Weber, "todas as outras questões são secundárias."

Osborne estava convencido. Era sua hora de mostrar alguma liderança. Ele limpou a garganta.

"Acredito que um acordo pode ser feito nos seguintes termos, Elizabeth", disse Osborne de maneira definitiva. "Continue as suas experiências, mas não com a paciente em questão. Certamente a terapia médica e psiquiátrica dela tem prioridade sobre outras considerações."

A dra. Cooley pensou que tinha se saído tão bem quanto possível, sob as circunstâncias. Ela acenou com a cabeça.

"Aceito sua recomendação, reitor Osborne."

"Com licença", Kraft interrompeu Kraft.

Osborne se pegou virando na direção dos dois estudantes no fim da mesa. Isso era impróprio. Era para a reunião ter acabado.

"O que é?", Osborne disse impacientemente.

"Ainda estamos ignorando a verdadeira questão", disse Kraft.

"Vamos aceitar a recomendação", disse a dra. Cooley, reunindo seus papéis "O reitor Osborne foi muito justo conosco."

"Só um minuto", disse Kraft. "Eles estão tentando nos afundar."

Osborne voltou para Kraft com visível irritação no rosto.

"Acha que foi tratado injustamente?", disse Osborne, sem paciência. "Está insatisfeito com a decisão do reitor da pós-graduação?"

Kraft levantou-se. Ele separou várias pastas à sua frente e as abriu lentamente, uma a uma. Fotografias com cores iridescentes explodindo no vazio, apareceram na mesa. No silêncio formado no grupo, Kraft mostrou uma, depois outra, até que os registros visíveis de fenômenos indecifráveis intrigaram Osborne, apesar de tudo.

"Olha! São fenômenos *médicos*?", perguntou Kraft.

Ele ergueu uma grande fotografia de uma chuva amarela de faíscas iridescentes.

"Isto é um fenômeno *psiquiátrico*?", questionou.

"O que é isto, uma exposição de fotografia?", cutucou dr. Weber.

Kraft levantou um par de fotografias de Carlotta. Em uma, ela parecia normal, nervosa, e um pouco perdida nas sombras sobre a cama. Na outra, um brilho vago emanava de seu corpo, suavizando os contornos da parede, e dissolvia-se a borda da cama em formas cintilantes.

"Delírios não podem ser fotografados, reitor", gritou Kraft.

Osborne sentiu-se desconfortável. Era tarde demais para expulsá-los da sala de conferências. Ele já havia sido humilhado. Esperava-se que respondesse ao garoto baixinho com as fotografias. E ele ficou sem palavras.

"Que droga é essa?" Sneidermann explodiu.

Kraft empurrou as fotografias para a frente de Osborne.

"Você está vendo com o que temos de lidar, reitor Osborne?", ele disse. "Podemos mostrar para eles as fotografias, medições precisas, gravações... nada conta! O senhor é a nossa única esperança."

Agitado, Osborne estendeu o pulso para olhar o relógio. Ele sentiu o calor subindo por seu corpo.

"Eu realmente não vejo..."

"Gostaria de ver nossos estudos de confiabilidade?", perguntou Kraft.

Ele abriu uma pasta de arquivo e extraiu uma compilação enorme de documentos. Por cima, estavam gráficos e tabelas excelentemente redigidos com uma caligrafia meticulosa e um sistema de notação preciso.

"Gostaria de ver a nossa documentação?", disse Kraft.

Mehan empurrou outra pasta robusta e impecável pela mesa. Kraft a abriu e estendeu uma grande pilha de gráficos e declarações escritas com esmero, cada uma assinada ao final com um nome de estudante diferente, em direção a Osborne, que ficou perplexo com os dois alunos.

"Leia esses documentos, reitor Osborne! Descrição em primeira mão dos fenômenos... tudo feito por testemunhas oculares confiáveis!"

A dra. Cooley estava atônita. Kraft tinha Osborne na palma da mão. Pelo menos por um tempo. Estava tudo exposto agora.

A sorte estava lançada. Não tinha volta. Ou eles destruiriam seu departamento, sua carreira, ou nunca mais mexeriam com ela. Então ela poderia trabalhar sem interferências pela primeira vez em quinze anos.

Kraft ficou de pé, sua camisa impecavelmente passada, gravata e terno combinando com sua figura pequena, mas proporcional. Ele falou diretamente ao reitor Osborne, sentindo que lá residia o sustentáculo do assunto.

"O caso Moran é simplesmente o fenômeno paranormal mais empolgante jamais registrado", disse Kraft. "Não é de se espantar que a psiquiatria convencional não tenha feito nada pela paciente. Repito: absolutamente nada. No máximo, *eles* interferiram com as *nossas* tentativas, convencendo a paciente de que esses fenômenos — que você pode ver por si mesmo, reitor Osborne — eram simplesmente produto da imaginação dela." Kraft se voltou para o dr. Weber. "É você quem está criando a psicose dela, fazendo com que acredite que saiu da realidade! Ao dizer que ela é louca quando, na verdade pode estar simplesmente experimentando aspectos da realidade sobre os quais sabemos muito pouco!"

"Obrigado, Einstein", zombou o dr. Weber.

"Do que você tem medo?", perguntou Kraft, com raiva.

"Eu? De que você tenha um colapso nervoso."

"Não. Você tem medo de ficar obsoleto. Admita. A psiquiatria está em um beco sem saída. Categorias de ideias tão antigas como remanescentes do século XIX. Disputas interdisciplinares. Subsídios polpudos e revistas bonitas. Porém nada substancial. Não mais. A grande era da psiquiatria acabou. Por que é que as pessoas já não acreditam mais em vocês? Por que há milhares de ramos confusos da psiquiatria, todos buscando por alguma forma de lidar com as mudanças no universo?"

Osborne bateu furioso na mesa. Mas Kraft tinha acabado, de qualquer forma. Ele estava convencido de que tinha feito o seu melhor. Mehan deu um tapinha no ombro dele. Sneidermann se perguntou o quanto eles haviam influenciado mal Carlotta. Ele sabia que ela era suscetível ao jargão científico. Ignorante na ciência, não tinha armas críticas para combater seu sofisma.

Osborne empurrou a cadeira, pronto para se levantar.

"A recomendação se mantém, dra. Cooley. A senhora receberá um memorando por escrito. Devo lembrá-la que cumpri-lo não é opcional."

"Obrigada, Osborne", disse a dra. Cooley. "O senhor foi bem justo. Aceitamos a recomendação."

Kraft ficou furioso. Não havia forma alguma de influenciar uma mente como a de Osborne. Ele era refém da Universidade, sob o comando de Halpern e do dr. Weber.

Quando saíram, o dr. Weber afrouxou a gravata.

"Cristo, que cambada de malucos", murmurou.

Jerry Rodriguez segurou a cabeça. Nas confusas sombras antes do amanhecer na cela, não sabia se estava insano ou não. Seus braços estavam doendo, seu peito doía, e o cérebro zumbia. Sempre que chamava Carlotta, via algo monstruoso, brilhante. Jerry gemeu e se virou para a parede.

Ele a amava. Mas o que era ela? Que poder era esse que o fazia ver coisas? Esse poder que a fez ter convulsões como se... Jerry estremeceu. O ciúme o tomou como uma manta de fogo. Que poder foi esse que a fez gemer? De uma forma que nunca fez com ele.

"Ah, Cristo! Ah, Jesus Cristo", murmurou ele.

Os sons das celas o fizeram se agitar. Onde ele estava? Que tipo de animal se transformou para estar em uma jaula? Correu para as barras, balançou-as, gritou. Viu um sargento enfiar a cabeça no corredor. Assustado, Jerry recuou para a cama.

Sentiu como se sua mente tivesse sido invadida. Estava pegando fogo. Fora agredida por um pesadelo espectral, brincando com sua sanidade. Jerry não conseguia trazê-la de volta ao lugar. Sabia que sua mente nunca mais seria a mesma. Como Carlotta pôde fazer isso com ele?

Tentou fechar os olhos. Mil gemidos de raiva ecoaram na cela. Viu Carlotta debatendo-se no êxtase do invisível... *do invisível*! Abriu os olhos. O suor encharcou seu cabelo. Ele correu as mãos pelo rosto, tentando acordar daquele pesadelo. Era inútil. O que realmente viu? O que viu?

Deve ter sido contagiado por ela. Essas coisas acontecem. Você se torna sugestionável. Vulnerável. Indefeso. O amor faz isso. E a insanidade passava para você também. E não havia nada, Jerry sabia, pior do que isso.

Há muitos anos, sentiu que isso era transmitido para ele. Ali mesmo, em Los Angeles, atrás da padaria onde seu pai trabalhava.

Em sua lembrança, Jerry caminhava pelas ruas perigosas de sua juventude, pelo terreno baldio com os carros escorados em blocos, passando pela bebida escorrendo de garrafas quebradas nos becos, para a escuridão que sempre preenchia a casinha de madeira onde moravam. O cheiro de azeite, jornais velhos, feijões e tortilhas, os pratos sujos e rachados na pia. As irmãs sentadas nos degraus com suas bonecas de pano. Mas a escuridão real estava no fundo da casa.

Mesmo nessa altura, Jerry sabia que havia duas maneiras de estar doente. Uma maneira era ficar doente como seu avô. A pessoa tosse, treme, vomita, e finalmente morre. Era uma coisa bem terrível. Porém havia uma maneira ainda pior de estar doente. E essa era uma forma vergonhosa. Da soleira do quarto, úmido, cheirando a urina e poeira, Jerry observou sua mãe deitada na cama, embrulhada em um velho robe de chenile, a cabeça envolta em curativos de feridas imaginárias.

A mãe dele rezou a Jesus. Para que os libertassem dos guardas da fronteira. Mas os guardas da fronteira estavam a uma centena de quilômetros ao sul. E eles tinham os documentos em ordem. Ela conversava com sua tia. Mas a tia dela estava morta, enterrada em Ensenada. Jerry a via conversar com a mulher morta. Ela estava tão animada, tão amigável. Ela soava tão natural. Tão normal. Exceto pelo fato de estar só.

Mais tarde, Jerry descobriu que estava vulnerável à insanidade. Sabia que não havia guardas de fronteira no bairro, no entanto, cuidadosamente espreitava pela janela todos os dias antes de ir para a escola. Sabia que não era real, mas sentia uma necessidade, uma obrigação, como se a loucura de sua mãe tivesse sido transferida para seu próprio cérebro, e ele *tivesse* que fazer aquilo.

Quando sua mãe conversava com a tia, ele quase conseguia sentir sua presença. Embora a tia já tivesse morrido antes de ele nascer. Jerry fechou a porta do quarto da mãe e se distanciou. Mesmo quando era chamado, continuava distante.

Com um som agudo repentino, ela gritou. Jerry cobriu os ouvidos e continuou no quintal. Mesmo quando seu pai correu da padaria na porta ao lado, as mãos cobertas de farinha, Jerry ficou perto do beco, com medo de entrar em casa. Sabia que sua mãe estava vendo alguma coisa. Cobras. Piolhos. Escorpiões. Ele não queria ver isso.

Mas ela não parou de gritar. Seu pai saiu correndo de casa pedindo ajuda, os olhos saltados sem saber o que fazia. Ele subiu na caminhonete da padaria e dirigiu, em pânico, até a casa de um amigo. A mãe de Jerry ainda gritava.

Dentro da casa, Jerry vagava como um ímã. Na mesa da cozinha estava uma garrafa meio vazia de soda cáustica. Jerry sabia que era tarde demais. Ela respirava espasmodicamente. O revestimento de seu estômago estava carcomido. Ela começou a tremer como faz um cão depois de comer veneno de rato. Firme, Jerry viu sua mãe tremer.

Jerry enxugou a testa dela com a mão e lhe implorou por perdão. Mas ainda tinha medo dela. Apesar de ser o centro de sua existência, lançava maldições com o seu último suspiro. Estavam eles contra Jerry? Contra monstros sem nome da imaginação dela?

"Ah, Carlotta", suspirou ele.

Ele a tinha visto se contorcer sozinha na cama. Jerry ficou espantado com a coincidência. Duas mulheres, ambas o centro de sua existência. Ambas insanas. Será que haveria nele alguma compulsão interior que o arrastava para esse estado alucinatório?

Jerry afundou no banco. A lua tinha sumido atrás da prefeitura. Estava escuro na cela. Sabia que sua existência estava em jogo. Perguntou-se onde encontraria a força para se afastar de Carlotta. No entanto, sabia, por sua própria sanidade, que precisava fazer isso.

Oito dias depois de ter sido internada no hospital, Carlotta foi dispensada. Ela foi levada de carro para a casa na rua Kentner por Billy. Era uma viagem lenta, silenciosa e fúnebre, pontuada por ocasionais paradas para adicionar água ao radiador, que ainda vazava. Para ambos, foi uma viagem de volta à desesperança.

Entrando na sala de estar, Carlotta ficou chocada ao descobrir que Kraft e Mehan não estavam lá. Não havia alunos lá. E nenhum equipamento. Tudo fora desmontado e levado embora. Carlotta olhou para Billy. Os olhos dele estavam baixos, envergonhados. Ele não tinha conseguido preparar sua mãe para aquilo. Disse simplesmente: "Eles foram embora, mãe."

Carlotta balançou a cabeça. Não conseguiu entender. Sentia medo. Eles haviam prometido ajudar. Por que é que desertaram? Se tivessem ficado sem dinheiro, deveriam ter dito a ela. Ela teria entendido.

Seu cabelo, raspado em algumas mechas, estava coberto com um lenço. Uma dor teimosa ainda latejava atrás de suas têmporas.

"Você está pálida", disse Billy.

"Estou tonta."

Carlotta sentou-se no sofá.

"É melhor se deitar", aconselhou Billy.

"Me deixe ir para a cama", disse ela suavemente.

Carlotta despiu-se e escorregou debaixo dos cobertores. A tontura voltou, como voltava de vez em quando, desde quando fora atingida no lado direito da cabeça. Náuseas se espalharam como uma onda e depois desapareceram outra vez.

"Não vai embora, Bill."

"Não vou, mãe. Nunca irei embora."

Gradualmente, a sala parou de girar e as coisas pareceram se firmar no chão novamente.

Ela dormiu e acordou do sono. Ocasionalmente, abria seus olhos. Uma vez viu as meninas olhando para ela. Então elas foram embora. Ficou mais escuro. Sentiu que estava caindo. Em pânico, estendeu a mão. Seguraram sua mão. A mão que a segurou era quente.

"Estou aqui, mãe", disse Billy.

Acenou com a cabeça, o rosto ensopado de suor. Billy enxugou suavemente sua face com um pano macio. Ela segurou a mão dele em seu rosto por um tempo e, em seguida, voltou a dormir.

A casa escureceu. Os grilos cantavam. Um som melodioso. Uma dor teimosa encheu o mundo. E Jerry se fora. A escuridão estava por todo o lado, infinita e fria. E Jerry se fora. Sentiu-se cortada ao meio, no fundo de um oceano enorme e congelado. Nada mais era normal. Ou nunca seria.

Carlotta gemeu suavemente enquanto dormia. Visões de Jerry iam e vinham. Ela o viu deitado ao lado dela, com champanhe na mão. Depois inclinando-se sobre seu corpo, beijou-a, com seus lábios frios e molhados. Lembrou-se de tirar seu roupão do armário. Abriu os olhos e secou as lágrimas do rosto. Na escuridão, viu que as paredes e o teto pareciam estranhos. Estavam cobertos por uma cortiça estranha. Eles a deixaram intacta.

Depois, com um arrepio terrível, lembrou por que a cortiça fora colada com cruzes brancas. Era uma estrutura fotográfica para mapear o monstro que...

Um barulho de estalo.

Ela olhou. Nada. Estava frio. A noite transformou-se em vácuo, vácuo gelado como o espaço sideral. Ficou presa na garganta dela, sentiu sua pele pinicando e dormente. Mal ouvia Billy na cozinha cantarolando suavemente.

Outro barulho.

Sentou-se. Parecia que as paredes estavam se movendo.

Depois, um pedaço de cortiça foi arrancado da parede. Um prego, de repente, soltou-se, pulou para o chão, rolou, e o som morreu lentamente na escuridão. A cortiça quicou lentamente na borda da cama, em seguida, escorregou para o chão, caiu uma ou duas vezes, e parou.

Dois estalos.

Ela se virou. Um rasgão disparou através da cortiça na parede oposta. Os pregos voaram em um aglomerado pelo ar. Fragmentos de cortiça foram cuspidos para cima dela. Uma parte da parede nua tornou-se visível quando a cortiça foi arrancada, até que quicou pelo quarto e caiu batendo na porta.

"Ha ha ha ha ha ha!" Ela estava envolvida pelo riso suave e cruel.

Rachaduras espalhadas pelas paredes. A cortiça se desintegrou. Nuvens de cortiça rodopiavam como constelações giratórias pelo quarto. Pregos voaram ao chão. Pedaços de gesso adicionaram neve ao turbilhão. Tudo flutuou, fluiu vertiginosamente, dando voltas ao redor do quarto, acomodando-se lentamente, furta-cor, enquanto a cortiça começava a brilhar em azul e verde.

"Ha ha ha ha ha ha ha!"

Voavam cada vez mais depressa, cada vez mais frio. Carlotta nem via mais as paredes de gesso, o ar estava tão cheio de pedaços voadores e silenciosos de cortiça, pregos, fita branca e pedaços da cômoda. Ficaram cada vez mais iridescentes, até que ela viu um enxame de peças semelhantes a joias coagulando em um redemoinho sobre a cama.

"Bem-vinda de volta, sua puta!"

A ENTIDADE

22

No dia 4 de abril, o dr. Shelby Gordon, chefe do Departamento de Psicologia, com base em um memorando do reitor Osborne, retirou duas salas da divisão de parapsicologia e as transferiu para a divisão de psicologia comportamental.

"Eles precisam de espaço", disse à dra. Cooley. "É o mesmo ambiente, os lavatórios, as tomadas, o..."

A dra. Cooley estava lívida.

"Então o meu laboratório se tornou domínio dos psicólogos de ratos", esbravejou ela. "E o que eu faço com isso?"

"Pode colocar todo o equipamento no seu escritório", disse o chefe do departamento. "E utilizar as salas de aula numa base rotativa. Com outras salas de aula."

"Preciso de um laboratório", disse ela com raiva.

O dr. Gordon foi estranhamente evasivo. Seu velho amigo parecia envergonhado. Evitou o olhar dela.

"É obra do reitor Osborne, não é?", perguntou.

Ele não disse nada.

"Depois de todos esses anos, Shel, você pode me dizer alguma coisa", disse ela. "A ideia de nos expulsar foi dele, não foi?"

"Suponho que ele a tem como baixa prioridade, claro."

"Mas eu só *tinha* três salas e um escritório."

"Bem, o que posso dizer, Elizabeth? A decisão não é minha. É o refeitório do reitor. Temos de comer o que ele servir."

A dra. Cooley acendeu um cigarro nervosamente.

"Você espera que eu role e me faça de morta?", perguntou.

"Não sei o que você pode fazer, Elizabeth."

"Vou passar por cima dele."

"Aconselho você a não fazer isso."

"Por que não? Não consigo conduzir minha pesquisa como preciso. Tenho direito de ser ouvida."

O chefe girou em sua cadeira. Notou que ela estava falando sério.

"Elizabeth. Não vá ao conselho acadêmico. Por que se envolver num circo como aquele?"

Ela andou de um lado para o outro, fumando rapidamente.

"Porque é isso, é uma questão de liberdade acadêmica", respondeu. "Caramba, nós podemos estar cem por cento errados sobre aquela casa no oeste de Los Angeles, mas eles não limitaram simplesmente o projeto. Foram em frente e tomaram nosso espaço. Você sabe tão bem quanto eu o que virá."

"Desce do salto. É uma transferência legítima do espaço."

"Mentira. Você sabe que estou em uma das últimas divisões de parapsicologia restantes em uma grande universidade? Sabe por quê? Porque tenho sido muito cuidadosa. Evito fraudes como evito a peste. Mantenho-me longe do caminho de todo mundo, não faço barulho. Meus padrões de confiabilidade fariam Freud se envergonhar. Bom, não serei arrastada para o lixo como uma porcaria, porque é isso que estão fazendo. Eles odeiam parapsicologia e tudo que isso significa."

"Elizabeth..."

"Quando é a próxima reunião?"

"Você vai apenas isolar o reitor. Isso é um erro fatal."

"Não tenho escolha."

O chefe do departamento mostrou uma pasta de registros. Papéis caíram no chão em cascata de uma pilha arrumadinha.

"Bem", disse ele finalmente, "boa sorte. Mas acho que você não vai vencer."

Ela sorriu.

"Eu vou vencer. A liberdade acadêmica é minha melhor arma."

Em uma grande sala, banhada pela luz do sol filtrada por palmeiras colocadas em caixotes de madeira perto das janelas, o conselho acadêmico se reuniu. Mais de trezentos homens e mulheres de várias idades e antepassados raciais, ostentando uma grande variedade de vestidos e penteados. As mulheres, em geral, estavam cuidadosamente vestidas e penteadas de maneira conservadora. Alguns dos homens cultivaram uma larga mecha de barba em torno de queixos estreitos, alguns exibiam o crescimento de tufos até as orelhas, alguns deixaram crescer seus cabelos até aos ombros, e outros o cortaram para trás até o couro cabeludo ficar visível no corte escovinha. Mas, de qualquer forma, seus modos eram idênticos: educados, reservados, formais. Um grande sentimento de frustração e tensão era mascarado pelo comedimento, e apenas as pernas trêmulas, o mexer nervoso das sobrancelhas, o informativo de programação amassado em suas mãos revelavam sua agitação interior. Essas reuniões não eram os eventos mais populares de suas movimentadas vidas universitárias.

Um homem magro e prematuramente careca subiu ao púlpito.

"O próximo orador na agenda, do Departamento de Psicologia, a dra. Elizabeth Cooley."

Ele deu um passo para trás. Vários membros do corpo docente, chegando tarde, tentaram entrar na fila de trás, porém um deles prendeu o pé em uma cadeira e fez um barulhão para se soltar. A dra. Cooley, vestindo um pequeno corpete, caminhou para a plataforma. Antes, foram eleitos representantes do Departamento de Inglês, do Departamento de Belas Artes, do Departamento de História... todos os departamentos da Universidade. Ali, todos eram iguais. Qualquer um pode dizer o que pensa. O grupo antes dela representava a última oportunidade para sua divisão. Os regentes e o chanceler não perderiam um minuto com o seu caso. Consternada, viu Kraft e Mehan entrarem na sala. Ela esperava que os dois fossem astutos o suficiente para não se meterem nisso.

"Sr. Presidente, colegas do conselho. A questão que eu gostaria de apresentar hoje não teria sido necessária, se não envolvesse o princípio mais fundamental da nossa instituição, que é o direito à investigação livre e independente."

Os membros do corpo docente ficaram calados. Era uma questão que inflamava a quase todos. Alguns por razões ideológicas. Outros porque sabiam que uma ameaça para um era uma ameaça para todos. Eles aprenderam há anos a unir-se para resistir às tentativas de os dividir, separá-los e usar mal a universidade por mil razões políticas ou econômicas.

"Sou diretora de uma pequena e experimental divisão dentro do Departamento de Psicologia", continuou ela. "A nós foi concedido o direito à investigação e publicação autônoma por cerca de dez anos, e por esse privilégio temos sido extremamente gratos."

Ela falou bem, de forma moderada e digna. Era preciso. Sua sobrevivência estava em jogo.

"No entanto", disse, "estão sendo implementadas mudanças que vão efetivamente acabar com a nossa existência como uma unidade independente. Essa decisão não foi tomada pelo chefe do departamento, como estipulam as regras da universidade. Isso também não foi resolvido por um comitê curricular operando sob as suas responsabilidades, tal como estabelecido pelo programa de pós-graduação. Em vez disso, essa decisão foi unilateralmente imposta sobre nós pelo reitor Osborne, ao programa de pós-graduação, num memorando de 4 de abril."

Muitos dos professores não gostavam do reitor Osborne. Ele não tinha doutorado, apenas uma licenciatura em educação, o que muitos achavam estar abaixo da dignidade de um administrador. A dra. Cooley já podia sentir o apoio vir simpaticamente para o lado dela.

"Se houvesse um consenso do departamento, se até a razão nos tivesse sido explicada, poderíamos ter aceitado. Porém não foi isso o que aconteceu. Sem aviso prévio, dois dos nossos três laboratórios nos foram tirados no meio do semestre. Perdemos permanentemente nossas salas de aula. E não há dúvida de que, em última análise, seremos eliminados como uma divisão em funcionamento."

A dra. Cooley fez uma pausa, olhou para suas anotações e viu o dr. Weber na terceira fila. Os membros do corpo docente ouviram com muita atenção.

"O que estou pedindo ao conselho é uma votação para solicitar ao reitor da escola de pós-graduação que rescinda seu memorando de 4 de abril e devolva nossas instalações até que o assunto possa ser ouvido de forma justa por um conselho de revisão imparcial, ou até que ele derrube a ação."

Houve um murmúrio solidário na multidão.

Ela virou-se para o mar de rostos enfileirados à sua frente.

"Eu gostaria de discutir esta situação", disse ela.

Um homem magro do programa de estudos latino-americanos se levantou. Sua mão direita parecia tremer.

"Talvez devêssemos conhecer a natureza da disputa", disse ele, "antes de aceitarmos unilateralmente a proposta da dra. Cooley. Para mim, parece que você tem de provar que isso causa uma disputa ideológica. Caso contrário, é simplesmente uma questão de realocação do espaço e das salas de aula. Todos temos de nos contentar com isso."

A dra. Cooley amaldiçoou-o em silêncio. Porém a questão certamente teria surgido cedo ou tarde. Ela respirou fundo e esperava ser ao mesmo tempo articulada e simpática com a assembleia de intelectuais.

"A área que estudamos é única em todas as ciências psicológicas apenas em um aspecto. Todos os ramos da psicologia, como devem saber, estão enraizados em ciências comportamentais ou sociais, que dependem de dados físicos ou estatísticos. A natureza precisa da nossa investigação envolve pesquisa paranormal", disse ela de maneira direta. "É uma área de estudo sistematicamente excluída das áreas tradicionais da psicologia. Nós não vamos encontrar isso nos livros escolares, em seminários, em projetos de subsídios governamentais, ou em qualquer programa experimental, exceto o nosso."

O homem magro se sentou. Porém o estrago estava feito. Algumas conversas foram sussurradas aqui e ali pelas filas com cadeiras da cafeteria montadas para a ocasião.

Uma mulher alta com cabelos ruivos em coque se levantou. Tinha o que parecia ser um relatório datilografado em mãos. A dra. Cooley percebeu ser a transcrição de uma palestra de Kraft e Mehan. Como é que ela conseguiu aquilo? Alguém tinha orquestrado isso contra ela. Cooley olhou para o dr. Weber, que fingiu acender um cachimbo já aceso.

"Tenho aqui um artigo da Divisão de Parapsicologia", disse a mulher. "Isso vai te dar uma visão, penso eu, do raciocínio por trás da diretiva do reitor."

Ela levantou seus óculos de um cordão em volta do pescoço. Finalmente, a dra. Cooley reconheceu a mulher. Seu nome era Henderson. Foi presidente da divisão de psicologia comportamental. Psicologia de ratos. Claro, ela queria aquelas duas salas. Além disso, psicologia de ratos foi a disciplina mais absurdamente tapada desde que a ciência surgiu. Tudo o que fizeram foi medido, dissecado, pesado, analisado, cartografado, escrito, até seus alunos parecerem robôs treinados para pesar ratos mortos. A mulher começou a ler o artigo, em uma voz baixa e controlada, fazendo uma pausa para que seu sarcasmo fosse reconhecido sem ser demasiadamente explícito.

"O primeiro dos autores", começou, lendo do título da página, "que é descrito como o mais avançado estudante dentro da divisão da parapsicologia, é um ex-engenheiro elétrico. O segundo autor tem graduação em filosofia e é sensitivo."

"Um sensi... o quê?", perguntou alguém.

"Um sensitivo. Ele é, de acordo com o artigo, receptivo a transferência de pensamento por agentes humanos."

"Quer dizer, um leitor de mentes?"

"Sim."

Os docentes pareciam inquietos, ansiosos para continuar. De um caso de liberdade acadêmica, que os tinha agitado à perspectiva de uma luta digna, até mesmo heroica, contra as forças do mundo materialista, todo o caso tinha desembocado em uma luta por mais um dos programas questionáveis estabelecidos como um sopro à mania dos estudantes pelo ocultismo e pelo exótico.

"Nenhum dos autores tem diploma em psicologia clínica ou formação em qualquer outra disciplina científica relacionada. Na verdade, foram admitidos no programa de pós-graduação simplesmente com base no interesse demonstrado no assunto da parapsicologia."

"Hipnotizaram o reitor", murmurou alguém.

A mulher baixou o papel.

"Agora o problema não é o que a dra. Cooley nos levou a acreditar. A controvérsia não se centra em torno de uma batalha ideológica, e sim em torno de um experimento que estes dois alunos realizaram. Um experimento em que uma mulher sofreu, como resultado direto, uma concussão grave e lacerações, e foi tratada como uma possível fratura craniana, aqui mesmo, na clínica universitária. Essa mulher era uma paciente registada da clínica psiquiátrica, estava sob a jurisdição deles, e o reitor Osborne simplesmente exerceu a sua opção e cortou o programa. A dra. Cooley está lançando uma cortina de fumaça. Não tem nada a ver com liberdade acadêmica."

A dra. Cooley subiu ao púlpito. Agora ela enfrentava uma audiência hostil.

"O problema não é tão simplista quanto o sugerido pela dra. Henderson, quem, a propósito, vai tomar conta dos nossos laboratórios assim que nós sairmos."

A dra. Cooley limpou sua garganta. Viu Kraft e Mehan na última fila, humilhados, dependendo dela como nunca dependeram antes.

"Se fosse uma questão de encerrar um programa, por que é que o reitor cortou não só os fundos e disponibilidade de equipamentos utilizados naquele projeto em particular, mas também removeu, efetivamente, todas as experiências em curso em nossa divisão, reduzindo-nos a uma série de classes teóricas?"

Ela deixou os presentes absorverem a pergunta. Ela os sentiu mais atentos novamente.

"Se o departamento de educação física ensina Yoga — o que de fato ensina — e alguém quebra o dedo do pé durante a aula, isso faria toda a divisão reduzir sua capacidade para 10%? Se o departamento de ciências políticas levantar os problemas de algum político local por causa de uma aula experimental no gueto, todo o departamento é encerrado? Claro que não. A ala experimental de qualquer disciplina é o seu sangue vital, a sua juventude, e o seu futuro. O que quer que aconteça com esses programas experimentais pode ser catastrófico, neutro ou até espetacularmente bem-sucedido. Porém o direito de experimentar, de conduzir um inquérito livre e aberto, por mais bizarro que possa parecer para o poder estabelecido da disciplina — e, permita-me lembrá-los, o passado do reitor Osborne está na educação, não na psicologia —, é o direito mais fundamental que compartilhamos. Sem ele, somos lançados na selva de interferências políticas e pressões de grupos econômicos. Não preciso lhes dizer o que isso implica para a universidade como um todo. É o princípio que temos de defender. Amanhã, algum reitor declarará unilateralmente que o seu curso é impróprio e, sem revisão processual ou explicação, o cancelará. É simples assim."

A dra. Cooley pausou. Ela havia reconquistado a assembleia. Agora precisava de uma votação deles antes que algo mais acontecesse.

Mas o diretor Halpern se levantou. Ele tinha em mãos várias cópias, que mostrou para a assembleia.

"Antes de votarmos", disse ele, "o conselho deve estar ciente do que acontecerá se aprovar a continuação do programa em questão."

A autoridade de sua voz teve um efeito imediato sobre o grupo. A maioria da faculdade não reconheceu o diretor do centro de medicina de primeira, mas seu nome rapidamente circulou aos sussurros.

"Vocês devem julgar por si mesmos", disse ele, "se a questão da competência é tão irrelevante como a dra. Cooley está tentando persuadi-los. Esta é a proposta de planos de projeto para o restante do semestre, intitulado, 'Processo 142, Entidade Descarnada — Recipiente da Bolsa Fundação Roger Banham, 1977'."

A dra. Cooley chegou enfurecida ao púlpito.

"Posso perguntar como conseguiu uma cópia dessa proposta? Era material de investigação privada, não publicado e não anunciado."

"Não importa como consegui isto", disse Halpern.

"Deixe o conselho decidir se esta é uma maneira justa de tratar um subdepartamento", rebateu a dra. Cooley. "Que o conselho decida sobre a legitimidade da pesquisa particular."

Kraft e Mehan saíram da sala em protesto, batendo a porta com força atrás deles.

"O projeto, financiado por uma fundação privada associada ao Departamento de Parapsicologia da Universidade Wake", leu Halpern, "vai trazer para a casa em questão câmaras laser holográficas concebidas para captar e transferir uma imagem tridimensional da entidade desencarnada que ataca a sra. Moran..."

O homem magro e prematuramente careca, respondendo à conversa particular da dra. Cooley com ele, deu um passo à frente.

"Francamente, diretor Halpern, com todo o respeito, parece haver uma questão de propriedade intelectual aqui. Aparentemente, isso é material confidencial."

Halpern virou-se de frente para a assembleia.

"Por que estamos escondendo o que este projeto vai fazer?", perguntou retoricamente. "Será que tem algo envolvido aqui um pouco menos exaltado do que os alicerces da ciência ocidental? Asseguro aos senhores que o que está escrito aqui vai explodir suas mentes."

"O senado não está qualificado para julgar a competência de um determinado projeto experimental", retorquiu a dra. Cooley. "Levaria horas de explicação ao paciente, particularmente para membros da Faculdade de Ciências Humanas e Belas Artes, só para saber o que está envolvido. Tudo o que pedimos é uma votação para que o reitor Osborne se abstenha de qualquer ação sobre a divisão, até que um conselho de revisão adequado seja convocado no início do próximo semestre."

O dr. Weber levantou-se lentamente. Ele tirou o cachimbo da boca e dirigiu-se à assembleia.

"Eu sou responsável pelo caso em questão", disse ele. "Eu sou o dr. Henry Weber, responsável pelo Programa de Psiquiatria residente. Acredito que a paciente está diretamente ameaçada pela presença, por um dia a mais que seja, deste projeto. Nunca na minha vida vi um projeto potencialmente desastroso tão mal concebido. Como se pode medir entidades paranormais em uma casa onde há uma pessoa psicótica? Você vai prendê-la para sempre. Francamente, eu os processaria se fosse ela, e não me surpreenderia se alguém processasse em seu nome."

Um silêncio sinistro recaiu sobre todos. Já não existiam mais barreiras de contenção.

"Há momentos", continuou o dr. Weber, "em que o sigilo esconde uma imensidão de males. Este é um desses momento. Gostaria que vocês ouvissem esta proposta, com atenção, e decidissem se este é o tipo de investigação que merece a mais ínfima proteção da universidade A não ser, claro, que minha querida amiga, Elizabeth Cooley, se oponha."

Ele a encarou. Claro que ela estava encurralada.

"Vamos ouvir com uma mente aberta", disse ela. "Nos permita recordar os avanços da ciência que, se os tivesse mencionado há cem anos, o teriam afastado das academias. Permita-nos não cometermos o mesmo erro. Viagens espaciais, ondas eletromagnéticas, energia nuclear — eram figuras de imaginações doentias anos atrás. A faculdade de ciências humanas não compreende a rapidez com que as coisas acontecem na ciência experimental, nem o peso da resistência das administrações estabelecidas. Estamos lutando não só contra as mentalidades burocráticas acumuladas dos conselhos governamentais, a política universitária, e a imprensa pública. Estamos lutando contra os conceitos antediluvianos de nossas disciplinas e temos apenas a energia e a imparcialidade de seu apoio ativo para nos ajudar! Só queremos uma oportunidade justa. Vamos manter o nosso 1,4% do orçamento do Departamento de Psicologia, os nossos 2,3% do espaço alocado. Isso é pedir muito? Vamos manter o direito de questionar, de cometer erros, de falhar miseravelmente, se isso acontecer. Porém nos permita o direito de existir."

Ela se sentou em uma cadeira dobrável. Alguém aplaudiu, depois outras palmas também acompanharam.

Halpern, corado, segurava o papel mais alto.

"Obrigado, dra. Cooley. Vamos ouvir sobre quais direitos estamos realmente falando."

Ele se concentrou no projeto mais uma vez. Falou alto, claramente mantendo o contato visual com todos, particularmente com os humanistas, que, ele sabia, detinham a maioria e ainda assim se mantinham afastados das complexidades científicas.

"E ainda há o projeto de laser holográfico", leu ele, "que custará cerca de 250 mil dólares, de doação privada — o doador, a propósito, é um produtor de tabaco aposentado que tem mantido contato regular com sua esposa desde 1962. Não seria tão estranho, talvez, exceto que esse foi o ano em que ela morreu."

Halpern tentou se encontrar novamente.

"Ah, sim. Além do projeto de laser holográfico, a proposta pede um aparelho de hélio de sobrefusão que custará 50 mil dólares. Este dispositivo de esfriamento, utilizando bombas de sucção e hélio líquido, é projetado para congelar a entidade paranormal a uma forma gelificada para que possa ser preservada e estudada. Como deve ser movido, isso não diz, provavelmente em um refrigerador."

O dr. Weber gargalhou.

"Além disso", continuou Halpern, "toda a casa deverá ser protegida por um cobertor de nióbio supercondutor e Mu-metal — juro, não sei o que é isso —, de modo a afastar todos os campos eletromagnéticos externos e radiação que possam interferir com o experimento. Permitam-me lembrar mais uma vez, senhoras e senhores do senado, que a paciente é psicótica. Além de tudo isso, a proposta solicita a presença de sensitivos para ajudar a atrair a entidade por várias salas e em direção ao aparelho de congelamento de hélio líquido."

Não houve risos. Vários membros da faculdade empalideceram. Muitos ficaram horrorizados. Sussurros flutuavam pela sala, e as piadas estavam mais nervosas do que antes.

Halpern os tinha na palma da mão.

"O que você faria se alguém viesse até você com uma proposta como essa", disse ele com raiva. "Você faria o mesmo que o reitor Osborne fez. *Cortaria* isso...", falou e estalou os dedos, "...assim."

Ele se sentou.

A faculdade estava inquieta. Queriam se livrar da divisão de parapsicologia. Toda esta coisa parecia bizarra, exótica. A votação para apoiar o memorando do reitor seria unânime, e a dra. Cooley sabia disso.

Uma bela jovem se levantou. Ela era muito mais nova do que o restante dos presentes, e era a representante estudantil.

"Mas ainda há a questão do porquê o reitor cortou toda a divisão. Isso pode ser esclarecido?", perguntou.

"Porque", disse Halpern, permanecendo sentado, "este experimento é típico da unidade em questão. Quem sabe o que mais estão fazendo por trás daquela fachada secreta?"

Mas a representante estudantil não estava satisfeita.

"Eu acho que pode ser feito um acordo", disse ela. A dra. Cooley olhou para a jovem. Os decanos tinham ficado silenciosos novamente. Acordo era uma palavra mágica. Qualquer coisa para evitar ferir sentimentos. Além disso, alguns membros tiveram a desagradável ideia que a Dra. Cooley não hesitaria em sair da universidade. Aquilo tudo tinha de ser contido.

"Parece ser o consenso", continuou a representante estudantil, "que, teoricamente, a experimentação deve continuar. Ao mesmo tempo, todos parecem sentir que o experimento, como atualmente constituído, é tão mal-definido, tão potencialmente perigoso para a paciente, que justifica a sua demissão. Por que é que o experimento não pode ser conduzido sob os auspícios da universidade?"

Halpern ficou pálido. O dr. Weber foi pego, o cachimbo ficou suspenso a meio caminho da boca. Ele não conseguia acreditar em seus ouvidos.

"Não compreendo", gaguejou Halpern.

"Monte a experiência dentro do instituto médico ou no Departamento de Psicologia. Dessa forma, ela pode ser testada quanto aos seus poderes psi ou, o que quer que seja, e ao mesmo tempo a sua segurança física e mental pode ser supervisionada por pessoal autorizado."

A dra. Cooley foi rapidamente ao púlpito. Ela agradeceu silenciosamente à jovem. A juventude tinha sido muitas vezes sua única aliada.

"Seria uma forma razoável de conduzir a investigação", adise a dra. Cooley, "e ao mesmo tempo satisfazer os interesses legítimos do programa de residência do dr. Weber."

"Não vou consentir tais experimentos", disse o dr. Weber, em pé.

Várias vozes tentaram convencê-lo do contrário.

Um homem com um bigode preto e grosso se levantou. Sua gravata amarela fazia um contraste vívido com a sua camisa branca.

"Não é o dr. Weber quem é obrigado a dar a sua aprovação. A jurisdição dele é apenas com a paciente, já que ela se relaciona com o programa de residência. Talvez haja outro membro do departamento de psiquiatria que estaria disposto a garantir a segurança da paciente, e talvez até a validade dos testes."

"Não se ele quiser manter sua licença", rosnou o dr. Weber.

Um homem baixo com orelhas pontiagudas se levantou. Era relativamente jovem, nervoso, e pouco acostumado a falar em público.

"Estou disposto a dar uma olhada na proposta", disse ele. "Sou o dr. Balczynski, da psiquiatria clínica. Estou bastante intrigado com toda a proposta."

"Balczynski", gemeu o dr. Weber no ouvido de Halpern. "Ele não é competente nem para amarrar seus sapatos."

"Então estaria disposto a aceitar a responsabilidade médica?"

"Acredito que sim. Gostaria de ver a proposta, claro."

A dra. Cooley deu um passo à frente.

"Certamente podemos modificar o experimento", disse ela, "para encontrar quaisquer limitações que o dr. Balczynski perceba."

Uma sensação de alívio varreu a sala. Finalmente, estavam livres da controvérsia.

"Peço uma votação", disse uma voz.

"Concordo."

O homem magro no púlpito falou clara e precisamente.

"A moção perante nós", disse ele, "é para emitir ao reitor Osborne da escola de pós-graduação uma recomendação vinculativa para revogar o seu memorando de 4 de abril, ao Departamento de Psicologia, no qual o referido departamento foi instruído para reduzir a divisão experimental dirigida pela dra. Cooley a um laboratório, e que terminou a referida divisão como uma unidade de sala de aula permanente. A presente recomendação deve manter-se em vigor até que essa revisão departamental seja realizada de acordo com as regras e regulações da escola de pós-graduação."

A moção foi aprovada, 254 a 46, sem abstenções.

A dra. Cooley foi ao púlpito pela última vez. Seu rosto estava radiante, quase com luz própria.

"Muito obrigada", disse ela. "Não posso nem começar a listar as pressões sob as quais trabalhamos. Se as nossas investigações serão ou não frutíferas, não me cabe dizer agora. Talvez não. Porém o direito de continuar — que vocês afirmaram aqui hoje — é uma vitória não só para nós, mas para todos aqui. Obrigada a todos novamente."

Ela se sentou outra vez. A paz preencheu sua mente e seu coração, aquecendo-a por dentro. Uma vitória depois de todos esses anos! Havia um precedente agora. Nunca antes ela tivera uma base tão firme sobre a qual se apoiar. Era quase um sonho.

Papéis foram passados à medida que os professores se voltavam para o próximo item da agenda: uma proposta de greve nas cafetarias.

O dr. Weber se levantou e fez uma saída ostensiva.

"Gado!", murmurou alto. "Gado! É isso que vocês são! Gado! Não percebem que há uma realidade lá fora?"

Ele saiu furioso pela porta, boletins impressos voando em cascata sobre a mesa perto da saída.

A dra. Cooley não conseguiu se concentrar no restante da reunião. Ela queria que Kraft e Mehan estivessem lá para discutir precisamente o significado da resolução do senado. O que exatamente a resolução queria dizer por "confins da universidade"? A única maneira de trazer o experimento para os confins da universidade seria realojar fisicamente a mulher. Não seria assim tão difícil. Ela certamente estaria disposta. Porém havia tantas variáveis relacionadas à casa. Variáveis que influenciaram o seu humor psíquico, que mudaram com a atmosfera, a rotação da terra, a presença de outras pessoas, especialmente seus filhos. A dra. Cooley tentou mapear em sua cabeça. Eles tinham o dinheiro da doação. Eles tinham autorização. Como, exatamente, iriam implementar tudo aquilo?

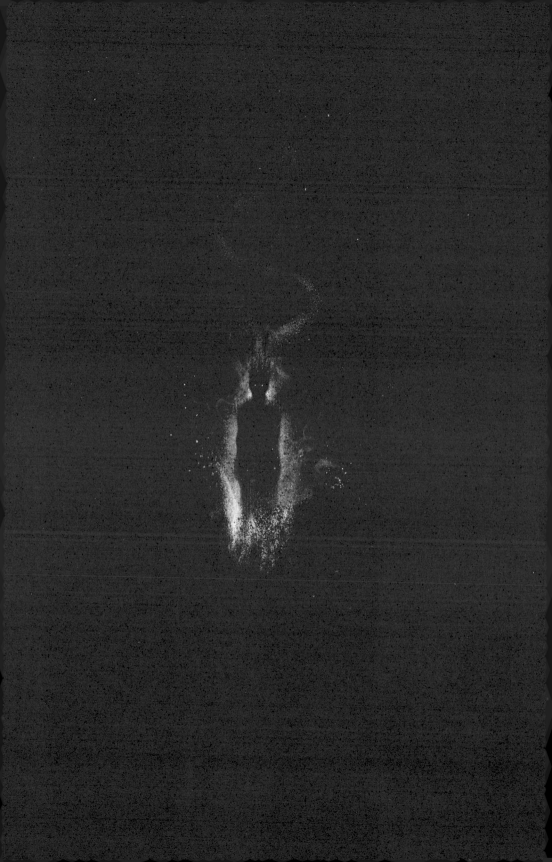

PARTE IV
A Entidade

Prisão de horror que imensa se arredonda
Ardendo como amplíssima fornalha.
Mas luz nenhuma dessas flamas se ergue;
Vertem somente escuridão visível
Que baste a pôr patente o hórrido quadro
Destas regiões de dor, medonhas trevas
Onde o repouso e a paz morar não podem,
Onde a esperança, que preside a tudo,
Nem sequer se apresenta.

Milton

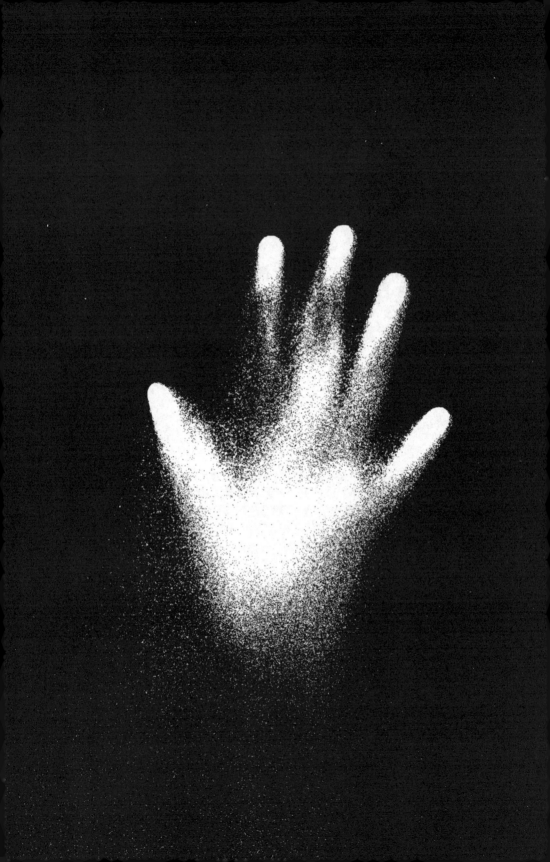

A ENTIDADE

23

Nos termos do subsídio da Fundação Roger Banham, Kraft e Mehan tinham o direito de introduzir qualquer meio de tecnologia, desde que cumprissem os padrões científicos de confiabilidade. Nos termos da resolução acadêmica do conselho, no entanto, nenhuma experiência foi permitida dentro da casa dos Moran. Assim, a própria casa e os elementos que eram transportáveis foram transferidos para a universidade.

O quarto andar do edifício de ciências da psicologia foi reservado para o experimento. Com a aprovação do reitor Osborne, e com a autorização do controlador da universidade, as paredes do que tinham sido quatro laboratórios separados, as divisões entre salas individuais, foram removidas, deixando o pessoal da dra. Cooley com uma enorme concha equipada com um fornecimento abundante de tomadas de corrente elétrica, dutos de ventilação e dutos para gás, água ou oxigênio. Os formandos removeram antigas mesas, torneiras, prateleiras e armários, até restar apenas um espaço oco, suficientemente grande para receber várias quadras de tênis. Os trabalhadores subiram em escadas, apoiaram-se sob os tetos atipicamente altos, e começaram a instalar isolamento acústico em toda a sala. As paredes foram revestidas com uma gaiola de Faraday de paredes duplas em conjunto com blindagem de nióbio supercondutor e Mu-metal para evitar que a radiação eletromagnética vazasse para o espaço.

Uma ampla passarela foi então construída com vista para a área central ao redor de todos os lados, para que Kraft, Mehan, dra. Cooley, ou qualquer outra pessoa pudesse andar completamente ao redor e olhar para o interior, seis metros abaixo.

No dia 6 de maio, um fac-símile da casa na rua Kentner, sem um telhado, foi erguido. Cozinha, sala de estar, quartos e corredor estavam conectados espacialmente como antes. Então os móveis de Carlotta foram trazidos. Os carpetes foram colocados sobre o chão velho, os móveis posicionados em seus lugares habituais. Sapatos e algumas revistas jogadas no chão, como se os ocupantes tivessem vivido lá durante anos. Parecia um cenário teatral, só que as paredes eram mais sólidas.

Quando, na manhã de 10 de maio, o trabalho inicial foi concluído, e a cortina subiria no "Caso 142 – Entidade Desencarnada", quase um quarto do milhão de dólares doados pela da Fundação Roger Banham já havia sido gasto.

O último item da casa na rua Kentner a ser trazido era Carlotta Moran.

Na noite anterior ao começo da estadia de duas semanas de Carlotta no ambiente condicionado — o termo acordado entre reitor Osborne e dra. Cooley —, ela recebeu uma última visita. *Ele* foi até ela no pequeno quarto de motel que a universidade lhe tinha fornecido.

Ela havia se retirado cedo, mal-humorada e com o coração pesado. A ausência de Jerry pairava sobre si como uma nuvem que não desaparecia. Ainda na prisão, ele recusou-se a vê-la, recusou-se a aceitar qualquer mensagem dela. Carlotta tinha escrito ao advogado, explicando que tinha tropeçado, golpeado a cabeça dela contra a cadeira acidentalmente. Até agora, nenhuma palavra — do advogado ou de Jerry. Carlotta estava começando a achar que Jerry não mais se importava com ela. E com esse pensamento em sua mente, *ele* veio.

Sem barulho, só o frio. Em um momento, o quarto estava vazio, e no seguinte, ele estava lá. *Ele* tentou atiçá-la, estimulá-la, despertar sua carne contra sua vontade para uma resposta enérgica. Seu odor a envolvia como um filme protetor, envelopando-a com um frio nocivo e congelante. O colchão se movia ritmicamente sob os pesos combinados deles. Ele tornou-se mais rude, mais difícil, tentando controlá-la.

"*Me dá mais.*"

Ele a forçou a se curvar, a inclinar-se para trás e para a frente, e não se importou que as náuseas, como uma escuridão mental, inundassem seus sentidos. Ele a dobrou em uma posição estranha, e a alimentou com sua luxúria.

"*Dá isto aos seus amigos.*"

Carlotta chegou à universidade às 10h30, acompanhada por Kraft, Mehan e a dra. Cooley. Às 11h15, foi acomodada em sua "casa", e a vigília começou formalmente.

A primeira reação de Carlotta foi uma sensação vertiginosa de *déjà vu*. Era a sua casa. Mas, ao mesmo tempo, não era. O que parecia luz solar era filtrada através do que pareciam janelas normais. A poeira flutuava no ar. Cheirava a um tapete ligeiramente usado, uma presença de bolor. As portas levavam a todos os quartos correspondentes. O rádio quebrado de Billy apoiado em um canto perto da cama dele. Até o brinquedo de borracha de Kim estava largado na banheira manchada. Como seus pesadelos, aquilo era e não era.

Mas em vez de luzes voltadas para baixo das passarelas, monitores de vídeo silenciosamente observavam na escuridão. Carlotta não conseguia vê-los. Ninguém os conseguia ver, mesmo que soubessem onde procurar.

Lá no alto, na escuridão de um cubículo, a dra. Cooley e sua equipe assistiam a tudo em sofisticados monitores de televisão.

Tanto quanto possível, o equipamento de vigilância fora configurado automaticamente para monitorar de modo contínuo. Detectores de campo eletromagnético registraram continuamente a presença de material eléctrico, magnético e eletrostático, tanto em corrente alternada quanto em contínua, em toda a estrutura abaixo. Monitores de ionização de natureza mais especializada do que os usados no local da rua Kentner foram instalados. Sensores eletrônicos registravam as alterações na taxa de resistência da atmosfera pela passagem de energia elétrica, e analisavam as mudanças relacionas às várias faixas de frequência.

O dr. Balczynski, tal como o seu mandato explícito, supervisionou o processo em um delírio de maravilha e confusão.

"Nos últimos meses", explicou Kraft, "fizemos extraordinárias observações detalhadas sobre a sra. Moran, seus filhos e a casa. Agora que replicamos o local ao mais ínfimo detalhe, esperamos atrair o fenômeno usando a sra. Moran."

"O que ela deve fazer exatamente?", perguntou o dr. Balczynski de modo desconfiado.

"Apenas viver aqui", disse Kraft simplesmente.

"Quer dizer, dormir aqui? Fazer tudo aqui?"

"Sim."

O dr. Balczynski ficou em choque. "Isso significa que terei de passar minhas noites aqui também."

Kraft sorriu. "Espero que a observe todas as noites. Na verdade, queremos que você assine uma declaração atestando a saúde mental dela. Para o nosso relatório final."

O dr. Balczynski suspirou, indicando que não tinha objeções.

"Duvido que você consiga provar isso para alguém", murmurou ele, olhando os monitores acima.

"Por que não conseguiria?"

"É tão... tão... se posso falar francamente... é tão infantil."

O sorriso de Kraft não mudou, mas seus olhos instantaneamente pareceram sombrios, então o dr. Balczynski se viu olhando para um sorriso ameaçador.

"Seria infantil, dr. Balczynski, não acreditar em provas."

O dr. Balczynski sorriu de forma ambígua. Nos olhos do médico, a esperança parecia lutar contra a experiência.

"Ela sabe que está sendo vigiada?"

"Claro. Nós dissemos a ela. Porém como está assimilando bem a familiaridade com os quartos, ela em breve esquecerá de nós, que é exatamente o que queremos."

"Mas todas essas câmeras... tal conhecimento de estar sob contínua observação", disse ele a Kraft, "é capaz de deixar qualquer um nervoso. Neste caso, ela pode sentir uma paranoia justificada."

"Não tem como ela conseguir ver as câmaras", garantiu Kraft. "Venha, deixe-me mostrá-las para você."

Subiram uma escadaria de metal íngreme pela escuridão. O dr. Balczynski se viu em um parapeito, seis metros acima de Carlotta, que estava sentada, lendo na poltrona lá embaixo.

"Viu só?", sussurrou Kraft. "Ela não faz a menor ideia de que estamos aqui."

O dr. Balczynski balançou os braços furiosamente. Carlotta nem olhou para cima. Era uma sensação estranha, poder observar outro ser humano assim.

Em frente a uma bateria de câmeras, Kraft encarou o dr. Balczynski, sorrindo.

"Isto", disse Kraft, "é um sistema de vídeo por termovisão. É operado por radiação infravermelha. Mostra os gradientes de calor e distribuição de qualquer objeto nos quartos."

Kraft ajustou vários botões. Em uma tela, um retângulo verde tornou-se visível.

"O que é isso?", perguntou o dr. Balczynski, desconfiado.

"Isso é a geladeira. É fria, emite relativamente pouco calor. Portanto, parece verde."

"O que é aquele brilho laranja embaixo?"

"Isso é onde está o motor. Está mais quente do que o restante da geladeira. Portanto, a resposta da cor é diferente."

O dr. Balczynski curvou-se para olhar para baixo. Carlotta comia uma maçã. Ela parecia bem à vontade, completamente inconsciente de que dois homens estavam a seis metros sobre sua cabeça discutindo a seu respeito.

Kraft virou a câmera para Carlotta. Uma variação em diversos tons de luz cobrindo todo o espectro brilhou na tela. Um fantasma, imagem radiada, riscada e incerta, dando a sua própria luz na escuridão.

"Vê aquele objeto azul?", disse Kraft. "Aquilo é a maçã."

"Meu Deus", disse o dr. Balczynski. "Você consegue vê-la engolindo a maçã!"

Fascinado, ele viu um objeto azul deslizar para a massa arco-íris brilhante que era vagamente humanoide em forma. O objeto lentamente diminuiu, e começou a ficar mais leve, até que era indistinguível do restante da imagem.

"Incrível, não é?", Kraft disse. "Vou mostrar outras duas câmeras."

Caminhando mais, abaixando suas cabeças sob várias vigas de suporte, Kraft e o dr. Balczynski chegaram a uma área na qual uma segunda bateria de câmeras fora instalada.

"Esta é uma transmissão de cores de baixo nível de luminosidade", explicou Kraft. "Bastante semelhante a um sistema de televisão normal e caro, com exceção dos sistemas eletrônicos de amplificação de luz. Podemos usar isto para fotografar em escuridão quase total."

"Deve ter sido muito caro", refletiu o dr. Balczynski.

"Setenta e oito mil dólares."

Kraft, satisfeito, apontou para o outro banco de controles, a partir do qual uma lente de câmera surpreendentemente pequena saltou.

"Esta é uma câmera de televisão a cores comum", disse Kraft, "a diferença sendo, talvez, que é totalmente automatizada. Computadorizada, na verdade, ao fornecer para nós quilômetros de filme."

Kraft sorriu com prazer. De alguma forma, seu sorriso perturbou o dr. Balczynski. Perguntou-se se estava sendo enganado. Ele já havia permitido que fossem muito além do que originalmente imaginou. Isso foi antes de perceber o quanto de dinheiro tinham para trabalhar. Não havia nada genuinamente perigoso no que haviam projetado. No entanto, o dr. Balczynski acreditava ter sido manipulado.

"Entenda, vou monitorá-los muito de perto", alertou o dr. Balczynski "E vou parar isso, se for preciso."

"Acho que não terá nada com que se preocupar", disse Kraft, calmo.

O dr. Balczynski olhou para baixo. Carlotta tinha se esticado na poltrona para um cochilo. Ela usava uma saia de tweed e uma blusa branca. O dr. Balczynski não pôde deixar de notar que ela era atraente de um modo estranho e suave. A forma como todo o seu corpo parecia convidar ao mal, a maneira vulnerável como estava deitada, exausta e indefesa. O dr. Balczynski de repente percebeu que a paciente havia se tornado uma espécie de isca para este ser — mas como não acreditava em sua existência, dificilmente poderia protestar. Ele faria papel de idiota na escola de psiquiatria se protestasse.

"Tem alguma coisa errada?", perguntou Kraft.

"Não. Nada. Só gostaria que isso acabasse logo."

Naquela noite, Carlotta se despiu em seu "quarto" e deslizou para baixo dos lençóis. A luz suave da lâmpada banhou sua pele com um brilho leitoso. Estava mortalmente silencioso. O dr. Balczynski tinha deixado um tranquilizante e um copo plástico de água em uma bandeja, mas ela não precisou. Quando deu por si, já era de manhã, o sol simulado brilhava, os pássaros gravados chilreavam, e a dra. Cooley estava educadamente batendo à porta.

"Entre", disse Carlotta.

"Você dormiu bem?"

"Perfeitamente."

"Sem problemas?"

"Sonhei que era uma criança. Num campo de margaridas. À minha volta, o céu era azul e os rios cantavam."

"Que belo sonho", disse a dra. Cooley melancolicamente.

Uma hora depois, Kraft e Mehan entraram na câmara.

"Gostaríamos que mantivesse um registro dos seus pensamentos e impressões enquanto está aqui", disse Kraft. "Instalamos um relógio digital em seu quarto para poder anotar o tempo. É muito importante conhecermos todas as suas experiências subjetivas."

"E os seus sonhos", acrescentou Mehan. "Isso é bem importante."

"Tudo será confidencial", disse Kraft. "O registro será devolvido a você depois do experimento. E se publicarmos trechos, seu nome não será usado."

Mehan deu a ela um caderno de vinil grosso e pesado. Também lhe deu uma caixa de canetas.

"Não importa quão loucos os seus pensamentos pareçam, não importa quão desconexos, mesmo incoerentes", disse Kraft, "todos são de grande interesse para nós."

"Se isso os ajudar", disse ela sobriamente.

Três dias passaram sem grandes acontecimentos.

Foi combinado que Billy e as meninas ficariam com Cindy. Eles poderiam visitar Carlotta durante o dia, depois da escola, mas Kraft preferiu mantê-la o mais isolada possível. Queria que ela relaxasse, que se esquecesse de onde estava, para voltar a um estado psíquico mais normal — para ela — tanto quanto fosse possível. No entanto, ver os filhos era a única trégua de Carlotta no que logo se tornariam dias longos e enfadonhos, e ela aguardava ansiosamente a visita deles.

A mulher estava começando a se adaptar, e o lugar começava a parecer sua antiga casa. Mas não exatamente. Muito nova e limpa, com cheiros e sons diferentes. Carlotta se deitou na cama. Estava sonolenta. Um tipo calmo e relaxado de sonolência. E começou a se afastar. Imagens de flores brilhantes inundaram o quarto.

Ela abriu os olhos, pegou no caderno, anotou o horário; "2h34", escreveu.

Muito silencioso. Tranquilo. Me sinto bem. Quase como estar em casa antes de tudo isso. Finalmente, paz verdadeira. Sonhei com flores — flores amarelas em um campo outra vez. Dormir vai ser bom.

Olhou para o que tinha escrito. Garrett saberia como colocar tais pensamentos leves em palavras, palavras melosas, o sentimento de queda em direção a um futuro suave e maravilhoso, a atmosfera sensual de calor e prazer, o clima calmo de estar sozinho e ser protegido. Mas ela não era uma poeta, e os fragmentos de palavras que escreveu pareciam pobres representantes do calor suave que sentia por dentro.

Quando Cindy chegou com Billy e as garotas, Carlotta dormia.

A ENTIDADE

24

No oitavo dia, Carlotta ficou extremamente sensível aos sons, como se tivesse medo de que *ele* se aproximasse. Caso contrário, não havia a menor indicação de algo anormal.

Naquela manhã, Joe Mehan entrou no ambiente simulado carregando um grande caderno no qual reuniu muitas visualizações de estudos de fenômenos paranormais. Alguns foram rascunhos de artistas, outros de vítimas, com base em descrições verbais. Seu objetivo era apontar o tamanho, a forma e a aparência do visitante espectral de Carlotta.

Mehan abriu o caderno, tirou as representações coloridas, uma a uma.

"Algum destes lhe parece familiar?", perguntou gentilmente.

"Não", disse Carlotta.

"Que tal esse aqui? Foi uma visita relatada na França. Um personagem brutal."

"Não... ele é mais... ele é mais alto."

"Talvez este? Esse foi relatado na Patagônia."

"Um pouco... sim. Mas não com rosto tão redondo."

Mehan ponderou. Ele exibiu mais alguns rascunhos. Aparições demoníacas olharam para Carlotta, assustadoras, loucas, todas ferozmente dementes.

"Não", disse ela, hesitante. "Talvez este aqui... não... muito mais grosseiro. E os olhos são puxados."

Mehan fechou o livro.

"Nada disto se parece com o que você vê?"

"Nenhum desses."

"Então, se importa que faça um esboço? Com base na sua descrição."

"De forma alguma."

Mehan adquiriu vários lápis de carvão e giz colorido, e também um grande bloco de papel de desenho. Ele trabalhou várias horas, seu pulso e braço movendo-se agilmente sobre o papel.

"Assim?", perguntou.

Carlotta espreitou atrás do bloco, quase contra sua vontade. Podia ver a imagem tomando forma. Ela se engasgou.

"É ele", sussurrou. "Mas os olhos são mais cruéis."

"Assim?", perguntou Mehan, fazendo algumas linhas agudas e violentas na página.

"Sim. E o rosto é mais... sólido... mais..."

"Musculoso?"

Mehan levantou as maçãs do rosto com alguns traços de giz azul-claro e branco.

"Sim", disse ela, afastando-se do rosto hediondo. "É assim que ele se parece."

Mehan pôs o esboço final em sua coleção. Também transcreveu a descrição verbal de Carlotta. Ele deu as fotocópias à dra. Cooley, a Kraft, e ao dr. Balczynski.

O dr. Balczynski enviou o esboço ao dr. Weber, com um memorando informando que nove dias do experimento passaram e que se ele, dr. Weber, tivesse visto alguma coisa... que parecesse aquela imagem, deveria fazer a gentileza de telefonar ao departamento de parapsicologia.

O dr. Weber começou a rir.

"Bota na caixa de correio do Sneidermann", falou à secretária.

Sneidermann recebeu naquela tarde. Ele desdobrou o esboço, embelezado com vários epítetos do dr. Weber. Circulavam rumores que Sneidermann não tinha achado graça nem na imagem nem nos comentários nela rabiscados. Era uma cara assustadora. Ele quase ficou nauseado com toda a ideia da "pesquisa" deles.

Sneidermann bateu à porta do dr. Weber.

O homem folheava o seu correio da tarde. Haviam lhe oferecido a responsabilidade de organizar um programa de residência na Guatemala, e ele tentava organizar os assuntos na clínica antes do verão.

"Entra, Gary", disse ele. "Você recebeu meu memorando?"

"Sim", disse Sneidermann, brandindo o esboço de forma sóbria. "Parece com o Balczynski."

O dr. Weber riu, assinou outro memorando, e alcançou um abridor de carta.

"Você acha que todo esse 'experimento' está fazendo mal para ela?", perguntou Sneidermann.

"Você quer mesmo a minha opinião?"

Sneidermann se sentou cautelosamente em uma grande poltrona de couro preta.

"Nosso maior recurso é que eles vão falhar", disse o dr. Weber. "E quando falharem — e acredite em mim, sempre falham —, ela terá esgotado o seu último refúgio da realidade. Terá que voltar para nós e enfrentar a ansiedade. É simples assim."

Sneidermann amassou um envelope e atirou-o na cesta de lixo. Durante algum tempo, observou pela janela as enfermeiras caminhando no pátio. O dr. Weber finalizava um memorando ao chefe do programa de dependência de drogas.

"Quando será isso?", indagou Sneidermann.

O dr. Weber deu de ombros.

"Faltam cinco dias para o experimento. Adicione alguns dias para Carlotta perceber que não tem para onde ir."

"Cinco dias", suspirou Sneidermann. "Fico enjoado só de pensar."

"Relaxe."

"E se eu fosse lá em cima e desse uma conferida?"

"O que dizia a resolução do conselho universitário?"

"Não proibia ninguém de visitar."

O dr. Weber olhou seriamente para Sneidermann.

"Então sobe e dá uma conferida. Mas não quero ouvir sobre nenhum problema causado por você."

Sneidermann saiu do escritório do dr. Weber, atravessou rapidamente o pátio e entrou na ala de psicologia do complexo. Ele pegou o elevador para o quinto andar.

Sneidermann inclinou-se para beber água no bebedouro do corredor. Percebeu que estava com ciúmes. Estava com ciúmes por mais de dois meses agora. Eles tinham Carlotta e ele não. Essas emoções jovens eram uma praga. Não se orgulhava de seus sentimentos, mas lá estavam eles, e não podia fingir que não os tinha.

Ele bateu levemente na porta do escritório da dra. Cooley. Um estudante o informou que a doutora estava no quarto andar. Sneidermann vagou lentamente, as mãos nos bolsos, pelos laboratórios minúsculos. Observou hamsters, suas costas e os corpinhos presos com eletrodos. Perguntou-se que experimentos estavam sendo conduzidos com os pobres animais, sob o disfarce de alguma "teoria". Ouviu um som bizarro de borbulhar. Ele se virou. Um peixe olhava em sua direção dentro de um tanque verde. Era um peixe feio, exótico, suas guelras ondulando correntes de água sobre os seixos no fundo do tanque.

Na sala ao lado, viu diversos alunos aplicando campos magnéticos nas próprias mãos. Tossiu gentilmente. Eles viraram, surpresos, cautelosos na presença de um estranho.

"Onde está o Kraft?"

"Está no quarto andar."

Sneidermann passou pelo primeiro laboratório indo aos corredores de baixo. Ele parou para olhar um gráfico, sobreposto ao mapa da cidade.

"Locais Ativos, Locais Semiativos, Locais Dormentes", dizia a legenda.

Na rua Kentner havia um local ativo, com os nomes de Kraft e Mehan escritos a lápis, ao lado. Sneidermann observou que havia pouquíssimos locais ativos em qualquer parte do mapa. Por isso eles estavam tão sobrecarregados em relação a esse. Ele sacudiu a cabeça tristemente, imaginando que para cada local ativo devia haver um potencial esquizofrênico a quem fora negado tratamento psiquiátrico adequado.

O quarto andar estava particularmente escuro. As luzes superiores no saguão tinham sido substituídas por fracas lâmpadas amarelas. Um estudante olhou de forma simpática, sentado em uma escrivaninha que bloqueava o acesso ao corredor.

"Posso ajudá-lo?"

"O que você faz, é um guarda?"

"Gostamos de fazer um rastreamento dos curiosos."

"Bem, diga a eles que o Gary Sneidermann está aqui."

Depois de um tempo, o estudante voltou das reentrâncias, perdidas em escuridão.

"A dra. Cooley gostaria de saber a natureza exata da sua visita."

"Observador amigável", respondeu Sneidermann, tentando se manter longe de problemas.

"Certo. Nesse caso, siga-me."

Sneidermann seguiu o aluno pelo corredor. A luz se tornou cada vez mais escura. Logo estava um breu. Então Sneidermann percebeu como estava silencioso. Eles viraram uma curva e continuaram andando. O ar estava abafado, como se os corredores tivessem sido, de alguma forma, selados.

"É como as malditas pirâmides aqui", murmurou Sneidermann.

O aluno, ignorando o comentário, abriu a porta para a sala de observação. No interior, havia uma grande variedade de telas, em algumas das quais surgia a imagem de Carlotta no que parecia sua própria casa.

"Boa tarde, dr. Sneidermann", disse a dra. Cooley cautelosamente, estendendo sua mão.

Apertaram as mãos.

"Estou aqui por conta própria", disse ele. "Nada oficial."

"Entendo. Se tiver alguma pergunta, por favor, venha falar comigo. Os outros estão muito ocupados."

Sneidermann cruzou os braços. Ele olhou em volta. Os monitores de vídeo estavam nas paredes, instalados bem alto, então precisava olhar para cima para ver todos eles. Eram a cores, provavelmente muito caros. Então viu Carlotta nas telas, entrando no quarto. Ela se sentou na borda da enorme cama de madeira esculpida e começou a fazer notas em um grande caderno de vinil. Agora Mehan apareceu. O coração de Sneidermann parou por um segundo. Seu olhar deslocou-se para outro monitor focado em uma área que estava essencialmente vazia, apenas com caixas de equipamento eletrônico. Kraft apareceu na tela, coçou sua cabeça, sem saber que estava sendo vigiado, e puxou vários pequenos instrumentos da caixa. Na tela à esquerda, Carlotta riu gentilmente de algo que Mehan tinha dito.

"Ela parece bem relaxada", disse Sneidermann.

"E está. Ela dorme muito bem. Sem tranquilizantes."

Sneidermann pensou ter detectado uma nota de decepção na voz da dra. Cooley. Lançou-lhe um olhar, tentando ler seus pensamentos. Então viu, através da porta aberta, a porta para a câmara experimental, com sua nova fechadura brilhante. De alguma forma, isso o enfureceu, ainda que não tivesse motivos reais para protestar.

"O que é isto tudo?", perguntou.

"O sr. Kraft projetou essa montagem. Vamos instalar isso na plataforma sobre os aposentos experimentais. Assegura um nível de ionização idêntico ao que foi medido na casa real dela."

"Você está bombardeando-a com radiação?"

"Isto é ciência, dr. Sneidermann, não ficção científica. Todas as células orgânicas na terra são constantemente bombardeadas por raios ultravioletas, raios cósmicos e muitas outras formas de energia. O que estamos tentando fazer é moldar o ambiente dela aqui para que corresponda exatamente ao da casa dela na rua Kentner."

Sneidermann achou que isso não fazia mais sentido do que qualquer outra coisa que eles já tivessem feito. No entanto, tinha uma vaga impressão de que a dra. Cooley estava escondendo alguma coisa.

"Por quê?", perguntou.

"Para induzir a entidade a aparecer."

Sneidermann olhou para a dra. Cooley. Ele se perguntou se a própria doutora já não tinha sofrido um colapso mental alguma vez.

"Vocês vão apanhá-lo?", indagou incredulamente.

"Para observá-lo. Se formos capazes."

"Suponhamos que — em uma possibilidade extrema — ele não apareça?"

"Então ele não aparece", disse ela, ignorando o sarcasmo dele. "Eu o avisei, dr. Sneidermann. Nós não inventamos nada aqui."

"Eu gostaria de falar com Carlotta", disse ele.

A dra. Cooley fez uma pausa, avaliando o residente. "Não. Nós preferimos manter a paciente em isolamento."

"Só por um momento."

"Vou ter de ser firme nisto, dr. Sneidermann."

Sneidermann olhou da dra. Cooley para os monitores. Carlotta explicava algo a Mehan, seus braços gesticulando; então ela sorriu.

"Você vê?", disse a dra. Cooley. "Ela está de excelente humor."

Sneidermann tropeçou no corredor escuro. Por um instante, seu sentido de direção ficou confuso. Então viu a porta para a câmara experimental. Aproximou-se da porta. Tinha de confrontá-la, de permanecer em contato com seus sentimentos enquanto o fazia, para entender por que é que tinha começado a ficar obcecado por Carlotta. Precisava tomar as rédeas de sua vida outra vez.

Subitamente, se inclinou contra a porta. Para sua surpresa, ela abriu. Sem dúvidas, ninguém esperava que ele tentasse entrar. Não, ela abriu porque Carlotta a tinha aberto por dentro. Estava agora pisando no corredor. Isso pegou Sneidermann de surpresa.

"Carlotta", disse ele, hesitante.

Por um instante ela ficou assustada, sem esperar ninguém na escuridão. À medida que os olhos se ajustavam, reconheceu a figura diante dela. Então disse timidamente: "Olá, dr. Sneidermann."

Sneidermann deu uma olhada nos aposentos atrás dela, uma perfeita duplicata da casa que tinha visitado anteriormente.

"Eles fizeram um ambiente natural", disse ela, quase orgulhosa. "Para capturar *ele*."

"É isso que eles estão lhe dizendo?"

"É isso que eles estão fazendo."

"É nisso que você acredita?"

"Eu quero acreditar."

Os olhos dela brilhavam nas sombras profundas do corredor. Sneidermann queria agarrá-la, forçá-la a ouvir, penetrar aquelas paredes que havia deixado erguerem-se à sua volta.

"Volte à... terapia." Ele quase disse "... para mim."

Ela sorriu com tristeza.

"Você é como uma criança, dr. Sneidermann. Sempre querendo algo que não pode ter."

"Carlotta", disse ele, "no fundo do seu coração, você sabe a diferença entre a realidade e a fantasia."

"Não sei do que está falando."

"Eles são uma fraude."

Carlotta deu as costas para ele, furiosa.

"Você continua a dizer a mesma coisa inúmeras vezes", disse ela. "Eu nem sei por que se dá ao trabalho."

"Você não sabe?"

"Não."

"É porque me importo com você."

Ela riu, cruelmente, surpreendida, mas sem malícia.

"Me importo muito com você, Carlotta."

Ela parecia nervosa. Deu um passo atrás, enfiou a blusa na cintura da saia, mais justa, e depois olhou para ele novamente, confusa.

"Bem, você é um homem muito estranho, dr. Sneidermann", comentou ela.

"Só não quero que se feche", disse ele. "Às vezes você tem que fazer contato com apenas uma pessoa, ou então perde contato com a realidade."

"Eu tentei", disse ela amargamente. "E o que aconteceu? O Jerry não atende. É como se ele estivesse morto para mim agora."

"Mas nem todos são como o Jerry. Às vezes você tem que estender a mão, diretamente por meio da dor, da tristeza..."

"O que está tentando dizer, dr. Sneidermann?"

"Estou tentando dizer", disse ele, juntando os vestígios de sua dignidade, "que você e eu podemos fazer esse contato."

Carlotta ficou em silêncio. Seus olhos escuros brilharam, como os de um animal, no corredor escuro.

"Não quero fazer contato", disse ela.

"Você entende o que estou dizendo?"

Havia um impasse. Sneidermann já não conseguia mais ler as expressões em sua face. Ele era puro sentimento. Tudo o que sabia era que eles o haviam dominado na presença de Carlotta. Sneidermann nunca se sentiu tão só. Em um instante, entendeu por que o dr. Weber aprendera a se proteger de sentimentos humanos ao lidar com pacientes. As dores, o isolamento disso, eram insuportáveis.

"Agradeço sua preocupação", disse ela, em um estranho ultimato.

"Está bem", disse ele, confuso. "Acho que foi por isso que vim aqui. Só para confirmar que você sabia disso."

Sem mais uma palavra, Carlotta abriu a porta e entrou na câmara. A porta pesada fechou, trancando-se após ela passar. Mas ele tinha tido uma visão dela antes de fechar, uma visão que iria atormentá-lo durante o sono. O contorno de sua figura, a bela combinação de blusa e saia, sozinha em um mundo de faz de conta. Os olhos penetrantes, tão indefesos quanto demoníacos, destruindo todos os vestígios de sua própria independência. Sabia agora que, o que quer que tenha acontecido, seus destinos haviam se cruzado. Andou estupidamente, desajeitadamente, para trás, tentando encontrar a saída.

Uma hora depois, Sneidermann ouviu com paciência um homem acima do peso explicando que não conseguia evitar de pedir a maior sobremesa em um restaurante. Mas internamente, Sneidermann viu Carlotta, sua figura visível por baixo da blusa, seus olhos negros e ardentes.

Enquanto ouvia o murmúrio do homem obeso, Sneidermann descobriu uma verdade da psiquiatria que só vem com experiência. Alguns pacientes, apesar de toda a sua disciplina, vão aborrecê-lo, enfurecê-lo, ou parecerem até detestáveis. Perturbado com essa revelação, Sneidermann redobrou seus esforços para ajudar o homem à sua frente.

Em seu dormitório, fumando, pensando, tarde na noite, Sneidermann refletiu que apenas há alguns meses não existia nada como sentimentos. A psiquiatria era uma disciplina fresca e precisa, uma cirurgia da mente. Contudo agora entendia que nenhum homem era imune a seus sentimentos. Percebeu que tinha de enfrentar o caso Moran e tudo o que isso significava, ou perder para sempre a sua própria independência psicológica.

Esvaziando sua mente de todo pensamento, exceto Carlotta Moran, tentou vê-la clinicamente e da forma mais objetiva possível: uma mulher não tão jovem, de certa forma bonita, com três filhos, um quase homem; uma vítima doente e iludida de suas próprias transgressões e culpas profundamente reprimidas, lutando para sobreviver em um pesadelo hediondo de sua própria construção. Isso tudo era evidente. Tudo isso ele podia ver e compreender. Todavia o elemento que constantemente o desconcertava, que resistiu à análise e à compreensão, era ele mesmo. Que infernos ele estava fazendo no centro da paisagem distorcida de sua paciente? Que fraqueza nele o tinha feito sucumbir a esta tentação esquizoide? Nos círculos psiquiátricos era considerado um clichê. Se não fosse tão repleta de todos os elementos de uma tragédia em constante construção, seria verdadeiramente risível — um espetáculo de humor ácido no qual ele, Sneidermann, atuava como protagonista.

Um sorriso surgiu em seus lábios quando, subitamente, imaginou o rosto atordoado de sua mãe ao ouvir as boas-novas. "Mãe, estou apaixonado por uma moça maluca. Não, ela não é judia." O sorriso no rosto se expandiu, e logo ele se viu rindo — à beira das lágrimas — descontroladamente.

Nessa mesma tarde, Carlotta recebeu um telefonema do advogado de Jerry. Foi informada de que, uma vez que nem ela nem Billy tinham apresentado queixa, o estado aceitou a carta e considerou sua lesão um acidente.

"Então Jerry está livre?", sussurrou ela, mordendo o lábio.

"Bem, sim, pode-se dizer que sim."

"O que significa isso?"

"Ele foi liberado. Está legalmente livre. Mas não sei onde está."

Carlotta segurava firme o telefone. Sentiu que estava no meio do pior desastre até agora.

"Quando ele foi solto?"

"Há cerca de cinco dias."

Carlotta desligou. Ela ligou para a empresa dele em San Diego. A ela não foi dada qualquer informação sobre Jerry, nem mesmo se ainda estava trabalhando lá. Nem receberiam uma mensagem. Porém Carlotta sabia o que isso significava. Jerry estava assustado. Entrou em pânico e fugiu. Ele se foi. Não podia culpá-lo. Porém, com a ausência dele agora permanente, algo clicou dentro dela.

Ela já não acreditava que seria curada ou que eles poderiam se livrar do seu visitante brutal.

A ENTIDADE

25

A dra. Cooley deixou o jornal deslizar para o lixo.
"Meu Deus do céu", murmurou ela.
Durante o restante do dia, Kraft e Mehan pareciam cães famintos.
A raiva deles começou a subir lentamente, embora nenhum deles estivesse certo sobre quem exatamente deixou a história vazar. O dr. Balczynski negou tudo.
"Foi o Weber", disse Mehan.

O dr. Weber encontrou o reitor Osborne na mesa do buffet no clube da faculdade. Eles ficaram serenamente de pé, segurando seus pratos nas mãos, enquanto a fila avançava lentamente, garçons de avental mergulhando conchas em sopas, os sons abafados e silenciosos. As palmas das mãos se arquearam sobre as mesas cobertas de branco, e uma constante conversa sussurrada era ouvida sobre os tapetes macios.
O dr. Weber inclinou-se para a frente, sorrindo ironicamente.
"Vi que saiu na primeira página hoje", disse o dr. Weber.
"O que? Ah, o *American Inquirer*."
"Como foi a reação?"
"Frenética", admitiu Osborne, seu rosto mostrando cansaço. "Muito frenética."
O dr. Weber riu e escolheu vários pedaços de salmão. A salada estava bonita, nutritiva.
"Bela imagem", murmurou o dr. Weber.
"O que? Ah sim, a..."
"Entidade, Frank. Chama-se entidade."

Osborne não disse nada, começou a caminhar até uma mesa perto da janela. O dr. Weber se sentou de frente para ele, colocando sua bandeja em uma prateleira próxima. Começaram a tomar a sopa em silêncio. Osborne parecia descontente. Sabia que Weber precisava dele.

"O que houve, Frank? Isso não está cheirando mal para você?"

"Que inferno, Henry. Muitas coisas me cheiram mal. Não posso fechar todas elas."

"Mas isso é..."

"Sabe o que estavam fazendo no edifício de belas artes? Cultivando bolor num pão de um acre de tamanho! Isso é arte, Henry? O que eu deveria fazer? Fechar o departamento de arte?"

O dr. Weber riu.

"Você sabe o que o Departamento de Artes Cênicas tentou no semestre passado?", Osborne perguntou, vigorosamente passando manteiga em seu pão. "Estavam fodendo no palco. Isso mesmo. Fodendo. Caramba, se eu soubesse que dava para conseguir créditos por isso..."

Osborne bebeu seu chá. Seu pomo de adão se moveu. Ele ainda parecia agitado.

"Frank", disse o dr. Weber gentilmente. "Isto é uma farsa. E é uma farsa perigosa. Você deve demonstrar liderança. Pare com isso."

"Tenho de seguir a resolução do senado."

"Simplesmente não consigo entender sua obstinação, Frank."

Osborne olhou para trás e para baixo, cortando seu salmão.

"Não gosto de ser pressionado, Henry."

"Ah, vá lá..."

"Você vem dependendo de mim há três semanas, e estou farto disso. Os meninos têm o direito de conduzir um experimento. Não é mais louco do que metade das coisas que acontecem por aqui."

"Mas a publicidade, Frank..."

"Era isso que eu queria dizer sobre ser pressionado, Henry. Sei quem vazou isso à imprensa. Bem, você se entregou com essa aí. Porque não gosto de golpe baixo."

Osborne começou a limpar as migalhas do colo.

"Não sei como isso aconteceu", disse o dr. Weber com sinceridade.

"Em todo o caso, vejo que estou ferrado."

"Não vamos falar sobre isso."

O dr. Weber comeu, sem sentir o gosto da comida. Queria saber para onde ir em seguida. Não havia caminho agora.

Passaram-se dois dias. Kraft e Mehan verificavam regularmente o aparelho na passarela, da qual podiam ver, seis metros abaixo, Carlotta em sua casa replicada

Ela parecia não os ouvir trabalhando, apesar de saber que monitores e dispositivos de rastreio de vários tipos a observavam a partir da escuridão à sua volta.

O interesse supremo de Kraft era a holografia de dupla pulsação, um sistema de laser que poderia produzir uma imagem tridimensional e, uma vez desenvolvida, transmitiria para o observatório na escuridão. Isso significava que qualquer aparição, qualquer evento, poderia ser reproduzida várias e várias vezes em sua forma e cor, mas miniaturizado, em um pequeno quadrado de menos de um metro de área. Mais importante ainda, a pulsação dupla era sensível a alterações no objeto que estava a ser fotografado, incluindo não só o espectro de luz visível, mas atingia a região ultravioleta e a região infravermelha também.

Não houve, no entanto, a menor indicação em qualquer das gravações feitas 24 horas por dia de que havia qualquer coisa nos aposentos exceto uma mulher cuja paciência se esgotava, e cujos pensamentos tinham começado a se desviar, de acordo com o seu diário, ficando obscuros e apreensivos.

Na noite em que acordou, viu que estava escuro. Murmurou algo, meio dormindo, sem perceber que estava na universidade.

O quarto era muito estranho. Era dela, e ao mesmo tempo não era. Era uma realidade deslocada. Carlotta se sentia como se estivesse em um sonho quando estava acordada, e acordada quando sonhava. Foi uma sensação vertiginosa, como estar perpetuamente no topo de uma montanha-russa, e ela não gostava daquilo.

Estava muito silencioso. O ar-condicionado vinha do interior das entranhas do edifício. As estranhas formas e sombras do quarto dela faziam esculturas bizarras da escuridão. Carlotta se deitou na cama larga e macia, incapaz de dormir.

Ela saiu da cama, calçou os chinelos e telefonou ao dr. Balczynski. "Estou me sentindo muito bem", disse ela. "Só que não consigo dormir. Você poderia me dar um comprimido para dormir?"

"Prefiro não", disse o dr. Balczynski. "Mas posso lhe mandar um tranquilizante esta noite."

"Muito obrigado. Me desculpe incomodar..."

"Sem problemas. Estou aqui para isso."

Meia hora depois, a dra. Cooley entrou com um copo de água e um tranquilizante. Ela viu Carlotta engolindo a cápsula.

"Você gostaria de algo para ler?", indagou a dra. Cooler.

"Não ria, mas só gosto de ler faroeste. O mais bobo."

"Então a gente vai arrumar um de faroeste para você", prometeu a dr. Cooley.

Ela via Carlotta de perto. A dra. Cooley estava dividida entre a solidariedade pela mulher e a percepção de que o plano estava funcionando, que Carlotta estava entrando em seu estado emocional anterior, e que enquanto o fazia, a probabilidade de atividade paranormal aumentava.

Kraft e Mehan observaram a encenação no monitor na escura sala de observação.

Nesse pequeno anexo, repousavam sobre camas dobráveis instaladas abaixo das telas suspensas. À volta deles, em prateleiras, ganchos e pequenas bandejas de metal, havia fios, díodos, transistores, esboços e plantas.

Depois que a dra. Cooley saiu, assistiram a Carlotta deitar-se na cama uma vez mais. À medida que os olhos dela se habituavam à escuridão outra vez, o tranquilizante foi acionado. Ela relaxou, sua mente ficou cansada, entorpecida, mas confortável.

A luz de algum ponto exterior fluiu para dentro de sua casa, fazendo vagas sombras na parede distante.

Ela imaginava formas estranhas pelas sombras. Coelhos. Gansos. Um lagarto. Um lagarto com olhos puxados. Lábios grossos e sensuais se aproximando...

Carlotta gritou.

"Está tudo bem com você?", perguntou a dra. Cooley.

Atrás dela estava Mehan e uma aluna que Carlotta nunca vira antes.

"Não, não... Eu... Eu... Onde estou?"

"Você está na universidade. Sou a dra. Cooley."

"Ah, Meu Deus!"

A dra. Cooley sentou-se na beira da cama. Ela sentiu a testa de Carlotta. Estava ligeiramente febril.

"Gostaria que um de nós ficasse aqui com você?", perguntou Cooley.

"Não. Já está bom que esteja por perto... me desculpe."

De sua mesa na sala de observação escura, Kraft analisava, fascinado, como as unidades de amplificação de luz deram uma imagem surpreendentemente clara, leve, de Carlotta na cama.

Pela milésima vez, meditou sobre o significado do experimento. Na verdade, procuravam fornecer provas físicas em primeira mão de um "espírito", isto é, dar-lhe uma existência objetiva no mundo físico, nem que fosse por um momento. Todo o equipamento e os instrumentos caros tinham um trabalho a fazer, se e quando... Kraft mudou seus pensamentos sobre o objetivo final de seus esforços. Deviam tudo à dra. Cooley. Por sua fé e dedicação. A todos os compromissos que ela tinha sido forçada a fazer. Às centenas de investigadores de todo o mundo que, diante do ridículo, acrescentaram as migalhas de dados que agora tornavam este momento possível. Pensou em seus pais, sem amargura, que nunca acreditaram no valor do que fazia, nem mesmo por dez segundos.

Olhou para o relógio. 2h35. A sra. Moran estava dormindo. Kraft sentiu-se intensamente curioso para ver o mundo através de uma consciência diferente. A da sra. Moran. Só por um segundo. Deve ser tão diferente que não pode ser imaginado. Kraft foi atingido por um estranho sentimento pessoal — ciúmes. Queria muito ver a realidade assustadora que a sra. Moran percebia. Era aniquilador. Obsceno. Talvez dominador. Mas...

Para Kraft, era exótico. Proibido. A última fronteira conhecida pelo homem. Ele já tinha visto luzes antes. Faíscas. Sensações de frio. Com uma centena de ocorrências. Mas nunca um ser... uma *entidade* totalmente formada.

De acordo com os registros subsequentes da experiência, foi no final da tarde do dia seguinte que ocorreu a grande transição seguinte.

Carlotta tinha terminado, pela décima segunda vez, seu almoço, trazido para ela do refeitório, quando bateram à porta.

Cindy meteu a cabeça timidamente no quarto. Atrás dela estava Billy e as meninas.

"Tem alguém em casa?", riu Cindy.

"Não há lugar como a nossa casa", disse Carlotta, e então pegou Kim e a abraçou, levando-a pela casa conhecida.

Kim estava confusa. Ela não sabia se estava em casa ou não. Mas nada no mundo dos adultos fazia sentido, afinal.

"Estão alimentando você bem, mãe?", perguntou Billy.

Carlotta sorriu. Era a maneira dele perguntar como ela estava.

"Está tudo bem, Bill. Quem quer um doce?"

Depois de meia hora eles estavam sentados em torno da mesa na sala de estar. Billy contava uma história extensa de um dos seus amigos que tinha roubado cinco azulejos de um depósito de madeira e a polícia o obrigou a devolver. Então, bateram outra vez à porta.

A dra. Cooley entrou.

"Desculpe interromper", disse ela, quase em um sussurro.

"Tudo bem"

"Há uma visita..."

"Quem?"

"É sua mãe."

Carlotta sentiu-se dormente. De repente ficou assustada.

"Sra. Moran? Posso mandá-la embora..."

"Ah, Jesus!"

Carlotta olhou para as crianças, que agora se perguntavam o que havia de errado. Cindy assistiu impassivelmente, porém seus lábios estavam crispados.

Era tarde demais. Sem ser convidada, ela vinha a passos lentos, aproximando-se pelo corredor. A dra. Cooley nunca tinha visto uma transformação tão estranha quanto a que atravessou a face de Carlotta. Mil sensações inefáveis, do medo ao espanto, floresceram e sumiram em um instante.

A mãe de Carlotta caminhou até a porta aberta, escoltada por uma mulher de meia-idade que segurava seu braço. A sra. Dilworth usava um chapéu branco. Sob a aba, seu rosto era rosada, com olhos surpreendentemente escuros, e havia um comportamento suave implantado naquele rosto que parecia plastificado. Carlotta estava atordoada, imóvel. Evidentemente, a viagem tinha sido difícil, do ponto de vista emocional, para a velha mulher, pois ela parecia agora hesitar, com medo de levantar os olhos para Carlotta, medo de dar um passo mais perto.

Carlotta olhou para o rosto enrugado, as características familiares esmagadas lentamente pela mão absoluta do tempo, até que se assemelhasse um pouco às características fortes e vibrantes de que Carlotta tanto se lembrava.

A sra. Dilworth olhou para Carlotta, igualmente atordoada, pela mulher adulta que estava lá, as características delicadas, mas perfeitamente formadas, o rosto curtido pelo sofrimento.

Durante meio minuto nenhuma delas falou. Cindy e as crianças entenderam, subliminarmente, o que estava acontecendo. A dra. Cooley fez um sinal para Cindy, e discretamente retiraram-se. Depois de lutar contra sua consciência sobre ligar os monitores, a dra. Cooley decidiu, desta vez, por mantê-los desligados. Julie e Kim ficaram assustadas, espantadas com o silêncio.

"Carly..."

A voz estava trêmula, chocada, mas intimista. Ela deu um passo aproximando-se, com dificuldade, mesmo dentro dos alojamentos.

"Sim... Mãe", disse, e a palavra foi difícil de sair, "quanto tempo..."

A sra. Dilworth chegou instintivamente à frente para pegar o rosto de sua filha e beijá-la e a viu enrijecer. Carlotta se recuperou, ofereceu sua bochecha. Ela sentiu um beijinho no canto da boca. Quando voltou a olhar, os olhos da mãe estavam marejados.

"Sente aí, mãe. Está quente aqui dentro."

A sra. Dilworth sentou-se cautelosamente à beira do sofá. Seus olhos cansados analisaram a grande câmara, com a aparência de uma casa, e acima, pouco visível, o brilho de uma multidão de instrumentos de observação, tudo a impingir-se à sua filha — o centro de uma bizarra placa de Petri.

"Então é verdade", murmurou ela. "O jornal..."

"Claro que é verdade."

"Meu Deus, Carly, como isso aconteceu?"

Carlotta olhou para ela, irritada por um instante, e então percebeu que a velha mulher não estava sendo maliciosa.

"Eu não causei isso", disse Carlotta. "Simplesmente aconteceu."

Contra a parede, Billy, Julie e Kim sentaram-se ou ficaram de pé, como se o instinto os tivesse ensinado a apresentar-se formalmente a esta pessoa elegante e distante. Eles ainda não sabiam com certeza quem a idosa era.

"Billy, Julie, Kim... conheçam a avó de vocês..."

"Olá", disse Julie com firmeza.

"Oi...", ecooy Kim, incerta.

Billy não disse nada.

"Desculpe", disse a sra. Dilworth, secando os olhos com um lenço de linho branco. "Eu não queria chorar. Disse a mim mesma que não choraria, mas..."

Envergonhada, com o coração cheio de pena, Carlotta observou sua mãe tentando recuperar a compostura.

"Julie", disse a sra. Dilworth suavemente. "Kim... Sim... Têm os olhos da Carlotta.... tão escuros, tão penetrantes..."

A idosa voltou a pôr o lenço na bolsa. Ela olhou para as garotas quase objetivamente, com os olhos límpidos.

"Que olhos tão, tão escuros... Nunca se sabe o que se passa por trás deles..."

"Mãe, eu..."

"Pelo menos, eu nunca soube."

Carlotta de repente percebeu que tudo o que a mulher fez na vida foi motivado pela timidez e pelo medo. Medo do marido, de Deus, de estranhos em geral. No fundo, aquela mulher idosa ainda não sentia que tinha o direito de existir. Foi daquele remoinho de incertezas que Carlotta tinha fugido, mais do que da crueldade, há dezesseis anos.

Há quanto tempo sofria esta mulher, primeiro sob a tirania de seu marido, e depois sob a tirania de sua memória? Há quanto tempo deixou de se sacrificar no egocêntrico altar dele? Mesmo agora, ficou claro para Carlotta, a mulher não tinha sido libertada e não o seria no curto espaço de tempo que lhe restava na terra.

Julie questionou-se sobre a estranha e fragmentada conversa de sua mãe e da mulher, uma estranha que de alguma forma os conhecia. Ela era mesmo sua avó? Onde estava todo o riso, o bom humor, como nas histórias? As avós deveriam ser pessoas amáveis e amigáveis.

"Quando li o jornal", disse a sra. Dilworth, "eu tive que... Eu só queria ver... se podia ajudar."

"Eu entendo, mãe", disse Carlotta, sem frieza.

"Eu me examinei, Carly, procurei em cada canto de mim, desde que você foi embora..."

"Por favor, mãe..."

"Mas Deus não nos dá sinais. Nenhum. Sabemos o destino, mas não o caminho para chegar lá. Seu pai não sabia de nada mais do que eu."

Carlotta se sentiu visivelmente desconfortável. Tinha medo de que a velha mulher começasse a falar do pastor Dilworth, uma perspectiva que ameaçava inundar ambas com memórias horrivelmente desagradáveis.

"Claro, mãe, eu..."

"Eu rezei, Carly. Para receber orientação. Não houve resposta."

Carlotta relaxou na enormidade da confissão. Deus tinha sido a peça fundamental de toda a vida adulta daquela mulher.

"Fui a igrejas diferentes, Carly. Mas não houve nenhuma resposta. Apenas um silêncio terrível, terrível."

Na fraqueza da mulher, em sua absoluta simplicidade, não havia espaço para o medo, para o ódio, apenas para a empatia. Os monstros que a tinham aprisionado, perseguido, naquela casa enorme em Pasadena... desapareceram, sobrevivendo apenas na infância enterrada de Carlotta. Ela sentiu a necessidade de se comunicar com a mãe, de preencher a lacuna que as tinha cortado aos pedaços, aparentemente para sempre.

"Deus perdoa tudo, mãe", disse Carlotta. "Ele nos perdoou muitos anos atrás."

A sra. Dilworth parecia não ouvir. Ela olhou em volta para o ambiente estranho, vendo nele algum tipo de prova de seu próprio fracasso amargo e castigo divino.

"Lamento que Deus não tenha enchido as nossas vidas de propósito, Carlotta. A sua ou a minha. Isso teria feito toda a diferença."

Carlotta sorriu tristemente, levantou-se e beijou a idosa na bochecha, retendo um perfume de lilases — o mesmo perfume de que gostava quando criança. O quanto permanecera parecida com sua mãe, Carlotta pensou com espanto, apesar de tudo.

"Devia ter acreditado mais em si mesma, mãe", disse Carlotta gentilmente. "Talvez tivesse sido mais fácil encontrar Deus."

A enfermeira, quase esquecida, tossiu gentilmente, um lembrete de que o tempo estava acabando Que estranho, pensou Carlotta. Nada realmente para nesse mundo, nenhuma relação humana fica de pé. Mesmo agora, em apenas alguns momentos, mudei na frente dela, assim como ela mudou na minha frente.

A sra. Dilworth olhou para as crianças com carinho, e depois se voltou para Carlotta.

"Você pode deixá-los visitarem a avó deles, Carly?"

Apesar de tudo, Carlotta hesitou. O pensamento de ver seus próprios filhos naquela casa onde ela havia sofrido...

"É uma casa tão grande... agora está quase vazia..."

"Sim, eu sei..."

Carlotta olhou para as crianças. Parecia que se aproximava de um abismo profundo, do qual se retraíra por dezesseis anos. Estava determinada a dar o salto agora.

"Sim", disse Carlotta simplesmente, sem se virar para os filhos, "é uma casa adorável..."

"O que vocês dizem, crianças?", perguntou a sra. Dilworth. "Há um campo de tênis, croqué e..."

"O Billy também?", gritou Kim de repente.

A face da sra. Dilworth se enrugou em sorrisos.

"Claro. O Billy também."

Estava resolvido. Carlotta se perguntou se ela havia contornado o abismo ou se caíra nele. Quanto mais pensava nisso, menos gostava da ideia de seus filhos naquela propriedade. No entanto, parecia ser a única solução. Não havia como voltar atrás agora.

Carlotta apanhou Kim e manteve-a perto da velha mulher.

"Kim é uma pestinha curiosa", disse Carlotta sorrindo. "Você precisa vê-la quando está com um giz de cera."

Kim viu sua bochecha de repente ser pressionada por um beijo gentil, um cheiro de lilás. Ela olhou para cima, assustada.

"Que crianças bonitas", disse a sra. Dilworth.

Julie devolveu o beijo gentilmente, e viu-se abraçada.

"Bem", disse a sra. Dilworth, piscando o olho, "agora falta você, Billy."

Billy manteve-se firme, incerto se recuaria ou avançaria. Ele se viu abraçado por dois braços finos e quentes.

"O meu carro está lá embaixo", disse a sra. Dilworth. "É um carro velho, como eu. Mas tem muito espaço nele."

"Que tipo de carro é?", gaguejou Billy.

A sra. Dilworth virou-se para a acompanhante. "Hattie, diga você a ele."

"É um Packard sedan touring 1932", a enfermeira respondeu em um tom de comando.

"Uau!", Billy sussurrou.

Carlotta estava tão preocupada com a ideia de seus filhos habitando os mesmos quartos em que ela fora atormentada, que se encontrou de repente, à porta, e seus filhos já estavam no corredor. Ela beijou a mãe levemente no canto da boca. Podia sentir os ossos leves, o ligeiro tremor nos braços. A mortalidade parecia estar presente na respiração da velha mulher.

De uma só vez, a casa de Pasadena tornou-se realidade. Foi apenas uma propriedade, com jardins de rosas e cercas. O terror não estava lá, em um lugar físico, mas dentro, em seus próprios sentimentos, e pertenciam a uma menina que pode já não existir.

Ela deu um beijo suave de despedida aos filhos.

"A mamãe não vem?", perguntou Kim, enquanto caminhavam pelo corredor, a sra. Dilworth apoiando-se no braço de Carlotta.

"Em breve, Kim...", disse Carlotta. "Em breve."

"Deus será bom com você, Carlotta", disse a sra. Dilworth. "Você não deve desistir da sua crença de que será curada."

Carlotta virou-se, lágrimas escorriam por seu rosto enquanto toda sua família entrava no elevador e as portas começavam a se fechar. Ela nem mesmo viu Julie acenando.

Naquela noite, Carlotta não conseguiu dormir. Ficou andando nervosamente pela sala. Aquela sala híbrida, tão estranha como a dela, com um cheiro tão diferente, tão alienígena, a forma como as luzes de lâmpadas fluorescentes distantes se espalha pelo vidro translúcido. No entanto, ainda era a cama dela, o armário, o tapete, sua cabeceira. Como se tudo, menos aquele pesadelo, tivesse sido transportado para esta ala fechada da universidade.

Está tudo aqui esta noite, menos ele. A solidão, o fato de estar à parte do mundo inteiro, à espera, sempre à espera. Nada é real. Tudo tem se tornado separado de mim, do meu próprio corpo, dos meus filhos, da minha mãe. Mesmo os meus pensamentos vão e vêm quando lhes apetece. O Kraft está preocupado com seu teste eletrônico. A dra. Cooley continua a aparecer com questionários. Só Mehan entende como realmente me sinto. Médicos e cientistas são sempre tão frios, tão distantes. Eles nunca sabem o que é ter medo, estar com medo de verdade.

Ela parou de escrever. Chega um momento em que é melhor não escrever, para não expressar nada, dar uma segurada. Porque deixar sair um pouco só abre a porta a outras coisas mais profundas, onde a mente cambaleia, vacila, como uma pena caindo na escuridão infinita.

Depois, ela *o* sentiu.

Inexplicavelmente, *ele* estava na janela. Ela se virou. *Ele* se foi. Ela não tinha visto nada. Não sentiu nenhum cheiro. Estava silencioso. Mas *ele* havia estado ali, e agora tinha desaparecido. Naquele momento.

Ela chamou a dra. Cooley.

A dra. Cooley acordou de salto. Ela olhou para o monitor, sintonizado, e viu apenas o ombro e a cabeça de Carlotta na metade inferior da cama. Embrulhou-se no jaleco e bateu à porta do outro lado do corredor.

"Sra. Moran? Você está bem?"

Carlotta abriu a porta. A dra. Cooley pôde ver que ela havia mergulhado em um baixo nível de histeria. Aconteceu muito rápido, passado meio dia que sua mãe tinha vindo e tinha ido embora.

"Por favor, entre", disse Carlotta.

A dra. Cooley deu um passo para dentro. Notou um odor na casa. Cheiro de cozinha, possivelmente. Um cheiro muito estranho.

"Eu *o* senti."

Não havia necessidade de perguntar quem. A dra. Cooley sentiu a tensão no quarto. Talvez viesse de Carlotta. Uma tensão quase palpável, quase elétrica.

"Há quanto tempo?"

"Há alguns minutos. Pela janela."

A dra. Cooley foi até a janela. No brilho translúcido, vagas formas de sujeira e bolhas superficiais se estendiam como braços sobre o vidro. Ela fechou as cortinas.

"Certamente deve ser difícil dormir aqui", comentou a dra. Cooley com empatia "A luz que vem por estas janelas faz uns padrões muito estranhos."

"Eu não *o* vi. Eu *o* senti."

"O que é que *ele* queria?"

"Agora é diferente, dra. Cooley..."

"Como assim?"

"Tenho medo, dra. Cooley. Tenho medo por todos nós."

A ENTIDADE

26

Com menos de 48 horas de prazo restantes, a dra. Cooley entrou com um recurso urgente ao escritório do reitor Osborne pedindo a extensão de uma semana. Este foi enviado em forma de nota e entregue ao escritório por Joe Mehan. Uma hora depois, obteve a resposta — semelhante em formalidade e em papel timbrado. Esta afirmava que o quarto andar deveria ser liberado no tempo previsto, pois seria reformado para ser usado em um estudo da Fundação Nacional da Ciência sobre os efeitos da radiação ultravioleta na retina de répteis.

Em algum lugar na noite de 23 de maio, Kraft sonhou que via paisagens assustadoras, distorcidas, silhuetas sinistras que lembravam árvores, nuvens de algum gás tóxico...

Onde ele havia visto isso antes? Essas eram as imagens que Carlotta havia registrado em seu diário de sonhos.

"Esses sonhos são muito importantes", sussurrou Kraft a Mehan. "Eles mostram que há um contato sendo feito."

"Tolice. Você só se envolveu demais."

"Talvez, mas também demonstra proximidade..."

"Sonho com meu trabalho o tempo todo", disse Mehan, estirando-se na cama.

Sobre suas cabeças, sem imagens, as silenciosas telas em branco dos monitores os encaravam de volta.

Imagens de formas escuras semelhantes a pássaros, mas que não são pássaros, flutuavam em um céu surreal, alto e longe na imaginação de Kraft. Ele queria muito ver aquele mundo estranho e assustador que Carlotta tinha visto. Quase podia senti-lo, repressor, destruidor, todavia completamente fascinante.

À noite, os aparelhos de scanner não mostraram nada. A câmera holográfica continuava inativa, estática. A fita rodava infinitamente, desperdiçando quilômetros de material caro. Os mapas de termovisão mostravam apenas os mesmos aposentos, de novo e de novo, e a única mudança era a forma de Carlotta à medida que ela caminhava pelo recinto, ou parava para escrever em seu diário.

O tempo voa como o vento. Em um momento somos crianças, com medo do escuro, e logo somos adultos, e a escuridão ainda nos acompanha. Adulto nenhum vem nos dizer que vai ficar tudo bem. Adulto nenhum pode nos tranquilizar com meias-verdades e histórias. E, todavia, deixaremos algum dia realmente esta escuridão? Seremos nós, alguma vez, livres?

Enquanto Kraft voltava a adormecer, os lasers apontavam para paredes vazias, corredores vazios, salas vazias. A concentração iônica dos quartos era notavelmente estável. Não havia mudança em lugar algum.

Mas Carlotta fitava o relógio.

00h43.

Hoje ele está de volta. Como é que ninguém mais sabe? Eles correm em círculos fazendo seus testes como se tudo estivesse normal. Talvez o médico estivesse certo... sou louca. Mas como haveria de ser, uma vez que outros também sentiram seu poder?

A mente de Carlotta começou a se encher de imagens, primeiro de Pasadena, da casa, e então se transformou quando começou a sonhar, adentrando uma estranha paisagem, uma paisagem que nunca havia visitado, assustadora e distorcida, como se resultado de algum cataclismo de anos atrás, e era sombria, insuportavelmente aterrorizante.

O dia se passou. Todos sentiam uma ansiedade no ar. Apesar de terem feito tudo como de costume.

"Eu *o* senti esta noite, sr. Kraft", sussurrou ela, no fim da tarde.

"Sim, eu sei", disse Kraft, "a dra. Cooley me disse."

"*Ele* estava lá fora."

"Lá fora? Você quer dizer, no ar? Do lado de fora do prédio?"

"Não... fora, fora do mundo. *Ele* quer vir para o mundo onde estou. *Ele* quer destruir todos nós."

"Você não acha que *ele* poderia ser detido por algo que fizéssemos?"

"Não mais. *Ele* é a coisa mais forte na terra."

Mais tarde naquela noite, a dra. Cooley examinou o diário. As premonições de Carlotta se encaixam nos sinais clássicos da precognição.

Ninguém dormiu bem naquela noite.

Depois, na manhã de 24 de maio, pouco antes do nascer do sol, Mehan ouviu um pequeno bip. Ele abriu um olho. No monitor, uma luz vermelha piscou suavemente. Andando rapidamente, ele foi até a tela, apertou um botão e viu apenas um quarto vazio.

"Por favor!" Ele ouviu a voz fraca e estática de Carlotta dizer, "Socorro... sr. Kraft... sr. Mehan..."

Mehan se deslocou pelo corredor, jogando um jaleco de laboratório sobre seu pijama. Ele bateu à porta. Não houve resposta. Ele escutou a voz de Carlotta distante lá dentro, como se sufocando. Pegou uma chave de seu bolso, girou-a e empurrou, abrindo a porta.

Não havia ninguém no quarto. A sala de estar estava vazia. Mehan se virou e foi até a cozinha. Estava frio. Carlotta não estava lá.

"Sr. Kraft... sr. Mehan..."Ouviu-se sua voz lúcida.

Mehan bateu na porta do quarto.

"Sou eu... Joe Mehan. Está tudo bem?"

Ele abriu uma fenda na porta. Carlotta estava embrulhada em um roupão vermelho, amontoada em um canto improvisado do cômodo, onde a banheira fora instalada sob a janela.

"*Ele* veio atrás de mim", sussurrou ela.

"Agora há pouco?"

"Sim. Eu fugi."

"Ok. Vamos com calma", disse Mehan, esfregando os lábios de nervoso. "Vamos sair daqui."

Eles foram à sala de observação. A dra. Cooley logo se juntou a eles, descendo o corredor abaixo, atendendo ao chamado de Kraft. Carlotta tentou explicar o que havia acontecido.

"*Ele* ameaçou a mim... a todos nós..."

"Ameaçou?", indagou a dra. Cooley.

"Ele tinha ódio na voz..."

"Contra mim? Contra Gene?"

"Contra todo mundo."

"O que Ele iria fazer?", perguntou Mehan cuidadosamente.

"Eu não sei. *Ele* tinha medo de ser pego por vocês."

Kraft e a dra. Cooley trocaram olhares.

"Sabe que temos um método de capturá-*lo*?", perguntou Kraft.

"Não."

"Alguém mencionou isso a você? Um aluno?"

"Não sei nada a respeito do que estão falando."

"Porque é verdade", disse Kraft. "Estamos elaborando algo. Estávamos tentando chegar a um método que não a colocasse em perigo."

"Envolve hélio super-resfriado", confessou Mehan em um sussurro.

"Se você tentar capturá-*lo*, *ele* vai matá-lo", sussurrou Carlotta em uma voz baixa.

"Assuma que a entidade ou aparição existe independentemente de seus observadores", proferiu Kraft à turma. "Sendo assim, o próximo passo é aferirmos se ele detém ou não propriedades físicas, para além de causar transformações na luz, fenômenos de aura e fenômenos táteis. Ou seja, teria ele forma? É constituído de átomos e moléculas? Ele é feito de matéria da mesma maneira que objetos ou gases são, ele existe na forma de energia como ondas de rádio ou luz, ou existe puramente no plano físico, sendo sensível somente à mente humana, mas não à observação científica?"

Os alunos, em silêncio, estavam amontoados na rampa acima dos dormitórios. Embaixo, sob uma luz com um brilho peculiar — a luz artificial da manhã espalhando-se horizontalmente na sala de estar —, Carlotta falava seriamente com a dra. Cooley.

"Os monitores, como expliquei, analisam rapidamente as propriedades eletromagnéticas ou termoiônicas da entidade. Presumindo que consigamos ainda que um pequeno pedaço dele", adicionou Kraft, "a dúvida sobre o ser ter ou não forma física será respondida pelo equipamento que a dra. Cooley está explicando agora à sra. Moran."

Uma pequena luz se acendeu. Kraft havia aberto uma porta dupla preta. Dentro, iluminado por uma pequena luz violeta, encontrava--se um altamente complexo emaranhado de fios e tubos de cobre, equipados com marcadores trêmulos que liam a temperatura e a pressão de latas lacradas e blindadas em tantas capas de ligas metálicas que já não eram visíveis.

"O que quer que a criatura seja", prosseguiu Kraft, "as zonas frias relacionadas sugerem que ela possui propriedades similares às de um dissipador de calor absorvendo energia térmica no ambiente à sua volta. Qualquer coisa que consuma ou absorva calor é classificada como endotérmica, e o método mais eficiente e prático de imobilizá-lo, ou desativá-lo, seria a sobrefusão." Kraft apontou para o dial da assembleia, e em uma voz carregada de drama, disse: "Hélio líquido. Quatrocentos e cinquenta e oito graus abaixo de zero. A mais fria substância conhecida. Exceto para o próprio zero absoluto do espaço sideral."

"Você sofreria queimaduras e perda imediata de qualquer parte do corpo que entrasse em contato com hélio líquido. Esqueça queimaduras de gelo e gangrena."

A imagem de um braço despencando do ombro, chocando-se contra cristais congelados, transpassou suas mentes. Múltiplos estudantes se escoravam do corrimão da rampa.

"A razão por trás da utilização do hélio líquido é", explicou Kraft, "que queremos compreender este fenômeno de qualquer forma possível. Nós sabemos que, ao borrifar qualquer substância com hélio líquido, abaixaremos sua temperatura de tal forma a praticamente cessar sua atividade molecular e atômica. Sendo esse o caso, será congelado."

Os alunos pareciam perplexos diante das implicações do que Kraft estava lhes contando. Subitamente se tornava real, tangível, e nem um pouco teórico. Era como uma porta se abrindo, uma porta aterrorizante por meio da qual ninguém podia ver o que estava do outro lado.

"E se nada acontecer?", perguntou um aluno finalmente.

"Isso sugere que a aparição não é composta de matéria física como nós a entendemos."

"Outra possibilidade", interrompeu Mehan, "é que a entidade pode entrar e sair do nosso quadro espaço-tempo, escapando, assim, de qualquer tentativa de contê-lo fisicamente."

De forma inevitável, os estudantes se viraram olhando para baixo. Carlotta olhava para cima, não conseguia vê-los, mas a dra. Cooley estava apontando para vários pontos na rampa no breu acima. A conversa era bastante séria e intensa, e Carlotta olhava nervosa para a dra. Cooley de tempos em tempos.

"Isso é incrivelmente perigoso", falou uma jovem. "E a sra. Moran?"

"O hélio e o líquido secundário serão borrifados por jatos de alta intensidade, que serão fixados no lado de fora da parede aqui embaixo, mais ou menos acima da cabeça da dra. Cooley. Esses jatos irão disparar somente em uma direção — no canto. Assim que a sra. Moran for removida da zona-alvo, duas portas de vidro duplo temperado, selado a vácuo, deslizarão no lugar, resguardando-a. Assim ela será protegida dos efeitos diretos e indiretos do spray."

"Você realmente acredita poder manipular a aparição em uma área tão pequena?", perguntou um aluno.

"Bem", disse Kraft. "Ela possui certa inteligência. Nossa esperança é superá-la."

"Você quer usar a sra. Moran como isca?"

Kraft corou.

"Sim."

Lá de baixo, Carlotta fitou o ponto acima da cabeça da dra. Cooley. Ela não conseguia ver os jatos instalados nas vigas da parede, mas recuou, nervosa, da área. Fora tranquilizada pelas garantias da dra. Cooley, pois logo se sentou novamente, primeiro inquieta, mas depois até sorrindo enquanto as duas mulheres conversavam.

Os estudantes observavam, quase com medo de respirar. Estava tão silencioso que podiam ouvir Carlotta falar baixinho com Cooley.

"Não tenho medo", disse Carlotta "Não tenho medo. Se vocês conseguirem pegar o maldito, eu não tenho medo."

Mas a dra. Cooley estava preocupada. Ela nunca havia trabalhado com hélio líquido, então insistiu para que houvesse a realização de um teste.

Dentro de um pequeno laboratório no quinto andar, Kraft desligou tudo menos uma lâmpada de alta intensidade. Ele rolou uma lata e seus controles para os seus lugares sobre uma escrivaninha preta de baquelita. Os braços e mãos de Mehan estavam protegidos por um acolchoado bem reforçado, e ele segurava um bocal cônico a trinta centímetros de distância de seu peito. A dra. Cooley colocou um hamster, uma rosa vermelha e uma pequena nuvem de amônia, subindo de um bloco branco para a zona-alvo.

"Vamos supor que esta área é a sala de estar. Teremos protegido a sra. Moran da zona-alvo."

Ela assentiu a Mehan e deu um passo atrás.

Houve um pequeno chiado, depois um rugido abafado, como o desdobrar violento de um metal torto. Apenas um pequeno vapor apareceu, espalhando-se depressa pingando, expandindo, e de repente, transformando-se em uma nuvem de fumaça.

A escrivaninha foi destruída por uma corrente de ar gelada que soprou os cabelos de Kraft para trás.

"Jesus", ele balbuciou. "Você está bem, dra. Cooley?"

"Estou bem. E você, Joe?"

"Tudo bem por aqui. Vamos esperar um pouco para que esquente."

"Está desligado?", perguntou Kraft.

"Seguro e trancado."

"Ponha-o de volta na proteção", disse a dra. Cooley.

Cuidadosamente, Kraft tocou a rosa. Ele lambeu os dedos.

"Queima", reclamou.

"Não a toque por mais alguns minutos", aconselhou a dra. Cooley.

Mehan trouxe uma pinça para a bancada de trabalho. O vapor estava pingando uma água fria pelos cantos da mesa, cobrindo o hamster, branco de tão congelado, o rabo rígido e curvado, como um pedaço de metal branco sobre a superfície preta.

"Meu deus", sussurrou Kraft. "Duro como uma pedra."

"Viu?", disse a dra. Cooley. "As células de água estouram em segundos."

"Que jeito horrível de morrer", disse Mehan baixinho.

"Não, ele foi anestesiado. E a morte foi instantânea", afirmou a dra. Cooley.

Ela foi alcançar a flor. Quando à tocou, ela delicadamente se estilhaçou, soando como um cristal musical. Como neve verde e roxa, o caule e as pétalas se despedaçaram.

Mehan assobiou baixinho.

"Vejam a nuvem de amônia", sussurrou a dra. Cooley.

"Onde está?", perguntou Mehan.

"É aquela pedra branca na mesa."

O vapor de amônia subiu rapidamente quando a temperatura ficou ao normal, desordenadamente, esfarelando, assobiando, cuspindo pedaços de amônia sólida.

"Jesus... nunca vi amônia sólida", disse Kraft.

"Não se aproxime", aconselhou Mehan.

À medida que a temperatura da pedra continuava a subir, ela cuspia mais ferozmente, abatida e pesada, quase levitando da mesa, e vaporizou em uma corrente de gás subindo verticalmente.

"Uau, isso fede", disse Kraft.

"O problema", ponderou a dra. Cooley, "é saber se esses escudos de vidro vão funcionar rápido o suficiente para proteger a sra. Moran..."

"E o vácuo entre os painéis de vidro é tão perfeito para segurar o frio?", Mehan disse. "Não a quero atingida por gás explosivo."

"Então devemos testar o vidro", disse Kraft.

Eles o fizeram, naquela tarde. Os painéis a vácuo resistiram perfeitamente. Testaram o aparato que os deslizava no lugar. Ela acionou em um segundo e meio. Kraft achou muito devagar e substituiu os rolamentos no mecanismo de deslizar, e observou que as paredes deslizaram no lugar em meio segundo. Duvidou que o escudo de vidro aguentaria o choque ao deslizar por muito tempo, então os testou apenas mais uma vez. Acreditava que o escudo funcionaria apenas mais uma vez, quando o hélio fosse pulverizado no canto da sala.

Para ajudar Carlotta a lembrar-se da posição das portas de proteção, Kraft colocou pedaços de fita vermelha ao longo do carpete e da parede. Estava secretamente atormentado com a possibilidade de Carlotta ser atingida pelas portas se fechando. A força a esmagaria.

Porém não havia motivo para preocupação. Os padrões da difração gerada a laser eram estáveis. Os canhões de hélio foram colocados em um carrinho móvel na passarela, para proporcionar um acesso mais fácil, caso o aparelho tivesse de ser movido repentinamente. Naquele momento, no entanto, os jatos estavam indefinidamente posicionados em braçadeiras, apontando para o canto da sala de estar, inclinados para baixo.

O dia seguiu em frente e nada aconteceu. Em breve, Kraft, pensou — no aperto de um desânimo esmagador —, eles seriam confrontados com a tarefa de desmontagem. Seria um despertar, mas pior.

O dr. Weber pegou o telefone e ligou. Ele se espremeu para fora da janela olhando a luz do sol refletida nos telhados e dutos de metal do complexo médico.

"Pós-graduação? Reitor Osborne, por favor. Aqui é Henry Weber."

Por um instante, o dr. Weber bateu dedos, impaciente, na mesa. Então olhou para os papéis empilhados para o dr. Balczynski, que se sentava lá, de boca fechada.

"Olá, Frank. Como vai você?", disse o dr. Weber em um tom jovial. "Bem. Estou bem. O dr. Balczynski está aqui comigo, e me informou que estão transportando equipamentos bem perigosos lá para cima... hélio líquido e só Deus sabe o que mais..."

O dr. Weber ouviu por vários segundos. O dr. Balczynski cruzou suas pernas, observando o dr. Weber.

"Ninguém naquela reunião do conselho imaginou que se sujeitariam a algo assim. Uma coisa é fazer perguntas, ou rolar dados tábua abaixo, mas assumir riscos assim..."

O dr. Weber ouviu, com expressão de desgosto. "Eu sei que esta é a última noite deles, mas, Frank, quanto tempo leva para matar uma pessoa?"

O dr. Weber olhou para o céu e desligou.

"E?", o dr. Balczynski disse.

"Já não consigo entender o reitor. Acho que ele... não sabe o que fazer", afirmou o dr. Weber, dando de ombros.

"Precisamos mesmo da aprovação dele? Quero dizer, não está dentro da minha autoridade? Cancelar o projeto?"

O dr. Weber sorriu amargamente.

"Você tem muito o que aprender sobre as relações políticas do campus. O reitor Osborne definitivamente tem de aprovar."

A ENTIDADE

27

Às 21h30, 24 de maio, Carlotta conseguiu adormecer de leve, o primeiro sono que ela havia desfrutado em mais de vinte horas. Kraft a observava do monitor, deprimido, consciente de que em algumas horas estaria tudo acabado.

Carlotta estava visível em quatro telas distintas do monitor, revirando-se na cama. As agulhas estremeceram. Às 21h53, a dra. Cooley reparou em um desvio na contagem de íons entre a faixa "manter" e a taxa de íons que queriam duplicar da rua Kentner. Ela instruiu Kraft a aumentar a concentração de íons em meio por cento.

Fascinados, assistiram em silêncio enquanto Carlotta abria os olhos, sentava-se na beirada da cama e anotava pensamentos rápidos no diário.

Kraft não conseguiu com que as câmaras focassem na escrita. Carlotta então deitou-se na cama, sem perceber que vários pares de olhos observavam cada movimento seu.

Às 21h58, houve um estrondo.

Carlotta sentiu um sopro de ar. Uma corrente de ar frio. Ela nem mesmo se virou. Seu coração acelerou. Teve a lucidez de se lembrar onde estava. Sabia agora que eles a observavam. Virou-se lentamente. Não havia nada lá.

Como ele é esquivo. Como uma nuvem no inverno. Ele rola, ressoa como uma nuvem, mas quando você olha, desaparece no ar. Como o riacho da montanha quando derrete e flui... flui... flui...

Houve outro estrondo. Carlotta ofegou, olhou para cima, virou-se para trás, e não viu nada.

"Aquele prato voou do parapeito", sussurrou Mehan.

A sala de observação era uma colagem de olhares fixos e rostos suados, iluminados por monitores cintilantes.

Carlotta estava caída na cama. Pequenos tiques vibravam no canto de sua boca. Tremores de exaustão. Então ela se levantou rapidamente e olhou em volta, como se estivesse surpresa em estar em casa.

"Ela se esqueceu de que está na universidade", disse a dra. Cooley em voz baixa.

O corpo de Carlotta estava tenso. Já não olhava para a escuridão acima, que escondia os scanners e as câmeras.

"Espero que ela não se esqueça de qual área é segura", disse Kraft. "Em caso de usarmos o hélio."

"Se ela esquecer, não vamos ativá-lo", respondeu a dra. Cooley.

Seus rostos se aproximaram das telas do monitor.

Carlotta parecia cheirar algo. Fez uma careta. Estremeceu.

"A temperatura está baixa", disse Mehan.

"Verifique os controles do quarto", disse a dra. Cooley. "Pode ser só o nosso próprio termostato."

Carlotta se levantou, explorou a casa. Espiou os quartos, como se estivesse procurando seus filhos.

"Eles vão te pegar", sussurrou ela. "Se você vier aqui hoje à noite..."

"Por que que ela está avisando *ele*?", perguntou Mehan.

"Ela pode estar o desafiando, provocando", esperava Cooley.

Eles olharam para as cores dos monitores, observando enquanto uma Carlotta bordô, tingida de verde nas extremidades, deitava-se e, com dificuldade, tentava adormecer. Era uma imagem assustadora.

"Espero que não estejamos subestimando essa coisa", disse Cooley.

"Como assim?", Kraft perguntou.

"Não sei...", ponderou a doutora cuidadosamente antes de continuar. "É só que tomamos medidas extraordinárias para convidar para o nosso mundo uma força sobre a qual não sabemos nada. Espero que, se *ele* vier, não vivamos para nos arrepender."

O telefone tocou. A dra. Cooley atendeu e ouviu por um momento. Depois desligou.

"É o dr. Balczynski. Ele está a caminho. Com o dr. Weber."

O dr. Weber e o dr. Balczynski subiram rapidamente pelas escadas. Eles tinham assistido a uma conferência até bem mais de 20h30, em seguida discutiram a experiência por quase uma hora antes de concordar em tomar as rédeas da situação e agir por sua própria iniciativa.

"Faço-lhe uma aposta, dr. Balczynski", disse o dr. Weber. "Ou alguém alega vê-lo esta noite, ou então inventam um motivo pseudocientífico para explicar por que nada aconteceu."

O dr. Balczynski franziu a testa.

"Acho que está sendo duro demais com eles", disse Balczynski. "Eles são como quaisquer outros pesquisadores. Querem estudar o mundo. E não deixar pedra sobre pedra."

"Algumas pedras têm muitas minhocas quando as viramos. Um bom cientista sabe quando violou os limites do justificável em uma pesquisa."

O dr. Balczynski parou para respirar ao chegaram ao quarto andar.

"Bem, foram semanas muito interessantes."

"Para vocês. E para a sra. Moran?"

"Ela não parece pior por isso."

"Tem certeza?"

"Apostaria o meu trabalho nisso."

"Não tenha tanta certeza de que você já não o apostou."

Quando chegaram à escrivaninha que guardava o longo corredor, um estudante corpulento fitou-os desafiadoramente.

"O seu residente tem causado problemas", disse o estudante.

"O meu residente?", disse o dr. Weber. "Quem?"

"Sneidermann."

"Ele está aqui?"

"Não conseguimos nos livrar dele."

O dr. Weber tentou avançar, mas foi bloqueado pelo aluno.

"A dra. Cooley vai permitir que o senhor observe, com a única condição de que concorde em retirar o Sneidermann."

O dr. Weber assobiou entre os dentes. Ele se virou para o dr. Balczynski.

"Você vê os nazistas com os quais estamos lidando?", disse o dr. Weber em um tom jovial.

Ao se aproximarem da sala de observação, ouviram uma voz cáustica, silenciada rapidamente por sussurros e pedidos de silêncio. O dr. Weber reconheceu a silhueta energética de Sneidermann, passando pelo andar, agitado.

"Ela está histérica", disse Sneidermann ao dr. Weber.

O dr. Weber olhou para um monitor.

Carlotta andava em círculos acreditando estar em casa, vestida em um roupão, esfregando nervosamente o cotovelo com a mão. Estava assustada, como se esperasse um visitante, um sinal, um barulho súbito. Continuou a andar para trás e para a frente sobre uma área marcada com uma pequena fita vermelha.

"Ela está realmente muito nervosa", concordou o dr. Weber.

Carlotta parou de repente, olhou à sua volta. Na escuridão da sala, só a luz do quarto estava acesa. Fazia sua pele parecer macia, porém com uma cor estranha, como uma cera amarelada.

"Qual o problema... está com medo?", disse ela de repente, em alto e bom som.

Kraft e o Mehan jogaram as cabeças para trás, surpresos.

"Ela está falando com *ele* de novo!", disse Mehan. "Ela está sentindo a presença *dele*!"

Sneidermann inclinou-se para a frente, sussurrando ao ouvido do dr. Weber.

"Vamos abrir a porta", disse. "Arrombe se for preciso, e tire-a de lá".

"Não sei", disse o dr. Weber, esfregando os lábios nervosamente. "Deixe eu falar com a dra. Cooley."

Mas a dra. Cooley estava imersa nas instruções finais de Kraft, cuidando do aparelho de hélio. Kraft estava fazendo planos de contingência, de escalar até a rampa e ajustar o ângulo do spray caso quisesse uma segunda tentativa.

"Elizabeth", sussurrou o dr. Weber. "Quanto tempo mais isto vai continuar?"

"Mais algumas horas."

O dr. Weber verificou o relógio.

"Ela precisa dormir. Aconselho a considerar as consequências médicas de suas ações."

"Temos menos de duas horas, Henry. Faça a gentileza de me conceder o direito de continuar."

O dr. Weber saiu furioso da sala de observação. Ele percebeu, na escuridão, que Sneidermann não estava por perto.

"Ele foi atrás da polícia", sussurrou um aluno.

"Merda", disse o dr. Weber. "Só o que me faltava."

O dr. Weber informou o guarda do corredor, que telefonou a um segundo monitor no pátio, perto da entrada principal do edifício. Sneidermann foi interceptado com uma mensagem. A mensagem do dr. Weber ameaçava a suspensão imediata do programa de residência se Sneidermann saísse do edifício.

"Esta mensagem é um trote?", perguntou Sneidermann.

"Absolutamente não. Cheque lá em cima."

Sneidermann correu para o elevador.

"Recebeu minha mensagem?", perguntou o dr. Weber.

"Então foi você mesmo?"

"Claro que sim. Não precisamos de policiais. O que deu em você?"

"Mas eles têm de ser detidos."

"Isto é uma universidade, não é South Side Chicago! Você não pode agir assim."

Sneidermann olhou para o rosto cansado e corado do dr. Weber. Ele sabia que uma linha os separava, agora e para sempre. Era verdade que um psiquiatra deve se proteger do envolvimento com um paciente. Porém agora a humanidade básica necessitava de ação. E se o dr. Weber estivesse tão incapacitado pela vida na universidade, onde a política e a timidez garantiam a sobrevivência...

"Não a deixávamos dormir sozinha", disse Sneidermann, acalorado. "Por que diabos devemos deixá-la ser atormentada por esses lunáticos?"

"Eles não são lunáticos, Gary. Além disso, há outras considerações a serem feitas."

"Que se lixem suas outras considerações!"

"Não use esse vocabulário comigo, Gary."

"Observei você durante esses dois meses, pisando em ovos com esses maníacos. E tudo em nome de relações acadêmicas!"

"Gary, estou avisando!"

"Raios, é só mais um nome para covardia!"

O dr. Weber olhou de relance para Sneidermann. O que mais doeu foi o olhar de decepção nos olhos do residente, como se um véu tivesse caído de seu rosto, revelando que seu herói era um velho cansado e submisso. O dr. Weber engoliu em seco, nervoso.

"Não vá à polícia, Gary", suplicou ele. "Um escândalo não é nada para você. Mas é toda a minha carreira e posição na universidade."

Sneidermann olhou para o dr. Weber. Então disse: "Vai acabar com isso? Agora?"

"Não. Eles têm direito..."

Sneidermann virou-se e foi em direção à escada de saída.

"Gary!", chamou o dr. Weber.

O dr. Weber correu para o topo das escadas.

"Eu o estou avisando, Sneidermann!"

Viu Sneidermann descer as escadas. Sentiu que estava afundando em um buraco. Ele não tinha percebido quanto carinho nutrira pelo residente. Foi até o fim do lobby e olhou pela janela. Durante a noite, as luzes do campus acendiam em lugares estranhos: bicicletários, estacionamento, um jogo de futebol. Quantos anos haviam se passado no sempre em expansão complexo de homens e ideias? Que doloroso, todos os sacrifícios, as discussões, a dedicação de vidas.

O dr. Weber se sentiu confuso. Jamais havia duvidado do valor de tudo aquilo, até agora. Sneidermann o tinha perfurado com um olhar, lhe revelando o resultado de trinta anos de segurança demais, de lutas internas acadêmicas, de isolamento do restante do mundo.

O dr. Weber virou-se da janela. Não havia mais nada a se fazer, além de voltar e supervisionar a experiência até o fim, certificar-se que nada de pior aconteceria, e trazer Carlotta de volta à terapia. Provavelmente não com Sneidermann, pensou ele. Porém, tudo aquilo era doloroso demais para ser buscado. Quando voltou à sala de observação, Kraft sussurrou: "Olhe para o rosto dela. Há uma flutuação de luz."

"São só irregularidades na transmissão."

"Não, olhe! É apenas nesta área da imagem... como se houvesse algo fora do alcance das câmeras."

Mehan olhou mais de perto para a gravação da sala. Carlotta estava sentada no escuro, uma luz de cima brilhava sobre ela, esmaecendo e minguando, brilhando de seus macios cabelos pretos.

"Não consegue mexer as câmeras?", perguntou o dr. Balczynski.

"Não", disse Kraft, "seu ângulo é fixo."

Carlotta recuou, rastejou para trás contra as paredes do quarto. Ela olhava fixamente para um ponto fora do alcance das câmaras, sobre as portas do armário. O scanner de termovisão mostrou que a área estava a 7,5 graus mais fria que a temperatura ambiente.

"Agora, se ela apenas o atraísse para a zona de congelamento a hélio", sussurrou Kraft.

Carlotta gritou.

Um estalo agudo levou o indicador ao máximo, e os microfones silenciaram. Kraft apertou um botão e os circuitos abriram de novo.

"Vão prender você! Eles vão matar você!"

"Ela está alertando *ele* agora", disse Kraft.

"Usando termos mais precisos", disse o dr. Weber, em pé na porta, "ela está entrando em alucinação psicótica."

"Não, de modo algum", protestou a dra. Cooley.

"Mas não dá para ver nada, Elizabeth. Só uma sala vazia."

"Houve flashes sobre sua cabeça", insistiu Kraft.

"Pode ter sido qualquer coisa, uma luz perdida, uma porta se abrindo..."

"A luz estava inclinada para baixo, como em sua própria casa."

O dr. Weber foi silenciado. Ele subitamente percebeu que não tinha coragem para exigir que abrissem a porta para que Carlotta fosse removida. Não conseguia entender como seu desejo havia sido sugado para esse experimento. Observava os monitores, fascinado.

No corredor, Sneidermann chegou rapidamente à mesa.

"Desculpe, só pessoal autorizado", disse o aluno.

"Ele está autorizado pela Universidade", disse uma voz rouca.

O reitor Osborne saiu de trás de Sneidermann, a mandíbula tremendo de raiva.

"Sou o reitor Osborne, do programa de pós-graduação", disse devagar, mas claramente. "Gostaria de inspecionar as suas dependências."

"Sim, senhor", disse o estudante, engolindo em seco. "Por aqui, senhor."

Eles entraram no corredor escuro. Osborne fez uma careta.

"Que fedor é este", murmurou.

"Que fedor?", indagou Sneidermann.

"Cheira a um depósito de carne estragada."

Dentro da sala de observação cheirava a suor e fumaça de cigarro. Osborne limpou a garganta.

"Acredito que chegou a hora", ele disse, "de acabar com o experimento."

A dra. Cooley se virou para vê-lo com Sneidermann à porta.

"Você não pode sucumbir à pressão, Frank", pediu. "O conselho..."

"Que se dane o conselho, Elizabeth", disse Osborne. "Este jovem diz que estão torturando a mulher."

"Mentira! Veja você mesmo!"

"Estou vendo... ela está em péssimo estado."

Kraft rodopiou de seu assento com as mãos cheias de gráficos e notas.

"Os padrões de difração gerados a laser", disse ele com entusiasmo, "estão mudando! É a presença de ondas adicionais de frequência extremamente baixa."

"O experimento está sendo suspenso, meu jovem", disse Osborne com autoridade. "Desliguem essas máquinas e saiam daqui."

"Mas nós o pegamos! Estes gráficos provam. As ondas de baixa frequência... como se viessem de um tecido vivo..."

"Você é louco!"

"Veja por si mesmo, reitor Osborne", disse Mehan.

Nos monitores acima havia uma área de cor pairando em frente às portas do armário, descendo devagar até chão. Ela irradiava uma luz semitransparente brilhante, ligeiramente cor-de-rosa, depois laranja, depois tendendo lentamente a um vermelho profundo.

"Isso é um truque?", gritou Osborne.

Mas ninguém o ouviu.

Carlotta ficou parada, incerta, no corredor. Estava exausta e aterrorizada, o cabelo desgrenhado e molhado de suor, olhando fixamente. Ela percebeu que a luz semitransparente, sem forma definida, estava se movendo, a passo de tartaruga, em direção a ela.

"É isso", sussurrou Kraft. "Traga-o para a sala!"

"Reitor Osborne", disse Sneidermann. "Pare com essa loucura agora!"

Mas Osborne estava hipnotizado com as imagens. A área vermelha parecia ganhar substância e deixar de ser transparente. Tinha rolado quase até à sala de estar, mas parecia incapaz de entrar.

"Está bem", disse Osborne, vacilante. "Vamos abrir a porta."

Naquele exato momento, Carlotta gritou.

Todos os olhos se fixaram nas câmeras piscantes. A termovisão mostrou que a massa rolante tinha esfriado, aproximando-se do ponto de congelamento. Então, os monitores ficaram pretos. Quando voltaram, Carlotta estava do outro lado da sala.

Houve outro clarão de luz. Depois uma luz branca embaçada.

"É a câmera!", disse Kraft. "Foi interrompida!"

"Não. Ela gravou um clarão, Gene", sussurrou Mehan. "Foi isso."

Carlotta ficou encostada na parede da sala, na zona-alvo, recuperando o fôlego. Ela começou a se arrastar para baixo pela parede, depois se recompôs e balançou a cabeça. Seu rosto tinha a aparência de alguém cujas reservas estavam esgotadas há muito tempo.

Então tudo ficou sinistramente suspenso.

"Seu maldito!", gritou Carlotta. "Seu fedor imundo de morte!"

Carlotta escorou-se à janela. Um globo de luz duas vezes maior pairou contra a entrada do corredor, vindo para a sala de estar.

"Seu maldito", voltou a sibilar.

Havia um som baixo que balançava a sala de observação, pequenos flocos de gesso se soltavam e caíam como neve.

Os olhos do reitor Osborne se arregalaram de surpresa. "Que diabos é isso? Um terremoto?"

Nos monitores, a luz se espalhava, como se procurando o lugar em que ela tateava cegamente. Carlotta caminhou até a cozinha.

"Venha!", gritou. "Vem e me leva, que agora tenho um exército comigo!"

"É *ele*!", sussurrou Kraft alegremente, frenético. "É *ele*!"

Agora todos o viram o globo de luz passando um pouco da entrada do corredor. Ele se sacudia, contorcia-se sob os gritos de Carlotta, como se compreendesse.

"Coloque-o na área-alvo", insistiu Kraft, sem fôlego.

Sneidermann ficou espantado. Ela parecia estar olhando diretamente para ele, e seu roupão havia escorregado tanto que seus seios estavam quase expostos. Seus olhos, de falta de sono, de medo louco, júbilo triunfal, ousadia suicida, tinham um brilho insano — um brilho que Sneidermann detectou como desejo sensual. Observou-a mover seu corpo ao longo da parede, de volta à sala de estar, de costas para o gesso, suas pernas finas, mas perfeitamente formadas.

Ele se viu corando, como se Carlotta estivesse perfurando seus pensamentos mais íntimos com aquele olhar, suas mais adolescentes, mais assustadoras inseguranças. Para Sneidermann, ela havia se transformado na imagem da mulher inatingível, amedrontada, ao mesmo tempo destruidora, irresistível e sedutora. Seu olhar estava fixo no sorriso que destruiu sua masculinidade com cinismo e amargura.

"Seu insignificante", gargalhou ela, rouca.

Sneidermann sentiu-se perdido em um universo sombrio, sem apoio algum.

"Você não é nada", disse ela. "Seu fedor miserável!"

Kraft, agitado, sabia que ela estava perto demais para ativar o escudo de vidro.

No holograma, Mehan via sem fôlego, como um quarto em miniatura, em três dimensões, feito de luz colorida, uma Carlotta provocando algo fora de alcance, algo que emitia um brilho na escuridão.

Ele se virou freneticamente para Kraft. "O holograma não está pegando, Gene!"

Kraft virou-se para o gravador, rebobinou o filme e repassou a cena do monitor. Para sua consternação, também não conseguiu captar a forma de luz. Ele virou, ansioso, para a dra. Cooley.

"As nossas câmeras não estão vendo *ele*, dra. Cooley!"

Mas a dra. Cooley estava muito imersa no que estava acontecendo nos monitores e suavemente implorou: "Convença ele! Provoque ele!"

Carlotta, alheia a todos, espremeu-se contra a parede. O globo de luz pendurado, imóvel, como uma nuvem ao nascer do sol.

Pelo minuto seguinte, viram a luz se formar. Moveu-se tão lentamente que foi pequeno o choque de perceber que tinha começado a se solidificar. Áreas estendidas estavam começando a se assemelhar à musculatura de um homem corpulento.

"Ela está muito perto do hélio!", gemeu Kraft.

"Então mude o ângulo", sussurrou a dra. Cooley.

"Não consigo! Não daqui!"

"Grite com *ele*, sra. Moran!" Mehan gritou aos monitores. "Como fez antes!"

Kraft virou-se para a dra. Cooley.

"Eu vou entrar", disse ele. "Vou mover aquele bocal de hélio."

"Sim. Sim!"

Kraft saiu da sala de observação e tropeçou na escuridão do corredor. Sua mão agarrou a maçaneta da câmara do experimento. A maçaneta girou. De repente, ficou paralisado de medo. Havia o som de metal sendo partido.

Ele abriu a porta, entrou e correu para a passarela. Enfiou-se embaixo das barras de rolamento sob o cilindro e começou a soltá-lo. Depois ouviu a porta abaixo se fechar. Kraft tremia tanto que seus dedos escorregavam nas peças de metal. Estava apavorado. Apesar disso, foi forçado a olhar para baixo.

Carlotta gritou para o globo contra a parede. A cada xingamento vil, ele balançava de volta, como se estivesse fisicamente ferido, mesmo assim, formas que eram obviamente de braços haviam solidificado da massa, e agora, ombros começavam a surgir.

Em um torpor, Kraft puxou as latas e cilindros, e os deslizou sob a grade. Ele inclinou-se perigosamente para longe da rampa e começou a soltar o bocal do jato da sua trava.

"Venha, seu desgraçado!", gritou Carlotta. "Mostre sua cara feia! Ou está com medo, agora que estou com meu exército!"

A forma dobrava e puxava, como um pastor gesticulando em um sermão, declamando a um mundo indiferente... Carlotta riu.

"Idiota! Covarde!"

Ela não viu Kraft acima, não viu o bocal balançando em sua direção.

As estrias interiores da forma luminosa verteram-se em uma miríade de cores sutis, Kraft podia ver através de tudo, até o mobiliário e a parede. Mas estava hipnotizado pela massa de geleia que se contorcia em uma forma, incapaz de fugir ou se aproximar de Carlotta.

Era como olhar para um esplendor alucinatório. A irradiação dos interstícios mostrava mil formas complicadas, todas evaporaram ao solidificar. Era como fitar o próprio pensamento, formando sem energia, retornando ao nada...

Pairava lá, como se esperando, gemendo tão delicadamente que os microfones não conseguiam captar.

"Morra!", gritou ela de repente. "Morra! *Morra!*"

Naquele exato momento houve um disparo, uma explosão, vinda lá de baixo. Pedaços de cerâmica passaram voando pela orelha de Kraft. O que restou de um pedaço de louça — uma lembrança da rua Olvera — estilhaçada contra o corrimão da passarela e um estrondo baixo fez com que toda a câmara cavernosa estremecesse e balançasse. A passarela bambeou debaixo dos pés de Kraft, enquanto a forma se contorcia, acenando para Carlotta.

O som ensurdecedor zerou os medidores na sala de observação. Mehan arrancou os fones de ouvido de seus tímpanos. Então tudo ficou silencioso outra vez.

Com a mão direita, Kraft segurou o corrimão para suporte; com a esquerda apontou o bocal de hélio para o coração da entidade. O dedo no gatilho, querendo apertá-lo, mas sem ter coragem. Carlotta estava do lado errado da sala.

"Cadê teu pau agora?", gritou ela. Seu rosto estava retorcido de ódio, com um olhar ameaçador que Sneidermann não teria acreditado ser possível. Carlotta nunca, na presença dele, demonstrou tal comportamento. Ela parecia venenosa, perigosa. Ela se assemelhava à mãe castradora da literatura clássica. Seu belo rosto estava irreconhecível. Olhos relampejando com um estranho júbilo. Como se, apesar de todos eles e todo o equipamento, *ela* o tivesse chamado para si. Pelo universo. Para o universo onde estava.

Kraft a observava lá de cima. O corpo dela se movia levemente. Sedutoramente. As costas contra a parede, o roupão frouxo, escorregando de seu ombro, expondo seus seios...

A parede atrás dela tremeu, uma fenda se abriu, até que não havia mais parede, apenas a queda de gesso e pedaços de madeira, e a parede de laboratório visível na nuvem de material que se desintegrava.

Kraft agora entendia o que a dra. Cooley queria dizer. Era como brincar com um para-raios no meio de uma tempestade elétrica. Não havia a menor chance de que pudessem lidar com a quantidade de energia que tinham atraído àquele laboratório.

Ele engoliu em seco, olhando para baixo. A força paranormal havia se aglomerado. Tinha forma, volume. Sim, era visível a olho nu. Características embotadas, musculatura poderosa, falo em crescimento, uma brilhante e pulsante esfera de desejo encarnada, seu único e exclusivo objetivo, Carlotta Moran, contorcendo-se, como se estivesse ao alcance de um homem poderoso. Era como se estivesse olhando para um sonho. O que estava vendo tinha ganhado massa e forma pelos receptores psíquicos do cérebro. A massa da qual era composto — o tipo de energia com a qual estava relacionado — devia vir de quilômetros de dados nos scanners. Certamente era poderoso, talvez nem sequer uma estrutura de ondas, talvez pertencesse a uma ordem diferente. Seu cérebro estava zumbindo enquanto a entidade se formava e começava a envelopar o objeto de seu desejo pervertido. E ainda assim, Kraft permanecia, bocal em mãos, encarando a entidade, com o tubo à sua frente como um arpão, uma pistola de cabo fino, uma arma absurda e malfeita desafiando seu incrível poder.

"Morra! Morra!", gritava Carlotta.

Houve um som de metal quebrando.

De canto de olho, Kraft viu a desintegração das ripas de metal que levavam da sala de observação à passarela. Pedaços de parafusos voavam no ambiente. Os fragmentos caíam sobre Carlotta, arremessando-a para longe da influência vertiginosa da entidade, até o extremo oposto da parede.

Dentro da sala de observação, as telas do monitor mostravam deformações extremas, em uma feia cor roxa amarronzada, chegando depois a verde, enquanto a temperatura flutuava pela sala até Carlotta.

Osborne engoliu em seco, incapaz de compreender o que via.

"Que diabo é isso?", murmurou ao dr. Weber, de pé ao seu lado.

O dr. Weber fez um gesto impreciso. "Uma ilusão de massa", respondeu ele, sem convicção.

"Pelo amor de Deus, Gene!", gritou Mehan aos monitores. "Agora é a hora! Explode ele!"

No mesmo instante, Kraft estava inclinado sobre o corrimão, gritando, "Sra. Moran, para trás!"

Carlotta virou-se, olhou para cima. Ela não tinha noção alguma de quem Kraft era.

"Para trás!"

Carlotta olhou para ele, deu um passo atrás, além da fita. A massa branca retorcia-se lentamente, nem líquida nem gasosa; a cabeça, claramente aparente; o corpo, enorme, atlético, musculoso; o pênis, como uma fruta alongada, ameaçadoramente saliente em direção a ela.

Kraft, seus olhos espantados com horror e choque, levantou o bocal do jato.

"Pule!", gritou.

O escudo de vidro fechou no caminho. Kraft disparou um tiro de hélio. Houve um rugido vaporoso. O frio congelante o envolveu, escureceu o setor leste do laboratório. Ele não viu nada, não ouviu nada, seus ouvidos estavam zumbindo de dor, seu corpo vibrava do rebote. Percebeu que fora empurrado longe para trás, contra a parede da rampa. Seu ombro latejava de dor.

"Morra, maldito! Morra!", gritou Carlotta por de trás da divisória de vidro.

A entidade se contorceu em aparente agonia, e depois começou a se expandir, furiosamente. Crescendo, inclinando-se, empurrando os restos de paredes de gesso ao chão como açúcar de confeitar. Toda a metade da casa — a cozinha e o quarto — estava coberta de um glacê congelado. As cadeiras se partiram e saltaram e dançaram loucamente pelo chão. Uma luminária caiu, estilhaçando-se como vidro, o tecido saindo para fora como passagens musicais e se desintegrando.

Carlotta riu. Em delírio, imaginou homens do espaço atirando *nele* com armas de laser. Imaginou o extremo final da rua Kentner se desintegrando em neve. Imaginou o mundo desmoronando em cima *dele*, enterrando-*o* para sempre. Ela *o* mataria. Matá-*lo* de alguma forma, era dever dela, embora ele viesse de um milhão de anos-luz de distância.

A televisão foi lançada através da parede da sala de estar. Gesso voou até a passarela e as paredes ligando a sala de observação. Pedaços de circuitos foram deixados pendurados contra as paredes blindadas com nióbio que passavam pelo corredor para além do laboratório. Foi o apocalipse de *seu* reinado, e Carlotta riu.

Então, como um rugido metálico, como o tremor das fundações do edifício, eles ouviram a voz.

"*Deixe-me em paz!*"

Era um lamento das profundezas do inferno.

"Jesus Cristo!", disse o dr. Weber. "Quem gritou isso?"

"A alucinação dela, dr. Weber! Foi ela quem gritou!", gritou Mehan triunfalmente.

De repente, à frente deles, a única janela translúcida se quebrou para dentro, como uma onda, banhando em pequenos, mas pesados pedaços de vidro, instrumentos, scanners e observadores. A dra. Cooley e Mehan caíram em seus assentos. Osborne caiu sobre o dr. Weber, que se agarrou em Gary Sneidermann por apoio.

"Meu Deus", gritou o dr. Balczynski, lutando para ficar de pé. "Vamos dar o fora daqui!"

Mas ninguém se mexeu. Toda a sala agora brilhava em uma névoa esverdeada. Todos os rostos estavam iluminados de baixo com o brilho estranho da massa de luz distendida.

"*Deixem-me em paz!*", a voz reverberou enquanto a forma azul-esverdeada esticava e crescia, enchendo a câmara, alcançando, distendendo, até que se ergueu sobre a parede de vidro acima de Carlotta. Ela encolheu para o canto, sentindo o inevitável vácuo, esperando a inevitável sucção em seu abraço.

Por cima dela, a passarela rasgou como uma fita em um vento forte. Kraft viu a amarração de seu poleiro estreito cedendo e agarrou-se ao corrimão, o bocal de hélio colado a seu punho. A aura tinha preenchido a câmara, erguendo-se sobre as ruínas, exibindo uma série de ilhoses, como o cérebro embrionário de um feto que brilhava ao longo do que parecia a espinha da figura. A figura apontava para cima, sempre para cima, para a sala de observação, para a passarela, para Kraft.

"Matem *ele*!", gritou Carlotta.

Kraft abriu a válvula. Saiu hélio líquido pela segunda vez do bocal. Pedaços de pingentes de gelo do tiro anterior explodiram em uma chuva de flocos pulverizados. Desta vez, Kraft se protegeu do rebote. Ele viu o líquido esverdeado quase que imediatamente mudar para branco quando disparava para o espaço, para a aura, através dos ilhoses, para o centro nervoso da criatura. Houve um rugido de trovão, uma rajada de ar frio que penetrou sua medula, e as luzes se apagaram. Ao mesmo tempo, ele sentiu a passarela ceder abaixo dele.

Dentro da escura sala de observação, seis figuras amontoadas esperavam pelo golpe, certos de que viria. O som de metal quebrando e a destruição das paredes bateram em seus tímpanos, e a cabine tremeu como se fosse um brinquedo nas mãos de uma criança irada. Parecia ter que se libertar de sua fraca ancoragem, afinal, a cabine não era parte do laboratório, parte da visão arquitetônica do lugar, mas uma mera ideia posterior. Uma parte temporária do que certamente se revelou um experimento mal concebido. A sala estremeceu, mas de alguma forma aguentou. Gradualmente, o tremor diminuiu e tudo ficou absolutamente silencioso. Porém ainda assim eles tremiam, esperando pelo fim. Isso nunca aconteceu.

"Dra. Cooley?", sussurrou Mehan.

"Estou bem", respondeu ela, mas com uma voz estranha.

Em algum lugar lá embaixo, uma fluorescência tornou-se visível. Era o frio inacreditável que apertava as tábuas do assoalho, mandava pregos para todos os lados, como balas voando de tábuas que se partiam. O reitor Osborne pressionou-se contra a parede do fundo da cabine. Pequenas explosões filtradas por baixo. Pedaços de vidro, de materiais cuja estrutura molecular já não era a mesma, todos quebrados, um por um, como foguetes. As paredes do laboratório — as paredes exteriores — começaram a soltar gesso no chão dos corredores lá fora.

A polícia do campus, alertada pelo barulho, entrou pelos corredores de baixo. Suas lanternas tocavam nas ruínas congeladas enquanto abriam caminho pelo vidro partido e pelo emaranhado de metal retorcido. Então, com escadas, ajudaram as pessoas presas na sala de observação a descer. No que fora o ambiente simulado, o rosto pálido da dra. Cooley apareceu nos feixes de luz das lanternas.

"Gene? Gene?", gritou, rouca, diversas vezes

Houve silêncio.

"Balczynski!" O dr. Weber fez uma pausa.

"Estou aqui", disse uma voz.

O reitor Osborne viu-se de pé tremendo no meio de um verdadeiro ferro-velho. De repente, sentiu um movimento debaixo dos pés.

"Alguém está debaixo dessa bagunça", gritou.

Joe Mehan e a dra. Cooley ajudaram os agentes a libertar Kraft do frio ninho de metal. Seu rosto estava inchado e havia sangue escorrendo por sua camisa. Ele estava inconsciente, mas vivo. Chamaram uma ambulância. Joe Mehan tirou pedaços de vidro e arame do cabelo e rosto de seu amigo, e lutou para soltar o bocal de hélio do pulso dele. O rosto do Mehan estava chamuscado. Os movimentos dele eram erráticos, como um fantoche com as cordas cortadas. Seus olhos, inconsoláveis, procuravam os da dra. Cooley.

"Está tudo acabado", gemeu. "E não temos nada."

"Temos tudo!", corrigiu Cooley firmemente. "Há testemunhas!"

Enquanto isso, sem acreditar, Sneidermann tropeçou pelos destroços, murmurando para si mesmo, pisando em pedaços de gelo e tecido ainda fumegante, tentando decifrar neles o significado do que tinha visto, quando caminhava até Carlotta.

Mas quando chegou à divisória de vidro e foi capaz de forçar a sua visão a penetrar a superfície gotejante, nublada, não conseguiu ver Carlotta. Ela não estava em lugar nenhum nos destroços do ambiente controlado. Depois de uma busca conjunta, também não foi encontrada em lugar algum do edifício de psicologia.

Atordoado, perplexo, completamente abalado, Gary Sneidermann teve a impressão de que, assim como todos os outros acontecimentos daquela noite bizarra, Carlotta, como a entidade, simplesmente havia desaparecido em uma nuvem de fumaça.

A ENTIDADE

28

Carlotta entrou no que era a casa dela na rua Kentner.

(*Como ela chegou aqui?*)

A casa estava desmobiliada. O luar — o cintilar pálido da fina cobertura de nuvens sobre a cidade — refletiu no chão. O ar estava parado, as sombras profundas nos cantos. Havia marcas no chão onde o sofá e a televisão estiveram. Carlotta fechou a porta e a trancou.

(*Ela havia caminhado?*)

Ela não acendeu a luz, preferindo a escuridão. Ouviu pássaros distantes, calmos, solitários, que entoavam seu canto da manhã — sinais irrefutáveis da criação da natureza, a inter-relação de todos os seres vivos. Cães latiam — tão tarde da noite, tão cedo de manhã.

(*Não, pegou um ônibus.*)

O ar estava parado, imóvel. Ela caminhou pela área no centro da sala de estar, onde o brilho da lua havia se movido vários centímetros desde que entrara na casa. Ela abriu uma janela, inclinou-se, pensativa, no parapeito. A casa dos Greenspan — treliça na varanda —, a escura e pesada estrutura protetora, refletia a luz pálida da madrugada.

(*Ela havia pagado?*)

Como era silencioso. Carlotta olhou pela porta aberta que levava à cozinha. Os utensílios tinham desaparecido, retângulos irregulares impressos no linóleo onde tinham estado. Todas essas coisas que tinham feito para vê-la melhorar. Para nada, no final.

(*Era muito para se pensar.*)

Carlotta entrou no quarto. Quatro marcas redondas no tapete onde sua cama estivera. (Como é que a tiraram?) Sem cortinas. Sem penteadeira. As luzes dos postes entravam pelas janelas empoeiradas, sugeriam formas nas sombras no chão.

Ao abrir a janela, Carlotta sentiu o cheiro de seu pequeno jardim. Um perfume suave, inebriante, cinético. Os insetos da noite nos caules, nas folhas, e até rastejando pelo parapeito da janela. A brisa soprava seu cabelo levemente. Recobrou seus sentidos.

Quando se virou, Julie estava no quarto.

Carlotta não ficou surpresa. Não era real. Nada era real. Era tudo fruto de sua imaginação. Julie pareceu observá-la de maneira estranha, distante, e então, lentamente, se desvaneceu, tornou-se transparente e voltou a se fundir com as formas e manchas na parede. Carlotta olhou em volta no quarto que fora dela há tanto tempo. O quarto que nenhum homem tinha compartilhado. Até a chegada de Jerry. E depois Billy se tornou hostil. Vagamente flutuando, como fios de teias de aranha rompidos na brisa, todas essas ligações estavam lá, em algum lugar, à espera de serem tecidas juntas em um único todo. Mas Carlotta não conseguia fazê-lo. O quarto estava silencioso. O brilho agora mudava ao longo da parede enquanto ela esperava.

Carlotta sentiu insetos em sua mão. Deixou-os nas plantas do jardim, onde eles a observavam, com suas antenas movendo-se pela noite. Que realidades mágicas possuíam? Carlotta sabia serem movidos por instinto; blindados, irresistíveis a seu modo, para os quais a realidade humana era uma nuvem efêmera comparada à substância de que se alimentavam e aos impulsos brutais que organizavam suas vidas. Carlotta os observou. Parecia que a realidade deles era mais sólida.

Agora ela sabia por que *tinha de voltar* para casa. Era para vir ao último lugar. O lugar que não era mais refúgio.

Um som veio da sala de estar. Tosse. Carlotta andou até a porta do quarto. Jerry estava na sala, com uma mala nos pés. Ele sorriu timidamente. Culpado. Confuso. Olhou para Carlotta como que implorando por perdão. Olhou em volta, gesticulando impotente, então sorriu, com olhos suplicantes.

"Oh... Jerry!", sussurrou Carlotta.

Com as lágrimas escorrendo pelo rosto, Carlotta correu. Jerry estendeu os braços e a envolveu, depois acariciou sua bochecha. Seus olhos... lançavam um olhar suave para o seu rosto trêmulo.

"Oh... Jerry..."

Ela beijou-o nas mãos diversas vezes. Deteve-se. Lançou um olhar penetrante.

"Jerry!"

E Jerry tinha sumido. Em vez disso, Carlotta viu Kim, em um corpo corcunda, rastejando pelo chão da sala de estar, ofegando obscenamente. Um brilho azul-esverdeado encheu a sala a partir do centro. Carlotta deu um passo atrás em direção ao quarto, passando ao longo da parede do corredor. A sala parou de ondular. Ela ouviu o chamado distante de pássaros diferentes. Lentamente, recuperou seu fôlego. A luz da lua agora tinha mudado alguns centímetros, subindo para a junção do chão e da parede manchada.

Carlotta ouviu um barulho. Vindo do quarto.

Billy, nas sombras, tirou a camiseta. Seus músculos refletiam o brilho da luz. As sombras do jardim brincavam sobre seu peito. Ele olhou para Carlotta. Seus olhos escuros, sombrios e zombeteiros. Billy se atrapalhou com a fivela do cinto.

"Billy...", sussurrou Carlotta. "Não..."

Billy despiu suas calças, revelando suas pernas grossas e musculosas, seus genitais corpulentos e pesados.

"Dois pequenininhos e um grande..."

Billy riu, triste. Ele estendeu as calças cuidadosamente no chão e avançou, na direção de Carlotta. Seus ombros largos bloqueavam o brilho das janelas empoeiradas atrás de si. Seu quadril se movia enquanto ele vinha para afrente.

Carlotta gritou. Tapou seus ouvidos com as mãos. Correu de volta para a sala. Para sua surpresa, Billy não a seguiu. Ela se virou. A luz do poste refletia no tapete desgastado do quarto, cintilando, quase chegando no corredor. Estava vazio.

Aos poucos, Carlotta se acalmou. De tempo em tempo, as curvas nas paredes do corredor — imperfeições da construção barata — indicavam formas de pedras. Cânions. Montanhas. E voltaram a ser parede de novo. A indescritível parede de cor creme, agora tingida pelo brilho da luz do poste chegando do outro lado do corredor.

Carlotta esperava em seu último refúgio.

O luar se deslocou mais alto na parede da sala de estar. Logo atingia uma área bloqueada pelo topo da janela. Uma linha preta atravessando o clarão retangular. Carlotta enxergava nas marcas da parede, borboletas minúsculas, cor de creme. Escutava um pequeno coro — um murmúrio confuso e hipnótico de vozes. Como crianças aos milhares, exigentes, suas vozes se misturando. Então silenciou.

Agora, o único som que se ouvia era o dos grilos no terreno baldio do outro lado da rua. Um grito musical que entrou suavemente pelas janelas. Carlotta mal conseguia distinguir os girassóis no terreno baldio. Velhas caixas de madeira. Uma cerca quebrada. Não havia noção de tempo. O tempo era um cobertor pesado jogado sobre a casa. O tempo foi algo que alterou a capacidade de Carlotta de discriminar percepções. O tempo já não fazia parte de seu universo.

Morrer deve ser assim, percebeu Carlotta. Foi por isso que Garrett a tinha acusado de deixá-lo, quando era ele que estava deixando a vida. Ela não tinha percebido na época. Mas agora entendia. Porque sentiu que Billy, Jerry e todos os outros, até mesmo Kraft e Mehan, a haviam abandonado, de alguma forma. Foram embora e a deixaram para morrer. Quando Carlotta sabia que, na verdade, era ela que, de alguma forma, os estava deixando, estava afundando. Para nunca mais emergir.

O último refúgio.

"Oh!"

Um clarão de luz, depois um choque. Uma gota de sangue traçou caminho escorrendo por sua bochecha. Tão afiada. Tão instantânea. Como uma mordida de cobra.

Franklin chutou, irritado, sua bota contra a parede. Ele ficou parado ao lado da janela e passou os dedos pelo cabelo.

"Qual é a sensação, querida, de falecer?"

Carlotta assistiu enquanto ele procurava por palavras. Sua jaqueta de couro pendurada, incerta, sobre seus ombros, revelando seu peitoral musculoso. Seu rosto estava confuso, hostil, imprevisível.

"Franklin..."

Carlotta estava apavorada. Ela reconheceu o estado em que ele estava. Ficava assim quando estava bêbado, ou chapado, ou os dois. Franklin atravessou a sala em apenas alguns largos e inquietantes passos. Agarrou Carlotta e a puxou para cima.

"Me responde, seu buraco fedorento!"

"Não... Por favor..."

Franklin riu. Então, sua feição desanuviou. Ele olhou para ela com saudade. Seu rosto, sua estrutura pequena, seus braços.

"Venha, querida, venha até mim."

Tentou resistir, mas os braços de Franklin eram fortes. Carlotta estava pressionada em seu abraço. Enfiou as mãos debaixo do vestido dela. Ela o empurrou, firmemente. Ele era insistente. Então percebeu que podia ver muito bem através dele, ver a parede distante e a janela, diretamente através do ombro forte, do pescoço atarracado.

Ele era invisível. Mas Carlotta sentiu suas pernas fortes pressionando-se contra ela. O calor do corpo, a ereção do pênis. O odor que Franklin exalava por ela. Por mais repulsivo que fosse, ela o desejava. Seu corpo ia contra a sua vontade, tinha desejos próprios.

Franklin riu, um riso cruel, e depois desapareceu. Carlotta estava sozinha contra a parede. O eco de seu riso sádico morreu. Agora, a sala parecia maior do que nunca, mais vazia do que antes.

Os grilos gritavam. Gritaram ao mundo que Carlotta desejava um homem morto! Carlotta balançou a cabeça de um lado para o outro até os gritos se esvaírem aos poucos.

"Franklin..."

Não houve resposta.

Era verdade, pensou Carlotta. Precisava de Franklin. Dependia da força física de um homem. Porém não havia nenhum homem.

Durante o que pareceram horas, Carlotta esperou. Quanto mais tempo esperava, mais entrava em uma realidade diferente. Finalmente, os vislumbres que tinha da casa apareceram em sua mente como uma imaginação, e as intuições de vozes e aparências eram a sua verdadeira realidade.

"Carlotta. Vire-se para mim."

O pastor Dilworth passeou entre os jardins. Carlotta podia ver as colinas para além de Pasadena. As luzes brilhavam vagamente durante a noite.

"Consegue me ouvir, criança?"

Uma voz profunda, musical, quase metálica. Uma voz gravada em sua personalidade infantil. Pois Carlotta entrara naquele domínio antes da formação de sua personalidade, quando os sons e as imagens flutuavam indistintamente, sem estrutura e com medo.

O pastor Dilworth tinha uma cinta nas mãos. Uma mulher — a mãe de Carlotta — gemia. Na mão, segurava um par de calcinhas, sujas de sangue e terra. Eles avançaram por uma brilhante cortina branca. Uma gaze cobriu tudo o que fizeram. O desgosto deles era quase palpável.

"*Carlotta!*"

Uma voz irresistível. O que quer que Carlotta fosse, era obrigada a obedecer àquela voz profunda e retumbante. Sentiu-se levada a isso, apesar do instinto de repugnância.

De repente, a cinta bateu.

A dor a atingiu no ombro.

"Pai...!"

Um movimento repentino e Pasadena evaporou. O pastor Dilworth se foi. A piscina desaparecera. Era tudo fachada. Só havia o nada.

Era um disfarce? E essas alucinações? Por que é que *ele* enviou essa quimera? Para torturá-la? Ou eles eram os *seus* mensageiros?

Ou ela os chamou? E eles, por sua vez, chamaram-*no*?

Carlotta ficou de pé, enraizada na escuridão. Entre o mundo físico e o paranormal estava o reino da imaginação. Agarrando-se ao parapeito para se equilibrar, Carlotta sentiu as últimas restrições se dissolverem. Levantou-se, suspensa, aos planos paranormais.

"*Carlotta...*"

Era aquela voz íntima, que apareceu em seu sonho. Com a qual havia sonhado.

Que a conhecia nas partes mais profundas de sua alma. Ela a conhecia... tão bem...

"*Carlotta...*"

Paredes transparentes distantes brilhavam como gaze, lembrando vagamente a casa da rua Kentner — mas infinitamente estendida; um brilho suave ao longo das linhas das janelas retangulares; e através de tudo, a infinidade do espaço, galáxias distantes, véus de formas iridescentes que se mostravam à medida que Carlotta os observava. Um mundo invertido onde as calçadas eram translúcidas e se estendiam em uma perspectiva infinita entre as estrelas — sem chão nem gravidade. Um brilho onde o horizonte parecia se erguer, entre poças de magenta.

De um distante céu sulfuroso *ele* veio em direção a Carlotta, acompanhado dos dois lados por anões de cabelos vermelho flamejante, transformando-se em uma radiante e fria chama — queimando gélida na escuridão que permeava a todos. Em um passo, *ele* atravessou 1.600 quilômetros, traçados com precisão contra as nuvens amarelas tingidas de verde — uma paisagem proibida de onde *ele* veio, direto até ela.

Sem fôlego, Carlotta esperou.

Chamas de luz fria lambiam o cabelo *dele*, olhos cintilantes, fantásticos, impiedosos. Na escuridão do espaço, Carlotta viu o radiante interior de *seu* ser, a formação rápida de ilhoses, gânglios — enquanto se transformavam, à medida que se aproximava mais e mais.

Através das estruturas vaporosas que se assemelhavam — mas não eram — as estruturas da casa, sentiu a eternidade se reunir, uma sucção ganhando forma visível. Carlotta sentiu, quase viu, o fluxo de luz *dele* através dela para horizontes giratórios muito abaixo.

"Eu... Eu estou...com medo", sussurrou.

"*Carlotta!*"

Carlotta deu um passo para trás, quase cega, envolta naquele odor congelante. O rosto perpétuo, raivoso, rude, sem misericórdia — um rosto poderoso, uma face composta de milhares de outras faces, máscaras sutis, dobrando-se uma na outra, todas com o mesmo olhar predatório que a enchia de pavor.

"Por favor... estou com medo..."

"*Carlotta!*"

"Não..."

Mas ela foi sugada para a frente. Capturada no redemoinho de desejo. Uma gravidade — uma lei do cosmos — irresistível, puxando-a para se dissolver em seu abraço. Milhares de fogos orgásticos, pontadas de luz, como mandíbulas, roíam seus seios, suas coxas. Raios de luz explodiram atrás de seus olhos quando foi penetrada, aberta, preenchida, dissolvida como nunca.

"Ooooooooooh..."

Seu grito, contínuo, musical, reverberou entre as estrelas. Formas deslizantes cintilavam diante de seus olhos, girando em sua substância, ficando mais e mais fria, queimando com o frio que agora florescia dentro dela — cada vez mais rápido —, todas as coisas se desintegrando, agarrando-se a ele, dissolvendo-se, abraçando, dissolvendo-se, desaparecendo no vazio. Uma última consciência de luz e escuridão.

No vazio, o refúgio estilhaçou-se, despedaçou-se e Carlotta, fragmentada, tornou-se menos que Carlotta, uma substância vaporosa — um último som —, como um trovão distante e moribundo.

"*Minha doce... Carlotta...*

A ENTIDADE

EPÍLOGO

Ao longo dos meses que se seguiram à admissão de Carlotta no hospital, Sneidermann tentou analisar o que havia acontecido naquela noite. Porém todas as suas pesquisas em eletrônica, todas as suas investigações sobre truques químicos, não deram em nada. Não havia explicação para a substância gasosa que viu pairando no ar, ao longo das paredes da câmara do experimento: sem compreender o poder, a força, o caos que havia causado o último colapso da personalidade de Carlotta. Nem mesmo Weber acreditava realmente que tivesse sido uma alucinação coletiva. A pergunta zumbia sem cessar no cérebro de Sneidermann como uma nuvem furiosa de abelhas, recusando-se a ser silenciada. O que quer que tenha sido, levou Carlotta à completa esquizofrenia.

Ela havia fugido para casa, guiada por instinto, provavelmente incoerente, refletiu Sneidermann, procurando algum pilar de realidade, que, no caso dela, só podia significar a família. Sneidermann tentou vislumbrá-la entrando naquela casa. A casa que não era um lar, despida de cada quadro na parede, cada toalha na prateleira, cada ruína que poderia ter lhe dado alguma pista sobre o que ou quem era. E não havia nada além de uma casca. Até as crianças tinham ido embora. Confusa, assustada, sob pressão terrível, implodiu como um vulcão interno.

Chegando na rua Kentner, naquela manhã, Sneidermann a encontrou de quatro, na sala de estar. Ela estava nua. Encarava o nada de olhos arregalados, sem enxergar nada, respirando muito, muito devagar.

Ele a cobriu com sua camisa, colocou-a no carro e correu de volta à clínica de emergência. Lá ela foi diagnosticada, primeiro como vítima de estupro, mas não conseguia falar. No mesmo dia, foi diagnosticada com imobilidade catatônica, e três dias depois, foi internada.

Demorou seis meses até o dr. Weber e Sneidermann voltarem a se falar. Quando o fizeram, um estranhamento ainda permanecia. Sneidermann lhe escreveu uma carta de desculpas.

A minha juventude me fez tomar decisões que, na hora, me pareciam apropriadas. Fui guiado menos por medidas de prudência médica, e mais por inspiração de sentimentos profundos que, agora sei, misturaram-se a motivações menores. Você estará, sem dúvidas, justificado em sua recusa de considerar a minha correspondência com o senhor. Mas estou motivado, lhe garanto, apenas pelos meus esforços em continuar mantendo o juramento solene que fiz ao deixar a West Coast University.

Sneidermann não voltou para o leste. Em vez disso, assumiu o comando de uma ala em um hospital psiquiátrico perto de Santa Barbara. Um dia ele recebeu uma curta mensagem, vinda de Los Angeles.

Meu caro Gary, perdoe meu silêncio. Foi a reação de um homem velho que havia esquecido as paixões e os erros de sua própria juventude. Você concorda em se encontrar comigo em Los Angeles? Por favor, me avise.

Estava assinada pelo dr. Weber.

Em três semanas, no entanto, o dr. Weber morreu de um AVC. Sneidermann não compareceu ao funeral, uma vez que seus deveres não o permitiam tirar licença. Ele se lembrou de uma fotografia do dr. Weber no anuário da turma, encontrou-a, ampliou e emoldurou, pendurando na parede atrás de sua mesa de escritório. Certa tarde olhou para a fotografia, imaginando se alguém realmente encontrara a saída para os labirintos da vida, e sentiu as lágrimas escorrendo pelo rosto.

Durante o dia, Sneidermann supervisionava a ala e ajudava os outros. O hospital estava em falta de funcionários. Muitos dos pacientes nunca haviam recebido um diagnóstico definitivo, e Sneidermann lutou para que a legislatura estadual conseguisse assistência financeira e reformasse as leis. E, em um tempo surpreendentemente curto, conseguiu obter melhorias na segurança da área. Suas alas eram as únicas no sul da Califórnia que não apresentaram estupros, espancamentos ou tentativas de suicídio nos dois últimos trimestres do ano.

Muitos dos enfermeiros e funcionários questionavam-se, em particular, por que um jovem médico tão brilhante teria ido parar em uma instituição estatal.

Sneidermann abriu uma porta depois de bater suavemente.

"Bom dia, Carlotta", disse baixinho.

"Bom dia, Gary", respondeu ela, fechando modestamente o roupão em volta do pescoço.

Pequenas rugas despontaram em seu rosto, ao redor dos olhos, nos cantos dos lábios. Porém sua vitalidade estava lá. Aquela graça animal perfeitamente controlada. Era um rosto que o visitara milhares de vezes em seus sonhos.

"Ouvi dizer que teve dificuldade para dormir", disse ele.

"Um pouco", ela admitiu. "O remédio foi muito leve."

"Estou tentando tirar seus comprimidos para dormir, Carlotta."

"Eu fico com medo... só um pouco."

Sneidermann sorriu. Ele a encarou com seus olhos cinza.

"Gostaria de vê-la depois do café", disse ele. "Poderíamos ir para o jardim."

"Sim. Eu gostaria muito."

Ele fechou a porta. As duas enfermeiras sorriram. Circulavam rumores de que Sneidermann tinha uma namorada entre os pacientes. Ele era tão estudioso, até severo, quando faltava disciplina, quando as alas não corriam à sua maneira. Mas no quarto 114-B, onde ficava Carlotta Moran, a esquizofrênica paranoica... Quando abria aquela porta, ele amolecia, uma espécie de luz emergia, e o doutor se tornava quase como um menino outra vez, entusiasmado e bem-humorado.

Sneidermann caminhou rapidamente para seu gabinete particular. Lá, havia um grupo de jornalistas para inspecionar as instalações. A maioria dos psiquiatras detestava essa interferência. Mas Sneidermann recebia de bom grado, até mesmo encorajava. Queria que a assistência pública para os mentalmente deficientes se tornasse de conhecimento geral.

Antes do almoço, ele se encontrou com Carlotta.

"Recebi uma carta da sua mãe."

"É?"

"As crianças estão bem."

"Que maravilha", respondeu ela.

Ela parecia distraída. Normalmente, durante o dia, reagia como qualquer pessoa comum. À noite é que começava a ficar distante, e depois com medo.

"Gostaria de vê-los?"

"Sim. Mas prefiro estar melhor primeiro."

"Posso arranjar uma visita."

Carlotta sorriu, protegendo seus olhos do sol quente. A grama era verde, regada pelos preguiçosos regadores automáticos, em filas. Crianças brincavam supervisionadas, suas risadas soavam claras.

"Em breve, talvez."

Sneidermann estudou o rosto que ele nunca havia tocado, o pescoço que nunca havia beijado. No entanto, a relação deles era muito mais íntima, de certa forma. Ele era uma espécie de anjo da guarda para ela.

"Gostaria de diminuir o sedativo."

"Não..."

"Você se tornou dependente deles. Eu não quero isso."

"Não, por favor..."

"Só um pouco. Pouco a pouco. Não vai fazer mal."

"Tenho medo..."

"Você sabe que não há nada a temer." Ele segurou a mão dela gentilmente. "Vai fazer isso por mim, Carlotta? Vai tentar? Toda noite tomamos um pouco menos. E vemos o que acontece."

"Está bem", ela disse baixinho, sorrindo.

"Qual a graça?"

"Você gosta mesmo de mim, não é?"

Sneidermann corou.

"Sou seu médico. Além disso, você sabe que sim... eu já disse."

"Não devia. Olha o que fiz com sua carreira. Até acabar nessa bagunça..."

"Gosto de estar aqui. Gosto do meu trabalho. De verdade."

"Uma parte sua nunca cresceu, dr. Sneidermann. Você ainda é como um menininho. Deveria ter se casado, isso sim."

Sneidermann corou ainda mais.

"A minha vida pessoal é... bastante satisfatória."

Eles riram. Enquanto o sol da tarde passava pelas folhas das árvores em cima deles, Sneidermann se perguntou se não havia, de algum modo complexo e estranho, encontrado a felicidade na terra. Uma perspectiva em que poucas pessoas acreditavam. E em um lugar que a maioria das pessoas evitaria como os círculos ardentes do próprio inferno. Mas era verdade. De certo modo — pelo menos durante o dia —, agora juntos, na brisa suave, não havia nenhuma ansiedade, ou nervosismo. Eles se conheciam por completo, sem nenhuma ambiguidade. Com o passar de cada tarde, Sneidermann podia ver mudanças nela, alterações corporais e faciais. Ela olhava ao redor. Ficava obcecada com as sombras à medida que elas cresciam. Isso a deixava nervosa. Parecia temer a chegada da noite.

Ou será que Carlotta a aguardava?

Mais tarde, naquela noite, Sneidermann passou, como de costume, pelo quarto 114-B.

"Como ela está?", perguntou.

"Um pouco inquieta", disse a enfermeira.

"Ela tomou os comprimidos para dormir?"

"Sim, senhor. Só cinco miligramas."

"Bom. Muito bom."

Sneidermann inspecionou os quartos ao fim do corredor. Um menino, autista tinha ferido a cabeça contra a parede. Eles tiveram que restringir seus movimentos, para protegê-lo. Sneidermann estava tentando arranjar uma pensão, um subsídio, qualquer coisa, para tirar o rapaz do hospital psiquiátrico e lhe dar o cuidado especializado.

Ele voltou para o quarto de Carlotta.

"Ela está dormindo, senhor. Muito levemente."

"Certo. Você já pode ir."

Sneidermann caminhou até a janelinha da porta. Seu rosto pressionado contra o vidro.

Carlotta estava debaixo dos lençóis. O luar desceu, banhando seu rosto suavemente. Seu cabelo preto estava espalhado, jogado sobre o travesseiro. As narinas pareciam abertas. Ele reparou que o cabelo dela estava molhado de suor.

Ela murmurava.

Ele não conseguia ouvir. Então abriu um pouquinho a porta.

"Por favor, oh, por favor... oh, oh..."

Era um som estranho. Estaria gemendo em êxtase ou em protesto... por alguma violação?

"Ohhhhhh..."

Engoliu em seco; forçou-se a observar, a notar: ela se movia lentamente, sem parar, quase sugestivamente, em seu rosto um sorriso doloroso — de prazer? de ódio?

Fascinado, observava até que ela parasse e *ele* fosse embora.

Os gemidos acalmaram.

Humilhado, ardendo em ciúmes, Sneidermann afastou-se.

Olhou para o relógio. Com apenas cinco miligramas, o pesadelo tinha durado menos de dez minutos. Ele a fizera voltar a ter fala inteligível. Com o tratamento dado a Carlotta, ela pôde atender às suas próprias necessidades corporais. Havia recuperado cada centímetro de graça, de charme, que uma vez destruiu o seu próprio ego vulnerável. E agora estava diminuindo os pesadelos, pouco a pouco, dia a dia.

Sneidermann saiu para fumar. A lua iluminou suas mãos, guiando o isqueiro até o cigarro. Sentia-se especialmente emocionado naquela noite. Pequenas vitórias eram as únicas coisas importantes na vida dele agora. Imaginou estar com Carlotta, como havia feito muitas vezes, tendo conversas agradáveis, em algum café, talvez, em algum lugar bonito, observando sua postura charmosa causando inveja a todos. Isso seria o suficiente para ele.

Ela pairava — linda e ainda inatingível, para sempre misteriosa e evasiva — em sua consciência.

Ele respirou lentamente. Tinha sido um dia normal. Estava exausto. Voltou a refletir. Um sono melhor, sob apenas cinco miligramas de sedação. Levaria tempo, mas... juntos, não havia limite para o que poderiam fazer. Caminhou pelo jardim, lembrando-se do dia em que tudo começou, no dia em que Carlotta entrou em seu consultório. Além do hospital, havia uma autoestrada, e depois dela, a grama seca que levava ao oceano escuro. Sneidermann estava contente.

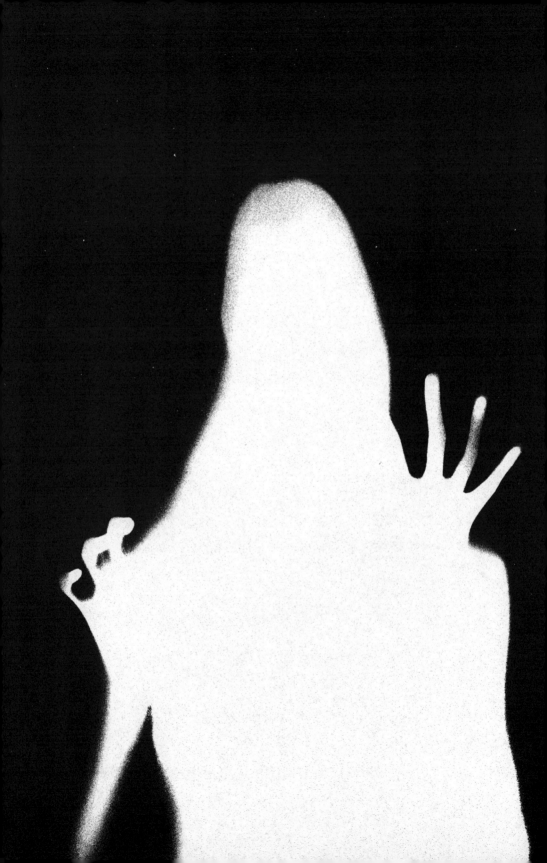

A ENTIDADE

ADENDO

Um inquérito multifásico sobre os componentes físicos psíquicos de uma Entidade Desencarnada.

– Relatório Preliminar de Avaliação Observacional
– Em desenvolvimento: estudo quantitativo c/ redução e análise de dados

por
Eugene Kraft e
Joseph Mehan

Apresentado como conclusão parcial para o Mestrado no Departamento de Psicologia, West Coast University

Dra. Elizabeth Cooley, Presidente, Divisão de Parapsicologia

O estudo de eventos paranormais tem sido, até agora, realizado sob condições de campo demasiadamente aleatórias para apresentarem dados definitivos e incontestáveis. Descrições de "assombrações", "aparições", "fantasmas" e visitas não corporais semelhantes nunca foram reproduzidas em condições laboratoriais. Como resultado, toda a área de investigação foi ignorada pela comunidade científica, justificadamente, não sendo confiável permitir considerações sérias.

No entanto, uma investigação de quatro meses, recentemente concluída, foi bem-sucedida em induzir o aparecimento de uma entidade paranormal em um campo controlado, e rendeu uma rica colheita de dados sobre sua natureza.

Uma paciente, conhecida por ter sido visitada por uma mesma entidade, às vezes acompanhada por duas entidades menores, foi colocada em um ambiente blindado e à prova de som (Diagrama anexo). O ambiente era uma cópia exata da casa em que vivera, à exceção do teto, removido para permitir a monitoração direta e a análise sensorial dos alojamentos na casa. Além disso, as paredes foram reforçadas com camadas de blindagem para prevenir que quase qualquer eletromagnetismo estranho entrasse e interferisse nas medições.

A paciente vivia nos aposentos, que estavam mobiliados com seus próprios tapetes, cortinas, cadeiras, cama e utensílios, por várias semanas. Durante esse período, não foram observadas variações em nenhum dos dispositivos de monitoração. Gradualmente, no entanto, à medida que a paciente se adaptava ao ambiente, ela voltou aos padrões emocionais que dominaram sua vida por vários meses antes do experimento. Isso incluiu ansiedade extrema em relação à sua família, problemas pessoais recorrentes com seu noivo e memórias profundamente enterradas de sua infância.

Gradualmente, seu diário começou a encher-se de descrições de sonhos repetitivos que sugeriam uma paisagem paranormal que a aterrorizava. Em várias ocasiões a paciente relatou em conversa suas premonições de que uma visita estaria cada vez mais iminente.

Como certas transições emocionais fundamentais ocorreram, as primeiras leituras definitivas foram obtidas em mudanças na concentração de íons da atmosfera, distribuição e densidade. A primeira transição emocional chave foi o rompimento, definitivo e irrevogável, entre a paciente e seu noivo. O trauma foi seguido por oito horas de flutuações perceptíveis na resistência atmosférica, isto é, constante dielétrica para Radiação ELF inferior a quarenta ciclos por segundo, o que é característico tanto de humanos quanto de animais.

A visita de sua mãe, de quem a paciente havia se afastado por mais de dez anos, e a subsequente remoção de seus filhos para sua própria segurança provocaram um segundo salto nas leituras das gravações da detecção fisiológica remota.

À medida que o isolamento da paciente aumentava, ela foi se afundando cada vez mais em suas próprias memórias, fantasias, culpas e esperanças de uma vida melhor. Com isso tornou-se cada vez mais alheia às origens laboratoriais do ambiente. Começou a falar consigo mesma, às vezes com outros que não estavam no recinto, alguns dos quais eram conhecidamente mortos. Em resumo, passou a apresentar maneirismos de um médium em estado de receptividade.

Gradualmente, durante um período de 42 horas de intensa atividade emocional, fenômenos visíveis começaram a ser registrados. O mais proeminente foi uma massa branca que se estendeu ao longo da parede, e que se retraiu em uma bola em um intervalo de três horas, deixando uma substância imóvel, de cerca de dois metros, sobre o tapete.

A paciente começou a gritar epítetos vis à aparição para se aliviar do horror de ter vivido aterrorizada por quase meio ano. A cada uma de suas imprecações, a substância da entidade sofria mudanças dramáticas, observáveis pelas testemunhas oculares, que não foram, infelizmente, capturadas por uma série de aparelhos fotográficos e de gravação sofisticados, incluindo o equipamento de termovisão, câmeras de vídeo a cores de baixo nível de luz e um laser holográfico pulsado. As alterações mais pronunciadas observadas foram as seguintes: cor e forma à medida que a massa evoluiu para uma nuvem azul-esverdeada que emitia luz. Também uma musculatura distinta começou a se formar e pequenos vasos sanguíneos e órgãos podiam ser vistos em um embrião.

Imediatamente antes do aparecimento da entidade, houve alterações distintas e abruptas na eletromagnética e termiônica em ambiente dos arredores imediatos da paciente. Não é possível, neste momento, determinar se tais alterações na aparição resultaram dela, ou se tanto a aparição quanto as alterações atmosféricas observáveis tiveram uma única causa subjacente ainda não descoberta.

A última e mais conclusiva fase da experiência foi uma tentativa de resolver o problema mais desconcertante e persistente das ciências paranormais.

Hélio líquido, a temperaturas próximas de zero absoluto, foi pulverizado, com um líquido secundário composto por uma solução límpida com partículas minúsculas em suspensão, sobre a massa azul, envolvendo-a. No instante imediato do contato, ouviu-se um grito. Subsequentemente os relatos das testemunhas oculares concordam que as palavras foram uma deformação de "deixa-me em paz".

A entidade era simultaneamente visível para até oito pessoas, todas às quais relataram os mesmos pontos de vista e sons ao mesmo tempo. No entanto, os dispositivos de registro dependentes da tradução de variáveis comprimentos de onda em imagens não captaram esses eventos. Foi, então, uma alucinação em massa, nascida das muitas semanas de fadiga, esforço árduo e desejo puro de ver a entidade? Tal possibilidade parece rebuscada demais, pois dentre os observadores estavam um reitor da universidade, um membro do pessoal médico sênior e um residente do serviço médico, e todos esses eram altamente céticos quanto aos procedimentos empregados. Sugerir que tenham, ao lado da altamente qualificada equipe da dra. Cooley, sido "hipnotizados" para que acreditassem em algo que não estava mesmo lá parece ser uma proposta duvidosa, na melhor das hipóteses. Mesmo que algo do tipo tivesse acontecido, é impossível que todos os observadores tivessem relatado tais achados idênticos sem prévia consulta. É quase evidente que tal não foi o caso, e, de fato, vários dos observadores não se conheciam ou tinham pouco conhecimento ou interesse em parapsicologia.

O que pode, então, explicar o mistério? É o conto familiar, conhecido na lenda e no mito por cem anos, do "fantasma" que não pode ser fotografado? Não há uma explicação mais científica? A verdade é que a entidade existiu de fato, independentemente daqueles que presenciaram a experiência. Isso está provado para além da possibilidade de dúvida pelas gravações precisas e contínuas da temperatura, de medidores, contadores de concentração de íons e certas flutuações na atmosfera eletromagnética. Então, o que causou o relativo fracasso dos instrumentos de gravação visual?

Pode ser que tenha sido percebido, *psiquicamente*, por todos os observadores; e suas mentes, a fim de traduzir a experiência para um nível mais compreendido de consciência, interpretando os eventos em termos visuais. Em outras palavras, uma severa tempestade de energia psíquica, que pode ter sido dotada de inteligência, foi interpretada pelas mentes humanas como se a tivessem visto, apesar de terem recebido essas informações por meios *paranormais*. Daí a unanimidade de suas respostas.

O fato de haver uma imensa energia na sala é bem conhecido. Ela causou enorme estresse nas estruturas do local, amarrou os ponteiros na maioria dos mostradores, e causou a destruição de toda a câmara, resultando em devastação extensa e leves lesões..

Exatamente qual era a natureza dessa energia ainda é desconhecido. Foi eletromagnético ou só gerava ondas eletromagnéticas como uma espécie de atributo secundário? A verdade é que nenhuma teoria pode explicar a vasta gama de mudanças de energia que foram observadas. Podemos estar lidando aqui com uma forma de energia relativamente nova e desconhecida, que só agora está sendo colocada sob o escrutínio da ciência.

Uma questão secundária, quanto à origem da entidade, permanece ambígua. Dado que a aparição existe independentemente da paciente, como confirmado pelos dados apresentados, é possível determinar se ela deriva da paciente enquanto entidade projetada ou, pelo contrário, deriva-se de fontes e espaços-tempos ("locais") ainda inexplorados?

Esta última hipótese parece ser a solução mais provável, dado o elevado grau de independência da entidade paranormal da vontade psicológica da paciente. Parece, no entanto, que uma paciente altamente receptiva é um intermediário entre o mundo dos dados observáveis e os planos da experiência psíquica. Na melhor das hipóteses, mais experimentações seriam necessárias para desvendar o problema de uma vez por todas.

Interpretar estes eventos como alucinação em massa, fraude ou imaginações coletivas de envolvidos dedicados não procede em face de todas as probabilidades. Os relatos de testemunhas oculares de vários indivíduos, alguns deles de modo algum simpatizantes do projeto, torna incontestável que a entidade existiu, independentemente de outros seres humanos, que ocupavam espaço e tempo em nosso mundo, e que interagiam com matéria física.

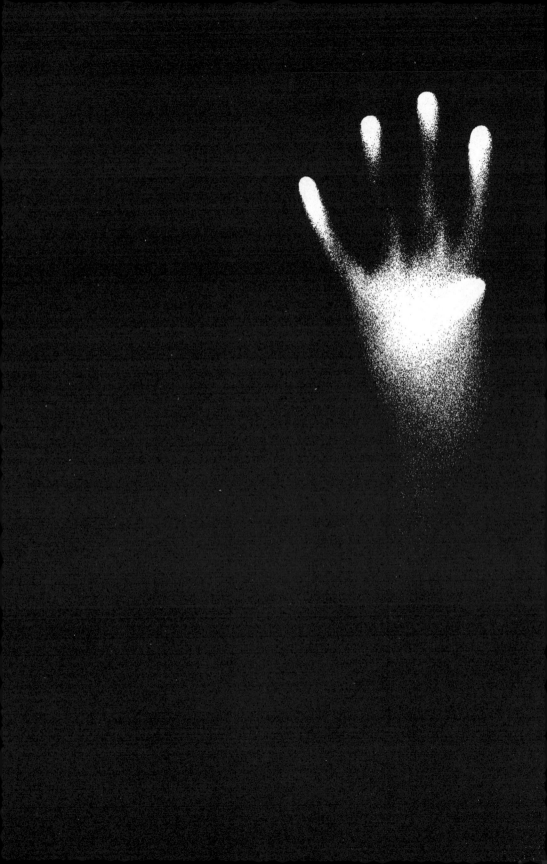

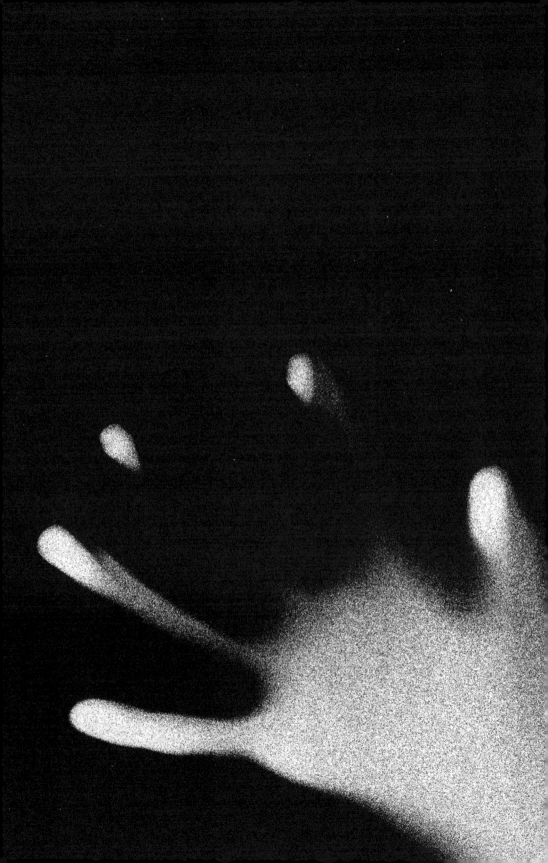

FRANK DE FELITTA (1921–2016) nasceu no Bronx, Nova York, e se tornou escritor, roteirista, produtor e diretor de cinema. Ele serviu como piloto na Segunda Guerra Mundial e em 1945 voltou para Nova York, onde começou a escrever roteiros para programas de rádio e recebeu indicações ao Emmy em 1963 e 1968. Seu primeiro romance, *Oktoberfest*, um thriller publicado em 1973, rendeu-lhe o suficiente para financiar o ano e meio que dedicou ao seu próximo romance, *Audrey Rose* (1975), que se tornou um sucesso estrondoso e ganhou uma adaptação cinematográfica de sucesso. Seu outro livro, *A Entidade* (1978), também alcançou o sucesso e virou filme, com excelente crítica. ***O Demônio de Gólgota*** foi publicado pela DarkSide. Frank De Felitta morreu em 30 de março de 2016, de causas naturais.

"Não sei quanto tempo vai durar,
mas não tenho medo das tempestades.
Estou aprendendo a conduzir meu barco."

— LOUISA MAY ALCOTT —

DARKSIDEBOOKS.COM